W0272528

BASTEI
LÜBBE
TASCHENBUCH

Über den Autor

Bevor er begann, über das Segeln zu schreiben, lebte und arbeitete James L. Nelson sechs Jahre lang an Bord traditioneller Segelschiffe. Seine zahlreichen Sachbücher und Romane wurden mehrfach ausgezeichnet, unter anderem mit Preisen der American Library Association. Nelson liest in ganz Amerika aus seinen Büchern und tritt regelmäßig im Fernsehen auf. Er lebt mit seiner Frau Lisa und den gemeinsamen Kindern in Harpswell, Maine.

James L. Nelson

Die Wikinger

Die Rache des Kriegers

HISTORISCHER ROMAN

Aus dem amerikanischen Englisch von
Alexander Lohmann

BASTEI
LÜBBE
TASCHENBUCH

BASTEI LÜBBE TASCHENBUCH
Band 17676

Dieser Titel ist auch als E-Book erschienen.

MIX
Papier aus verantwortungsvollen Quellen
FSC® C083411

Vollständige Taschenbuchausgabe

Deutsche Erstausgabe

Titel der amerikanischen Originalausgabe: »The Lord of Vík-Ló«
Originalverlag: Fore Topsail Press

Textredaktion: Dr. Frank Weinreich, Bochum
Titelillustration: © Oskari Porkka/shutterstock; Dmitry Laudin/shutterstock;
Michael Rosskothen/shutterstock; © Collaboration Js/Arcangel
Umschlaggestaltung: Nele Schütz Design, München
Satz: two-up, Düsseldorf
Gesetzt aus der Garamond
Druck und Verarbeitung: CPI books GmbH, Leck – Germany
Printed in Germany
ISBN 978-3-404-17676-2

1 3 5 4 2

Sie finden uns im Internet unter www.luebbe.de
Bitte beachten Sie auch: www.lesejury.de

Der vorliegende Roman ist frei erfunden. Namen, Figuren, Orte und Ereignisse sind entweder vom Autor ausgedacht oder werden ausschließlich fiktional verwendet. Jede Übereinstimmung mit tatsächlichen Geschehnissen, Schauplätzen, Organisationen oder Personen, lebend oder bereits verstorben, ist rein zufällig und weder vom Autor noch vom Verlag beabsichtigt.

Für Jonathan Bonaventure Nelson,
Künstler, Träumer – mein geliebter Sohn

VIK-LÓ – ein Ortsname der Wikinger, der so viel wie »saftige Wiese an der Bucht« bedeutet. An diesem Ort steht heute die irische Stadt Wicklow.

(Weitere Begriffe finden Sie im Glossar ab Seite 505)

Prolog

Die Saga von Thorgrim Ulfsson

Einst lebte ein Mann mit dem Namen Thorgrim, der Sohn des Ulf Haraldson, dem ein Bauernhof in Ost-Agder in Vik im Lande Norwegen gehörte. Er war nicht größer als andere Männer, aber sehr stark, und er war ein erfahrener Krieger. Das stellte er oft unter Beweis, als er dem Jarl Ornolf Hrafnsson, der auch als Ornolf der Rastlose bekannt war, als Hirdman diente und mit ihm auf Wikingerfahrt ging.

Gemeinsam mit Ornolf plünderte er viele Sommer lang und gewann dabei großen Reichtum. Damit kaufte er mehr Land und Vieh und Sklaven, und mit dem Segen des Jarls heiratete er Ornolfs Tochter Hallbera. Thorgrim gab Ornolf fünfzig Silbermünzen als Brautpreis, und Ornolf überließ Thorgrim einen Hof im Norden Ost-Agders, den Thorgrim Jahre darauf an seinen ältesten Sohn Odd übergab. Thorgrim und Hallbera hatten drei Kinder: Odd, Harald und Hild.

Thorgrim hatte sich als Krieger einen Ruf erworben, aber er war auch ein kluger Bauer und geschickt im Umgang mit Holz. Viele suchten seinen Rat, und obwohl er wenig redete, half er doch stets gerne, wenn es ihm möglich war, und sein Wort war hochgeachtet. Es gab nur eine Sache, die seinen Nachbarn Unbehagen bereitete: An bestimmten Tagen wurde Thorgrim reizbar, sobald die Sonne unterging, und er war dann so aufbrausend, dass niemand sich ihm zu nähern wagte. Manch einer glaubte, dass er ein Gestaltwandler sei und bei Nacht die

Form eines Wolfes annähme. Und so wurde er als Thorgrim Nachtwolf bekannt.

Als Thorgrims Tochter Hild zehn Jahre alt war, wurde Hallbera noch einmal schwanger. Sie gebar eine Tochter, die Thorgrim Hallbera nannte, nach seiner Frau, die bei der Geburt starb. Als das geschehen war, wollte Thorgrim nicht länger auf seinem Hof bleiben, und er folgte seinem Schwiegervater Ornolf, der erneut im Westen auf Wikingerfahrt ging. Dieses Mal nahm er seinen zweiten Sohn Harald mit auf die Reise. Der war fünfzehn Jahre alt und so kräftig gebaut, dass er sich bald den Beinamen »Starkarm« erwarb.

Ornolfs Schiff war der *Rote Drache*, und er segelte damit zu einem Longphort an der Küste Irlands, der von den Iren Dubh-Linn genannt wurde. Ornolf hatte eine solche Vorliebe für das Essen und Trinken, dass meist Thorgrim Schiff und Männer führte. Auf ihrem Weg nach Dubh-Linn überfielen sie ein irisches Boot und raubten dabei eine wundervolle Krone, die bei den Iren als »Krone der Drei Königreiche« bekannt und hochgeachtet war. Das zog zahlreiche Abenteuer nach sich, welche die Wikinger unter den Iren bestehen mussten. Denn die Krone verlieh dem König, der sie trug, eine große Befehlsgewalt im Land, und so gab es viele Männer, die sie besitzen wollten.

Während die Iren untereinander kämpften, plünderten Thorgrim und seine Begleiter die Kirche an einem Ort namens Tara, der als der Sitz der Hochkönige von Irland galt, auch wenn nur wenige die Autorität eines einzelnen Königs über Irland anerkannten und jeder Teil des Landes lieber seinem eigenen König folgte. Die Wikinger gewannen große Reichtümer auf Tara, aber Thorgrim wurde durch den Verrat eines verbündeten Jarls schwer verwundet, obwohl er geholfen hatte, diesen Mann aus den Händen der Iren zu befreien. Dies geschah im Jahr 852 nach dem christlichen Kalender, neunundfünfzig Jahre, nachdem die ersten Nordmänner westwärts gesegelt waren und das Kloster bei Lindisfarne geplündert hatten.

Zu dieser Zeit war Thorgrim des Plünderns müde geworden und wünschte sich nichts sehnlicher, als zu seinem Hof in Ost-Agder heimzukehren. Sein Sohn Harald war nicht so begierig darauf, wieder nach Hause zu fahren, aber er war ein guter Sohn und tat, was sein Vater ihm auftrug. Während seiner Abenteuer in Irland war Thorgrim in Besitz eines Schiffes gelangt, das er die *Weitfahrer* nannte. Sobald Thorgrim halbwegs von seiner Wunde genesen war, war er fest entschlossen, nach Norwegen zurückzusegeln. Also sammelte er mehr als fünfzig Männer für seine Mannschaft und belud die *Weitfahrer* mit Vorräten und Handelsgütern und mit der Beute, die er in Irland gemacht hatte. Daraufhin stach er in See, heimwärts nach Vik.

Und davon erzählt die folgende Geschichte …

1. Kapitel

Zum ersten Mal plünderten die Heiden im Süden von Brega … und sie schleppten viele Gefangene fort, und sie erschlugen viele und führten sehr viele in die Sklaverei.

DIE ANNALEN VON ULSTER

Sie hörten die Geräusche der Schlacht, bevor sie etwas davon sehen konnten.

Die Küste von Irland lag weniger als eine Meile entfernt an der Backbordseite. Das Langschiff *Adlerschwinge* folgte ihrem Verlauf auf unstetem Kurs in Richtung Nordosten. Der Wind blies in Böen. Manchmal drückte er das lange, schnittige Schiff auf die Seite und trieb es voran, dann wieder sank er zu einem bloßen Hauch herab. Dann richtete sich das Schiff auf und bewegte sich kaum von der Stelle, während Segel und Takelage flappten und knallten und der Rumpf in der Dünung schaukelte.

Am Heck, halb auf die Ruderpinne gestützt, stand Grimarr Knutson, ein Däne aus Haithabu. Man nannte ihn auch Grimarr den Riesen, und das aus gutem Grund: Obwohl er nicht wirklich ein Riese war, konnte man leicht glauben, dass zumindest sein Vater dieser Rasse angehört hatte, selbst wenn seine Mutter ein Mensch gewesen war. Grimarr war mindestens einen Kopf größer als jeder der sechzig Krieger an Bord und so breit wie zwei von ihnen. Keiner wusste, wie stark er war, weil niemand den Mut aufbrachte, seine Kraft auf die Probe zu stellen.

Unmittelbar vor Grimarr saß auf der Steuerbordseite sein Sohn Sandarr auf einer kleinen Truhe. Er hielt sein Bein vor sich ausgestreckt – vor mehr als einem Jahr war es in einem Kampf verletzt worden und seitdem nie ganz verheilt. Sandarr war Grimarrs ältester Sohn und inzwischen auch sein einziger. Er hatte ein wenig von der Größe des Vaters geerbt, jedoch nicht die dazu gehörige Stärke. Das hieß nicht, dass Sandarr ein Schwächling war oder sich nicht im Kampf bewährt hätte. Aber er war nun einmal nicht der Mann, der sein Vater war, und das wusste jeder, auch wenn niemand es auszusprechen wagte.

Dafür war Sandarr schlauer als sein Vater, viel schlauer. Das war gleichfalls eine Tatsache, die nie jemand erwähnte, zumindest nicht in Grimarrs Gegenwart.

Eine Bö traf die *Adlerschwinge*. Der heftige Windstoß drückte das Schiff tief hinab auf die Backbordseite und stieß es zugleich abrupt nach vorne. Grimarr verschob die Ruderpinne ein wenig und drehte das Schiff härter in den Wind. An Backbord erhob sich eine große Landspitze vor dem Bug, das Wasser schäumte weiß um den Fuß der beeindruckenden Klippe, die Grimarr an die atemberaubenden Fjorde seiner Heimat erinnerte. Die *Adlerschwinge* musste zunächst um diese Landzunge herum und dann ein gutes Stück nordwärts segeln, bevor sie den Heimathafen erreichte. Ihren irischen Heimathafen, den Longphort von Vík-ló.

Segel und Takelage spannten sich unter der Brise, das Flattern und Knallen verstummte. Obwohl der Wind nur mäßig blies, war das Segel gerefft, um den Druck auf die gebrochene und notdürftig reparierte Planke achtern vom Mast zu mindern. Dennoch waren das Glucksen des am Kiel entlangströmenden Wassers und das leise Knarren von Mast und Wanten nicht zu überhören. Grimarr sah, wie die Männer nach Luv blickten, die Richtung, aus der der Wind wehte. Gewiss hofften sie, dass die Brise hielt.

Vermutlich wäre die *Adlerschwinge* bei diesem unsteten Wind unter Rudern schneller vorangekommen als mit dem Segel. Aber sie waren nicht in Eile, und Grimarr gönnte seiner Besatzung lieber eine Rast, statt jedes Quäntchen Geschwindigkeit aus dem Schiff zu pressen. Die Bequemlichkeit der Männer spielte bei dieser Rechnung allerdings kaum eine Rolle.

Stattdessen dachte Grimarr daran, wie viel Leistung er wohl von erschöpften Kriegern erwarten konnte, wenn sie plötzlich in einen blutigen Kampf gerieten. Diese Möglichkeit durfte er nie aus dem Auge verlieren: Wie man in einer Schlacht gern eine Reserve zurückbehielt, so musste stets auch ein Teil der Kräfte seiner Männer für den Fall erhalten bleiben, dass der *Adlerschwinge* Gefahr drohte. Und solange das Schiff nicht sicher im Longphort von Vík-ló lag, drohte immer Gefahr!

Die Wikinger waren noch ausgelaugt von einem Überfall, der jetzt knapp zwei Wochen zurücklag. Das Ziel ihres Raubzugs war ein Kloster gewesen, das in der Nähe einer Stadt lag, die bei den Iren Fearna hieß. Fearna war keine Küstenstadt, sondern lag Meilen im Landesinneren. Sie hatten erst einen Fluss namens Slaney hinauffahren müssen und dann einen weiteren, den die Menschen hier Bann nannten. Die *Adlerschwinge* und ein zweites Langschiff, die *Wogenreiter*, waren Meile um Meile stromauf gekrochen. Das Vorankommen hatte sich als schwerer erwiesen, als Grimarr oder Fasti Magnisson – der Besitzer der *Wogenreiter* – erwartet hatten. Die Strömung ging schnell. Sandbänke erhoben sich an Stellen, wo niemand mit ihnen rechnete, und sie griffen nach dem Bug der Schiffe, so flach diese auch gebaut waren. Mitunter mussten die mehr als hundert Krieger, die an dem Raubzug beteiligt waren, über die

Bordwand in den kalten Fluss steigen und die Fahrzeuge wieder freiziehen. Dazu hatte es die ganze Zeit geregnet, ein andauernd prasselnder Schauer; doch das war kaum ungewöhnlich in diesem Land, wie Grimarr inzwischen erkannt hatte.

Die Reise war höllisch gewesen, der Überfall hingegen ein großer Erfolg. Seit mittlerweile zwei Generationen hatten Wikinger die Klöster und alle wohlhabenden Orte an der Küste geplündert und leer geräumt, aber nun waren sie zum ersten Mal ins Inland vorgedrungen, hatten die reichen Flüsse Irlands genutzt, um weit vom Meer entfernt zuzuschlagen. Die Bewohner von Fearna hatten nichts von der Bedrohung geahnt. Das Kloster dort brachte einen üppigen Hort Silber ein, etwas Gold und einige Edelsteine. Die Nordmänner nahmen zudem so viele Sklaven mit, wie sie nur an Bord der beiden Schiffe unterbringen konnten, auch wenn das tatsächlich nicht sehr viele waren.

Aber der Rückweg zur See war noch schlimmer gewesen als der mühsame Weg landeinwärts. Die dahinschießende Strömung trug sie voran, doch stieß sie die Schiffe auch in die Schlammbänke hinein und drückte sie immer wieder gegen die hohen Ufer. So geschickt die Nordmänner auch ruderten, es war hart, die Boote im tiefen Wasser zu halten, und wenn das misslang, erwies es sich jedes Mal als Albtraum, sie wieder freizubekommen.

Ihr Rumpf lag auf der Rückreise tiefer im Wasser, voll mit der Beute und den Sklaven aus Fearna, und das machte alles noch schwieriger. Doch endlich erreichten die Wikinger die Mündung des Flusses, und die Ufer rückten vor ihnen auseinander, als wollten sie sie freigeben, während das Meer sich als weiter Bogen vor dem Bug erstreckte.

Jetzt, nachdem sie dem Fluss entkommen waren und die schroffe Küste neben ihnen vorüberzog, wollte Grimarr der

Riese nur noch zurück nach Vík-ló – so wenig der Longphort auch hermachte – und die *Adlerschwinge* erst mal eine Weile hinter sich lassen. Die Bö, die das Schiff so auf die Seite drückte, schob es außerdem fünfzig Bootslängen voran. Ein langer, weißer Streifen Kielwasser blieb zurück, und jeder Mann an Bord hoffte bereits, dass der Wind nun halten und sie geradewegs um die hoch aufragenden, felsigen Klippen an Backbord herumtragen würde.

Und genau da legte sich die Brise wieder und erstarb. Grimarr spürte, wie eine Welle der Enttäuschung durch die Mannschaft lief. Und dann, über die schlagende Takelage und das leise Flappen des geölten Wollstoffs, aus dem das Segel bestand, hinweg, vernahm er einen anderen Laut, weit entfernt, jedoch vertraut, ein Geräusch, das er unter jedem anderen herausgehört hätte. Obwohl es kaum hörbar war, klang es für ihn doch so eindringlich wie ein Alarmruf aufs Meer hinaus.

Das Klingen von Stahl auf Stahl. Von Waffe auf Waffe.

Grimarr richtete sich aus seiner zusammengesackten Haltung über der Ruderpinne auf und lauschte in die Richtung, aus der das Geräusch gekommen war. Niemand sonst an Bord schien es bemerkt zu haben; die leisen Gespräche an Deck stockten keinen Augenblick.

»Ruhe!«, brüllte Grimarr, und die Männer verstummten so plötzlich und endgültig, wie eine Kerze erlischt, wenn sie ausgeblasen wird. Die *Adlerschwinge* machte kaum noch Fahrt in der schwachen Brise, das Wasser verursachte kaum einen Laut auf der Bootshülle, und die Segel flatterten sanft. Die Männer saßen in absoluter Stille da, und nun lauschte jeder. Das Geräusch, das Grimarr vernommen hatte, wiederholte sich, deutlicher jetzt, und gedämpfte Schreie mischten sich darunter. Ein Gefecht, ganz ohne Frage. Jeder Mann an Bord hatte diesen Klang wieder und wieder gehört, und alle erkannten es sofort.

»Bei Odins süßem Arsch!«, rief Grimarr. Wer immer dort kämpfte, er befand sich auf der abgewandten Seite der Landzunge, und die massiven Steilwände dämpften alle Laute, die sie sonst viel früher wahrgenommen hätten. Wenn auf der Nordseite der Landspitze gekämpft wurde, wusste Grimarr genau, wer da kämpfte – zumindest auf einer Seite. Einer der Kämpfer musste Fasti Magnisson an Bord der *Wogenreiter* sein. Grimarr hatte auch eine Ahnung, wer der andere sein mochte.

»Ihr Hurensöhne!«, schrie er seine Männer an, die weiterhin an den Ruderbänken saßen. »Holt das Segel runter! Raus mit den Rudern! Bewegt euch, verdammt noch mal, sonst reiß ich euch die Lungen raus!«

Grimarr hatte die Drohung nicht einmal ausgesprochen, da hatte sich schon jeder seiner Leute in Bewegung gesetzt. Sie lösten Fall und Brassen, schwangen die Rah in Längsrichtung, während sie den Mast herabglitt, und verschnürten das Segel daran; sie hoben die Ruder aus den Halterungen und reichten sie über das Deck. Sandarr schob sich auf die Füße, humpelte zur Steuerbordbrasse und nahm sie auf. Es war nicht die Furcht vor Grimarr, die sie antrieb, nicht dieses Mal, und Grimarr wusste es. Genau wie für ihren Anführer stand für sie alle ein Vermögen auf dem Spiel, wenn ihre schlimmsten Befürchtungen sich als wahr erwiesen.

In der obersten Reihe der Schiffsplanken gab es Öffnungen für die Ruder. Jede einzelne war verschlossen, damit kein Wasser dort eindrang, wenn die *Adlerschwinge* im Wind krängte und ihre Flanken ins Meer tauchte. Jetzt schoben die Nordmänner diese Verschlüsse zur Seite und stießen die Ruder durch die Riemenpforten – Ruder von unterschiedlicher Länge, um an jedem Platz die unterschiedliche Breite des Rumpfes auszugleichen.

So kompliziert und potenziell chaotisch dieser Vorgang

auch sein mochte: Die Männer brauchten keine Minute, um das sich träge im unruhigen Wind dahinwälzende Segelschiff in ein flinkes Ruderboot zu verwandeln, das wie ein Pfeil dahinschoss; angetrieben von jahrelanger Übung und enormer Motivation.

Das Pech, das ihre Fahrt verfolgte, hatte nicht nachgelassen, nachdem die *Adlerschwinge* und die *Wogenreiter* den Slaney hinter sich ließen. Den Rest des Tages hatten sie auf ihrem Weg die Küste entlang noch einiges gutgemacht, bevor sie die Nacht auf einem Kiesstrand verbrachten. Am folgenden Morgen hatten sie die Langschiffe zurück ins Meer getragen, bei einer steten und günstigen Brise die Segel gesetzt und sich weiter die Küste hinauf nach Norden bewegt.

Es war bald Mittag, als Grimarr bemerkte, wie das Wasser über die Decksplanken stieg. Zwischen Deck und Rahmen und dem Schiffsboden darunter, an dem beides befestigt war, gab es nur einen winzigen Zwischenraum. Es war normal, dass Wasser darin schwappte – entweder, weil es über das Dollbord gekommen war, wenn eine Bö den Bootsrand hinabdrückte, oder weil ein Wolkenbruch das offene Schiff wie einen Trog volllaufen ließ. Die Männer waren daran gewöhnt, es über Bord zu schöpfen, sobald es in ihre Reichweite kam, und das taten sie auch jetzt. Doch Grimarr bemerkte, dass sie dieses Mal viel häufiger schöpfen mussten.

»Wo bei allen Göttern kommt das verfluchte Wasser her?«, wollte er wissen. Ein paar der Decksplanken lagen nur lose auf, um einfacher schöpfen zu können, aus Lagerungszwecken und um an den Rumpf zu gelangen. Diese wurden nun angehoben und die Planken darunter überprüft, ohne dass man einen Schaden entdeckte. Daraufhin wurden weitere Bretter gelöst, und gleich hinter dem Fuß des Mastes, genau dort, wo die Auflage des Mastes eine große Hebelkraft auf den Rumpf entfaltete, fanden sie eine der Rumpfplanken sauber durchgebrochen. Es war ein hässlicher Riss von mehreren Fuß Länge, durch den bei jedem Schaukeln des Schiffes ein neuer Schwung Wasser eindrang.

Einen Augenblick lang hatten Grimarr und die anderen nur dagestanden und auf den verwundeten Plankengang gestarrt, aus dem das Meerwasser einblutete. Und dann rollte der Rumpf der *Adlerschwinge* erneut, und das Holz krachte vernehmlich, und das Wasser sprudelte noch schneller herein.

»Oh, soll Odin doch diesen verfluchten morschen Schweinetrog holen!«, verschaffte Grimarr seinem Ärger Luft. Er blickte nach Westen, entdecke eine Stelle, wo die zumeist felsige und ungastliche irische Küste sich anscheinend zu einem Strand abflachte und wo sie das Schiff auf Grund setzen konnten. Sie mussten es versuchen. Wenn sie nicht irgendwie eine Reparatur zuwege brachten, würde die *Adlerschwinge* nicht viel länger über Wasser bleiben. Ganz gewiss würde sie es in ihrem gegenwärtigen Zustand nicht bis Vík-ló schaffen.

»Holt das Segel ein. Lasst die Ruder zu Wasser. Wir gehen da drüben an Land«, befahl Grimarr mürrisch. Er wurde lauter und rief die *Wogenreiter* an, die einige hundert Ellen weiter seewärts segelte. Er ließ sie wissen, dass er auf die Küste zusteuerte, ohne sich die Mühe zu machen, die Gründe dafür zu erläutern.

Eine Stunde vor Sonnenuntergang lagen beide Schiffe auf dem Strand. Wachen standen in weitem Bogen um das Lager und schützten sie vor Überraschungen. Nach Grimarrs und Fastis Einschätzung mussten sie nun tief in dem Landstrich stecken, der von dem Iren Lorcan mac Fáeláin beherrscht wurde. Die Nordmänner mochten ihren Heimathafen als Vík-ló bezeichnen, aber für die Iren hieß der Ort Cill Mhantáin und gehörte zu Lorcans Land. Grimarr hatte im Laufe der Zeit mitbekommen, dass in Irland jede erbärmliche Kuhweide und jede schäbige Anhäufung von Hütten einen eigenen König hatte, der von den Iren als *Rí Túaithe* bezeichnet wurde. Die meisten davon hatten so viel von einem König oder einem Krieger an sich wie die Bauern, über die sie herrschten.

Doch das galt nicht für Lorcan mac Fáeláin. Lorcan war ganz und gar ein König, selbst wenn das Gebiet, über das er herrschte, kaum groß genug war, um als Königreich zu gelten. Grimarr zweifelte nicht daran, dass Lorcan dieses Reich gerne vergrößert hätte – und er besaß die Männer und den Mut, um das zu schaffen. Seine Herrschaft auszudehnen bedeutete unter anderem, die Dubh Gall zurück ins Meer zu treiben.

Grimarr fürchtete sich nicht vor Lorcan – er fürchtete sich vor niemandem. Aber er betrachtete den Iren als ernsthaften Gegner und als eine Bedrohung, die man nicht auf die leichte Schulter nehmen durfte; das war der größtmögliche Respekt, den Grimarr irgendjemandem zollen konnte.

Die Schiffe auf den Strand gezogen, so verwundbar wie gestrandete Wale, erwogen die Wikinger ihre Möglichkeiten. Wenn Lorcan sie hier angriff, würde er es mit einer überwältigenden Übermacht tun; das Beste, worauf sie in diesem Fall hoffen konnten, war eine erfolgreiche Flucht. Also befanden sie, dass sie sich genau darauf vorbereiten sollten. Sie schoben die *Wogenreiter* ins Wasser zurück und machten sie mit einem langen Seil aus Walrosshaut an einem Baum am Ufer fest. Dann verluden sie die ganze Beute aus Fearna auf das unversehrte Schiff. Wenn die Iren nun über sie herfielen, konnten die Nordmänner an Bord der *Wogenreiter* entkommen und all ihre Reichtümer mit sich nehmen.

Sie verbrachten zwei Tage an dem Strand, legten die *Adlerschwinge* auf die Seite und kümmerten sich so gut sie konnten um die geborstene Planke. Zwei Tage, während derer Lorcan von ihrer Gegenwart erfahren haben musste. Als die Reparatur fast abgeschlossen war, waren Fastis Männer begierig darauf, wieder aufzubrechen, und von den Iren war noch immer keine Spur zu sehen. So wurde vereinbart, dass die *Wogenreiter* wieder in See stechen sollte. Niemand würde Ruhe finden, solange die Beute aus Fearna nicht sicher innerhalb der Wälle von Vík-ló ruhte.

Grimarr und die Mannschaft der *Adlerschwinge* würden höchstens mit einem halben Tag Abstand folgen und am Longphort zu den anderen stoßen. Nur wenigen Männern auf der Welt hätte Grimarr erlaubt, mit einem Schatz davonzusegeln, der zur Hälfte ihm gehörte. Fasti war einer davon.

Die *Wogenreiter* war fast schon am nördlichen Horizont verschwunden, als sie die *Adlerschwinge* zu Wasser ließen und feststellten, dass die ausgebesserte Planke nicht hielt und das Schiff immer noch leckte. Also zogen sie es wieder zurück und legten es erneut auf die Seite. Ein weiteres Stück Holz, dick mit Pech bestrichen, wurde als zusätzlicher Flicken über die gebrochene Planke genagelt, und das schien endlich auszureichen. Bis sie damit fertig waren, wurde es dunkel, und so schoben die Männer das Schiff ins seichte Wasser und machten es an demselben Baum fest, der schon die *Wogenreiter* gehalten hatte. Auf diese Weise verbrachten sie die Nacht. Sie brachen auf, sobald die Morgendämmerung sich am Horizont zeigte, und folgten der *Wogenreiter* auf ihrem Weg entlang der Küste.

Das war nun zwei Tage her, und jetzt legte sich die Besatzung der *Adlerschwinge* mit aller Gewalt in die Riemen. Die Männer holten auch noch das Letzte an Fahrt aus dem Schiff heraus und versuchten verzweifelt, um die Landspitze herum und zu dem Kampf dahinter zu gelangen. Genau wie Grimarr war jedem an Bord klar, dass es Fasti Magnisson und seine Leute waren, die dort in ein Gefecht verwickelt waren.

So musste es sein. Die Iren waren keine Seefahrer, sie schlugen keine Seeschlachten. Jeder Kampf auf dem Wasser musste Nordmänner einschließen, und die *Wogenreiter* war das einzige Wikingerschiff, von dem Grimarr sicher wusste, dass es hier in der Gegend unterwegs war.

Sie hätte längst zurück in Vík-ló sein sollen und in Sicherheit; Grimarr hatte keine Ahnung, warum das nicht so war; aber das änderte nichts an seiner Überzeugung, dass es Fasti war, der dort kämpfte. Fasti, sein Freund. Fasti, der Grimarrs Anteil am Schatz von Fearna an Bord seines Schiffes transportierte.

2. Kapitel

Sie waren in der Überzahl,
aber ich fütterte die Krähen.
GISLI SURSSONS SAGA

Sie umrundeten die Landzunge und kamen so dicht an die mörderischen Klippen, dass die Gischt der daran zerschellenden Wellen Grimarrs Gesicht benetzte. Als die Küstenlinie um die hohen Felsen herum in einem Winkel von fast neunzig Grad nach Nordwesten abknickte, schien das Land steuerbord vor dem Bug zurückzuweichen. In dieser Richtung lag einige Meilen weiter Vík-ló.

Die Kampfgeräusche schwollen an: das metallische Klirren von Klinge auf Klinge, von Beil auf Helm, die zornigen Rufe von Männern, das Schreien der Sterbenden. Es wurde lauter, aber noch immer konnte Grimarr den Kampf nicht sehen. Vom Bug bis zum Heck verrenkten sich die Männer an den Ruderbänken den Hals, um vor dem Schiff etwas auszumachen.

»Konzentriert euch auf die verdammten Ruder!«, brüllte Grimarr. »Ich sag's euch, wenn es da was zu sehen gibt!«

Die Köpfe fuhren herum, muskulöse Arme zerrten an den langen Holzschäften, und die *Adlerschwinge* schoss über das Meer.

Und dann, endlich, sobald die *Adlerschwinge* das äußerste Ende der Landspitze umrundet hatte, erblickte Grimarr das Kampfgetümmel. Er fluchte laut, brüllte Verwünschungen zum Himmel, hämmerte mit der Faust auf die Ruderpinne.

Die *Wogenreiter* lag eine halbe Meile entfernt, der Rumpf tief im Wasser und nach Backbord geneigt unter dem Gewicht der Männer. Dutzende und Aberdutzende waren es, die auf dem Deck in einen blutigen Kampf verstrickt waren. Das Langschiff war von kleineren Booten umlagert, schwarz und von flacher Bauart: irische Nussschalen, die bei den Einheimischen Curragh hießen. Sie bestanden aus leichten, zerbrechlichen Holzrahmen, über die mit Eichenrinde gegerbte Ochsenhäute gespannt waren – nichts, was sich mit den großen Schiffen der Wikinger vergleichen ließe!

Doch was ihnen an Größe und Stabilität fehlten, glichen sie durch ihre Anzahl aus. Es war ein ganzer Schwarm von Curraghs hier versammelt, genug, um hundert Männer oder mehr zu tragen. *Sie müssen gleich nördlich der Landspitze gelauert haben*, dachte Grimarr. Dann hatten sie offenbar schnell zugeschlagen, sobald das Langschiff in Sicht gekommen war. Gewiss hatten sie die Fahrt der *Wogenreiter* von der Küste aus im Auge behalten. Für Grimarr sahen sie wie ein Rudel Wölfe aus, das einen wütenden Stier gestellt hatte.

Die *Wogenreiter* war umzingelt. Die Curraghs waren von allen Seiten auf sie eingedrungen, die Iren darin waren an Bord geklettert und hatten die Wikinger regelrecht überrannt. Zumindest versuchten sie es. Fasti und seine Besatzung wehrten sich immer noch mit all der Wildheit, zu der ihr Volk fähig war. Schwerter und Äxte hoben und senkten sich, Speere stießen nach Kriegern, die über den niedrigen Bootsrand stiegen. Nach Grimarrs Einschätzung dauerte der Kampf schon mindestens zwanzig Minuten, was bedeutete, dass die Männer der *Wogenreiter* sich wacker schlugen. Aber Grimarr erkannte auch, dass sie weit in der Unterzahl waren.

Sie wissen nicht, dass wir hier sind, dachte er. In einer Schlacht reicht die Welt der Beteiligten nicht über die Grenzen des Gefechts hinaus. Niemand hatte bis jetzt bemerkt, dass die *Adlerschwinge* rasch von achtern herankam. Grimarr biss in hilfloser Wut die Zähne aufeinander.

Bastarde! Hurensöhne! Ich werde euch allesamt niedermachen!

Am liebsten hätte er sein Schiff mit bloßer Willenskraft schneller über das Wasser getrieben. Aber er wusste, dass seine Männer sich längst mit aller Kraft in die Riemen legten, und er wollte die Iren nicht auf sich aufmerksam machen, indem er seine Leute antrieb. Wie wundervoll wäre es doch, wenn er mitten zwischen die Feinde stürmen könnte, unbemerkt bis zu dem Augenblick, wo sein Schwert die tödliche Arbeit aufnahm.

»Sandarr!«, rief er seinem Sohn zu. »Übernimm das Ruder.« Sandarr humpelte zum Heck. Er würde sich nicht in den Kampf stürzen, jedenfalls nicht beim ersten Ansturm: Das schmerzende Bein raubte ihm jede Beweglichkeit.

Insgeheim verabscheute Grimarr die Schwäche seines Jungen, auch wenn Sandarr sich die Wunde in einem ehrbaren Kampf eingetragen hatte.

Sandarr trat um die Ruderpinne herum und nahm die glatte Eichenstange aus Grimarrs Händen. »Halte gerade auf die Backbordseite der Wogenreiter«, wies Grimarr ihn an. »Zerschmettere diese verdammten Curraghs einfach zwischen unseren beiden Schiffen, jedes einzelne. Wir schneiden den irischen Hunden ihren Fluchtweg ab und töten sie an Ort und Stelle.«

Sandarr nickte, und Grimarr löste sich von der Ruderpinne, ging nach vorn. Er schüttelte den Mantel von den Schultern, hob den neben ihm auf dem Achterdeck deponierten Schwertgurt auf und schloss den Gürtel um seine Taille. Dann schritt er durch die Reihen rudernder Männer hindurch zum Bug. Jeder Wikinger an Bord hatte eine Waffe griffbereit zur Hand; Schwert oder Axt, was immer er bevorzugte. Die Helme lagen ebenfalls dort, und die Schilde reihten sich auf den Halterungen an den Bordwänden. Ihnen blieb nicht genug Zeit, um die Kettenhemden anzulegen, aber das war jetzt auch egal. Sie würden diese irischen Hunde niedermachen und an die Kreaturen des Meeres verfüttern, noch bevor sie ihre Klingen an einen Nordmann legen konnten.

Die *Adlerschwinge* hatte Öffnungen für zweiunddreißig Ruder, sechzehn auf jeder Seite. Das bedeutete, dass nur die Hälfte der Mannschaft zum Rudern gebraucht wurde. Dennoch blieb niemand untätig. Auf den meisten Ruderbänken saßen zwei Männer nebeneinander und übten eine beträchtliche Kraft auf die Riemen aus.

»Ihr da, Männer! Jeder Zweite am Ruder kommt mit mir!«, sagte Grimarr, die Stimme kaum mehr als ein unterdrücktes Knurren. »An die Waffen!« Es empfahl sich nicht, mitten in ein Gefecht zu pflügen, solange alle nur Ruder statt Waffen in der Hand hielten.

Einer nach dem anderen sprang auf, bis die Ruder nur noch einzeln bemannt waren. Die Wikinger nahmen die Waffen auf, streiften die Helme über die Köpfe und folgten ihrem Schiffsherrn nach vorne.

Grimarr stellte sich neben die prachtvoll geschnitzte Bugzier, die im stilisierten Haupt eines kreischenden Adlers auslief. Höchstens noch eine Viertelmeile, und er konnte erkennen, dass der Kampf bereits abflaute. Das Getümmel wogte längst nicht mehr so heftig wie zuvor, die Schwerter hoben und senkten sich seltener. Grimarr zupfte an seinem Bart. Das war kein gutes Zeichen. Aber selbst wenn jeder Mann von Fastis Mannschaft tot war, so blieb den Iren zumindest keine Zeit, um den Schatz fortzuschleppen.

Er wandte sich seinen Männern zu. »Rudert, ihr Mistkerle!«, zischte er. Das war überflüssig, doch er konnte nicht anders. Er drehte sich wieder dem Kampf zu. Sie kamen rasch näher. Und dann sah Grimarr ihn.

Selbst aus dieser Entfernung war ein Irrtum ausgeschlossen. Wie Grimarr war auch Lorcan mac Fáeláin ein Riese von einem Mann, fast so groß wie Grimarr und beinahe ebenso breit. Grimarr war ihm einmal persönlich begegnet, das einzige Mal, als Iren und Dubh Gall versucht hatten, zu irgendeiner Art von Übereinkunft zu gelangen. Es war nicht gut verlaufen. Aber damals hatte Grimarr erfahren, was für eine Art Mann Lorcan war und warum ihm die Iren so bereitwillig folgten.

Und hier stand Lorcan mac Fáeláin ihm erneut gegenüber, dicht beim Heck der *Wogenreiter*, mit einer großen Streitaxt in der Hand. Grimarr sah nasses Blut auf dem Axtblatt glitzern. Er zog sein eigenes Schwert und biss grimmig die Zähne aufeinander.

Der Kampf war vorüber. So viel konnte er erkennen. Die Iren traten zurück. Sie ließen die Arme sinken, ihre erdfarbenen Tuniken waren blutbefleckt und zerrissen. Sie waren erschöpft, doch sie standen noch. Grimarr mochte nicht daran denken, in welchem Zustand sie Fasti und seine Leute zurückgelassen hatten. Die Nordmänner hatten ihre Leben teuer verkauft und waren gewiss nicht leicht zu töten gewesen. Jetzt wollte Grimarr wie ein Rachegeist auf die Iren herabstoßen.

Doch während er auf Lorcan mac Fáeláins riesige, breite Rückseite starrte, schien Lorcan die Glut seines Blicks zu spüren. Er wandte sich um, und die *Adlerschwinge* war inzwischen nah genug, dass Grimarr den Schreck und die Überraschung auf Lorcans Gesicht erkannte. Das Schiff war aus dem Nichts heraus aufgetaucht, ein tödlicher Gegner, der vom Himmel gefallen zu sein schien oder sich aus den Tiefen des Meeres erhoben hatte.

Lorcan war nicht der Einzige, der jetzt aufmerksam wurde. Ein weiterer Mann drehte sich um, zeigte mit dem Finger, schrie überrascht auf, und dann wandten sich alle Iren um und starrten auf den Tod, der plötzlich hinter ihnen erschienen war. Sie wichen zurück. Alle, mit Ausnahme von Lorcan, der die Streitaxt hob und auf das herankommende Schiff zutrat.

»Noch ein Zug, dann zieht die Ruder ein! An die Waffen!«, rief Grimarr.

Er hörte das Ächzen, mit dem jeder sich ein letztes Mal in die Riemen legte. Dann das Knirschen von Holz auf Holz, als die Ruder wieder in den Rumpf gezogen wurden, das Klappern, mit dem die langen Holzschäfte auf dem Deck landeten. Es gab keinen Grund mehr für Heimlichtuerei, und so brüllte Grimarr all den Zorn heraus, der sich in ihm angestaut hatte. Der dröhnende, tierhafte Laut ließ die Luft vibrieren. Grimarrs Männer fielen hinter ihm ein wie ein Chor. Die Wikinger schrien und fluchten, schlugen ihre Waffen und Schilde gegeneinander. Die Iren an Bord der *Wogenreiter* wichen einen weiteren Schritt zurück, während Lorcan zwei Schritte auf die Nordmänner vorrückte.

Dann trafen die Schiffe aufeinander. Sandarr hatte gut gezielt, wenn auch nicht perfekt. Anstatt die Curraghs zwischen den Wikingerschiffen zu zerschmettern, trieb er den Bug der *Adlerschwinge* gegen das Heck der *Wogenreiter*. Die Schiffe prallten mit einem Ruck zusammen, der Grimarr taumeln ließ. Dann entfernten sie sich wieder voneinander, aber die *Adlerschwinge* hatte noch genug Schwung, dass Sandarr sie unter lautem Krachen und dem Bersten von Holz erneut längsseits brachte.

Grimarr setzte über die Lücke hinweg, brüllte und schwang sein Schwert, als er auf das Deck der *Wogenreiter* zuflog. Sein Fuß landete auf dem Bootsrand, und er stieß sich mit einer

Gewandtheit wieder ab, die für einen Mann seiner Größe verblüffend war. Er schrie und schlug nach Lorcans Kopf, sobald seine Füße das Deck aus Kiefernholz berührten. Lorcan parierte die Waffe mit der Axt und fing die Klinge zwischen Blatt und Schaft. Er verdrehte das Beil und hoffte, Grimarr das Schwert aus der Hand zu reißen. Aber Grimarr zerrte es zurück und befreite es aus Lorcans Griff.

Jetzt war es Lorcan, der brüllte. Seine Wut schien greifbar in der Luft zu hängen, sein Zorn darüber, wie Grimarr scheinbar aus dem Meer aufgetaucht war und ihm seinen größten Triumph über die verfluchten Dubh Gall zu entreißen drohte. Speichel flog von seinen Lippen, die Augen hatte er weit aufgerissen, sein Bart war eine verfilzte Masse. Er holte mit der Axt aus und ließ sie herabsausen, beidhändig und mit einer Wucht, die einen Eichenstamm hätte spalten können.

Grimarr erkannte, dass er seinen Schild zurückgelassen hatte. Es war egal. Lorcans Schlag war kraftvoll, jedoch ohne jede Finesse, und er kam alles andere als überraschend. Grimarr trat zur Seite, die Axt sauste herab, und das Blatt grub sich einen Zoll tief in das Deck, wo es fest stecken blieb.

Grimarr holte mit dem Schwert aus und setzte zu einem weiten Rückhandschlag an, der Lorcan glatt durch seinen Bart den Kopf von den Schultern getrennt hätte. Schon führte er die Klinge nach vorn, da ließ Lorcan die Streitaxt los. Seine Rechte schnellte vor und packte Grimarrs Schwertarm mit einer Kraft, die Grimarr nie zuvor bei einem anderen Mann gespürt hatte. Er brachte Grimarrs Hieb zum Stehen, dann hämmerte er die linke Faust in Grimarrs Rippen. Grimarr krümmte sich, und das Schwert fiel klirrend aufs Deck.

Lorcan ließ Grimarrs Arm los und holte zu einem weiteren Schlag aus, einem Schlag, von dem Grimarr sich nicht mehr erholen würde. Doch Grimarr riss den Kopf hoch und traf

Lorcan mit dem Schädel unter dem Kinn. Lorcan taumelte zurück.

Links und rechts von ihm strömten die Männer von der *Adlerschwinge* auf das Deck und stürzten sich auf die Iren. Wieder hoben sich Beile und Schwerter, stießen Speere in die dicht gedrängten Reihen der Krieger. Grimarrs Mannschaft steckte das Rudern noch in den Knochen, trotzdem waren sie nicht halb so erschöpft wie Lorcans Männer nach dem harten Kampf gegen Fastis Leute.

Sie kämpften tapfer, diese Iren, und hielten dem heftigen Ansturm stand, so gut sie nur konnten. Aber ihr Widerstand war nur schwach, und die Nordmänner drängten sie zurück. Obwohl Lorcans Männer ihre Schwerter und Streitäxte mit Geschick zu führen verstanden, fehlte ihren Armen inzwischen die Kraft. Sie würden nicht lange durchhalten.

Grimarr und Lorcan standen einander gegenüber. Sie atmeten schwer, und Hass ging von ihnen aus wie Hitze von einem Kohlenbecken. Grimarrs Schwert lag zu seinen Füßen, und Lorcans Axt steckte im Deck fest. Grimarr ballte die Fäuste. *Mit bloßen Händen …*, dachte er. *Ich töte ihn mit meinen bloßen Händen und genieße jeden Augenblick.*

Dann rief einer der Iren eine Art Befehl, seine Stimme schnitt klar durch den Kampfeslärm. Es folgte eine Bewegung nach vorn, und Lorcan schrie eine Antwort in der hässlichen Sprache seines Volkes. Grimarrs Blick flog nach links. Die Iren nutzten die langen Ruder der *Wogenreiter*, um die Nordmänner zurückzuhalten, während sie selbst einer nach dem anderen über das Dollbord des Langschiffs in die Curraghs sprangen.

Grimarr stürzte sich auf Lorcan und schwang die linke Faust. Der Ire fing den Hieb mit seinem Arm ab. Das hatte Grimarr erwartet, und er ließ den richtigen Schlag mit der Rechten folgen. Damit traf er seinen Widersacher seitlich am

Kopf und brachte ihn ins Wanken, zugleich spürte er aber, wie die Knochen in seinen Fingern unter der Wucht des Aufpralls brachen. Er hob den Arm und zögerte – er wusste genau, was für ein Schmerz den nächsten Schlag begleiten würde. Da hob Lorcan das Wikingerschwert auf und schlug nach Grimarrs Unterleib.

Der riesige Wikinger sprang aus der Reichweite der Klinge. Die Schneide fuhr durch seine Tunika und drang tief genug in den Bauch, um auf Blut zu stoßen und einen scharfen Schmerz durch seinen Leib zu schicken, aber für mehr reichte es nicht. Und dann war Lorcan fort.

Er nutzte den Augenblick, als Grimarr taumelte, und wich rasch an die Seite des Schiffes zurück. Lorcan wandte seinem Gegner nicht den Rücken zu, sondern schrie etwas in seine Richtung, eine trotzige Herausforderung in seiner kehligen Sprache. Er warf Grimarrs Schwert weg und schwang sich über den Rand in eines der Curraghs. Lorcan zappelte noch immer am Boden und versuchte, sich wieder aufzurichten, als das Boot unter wildem Paddeln der Iren von der *Wogenreiter* fortschoss.

»Nein!«, rief Grimarr. »Komm zurück, du Bastard!« Er rannte auf die Seite des Schiffes zu, konnte aber nur zusehen, wie das Gefährt mit Lorcan am Heck davonschaukelte. Der drehte sich um und schüttelte eine Faust in Grimarrs Richtung, begleitet von einer Geste, die unter den Iren vermutlich als tödliche Beleidigung galt.

Grimarr atmete schwer. Er verharrte an der Bordkante und stützte sich auf die Hände. Der Schmerz aus den gebrochenen Fingern schoss seinen Arm hinauf, und er riss die Hand zurück, als hätte er auf glühendes Metall gefasst. Er schaute nach rechts. Sandarr wartete dort, das Schwert in der Hand. Blut tropfte von der Klinge, wie Grimarr zufrieden feststellte, auch wenn er nicht wusste, was für eine Rolle genau sein Sohn in dem Kampf gespielt hatte.

»Bastarde«, stellte Sandarr fest. Er beobachtete, wie die Curraghs Richtung Ufer flohen. Es lohnte sich nicht, sie zu verfolgen. Sie mochten eines erwischen, vielleicht zwei, doch in keinem davon saßen mehr als zehn Männer. Das war die Mühe nicht wert. Sie hatten Wichtigeres zu tun.

Grimarr hob sein Schwert auf und steckte es wieder ein, dann ging er langsam auf dem Schiff nach vorne. Er hatte schon viele Raubzüge erlebt, dazu eine Menge Kämpfe in seiner Heimat, aber nie ein Massaker wie dies hier. Er bezweifelte, dass irgendjemand an Bord so etwas je gesehen hatte. Überall lagen Tote, an manchen Stellen drei oder vier übereinander. Iren und Nordmänner gleichermaßen. Man sah klaffende Wunden, blutdurchnässte Gewänder, weit aufgerissene Augen blickten starr aus vor Schmerz und Grauen verzerrten Gesichtern. Das Deck und die Schiffswände trieften vor Blut, als hätte man sie damit gestrichen. Es gab Waffen im Überfluss, Schwerter steckten in Ruderbänken, Speere ragten wie Masten aus den Körpern von Iren und Wikingern.

Nicht alle Toten waren Krieger. Fasti hatte bei dem Raubzug ein Dutzend irische Männer und Frauen an Bord gebracht. Diese Sklaven waren mittschiffs aneinandergekettet worden, und dort waren sie auch gestorben. Vielleicht hatte man sie in dem allgemeinen Gemetzel einfach niedergehauen, doch die Wunden erschienen Grimarr zu zielstrebig und erinnerten mehr an ein Blutopfer als an wahlloses Töten.

»Werft die Iren über Bord«, befahl er. Grimarr spürte, wie eine haltlose Unruhe in ihm aufstieg. Ein Großteil des Schatzes war unter den Decksplanken verstaut worden, die nun unter der Masse an Toten nicht einmal zu sehen waren. Aber er wusste, dass ein Paar Säcke mit Silbertellern und Ähnlichem auf dem Achterdeck verblieben waren, und im Augenblick war keiner davon auszumachen.

Hat Lorcan den Schatz doch mitgenommen?, fragte sich Grimarr. Er hatte keine Ahnung, wie das hätte passieren können. Der Kampf war noch in vollem Gange gewesen, als die *Adlerschwinge* auf Sichtweite herangekommen war. Es hatte nicht einen Moment gegeben, in dem die Iren die Beute unbemerkt in ihre Boote hätten laden können.

Also, wo bei den Göttern ist das Zeug?, dachte Grimarr.

Die Männer der *Adlerschwinge* arbeiteten sich paarweise das Deck entlang. Sie packten die Iren bei den Händen und Füßen und ließen sie über die Bordwand fliegen. Fastis Männer rollten sie zur Seite, fanden noch mehr Iren darunter und warfen auch die ins Meer, mit einem Platschen, bei dem das Wasser über die Bordwand spritzte.

Fasti Magnisson selbst lag beim Mast. Er trug kein Kettenhemd – Lorcans Angriff musste schnell über sie gekommen sein, ein Hinterhalt –, und Grimarr las aus seinen Wunden die Wut, mit der der Mann gekämpft hatte. Grässliche Schnitte zeichneten Arme und Beine. Sein Bauch war so weit aufgeschlitzt, dass Grimarr die Eingeweide aus der Wunde schimmern sah. Doch der Schlag, der ihn gefällt hatte, war mit einer Axt erfolgt. Die Waffe hatte ihm den Schädel gespalten und steckte immer noch darin, während der Körper auf einer Ruderbank ruhte.

Lebwohl, mein Freund, dachte Grimarr. *Die Walküren werden dich deiner Belohnung entgegentragen. Ein so tapferer Tod wird den Göttern nicht entgangen sein.* Eine ganze Weile lang starrte er auf Fastis Leichnam, erinnerte sich an all die Abenteuer, die sie gemeinsam erlebt hatten, an ihre Kämpfe zuhause in Dänemark und seit ihrem Aufbruch zur Wikingerfahrt vor drei Jahren. Sie waren mit knapper Not entkommen, als die

Norweger Dubh-Linn zurückerobert hatten, und dann hatten sie dazu beigetragen, den neuen Longphort in Vík-ló aufzubauen.

Also, bei den Göttern, was hast du mit meinem Schatz angestellt?, dachte Grimarr.

Sandarr erschien wieder an seiner Seite. »Alle Iren sind über Bord«, sagte er. »Sollen die Haie sie holen. Wahrscheinlich kotzen sie davon, aber sollen sie zuvor ruhig schmausen.«

Grimarr nickte. »Wir werden unsere Toten hier aufbahren. Dann können wir die *Wogenreiter* nach Vík-ló schleppen und ihnen eine anständige Bestattung verschaffen. Vorher allerdings …«

Er löste den Blick von Fasti und trat an die Vorderseite des Mastes. Ein stattlicher Teil des Schatzes war dort unter den Decksplanken verstaut worden. Sie waren nicht festgenagelt, aber jetzt blockierten drei tote Männer den Zugang.

»Schafft diese elenden Bastarde da weg«, befahl Grimarr, und die Toten wurden kurzerhand zur Seite gezogen. »Hebt die Planken an.«

Eifrige Hände ergriffen die Kanten der Kiefernbretter, denn sie wussten alle, wonach Grimarr sie suchen hieß. Die Planken lösten sich, und trübes Sonnenlicht sickerte in den Raum darunter. Da war nichts als ein Zoll Blut und Wasser, das träge im Rumpf schwappte.

»Verdammt! Bei Odin, verdammt!«, stieß Grimarr enttäuscht hervor. Ein Stück weiter vorn gab es einen anderen Hohlraum, wo noch mehr von der Beute gelegen hatte. Die Männer zogen auch dort die Toten beiseite, hoben die Planken an und fanden wiederum nichts.

Grimarr runzelte die Stirn. Er war überzeugt davon, dass Lorcan gar nicht die Zeit gehabt hatte, um den Schatz fortzubringen. Hatte Fasti ihn also irgendwo an Land versteckt? Aber warum hätte er das tun sollen? Hatte Fasti ihn etwa hintergehen wollen? Das konnte Grimarr unmöglich glauben.

Ein Lagerraum war noch übrig, und obwohl Grimarr inzwischen nicht mehr erwartete, dort irgendetwas zu finden, musste er doch schauen. Wieder wurden die Toten aus dem Weg geräumt, und die Männer tasteten nach den Planken.

Da bewegte sich etwas unter dem Deck!

Die Männer, die herangetreten waren, um die Bretter zu entfernen, sprangen überrascht zurück. Ängstlich blickten sie einander an. Sie standen inmitten eines Schlachthauses, tote Männer überall. Eben noch hatten sie die Leichen ihrer Feinde kaltherzig über Bord geworfen. Wer wusste schon, was für seltsame Geschöpfe aus der Geisteswelt jetzt durch die Eingeweide des Schiffes krochen?

Wieder war ein Klopfen zu hören. Es kam von dem Ding unter Deck, und ein Brett bewegte sich den Bruchteil eines Zolls, als das, was dort unten lauerte, unruhig wurde. Wie ein Mann traten alle Wikinger einen großen Schritt zurück.

»Bah! Was seid ihr nur für ein Haufen alter Weiber!« Grimarr trat vor, ungeachtet seines eigenen Schreckens, den er nur mühsam unterdrückte. Er bückte sich und packte die Kante der Decksplanke, und im selben Augenblick löschte die Qual in seinen gebrochenen Fingern jede Furcht vor dem aus, was sich darunter befinden mochte. Er riss das Brett hoch und schleuderte es beiseite.

Es war kein Geist, oder wenn es einer war, hatte er zumindest eine menschliche Form angenommen. Eine hübsche menschliche Form sogar. Es war ein Mädchen, ein dreckiges und zusammengekauertes Mädchen von schwer schätzbarem Alter. Es blickte aus dem schmalen Spalt heraus und blinzelte in das Licht, und dann sprach es. Irisch. Niemand verstand ein Wort davon.

Verdammt sollst du sein, Fasti Magnisson, dachte Grimarr, *was für ein Spiel spielst du mit mir?*

Die *Wogenreiter* rollte in der Dünung, und plötzlich hüllte eine kalte Brise sie alle ein wie ein Atemzug aus dem Grab. Grimarr spürte, dass seine Ängste sich wieder regten. War das Fasti, oder waren das die Iren, die zurückkehrten, um ihn heimzusuchen? Er blickte luvwärts. Der Himmel im Osten hatte eine schwarze und hässliche Tönung angenommen, der kalte Wind kündigte von schlechtem Wetter. *Übles Wetter,* dachte Grimarr. *Da zieht ein Sturm heran, und das schnell!*

»Also gut«, verkündete er laut. »Schafft sie da raus. Sie ist kein Geist, nur eine armselige irische Sklavin. Bringt ein Schlepptau an der *Wogenreiter* an. Lasst uns nach Vík-ló gelangen, bevor dieses verfluchte Scheißwetter uns erwischt.«

3. Kapitel

Vor seinem Wogenross im Ostmeer
sah Erik, der Schlachterprobte,
vom Sturme umhergestoßen,
jedoch mehr blaue Brecher.

DIE SAGA VON GUNNLAUG SCHLANGENZUNGE

Fünfzig Seemeilen nordöstlich traf dieselbe kalte Windböe, die Grimarr der Riese gespürt hatte und deren eisiger Hauch in seinem Geist das Bild von zornigen, verlorenen Seelen heraufbeschworen hatte, das Langschiff *Weitfahrer* unter vollem Segel. Die Luvseite des großen, rot-weißen Segels war am Beitass festgemacht, einer Spiere, die an Steuerbord über die Bordwand hinausragte und das Segel besser im Wind hielt. Der Wind ließ das Schiff leewärts krängen, bis die Flanke eintauchte und ein Schwall Wasser durch die Lücken zwischen den an Backbord hängenden Schilden schwappte.

Thorgrim Nachtwolf stand hinten am Ruder und ging ein Stück weit nach Luv an den Wind, bis der Rumpf der kaum merklichen Drehung des Ruderblatts folgte und sich wieder aufrichtete. Für Thorgrim hatte der kalte Wind nichts Übernatürliches an sich. Gewiss war er nicht weniger besorgt als jeder andere Wikinger wegen all der Schrecken, die verborgen in den finsteren Tiefen des Ozeans hausten. Doch er hatte schon seit Stunden beobachtet, wie der Sturm sich am östlichen Horizont zusammenbraute, und er verstand die Bö als Anzeichen des Wetterumschwungs.

Er drehte das Gesicht in den Wind und ließ die Brise an seinem Bart zupfen, einem dunklen Bart, der mittlerweile grau gesprenkelt war. Auch in seinem Haupthaar wurden die weißen Strähnen zahlreicher, und das war kein Wunder: Thorgrim weilte seit mehr als vier Jahrzehnten auf dieser Erde, und es waren harte Jahre gewesen.

Thorgrims Schwiegervater, Ornolf der Rastlose, stand unmittelbar vor der Ruderpinne und stützte sich mit einem Trinkhorn in der Hand auf die Reling. Sein langes Haar peitschte im Wind. Es war fast gänzlich weiß geworden mit den Jahren, und nur Spuren des ursprünglichen Rots waren hier und dort geblieben. Ornolf war sturzbetrunken.

»Da!«, rief er und wies mit dem Horn zum Horizont. Met spritzte auf das Deck, verschwand in Rinnsalen zwischen den Brettern und mischte sich mit dem Meerwasser in der Bilge. Blitze zuckten unter der dicken, düsteren Wolkendecke im Osten. »Siehst du? Thor will mich fertigmachen, sobald ich auch nur einen Fuß aufs Meer setze! Ha! Das hat er schon mal probiert, aber Aegir beschützt mich! Warum? Weil Aegir Männer schätzt, die mit dem Ozean und dem Trinkhorn gleichermaßen umgehen können. Und ich bin so ein Mann!«

Ornolf leerte das Gefäß und schleuderte es auf das Deck. Dann wandte er sich wieder dem Meer zu und kletterte auf die Bordwand. »Du willst mich kriegen, Thor, du feiger Hurensohn?«, schrie er.

Thorgrim schaute zur Leeseite. Sein Sohn Harald und Starri der Unsterbliche saßen mit dem Rücken an die Bootswand gelehnt. Solange der Wind stetig blies und das Segel sie vorantrieb, gab es nicht viel für sie zu tun. Zum Glück sorgte Ornolf dafür, dass ihnen nicht langweilig wurde.

Ihre Blicke kreuzten sich, und Thorgrim nickte in Ornolfs Richtung. Harald und Starri sprangen auf, jeder von ihnen griff nach einem von Ornolfs Armen und manövrierte ihn behutsam vom Rand des Bootes fort. »Bitte, Großvater«, sagte Harald. »Du wirst Thor so sehr erschrecken, dass er sich in die Hosen pisst, und ich will mir gar nicht vorstellen, was dann passieren würde!«

Widerwillig ließ Ornolf sich zu einer kleinen Bank führen. Starri hob das Trinkhorn auf, und Harald holte einen Weinschlauch, der noch voller Met war. Er füllte das Horn nach, und das schien den alten Mann zu besänftigen.

Im vorderen Teil des Schiffes kauerten die Männer an der Windseite und wandten die Köpfe ab, als das Schauspiel am Heck zu einem Ende kam. Aber sie blickten weiterhin finster drein. Es gefiel ihnen nicht, wie Ornolf der Rastlose die Götter verspottete. Und Thorgrim gefiel es genauso wenig.

Ein paar seiner Begleiter waren mit Thorgrim und Ornolf von Vik hierher gesegelt. Sie waren an Ornolfs Benehmen gewöhnt. Doch von dieser ursprünglichen Besatzung waren nicht mehr viele übrig, und die meisten an Bord kannten die Männer aus Vik kaum. Sie waren in Dubh-Linn aufs Schiff gekommen und stammten aus allen Winkeln der nordischen Welt, auch wenn es sich hauptsächlich um Norweger handelte. Sie hatten sich Thorgrim angeschlossen, weil sie einen Weg zurück nach Hause suchten, und weil sie vom Nachtwolf gehört hatten und ein Teil seiner Mannschaft sein wollten.

Eine weitere Bö ließ das Schiff leewärts kippen, und Ornolf fluchte, weil er den Met über seine ganze Tunika verschüttet hatte. Es störte ihn nicht, dass seine Kleidung nass war – die war ohnehin schon vom Meerwasser durchtränkt –, aber die Vorräte an Met auf der *Weitfahrer* waren beschränkt, und es lag eine lange Reise vor ihnen. Fast anderthalb Jahre war es her, dass Thorgrim, Harald und die anderen von Norwegen aufgebrochen waren, um den Sommer über in Irland zu plündern. Dieser einfache Plan war allerdings rasch komplizierter geworden, wie es so häufig passierte, und ihre Heimfahrt nach Vik war längst überfällig.

Tatsächlich hatte Thorgrim inzwischen den Verdacht, dass die Götter ihr Spiel mit ihm trieben. Immer wieder stellten sie die Rückkehr auf seinen Bauernhof in Ost-Agder in Aussicht, das Einzige im Leben, was er sich jetzt noch wünschte, und dann machten sie seine Hoffnungen wieder zunichte. Er fragte sich, ob er vielleicht die Strafe für Ornolfs Gotteslästerung zu tragen hatte. Es fiel den Göttern gewiss nicht leicht, Ornolf selbst zu bestrafen: Sogar wenn der alte Jarl mal nüchtern war, was selten genug vorkam, schien es ihm scheißegal zu sein, was mit ihm geschah. Vik oder Dubh-Linn, Leben oder Tod – Ornolf kümmerte es nicht, solange er nur tun und lassen konnte, was er wollte. Natürlich war es furchtbar ungerecht, wenn die Götter Thorgrim für Ornolfs Verstöße zur Rechenschaft zogen. Aber die Bewohner von Asgard waren nie für ihre Gerechtigkeit bekannt gewesen.

Das letzte Krängen der *Weitfahrer* hatte genug Seewasser über die Bordwand befördert, sodass die Männer jetzt schöpfen mussten. Mit hölzernen Eimern und gelegentlich einem Helm schaufelten sie das Wasser aus dem Rumpf und kippten es über die Backbordwand. Thorgrim hatte das Schiff hart angetrieben, doch allmählich stieß es an seine Grenzen.

»Lasst uns das Segel reffen!«, rief er nach vorne. »Zwei Reffs.« Seine laute Stimme schnitt wie eine Streitaxt durch den zunehmenden Wind. Nach all den Jahren und den Anstrengungen, den vielen Verletzungen, die er erlitten hatte – manche unbedeutend, andere beinahe tödlich – hatte er kaum an Kraft verloren.

Von der letzten Wunde hatte er sich gerade erst erholt, ein Messerstich, der ihn fast das Leben gekostet hätte. Ein anderer

Nordmann – ein Mann, der sich eingeredet hatte, dass Thorgrim sein Feind sei – hatte ihn verletzt, als sie die Kirche eines Ortes namens Tara geplündert hatten. Thorgrim hatte man zu seinem Schiff tragen müssen, und seine Begleiter hatten ihn zurück nach Dubh-Linn gebracht. Verfluchtes Dubh-Linn! Dieser Longphort war einst nur ein Stützpunkt der Wikinger an der irischen Küste gewesen, inzwischen aber zur größten und reichsten Stadt auf der Insel angewachsen. Wieder und wieder hatte Thorgrim von dort zu entkommen versucht, nur um von den Göttern erneut in diese Stadt an den schlammigen Ufern des Liffey geschleudert zu werden.

Thorgrims Männer hatten ihn den Bohlenweg hinauf zu dem Haus geschleppt, wo er und Harald den Winter über gewohnt hatten. Es war das Haus einer Irin namens Almaith, der Witwe eines dänischen Schmiedes, die zu Thorgrims Geliebter geworden war. Almaith war eine geschickte Heilerin, und während das Frühjahr in den Sommer überging, pflegte sie Thorgrim wieder gesund. Zumindest fast gesund. Er war noch nicht vollständig wieder genesen, als der Höhepunkt des Sommers bereits verstrichen war und das Wetter, das nach irischen Maßstäben bislang gut gewesen war, sich zu verschlechtern drohte. Thorgrim wusste, wenn er in diesem Jahr nach Hause segeln wollte, so musste er das bald tun. Es war Zeit zu gehen.

Almaith hatte ihn gebeten, nicht zu segeln, hatte ihm versichert, dass er nicht so kräftig war, wie er hätte sein sollen. Thorgrim wusste, dass sie recht hatte, aber er wollte nicht noch einen Winter in Dubh-Linn verbringen. Lieber wollte er auf den Grund des Meeres fahren.

Und das stand inzwischen ernsthaft zu befürchten, wenn sie nicht das Segel refften, und zwar bald. Alle Männer, die kein Wasser schöpften oder jetzt genug vom Schöpfen hatten, traten zu den unterschiedlichen Leinen, die das große viereckige

Segel hielten, das sich straff unterhalb der Rah bauschte. Sie waren erfahrene Seeleute und brauchten keine weitere Anleitung. Niemand musste ihnen erklären, wie sie die untere Kante des Segels zu verschnüren hatten, um die Fläche des Tuchs auf die Hälfte zu vermindern.

Ein paar von ihnen stellten sich an der Unterseite des Segels auf, die auf Brusthöhe hing und fast in Längsrichtung des Schiffes verlief. Gleich vor der Stelle, wo Thorgrim an der Ruderpinne stand, löste ein Mann namens Agnarr das lange Fall von der Klampe. Agnarr war nur wenig jünger als Thorgrim, ein erfahrener Seemann, der mehrere Jahre in Dubh-Linn verbracht hatte. Er hatte versucht, als Fischer vor der irischen Küste zu leben, was sich aber als nicht so einträglich erwies wie erhofft. Doch diese Erfahrung sorgte dafür, dass er die Gewässer und die Küste der Gegend gut kannte. Er war mit Thorgrim und den anderen nach Tara gesegelt und hatte sich außerdem als verlässlicher Krieger erwiesen. Jetzt war er wie Thorgrim so weit, dass er nach Norwegen zurückkehren wollte, und darum war er froh gewesen, sich ihm anschließen zu können.

Agnarr blickte nach vorn und stellte fest, dass alles vorbereitet war. Also nahm er das Hisstau ganz von der Klampe und gab Seil nach, bis sich das Segel in einem großen runden Bogen zur Leeseite blähte, auf eine Weise, die an Ornolfs Wanst erinnerte. Vorn und achtern packten die Männer das Tuch, zerrten es herab, rafften es an der Unterkante zusammen und vertäuten es dann auf der ganzen Länge mit kurzen Leinen, den Reffbändern, die in regelmäßigen Abständen in den Stoff eingewoben waren. Als sie damit fertig waren, bewegte sich ein halbes Dutzend Männer schwankend zum Heck und nahm das Fall auf. Agnarr gab den Takt vor, und alle zogen am Seil und hievten die Rah wieder nach oben. Mit dem verkürzten Segel hing sie nur noch auf halber Höhe des Mastes.

Thorgrim spürte die Veränderung. Vorher war die *Weitfahrer* kaum zu kontrollieren gewesen, wie ein sprunghaftes Ross, das jeden Moment durchgehen konnte. Jetzt wirkte sie viel beständiger und reagierte auf die feinste Führung der Ruderpinne. Das Schiff war bereit, dem kommenden Unwetter zu trotzen, und so fühlte sich auch Thorgrim bereit dazu.

»Ha!«, rief Ornolf von seinem niedrigen Sitzplatz herauf. Er wischte sich den Met aus dem Bart. »Ihr seid wie die alten Weiber, einer wie der andere! Bei dieser armseligen Brise schon das Segel reffen? Das wäre nicht passiert, wenn ich hier das Sagen hätte!«

»Natürlich nicht, Ornolf!«, pflichtete Thorgrim ihm bei. Und er zweifelte nicht an Ornolfs Worten. Ornolfs Leichtsinn, den er als Führungsstärke zu bezeichnen pflegte, hätte ihn, sein Schiff und die Männer bereits zwei Dutzend Mal auf den Meeresgrund geschickt, wenn Ornolf nicht seit Jahren den Befehl *de facto* Thorgrim überlassen hätte.

Und jetzt musste Thorgrim nicht einmal mehr so tun, als ob Ornolf das Kommando hätte, weil zum ersten Mal bei all ihren gemeinsamen Reisen ihm selbst das Schiff gehörte. Nicht Ornolf. Thorgrim hatte es im Kampf gewonnen und es zunächst nicht einmal bemerkt.

Das alles war Teil jener Ränke gewesen, in denen sie alle sich verfangen hatten. Eine Mannschaft von Dänen war angeheuert worden, um in Dubh-Linn eine junge Frau zu entführen, die unter Thorgrims und Haralds Schutz stand. Bei dem anschließenden Kampf waren die meisten Dänen tot auf den schlammigen Straßen am Ufer des Liffey zurückgeblieben. Thorgrim war gar nicht auf den Gedanken gekommen, dass ihr Schiff seine rechtmäßige Beute sein könnte; nicht bis zu dem Augenblick, da Ornolf als sein Schwiegervater das Vorrecht in Anspruch nahm, es selbst zu nutzen.

Es war ein recht neues Schiff, gut gebaut und seetüchtig. Es fand Thorgrims Billigung, was nicht einfach war, denn er stellte hohe Anforderungen und blickte dabei auf die Erfahrungen vieler, vieler Seemeilen zurück, die er auf dem Meer hinter sich gebracht hatte. Thorgrim wusste nicht, wie die Dänen das Schiff genannt hatten, er jedoch nannte es *Weitfahrer*, weil er genau das damit vorhatte: über die See zu seinem Heim in Vik zu fahren.

Die *Weitfahrer* schien ein gutes Schiff zu sein, dennoch war sie nicht perfekt. Also ließ Thorgrim vieles an ihr ändern, bevor er dem Hafen von Dubh-Linn endgültig den Rücken kehrte. Er ließ den Mast ein Stück weiter nach hinten verlegen, fügte ein zusätzliches Want hinzu und verbesserte die Halterung für den Beitass. Gern hätte er auch ein breiteres Segel mit mehr Tuch nach unten besorgt, aber Segel waren in dem irischen Longphort nicht zu bekommen. Er hatte die Ruderbänke entfernt, und die Männer saßen nun auf ihren eigenen Seetruhen, die fest an Deck verzurrt waren. Er hatte ein längeres und breiteres Steuerruder anbringen lassen.

Andere Änderungen waren eher geringfügig gewesen, doch für Thorgrim nicht weniger bedeutsam: Er hatte den eingeölten Rumpf sauber schaben und mit einer Mischung aus Pech und Firnis überziehen lassen, die das Holz schwarz schimmern ließ und nach Thorgrims Einschätzung besser vor Fäulnis schützte. Schließlich ließ er die Schnitzereien an Bug und Heck ersetzen. Es war nicht unehrenhaft, das Schiff eines Mannes zu segeln, den man in ehrbarem Kampf getötet hatte – und genau das hatte Thorgrim getan. Dennoch erschien es ihm wenig glückverheißend, wenn man den Schmuck des Toten daran beließ.

In Dubh-Linn gab es jede Menge Handwerker, und es war nicht schwer, einen geschickten Holzschnitzer zu finden, der eine neue Bugzier anfertigen konnte, ein geflügeltes Seeungeheuer mit dem passenden Schweif am Heck, um der *Weitfahrer* auf ihrer langen Fahrt nach Osten den Weg durch die Wellen zu bahnen. Um ganz sicherzugehen, dass die Götter ihnen auf der Reise gewogen waren, hatte Thorgrim an Bord drei Ochsen geopfert und an Bug und Heck großzügig Wein verschüttet.

Als die *Weitfahrer* endlich den Liffey hinab und aufs Meer hinausfuhr, war sie ein vollkommen anderes Schiff als das, welches Thorgrim von den Dänen erbeutet hatte. Ein besseres, wie er fand. Vierundzwanzig Männer bewegten die langen Ruder, und weitere achtundzwanzig standen bereit, um sie abzulösen oder auf Thorgrims Befehl hin das Segel zu setzen. Das Schiff war reichlich mit Vorräten beladen: die Beute aus Tara und eine Reihe von Handelsgütern, die sie den emsigen Handwerkern in Dubh-Linn abgekauft hatten. Thorgrim war überzeugt davon, dass sie im heimatlichen Norwegen oder in irgendeinem Hafen unterwegs einen hübschen Gewinn einbringen würden.

Jetzt, zehn Stunden später, hob sich der Bug der *Weitfahrer* im Seegang, schnitt durch den Kamm einer Woge und glitt ins nächste Wellental hinab. Es war eine unruhige Fahrt, aber nicht allzu schlimm. Nicht so übel jedenfalls, wie es in einigen Stunden werden würde, wenn der Sturm noch heftiger blies.

Thorgrim blickte über die Schulter zurück, als das Schiff die nächste Welle erklomm. Irland war als lange, dünne Linie weiterhin am Horizont zu sehen, wurde aber immer undeutlicher im heraufziehenden Unwetter. Er hatte eigentlich vorgehabt, eine ganze Weile Abstand vom Land zu halten, dann zu wenden und nach Nordwesten zu segeln, um gegen Sonnenuntergang wieder das Ufer zu erreichen und ein gutes Stück nördlich von Dubh-Linn die Nacht zu verbringen. So wollte er sich in nördlicher Richtung entlang der Küste vorarbeiten, bis er den östlichsten Zipfel erreichte, von wo aus er nach England übersetzen konnte. Von dort aus würden sie Schottland im Norden umrunden, wo sie in den zahlreichen Niederlassungen der Nordmänner an der Küste Zuflucht und freundliche Aufnahme finden konnten.

Das war der Plan gewesen. Jetzt, gerade zehn Stunden nach dem Aufbruch, stand er bereits auf der Kippe.

Der Wind, der noch ein wenig von Süden geblasen hatte, war während der letzten Stunden immer weiter in den Norden gewandert und machte es zunehmend schwer, überhaupt entlang der Küste voranzukommen. Das Meer türmte sich auf, und Thorgrim konnte hören, wie der Sturm anschwoll. Die Küste von Irland lag an der windabgewandten Seite, und Wind und Wellen drohten das Schiff auf die tödlichen Klippen zu drücken. Es dauerte auch nicht mehr lange, bis die Nacht hereinbrach. Am vernünftigsten wäre es gewesen, kehrtzumachen und sich in Dubh-Linn wieder in Sicherheit zu bringen, das Unwetter abzuwarten und die Reise danach erneut zu beginnen. Aber Thorgrim war mit Dubh-Linn fertig und zog eine Rückkehr nicht einmal in Erwägung.

»Harald! Agnarr!«, rief er laut. »Nehmt ein paar Männer und stellt sicher, dass alles fest vertäut ist! Prüft jeden Knoten doppelt! Dann sollten wir schauen, ob wir irgendeinen Schutz gegen den Wind zusammenbekommen. Wie es aussieht, werden wir die Nacht hier draußen verbringen.«

Harald und Agnarr nickten und versuchten gar nicht erst, gegen den Wind eine Antwort zu geben. Sie gingen nach vorn und riefen die anderen zusammen. Diese beiden waren die Männer, denen Thorgrim am meisten zutraute. Gewiss bestand auch der Rest der Besatzung der *Weitfahrer* aus guten Seeleuten und fähigen Kriegern. Da war niemand an Bord, auf den sich Thorgrim nicht verlassen hätte. Aber er wusste aus Erfahrung, dass jeder Befehl, den er Harald oder Agnarr gab, fast genauso ausgeführt wurde, als hätte er sich selbst darum gekümmert.

Starri der Unsterbliche setzte sich neben Ornolf. Ornolf reichte ihm das Trinkhorn, und Starri nahm einen tiefen Schluck. Was Vertrauen anbelangte, so gab es – außer Harald und Ornolf, die zur Familie gehörten – niemanden an Bord, dem Thorgrim mehr entgegengebracht hätte als Starri. Er und Starri hatten vor vier Monaten Schild an Schild in Cloyne gefochten, auch wenn es Thorgrim schien, als sei dies schon viel länger her. Damals hatte Starri beschlossen, dass er sich Thorgrim anschließen wollte, und seitdem war er ihm kaum von der Seite gewichen. Sie hatten viele gemeinsame Kämpfe durchgestanden, kleine und größere, Raufereien in der Festhalle und den Zusammenstoß von Schildwall gegen Schildwall. Stets hatte Starri an Thorgrims Seite gestanden.

Er war ein Berserker, einer von jenen Männern, die mit einer wilden und unkontrollierbaren Kampfeslust gesegnet oder geschlagen waren. Starri träumte nur davon, in einem aufrechten Kampf erschlagen zu werden, damit er nach Walhalla entrückt wurde und dort die Ewigkeit mit Streit und Festgelagen verbringen konnte. Leider kämpfte er hier auf Erden schon mit solchem Ingrimm und führte die Streitaxt mit solcher Wildheit, dass keiner seiner Feinde in der Lage war, ihn zu überwältigen.

Starri war für Thorgrim wie ein Bruder geworden, und doch überließ Thorgrim manche Dinge mitunter lieber anderen, etwa wenn es um Alltägliches ging wie die Seefahrt. Starri neigte dazu, ein wenig unberechenbar zu sein.

Während Thorgrim sich in Dubh-Linn von seiner Wunde erholte, wurde ihm bewusst, dass er das unruhige Irland jederzeit hinter sich lassen konnte. Er beschloss, genau das zu tun und mit der *Weitfahrer* nach Hause zu segeln. Das hatte er

Starri so schonend wie möglich beibringen wollen, denn Thorgrim war davon ausgegangen, dass Starri nicht allzu begeistert sein würde.

»Ich werde Irland jetzt verlassen«, hatte er erklärt, als die beiden Männer einmal auf der flachen Anhöhe über dem schlammigen Ufer standen und auf die Mündung des Liffey und das offene Meer dahinter hinausblickten. »Harald ist bereit, nach Vik zurückzukehren. Ornolf ebenso. Ich habe nicht geglaubt, dass der alte Mann Dubh-Linn jemals verlassen will, doch wie es scheint, hat der Longphort seinen Reiz für ihn verloren. Genau wie für mich und für Harald.«

Starri nickte. So ungerührt, als hätte Thorgrim gerade mit ihm über das Abendessen gesprochen, antwortete er: »Gut, also nach Vik.« Es kam Starri gar nicht in den Sinn, zu fragen, ob er eingeladen war. Und natürlich war er das. Thorgrim war sich nur nicht sicher gewesen, ob er mitkommen wollte.

»Es wird keine Kämpfe geben, und keinerlei Schwierigkeiten«, warnte Thorgrim ihn. »Wir segeln geradewegs nach Vik, und das war es dann.«

Starri lachte. Er lachte laut und wirkte ernsthaft belustigt. »Wo der Nachtwolf hingeht, da gibt es immer Schwierigkeiten!«, verkündete er.

Und so kam es. Doch das aufgewühlte Meer und ein eisiger Wind, der das Schiff auf die Küste zu drückte, waren nicht die Art von Schwierigkeiten, an denen Starri Gefallen fand. Er drückte sich gegen die Seite des Schiffs und zog sich ein Fell über den Kopf. Starri war hochgewachsen, schlank und sehnig, wie ein Seestern schien er nur aus Armen und Beinen zu bestehen. Für die Art Kampf, die er bevorzugte, war er damit hervorragend gebaut, aber nicht so gut, um rauem Wetter und den Brechern zu begegnen, die jetzt über das Schiff schlugen.

Harald und Agnarr kamen zurück nach achtern. Sie bewegten sich vorsichtig über das wild bockende Deck. Mit jeder Welle, die unter ihnen hindurchlief, gelangte Wasser in das Boot, und wenn der Bug sich hob, ergoss sich ein wahrer Wasserfall in Richtung Heck und strudelte um die Beine der Männer, als stünden sie in einem Fluss.

»Alles gesichert, Vater!«, schrie Harald. Das verbliebene Sonnenlicht drang nur noch matt durch die Wolkendecke und schwand rasch vor der heranbrechenden Nacht. Dennoch war es hell genug, dass Thorgrim Haralds gerötete Wangen ausmachen konnte, das an seinem Kopf klebende blonde Haar und die Erregung, die sich im Angesicht der Gefahr in seinen glatten, bartlosen Zügen zeigte. »Die Männer ziehen eine Plane auf gegen den Wind!«

Thorgrim nickte. Er würde bald jemanden brauchen, der ihn am Ruder ablöste. In seinen jüngeren Jahren hätte er die ganze Nacht dort gestanden, aber er wusste, dass er nicht länger die Kraft dazu hatte, eine Folge des Schadens, den das Messer des Verräters bei ihm hinterlassen hatte.

»Wenn sie mit der Plane fertig sind, werden wir etwas von dem Hammelfleisch verteilen, und Met, um es runterzuspülen«, rief er gegen den Wind und das Schlagen der Wellen an. »Das wird die Männer ein wenig aufmuntern!« Er hatte seiner Besatzung noch nicht gesagt, dass sie die Nacht auf See verbringen mussten, aber er wusste, dass diese Mitteilung niemanden mehr überraschen würde. Jeder an Bord war Seemann genug, um die Lage zu verstehen, in der die *Weitfahrer* steckte.

Gefallen würde es ihnen jedoch nicht. Kein Nordmann schätzte es, in der Dunkelheit auf See zu sein, nicht bei all den übernatürlichen Dingen, die im tiefen Wasser lauerten. Doch wenn man diese Furcht gegen die beinahe sichere Gewissheit abwog, an der Küste zu zerschellen, sobald man in der Dunkelheit anzulanden versuchte, dann schien eine Nacht auf See gar keine so schlechte Alternative zu sein.

Die Wetterschutzplane, eine Bahn aus schwerem, eingeöltem Leinentuch, die an der dem Wind zugewandten Seite des Schiffes aufgespannt war und den Männern, die dort kauerten, eine gewisse Zuflucht bot, war rasch aufgestellt. Kalter Hammel und Met wurden verteilt, und die Männer richteten sich auf eine lange und unbehagliche Nacht ein. Thorgrim blieb während des Abendessens an der Ruderpinne stehen, weil er keinen anderen vom Essen abhalten wollte.

Die Sonne ging unter, ohne noch einmal hinter den Wolken aufzutauchen, und Finsternis legte sich über das Meer. Es fing an zu regnen, zumindest glaubte Thorgrim das. In der wilden Gischt, die über das Deck flog, war schwer zu unterscheiden, ob das Nass von oben oder unten kam. Doch bald zuckten die Blitze um sie her und erleuchteten das Schiff und die Besatzung. Die Wellen hoben sich aus der Nacht, und Thorgrim starrte angespannt in die Dunkelheit und versuchte die Brecher auszumachen, bevor sie herankamen, sodass er rechtzeitig die Ruderpinne bewegen und das Schiff durch die aufgewühlte See steuern konnte.

Empor ging es, dann kippte der Rumpf, dann ging es wieder hinab; der Bug schlug in das Wellental und ließ den Ozean über die Bordwand spritzen, als wäre die *Weitfahrer* eine große Schöpfkelle, die Wasser aus einem Eimer holte. Die See strömte an der Leeseite herunter und sammelte sich an den tieferen Stellen zu unruhigen Tümpeln. Agnarr teilte die Männer in einzelnen Gruppen zum Wasserschöpfen ein, sodass stets einige von ihnen schwankend an der windabgewandten Seite das Wasser zurück ins Meer schaufelten, während die anderen sich unter die Plane kauerten, bis sie an der Reihe waren.

Thorgrim spürte den Druck auf dem Ruder, fühlte die Bereitwilligkeit, mit der das Schiff reagierte. Der Sturm war übel. Nicht der schlimmste, den er je erlebt hatte, aber übel. Dennoch hatte er keine Angst davor, heute Nacht in ein nasses Grab zu sinken. Sein Schiff war gut gebaut, und er hatte persönlich jeden Zoll davon überprüft. Es würde nicht auseinanderbrechen. Das Segel war in gutem Zustand, die Takelage neu und sorgfältig aufgespannt. Bald würden sie das Segel ganz einholen und mit bloßem Mast vor dem Wind laufen.

Die *Weitfahrer* vermochte allem standzuhalten, was Thor oder Aegir ihr entgegenschleuderten. Thorgrim glaubte nicht, dass das Schiff oder die Männer in ernsthafter Gefahr waren, es sei denn, die Götter spielten ihm einen ihrer Streiche und schleuderten ihm ein Hindernis in den Weg, irgendeine unvermutete Bedrohung, um ihn aus dem Gleichgewicht zu bringen.

Und natürlich taten die Götter genau das.

4. Kapitel

Ihr Krieger der Walküren,
ihr sagt von diesem Jarl:
Weißhaarig ist er,
doch sah er hohe Wogen.

DIE SAGA VON GUNNLAUG SCHLANGENZUNGE

Als die *Weitfahrer* in diesen einen festen Gegenstand krachte, auf den sie wie auch immer in der endlosen Weite des Meeres gestoßen war, erschütterte der Aufprall die *Weitfahrer* auf eine Weise, die nicht mit dem Peitschen der Takelage und den Stößen der Wellen zu verwechseln war. Das Schiff steckte schon Hiebe von allen Seiten ein, in jedem einzelnen Augenblick: durch das Meer, das gegen den Rumpf wogte, die Rah, die an den Mast schlug, das Tauwerk, das unruhig hin und her knallte. Dennoch hörte jeder Mann an Bord, wie das Schiff auf das unsichtbare Hindernis traf; sie fühlten den Aufschlag und wussten sofort, dass dies etwas anderes war als das normale Wüten des Sturmes und dass es nichts Gutes bedeutete.

Thorgrim hielt noch immer die Ruderpinne, als es geschah. Der Bug der *Weitfahrer* hob sich wieder einmal aus dem Tal zwischen zwei Wellen in den Nachthimmel empor und nahm fässerweise Wasser dabei. Der Regen flog in Sturzbächen fast waagerecht mit dem tosenden Wind, durchweichte die schon nassen Männer zusätzlich und fand die letzten trockenen Stellen unter den Hemden und den Pelzmänteln, bis es keinen

Unterschied mehr machte, ob man Kleidung trug oder nicht, abgesehen vom Gewicht des Stoffes und dem Rest Wärme, den das triefende Tuch noch bieten mochte.

Der Bug des Schiffs erreichte den Scheitelpunkt der Welle, verharrte dort, während das Meer unter ihm nach hinten rollte, und stürzte erneut in das Tal zwischen den Wogen hinab. Doch statt des vertrauten Gefühls, mit dem der Schiffsrumpf sonst auf das Wasser knallte, war dieses Mal ein harter, scharfer Stoß zu spüren, eine Erschütterung, die durch das ganze Gefüge des Langschiffs fuhr und die Ruderpinne in Thorgrims Hand vibrieren ließ. Das Geräusch von berstendem Holz übertönte sogar das Heulen des Windes.

»Was bei den Göttern war das?«, rief jemand.

Thorgrim beugte sich über die Schiffswand. Ein Blitz flammte auf, und in diesem einen hellen Augenblick sah Thorgrim etwas vorübertreiben, dunkel und hässlich und glitzernd vor Nässe. Es lag zum größten Teil unter Wasser, und die See kräuselte sich an den Rändern.

Ein Baum, dachte Thorgrim. *Ein verdammter Baum!*

Ein Stamm, der ins Meer gespült worden war, vermutlich unzählige Meilen entfernt. Eine große Eiche oder ein Ahorn, der monatelang auf dem Ozean getrieben war, bis sich in diesem Augenblick, an dieser einen Stelle der Kurs von Baum und Schiff für einen winzigen Moment kreuzten. Und wie ein sterbender Mann, der nicht allein aus dieser Welt scheiden will, hatte der Baum sich so in ihren Weg gestellt, dass er die *Weitfahrer* und ihre Besatzung auf den Grund des Meeres schicken konnte.

Bäume stellen sich niemandem in den Weg, dachte Thorgrim. *Sie werden von den Göttern dorthin gelegt.*

Dann war der Stamm fort. Für die Dauer eines Blitzschlags war er da gewesen, im nächsten Moment war er wieder verschwunden. Die *Weitfahrer* stürzte nach vorn zwischen die Wellen hinab, und die Männer schrien auf und rannten zum Heck. Panik schien über das Deck zu fluten, wo Augenblicke zuvor ein jeder nur in teilnahmslosem Elend ausgeharrt hatte.

Agnarr erschien an Thorgrims Seite. »Lass mich das Ruder nehmen, Thorgrim«, rief er. »Dann kannst du nachsehen, was passiert ist!«

Thorgrim nickte und machte Platz, als Agnarr die dicke Eichenstange übernahm.

Thorgrim kämpfte sich schwankend nach vorn. Über Stunden hatte er reglos am Ruder gestanden, und jetzt stellte er fest, dass es beileibe nicht einfach war, sich über das Deck zu bewegen. Das Schiff schwankte und rollte, es buckelte und gierte. Wasser schlug gegen seine Beine und drohte, ihn umzuwerfen und mit sich zu reißen. Die *Weitfahrer* war überfüllt, aber die Männer teilten sich vor ihm wie eine Welle, als er zwischen ihnen hindurchschritt. Er sah ihre weit aufgerissenen Augen, ihre vor Schreck offen stehenden Münder.

»Bleibt ruhig, nur die Ruhe. Das Schiff schwimmt noch!«, rief er ihnen zu und vermittelte eine Zuversicht, die er selbst nicht teilte. Er hatte eine ziemlich gute Vorstellung davon, wie schlimm der Schaden war.

Neben dem Mast hielt er inne, wischte sich das Wasser aus den Augen und wrang sich den Bart aus. Der Pelz, den er als Umhang über den Schultern trug, war inzwischen durchweicht und so schwer wie ein Kettenhemd, also warf er ihn zur Seite. Er passierte den Mast, da schlug ein Brecher über das Schiff. Ein Wasserfall ergoss sich nach achtern. Thorgrim spürte, wie ihm die Füße unter dem Leib fortgerissen wurden, und plötzlich hielt ihn eine Hand an seinem linken Arm fest, eine weitere unter seiner rechten Schulter und verhinderten, dass er stürzte. Er wandte sich halb um. Verärgert stellte er fest, dass

Harald und Starri links und rechts von ihm gingen und anscheinend dafür sorgen wollten, dass er nicht flach in die Bilge fiel. Und genau das wäre ihm beinahe widerfahren.

Er wollte sie anschnauzen, ihnen befehlen, dass sie sich fortscheren sollten, doch er brachte nicht die Kraft auf, um den Wind zu übertönen. Also setzte er einfach seinen Weg fort.

Bei all dem Wasser, das ständig von vorn nach hinten strömte, war es im ersten Moment schwer, den Schaden auszumachen. Thorgrim arbeitete sich vor dem Mast weiter über Deck, gestützt auf den Beitass. Er hielt nach dem Teil des Rumpfes Ausschau, wo seiner Einschätzung nach der Aufprall stattgefunden hatte, aber dort war nichts als Wasser zu sehen. Eine Menge Wasser.

»Siehst du irgendeine Beschädigung, Vater?«, rief Harald, und Thorgrim wollte das gerade verneinen, als die *Weitfahrer* hart nach Steuerbord kippte. Das Wasser, das den Schiffsboden an Backbord fast ganz ausgefüllt hatte, floss mittschiffs ab und enthüllte den Schaden. Das war nicht einfach eine undichte Fuge oder eine geschwächte Stelle in der Bordwand, sondern gleich drei eingedrückte Planken. Das war eine Wunde von vier Fuß Länge, die sich vor seinen Augen unter dem Druck der Meeresfluten nach innen wölbte.

Der Baumstamm hatte die *Weitfahrer* voll getroffen, so viel war klar. Die Planken waren so gut wie durchgebrochen, und allein die gezackten Kanten hielten die Bruchstücke noch beieinander. Sie ächzten und verschoben sich, wann immer die schwere See gegen das Schiff hämmerte; Wasser strömte durch die Lücken, sobald der Rumpf sich im Seegang bog. Wenn sie sich nur ein wenig mehr krümmten, erkannte Thorgrim, würden die Planken ihren letzten kostbaren Halt verlieren. Ein einziger kräftiger Stoß von einer der sich auftürmenden Wogen würde das Holz glatt durchtrennen und ein Loch schlagen, groß genug, dass ein Mann hindurchkriechen könnte. Wenn das geschah, würde es nur Minuten dauern, bis der Ozean das Schiff verschlang.

»Wir müssen beidrehen!«, rief Thorgrim. Sie mussten die Seite mit den zerschmetterten Planken aus dem Wasser herausheben, sie auf die Windseite kriegen, wo der Druck des Meeres nicht ganz so stark war. So viel erkannte Thorgrim, ohne darüber nachzudenken. Er wusste, dass ihnen das ein paar kostbare Minuten verschaffen konnte, möglicherweise genug, um sich noch zu retten.

Er sah nach hinten. Agnarr stand an der Ruderpinne. Er war ein so guter Steuermann wie jeder andere an Bord, vielleicht der Beste mit Ausnahme von Thorgrim selbst. Er konnte bleiben, wo er war.

»Harald!«, schrie Thorgrim. »Lauf zum Heck und sag Agnarr, dass wir beidrehen müssen und das Segel einholen! Er soll das Schiff wenden, sobald er den Augenblick für günstig hält! Du bleibst achtern und übernimmst das Fall! Sobald wir in den Wind drehen und das Segel nachgibt, lässt du die Rah nach unten! Du weißt, was zu tun ist!«

Harald nickte, das Wasser lief ihm in Strömen über sein glattes Gesicht. In einer nutzlosen Geste wischte er darüber und rief: »Ja, Vater!« Dann machte er kehrt und rannte nach hinten. Thorgrim konnte nur staunen, wie geschickt er sich bewegte. Es war nicht dieselbe geschmeidige, dem Springen eines Rehs gleichende Eleganz, die sich bei Starri zeigte; Harald war kräftiger gebaut als Starri und würde stärker sein als dieser, wenn er erst einmal ins volle Mannesalter kam. Dennoch bewegte er sich sehr schnell. Er sprang über die Seekisten, wich den Männern aus, die ihm in den Weg gerieten, packte die angespannten Haltetaue und schwang sich an ihnen weiter, während er zum Heck stürmte.

Thorgrim löste den Blick von seinem Sohn. Es genoss es, den Jungen zu beobachten, aber jetzt war er vor allem damit beschäftigt, dessen vorzeitigen Tod zu verhindern und den jedes anderen Mannes an Bord.

»Ihr da beim Schöpfen, schöpft weiter, so schnell wie noch nie in eurem Leben!«

Der Zusammenprall mit dem Baum hatte regelrechte Wunder vollbracht, was die Motivation der Männer betraf. Sie schaufelten Wasser mit einer Kraft und einem Eifer über Bord, die man vorher nicht bei ihnen gesehen hatte. Sie brachten Eimer zum Einsatz, Ölfässer und Helme, als ob es Schwerter und Streitäxte in einem Schildwall wären. Wasserschleier flogen mit dem Wind fort, als sie schöpften und schleuderten. Doch es schien rein gar nichts zu bewirken.

»Der Rest von euch macht sich bereit, die Rah runterzuholen und das Segel festzumachen!«, brüllte Thorgrim.

Die Männer, die unter der aufgespannten Plane kauerten, erhoben sich und taumelten zur Mitte des Decks. Dort bildeten sie eine Reihe und verschafften sich Halt, so gut sie es nur auf dem wild schwankenden Schiff vermochten.

Thorgrim sah nach hinten. Im Schein der Blitze konnte er Harald erkennen, der das Hisstau umklammert hielt. Agnarr stand an der Ruderpinne, spähte zum Bug und wischte sich Gischt und Regen aus den Augen. Thorgrim spürte die Anspannung in seinem Leib, die der Sehne eines zurückgezogenen Bogens glich. Wenn er sich verschätzte und die *Weitfahrer* im falschen Augenblick herumschwingen ließ, konnten die Wellen sie von der Seite erwischen und mochten sie glatt umkippen. Schon bei Tageslicht wäre es ein schwieriges Manöver gewesen. In der Nacht und blind für die anrollenden Wogen lag der Erfolg so sehr in den Händen der Götter wie in denen Agnarrs.

Wieder hob sich der Bug mit den Wellen, und Thorgrim dachte: *Jetzt, Agnarr jetzt!* Eben, als diese Worte durch seinen Geist huschten, spürte er, wie die *Weitfahrer* sich zu drehen begann, wie der Wind auf seinem Gesicht in einem anderen Winkel blies und sich von der rechten auf die linke Wange schob. Vor ihm kräuselte sich die vordere Kante des viereckigen Segels, und dann fing das ganze Segel an zu zittern, als wäre es plötzlich auch empfänglich geworden für die Kälte und die Nässe.

Der Bug des Schiffes drehte sich in den Wind, und das Schiff richtete sich auf, gerader, als es seit vielen Stunden gewesen war. Das Segel flatterte nun wild, als wollte es sich losreißen. Da glitt die große Rah den Mast hinab, als Harald vom Heck her das Fall nachließ. Als die Rah auf halber Höhe stand, hielt Harald inne. Eifrige Hände ergriffen Segel und Rah am Steuerbordende und zogen die lange Spiere nach unten, sodass das Backbordende aufwärts schwang. Als das Steuerbordende tief genug hing, um es an den Wanten vorüber an Bord zu ziehen, drehten sie es in Längsrichtung des Schiffes.

Sobald das Ende der Rah an den Tauen vorbei war, gab Harald wieder Tauwerk frei, ein wenig schneller, als Thorgrim recht war. Aber es war entscheidend, dass sie das Segel unter Kontrolle bekamen, bevor es beim unkontrollierten Flattern Schaden nahm. Während die schwere Spiere zum Deck hinabglitt, sprangen Männer auf das wild flappende Segel, rafften es gegen die lange Rah und banden es daran fest.

Thorgrim wandte seine Aufmerksamkeit wieder dem Bug des Schiffes zu. Der Wind blies ihm geradewegs ins Gesicht. Wie eine Wetterfahne wies das Boot geradewegs in den Sturm hinein, aber Thorgrim konnte nicht sagen, ob es sich immer noch drehte. Wenn nicht, wenn die Bewegung zum Erliegen gekommen war oder wenn sie wieder nach Steuerbord fielen, steckten sie in ernsthaften Schwierigkeiten. Thorgrim glaubte, dass Mast und Takelage allein ihnen genug Vortrieb gaben, damit sie steuern konnten. Doch wenn das nicht der Fall war, würde das Schiff sich seitwärts gegen die Wellen drehen, sich überschlagen und von den Fluten verschlungen werden.

Er blickte nach hinten. Ein Blitz zuckte, und Thorgrim sah, dass Agnarr die Ruderpinne hart zur Seite gedrückt hielt und die *Weitfahrer* allmählich wieder zurückschwingen ließ. Der Wind und der Regen kamen jetzt eher von links. Er wandte sich erneut dem Bug zu. Der Wind blies nun ganz entschieden von Backbord. Und noch während er sich dessen bewusstwurde, fühlte er, wie das Schiff sich nach Steuerbord neigte, er sah, wie die sich auftürmenden Wellen jetzt an der Backbordseite des Bugs herandrängten. Was bedeutete, dass die zertrümmerten Planken auf der nun höher aufragenden Seite wenigstens teilweise aus dem Wasser heraus waren. Was wiederum heißen mochte, dass sie diese Nacht vielleicht doch überlebten.

Die Wasserschöpfer, die so fieberhaft an der Backbordseite gearbeitet hatten, drängelten hektisch nach steuerbord und nahmen dort ihre Arbeit wieder auf. Unter ihnen befand sich ein Mann namens Godi, ein riesenhafter Kerl, der bei Tara an ihrer Seite gekämpft hatte. Thorgrim fasste ihn am Arm und wies auf den Bootsrand an Steuerbord. »Godi, hol die Plane da runter und bring sie zu mir nach vorn!«, schrie er.

Godi nickte, trat auf die Bordwand zu und zog dabei seinem Dolch. Thorgrim watete durch das wirbelnde Wasser zum Bug. Die geborstenen Planken waren nun deutlicher zu sehen, nachdem sie aus den Fluten am Boden des Schiffs aufgetaucht waren. Sie lagen genau an der Rundung des Rumpfes, wo der Boden des Schiffs in die Seitenwand überging. Thorgrim sah, wie die Bruchstelle sich aufwölbte und dann wieder glättete, während der Schiffskörper sich in der rauen See verformte. Er machte sich auf den Anblick gefasst, da sie vollends nachgeben und das Wassers dort mit voller Gewalt hereinströmen würde.

Harald bewegte sich platschend in seine Richtung, Starri ebenfalls. Jeder andere Mann an Bord, der nicht mit irgendetwas beschäftigt war, versammelte sich ein Stück entfernt und sah erwartungsvoll zu, was Thorgrim zu ihrer aller Rettung tun würde. Dann drängte sich Godi durch die Menge, die notdürftig zusammengefaltete Plane unter dem Arm. Er hielt sie Thorgrim entgegen wie eine Opfergabe.

»Harald!«, rief dieser. »Da liegt ein Seil unter dem Deck! Dort! Hol's raus!«

Harald nickte und kniete sich in das Wasser, das mit dem Schlingern des Schiffes nach vorn und nach achtern und von Seite zu Seite schoss. Er hob eine lose Decksplanke an und tastete darunter, bis seine Hand auf ein zusammengerolltes Tau traf.

Thorgrim reichte eine Kante der Plane an Godi zurück und hielt selbst die Kante gegenüber. Er faltete sie doppelt, dann dreifach, dann zog er sein Messer, trennte das überschüssige Tuch ab und stach die Klinge durch jede Ecke. Harald erriet, was Thorgrim vorhatte, und er führte ein loses Ende des Seils durch eines der Löcher und verzurrte es dort, und dasselbe tat er daraufhin an den drei anderen Ecken. Als an jeder Ecke ein Stück Seil befestigt war, richtete Thorgrim sich auf und sah sich um.

»Ich gehe, Vater!«, rief Harald im selben Augenblick, da Thorgrim einen Namen rief:

»Starri!«

Thorgrims Plan war es, die gefaltete Plane, die vorher als Windschutz gedient hatte, auf der Außenseite des Schiffs über die gebrochenen Planken zu spannen, sodass sie den Druck der Wellen verminderte und weniger Wasser eindrang. Dazu musste sich ein Mann an einem Seil über die Bordwand nach unten lassen und die Plane über die betroffene Stelle ziehen.

Natürlich wollte Harald derjenige sein. Mit der Begeisterung der Jugend stürzte er sich noch immer auf alles, was den Glanz von Kühnheit und Heldenmut verströmte. Von den anderen wollte vielleicht keiner gehen, aber jeder an Bord hätte es getan, wenn er es ihm befahl, davon war Thorgrim überzeugt. Andere Männer hätte er nicht in seiner Mannschaft haben wollen. Doch von sämtlichen Männern an Bord war es Starri, der die perfekte Mischung von Stärke, Geschick und unbekümmertem Mut für diese Aufgabe mitbrachte.

»Was soll ich tun, Thorgrim?«, rief Starri aus. Im Gegensatz zu Harald war er nicht selbst darauf gekommen, was Thorgrim vorhatte.

»Kannst du dich an einem Seil über die Bordwand hinablassen und diese Plane über die geborstenen Planken ziehen?«, fragte Thorgrim, er schrie über den tosenden Wind hinweg, längst heiser vom ständigen Gebrüll und dem Salzwasser, das er bereits geschluckt hatte.

»Über die Bordwand …?«, rief Starri zurück.

»An einem Seil. Um die Plane an Ort und Stelle zu bringen. Dann holen wir dich zurück an Bord!« Er wartete auf eine Antwort, doch es kam keine. Thorgrim überlegte, ob Starri ihn nicht verstanden hatte. Er schluckte und wollte die Frage ein weiteres Mal herausschreien, da erhellte ein Blitz das Deck und tauchte Starris Antlitz in grelles, gelbes Licht. Es war nur ein Augenblick, aber die Zeit reichte aus, dass Thorgrim in Starris Gesicht etwas erkannte, was er dort nie zu finden erwartet hätte, etwas, das er bei Starri nie zuvor gesehen hatte.

Angst.

5. Kapitel

Gladsheim heißt die fünfte, wo golden strahlend
das große Walhall sich erhebt;
und wo Odin alle Tage
im Kampfe gefallene Krieger sich wählt.
GRÍMNISMÁL

Für einen winzigen Augenblick vergaß Thorgrim den Sturm, die wogende See, sogar den großen Riss in der Flanke seines Schiffes, so überrascht war er von Starris Reaktion. Er wusste nicht, was er davon halten sollte. Hatte sonst noch jemand es gesehen? Selbst wenn nicht – Starris Zögern war eindeutig.

»Vater! Lass mich gehen!«, rief Harald wieder und griff nach der Plane. Aber in diesem Moment trat Starri vor.

»Nachtwolf …« Er versuchte, leise zu sprechen und zugleich den Wind zu übertönen, was nicht einfach war. »Was … was denkst du, werden die Götter davon halten, wenn ich im Meer umkommen sollte? Ohne Schwert in der Hand?«

Da verstand Thorgrim. Starri hatte keine Angst vor dem Tod. Er fürchtete sich davor, auf die falsche Art und Wiese zu sterben.

Starri der Unsterbliche war kein tapferer Mann. Nicht im herkömmlichen Sinne. Harald war so ein Mann. Er hätte jederzeit sein Leben aufs Spiel gesetzt, wenn es nur Ruhm oder Gewinn versprach oder wenn er seinen Gefährten damit beistehen konnte. Seine Begeisterung wurde noch verstärkt durch seine Fähigkeiten, durch sein Geschick und seine Stärke, und durch einen jugendlichen Überschwang, dem es an Erfahrung und Überlegung fehlte. Er war kühn, und er war bereit zu sterben, obwohl er nicht begierig darauf war.

Starri war von einer anderen Art. Er war weniger tapfer als vielmehr wahnsinnig. Er warf sich mit einer wilden Raserei in den Kampf, wie Thorgrim es nie erlebt hatte. Anstatt den Tod zu fürchten, umwarb er ihn. Doch zu seinem Unglück führten sein Wahnsinn und sein überragendes Geschick im Kampf stets dazu, dass er alle seine Gegner erschlug und am Ende eines jeden Gefechts noch unter den Lebenden weilte. Und wenn das geschah, so weinte er bitterlich, weil die Walküren ihn nicht nach Walhalla entrückt hatten, wo er fechten und schmausen konnte bis zu Ragnarök und dem Ende der Welt.

Es gab nichts auf dieser Erde, was Starri Furcht einflößte, außer dem Gedanken an einen unehrenhaften Tod, der nicht den Gefallen der Götter fand.

Thorgrim suchte noch eine Antwort auf Starris Frage, da bekam Harald die Plane zu fassen und zog sie ihm aus den Händen. Als er das tat, schien Starri zu dem Schluss zu kommen, dass es noch schlimmer war, wenn er jetzt vor der Gefahr zurückwich, als wenn er auf See statt im Kampf ums Leben kam. Also riss er selbst die Plane wieder an sich und bahnte sich einen Weg nach Backbord. Thorgrim sah, wie Harald den Mund öffnete, um zu protestieren, sich dann aber eines Besseren besann und Thorgrim nach vorn folgte. Harald wusste, wann die Geduld seines Vaters sich ihrem Ende näherte.

Starri stand vor der Reihe der Schilde und hatte ein Bein schon über die Schiffswand geschwungen, als Thorgrim bei ihm ankam und ihn zurückriss. »Du musst dir ein Seil umbinden, verdammter Dummkopf!«, schrie er. Ein Augenblick später und Starri wäre über Bord gegangen und fortgeschwemmt worden, und die Plane mit ihm.

Starri nickte belämmert und hob die Arme, als Godi einen kräftigen Strick aus Walrossleder um seine Brust wickelte.

Thorgrim reichte Harald das andere Ende des Taus. »Bring das nach vorn und zieh es durch das vorderste Ruderloch!«, befahl er.

Harald nickte, kämpfte sich durch das mehrere Zoll tiefe Wasser Richtung Bug und fädelte die Leine von außen in die Riemenpforte. Er zog daran, bis sie beinahe straff gespannt war, dann drehte er sich zu Starri um. Während die Fluten Starri nach achtern trugen, konnte Harald von hier aus so lange Seil nachgeben, bis der Berserker auf einer Höhe mit den gebrochenen Planken war. Thorgrim musste ihm nicht erst erklären, was er tun sollte; Harald war mit sechzehn schon Seemann genug, um das von alleine zu verstehen.

Ein Trupp Männer brachte die Stricke nach vorn, die an zwei Ecken des Tuchs befestigt waren, und führten sie unter dem Bug hindurch zur Steuerbordseite. Andere ergriffen die Taue, die an Backbord festgemacht werden sollten. Starri zog an dem Seil um seine Brust, lächelte Thorgrim zu, nahm die Plane und sprang über Bord.

Thorgrim schaute nach vorn. Er sah, wie das Tau in Haralds Händen sich spannte. Dann blickte er über die Bordwand. In der Dunkelheit konnte er gerade noch Starri ausmachen, der im Wasser hin- und hergeworfen wurde wie Wäsche im Kielwasser eines Schiffes. Dann bekam der Berserker mit seinen kraftvollen, sehnigen Armen und Beinen die Seite des Schiffs zu fassen und stabilisierte sich. Sein Kopf tauchte aus den Fluten auf, die am Rumpf entlangstrudelten.

»Gebt Leine nach, alle miteinander!«, brüllte Thorgrim und unterstrich die Worte mit einer Geste. Harald ließ das Seil, an dem Starri hing, durch die Hände laufen, und die Männer an den Stricken der Plane taten dasselbe, sodass er und das Tuch Zoll um Zoll nach hinten auf die vom Baum eingedrückten Planken zuglitten. Thorgrim blieb an Deck auf einer Höhe mit dem Geschehen. Er stieß gegen Godi, der ihm Platz machte, und eilte weiter.

Starri war noch fünf Fuß entfernt, als Thorgrim auf die beschädigte Stelle wies und schrie: »Hier ist es! Starri, hörst du?« Er rief erneut, und Starri schüttelte das Wasser aus seinem Gesicht, aus den Haaren und dem zotteligen Bart und blickte auf.

»Da!«, brüllte Thorgrim wieder. Starri hob die Hand, und Thorgrim hoffte, dass er damit ausdrücken wollte, dass er verstanden hatte. »Pass auf! Wenn du auf die kaputten Planken drückst, brichst du sie ganz durch!«, erklärte er weiter, so laut seine mitgenommene Stimme es zuließ.

Starri winkte erneut, und Thorgrim betete inbrünstig, dass Starri tatsächlich alles gehört und auch begriffen hatte.

Harald gab weiter Leine nach. Fuß um Fuß trieb Starri langsam achtern und zog die Plane mit sich an der Außenwand entlang. Sein Fuß stieß gegen das beschädigte Brett, als er am Rumpf Halt suchte. Das Holz bog sich, und Wasser schoss durch einen Spalt wie ein eisiger Geysir, doch bevor Thorgrim eine Warnung schreien konnte, riss Starri den Fuß schon wieder zurück. Er breitete Arme und Beine zu beiden Seiten der schwachen Stelle aus. Harald lockerte das Seil, und Starri glitt wie eine Krabbe über die geborstenen Planken. Er zog an der Plane, und die Männer, die die Stricke an den Ecken hielten, ließen auch ein wenig Spiel, und Zoll um Zoll wurde das dicke, gewachste Segeltuch über den verwundeten Rumpf gezerrt. Thorgrim bemerkte sofort, dass das Wasser langsamer eindrang, sobald die Plane an Ort und Stelle war.

Er beugte sich tief über den Bootsrand. Starri war jetzt hinter dem Leck und zog das Tuch weiter mit sich. Er glättete die Kanten. Der Flicken saß dort, wo er sein sollte, genau über den zertrümmerten Planken. Hier bekam er einen Großteil der Wucht der Fluten ab, die auf das Schiff einschlugen, und dichtete so die Öffnung ab.

»Gut! Gut!«, rief Thorgrim Starri zu. An Harald und die Männer an den Tauen gewandt forderte er: »Zieht die Leinen an den Ecken an und macht sie gut fest. Und bringt ein paar Männer her, damit sie Starri an Bord holen!«

Vorn griffen die Männer über die Backbordwand und packten das Walrosstau, an dem Starri hing. Sie hievten es hoch und arbeiteten sich daran entlang nach hinten, holten mehr und mehr von dem Strick über die Schildreihe. Thorgrim löste die Schilde von der Bordwand genau über Starri und warf sie auf das Deck. Er lehnte sich weit hinaus, und als die Männer am Seil Starri aus dem Meer zogen, streckte er ihm seine Hand entgegen. Starri griff danach. Im selben Moment riss die Leine um seine Brust.

Es geschah so schnell, die Nacht war so dunkel und die See so aufgewühlt, dass Thorgrim gar nicht erkannte, was geschehen war. In dem einen Augenblick waren er und Starri nur wenige Zoll voneinander entfernt und Starris langer Arm reckte sich ihm aus den dunklen Fluten entgegen. Dann blitzte ein entsetzter Ausdruck auf Starris Gesicht auf, und schon war er verschwunden.

»Starri!«, brüllte Thorgrim, als ihm schlagartig klar wurde, was passiert war. Er stieß sich von der Reling ab und stürmte über die Seetruhen springend zum Heck. Während er noch rannte, erkannte er bereits, wie wenig er tun konnte. Bei dem Seegang ließ sich das Schiff unmöglich wenden, allein der Versuch würde sie alle das Leben kosten. Konnte Starri überhaupt schwimmen? Thorgrim wusste es nicht. Aber selbst ein guter

Schwimmer würde sich nicht lange halten, bevor die turmhohen Wogen ihn niederrangen.

Er lief an den aufgereihten Schilden vorbei und erreichte achtern die Stelle, wo die oberste Plankenreihe Richtung Heck zusammenlief. Den Blick hielt er starr auf das Wasser gerichtet. Er sah rein gar nichts in der tiefschwarzen Nacht. Doch dann war da etwas, oben an der Bordwand, eine Unregelmäßigkeit auf dem glatten Eichenholz. Als er näher kam, erkannte er eine Hand. Eine Hand, die sich am Schiffsrand festklammerte, während der Arm darunter im aufgewühlten Meer verschwand.

Thorgrim packte den Arm direkt hinter dem Handgelenk, einen Arm, von dem er ganz selbstverständlich angenommen hatte, dass er zu Starri gehörte. Als er die Finger darum schloss, wurde ihm klar, dass das nicht sein konnte. Der Arm war bei Weitem zu dick, und als er prüfend daran zog, wusste er gleich, dass er diese Last unmöglich hochziehen konnte.

Aber schon standen mehr Männer an seiner Seite, die Besatzung der *Weitfahrer*. Sie drängten sich an die Bordwand, streckten die Hände aus und ergriffen den Arm, wo immer sie ihn zu fassen kriegten. Gemeinsam zerrten und hoben sie, und aus der Dunkelheit hinter der Krümmung des Rumpfes kam Godi zum Vorschein. Er spuckte und keuchte. Wieder zogen sie. Thorgrim konnte nicht glauben, wie schwer dieser Kerl war. Sie zogen weiter, und Godi tauchte halb aus dem Wasser auf, und mit der anderen Hand hielt er das Handgelenk von Starri dem Unsterblichen umklammert. Der Berserker spuckte ebenfalls Wasser und rang nach Atem, während er sich das Wasser aus den Augen blinzelte.

»Zieht! Zieht!«

Die Männer strengten sich gemeinsam an, und immer mehr von Godi und Starri tauchte aus dem Wasser empor. Weitere Hände griffen nach der Kleidung, nach Armen und Beinen und zogen beide Männer über den Rand, schafften sie an Deck wie Fische an einer Angelleine. Dort blieben sie liegen: keuchend, hustend, spuckend.

Thorgrim kniete neben Godi. Er legte ihm die Hand auf die Schulter. »Und?«, fragte er.

»Ich sah, wie das Seil riss. Dachte mir, ich versuch ihn zu erwischen, wenn er vorbeitreibt.«

Thorgrim nickte. *Was für ein Mut, was für eine ungeheure Tapferkeit*, dachte er bei sich, aber er würde Godi nicht in Verlegenheit bringen, indem er das laut aussprach. »Gut gemacht, Godi«, sagte er stattdessen. Das reichte aus.

Die *Weitfahrer* stampfte weiter durch die Dunkelheit, und der Sturm schwoll an, bis er die Wellenkämme fortblies und die Luft voller Wasser war, das seitwärts auf das Schiff einprasselte. Die Plane schien zu halten, die See strömte nicht mehr so schnell in den Rumpf. Dennoch war es eine armselige Abdichtung. Von der Innenseite platzierten Thorgrim und seine Begleiter nun Schilde vor dem gebrochenen Holz und fixierten sie mit kleinen Brettern. Sie nahmen den Beitass – eine schwere, acht Zoll dicke und zwölf Fuß lange Spiere – und verkeilten ihn über den Brettern und Schilden, um die ganze Konstruktion zusätzlich zu stützen.

Wenn das Schiff unter Segeln fuhr, ragte der Beitass nach vorn über die Bootswand hinaus und hielt die vordere, untere Ecke des Segels. Aber so schnell würden sie kein Segel mehr setzen, und den Flicken über den beschädigten Planken zu verstärken war jetzt wichtiger als alles andere.

Thorgrim stand da und wischte sich den Regen und die Gischt aus den Augen. Irgendwo hinter den dichten Wolken erhellte der Mond den Nachthimmel, doch das meiste Licht kam von den gelegentlichen Blitzen. Wann immer sie aufzuckten, nutzte Thorgrim die Gelegenheit und kontrollierte die Reparaturen, prüfte, wie das Schiff sich hielt. Die Wetterschutzplane und der Verhau aus Schilden und Brettern schien den angeschlagenen Planken etwas Stabilität zu geben. Agnarr hatte ein Gespür für den Rhythmus der Wellen entwickelt und lenkte die *Weitfahrer* besonnen durch die wogende See. Er drehte die Ruderpinne, sobald der Rumpf sich hob, und nahm sie wieder zurück, wenn sie in ein Wellental hineinglitten. So erreichte er, dass weniger Wasser über den Schiffsrand schlug und die Männer fast mit dem Schöpfen nachkamen.

Es war wie ein kurzes Innehalten in der Schlacht, der Augenblick, da beide Seiten in stillschweigender Übereinkunft Atem holten. Thorgrim wusste nicht, wie lange der Aufschub der tödlichen Gefahr dauern würde. Der Zusammenstoß mit dem Baumstamm hatte ihn daran erinnert – als ob er überhaupt daran erinnert werden musste –, dass sich alles von einem Moment zum nächsten komplett ändern konnte.

Doch für den Augenblick waren sie so sicher, wie sie nur sein konnten. Thorgrim wandte sich um und ging zum Heck, und erst da merkte er, wie erschöpft er war. Er trat neben Agnarr, der die Ruderpinne mit beiden Händen hielt.

»Agnarr, soll ich dich ablösen?«, fragte er. Bei diesem Seegang stand entweder er am Steuer oder Agnarr. Niemandem sonst würde er sein Schiff anvertrauen.

»Nein. Ich kann weiter steuern, wenn es dir recht ist!«, rief Agnarr zurück.

Thorgrim nickte.

»Wie sieht es aus?«, rief Agnarr als Nächstes.

»Die Reparaturen sind erbärmlich, aber erst mal werden sie halten. Das Wasser dringt viel langsamer ein, und ich glaube nicht, dass die Planken jetzt noch nachgeben werden!«

Agnarr nickte bei den Worten und verstummte, während

er das Ruder bewegte. Der Bug stieg hoch empor, und Thorgrim musste sein Gewicht verlagern, um nicht nach hinten zu kippen. Dann stürzte der Bug taumelnd herab, traf die Front der nächsten ankommenden Woge, und grünes Wasser ergoss sich über die Bordwand und strömte Richtung Heck. Agnarr führte das Ruder wieder zur Mitte.

»Wir können mit diesen kaputten Planken nicht weiterfahren«, stellte er zögernd und mit gesenkter Stimme fest. Thorgrim wusste das selbst nur allzu gut, aber wie es schien, hatte Agnarr ganz richtig erkannt, dass Thorgrim am liebsten nichts davon hören wollte. Doch so abscheulich die Wahrheit auch war, es war die einzige vernünftige Schlussfolgerung.

»Ich werde nicht nach Dubh-Linn zurückkehren«, stellte er entschieden fest. Er bezweifelte, dass Agnarr darüber diskutieren würde. Jeder an Bord wusste, wie Thorgrim zu diesem Gedanken stand.

»Bei diesem Wind und unserer Wende nach Backbord sind wir ohnehin weit nach Süden getrieben worden«, rief Agnarr. »Ich glaube nicht, dass wir Dubh-Linn erreichen würden, selbst wenn wir es wollten. Jedenfalls nicht innerhalb der nächsten Tage!«

»Was schlägst du also vor?«

Agnarr kannte die irische Küste um einiges besser als Thorgrim. Er hatte genug Zeit dort mit Fischen und Raubzügen verbracht. Ohne Zweifel wusste Agnarr mehr über die Ostküste Irlands als jeder andere an Bord.

»Südlich von Dubh-Linn gibt es einen kleinen Longphort. Er wird Vík-ló genannt. Wir werden sehen, wo wir rauskommen, sobald der Sturm nachlässt. Aber wenn wir dann noch leben, nehme ich an, dass wir den Ort erreichen können.«

»Vík-ló? Ich hab davon gehört. Ist kein großer Hafen, nicht so wie Dubh-Linn, wenn ich mich recht erinnere.«

»Nein«, sagte Agnarr. Er hielt inne und lenkte das Schiff durch den nächsten Wellenkamm. »Es ist viel kleiner. Die Bewohner dort sind Dänen, und freundlich sind sie auch nicht gerade. Wie man's eben von Dänen erwarten kann. Dennoch sollten sie uns eine Weile bleiben lassen und uns ein wenig unterstützen, wenn wir genug bezahlen!«

»Ausgezeichnet!«, rief Thorgrim. Er wollte weg von Irland, nach Norden segeln, nach England übersetzen und darüber hinaus. Aber das sollte offensichtlich nicht sein, jedenfalls im Augenblick nicht. Der Wind blies sie südwärts, und daran würde sich erst einmal nichts ändern, es sei denn, sie fanden doch noch alle einen nassen Tod auf dem Meeresgrund. Und sie hatten hart dafür gearbeitet, damit das nicht passierte.

»Ausgezeichnet!«, wiederholte Thorgrim und wusste genau, dass er jetzt vor allem sich selbst überzeugen wollte. »Nach Vík-ló also!«

6. Kapitel

[Odin] gebot, dass die Toten auf einem Scheiterhaufen zu verbrennen seien, zusammen mit ihrem Besitz. Ein jeder Mann, so sagte er, würde mit den Gütern nach Walhalla einziehen, die er auf dem Scheiterhaufen bei sich hätte …

YNGLINGASAGA

Die Bestattung des Fasti Magnisson und seiner Leute war eine verschrobene Angelegenheit, ein pragmatischer Kompromiss zwischen den verfügbaren Mitteln und Grimarrs niedersten Trieben, insbesondere seiner Gier.

Nachdem sie die *Wogenreiter* von vorn bis hinten durchsucht und keine Spur der Beute aus Fearna gefunden hatten, überprüften sie, ob das Schiff selbst durch den Kampf mit den Curraghs von Lorcan mac Fáeláins Schaden erlitten hatte. Als sie überzeugt waren, dass es nicht zu sinken drohte, nahm die *Adlerschwinge* das Langschiff in Schlepptau. Es war eine lange Fahrt bis zu den Ufern des Flusses Leitrim, dessen Mündung Vík-ló als Hafen diente, so wie der Liffey für Dubh-Linn und andere Flüsse für andere Niederlassungen entlang der ausgedehnten Küste, an der es sonst keine natürlichen Häfen gab.

Sie waren immer noch unterwegs, als der Wind auffrischte und der Seegang zunahm, getrieben von einem Sturm, der aus dem Nordosten heranbrauste. Die *Wogenreiter* ließ sich nicht länger schleppen, ohne dass jemand sie steuerte, und Grimarr stellte ein halbes Dutzend Männer ab, die dort an Bord für das Schiff sorgen sollten. Er musste sie fast hinprügeln, damit sie seinem Befehl folgten, denn niemand hatte große Lust, auf einem Totenschiff zu fahren, wo sich die Leichen an Deck türmten und die Bilge mit Blut gefüllt war.

Der Seegang erschwerte das Manövrieren, aber der auflandige Wind erlaubte es ihnen schließlich, die Ruder einzuholen und die *Adlerschwinge* unter leicht gerefftem Segel zu bewegen. Sie fuhren in den Fluss ein, landeten die Schiffe an der schlammigen Küste an und sicherten sie mit einer Vielzahl schwerer Taue, gerade als der Sturm mit Macht über sie kam. Die Toten stapelten sie mittschiffs an Bord der *Wogenreiter* und deckten sie mit dem Segel ab. Etwas Besseres fiel ihnen erst einmal nicht ein.

Anderthalb Tage lang hockten Grimarr und seine Männer in Grimarrs Halle beisammen, während die Übrigen sich in ihre kleineren Häuser zurückzogen. Die Feuer in den Herdstellen loderten hoch gegen die frühherbstliche Kühle. Vík-ló war eine verkleinerte Ausgabe von Dubh-Linn, ein nordischer Longphort von etwa einem Viertel der Größe seines Gegenstücks im Norden. Es erstreckte sich auf einem flachen Streifen Land an der Mündung des Leitrim, wo die Ufer sanft vom Wasser aus anstiegen. Ein paar Meilen landeinwärts umgaben hohe Hügelketten den Ort wie ein gewaltiger Erdwall, der vor Urzeiten von Riesen angeschüttet und längst verlassen worden war, bis er heute grasbewachsen und bucklig dalag. Die Hügel gehörten den Iren und den einheimischen Geistern, und die Wikinger wollten keinem von beiden begegnen. Sie entfernten sich selten weit von ihrer Siedlung.

Vík-ló bestand aus etwa zwei Dutzend Häusern unterschiedlicher Größe, von denen die meisten teilweise auch dem Gewerbe ihrer Inhaber dienten: Schmiede, Zimmerleute oder Fleischer. Bohlenwege, die sich eng an die Wege schmiegten, verbanden die Gebäude aus lehmbeworfenem Flechtwerk kreuz und quer, ein jedes mit einem eigenen kleinen, flechtwerksumzäunten Hof.

Die ganze Ortschaft war von einem Erdwall umgeben, der an mehreren Stellen von einer Palisade gekrönt war. Niemand rechnete damit, dass diese Befestigung einen Feind lange aufhielt, jedenfalls nicht, wenn er entschlossen und in großer Zahl anrückte. Zum Glück kam so etwas niemals vor. Die Iren, die von allen am meisten Grund hatten, den Longphort anzugreifen, hatten es nie geschafft, sich zu so einer Anstrengung zu vereinen, und es sah auch nicht so aus, als würde es ihnen in nächster Zeit gelingen. Doch das konnte sich rasch ändern. Lorcan mac Fáeláin sammelte immer mehr Macht in der Region und wurde dadurch zunehmend zu einer Bedrohung für die von ihm so verabscheuten Dubh Gall in Vík-ló.

Der Teil von Irland, der Leinster genannt wurde und auf dessen Boden auch Vík-ló lag, wurde von Ruarc mac Brain beherrscht, und Ruarc war derjenige, dem Lorcan Gefolgschaft schuldete. Aber Ruarc mac Brain hatte sich vor Kurzem mit einer jungen Braut vermählt, der Erbin eines Königreichs namens Tara – so hatte Grimarr es jedenfalls den spärlichen Informationen entnommen, die aus dem Land jenseits der Wälle zu ihm sickerten. Ruarc hielt sich dieser Tage oft weit im Norden auf, und seine Abwesenheit gab Lorcan den Raum, seine Kräfte auszubauen und sich der Treue all jener zu versichern, die ihm folgten. Wenn er seinen Wohlstand weiter vermehren konnte – zum Beispiel, indem er in den Besitz der Schätze gelangte, die an Bord der *Wogenreiter* transportiert worden waren –, dann war kaum zu sagen, wie viel zusätzliche Gefolgschaft er damit wohl kaufen konnte.

Aber diese Sorgen waren jetzt kaum mehr als ein leises Rauschen im Hintergrund, nicht auffälliger als das beständige Prasseln des Regens auf dem Dach. Grimarr hatte drängendere

Probleme. Wie er sich die zahlreichen Toten vom Hals schaffen konnte beispielsweise. Und das auf eine Art, die hinreichend respektvoll war, bei den Göttern Gefallen fand und trotzdem nicht übermäßig anstrengend oder kostspielig wurde.

Grimarr berief einen Rat ein. Sandarr war dabei. Nicht weil Grimarr besonderen Wert auf dessen Rat legte, sondern weil es ein allzu deutliches Zeichen seiner Geringschätzung gewesen wäre, hätte er ihn ausgeschlossen. Das hätte eine Kluft zwischen Vater und Sohn offenbart, die jemand mit entsprechenden Plänen hätte ausnutzen können.

Zu dem Rat gehörte auch ein Mann namens Bersi Jorundarson, und ein weiterer, der Hilder genannt wurde. Sie galten ebenfalls als Anführer unter den Bewohnern von Vík-ló. Der Einzige, den Grimarr tatsächlich gern in dem Rat dabeigehabt hätte, wäre Fasti Magnisson gewesen, der gemeinsam mit Grimarr dem Riesen stets als Herr des Longphorts betrachtet worden war. Aber Fastis bleicher, lebloser Leib lag unter einem Segel gleich hinter dem Mast seines Schiffs, und die Tage, da er seinen Gefährten mit klugem Rat zur Seite gestanden hatte, waren endgültig vorüber.

»Wir haben im gesamten Longphort nicht genug Platz, um sie alle zu vergraben«, erklärte Bersi. »Aber sie außerhalb der Wälle zu beerdigen kommt nicht infrage.«

Die anderen nickten.

»Ich glaube auch nicht, dass wir in ganz Vík-ló so viel Feuerholz entbehren können, wie wir für einen Scheiterhaufen für all diese Toten brauchen«, fügte Sandarr hinzu. »Nicht jetzt, wo der Winter vor der Tür steht.«

Diese Erklärung wurde mit weiterem Kopfnicken aufgenommen. Die Geste ging Grimarr allmählich auf die Nerven. Die drei Männer blickten ihn an und warteten auf das, was er zu sagen hatte. Tatsächlich gab es nur eine Möglichkeit, aber

Grimarr zögerte, sie auszusprechen, weil Schiffe hier nicht leicht zu kriegen waren. Er hätte die *Wogenreiter* gut gebrauchen können, wenn er sich sein Eigentum zurückholen wollte.

Andererseits konnte er die Toten nicht einfach den Schweinen auf der Straße vorwerfen. Das würde die Männer nicht gerade dazu ermutigen, ihm in die Schlacht zu folgen.

»Also gut, wir verbrennen sie an Bord der *Wogenreiter*«, entschied er. »Sobald dieser verdammte Regen nachlässt. Sie sind zusammen gestorben, sie können zusammen zu den Göttern fahren.«

Wieder nickten alle.

»Ihre Schwerter, Schilde, Helme und Streitäxte sollen mit ihnen verbrannt werden«, fuhr Grimarr fort. »Aber nicht ihre Kettenhemden.«

Bersi und Hilder wechselten einen Blick. »Ihre Kettenhemden nicht?«, fragte Hilder. »Wir nehmen ihnen die Rüstung?«

Dummköpfe, dachte Grimarr. »Sie brauchen keine Rüstung in Odins Halle. Selbst wenn sie in der Schlacht verwundet werden, sind sie am Abend wieder geheilt.« Er wies nicht darauf hin, dass so eine Kettenrüstung in Irland sehr kostbar und nur schwer zu kriegen war. Das musste nicht eigens erwähnt werden.

So kam es, dass die Bewohner von Vík-ló zum Flussufer hinabzogen – und zur *Wogenreiter*, die dort vertäut lag –, sobald der Wind nachließ und der Regen sich auf ein Maß verringerte, bei dem der Gedanke, die Wärme des Herdfeuers zu verlassen, nicht völlig unerträglich war. Die Männer zogen das Segel zurück und legten die Körper darunter frei. Alles war so, wie sie es zurückgelassen hatten, auch wenn die wenigen Tage den Zustand der Leichen nicht gerade verbessert hatten.

Auf Grimarrs Befehl hin, und nach einem kurzen Aufwallen von Widerspruch, den er rasch und vollständig erstickte, widmeten die Männer sich der unangenehmen Aufgabe, allen Toten, die eines trugen, das Kettenhemd auszuziehen. Es war schwer genug, eine Kettenrüstung abzulegen, solange der Träger lebte. Sie von einem steifen und aufgedunsenen Leichnam zu ziehen, war eine noch größere Herausforderung, und es wurde nicht leichter angesichts einer gewissen Sorge, dass die Toten einen solchen Frevel missbilligen und rachsüchtig zurückkehren könnten. Aber schließlich waren jene, die sie auf Erden nicht mehr benötigen würden, ihrer Rüstung beraubt, und ein Stapel von brauchbaren Kettenhemden am Ufer aufgehäuft worden. Auch das Segel des Schiffes und die Ruder, entschied Grimarr, waren unter den Lebenden besser aufgehoben.

Von den ungefähr sechzig Toten, die an Deck der Wogenreiter aufgebahrt lagen, war allein Fasti Magnisson von solchem Rang, dass ihm eine Sklavin als Begleitung ins Jenseits zustand. Das war ein Glück, denn in Vík-ló waren Sklaven ein genauso knappes Gut wie Kettenhemden. Sie waren ein Luxus, den sich nur wenige in dem armseligen Longphort leisten konnten. Die meisten Gefangenen, die sie bei ihren Raubzügen machten, wurden rasch verkauft.

Fasti jedoch besaß eine Sklavin, die in seinem Haushalt diente, der neben dem von Grimarr der bedeutsamste in Vík-ló war. Grimarr dachte tatsächlich einen Moment darüber nach, sie selbst zu übernehmen, doch ihm wurde schnell klar, dass er das nicht tun konnte. Er durfte seinen ältesten Freund nicht ohne eine Dienerin in die nächste Welt ziehen lassen, die dort für ihn sorgte. Also ließ man die Sklavin – sie hieß Mor – wissen, auf was für eine Reise sie gehen würde, und man gab ihr etwas zu essen und so viel Met, wie sie trinken konnte. Sie betrank sich bis fast zur Besinnungslosigkeit, und dann schlug man ihr mit einem einzigen sauberen Schwerthieb die Schädeldecke ab, sodass sie ihren Herrn an den Ort begleiten konnte, der ihm bestimmt war. Ihr Körper wurde auf die *Wogenreiter* gebracht und an Fastis Seite gelegt, und damit war alles bereit.

Wieder einmal nahm die *Adlerschwinge* das andere Langschiff in Schlepp und zog es durch das unruhige Wasser, wo die Strömung des Flusses auf das Meer traf. Sie schleppten die *Wogenreiter* bis gleich hinter die Mündung des Leitrim und verankerten sie an einer Stelle, wo die Überreste niemanden behindern würden, der in den Hafen ein- oder ausfuhr. In einem feierlichen Zug folgten die übrigen Schiffe Vík-lós: Bersis *Meereshengst*, Hilders Schiff, die *Fuchs*, und die *Winddrache*, die einem Mann namens Thormod gehörte.

Sie verschütteten Teer und Terpentin an Deck der *Wogenreiter*. Dann wurde eine lodernde Fackel an Bord geworfen, und die Ruderer brachten die *Adlerschwinge* auf sicheren Abstand dorthin, wo die restlichen Schiffe bereits warteten. Die Besatzung der *Adlerschwinge* zog die langen Ruder ein und ließ das Schiff neben den anderen sich im Seegang wiegenden treiben, während die *Wogenreiter* und die an Deck aufgebahrten Kampfgefährten von den Flammen verschlungen wurden. Grimarr sah zu, wie das Feuer den Mast umspielte, daran emporstieg und sich zum Bug und Heck hin ausbreitete. Die Flammen strahlten hell in einem Funkeln von Rot, Gelb und Weiß. Sie schlugen hoch über die Bordwände hinaus, bis die *Wogenreiter* wie eine riesige Feuerschale aussah, die übervoll dahintrieb.

Es war unbestreitbar ein schöner Anblick, ein gebührender Auftakt der letzten Reise, die Fasti und seine Begleiter nun antraten. Das Einzige, was den erhabenen Augenblick ein wenig verdarb, war die Tatsache, dass die fein geschnitzte Figur fehlte, die den Steven der *Wogenreiter* ansonsten zierte: ein gerundeter Bogen aus Eichenholz, der sich weit über das Deck hinaufgeschwungen hatte, solange Grimarr das Schiff kannte. Es war nicht an seinem Platz gewesen, als sie Lorcan und seine Männer vertrieben hatten, und Grimarr war davon ausgegangen, dass Fasti selbst die Zier hatte entfernen lassen, als er in Sichtweite der Küste kam. Doch die Suche, bei der sie keine Spur von dem Schatz gefunden hatten, hatte auch die geschnitzte Figur nicht wieder zum Vorschein gebracht. Durch ihre Abwesenheit wirkte die *Wogenreiter* nun kurz und unausgewogen.

Ein schwacher Geruch von brennendem Holz und Pech und schließlich von versengtem Fleisch stieg den Männern an Bord der *Adlerschwinge* in die Nase, obwohl sie ein gutes Stück auf der dem Wind zugewandten Seite des Bestattungsfeuers lagen. Das Knistern und Prasseln, mit dem Schiff und Mannschaft von den Flammen verschlungen wurden, ein dumpfes Brausen des Infernos, stachen klar aus dem milden Ostwind heraus.

Wie betäubt starrte Grimarr vom Heck der *Adlerschwinge* aus in die Lohe. Er fühlte sich so benommen, als hätte er an einem eisigen Tag zu lange im Freien gestanden oder als wäre er gerade erst aufgewacht und immer noch schlaftrunken. Er sah zu, wie die Flammen auf die Takelage übergriffen und daran entlangkletterten, bis die Wanten und Stage sich als grelle Linien vor dem grauen Himmel abzeichneten.

Er sah zu, wie das Schiff, die Mannschaft und Fasti Magnisson, sein Waffengefährte seit so langer Zeit, zu Rauch und Asche wurden, emporgetragen an den Ort, den die Götter für Männer wie sie bestimmt hatten.

Aber Grimarrs Gedanken weilten nicht bei diesen Männern. Stattdessen wanderten sie zu einem Ort, an den er sie im Allgemeinen nicht geraten ließ, auf einem Pfad, den zu beschreiten er stets mit aller Kraft zu vermeiden suchte. Er dachte an seine Söhne. Nicht an Sandarr. Nein, an Sweyn und seinen Bruder Svein. Die beiden waren jünger als Sandarr, und sie waren tot. Die Erinnerung daran war schlimmer als jeder der vielen Schwertstreiche, die Grimarr im Laufe seines Lebens eingesteckt hatte, und so mied er sie nach Möglichkeit.

Doch wann immer Grimarr irgendeinem Bestattungsritual folgte, so wie jetzt, und wenn er in ruhiger Stimmung war und es keine Gewalttätigkeit gab, mit der er sich ablenken konnte, dann musste er ganz unweigerlich an sie denken.

Die jüngeren Brüder waren nie so schlau gewesen wie Sandarr, aber das hatte Grimarr nicht gestört. Er hielt nicht viel von Schläue; ein Mann konnte leicht zu schlau werden. Mut und Aufrichtigkeit und Stärke, das waren die Eigenschaften, die einen Mann auszeichneten, und Sweyn und Svein hatten diese im Überfluss besessen.

»Du denkst an meine Brüder«, stellte Sandarr fest. Grimarr hatte gar nicht gemerkt, dass er so nahe bei ihm stand.

»Das tue ich«, erwiderte Grimarr schroff.

»Ich auch. Ich kann einfach nichts dagegen tun. Nicht in so einem Augenblick.«

Grimarr schnaubte. Er wollte jetzt nicht reden. Es war fast ein halbes Jahr her, dass Sweyn und Svein getötet worden waren, aber die Wunde in Grimarrs Gemüt blutete unvermindert.

»Fasti wird Sweyn und Svein an diesem Tag wiedersehen«, sagte Sandarr. »Meine Brüder fielen in einem ehrbaren Kampf. Gewiss schmausen sie nun an der Tafel der Götter, genau wie Fasti es tun wird.«

Grimarr schnaubte wieder. Sandarr hatte recht, und er sprach aus, was in dieser Sache zu sagen war. Darum verstand Grimarr selbst nicht so recht, warum Sandarrs Worte seinen Schmerz nur noch vergrößerten. Vielleicht ärgerte er sich darüber, dass Sandarr lebte, während die anderen beiden gestorben waren. Darüber, dass Sandarr die Vorsicht anstelle der Kühnheit gewählt hatte und seine Wahl sich am Ende als die klügere erwiesen hatte.

»Ja«, antwortete Grimarr endlich, weil er das Gefühl hatte, irgendetwas sagen zu müssen. Ob es ihm gefiel oder nicht, Sandarr war der einzige Sohn, der ihm geblieben war. »Wir können den Göttern danken, dass sie in einem ehrbaren Kampf getötet wurden.«

Grimarr blickte abwesend auf die *Wogenreiter*, deren Brandopfer allmählich zu seinem Ende kam. Die Flammen fraßen sich durch die Takelage, die schon peitschend und feurig auf das Deck stürzte. Der Mast schien sich ein wenig zu neigen, auch wenn das durch die vor Hitze flirrende Luft schwer zu erkennen war. Und dann wurde die Schräglage offensichtlich, als der Mast Stück um Stück dem Heck entgegensank, bis er Schwung aufnahm und wie ein gefällter Baum niederstürzte. Eine Stichflamme und ein Regen von Funken brausten auf, wo er niederging.

Das Schiff lag jetzt tiefer im Wasser, und Grimarr nahm an, dass die Hitze die Fugen zwischen den Planken aufklaffen ließ. Es konnte kaum mehr übrig sein als die verkohlte Bordwand, die sterblichen Überreste der Besatzung mussten längst in den Flammen vergangen sein. Da neigte sich die *Wogenreiter* ein Stück in Richtung der *Adlerschwinge*, und man konnte sehen, dass die Flammen immer noch das Deck und die Ruderbänke verzehrten. Das Holz glühte in einem hellen Orange. Von den Männern an Bord war nichts zu sehen; der Brand strahlte zu grell, als dass man hätte erkennen können, was sich unter seinem Gleißen befand. Grimarr war froh darüber.

Die *Wogenreiter* neigte sich ein wenig mehr und schien sich im Meer niederlegen zu wollen wie ein müder Mann, der in ein weiches Bett sinkt. Zoll um Zoll ging sie tiefer. Das Wasser kroch an ihrer anmutig gebogenen Flanke empor, bis nur ein einziger Plankengang und der stolze Bug und das Heck noch zu sehen waren. Und dann schlug das Wasser über die Bordwand, und mit lautem Zischen und in einer Wolke von Dampf glitt die *Wogenreiter* in die grauen Fluten und war fort.

Einen weiteren langen Augenblick starrten die Männer an Bord der *Adlerschwinge* auf die Stelle, an der die *Wogenreiter* verschwunden war: auf die aufgewühlte See und die Trümmerteile, von denen einige weiterhin brennend auf dem Meer trieben. Grimarr stellte sich vor, wie der geschwärzte Rumpf nach unten sank und sanft auf dem schlammigen Grund zur Ruhe kam.

»Also gut, bringt die Ruder aus«, knurrte er, und langsam, schweigend nahmen die Männer die Riemen von dem Gestell und reichten sie weiter. Da rief von oben ein junger Bursche namens Otr etwas zu ihnen herab. Er war der Beweglichste aus der Mannschaft, und Grimarr schickte ihn regelmäßig den Mast hinauf, damit er von dort den Horizont absuchte. Er hielt nicht viel von Überraschungen.

»Was ist los?«, fragte Grimarr.

»Ein Schiff, Grimarr«, antwortete Otr. »Noch einige Meilen entfernt. Aber es scheint auf uns zuzuhalten.«

7. Kapitel

Es gab ein Blutbad unter den Fremden auf den Inseln des östlichen Brega, und ein weiteres Gemetzel an ihnen bei Ráith Alláin …

DIE ANNALEN VON ULSTER, 852

Es gab einen Traum, der Lorcan mac Fáeláin jede Nacht heimsuchte, zumindest in fast jeder Nacht: Ein goldener Kelch, schwer und mit Edelsteinen bestückt, stand vor ihm auf einem Tisch. Er war nur eine Armlänge von ihm entfernt, und Lorcan musste lediglich zugreifen, um ihn zu erlangen. Niemand sonst war in der Nähe, kein Mensch, der ihn hätte aufhalten können. Doch wann immer er den Arm ausstreckte, blieb der Pokal gerade eben außerhalb seiner Reichweite. Er kämpfte und mühte sich, den Arm genau dieses letzte Stück weit noch zu strecken, aber ganz gleich, was er versuchte, er bekam die Beute einfach nicht zu fassen.

Lorcan brauchte keinen Priester oder Druiden oder irgendeinen anderen Traumdeuter, um zu wissen, was das bedeuten sollte. Es war deutlich genug, eine Wahrheit, die er jeden Tag aufs Neue erfuhr.

Ruarc mac Brains Autorität schwand stetig, je häufiger er sich zu seiner kleinen Hure auf Tara begab, wo er mittlerweile mehr Zeit verbrachte als auf Líamhain, dem Zentrum seiner Macht in Leinster. Die ortsansässigen *Rí Túaithe* waren nicht sehr glücklich darüber, und Lorcan nutzte das zu seinem Vorteil. Angesichts seiner Stärke und Gerissenheit nahm sein Einfluss täglich zu. Die Herrschaft über diesen Teil Irlands war zum Greifen nahe und blieb doch gerade eben außerhalb seiner Reichweite. Die Enttäuschung und der Ärger, die Lorcan in seiner Traumwelt empfand, waren gar nichts verglichen mit dem, was er fühlte, wenn er wach war.

So nahe, so verflucht nahe!

Die Dubh Gall waren ein Stachel in seinem Fleisch, aber sie konnten auch nützlich sein, wie beispielsweise bei ihrem Raubzug gegen das Kloster bei Fearna, den Lorcan zu seinem Vorteil wenden wollte. Es gab viele Wege, die Treue der *Rí Túaithe* zu gewinnen, am leichtesten ging es jedoch mit Silber. Und Silber gab es in Fearna im Überfluss.

Lorcan hatte schon daran gedacht, das Kloster selbst zu überfallen. Doch als er erfahren hatte, dass die Dubh Gall dorthin unterwegs waren, erkannte er seine Gelegenheit. Sollten Grimarr der Riese und Fasti Magnisson doch das Plündern besorgen! Er würde ihnen das Gold und Silber später abnehmen. So konnte Lorcan vermeiden, über seine Landsleute herzufallen, was möglicherweise unliebsame Folgen nach sich zog. Auch wenn so etwas oft genug vorkam und er eigentlich nicht glaubte, dass irgendjemand allzu viel Aufhebens darum machen würde. Doch so würde er zudem noch seinen Ruf stärken können als jemand, der sich den Heiden entgegenstellte.

So verflucht nahe …

Nachdem die Dubh Gall in Fearna fertig geworden waren, folgten Lorcan und seine Männer den Wikingerbooten entlang der Küste. Zum Glück kamen die nur langsam voran, von schwachen Winden nur langsam geschoben und von widrigen aufgehalten. Eines der Schiffe schien leckgeschlagen zu sein, jedenfalls brachten die Dubh Gall es an Land. Von einer verborgenen Stelle aus sah Lorcan zu, wie die ganze Beute an Bord des zweiten Schiffes verladen wurde, das daraufhin alleine weitersegelte. Das war ein Glücksfall, ein Geschenk Gottes. Lorcan hatte damit gerechnet, beide Schiffe zugleich angreifen zu müssen, was zu einem schweren Kampf gegen einen ebenbürtigen Gegner geführt hätte. So jedoch stand es zwei gegen einen.

Lorcan war dem Schiff weiterhin gefolgt, hatte jeden Fuß seiner Fahrt beobachtet – zumindest hatte er das geglaubt. Er hatte seine Falle zum perfekten Zeitpunkt zuschnappen lassen, hatte die verdammten Dubh Gall niedergestreckt, wie sie kamen. Er persönlich hatte Fasti Magnissons Schädel gespalten wie einen Scheit Feuerholz und hatte es genossen. Doch die Beute aus Fearna war nicht an Bord gewesen. Lorcan hatte nicht die Gelegenheit bekommen, das Schiff Stück um Stück auseinanderzureißen bei seiner Suche, aber er hatte genug gesehen, um sicher zu sein, dass der Schatz nicht dort war.

Fasti musste irgendwo unterwegs angehalten und alles an Land versteckt haben. Das war die einzige Erklärung. Wo das allerdings gewesen sein mochte, hatte Lorcan nicht die geringste Ahnung. Die Einzigen, die es ihm hätten verraten können, wären die irischen Männer und Frauen gewesen, die aus Fearna verschleppt worden waren. Sie mussten an Bord gewesen sein, als der Schatz versteckt wurde, doch Fastis Männer hatten alle umgebracht, als die Curraghs über das Langschiff herfielen.

Lorcan mac Fáeláin hatte getobt, nachdem ihm die Beute entgangen war, und dann auch noch Grimarr der Riese zum falschen Zeitpunkt auftauchte. Aber Lorcan war kein Mann, der sich von seiner Wut aufhalten ließ, und genauso wenig versuchte er, sie im Suff zu ertränken; er ließ sich weder zu sinnloser Vergeltung hinreißen noch in Mutlosigkeit stürzen. Wut führte nur dazu, dass Lorcan seine Anstrengungen verdoppelte, und das war auch der Grund, warum er sich in den achtunddreißig Jahren, die er auf Erden weilte, vom zweiten Sohn eines bedeutungslosen *Rí Túaithe* – eines Mannes, der kaum besser gewesen war als die schmutzigen Bauern, die angeblich seine Untertanen waren – aufgestiegen war zu jemandem, der kurz davorstand, über einen Großteil von Leinster zu herrschen. Er hatte nicht vor, nun haltzumachen.

Nachdem er es nicht geschafft hatte, den Schatz aus Fearna zu gewinnen, kehrte Lorcan, der bei dem Kampf auf dem Langschiff nicht ernsthaft verletzt worden war, mit seinen Männern in das Rath von Ráth Naoi zurück. Diese Festung war der Mittelpunkt seiner Macht und lag nur wenige Meilen vom Longphort der Wikinger in Vík-Ló entfernt. Als die Truppe das massige Fachwerkgebäude mit dem hoch aufragenden Strohdach erreichte, das Lorcan als Halle diente – das einzige rechteckige Gebäude in dem Rath, von der kleinen Steinkirche abgesehen –, verkündete er, noch bevor sie ihre durchnässten Gewänder abgelegt hatten, dass jeder ihn zu einem Viehdiebstahl begleiten würde, sobald der schlimmste Sturm vorüber war. Im Norden stellte sich ein wohlhabender Grundbesitzer namens Fearghus Lorcans wachsendem Einfluss entgegen, und er würde ihm deutlich machen, wie unklug das war.

Den folgenden Tag über kümmerten sie sich um die Verwundeten, begruben die Gefallenen und bereiteten sich auf den Raubzug vor. Am Tag danach brachen sie mehrere Stunden vor der Morgendämmerung auf, obwohl das Unwetter kaum an Kraft verloren hatte. Zwanzig von Lorcans Männern – diejenigen, die er für seine treuesten und besten Krieger hielt und die weitgehend unversehrt waren, standen früh auf, legten Fellumhänge und Hüte an, Kettenhemden, Helme und Waffen. Sie kannten Lorcan gut genug, um zu wissen, dass er den Überfall nicht weiter verschieben würde, nicht für so eine geringfügige Unannehmlichkeit wie einen Sturm, selbst wenn der Wind den prasselnden Regen in ihre Gesichter trieb und an den Umhängen und Bärten riss.

Es gab gar keinen richtigen Sonnenaufgang an diesem Tag, nur einen Himmel, der sich allmählich zu einem Grau aufhellte, in dem der unaufhörliche Regen und der böige Wind an Substanz gewannen, während der zum Plündern ausgerückte Trupp nordwärts zog. Lorcan und ein paar seiner Hauptmänner waren zu Pferd unterwegs, aber die meisten gingen zu Fuß; den Speer in der Hand, Köcher und Bogen auf dem Rücken, Schwerter an den Gürteln. Sie kamen langsam voran, denn der aufgeweichte Boden klebte an ihren Schuhen, und Wind und Regen behinderten ihre Sicht.

Am späten Vormittag erreichten sie eine Anhöhe, von der aus sie bei dem etwas nachlassenden Unwetter meilenweit über das Land blicken konnten. Lorcan hielt an. Hinter einem fernen Hügel stiegen mehrere Rauchfahnen gen Himmel, deutlich sichtbar, bis der Wind sie in einiger Höhe auseinanderriss und sie im allgegenwärtigen Grau zerstreute.

»Das ist Fearghus' Heim.« Lorcan wies auf den Rauch. »Zwei Raths. Das eine umgibt die Gebäude, das andere dient als Pferch für die Rinder. Dann gibt es noch ein weiteres Rath für Vieh, dort drüben.« Er zeigte auf einen Hügel im Osten.

Fearghus gehörte zu den *Aire Forgill*. In Irlands Hierarchie standen die *Aire Forgill* gleich unter den *Rí Túaithe*. Sie zählten nicht zum Hochadel, dennoch galten sie als Herren von gutem Ansehen, mit einem Gefolge von zumindest zwanzig freien Bauern und zwanzig Pächtern. Die Lehnspflichtigen konnten einem Aire Forgill pro Jahr ein Vermögen von Hunderten von Rindern einbringen. Das machte Fearghus mächtig genug, dass er zu einem Problem werden konnte, sollte er es darauf anlegen.

Neben Lorcan ritt Senchan mac Ronan. Senchan war Lorcans Stellvertreter, wenn Niall mac Faelan nicht anwesend war – und der hatte bei dem Kampf auf dem Langschiff eine hässliche Wunde am Bein erlitten.

»Werden wir das plündern?«, fragte Senchan und zeigte auf das Rath im Osten.

»Nein«, entgegnete Lorcan in einem Tonfall, der keinen Widerspruch zuließ. Wie immer. »Wir überfallen das bei Fearghus' Wohnstatt.« Er lieferte keine weitere Erklärung, und Senchan wusste genau, dass man Lorcans Entscheidungen lieber nicht infrage stellte. Also ließ er seine nächsten Worte wie eine bloße Feststellung klingen.

»Fearghus' Männer werden in der Nähe sein«, sagte er. »Und sie haben uns gewiss gesehen. Die meisten würden einen solchen Raubzug bevorzugt in der Nacht durchführen. Jedenfalls Männer, die weniger kühn sind als Ihr, Lorcan.«

»Ich pfeif auf die Dunkelheit und auf Fearghus und seine Männer«, rief Lorcan. »Ich bin nicht hier, um einige erbärmliche Kühe zu stehlen. Ich will Fearghus eine Lektion erteilen, und er lernt gar nichts dabei, wenn er nicht weiß, wer ihm seinen Reichtum genommen hat. Ich hoffe sogar, dass seine Leute sich zum Kampf heraustrauen. Die Lektion wird nur noch eindrücklicher ausfallen, wenn wir ein paar von ihnen erschlagen.«

Mehr hatte Lorcan nicht zu sagen, also grub er seinem Pferd die Fersen in die Flanken und ritt weiter. Seine müden, durchnässten Begleiter folgten. Sie trotteten den langen Abhang hinab und den nächsten Hügel wieder hinauf. Als sie die Kuppe erreichten, konnten sie zwei braune Ringe aus aufgeschütteter Erde sehen: die Schutzwälle von Fearghus' Hof. Einer durchmaß mindestens zweihundert Fuß und umschloss ein großes rundes Haus und eine Anzahl kleinerer Gebäude. Das waren die Wohnstätten von Fearghus und seiner Familie sowie dem Gesinde, die alle die trügerische Sicherheit des Raths genossen. Rauch ringelte sich aus den Öffnungen in den Dächern, lief über der Siedlung ineinander und wurde vom Wind davongetragen.

Der zweite Ring war viel kleiner, aber immer noch von beträchtlichem Umfang. Lorcan und seine Männer konnten von ihrem erhöhten Standpunkt aus das Vieh darin sehen, vielleicht einhundertfünfzig oder zweihundert Tiere. Gewöhnlich blieben sie während der Nacht im Rath, geschützt vor wilden Tieren und Plünderern, die nicht so dreist waren wie Lorcan. Aus dieser Entfernung erschienen die Rinder nur als dunkle Flecken auf der braunen, niedergetrampelten Erde im Inneren des kreisrunden Erdwalls.

»Da«, sagte Lorcan. »Lasst uns anfangen. Aber Fearghus darf nichts geschehen, ist das klar?«

Seine Begleiter legten Fellmäntel und Hüte ab und alles Weitere, was sie im Kampf behindern mochte. Im Allgemeinen war so ein Viehdiebstahl eine verstohlene Angelegenheit. Aber Lorcans Männer hatten verstanden, dass ihr Herr Wert auf einen öffentlichen Auftritt legte und dass die Rinder dabei Lorcans geringste Sorge waren. Das Vieh war jedoch gewiss nicht Fearghus' geringste Sorge! In Irland, wo Münzen und andere Kostbarkeiten selten waren, stellte es eine Währung dar, und einhundertfünfzig Tiere waren ein großer Reichtum.

Lorcan trieb sein Pferd wieder an und ritt den letzten Hügel schneller hinunter. Senchan und die übrigen Berittenen hielten mit ihm Schritt, der Rest folgte, so gut er konnte. Als sie die halbe Strecke zum Rath zurückgelegt hatten, regte sich dort etwas. Das hölzerne Tor schwang auf, und eine Handvoll Männer trat heraus. Selbst aus einer Viertelmeile Entfernung sah man, wie zögernd und unschlüssig sie sich bewegten.

Lorcan zügelte sein Pferd und ließ es im Schritt gehen. Er

zog das Tier herum, bis es nicht mehr auf den Viehpferch zuhielt, sondern auf die Männer, die sich auf der freien Fläche vor dem Rath versammelten. Die eigenen Fußtruppen schlossen zu ihm, Senchan und dem Rest der Reiter auf und bildeten eine Reihe hinter ihm, sodass Lorcan die Führung übernehmen konnte. Er stellte fest, dass Fearghus etwa fünfzehn Bewaffnete hatte versammeln können, doch je näher sie kamen, umso weniger bedrohlich wirkten sie. Das waren keine Krieger, es waren nur bewaffnete Bauern. Und sie fürchteten sich.

»Fearghus!«, rief Lorcan und kam zehn Fuß vor dem Grundbesitzer zum Stehen. »Schön hast du es hier, wie ich sehe!« Er nickte in Richtung des Raths. Der Dachgiebel von Fearghus' Haus ragte über dem Wall hervor. »Vielleicht kehre ich auf einen Besuch bei dir ein. Wie es scheint, hast du ein anständiges Feuer im Herd angefacht, und das ist eine gute Sache an einem Morgen wie diesem. Du hast doch gewiss nichts dagegen, wenn ich und meine Männer uns ein wenig aufwärmen?«

Fearghus trat vor, und Lorcan musste zugeben, dass zumindest er nicht eingeschüchtert wirkte. Wütend, bereit zu töten, aber nicht ängstlich. Umso wichtiger war es, ihn an seiner Seite zu haben.

»Was willst du, Lorcan mac Fáeláin?«, verlangte Fearghus zu wissen.

»Deine Treue, Fearghus, nichts als deine Treue. Das kostet dich gar nichts.«

»Das kostet mich eine ganze Menge. Ruarc mac Brain herrscht hier, und er wird es nicht dulden, dass man seine Führung infrage stellt.«

»Ach, Ruarc mac Brain herrscht hier also?«, fragte Lorcan. In übertriebener Geste blickte er sich um. »Ist Ruarc denn hier, um dich jetzt zu beschützen?«

Eine lange und hässliche Stille folgte, und die beiden Männer starrten einander an. »Nein. Ich dachte es mir«, sagte Lorcan. »Wie auch immer, du und deine Männer seid zur Schlacht angetreten, wie ich sehe. Also wollen wir dich nicht enttäuschen.« Er wandte sich im Sattel um und schrie den Kriegern hinter ihm zu: »Auf sie, Männer, auf sie! Was für ein furchtbarer Haufen!«

Mit lautem Gebrüll und vorgereckten Speeren stürmten Lorcans Leute voran. Ohne jede Ordnung fielen sie über Fearghus' Schar her. Wären sie so gegen erfahrene und standhafte Krieger angerannt, hätte Lorcans ganzer Trupp leicht abgeschlachtet werden können.

Aber Fearghus' Männer waren keine erfahrenen Krieger. Sie hoben die Waffen, traten einen Schritt auf die Angreifer zu, zögerten, schleuderten dann die Waffen beiseite und flohen. Fearghus hatte in weiser Voraussicht das Tor des Raths wieder schließen lassen, also liefen seine nunmehr waffenlosen Gefolgsleute in alle Richtungen auseinander. Lorcan versuchte, seine Männer zurückzurufen, aber er musste so sehr lachen, dass er kaum ein Wort herausbrachte. Drei von Fearghus' Männern lagen tot im Schlamm, bevor Lorcan dem Kampf ein Ende setzen konnte. Nur Fearghus selbst hielt weiterhin stand, doch Lorcans Krieger ignorierten ihn einfach.

»Das war eine höchst enttäuschende Vorstellung«, sagte Lorcan, als er seine Stimme wiedergewann. »Jetzt, Fearghus, darfst du uns deine Gastfreundschaft erweisen.«

Wütend, schweigend und hilflos ließ Fearghus das Tor des Raths wieder öffnen und ging voran. Bald wärmte sich Lorcans Gefolge in Fearghus' Halle, aß und trank reichlich von seinen Vorräten, als wären sie willkommene Gäste. Lorcan selbst saß an der Ehrentafel und bestand darauf, dass Fearghus sich zu ihm gesellte.

Als ihre Kleidung endlich trocken war und sie genug gegessen und getrunken hatten, stand Lorcan auf und klopfte Fearghus auf die Schulter. »Und jetzt werden wir deine Rinder nehmen, und dann sind wir schon wieder weg«, erklärte er. Er rief seine Männer, mit einer Stimme, die mühelos den ganzen Raum ausfüllte. Sie versammelten sich und hielten auf die Tür zu.

»Wartet!«, rief Fearghus, die ersten Wörter, die er gesprochen hatte, seitdem sie gemeinsam die Halle betreten hatten. Er hatte länger durchgehalten, als Lorcan gedacht hatte, und damit hatte er sich ein wenig Respekt erworben. Lorcan blieb stehen und drehte sich um.

»Also gut«, sagte Fearghus. »Du hast recht, Ruarc mac Brain ist dieser Tage nicht hier und hat seine Herrschaft so gut wie aufgegeben. Ich werde ... Euch unterstützen. An Eurer Seite stehen. König ... Lorcan. Lasst mich wissen, wie ich Euch zu Diensten sein kann.«

Einen langen Augenblick schaute Lorcan ihn einfach nur an und schwieg, bis Fearghus sich vor Furcht und Ungewissheit wand. Endlich sprach er.

»Also gut, Fearghus. Ich nehme nur die Hälfte von deinem Vieh mit, und du wirst es mir freiwillig geben. Wenn die Zeit kommt, werden du und deine ... Männer ... mir Gefolgschaft leisten. Hast du mich verstanden?«

Fearghus sah nicht so aus wie ein Mann, der mit großer Freude seine Kräfte mit einem anderen vereinte, aber seine Stimme war deutlich, als er schließlich antwortete. Es lag nur eine Spur von Bitterkeit und Wut darin. »Also gut«, sagte er, hielt inne und fügte hinzu: »Ich stehe an Eurer Seite.«

Lorcan nickte und sagte nichts weiter. Er machte kehrt und führte seine Gefolgsleute wieder hinaus in den Regen. Sie trotteten zu dem kleineren Rath hinüber, wo die Rinder untergebracht waren, öffneten das Tor und trieben die Hälfte der

Tiere heraus. Als er schließlich sein Pferd herumlenkte, wandte Lorcan sich noch mal an Fearghus: »Ich bin ein nachsichtiger Mann, also will ich einfach so tun, als wüsste ich gar nichts von dem übrigen Vieh, das du hinter dem Hügel dort hältst.« Er grub seinem Ross die Fersen in die Flanken und ließ den Aire Forgill stehen.

Den Rest des Tages waren sie mit der nicht ganz so ruhmreichen Aufgabe beschäftigt, die Tiere den weiten Weg zurück zu Lorcans eigenen Feldern zu führen. Sobald sie wieder in Ráth Naoi waren, ließ Lorcan eines der frisch erworbenen Rinder schlachten und braten. Zum zweiten Mal an diesem Tag taten seine müden Männer sich an einem Festschmaus gütlich, bevor sie sich endlich in ihre Betten schleppten.

Am nächsten Morgen hatte der Regen weiter nachgelassen, bis wenig mehr als ein schwerer Dunst geblieben war, der in Irland kaum als Regen zählte. Einige Stunden nach Sonnenaufgang traf ein Bote aus den Hügeln südlich von Cill Mhantáin ein. Das war die irische Bezeichnung für den Ort, den die Wikinger Vík-ló nannten. Lorcan hatte einen Mann dort postiert, der den Longphort stets im Auge behielt. Ein Pferd und ein Reiter standen für den Späher bereit, um Nachrichten schnellstens nach Ráth Naoi zu bringen. Die Nordmänner waren für Lorcan zu einer ernsthaften Bedrohung geworden, ernst genug, dass eine solche Wachsamkeit gerechtfertigt war.

»Die Dubh Gall haben sich während der letzten Tage vor dem Sturm verkrochen«, berichtete der Bote. »Aber jetzt sind sie wieder unterwegs und treiben irgendwas an Bord dieses Schiffes, das Ihr angegriffen habt. Seit ihrer Ankunft lag es unbeachtet am Ufer, doch nun tut sich da irgendwas.«

Lorcan dachte über die Botschaft nach. War es möglich, dass die Beute von Fearna doch die ganze Zeit an Bord gewesen war? Holten die Nordmänner sie jetzt erst aus ihrem Versteck?

»Zeig es mir«, sagte Lorcan. Er stand auf und nahm seinen Pelzumhang von der Bank, wo er am Feuer trocknete.

Es dauerte keine Stunde, die wenigen Meilen nach Cill Mhantáin zurückzulegen. Lorcan und der Bote machten die Pferde an einen Baum fest, im Schutze des Hügels, hinter dem der nordische Longphort verborgen lag. Dann stiegen sie die Kuppe hinauf und auf der anderen Seite wieder hinunter. Die Stadt, die bei den Dubh Gall Vík-ló hieß, breitete sich vor ihnen aus mitsamt ihrem armselig niedrigen Erdwall und der Palisade. Lorcan wusste, dass er den ganzen Ort in kürzester Zeit überrennen konnte, wenn er nur genug Krieger dafür hatte, und allmählich bekam er die zusammen.

Schließlich erreichten sie das Dickicht am Hang, von dem aus Lorcans Männer ihre Wacht hielten, fast eine Meile von der Siedlung entfernt, aber so nahe, wie sie sich nur herantrauten. Von dieser Stelle aus schauten sie auf Vík-ló herab und nahmen alles wahr, was sich im Freien abspielte. Selbst wenn sie nicht jede Einzelheit im Treiben der Wikinger ausmachen konnten, so sahen sie doch genug.

Der Posten in dem Gestrüpp blickte auf, erschrocken vom Geräusch ihrer Annäherung. Als er sie erkannte, zeigte er auf das Ufer und sagte: »Dort, König Lorcan.«

Tatsächlich schwärmten Männer über ein Langschiff, und Lorcan erkannte es als dasjenige, das er angegriffen hatte. Ein zweites Schiff – das von Grimarr dem Riesen, wie er annahm – lag draußen auf dem Fluss vor Anker, und weitere Männer machten die anderen drei Schiffe zum Auslaufen bereit. Sie nahmen die Ruder von den Gestellen und lösten die Taue, welche die Schiffe am Ufer hielten.

Lorcan blinzelte, neigte den Kopf und versuchte, mehr zu erkennen. Er konnte nicht herausbekommen, was genau dort gerade vorging. Vielleicht holten sie die Beute aus Fearna hervor, aber das glaubte er nicht. Da war keinerlei Dringlichkeit in ihrem Treiben zu erkennen.

»Haben sie etwas aus dem Schiff geholt?«, fragte er.

»Irgendetwas. Ich weiß nicht, was es war«, antwortete der Späher. »Sie waren eine ganze Weile damit beschäftigt. Was auch immer sie herausgeholt haben, sie haben es auf dem Bohlenweg gestapelt.«

Lorcan schnaubte. *Also nicht der Schatz. Die werden keinen Schatz in einem Haufen auf die Straße legen.* Plötzlich bewegte sich das Schiff und glitt ins Wasser hinaus. Bei Grimarrs Schiff erschienen Ruder an den Seiten, als wüchsen ihm mit einem Mal Flügel. Langsam nahm es Fahrt auf, und Fastis Schiff folgte in seinem Kielwasser. Lorcan erkannte, dass eines das andere schleppte. Der Reihe nach wurden die verbliebenen Boote in den Fluss geschoben, die Ruder ausgebracht und bald hielten alle Langschiffe von Vík-ló auf die Flussmündung zu.

Was zum Teufel …, fragte er sich. Er trat aus dem Dickicht und kletterte wieder den Hügel empor, den Blick auf die fernen Schiffe gerichtet. Der Bote und der Späher folgten ihm. Als er höher stieg, konnte er immer mehr von der Küstenlinie und dem Meer dahinter überblicken und sah zu, wie die Schiffe langsam zur Mündung krochen.

Gott verdamme ihre schwarzen Herzen, dachte Lorcan. Nichts erfüllte ihn mit größerer Wut als der Anblick der Langschiffe, und er wusste genau warum. Diese Schiffe verliehen den Wikingern die Herrschaft über das Meer. Sie sorgten dafür, dass die Heiden nach Belieben zuschlagen konnten, mit einer Geschwindigkeit, die kein Ire je erreichte. Über die Flüsse stießen sie bis in das Herz von Irland vor und verschwanden wieder, bevor eine irische Streitmacht auch nur auf dem Schlachtfeld eintraf. Sie trugen irische Schätze und irische Sklaven über den

Horizont hinweg bis in Länder, die Lorcan sich nicht einmal vorstellen konnte.

Diese Langschiffe, aus Eichenholz gezimmert, schnittig und kraftvoll wie ein Hai, waren wie ein machtvoller Zauber. Es war eine Magie, welcher die Iren in ihren armseligen Booten aus Tierhaut über einem jämmerlichen Rahmen aus Flechtwerk oder mit den wenigen plumpen, schwerfälligen und kaum seetüchtigen Frachtschiffen nicht nacheifern konnten. Die Schiffe der Wikinger konnten die Ozeane überqueren und wieder zurückkehren. Sie konnten hinter der Grenze von Meer und Himmel verschwinden und wieder auftauchen, wo immer sie wollten. Diese Langschiffe waren Substanz gewordene Macht, und solange die Nordmänner sie besaßen, die Iren aber nicht, würden sie der Kraft der *Gall* niemals standhalten können.

Und die Iren würden so schnell keine Schiffe wie die der Nordmänner besitzen, denn deren Bau war ein dunkles Geheimnis, sogar mehr noch als die Kunst, ein solches zu segeln. Soweit es das Verständnis der irischen Bootsbauer anging, hätten diese Schiffe genauso gut ein Zauber sein können, aus den Händen der heidnischen Götter herbeibeschworen. Anmutig und geschwungen, flink auf dem Wasser, in der Lage, selbst schweren Unwettern zu trotzen, mit einem Gewirr von Tuch und Tauwerk bespannt waren die Langschiffe so wenig zu verstehen wie die Sprache der Nordmänner, und Lorcan hasste die Männer und ihre Schiffe so sehr, weil er sie dermaßen beneidete.

Schweigend sah er zu, wie Grimarrs Schiff das andere aus der Flussmündung herausschleppte und die übrigen den beiden folgten.

Brechen die auf, allesamt? Zu einem weiteren Raubzug?, fragte sich Lorcan. Er hatte auf so eine Gelegenheit gewartet, einen Moment, an dem die meisten Dubh Gall von Vík-ló fort waren, sodass er den Longphort überfallen und niederbrennen konnte. Nur zwei Schiffe waren nach Fearna aufgebrochen – zu wenig, als dass seine Krieger Aussicht auf Erfolg gehabt hätten. Aber jetzt stachen sie alle in See. Lorcan spürte, wie die Erregung in ihm aufstieg.

Und dann stoppten sie. Grimarrs Schiff kam längsseits des geschleppten Fahrzeugs, während die übrigen langsam zum Stillstand kamen und abzuwarten schienen.

»Was tun sie?«, fragte der Späher.

Wortlos beobachteten sie einen weiteren Augenblick, ehe der Bote antwortete: »Ich habe keine Ahnung.«

Lorcan sagte nichts dazu, obwohl ihm allmählich dämmerte, was die Nordmänner vorhatten. Wenn er recht hatte, würden sie es bald genug erfahren. Dann, genau wie er erwartet hatte, war eine Flamme zu sehen, ein heller Fleck im trüben Tageslicht, der wie eine Sternschnuppe durch die Luft flog. Es war eine Fackel, die auf das Deck des Langschiffs geworfen wurde. Einen Moment darauf stand das ganze Schiff in Flammen, während Grimarrs Schiff an der windzugewandten Seite auf sicheren Abstand ging.

»Sie verbrennen ihr Schiff!«, schrie der Späher. Das war wirklich eine so dümmliche Feststellung, wie Lorcan sie sich nur vorstellen konnte. »Warum sollten sie ihr Schiff, verbrennen, Herr?«

»Es ist eine Bestattung«, erklärte Lorcan. »Diese Heiden verbrennen ihre Toten, oder sie begraben sie mit ihren Waffen an der Seite. Sie glauben, dass sie die in ihrem Jenseits brauchen, wohin sie auch gehen. Wahrscheinlich haben sie sogar irgendeinen bedauernswerten Sklaven umgebracht, um ihn mitzuschicken.« Aus den Augenwinkeln sah Lorcan, wie die zwei Männer sich bekreuzigten. Er selbst konnte seinen Blick nicht vom brennenden Schiff abwenden.

Verdammt sollen sie sein … Ein Langschiff war etwas, das weit über seine Möglichkeiten hinausging. Und doch schätzten diese Nordmänner es so gering ein, dass sie eines für ihre sinnlosen heidnischen Rituale verbrannten.

Wie sollen wir diese Leute jemals besiegen?, fragte sich Lorcan und erlaubte sich damit in seinem Inneren Zweifel, die er nie laut aussprechen würde.

Und dann, als wollte Gott zusätzlich unterstreichen, wie aussichtslos jeder Widerstand gegen die heidnischen Eindringlinge war, wies der Späher weiter auf das Meer hinaus und rief: »Seht dort, König Lorcan! Da kommt noch ein Schiff der Nordmänner!«

Lorcan folgte dem ausgestreckten Finger. Weit in der Ferne vor dem nordöstlichen Horizont konnte er sie ausmachen, die unverkennbaren Umrisse eines Langschiffs, das große viereckige Segel gesetzt und prall gefüllt vor dem Wind. Es war viel zu weit weg, um Einzelheiten zu unterscheiden. Tatsächlich war es so weit entfernt, dass niemand es auch nur erkannt hätte, wäre ihm die Gestalt eines Wikingerbootes nicht allzu vertraut gewesen, was bei Lorcan, wie er zu seiner Bestürzung erkennen musste, ohne Zweifel der Fall war. Noch mehr heidnische Nordmänner, die nach Cill Mhantáin unterwegs waren. In seine Heimat.

Verdammt sollen sie sein …, dachte er wieder.

8. Kapitel

Und trieb auch der Ostwind
dieser Tage sein Spiel mit dem Schiff,
es kümmert mich wenig.
Jetzt ist das Wetter milder.

DIE SAGA VON GUNNLAUG SCHLANGENZUNGE

Das Wasser hörte nicht auf, durch den Riss im Rumpf der *Weitfahrer* zu strömen, und die Männer schöpften unermüdlich weiter. Aber die Plane, die Starri über das Leck gezogen hatte, und die Schilde und sonstigen Verstärkungen, die Thorgrim von innen auf den beschädigten Planken verkeilt hatte, ließen es zumindest ein wenig langsamer eindringen, sodass die Männer nicht mehr ganz so viel damit zu tun hatten. So ging es den gesamten elenden Tag weiter, und eine noch erbärmlichere Nacht hindurch: Abwechselnd schöpften sie und ruhten sich aus.

Thorgrim und Agnarr wechselten sich am Ruder ab und hielten die *Weitfahrer* mit der Backbordseite hart am Wind. Bei Tageslicht erhaschten sie mitunter durch Regen und Nebel einen flüchtigen Blick auf die irische Küste; eine schmale, dunkle Linie viele Meilen entfernt auf der windabgewandten Seite des Schiffes. Selbst wenn sie das Land nicht sahen, spürten sie doch dessen Gegenwart wie eine ungreifbare Bedrohung. Der Sturm drückte sie auf die mörderischen Ufer zu, während die *Weitfahrer* sich ihren Weg davon fort erkämpfte. Die Bemühungen der Besatzung und die gegenläufigen Anstrengungen von Aegir, dem Gott des Meeres, führten in der Summe dazu, dass der Abstand zur Küste unverändert blieb, während der Wind das Schiff nach Süden trieb.

Wenn es etwas Gutes an ihrer Lage gab, dann war es die Tatsache, dass Ornolf der Rastlose sich endlich bis zur Besinnungslosigkeit betrunken hatte und auf dem Achterdeck lag wie ein großer, triefender Haufen aus Wolle, Haar und Fett. Harald grub ein paar Felle aus, nass zwar, aber nicht so durchweicht wie die anderen, mit denen er Ornolf zudeckte.

»Das Alter hat deinen Großvater doch eingeholt, fürchte ich«, stellte Thorgrim fest. Er stand an der Ruderpinne, Ornolfs massiger Leib ruhte nur wenige Fuß entfernt.

»Wie kommst du darauf?«, fragte Harald.

»Er hat gerade mal einen Tag durchgehalten«, sagte Thorgrim. »Der Ornolf, den ich kenne, hätte sich niemals in einem einzigen Tag und inmitten eines solchen Sturms vom Suff fällen lassen. Er würde jetzt immer noch auf die Götter fluchen und den Met in sich reinkippen. Ich will gar nicht daran denken, was es über mich aussagt, wenn schon Ornolf so kraftlos wirkt.«

Tief in der zweiten Nacht des Unwetters, spürte Thorgrim zum ersten Mal, dass der Wind nachließ. Er konnte fühlen, wie die Bewegung des Schiffes sich mit der ruhiger werdenden See veränderte. Er sagte nichts, um das Schicksal nicht herauszufordern, doch am Klang der Stimmen und an den aufflackernden Gesprächen konnte er hören, dass die Männer es ebenfalls merkten.

Die Morgendämmerung enthüllte schließlich die Küste von Irland. Sie war ihnen näher als zuvor, wenn auch nicht so nah, dass es eine Gefahr dargestellt hätte. Die See war inzwischen ruhig genug und auch der Wind so weit abgeflaut, dass Thorgrim einen anderen als Agnarr ans Steuer ließ, während er mit ihm an die Steuerbordseite trat, wo sie nach Westen spähten.

Der Himmel hing grau und düster über ihnen. Tief stehende Wolken flogen wie zerrissene Schleier vorüber und löschten Teile des Landes in ihrem Schatten aus. Dennoch sahen die beiden genug, um ein Gespür dafür zu bekommen, wo sie waren. Jedenfalls glaubte Agnarr, dass er das konnte.

»Vielleicht sind die Götter es endlich leid geworden, mit uns zu spielen«, stellte er fest. »Siehst du dort?« Er zeigte auf eine hohe, felsige Landzunge, die aus dem Land als dunkler Umriss vor der dunklen Küstenlinie hervorstach. Einzelheiten waren im trüben Tageslicht nicht zu erkennen.

Thorgrim blickte in die Richtung, die Agnarr ihm wies. »Ja?«

»Ich glaube, das ist die Landspitze gleich südlich von Vík-ló. Siehst du, wie sie aufragt, während das Ufer nach Norden wieder flacher wird?« Agnarrs Finger wanderte nordwärts die Küste entlang. »Vík-ló liegt an der Mündung eines Flusses, und ich denke, dass dieser Fluss durch das tiefer liegende Land da drüben fließt.«

Thorgrim nickte. Er konnte unmöglich feststellen, ob Agnarr richtiglag. »Also gut. Wenn du meinst, dass Vík-ló sich dort befindet, setzen wir einen Kurs dahin. Wenn du recht hast, haben die Götter uns endlich mal einen Gefallen erwiesen: Wären wir windabwärts von dieser Stelle herausgekommen, würden wir untergehen, ehe wir uns wieder windaufwärts kämpfen können.«

Und sie waren immer noch in Gefahr – in ernsthafter Gefahr! – zu sinken, bevor sie den dänischen Longphort erreichten. Indem sie mit der Backbordseite gegen den Wind kreuzten, hatten sie die beschädigten Planken der *Weitfahrer* weitestgehend aus dem Wasser heraushalten können. Jetzt aber mussten sie wenden und mit dem Wind fahren. Damit würde der Druck erneut auf dem geschwächten Teil des Rumpfes lasten, aber daran ließ sich nichts ändern. Von nun an war es ein

Wettrennen zwischen dem eindringenden Wasser und der Zeit, die sie brauchten, um das Schiff an Land zu bringen. Niemand wusste, welche Seite dies Rennen gewinnen würde, bevor sie es nicht ausprobiert hatten.

Auf Thorgrims Befehl hin machten sie das Segel los, hoben die Rah und richteten sie aus. Agnarr wendete das Schiff auf dem Kamm einer Welle, ein perfekt abgestimmtes Manöver, bei dem er die *Weitfahrer* fast auf der Stelle kreisen ließ. Das flatternde Segel kräuselte und bauschte sich, als die nächste Woge das Schiff emporhob, und dann lief es vor dem Wind und dem Seegang her, mit anmutig gewölbtem Segel und einem Kielwasser, das hinter dem Heck im Seegang schaukelte.

Die Küste kam rasch näher, und jeder Fuß, den sie zurücklegten, ließ Agnarrs Überzeugung wachsen, dass sie wirklich Kurs auf Vík-ló hielten. Thorgrim sah zu, wie seine Männer Eimer und Helme voll Wasser über den Bootsrand schaufelten, und es kümmerte ihn nicht länger, ob sie am richtigen Ort waren oder nicht. Es spielte keine Rolle mehr. Sie würden die *Weitfahrer* auf den Strand setzen müssen, wo auch immer sie herauskamen, und falls es dort keine geeignete Stelle gab, um das Schiff anzulanden, mussten sie es auf die Felsen laufen lassen und ihr Glück in der Brandung versuchen. Ihr Gefährt würde nicht lang genug über Wasser bleiben, um sie wieder aufs Meer hinauszutragen, wenn sie die Küste erst einmal erreicht hatten.

»Vater, sieh!« Harald wies steuerbords am Bug vorbei, und bevor Thorgrim fragen konnte »Was?«, war Harald schon auf die Bordwand geklettert und von da aus halb den gebogenen Achtersteven hinauf. Seine Finger fanden Halt an den Schlangenschuppen, die in die harte Eiche geschnitzt waren.

»Da Vater, Rauch!« Harald zeigte immer noch mit dem Finger. Thorgrims Blick folgte der Geste, und als er die Augen zusammenkniff und den Kopf hierhin und dorthin drehte, sah er es schließlich ebenfalls: eine schwarze Rauchsäule, die irgendwo vor ihnen aufstieg. Vor der dunklen Küstenlinie war sie nur schwer zu sehen, und der Wind riss sie auseinander, bevor sie richtig emporsteigen konnte, aber es war ohne Zweifel Rauch.

»Was hältst du davon?«, fragte Agnarr. Auch er spähte angestrengt in Richtung des Landes.

»Das ist kein Herdfeuer oder was Ähnliches. Viel zu viel Qualm.«

Starri der Unsterbliche, der bis dahin zusammengekauert an der Seite des Schiffes gesessen und zwanghaft sein Messer geschärft hatte, stand auf und steckte die Waffe fort. »Ich steig rauf und schau nach«, sagte er. Er lief nach vorn, fasste eine der Wanten, die den Mast hielten, und kletterte flink wie ein Eichhörnchen daran empor. Der Weg schien ihm nicht schwerer zu fallen als der über Deck.

Im nächsten Augenblick saß er bereits auf der Rah und blickte nach Westen. »Ich sehe Flammen!«, berichtete er. »Ob an Land, oder ob irgendwas auf dem Wasser brennt, kann ich nicht sagen!«

»Nun, anscheinend haben wir irgendeine Art Ortschaft gefunden«, stellte Agnarr gut gelaunt fest. »Jetzt müssen wir nur noch herausfinden, ob sie uns freundlich willkommen heißen oder uns die Kehlen durchschneiden.«

Thorgrim war ein praktisch gesonnener und vorsichtiger Mann, wann immer Vorsicht geboten war. Also bereitete er sich auf beide Möglichkeiten vor. Er ließ das Schlangenhaupt am Bug entfernen, um zu zeigen, dass sie in friedlicher Absicht kamen, und um die Geister des Landes nicht zu erschrecken. Er wies alle Besatzungsmitglieder an, still zu bleiben und ihm allein das Reden zu überlassen. Er betete, dass Ornolf der Rastlose nicht aufwachte, und sorgte dafür, dass Met bereitstand, um den alten Mann zu besänftigen, wenn er es doch tat. Er befahl allen, ihre Waffen außer Sicht zu lassen, sie jedoch griffbereit zu halten für den Fall, dass man sie brauchte.

Nachdem er sich so seinen Schafspelz angelegt hatte, lenkte Thorgrim Nachtwolf sein Schiff auf das Land zu. Jeder konnte sehen, dass die *Weitfahrer* zum Anlanden gezwungen war, in dieser Hinsicht konnten sie niemanden täuschen. Unter der Last, die Mast und Segel auf den Schiffsrumpf übertrugen, klafften die geborstenen Planken weit auseinander. Das Wasser lief bereits doppelt so schnell in den Rumpf wie zuvor, und wieder schöpften die Männer wie wild.

Was auch immer vorher gebrannt hatte, es war erloschen, als die *Weitfahrer* die Küste erreichte. Agnarr war inzwischen fast sicher, dass sie Vík-ló gefunden hatten. »Da, siehst du, wo das Wasser weiß strudelt?« Er zeigte nach vorn über die Backbordseite des Bugs. »Das ist die Mündung des Flusses. Der Leitrim, so nennen sie ihn.«

Thorgrim nickte. Er sah nun dünnere Rauchsäulen hinter dem flachen, graugrünen Ufer aufsteigen: die Herdfeuer von Vík-ló. Sie fuhren etwa eine halbe Stunde weiter, dann ließ Thorgrim das Segel einholen und die Ruder ausbringen. Als der Druck von Mast und Segel nicht länger auf der Schiffswand lastete, drang auch weniger Wasser ein; eine Erleichterung für die müden Männer. Dafür mussten sie rudern, was nicht so angenehm war, besonders in der immer noch kabbeligen See von achtern.

Gerade liefen sie in die Flussmündung ein und näherten sich Vík-ló, als Ornolf sich wieder rührte. Er stöhnte und wälzte sich unter seinem Haufen von Fellen, und Thorgrim dachte: *Nicht jetzt Ornolf, bei allen Göttern!*

Aber Ornolf setzte sich auf und sah sich um. Seine Augen waren nur halb geöffnet, der Bart und das lange, rotgraue Haar verfilzt. Harald saß in seiner Nähe. Als er sah, wie sein Großvater sich aufrichtete, reichte er ihm einen Becher Met. Ohne ein Wort nahm Ornolf den Becher an und kippte ihn runter.

Thorgrim hoffte, dass er sich wieder hinlegte, doch der alte Mann zeigte ein wenig von seinem früheren Selbst und kämpfte sich auf die Füße. »Harald ist ein guter Junge«, sagte er. »Hab ihn zu Recht mitgenommen.«

»Das hast du, ja«, stimmte Thorgrim ihm zu.

Ornolf kniff die Augen zusammen und spähte zur Küste, die er von Deck aus nicht hatte sehen können. »Wo sind wir?«, fragte er.

»Vík-ló. Jedenfalls glaubt Agnarr das.«

»Vík-ló? Verdammte Dänen in Vík-ló. Sie schneiden uns die Kehlen durch«, sagte Ornolf.

»Besser, wir sterben mit der Waffe in der Hand, als auf dem Meer zu ertrinken. Was wir sonst gewiss tun würden«, antwortete Thorgrim, und Ornolf grunzte zustimmend.

An den Seiten des Schiffes saßen die nassen und erschöpften Männer auf ihren Seekisten und zogen in langen, rhythmischen Bewegungen die Ruder durch. Mit jedem Schlag schoss der schnittige Rumpf der *Weitfahrer* schneller dahin. Das nördliche Ufer des Flusses schien vor ihnen zurückzuweichen, als sie die Landspitze umrundeten, aber dahinter, ans Südufer geschmiegt, fanden sie den Longphort von Vík-ló.

»Ha! Kein Vergleich mit Dubh-Linn!«, befand Ornolf, und er hatte recht damit. Die dänische Ansiedlung hatte allenfalls ein Drittel der Größe von Dubh-Linn, sie war auf flachem Boden errichtet und bestand aus etwa dreißig niedrigen, strohgedeckten Häusern. An einem hellen Sommertag hätte der Ort durchaus einladend gewirkt, doch unter dem bleigrauen Himmel und im trüben Licht, nach mehreren Tagen heftigen Regens, sah er braun, trist und verschlafen aus. Aber das war Thorgrim Nachtwolf egal. Für ihn zählte nur das breite, schlammige Ufer, das sich halb unter Wasser am Fuße des Longphorts erstreckte, ein weiches Bett, von den Fluten des Flusses Leitrim über die Jahre aus den fernen Hügeln angeschwemmt. Dort würde die *Weitfahrer* so geborgen liegen wie ein Säugling in den Armen der Mutter. Vier andere Schiffe waren dort schon aufgereiht.

»Rudert, Männer, rudert! Rudert schneller!«, schrie Thorgrim. »Und zieht! Und zieht!« Die Männer legten sich heftiger in die Riemen, und die *Weitfahrer* stieß voran, mit jedem Zug rascher vorwärtsdrängend. Die Männer wussten, was Thorgrim vorhatte. Sie wussten, dass er das Schiff so hoch wie möglich ans Ufer hinauflaufen lassen wollte. Sie wussten auch, dass ihr Elend nach dieser letzten Anstrengung für eine Zeit ein Ende fand. Also steckten sie alle verbliebene Kraft in die Ruderschläge.

Die *Weitfahrer* sauste durch die Mündung des Leitrim und auf das Südufer zu. Thorgrim blickte über die Bordwand. Dann und wann konnte er den Grund des Gewässers erkennen, das zum Flussufer hin immer seichter wurde. Er sah den Schlamm unter dem Kiel und wunderte sich, dass sie nicht längst aufgelaufen waren. Aber die *Weitfahrer* hatt nur wenig Fuß Tiefgang, und unter dem Druck der Ruder glitt sie näher und näher auf die Siedlung zu.

Und dann wurde sie langsamer und stoppte ganz, so abrupt, dass die Männer aus dem Gleichgewicht gerieten. Ein paar von ihnen wurden buchstäblich von den Seekisten gestoßen, als der Schlamm den Boden des Schiffes packte und es zum Stillstand brachte. Einen Moment lang sagte niemand etwas, und alles um sie herum wurde still. All die Geräusche, an die sie sich gewöhnt hatten – das Klagen des Windes, das Prasseln des Regens, das Plätschern und Glucksen der auf den Schiffsrumpf treffenden Wellen, das Knarren des Tauwerks und das strömende Wasser, das an den Flanken entlangstrich – all das war verschwunden. Die Stille war unwirklich, beunruhigend.

Dann ließ Ornolf seine dröhnende Stimme erklingen: »Die Weitfahrer sind eingetroffen! Bringt die Frauen! Bringt den Met!« Die eigentümliche Stimmung verflog wie Rauch in der Meeresbrise. Die Wikinger lachten, grinsten, standen auf und schlugen einander auf die Schultern, sie holten Weinschläuche und Met heraus. Es war die Erleichterung von Männern, die an der Schwelle des Todes gestanden hatten und wieder zurückgekehrt waren. Thorgrim kannte das Gefühl nur zu gut.

Auch er grinste. Nach allem, was er in seinem Leben schon getan und gesehen hatte, war er noch immer nicht gefeit gegen diese Empfindung. Und dann bemerkte er die Männer am Ufer, etwa ein Dutzend. Sie warteten am Ende des Bohlenwegs und waren ganz offensichtlich hier, um die Neuankömmlinge zu begutachten. Sie waren gut bewaffnet, was kein besonderer Grund zu Sorge war: Alle Nordmänner – Dänen, Norweger, Schweden, das spielte keine Rolle! – pflegten sich gut zu bewaffnen, wann immer sie aus ihren Häusern traten.

Hinter dem Dutzend Bewaffneter standen weitere Männer, die lange Planken hielten. Sie warfen die Bretter in den Schlamm neben der *Weitfahrer*, eines nach dem anderen, bis ein vergleichsweise trockener Pfad zum Schiff reichte. Der Krieger an der Spitze kam näher, die übrigen folgten ihm. Das Lachen an Bord verstummte, als Thorgrims Mannschaft sie herankommen sah.

Thorgrim verließ das Achterdeck und trat nach vorn, wo der Fremde neben dem Bug stand. Ornolf schloss sich ihm an.

»Ich bin Thorgrim Ulfsson«, stellte Thorgrim sich vor. Der Bursche am Ufer war jünger als er, stattlich, mit langem braunen Haar, das zurückgebunden war. Er trug einen Bart, den man nun wirklich nicht spärlich nennen konnte. Sein Blick schweifte von vorn nach hinten über das Deck der *Weitfahrer*, bevor er das Wort ergriff.

»Ich bin Bersi Jorundarson«, sagte er. Ein Hauch von Argwohn lag berechtigterweise in seiner Stimme. Es war gut, misstrauisch zu sein, wenn man nicht wusste, mit wem man es zu tun hatte. Auch Thorgrim war misstrauisch. Aber wenn Bersi Jorundarson ein einflussreicher Mann in Vík-ló war, und davon ging Thorgrim aus, dann wollte Thorgrim sein Vertrauen gewinnen, denn er brauchte seine Hilfe.

»Bitte, komm an Bord«, lud er Bersi ein. »Männer …« Er wandte sich seinen eigenen Leuten zu. »Bringt die Planke aus! Und macht schnell!«

Sie schoben eine Planke als Steg über den Rand, und Bersi schritt als Erster das Brett hinauf. Er sprang auf Deck, seine Begleiter folgten auf dem Fuß.

»Woher kommst du, Thorgrim Ulfsson?«, fragte Bersi, aber Ornolf unterbrach sie, bevor Thorgrim antworten konnte.

»Holt was zu trinken für diese Männer!«, brüllte er in die Runde. »Habt ihr keine Manieren? Wir haben Gäste an Bord, und niemand bietet ihnen was zu trinken an!« Thorgrim lächelte. Manchmal wusste der alte Mann genau, was für einen Ton man anschlagen musste.

Becher mit Met wurden an Bersi und seine Begleiter weitergereicht, und Thorgrim sagte: »Wir kommen aus Dubh-Linn.«

»Und vorher?«

»Ich stamme aus Vik, genau wie mein Schwiegervater, der Jarl Ornolf.« Thorgrim nickte in Ornolfs Richtung. »Der Rest der Männer … sie stammen von überall her, wie so viele, die zur See fahren.«

Bersi nickte und trank, und seine Männer tranken ebenfalls. Er wirkte nicht gerade begeistert davon, dass er Männern aus

Vik begegnete, denn er selbst war ohne Zweifel Däne. Andererseits schien er auch nicht übermäßig besorgt deswegen.

»Warum seid ihr hier?«, fragte er.

Thorgrim spürte, wie er mit jeder Frage gereizter wurde, vor allem, weil er immer noch nicht wusste, was für einen Rang Bersi in Vík-ló bekleidete, ob er überhaupt wichtig genug war, um eine Antwort auf seine Fragen erwarten zu dürfen.

Doch Thorgrim hielt seine Laune im Zaum und zwang sich dazu, höflich zu bleiben. Er nahm an, dass seine Geduld für ungefähr drei weitere Fragen reichte. Er war sich nicht so sicher, was danach geschehen würde.

»Wir sind letzte Woche von Dubh-Linn aufgebrochen«, erklärte er, »mit Ziel Vik. Aber ein treibender Baumstamm hat uns getroffen und ein paar Planken durchstoßen. Da …« Er zeigte auf die notdürftigen Ausbesserungen am Rumpf, auf den Beitass, mit dem alles verkeilt war. »Wir drohten zu sinken, und der Wind ließ uns nicht nach Dubh-Linn zurückkehren.« Er fügte nicht hinzu, dass er lieber ertrunken wäre, als nach Dubh-Linn zurückzukehren.

»Ich verstehe«, sagte Bersi. »Das war Pech.«

»War es«, bestätigte Thorgrim. »Aber sag mir, hast du hier in Vík-ló das Sagen? Ich muss mit dem Anführer sprechen, damit wir klären können, wie ich mein Schiff hier repariere.«

»Ich, das Sagen? Nein, nein«, erwiderte Bersi. »Ich hab einige Männer unter meinem Kommando, doch Grimarr Knutson ist der Herr von Vík-ló. Er ist als Grimarr der Riese bekannt. Er hat sich den Befehl mit einem anderen geteilt, Fasti Magnisson. Die beiden waren alte Freunde. Fasti wurde jedoch bei einem Kampf gegen die Iren getötet. Vor ein paar Tagen erst. Wir haben ihn zu den Göttern gesandt, ihn und die Männer, die mit ihm gestorben sind. Grimarr ist jetzt schlechter Stimmung. Er hat mich geschickt, um zu sehen, wer du bist.«

Thorgrim nickte. *Dieser Bersi ist hier nicht der Herr, aber zumindest dessen Abgesandter*, dachte er. *Es ist gut, dass ich nicht unhöflich zu ihm war*. Dennoch musste er zugeben, dass es Ornolf gewesen war und nicht er selbst, der diese Männer aus Vík-ló für sich eingenommen hatte.

»Nun gut. Du hast gesehen, wer wir sind und was für einen Schaden unser Schiff erlitten hat«, sagte Thorgrim. »Wir haben viel Arbeit vor uns, wenn wir es wieder flott machen wollen, und wenig Zeit dafür, wenn wir weitersegeln wollen, bevor uns das Wetter daran hindert. Darf ich dich um Erlaubnis bitten, unser Schiff hier instand zu setzen, und um Unterstützung dabei? Wir haben etwas Silber, mit dem wir zahlen können.« Tatsächlich hatten sie eine Menge Silber, aber das behielt Thorgrim lieber für sich.

Bersi Jorundarson runzelte die Stirn und sah sich auf dem Schiff um. Thorgrim konnte erkennen, dass er sich mit der Antwort schwertat. Schließlich sagte er: »Ich kann weder Ja noch Nein sagen. Du musst mit Grimarr dem Riesen sprechen.«

»Wenn ich mit Grimarr dem Riesen sprechen muss, dann führ mich bitte zu ihm.«

Wieder zögerte Bersi. »Er ist in übler Stimmung und auch sehr beschäftigt …«, wiederholte er seine frühere Erklärung.

Für Thorgrim schälte sich allmählich heraus, was für ein Mann dieser Bersi war. Er mochte ein Befehlshaber sein, doch er war weder entschlusskräftig, noch besaß er besondere persönliche Autorität. Das konnte der Grund sein, warum Grimarr der Riese ihn überhaupt auf diesen Posten gelassen hatte. Bersi würde ihm den Oberbefehl nicht streitig machen.

Nachdem er ein wenig länger hilfesuchend umhergeblickt hatte, rang Bersi sich endlich zu einer Entscheidung durch. »Also gut. Er sitzt in seiner Halle. Ich bringe dich zu ihm. Du kannst zwei Männer mitnehmen. Der Rest bleibt an Bord.«

»Schön«, erwiderte Thorgrim. Er ging zum Heck, holte seinen Gürtel, schnallte ihn um und richtete das daran hängende Schwert. Thorgrim wartete darauf, dass Bersi ihm sagte, er und seine Männer dürften nicht bewaffnet kommen. Das wäre ein Problem gewesen. Aber Bersi sagte gar nichts.

Wir sind zu dritt, und sie haben ein Dutzend oder mehr Männer, dachte Thorgrim. *Es ist ihnen egal, ob wir bewaffnet sind oder nicht.*

Er trat nach vorn, auf Bersi und seine wartenden Männer zu. Er hob die Arme. »Zeigt uns den Weg!«

9. Kapitel

Bereit bin ich, auf den Holm zu treten,
wo die Männer sich im Kampfe messen
– Gott schenke dem Dichter den Sieg! –,
das gezückte Schwert in der Hand.

DIE SAGA VON GUNNLAUG SCHLANGENZUNGE

Zwei Männer. Bersi Jorundarson hatte Thorgrim zwei Begleiter zugestanden. Er wählte Ornolf und Harald.

Bei all seinen Schwächen war Ornolf ein reicher und mächtiger Jarl, ein Mann, der im eigenen Land hoch angesehen war und nicht annähernd so dumm, wie er sich gern gab. Harald war jung und trotz seiner Reisen und der Zeit, die er unter Männern verbracht hatte, immer noch ziemlich leichtgläubig. Und von sämtlichen väterlichen Pflichten hielt Thorgrim es für die wichtigste, seinem Sohn beizubringen, wie man sich mit Kraft und Klugheit in der Welt behaupten konnte. Hier bot sich eine Gelegenheit, genau das zu tun.

Sie folgten dem Bohlenweg. Der war ein wenig kleiner als der in Dubh-Linn, und die Häuser daran standen nicht ganz so dicht beieinander an seinem Rand; davon abgesehen unterschied er sich kaum von seinem Gegenstück in der größeren Stadt. Der Regen hatte nachgelassen, ein paar Männer und Frauen hielten sich draußen auf. Doch es fehlte der beständige Lärm im Hintergrund, der Dubh-Linn immer erfüllt hatte: das Hämmern und das Knarren von Wagenrädern, das Muhen der Rinder, das dumpfe Brausen von Feuern, das Gewirr menschlicher Stimmen, die durcheinandersprachen, riefen, stritten und lachten, wie überhaupt der allgemeine Eindruck von Geschäftigkeit. Vík-ló war ein weit stillerer Ort.

Thorgrim und Ornolf schritten Seite an Seite und Bersi neben ihnen einher. Harald folgte ihnen, und dahinter kam der Rest von Bersis Männern. Anfangs waren sie schweigsam, während sie die gemächlich ansteigende Straße hinaufgingen. Thorgrim konnte den Erdwall und das Tor am Ende des Bohlenweges sehen und davor links und rechts noch zwei Gebäude, die größer waren als die übrigen. Er nahm an, dass sie dorthin unterwegs waren.

»Bist du schon lange in diesem Land?«, fragte Ornolf. Sein Tonfall war herzlich und auf eine Weise entwaffnend, die Thorgrim nie zustande brachte. *Ein alter Griesgram bin ich geworden,* dachte er. *Ich würde mich selbst nicht mehr zu irgendeiner Gesellschaft einladen.*

»Seit einem Jahr«, sagte Bersi. »Ich bin mit einer Flotte aus Haithabu hergekommen. Kann nicht behaupten, dass ich von Anfang an so lange bleiben wollte. Aber Vík-ló hat durchaus seine Reize.«

»Kann ich mir vorstellen!«, versetzte Ornolf dröhnend. »Aber bist du schon mal in Dubh-Linn gewesen? *Das* ist ein Longphort! Die irischen Frauen strömen da in Scharen zusammen, weil es Silber und Gold zu holen gibt, und weil wir Nordmänner nicht wie die Schweine leben, so wie die Iren es tun!«

Bevor Ornolf das weiter ausführen konnte, gelangten sie zu einem der beiden großen Bauwerke. Bersi klopfte an die Tür. Es gab eine Pause, und er hob gerade die Hand, um erneut anzuklopfen, als eine Stimme wie von einem wütenden Bären durch die Tür herausdrang. Die dicken Eichenbohlen vermochten kaum sie zu dämpfen.

»Was ist?«

»Lord Grimarr? Bersi ist hier. Der Besitzer des Schiffes, das eben angekommen ist, bittet um eine Unterredung!«

Bitten war nun nicht das Wort, das Thorgrim gebraucht hätte, aber er ließ es durchgehen. Sie warteten wieder, und dann rief dieselbe Stimme: »Kommt rein!«

Bersi öffnete die Tür, und sie traten über die Schwelle in den stickigen Innenraum hinein. Ein Feuer brannte in der Herdstelle, es roch nach gekochtem Fleisch, verschütteten Getränken, nach Männern und nassen Pelzen. Es war ein vertrauter Geruch, einer, den Thorgrim nicht einmal wahrgenommen hätte, hätte er nicht die letzten Tage auf See verbracht.

Bersi hatte den Ort als Grimarrs Halle bezeichnet, und eine solche war es in der Tat, auch wenn sie kaum groß genug war, um so genannt zu werden. Der First der Dachbalken, die das schwere Strohdach trugen, ragte vielleicht zwanzig Fuß über dem mit Binsen bedeckten Boden auf. Der Raum war zwanzig Fuß breit und dreißig lang, mit einem Eichentisch, der einen Großteil der Fläche ausfüllte. Am anderen Ende, halb im Schatten verborgen, sah Thorgrim Flechtwerkwände, die zusätzliche Zimmer abtrennten, vermutlich die Schlafgemächer.

In der trüb ausgeleuchteten Halle saß ein Mann am Tisch. Thorgrim nahm an, dass dies Grimarr der Riese war, denn der Name passte. Schon im Sitzen war die Größe des Mannes unverkennbar. Seine Schultern waren gewaltig, das Haar und der Bart dicht und zottig. Die Ärmel an seiner Tunika waren deutlich weiter geschnitten als die der meisten Männer. Der Tisch vor ihm wirkte viel zu klein. Und Grimarr sah nicht sehr glücklich aus.

»Lord Grimarr«, sagte Bersi. »Dies ist Thorgrim Ulfsson. Aus Vik.«

Einen Augenblick lang starrten Grimarr und Thorgrim einander an. Niemand sagte ein Wort. Dann stand Grimarr langsam auf und wandte sich Thorgrim zu, eine Bewegung, die eindeutig bedrohlich wirken sollte. Nicht dass Grimarr ihnen etwas tun wollte – Thorgrim glaubte nicht, dass das der Fall war. Er wollte die Neuankömmlinge einfach nur einschüchtern. Thorgrim fühlte sich allerdings nicht eingeschüchtert. Es war viele Jahre her, dass Thorgrim Nachtwolf sich zum letzten Mal hatte einschüchtern lassen.

»Ha!« Wieder brach Ornolf das Schweigen. »Mein Schwiegersohn ist so ungesellig!« Mit ausgestrecktem Arm schob er sich an Thorgrim vorüber, und Grimarr, der sichtlich überrumpelt wirkte, ergriff die Hand. »Ich bin Ornolf Hrafnsson. Ornolf der Rastlose, so nennt man mich. Ein Jarl aus Ost-Agder, sehr mächtig. Mein Ruf eilt mir ohne Zweifel voraus.«

Grimarr sah Ornolf nur wortlos an und ließ zu, dass dieser seine Hand schüttelte.

»Da, siehst du! Anführer wie wir, wir erkennen einander!«, fuhr Ornolf fort. »Der Junge da ist mein Enkel, Harald. Eines Tages wird ein großer Jarl aus ihm werden, wartet nur ab. Im Augenblick gehöre ich zu Thorgrims Mannschaft, weil er ein Schiff hat und ich nicht. Meins ist verbrannt, als ich gegen die Dänen gekämpft habe. Verdammte Dänen! Nichts für ungut, wohlgemerkt. Das waren andere Dänen.«

»Tatsächlich ...«, brachte Grimarr endlich hervor.

»Also, wollen wir uns setzen und darüber reden, wie wir einander helfen können? Ein bedeutsamer Mann dem anderen?«, fragte Ornolf.

Grimarr blickte Hilfe suchend zu Bersi. Als er sah, dass aus dieser Richtung keine zu erwarten war, sagte er: »Ja, setzt euch. Ich habe heute keinen guten Tag gehabt, da kann ich meinen Met auch gleich auf ein paar norwegische Hunde pissen.«

»Das ist die richtige Einstellung!«, brüllte Ornolf und nahm Platz. Harald ließ sich neben ihm nieder, und Thorgrim und

Grimarr folgten schließlich ihrem Beispiel. Thorgrim hatte das schon öfter erlebt – Ornolf, wie er einen so großartigen Auftritt hinlegte, dass er jedes Hindernis auf dem Weg einfach überrollte. Manchmal hätte Thorgrim sich gewünscht, dass er so was auch hinbekam, aber er wusste, dass es einfach nicht in seiner Natur lag.

Grimarr rief nach Getränken, und ein Diener eilte herbei, nickte und verschwand am gegenüberliegenden Ende des Gebäudes. Erst da bemerkte Thorgrim das Mädchen.

Sie saß alleine da, auf der anderen Seite des Raumes abseits der Feuerstelle. Die niedrigen Flammen schimmerten gelb und trübe, und an diesem bewölkten Tag drang von außen kaum Licht herein, so war sie im Dunkel fast nicht zu sehen. Aber jetzt sah Thorgrim sie. Sie war jung, schön, schmal gebaut und klein. Ihr Haar war verfilzt.

Sie war nicht wie eine Wikingerfrau angezogen, sondern trug irische Bekleidung, einen lockeren Kittel mit einem Schultertuch darüber, wie Thorgrim es oft in Dubh-Linn gesehen hatte, wo Iren und Nordmänner zusammenlebten. Es war die Kleidung einer *Bothach*, wie die Iren ihre armen Pächter nannten. Die Gewänder der Frau waren schmucklos, auch wenn sie einmal sauber und ordentlich gewesen sein mochten und nicht die zerrissenen, dreckigen Lumpen, die sie jetzt darstellten.

Diener erschienen vom anderen Ende des Hauses, Trinkhörner wurden herumgereicht und gefüllt. Ornolf hob sein Horn vor jedem Dänen und schaffte es, seine Trinksprüche aufrichtig klingen zu lassen. Sie tranken. Die Tür schwang auf, und das graue Tageslicht drang herein, gefolgt von einem Schwall kühler und nasser Luft. Ein junger Mann betrat die Halle, er mochte ein wenig älter als zwanzig sein. Er trat mit einem deutlichen Hinken durch die Tür und schloss sie hinter sich wieder.

»Mein Sohn, Sandarr«, stellte Grimarr den Neuankömmling vor. Das kam in einem Ton heraus, der wie ein erzwungenes Eingeständnis klang. Sandarr humpelte auf den Tisch zu und setzte sich an das Ende der Bank, seinem Vater gegenüber.

Ornolf hob das Horn und rief »Sandarr!«, dann machte er die anderen bekannt. Sandarr nickte jedem der Besucher zu. Er zeigte keine Spur der brütenden Feindseligkeit seines Vaters.

»Dänen, Norweger …«, fuhr Grimarr fort, als wäre er nie unterbrochen worden. »Alle besser als diese verdammten Iren. Wir haben heute Morgen meinen ältesten Freund eingeäschert, Fasti Magnisson. Diese irischen Hunde haben ihn überrascht und an Bord seines eigenen Schiffes getötet. Ihn und all seine Männer.« Er trank einen Schluck und nickte in Richtung des Mädchens, das in der dunklen Ecke saß. »Sie ist als Einzige am Leben geblieben. Die ganze Besatzung tot, und nur sie hat überlebt.«

Jeder wandte sich bei diesen Worten dem Mädchen zu. Sie wich den Blicken aus und starrte in den Raum hinein, das Gesicht ausdruckslos.

»War es nur Glück, das sie überlebt hat?« Thorgrim verspürte nun doch ein wenig Neugier. »Oder wurde sie aus einem bestimmten Grund verschont?«

Grimarr drehte sein großes Haupt in Thorgrims Richtung. Er grub die Finger in seinen Bart und kratzte. Er musterte Thorgrim einen Augenblick lang, bevor er ihm antwortete, als müsse er sich erst darüber klar werden, ob er überhaupt antworten sollte. »Sie wurde verschont«, sagte Grimarr schließlich. »Wir haben sie bei Fearna gefangen. Wir haben eine ganze Menge Sklaven von diesem Raubzug mitgebracht. Das Mädchen wurde unter den Decksplanken von Fastis Schiff versteckt. Von Fasti selbst, würde ich sagen.«

Mehr fügte er nicht hinzu, und auch alle anderen schwiegen, bis Ornolf die nächstliegende Frage stellte: »Warum hätte er das tun sollen?«

Grimarr zuckte mit den Schultern. »Ich hab so meine Vermutungen, aber ich weiß es nicht genau.« Er nickte in Richtung des Mädchens, ohne es anzublicken. »Sie ist die Einzige, die die Wahrheit kennt.«

Sie tranken wieder, und erneut sagte niemand etwas. Doch dann war die Reihe an Harald. »Warum fragt ihr sie dann nicht?«

Grimarr sah Harald an, als hätte der gerade etwas unbeschreiblich Dummes gesagt, obwohl Thorgrim die Frage vollkommen vernünftig fand. »Weil sie unsere Sprache nicht versteht«, erklärte Grimarr endlich, »und keiner in Vík-ló die ihre sprechen kann.«

Das war allerdings eine Überraschung für die Männer aus Dubh-Linn. »Keiner?«, fragte Ornolf. »Dubh-Linn ist so voll von Iren, als würde der Ort ihnen gehören! Die Männer kommen wegen des Markts, und die Frauen zum Heiraten. Die Hälfte des verdammten Longphorts ist irisch!«

»Dieser hier nicht«, sagte Grimarr. »Nicht mehr. Früher sind die Iren aus der Umgebung noch hergekommen, um ihre Waren anzubieten. Der Jarl, oder wie auch immer die Iren ihre unbedeutenden Könige nennen mögen – jedenfalls der Mann, der in der Gegend das Sagen hat, hat das irgendwann alles unterbunden. Lorcan ist sein Name. Er war derjenige, der Fasti und seine Männer getötet hat. Lorcan will uns vertreiben, darum hat er jedem Iren verboten, nach Vík-ló zu kommen. Niemand darf uns Rinder oder irgendwelche anderen Nahrungsmittel verkaufen.«

»Ihr habt keine irischen Sklaven hier?«, fragte Thorgrim.

»Eine Handvoll«, antwortete Grimarr. »Aber keiner von

ihnen spricht mehr als ein paar Wörter von unserer Sprache, also sind sie nicht von Nutzen. Außerdem kann man ihnen nicht trauen. Sie laufen weg. Es ist verdammt schwer, einen irischen Sklaven in einem Longphort in Irland festzuhalten, solange man nicht genug Männer hat, um sie ständig im Auge zu behalten. Sandarr hat eine Leibeigene, die ihm treu ergeben scheint. Sie hat noch nie zu fliehen versucht, aber Dänisch spricht sie ebenfalls nicht.«

»Eh, was ist dein Geheimnis?«, wollte Ornolf von Sandarr wissen.

Sandarr zuckte die Achseln. »Ich gebe ihr zu essen. Ich schlage sie nicht. Sie lebt in meinem Haushalt vermutlich besser als in dem verschissenen Schweinestall, in dem sie vorher untergekommen war.«

»Die meisten bevorzugen trotzdem ihre irischen Schweinekoben«, stellte Grimarr fest. »Und darum verkaufen wir sie so schnell wie möglich nach Schottland oder England. Aber jetzt haben wir keinen, der uns übersetzen könnte, was dies Weibsstück da zu erzählen hat.«

Thorgrim und Harald tauschten einen Blick. Ein Austausch fand zwischen ihnen statt, ohne dass ein Wort dabei gewechselt wurde. Thorgrim neigte grundsätzlich dazu, erst einmal nichts preiszugeben. Alles, was sich vielleicht zu einem Vorteil nutzen ließ, behielt er so lange für sich, bis der größtmögliche Gewinn zu erwarten war. Andererseits benötigten sie Grimarrs Hilfe, und hier bot sich womöglich ein Weg, sich diese zu sichern.

Thorgrim nahm einen tiefen Zug aus dem Trinkhorn. Das verschaffte ihm die Zeit, eine Entscheidung zu treffen.

»Mein Sohn, Harald, er beherrscht die irische Sprache«, verkündete er.

Grimarr sah erst Thorgrim an, dann wanderte sein Blick zu Harald. Unglaube und Überraschung zeigten sich auf seinen

Zügen, als hätte Thorgrim gerade behauptet, dass sie als Boten von den Göttern geschickt worden waren. »Der Junge spricht Irisch?«, fragte er. »Wie kommt er denn dazu?«

»Wir haben in Dubh-Linn im Haus einer Irin gewohnt«, erklärte Thorgrim. »Von der hat er es gelernt.«

In Wahrheit war es etwas komplizierter gewesen. Harald hatte sich in die Prinzessin Brigit nic Máel Sechnaill verliebt, die inzwischen auf Tara herrschte. Er hatte ganz bewusst versucht, ihre Sprache zu lernen, damit er besser um ihre Gunst werben konnte. Sie aber hatte ihm eine gründliche Lektion in Sachen Verrat erteilt, und es bestand wenig Aussicht, dass er sie je wiedersehen würde. Trotzdem hatte Harald in den Monaten, die Thorgrim während seiner Genesung in Dubh-Linn verbracht hatte, seine Kenntnisse des Irischen weiter vertieft. Dem Jungen schien es zu gefallen, und Thorgrim hatte den Verdacht, dass Harald es ganz besonders genoss, etwas zu können, wovon sein Vater keine Ahnung hatte.

Aber Thorgrim sah keinen Grund, Grimarr irgendetwas davon zu erzählen. Also sagte er nur: »Du weißt, wie diese jungen Burschen sind. Sie schnappen Sprachen so leicht auf wie schlechte Gewohnheiten.«

Grimarr gab einen abfälligen Laut von sich. Jetzt schien er auch in einem Zwiespalt zu stecken, und Thorgrim konnte sich gut vorstellen, worum es dabei ging. Grimarr nahm offenbar an, dass das Mädchen irgendeine wichtige Information besaß, eine Information, die er haben wollte. Andernfalls wäre er kaum so begierig darauf gewesen, zu erfahren, was eine unbedeutende irische Sklavin zu sagen haben mochte. Und wenn Thorgrims Vermutung stimmte, wollte Grimarr diese Information gewiss nicht mit anderen teilen, ganz besonders nicht mit norwegischen Fremden, die der Wind gerade übers Meer herangetrieben hatte.

Andererseits blieb Grimarr kaum eine andere Möglichkeit, mit dem Mädchen zu reden.

Genau wie Thorgrim brauchte Grimarr nicht lange, um eine Entscheidung zu treffen. »Also gut, komm her … Harald«, sagte er. Er stand auf und wies auf das Mädchen. Harald erhob sich, wie alle Übrigen. Sie traten auf das Mädchen zu und versammelten sich im Halbkreis davor. Zum ersten Mal, seit Thorgrim sie bemerkt hatte, sah sie auf. Ihr Blick flog zwischen ihnen hin und her. Sie war nicht so jung, wie Thorgrim zuerst angenommen hatte. Kein Mädchen, sondern eine Frau von achtzehn Jahren oder mehr. Er konnte sehen, dass sie unter all dem Schmutz und den verfilzten Haaren hübsch sein musste. Auch der Ausdruck auf ihrem Gesicht war nicht länger undeutbar. Sie hatte Angst.

Grimarr wandte sich Harald zu. »Frag sie, wo Fasti alles versteckt hat, und sag ihr, dass ich ihr die verdammte Kehle durchschneide, wenn sie mich anlügt«, forderte er.

Die anderen nahmen diese Anweisung erst einmal schweigend auf. Dann sagte Ornolf: »Wovon bei den Göttern redest du da?«

Grimarr blickte sich abwehrend um. »Das war … wisst ihr … Genau genommen geht euch das verdammt noch mal gar nichts an.«

»Es geht uns nichts an«, stimmte Thorgrim ihm zu. »Das alles ist ganz allein deine Sache, und wir wollen uns auch nicht darin einmischen. Wir wollen einfach nur Hilfe bei der Instandsetzung unseres Schiffes, und dafür sind wir bereit, dir bei deinem Problem zu helfen. Aber Harald wird ihre Antworten nicht verstehen, wenn er nicht mal deine Fragen begreift.«

Grimarr und Thorgrim blickten einander an, und Thorgrim stellte wieder einmal fest, wie sehr der andere Mann einem Bären glich, noch dazu einem, der von Jägern in die Enge getrieben worden war. Und wie bei einem Bären konnte niemand voraussehen, wie Grimarr reagieren würde.

Schließlich sagte er: »Also gut, ich erzähle es euch. Aber ihr müsst einen heiligen Eid leisten, dass alles, worüber wir in diesem Raum reden, außerhalb dieser Wände niemals ausgesprochen wird. Zumindest nicht, bis ich es als Erster erwähne.«

Thorgrim, Ornolf, Harald blickten einander kurz an. Ein Eid war keine Sache, die man auf die leichte Schulter nahm. Doch Thorgrim war aufrichtig gewesen, als er verkündet hatte, dass er sich nicht in Grimarrs Angelegenheiten mischen wollte. Es sollte ihm also keine größeren Probleme bereiten, Stillschweigen zu schwören. Grimarrs nächste Worte besiegelten den Handel dann auch.

»Wenn ihr diesen Eid leistet und der Junge die Worte der Sklavin übersetzen kann, dann helfe ich dir bei der Reparatur deines Schiffes, so gut es mir nur möglich ist«, verkündete er. »Wenn nicht, müsst ihr Vík-ló noch heute verlassen. Ihr habt schon zu viel gesehen.«

Thorgrim sah seine Begleiter an und nickte kaum merklich. Die anderen nickten ebenfalls. »Wie du wünschst, Grimarr. Wir werden diesen Eid leisten, und wir nehmen deine Hilfe gerne an«, sagte er. »Wir wollen nichts weiter, als nach Hause zurückkehren.« Er wusste, dass er vor allem für sich selbst sprach, während der Rest seiner Mannschaft längst nicht so begierig darauf war, nach Vik zurückzukehren. Aber als Anführer war er bereit, auch für seine Männer zu sprechen.

Sie schworen den Eid. Grimarr blickte von einem zum anderen, als versuchte er erneut, sie einzuschätzen. Thorgrim bekam eine Ahnung davon, wie bedeutsam das Geheimnis sein musste, welches das irische Mädchen hütete.

»Also, es ist wie folgt«, fing Grimarr endlich fast widerwillig an. »Fasti und ich haben einen Raubzug auf ein Kloster bei einem Ort namens Fearna angeführt. Die Menge an Silber, die wir dort erbeuten konnten, war … akzeptabel. Wir haben es zwischen uns aufgeteilt, aber mein Schiff, die *Adlerschwinge*, leckte plötzlich auf dem Rückweg. Darum sind wir an Land gegangen und haben alles Silber zu Fasti umgeladen. Er ist dann allein nach Vík-ló weitergesegelt.«

»Du hast deine Hälfte der Beute auf das Schiff eines anderen Mannes verladen?« Ornolf klang ungläubig.

»Nicht irgendeines anderen Mannes. Auf Fastis Schiff!«, sagte Grimarr. »Es gibt niemanden sonst, dem ich so sehr vertraut hätte, doch bei Fasti tat ich es. Nur ein kurzes Stück von Vík-ló entfernt wurde Fasti von diesem Lorcan angegriffen, von dem ich bereits erzählte habe. Er und seine irischen Krieger fielen mit einem Schwarm ihrer lächerlichen Boote über das Langschiff her. Wir haben sie genau in dem Augenblick eingeholt, als der Kampf gerade zu Ende ging. Jeder an Bord von Fastis Schiff wurde getötet. Doch die Beute aus Fearna war nicht mehr dort, und die Iren hätten keine Zeit gehabt, sie wegzuschaffen. Wir haben überall gesucht, aber da war nichts. Nichts, außer ihr.« Mit seinem struppigen Bart zeigte er auf das Mädchen.

Die anderen nickten, und Grimarr fuhr fort: »Fasti muss Halt gemacht und die Beute irgendwo an Land versteckt haben. Vielleicht hat er damit gerechnet, dass Lorcan ihn angreift. Womöglich hat er beobachtet, wie die Iren ihm entlang der Küste folgten. Diese kleine Hure da muss gesehen haben, wo er das Silber verbarg. Sie ist nicht allein unter die Decksplanken gekommen. Fasti muss sie dort hineingesteckt haben, und ich glaube, er hat es getan, damit sie uns sagen kann, wo die Beute aus Fearna versteckt ist. Für den Fall, dass Fasti und all seine Männer getötet werden. Was dann ja auch passiert ist.«

Thorgrim und Ornolf wechselten einen Blick, und er wusste,

dass der alte Mann dasselbe dachte, wie er: *Dieser Fasti hat Grimarr betrogen, und der Narr merkt es nicht einmal.* Aber es war deutlich, dass Grimarr so etwas nie glauben würde, und Thorgrim war es egal, solange nur sein Schiff repariert wurde. Also gab er zurück: »Das ist eine ganz schöne Geschichte. Dann wird Harald jetzt herausfinden, wie nah deine Schlussfolgerungen an der Wahrheit sind.«

Harald trat auf das Mädchen zu, hockte sich vor ihr auf die Fersen, bis ihre Gesichter fast auf gleicher Höhe waren. Der Blick des Mädchens glitt über Haralds Antlitz, und Thorgrim sah das Misstrauen dort, aber noch etwas anderes. Hoffnung vielleicht? Harald war kein bärtiger, vernarbter Grobian wie die übrigen Nordmänner. Sein Haar war strohblond und sein Bartwuchs kaum sichtbar. Er hatte blaue Augen, in denen ein aufrichtiger Ausdruck lag, aber nichts von der Härte, die sich ins Thorgrims Blick zeigte. Das war eine Härte, die erst mit dem Alter, mit Entbehrungen und Kummer kam.

Mit sanfter Stimme sprach Harald zu ihr, und obwohl Thorgrim nie mehr als ein paar Wörter Irisch gelernt hatte, glaubte er, dass Harald nach ihrem Namen gefragt hatte. Er hörte, wie er »Harald« sagte, und ging davon aus, dass er sich vorstellte.

Und das war zu viel für Grimarr. Er packte Harald an der Schulter, zerrte ihn auf die Füße und knurrte: »Du willst nicht um ihre Hand anhalten. Bring diese irische Schlampe zum Reden und lass dir erzählen, wo Fasti die Beute versteckt hat. Und sag ihr, dass ich sie töten werde, wenn sie lügt.«

Thorgrim war bereits halb auf Grimarr zugetreten, die Hand auf dem Griff seines Schwerts *Eisenzahn*. Er würde nicht zulassen, dass irgendeiner seiner Männer so angefasst wurde, und schon gar nicht Harald. Aber Ornolf fasste seinen Arm und hielt ihn zurück.

»Grimarr«, sagte Ornolf in seinem onkelhaften Tonfall.

»Lass es den Jungen auf seine Art versuchen. Er kann gut mit Mädchen, weißt du, und er wird eine ehrliche Antwort von ihr kriegen. Wenn man ihr Angst einjagt, wird sie irgendwelche Lügen erzählen, nur um sich zu retten.«

Grimarr löste seine Hand von Haralds Schulter und sah sich um. Anscheinend gehörte er zu den Männern, für die Gewalt stets die richtige Lösung war und jeder andere Ansatz nur Zeitverschwendung. Dennoch schien er Ornolfs Einwand zu akzeptieren, auch wenn er vielleicht nicht ganz daran glauben mochte.

»In Ordnung«, sagte er zu Harald. »Sprich auf deine Art mit ihr. Hol einfach die Wahrheit aus ihr heraus.«

Harald nickte. Er hockte sich wieder hin und redete erneut leise mit dem Mädchen. Obwohl Thorgrim die Wörter nicht verstand, hörte er doch den Ton der Stimme seines Sohnes, freundlich und ohne jede Drohung darin. Das Mädchen lauschte. Es nickte, es sagte etwas, ein einzelnes Wort. Daraufhin sprach wieder Harald. Dann hielt er inne.

Und kurz darauf begann das Mädchen zu reden.

10. Kapitel

Congalach, der Sohn von Mael Mithig ...
König von Laigin, plünderte Áth Cliath und raubte
Schätze und Kostbarkeiten und nahm reiche Beute.

DIE ANNALEN VON ULSTER

Es war lange nach Mitternacht, die Zeit, zu der die Wachsamkeit am geringsten war. Lorcan ließ sein Pferd über den flachen Hang des Hügels steigen, von dem aus man Vík-ló gut überblicken konnte. Die Hufe verursachten kaum ein Geräusch auf dem nassen Gras. Lorcan rechnete halb damit, seinen Posten zu überrumpeln. Sollte er ihn schlafend erwischen, würde er ihm die Kehle durchschneiden. Doch anscheinend hatte der Späher erwartet, dass Lorcan mit dem Boten zurückkehren würde.

Er trat aus dem Schatten, als Lorcan heranritt, und begrüßte ihn leise: »Lorcan, mein König?«

Lorcan knurrte und stieg vom Pferd. Der Späher hielt ihm die Zügel. Die Wolkendecke war aufgerissen, und die Mondsichel strahlte gerade hell genug, dass Lorcan die schattenhaften Umrisse der Häuser von Cill Mhantáin – oder Vík-ló, wie es die Nordmänner nannten – erkennen konnte. Die Gebäude wirkten kantig und unnatürlich in der Dunkelheit hinter dem Erdwall. Das Mondlicht schimmerte auf der Oberfläche des Leitrim und zeichnete ein glitzerndes Muster auf das sich kräuselnde Wasser. Der Anblick erinnerte Lorcan an eine gut polierte Kettenrüstung im Feuerschein.

Der Mond war auf dem Ritt vom Ráth Naoi eine Hilfe gewesen, aber Lorcan hätte den Weg auch in finsterster Nacht gefunden, so häufig hatte er ihn inzwischen zurückgelegt. Seit Ruarc mac Brain seine Tage in Tara verbrachte, bereiteten Grimarr der Riese und seine heidnischen Nordmänner Lorcan mehr Sorgen als der irische *Rí Ruirech*. Je stärker sich die Dubh Gall in ihren Longphorts verschanzten, umso größer wurde ihr Einfluss auf die irische Politik. Je öfter sie plünderten, umso reicher wurden sie, und umso umfassender veränderten sie das Machtgefüge des Landes.

»Ist sie hier?«, fragte Lorcan.

»Ja, Herr«, antwortete die Wache. »Ich hole sie.«

Er verschwand in der Dunkelheit, und Lorcan blickte weiterhin hasserfüllt auf das sich unter ihm ausbreitende Vík-ló. Er hatte jeden Handel mit den Dubh Gall unterbunden und gehofft, sie damit auszuhungern. Doch das war eine nutzlose Geste gewesen, und eigentlich hatte er es von Anfang an gewusst: Solange die Nordmänner ihre Schiffe hatten, ihre dreimal verfluchten Langschiffe, ließen sie sich nicht aushungern. Seine Anordnungen gestalteten ihr Leben höchstens ein wenig unbequemer.

Er hörte weiche Lederschuhe durch das Gras streifen, und der Wachposten schälte sich wieder aus dem Dunkel. Dieses Mal hatte er eine junge Frau bei sich. Sie trug ihr volles, rotes Haar hinter dem Kopf zurückgebunden, im Mondlicht war es gerade noch sichtbar. Sie war armselig nach Art der Nordmänner gekleidet, aber Lorcan kannte sie: Sie hieß Ronnat und war eine Irin, die in Vík-ló als Sklavin lebte. Oder als Leibeigene, wie die Dubh Gall ihre Sklaven nannten; die Iren hätten sie als *Cumal* bezeichnet.

Der Späher und die *Cumal* blieben einige Fuß vor Lorcan stehen. Die Frau verbeugte sich tief und murmelte: »Lorcan,

Herr.« Dann richtete sie sich wieder auf. Sie mied Lorcans Blick. Es war nicht zu übersehen, dass sie Angst hatte, doch daran konnte er nichts ändern, und es war ihm auch gleichgültig.

»Was hast du herausgefunden?«, fragte er.

Der berittene Bote hatte die Halle in Ráth Naoi aufgesucht und Lorcan gemeldet, dass es Neuigkeiten aus Vík-ló gab. Der Bote war um Mitternacht eingetroffen, und Lorcan war sofort aufgebrochen. Er wollte unverzüglich wissen, was es zu erfahren gab.

»Da war ein Mädchen an Bord von Fastis Schiff. Grimarr hat es gefunden. Nachdem Ihr …«, sie verstummte, während sie nach einem Weg suchte, um die Niederlage zu beschreiben, ohne seinen Zorn zu erregen. Lorcan hatte nicht die Geduld für solche Höflichkeiten.

»Also, was ist mit ihr?«, fuhr er Ronnat an.

»Sie … war versteckt. Unter ein paar Brettern auf dem Schiff, Herr. Grimarr ist davon überzeugt, dass Fasti sie dort untergebracht hat.«

»Grimarr hat sie dort nach dem Kampf gefunden?«

»Ja, Herr. Noch bevor das Schiff nach Cill Mhantáin geschleppt wurde.«

Lorcan blickte den Späher scharf an. »Und das erfahre ich erst jetzt?«, knurrte er. Seine Stimme war tief und leise, der Klang eines Raubtiers. Das erschreckte Späher wie Mädchen sichtlich.

Der Posten wich einen Schritt zurück. »Es gab niemanden, der mit ihr hätte reden können, mein König«, wandte er ein. »Niemand wusste, ob sie etwas zu sagen hatte.«

»In der Ansiedlung der Dubh Gall beherrscht kaum jemand unsere Sprache, Herr«, sagte die Sklavin. »Nur wenige hätten sich mit ihr unterhalten können. Und keiner von uns durfte in ihre Nähe. Wir wussten nicht, ob sie Eure Aufmerksamkeit wert ist …« Ihre Worte sprudelten heraus, als könne sie Lorcans Zorn damit abwehren. Lorcan winkte ab.

»Und warum hast du mir jetzt Bescheid gegeben?«, fragte er.

»Ein paar Tage nach dem Kampf kamen Fremde in die Stadt. Fin Gall. Einer von ihnen sprach Irisch und konnte das Mädchen befragen. Ich habe es nicht selbst mitbekommen. Nur wenige dürfen in die Nähe der Fremden, und das sind alles Dubh Gall, keine Iren.«

Lorcan schnaubte und kratzte sich den Bart. Er warf dem Späher einen Blick zu und machte eine Geste mit dem Kopf. Der Mann verneigte sich und verschwand in der Dunkelheit. Als Lorcan und die Frau allein waren, sagte er: »Fahr fort.«

»Ich habe gehört«, berichtete die Sklavin, »dass das Mädchen eine Menge zu erzählen hatte, als der junge Fin Gall in Gegenwart von Grimarr dem Riesen und den anderen mit ihr redete. Es erzählte ihnen, dass sie den Mönchen in Fearna gedient hatte und dort gefangen genommen wurde. Es erzählte, wie es auf dem Schiff gewesen war – es muss Fastis Schiff gewesen sein –, und wie alle an Bord mitbekamen, dass Eure Männer ihnen entlang der Küste folgten. Die Dubh Gall fürchteten einen Angriff, also machten sie bei Nacht Halt und versteckten die Beute an Land. Dabei hat Fasti das Mädchen mitgenommen, auch wenn die Kleine nicht wusste, warum er das tat. Doch als Ihr und Eure Krieger dann mit den Curraghs angegriffen habt, verbarg Fasti sie unter dem Deck. Sie hat nichts von dem verstanden, was geschehen ist. Aber Grimarr denkt, dass Fasti ihn auf diese Weise wissen lassen wollte, wo der Schatz von Fearna verborgen liegt. So dass er davon erführe, wenn Fasti selbst im Kampf fallen sollte. Was ja auch geschah.«

»Und das Mädchen weiß, wo der Schatz ist? Diese Kleine hat ihnen verraten, wo man ihn finden kann?«

»Ich glaube nicht, Herr. Sie sagte, sie würde die Stelle wiedererkennen, wenn sie den Ort sieht. Aber erklären konnte sie es nicht.«

Lorcan starrte auf das im Mondlicht funkelnde Wasser. Viele Meilen Küste erstreckten sich zwischen dem Ort, wo er beobachtet hatte, wie die Nordmänner die Beute auf Fastis Schiff umluden, und dem Leitrim, wo er mit so großem Vergnügen Fastis Schädel gespalten hatte. Der Schatz von Fearna konnte überall entlang der zerklüfteten Küste liegen. Solange man nicht genau wusste, wo man suchen musste, war es sinnlos, auch nur den Versuch zu unternehmen.

Er spürte, wie die Sklavin nervös auf der Stelle trat, aber er ignorierte sie. *Grimarr, du Hurensohn*, dachte er und ließ den Blick in Richtung des dunklen Longphorts wandern. Es hatte eine Zeit gegeben, da hatte er es für möglich gehalten, sich mit Grimarr zu verbünden. Gemeinsam hätten sie Ruarc mac Brain besiegen und beide ihre Vorteile daraus ziehen können. Die Nordmänner waren kühne Krieger, das musste Lorcan ihnen lassen. Es gab keine Streitmacht in diesem Teil von Irland, welche die vereinigten Kräfte der Dubh Gall und seiner eigenen Gefolgsleute hätte aufhalten können. Sie hätten alle Länder erobert, über die jetzt Ruarc herrschte.

Tatsächlich hatten sie sogar ein Treffen vereinbart. Lorcan und ein paar seiner Unterführer waren durch die Tore von Vík-ló geritten, und Grimarr und Fasti hießen sie willkommen. Die Nordmänner waren nicht so dumm, dass sie die Möglichkeiten nicht erkannt hätten. Und dann war es plötzlich zu Ende, alle Gespräche auf einmal verstummt. Lorcan hatte nicht gewusst, warum. Erst später hatte er die Wahrheit erfahren.

Grimarrs Söhne, Sweyn und Svein, waren gestorben, sie waren getötet worden, während sie im Dienst irgendwelcher

Iren standen. Das hatte Grimarr verändert. Grimarr war immer schon zuvor ein reizbarer, ein grimmiger Mensch gewesen. Nun jedoch schien dieser Zorn ihn zu verzehren. Er würde niemals an der Seite eines Iren kämpfen. Er würde nicht verhandeln, ja nicht einmal mit einem Iren reden. Lorcan wusste nicht, wer Grimarrs Söhne getötet hatte, aber der hünenhafte Nordmann gab den Iren die Hauptschuld. So entwickelte sich, was fast ein Bündnis geworden wäre, stattdessen zu einer erbitterten Feindschaft.

Lorcan hatte gehört, was für Grausamkeiten Grimarr und seine Männer bei Fearna begangen hatten, Taten, die selbst einen Mann wie ihn vor Abscheu zurückweichen ließen. Für Grimarr ging es bei seinen Raubzügen nicht länger um Reichtum und Beute, jedenfalls nach Lorcans Ansicht nicht. Es ging dem Dubh Gall um Vergeltung! Und das war eine gute Sache, denn wenn der Mann von Rachsucht getrieben war, würde er mit großer Wahrscheinlichkeit Fehler machen und etwas Dummes tun, das Lorcan ausnutzen konnte.

Er schaute die Sklavin wieder an, die weiterhin unruhig vor ihm stand. »Hast du noch mehr zu sagen?«

»Nein, Herr, sonst nichts. Mehr habe ich nicht erfahren.«

»Gut«, sagte er. Er hielt die kleine silberne Brosche hoch, die er die ganze Zeit zwischen den Fingern gehalten hatte, und reichte sie ihr. Sie nahm sie entgegen, und Lorcan sah, wie sie die Augen aufriss.

»Du kannst gehen«, sagte er.

Sie nickte, verbeugte sich hastig und eilte dann zum Longphort zurück. Ihr heller Schopf schimmerte matt im Mondlicht. Wie sie dort hinein- und herauskam, wusste er nicht, und es war ihm auch egal, solange sie es nur schaffte. Niemand im Longphort ahnte, dass sie die Zunge der Nordmänner sprach, außer dem Mann, von dem sie die Information erhielt, die sie ihm gerade überbracht hatte. Sie war die Verbindung, und zum Glück ließ sie sich mit Kleinigkeiten kaufen. Es gab andere in Vík-ló, deren Dienste nicht so billig zu haben waren.

So sei es, dachte er. Alles, was er brauchte, um die Beute aus Fearna in die Hände zu bekommen, war dort, innerhalb dieses Erdwalls und ohne Zweifel unter scharfer Bewachung im Haus des Nordmanns Grimarr Knutson. Diese Beute war genau der Reichtum, den Lorcan benötigte, um die Treue der *Rí Túaithe* und der *Aire Forgill* zu gewinnen. Was auch immer Lorcan vielleicht würde aufwenden müssen, um das Versteck an der Küste zu finden, es war unbedeutend verglichen mit dem Wert dieses Schatzes.

Sie hieß Conandil. Das hatte Harald auch Grimarr gesagt, und der hatte nicht das mindeste Interesse gezeigt. Er hatte sogar so getan, als hätte er den Namen gar nicht gehört. Aber je mehr Conandil erzählte, und je mehr Harald übersetzte, umso größer wurde Grimarrs Aufmerksamkeit.

Thorgrim fiel auf, wie seltsam Grimarr der Riese reagierte. Der hünenhafte Wikinger lehnte sich nach vorn, als wollte er jedes Wort buchstäblich verschlingen. Conandil sprach immer freier, während ihre Geschichte Gestalt annahm. Ihre Stimme klang sanft und trällernd, aber auch ruhig und kräftig. Sie schien nicht länger eingeschüchtert. Grimarr wirkte abwechselnd erfreut, zornig und misstrauisch. Unwillig streifte sein Blick die versammelten Männer, die neugierig und fasziniert auf das Mädchen starrten. Thorgrim konnte sehen, dass Grimarr nicht begeistert darüber war, dass so viele Ohren den Bericht mit anhörten.

Einmal, als Conandil beschrieb, wie sie an Land gingen, um die Beute zu verstecken, unterbrach Grimarr sie mit einem Knurren und einer Geste. Er forderte Harald auf, sie zum

Schweigen zu bringen. Harald leitete die Anweisung weiter, und Conandil verstummte. Und dann wusste Grimarr nicht mehr, was er tun sollte.

Er starrte die junge Frau an, und sie erwiderte den Blick. Ganz offensichtlich wollte Grimarr dieses Wissen nicht mit den anderen teilen, doch ihm blieb keine Wahl. Sandarr war sein Sohn, Bersi einer seiner Hauptleute. Beide waren bei dem Überfall auf Fearna dabei gewesen, was bedeutete, dass die Beute zum Teil ihnen gehörte. Sie hatten gegen Lorcan gekämpft. Sie hatten ein Recht, alles zu erfahren.

Thorgrim und seine Leute waren Fremde, aber die Irin konnte sich nur über Harald verständlich machen. Und was Harald wusste, das wussten auch Thorgrim und Ornolf.

»Sie soll weitermachen«, knurrte er schließlich.

Es war eine interessante Geschichte, so viel war klar. Thorgrim lauschte, wie er einem Skalden zugehört hätte, der seine Verse über die Heldentaten eines längst verstorbenen Königs vortrug. Die Erzählung unterhielt ihn, selbst wenn sie keine größere Bedeutung hatte. Er hatte einen Eid geleistet, sie niemals zu erwähnen. Was aber vielleicht noch bedeutsamer war: Er hatte gar kein Interesse daran, irgendetwas von dem auszunutzen, was er hier hörte. Er wollte gar nicht, dass seine Männer von einem Schatz ganz in ihrer Nähe erfuhren. Er wollte das Schiff reparieren und seiner Wege ziehen.

Grimarr stand zu seinem Wort. Mehr noch: Als die nächste Flut herankam und das ansteigende Wasser den Rumpf aus seinem schlammigen Ruheplatz löste, schickte er zwei Dutzend seiner Leute zum Liegeplatz der *Weitfahrer*. Grimarrs und Thorgrims Männer gingen gemeinsam an Bord und luden alle Vorräte, das Trinkwasser, die Fracht und die Beute, die sie nach Vik zurückbringen wollten, die Seekisten, die Waffen und die Schilde, die Felle und das zusätzliche Segeltuch aus. Sie brachten die Rah und das Segel an Land und auch den Beitass, die Ruder und die Rudergestelle.

Das derart erleichterte Schiff hob sich noch mehr und schwamm frei. Auf Latten und Rollen, mit Tauen und Blöcken und der vereinten Kraft von achtzig Männern zogen sie den Rumpf tropfend aus der Flussmündung und über die Flutmarke. Sie befestigten ein Seil an der Mastspitze und drehten das Schiff auf die Seite, bis die zerschmetterten Planken hoch genug über dem Boden waren, sodass Thorgrim und seine Leute gut an sie herankamen. Sie schnitten die Plane ab, diesen großen Verband, der verhindert hatte, dass das Seewasser weiter in die Hülle hineinblutete, und der von Starri und den anderen über der verwundeten Stelle angebracht worden war. Beim Anblick der gesplitterten Planken schüttelte jeder den Kopf, erstaunt darüber, dass die *Weitfahrer* nicht einfach gesunken war.

Gut abgelagertes Eichenholz wurde zusammen mit Sägen, Beiteln, Schlägeln, Bohrern, Dechseln, Beilen und Nägeln an die Baustelle geliefert. Man hätte meinen können, dass diese großzügige Unterstützung ein Beweis für Grimarrs Ehrenhaftigkeit war, ein Zeichen seiner Dankbarkeit dafür, dass Harald die Worte der Irin für ihn übersetzt hatte. Aber Thorgrim Nachtwolf kannte sich mit Menschen aus und wusste es besser. Grimarr war einfach nur begierig darauf, die Beute aus Fearna zu bergen, und es war ihm lieber, wenn die Norweger dann nicht mehr hier waren. Je schneller sie ihr Schiff reparierten und abreisten, umso besser für Grimarr den Riesen.

In Vík-ló lebte auch ein Mann namens Aghen, ein Schiffsbaumeister in Grimarrs Diensten. Anscheinend reichte Grimarrs Großzügigkeit nicht so weit, dass er Aghen befohlen hätte, Thorgrim bei der Arbeit zu helfen, aber immerhin schickte er ihn vorbei, um einen Blick auf den Schaden zu werfen und Rat anzubieten. Thorgrim und der Schiffsbauer drückten auf den Plankenreihen herum, schätzten die Tiefe der Risse ab und stocherten mit Messern im Holz.

»Die Planken sind solide, nirgendwo angefault«, stellte Aghen fest. »Ich denke nicht, dass sie ersetzt werden müssen. Ich nehme an, wenn du sie hier und hier abtrennst …« Er wies auf die Stelle, wo die Planken mit den Spanten verbunden waren. »… kannst du einfach neue Stücke einfügen. Wenn das richtig gemacht wird, dürfte es kaum weniger stabil als die ursprüngliche Konstruktion sein.«

Thorgrim nickte. Er war von Anfang an dieser Meinung gewesen, doch es war gut, es durch einen Mann von Aghens Erfahrung bestätigt zu hören. Thorgrim mochte Aghen. Der Mann war nicht mehr jung, aber dafür trat er mit ruhigem Selbstvertrauen auf. Da war keinerlei prahlerisch zur Schau gestellter Stolz, sondern die Art von Selbstsicherheit, die sich einstellte, wenn man sein Handwerk meisterhaft beherrschte. Sie kletterten an Bord des Schiffes, das in einem Winkel von vierzig Grad auf der Seite lag, als wäre es in einer gefrorenen Welle gefangen. Sie liefen vom Bug bis zum Heck, überprüften das gesamte Langschiff und unterhielten sich. Thorgrim fragte Aghen hier und da nach seiner Meinung.

»Das ist ein gut konstruiertes Schiff«, befand Aghen schließlich. »Ihr Norweger könnt auch gute Schiffe bauen, dies allerdings stammt nicht aus euren Händen. Auch hast du eine Menge daran verändert, aber wenn ich raten müsste, würde ich sagen, es ist dänischer Herkunft. Aus Haithabu, nehme ich an.«

»Und es ist gut möglich, dass du recht hast«, erwiderte Thorgrim. »Es ist eine Kriegsbeute. Ich weiß nicht, woher es kam oder wo es gebaut wurde.«

Am nächsten Tag machten sie sich an die Arbeit. Thorgrim

und ein Trupp Männer schnitten sorgfältig die eingedrückten Plankengänge heraus, während andere mit Hämmern und Keilen Eichenbohlen zu Brettern von passender Dicke spalteten, um die Lücke auszufüllen. Die Takelage wurde losgebunden und kontrolliert, und in manchen Fällen andersherum neu gespannt. Sie polierten den Rost von den Waffen, schärften und ölten sie. Es gab hundert kleine Tätigkeiten zu verrichten, und Thorgrim wollte nicht, dass seine Männer müßig herumsaßen oder sich betranken, jedenfalls nicht im Übermaß. Allzu leicht konnten sie in dem dänischen Longphort irgendwelchen Unfug anstellen, da hielt er sie lieber beschäftigt.

Harald, der sich von seinem Bauch leiten ließ wie ein Bulle von seiner Nase, kehrte zur Essenszeit zu ihnen zurück. Er hatte die Aufgabe übernommen, sich um Conandil zu kümmern und seine Dienste als Übersetzer anzubieten, für den Fall, dass Grimarr mehr von ihr wissen wollte oder sie etwas brauchte und sich nicht verständlich machen konnte. Thorgrim nickte, als Harald ihm von seinen weitgehend fruchtlosen Bemühungen erzählte, doch eine warnende Stimme erwachte in seinem Kopf. Sein Sohn fühlte sich von jungen Frauen in Gefahr angezogen, so viel hatte Thorgrim auf irischem Boden über Harald gelernt. Er wusste aber auch, dass so was im Allgemeinen nicht glücklich endete.

»Grimarr wirkte nicht allzu begeistert über meine Anwesenheit«, schloss Harald. »Er ließ mich mit ihr sprechen, aber nicht für lange. Er schien sich auch nicht dafür zu interessieren, was sie zu sagen hatte.«

Thorgrim nickte. »Sie hat ihm alles über die Beute aus Fearna erzählt, was sie weiß. Das ist das Einzige, was ihn interessiert. Wahrscheinlich befürchtet er, dass sie dir noch etwas anderes verraten könnte. Etwas, das dir, und damit uns – uns Norwegern also – einen Vorteil ihm gegenüber verschafft.«

Harald runzelte die Stirn. »Wie du gesagt hast, sie hat ihm alles verraten, was sie weiß.« Er hielt inne und schien bei der nächsten Frage mit sich zu ringen.

Thorgrim wartete ab.

»Was glaubst du, wird aus ihr werden?«, fragte Harald endlich. »Sobald Grimarr den Schatz hat?«

»Ich weiß nicht«, sagte Thorgrim, auch wenn er eine recht gute Vorstellung davon hatte. »Vielleicht wird Grimarr ihr die Freiheit schenken, wenn sie ihm wirklich hilft, diesen Schatz zu finden.« Er versuchte, Überzeugung in seine Stimme zu legen, schaffte es aber nicht. Er wusste genau, wie unwahrscheinlich es war, dass Grimarr das Mädchen freiließ. Conandil war eine Sklavin, jung und gesund, die noch viele Jahre vor sich hatte. Sobald Grimarr mit ihr fertig war, würde sie auf dem Sklavenmarkt in Dubh-Linn oder Haithabu landen. Sie war wertvoll, und sie war eine Irin, was bedeutete, dass Grimarr ein Handelsgut in ihr sah und sonst nichts.

Und Harald wusste das genauso gut. Thorgrim war überrascht, dass er überhaupt gefragt hatte. Wahrscheinlich tat er dem Jungen keinen Gefallen, wenn er ihn in dem Gedanken bestärkte, dass Conandil befreit werden konnte. Er wusste, dass Ornolf ihn verspotten würde, weil er den Jungen damit nur verweichlichte. Aber Thorgrim war das gleichgültig, er konnte einfach nicht anders. Er hasste es, seinen Sohn leiden zu sehen, egal aus welchem Grund.

Die Tage vergingen, und das Wetter blieb nach dem Sturm überraschend mild. Thorgrim war ein geschickter und erfahrener Zimmermann, und die wichtigsten Reparaturen nahm er selbst vor. Mit Beitel und Schlägel passte er die Plankenenden an, arbeitete sich vom untersten beschädigten Plankengang bis zum obersten vor. Er prüfte und passte an, passte an und prüfte wieder, bis die vorhandenen Planken und die frisch eingefügten Bretter nahtlos übereinanderlagen. Ein halbes Dutzend Männer unterstützte ihn, während andere sich darum kümmerten, ihren Aufenthalt in Vík-ló so angenehm wie möglich zu machen und dafür zu sorgen, dass die Besatzung genau wie das Schiff für die raue Überfahrt nach England bestens gerüstet war.

Auf einer freien Fläche in der Nähe der auf Grund gesetzten *Weitfahrer* stellten sie ein hohes Gerüst auf, über das sie das Segel spannten und so ein großes Zelt errichteten, eine behelfsmäßige Festhalle, wo sie essen und trinken konnten, ohne auf die Gastfreundlichkeit der Dänen angewiesen zu sein. Hinter dieser Halle bauten sie eine Reihe Zelte auf. Ihr neu gegründetes Dorf nannten sie West-Agder.

Sie hatten nur wenig Kontakt zu den Dänen. Es war nicht so, dass sie bewusst auf Abstand gingen, und Thorgrim konnte keine Feindseligkeit in dieser Trennung spüren. Nein, es gab einfach keine Berührungspunkte. Thorgrims Männer kümmerten sich um ihre Angelegenheiten, die Dänen um die eigenen.

Vier Langschiffe waren gleich vor dem Liegeplatz der *Weitfahrer* im Fluss festgemacht, und nachdem die *Wogenreiter* ihre letzte Bestimmung gefunden hatte, waren das sämtliche Schiffe, die in Vík-ló noch zu finden waren. Wenn die Dänen aus dem ein oder anderen Anlass herunterkamen, grüßten sie die Norweger freundlich genug. Aghen kam und besuchte sie oft, verfolgte den Fortschritt der Arbeiten und besprach sich mit Thorgrim. Thorgrim nahm an, dass er auf Grimarrs Wunsch hier war, obwohl der alte Schiffsbauer die Besuche und die Gespräche über Boote und Werkzeuge und Bauholz durchaus zu genießen schien. Auch Bersi Jorundarson schaute fast jeden Tag vorbei, und Thorgrim störte sich nicht an seiner Gesellschaft, obgleich er in Bersis Fall ganz sicher war, dass er geschickt worden war, um die Norweger im Auge zu behalten.

An den Abenden, wenn die Arbeit getan war und Ale, Bier und Met ausgeschenkt wurden und Ornolf seine Rolle als Jarl der Festhalle ausfüllte, saß Thorgrim an dem behelfsmäßigen Tisch in der behelfsmäßigen Halle und stellte fest, dass er zufrieden war. Er fühlte sich beinahe von Zuversicht erfüllt, einem Gefühl, das er schon lange nicht mehr empfunden hatte. Die Götter hatten sie auf die Probe gestellt, und sie hatten sich bewährt. Die *Weitfahrer* würde bald seetüchtiger sein, als sie beim Aufbruch von Dubh-Linn gewesen war. Die finstere Stimmung, die Thorgrim so oft nach Sonnenuntergang erfüllte, die unkontrollierbare Wut, die ihn aus der Gesellschaft anderer Menschen vertrieb und ihm den Beinamen »Nachtwolf« eingebracht hatte, blieb dieses Mal fern. Er fragte sich, ob das wie so vieles mit dem Alter zusammenhing.

Thorgrim schlief nicht in einem Zelt an Land. Er verbrachte die Nacht an Deck der *Weitfahrer*, auch wenn das Schiff eigentümlich schräg stand. An der Unterseite hatte er sich in der Krümmung der Bilge am Heck ein Felllager angelegt. Darüber hatte er als Wetterschutz ein Stück Stoff gespannt, die Plane, mit der sie die eingedrückten Planken abgedichtet hatten.

Es war eine Vorsichtsmaßnahme, dass er an Bord blieb. Irgendwer musste ein wachsames Auge auf das Boot halten und Alarm geben können, falls die Dänen einen Verrat planten. Das erzählte er seinen Männern, damit sie nicht dachten, dass er ihre Gesellschaft mied. Und es stimmte auch, aber es war nur ein Teil der Wahrheit, und nicht einmal der bedeutsamste.

In Wahrheit gab es einfach keinen Ort, wo er sich lieber aufhielt als an Bord seines Schiffes. Er sollte hier sein, ein Teil des Schiffes selbst. Er passte an diesen Platz, genau wie der Mastfuß in die Mastspur oder das Drachenhaupt an den Vordersteven.

Nun, da er ein Langschiff besaß, ein Schiff, das sich in einem heftigen Sturm und einer tödlichen Prüfung der Götter bewiesen hatte, wollte Thorgrim sich nicht mehr davon trennen.

So kam es, dass er sich an dem Tag, als er das letzte Brett in den Rumpf gefügt hatte und sein Schiff bald wieder schwimmfähig wusste, auf die *Weitfahrer* zurückzog, nachdem er seinen Anteil am Mahl zu sich genommen hatte. Er kletterte an Bord, legte den Schwertgurt ab und platzierte die Waffe neben sich, dann kroch er auf sein Lager aus Fellen. Er hatte die Felle hoch genug gestapelt, dass er gerade liegen konnte, selbst wenn das Deck schräg stand, und das führte dazu, dass er auf einem bequemeren Bett lag, als er es je erlebt hatte. Die Arbeit an diesem Tag war sowohl anstrengend wie auch befriedigend gewesen. Seine Muskeln schmerzten, auch seine Ausdauer war immer noch beeinträchtigt durch die schwere Wunde, die er in Tara davongetragen hatte. Ornolfs Stimme dröhnte durch die Nacht, durch die Entfernung und die Felle gedämpft, und der Klang hatte etwas Vertrautes an sich, beinahe entspannend wie das sanfte Rauschen der Brandung auf einem Strand. Bald schlief Thorgrim ein, ein tiefer Schlaf, der sich anfühlte, als würde er in warmem Wasser versinken.

Und dann schüttelte ihn jemand, und es dauerte einige Zeit, bis er zu sich kam. Thorgrim kämpfte sich durch eine Reihe von Träumen, die allesamt das unablässige Schütteln in lebhafte Bilder umsetzten – ein sturmgepeitschter Ozean, ein Erdbeben unter ihm, der Versuch, Haralds Arm zu halten, während der Junge von ihm fortstrebte.

Endlich öffnete er die Augen und tastete nach *Eisenzahn*. Seine Hand fiel auf den mit Leder umwickelten Griff, und die Umrisse über ihm fügten sich zu dem Gesicht von Starri dem Unsterblichen, einen Fuß entfernt, der immer noch an Thorgrims Schulter rüttelte.

»Ich bin wach«, flüsterte Thorgrim heiser, und Starri hielt inne.

»Nachtwolf. Komm«, sagte Starri.

»Was ist?«, fragte Thorgrim.

»Ich weiß nicht«, antwortete Starri. »Irgendwas. Ich spüre es. Ich weiß es. Die Götter haben mich wissen lassen, dass etwas Schlimmes passieren wird. Aber sie haben mir nicht verraten, was es ist.«

11. Kapitel

Grimmig tauschten wir Hiebe
mit Klingen, die Schilde erschüttern.
Von meines Armes Baume
warf ich des Todes eiserne Flamme.
EGILS SAGA

Thorgrim kroch unter dem Bärenfell hervor, das ihm als Decke diente. Die Nacht war kühl, und sie fühlte sich noch kälter an nach der Wärme seines Lagers. Er hob *Eisenzahn* auf und dachte daran, auch seinen Mantel mitzunehmen, aber Starri war schon unterwegs, also lief Thorgrim eilig hinterher. Sie sprangen über den unteren Rand des Schiffs auf den weichen Boden. Thorgrim legte den Schwertgurt um die Taille, während er Starri folgte, und beide bewegten sich leise durch die Dunkelheit.

Ein paar Fuß vom Flussufer entfernt hielt Starri inne, und Thorgrim trat neben ihn. Sie spähten über das finstere Wasser.

»Was ist los?«, fragte Thorgrim kaum hörbar.

»Ich weiß es nicht«, erwiderte Starri. »Irgendetwas Übles lauert dort draußen, aber ich weiß nicht was.«

Thorgrim nickte. Er tat Starri nicht als Verrückten ab, wie mancher es getan hätte, denn er wusste, dass Berserker nicht wie andere Männer waren. Die Götter sprachen mit ihnen auf eine Weise, die nur sie verstanden. Genau wie Harald die fremdartigen Worte des irischen Mädchens übersetzen konnte, übermittelte Starri die Warnungen der Götter.

Da drang ein Laut aus der Dunkelheit. Leise war er, und harmlos, wie ein sanftes Klopfen von Holz auf Holz. Doch er kam vom Wasser, von Osten, aus Richtung des Meeres, wo kein Holz gegeneinanderschlagen sollte. Thorgrim und Starri erstarrten, ihre Köpfe wandten sich dem Geräusch zu. Sie sahen ein mattes Aufblitzen. Es war weniger ein Licht als vielmehr ein Fleck, wo die Dunkelheit nicht ganz so undurchdringlich war. Sie hörten Wasser plätschern; der Fluss, der sich zwischen den Ufern bewegte, und noch etwas anderes, ein gurgelnder Laut, der nicht in die Nacht passen wollte.

»Boot …«, hauchte Thorgrim, und Starri nickte. Der Fleck, den sie gesehen hatten, war das Wasser, das sich um den Bug eines Bootes kräuselte. Sie wussten nicht, wie weit es entfernt war. Beide Männer verharrten angespannt. Hier stimmte etwas nicht. In den vierzehn Tagen, die sie in Vík-ló verbracht hatten, hatte sich noch nie ein Boot durch die Dunkelheit bewegt.

»Gib den anderen Bescheid«, befahl Thorgrim. »Sie sollen sich bewaffnen und herkommen. Harald soll meinen Schild mitbringen.«

Starri zögerte, nur einen Herzschlag lang. Er wollte sich nicht von einer Stelle entfernen, an der bald ein Kampf losbrechen konnte. Aber Thorgrim sagte: »Uns bleiben ein paar Minuten, bevor sie landen, und wir wissen nicht, wo sie hinwollen.«

Starri nickte. Er wandte sich um und verschwand in der Dunkelheit. Thorgrim starrte weiterhin über das Wasser, während er langsam stromaufwärts stapfte, dorthin, wo die vier anderen Langschiffe am Ufer festgemacht waren. Die Flut war schon halb zurückgewichen, was bedeutete, dass der Kiel der Schiffe auf Grund lag. Was auch immer geschehen würde, Thorgrim hoffte, dass sie die Schiffe nicht dabei brauchen würden. Die würden sich in den nächsten zwölf Stunden nämlich nirgendwohin bewegen.

Er hielt inne, stand ganz still da und ließ seinen Atem zur Ruhe kommen. Sein Blick bohrte sich in die Finsternis, und er versuchte zu lauschen. Doch nach einer Weile musste er zugeben, dass er gar nichts hörte und in dieser Richtung sogar noch weniger sah.

Hinter sich und ein gutes Stück entfernt nahm er eine anwachsende Unruhe wahr, und er wusste, dass Starri West-Agder erreicht und Alarm geschlagen hatte. Wenn dort draußen auf dem Fluss Männer lauerten und angreifen wollten, mussten sie es bald tun, sonst war ihre Gelegenheit verstrichen.

Und da schlugen sie zu. Ein Licht flammte auf, und Thorgrim war sich einen Moment lang nicht sicher, was er da sah. Dann erkannte er, dass es eine Fackel war, die dort entzündet worden war, vielleicht an etwas Glut, die man hinter einer Bootswand verborgen gehalten hatte. Das Feuer zischte, und das mit Tuch umwickelte Ende der Fackel flammte auf und verbreitete einen Lichtkreis um sich. Thorgrim konnte das Boot jetzt erkennen: eines von denen, wie die Iren sie benutzten, ein Curragh. Sechs Männer führten die Ruder, und weitere drängten sich auf den Ruderbänken, hinzu kam der Mann mit der Fackel am Bug.

Thorgrim lief am Ufer entlang, aber das Curragh war immer noch ein paar hundert Fuß entfernt. Er wusste nicht genau, wohin es unterwegs war, wo diese Männer an Land kommen würden.

Was bei den Göttern wollt ihr erreichen?, fragte sich Thorgrim. Ein Angriff mit einem Dutzend Krieger? Er und Starri und Harald allein hätten sie alle töten können.

Da blitzte wieder etwas auf, ein zweites Licht, das flackerte und zunahm. Ein weiteres kam hinzu, und noch eins, und Thorgrim erkannte, dass es kein einzelnes Boot war. Er sah wenigstens vier von ihnen. Fünf. Sechs. Und das waren nur die,

die eine Fackel an Bord hatten. Wie viele sonst in der Dunkelheit verborgen lagen, konnte er nicht sagen.

Er hörte Schritte hinter sich, das gedämpfte Trappeln zahlreicher Füße, die eilig näherkamen. Schon stand Starri an seiner Seite, und dann Harald an seiner anderen. Harald hielt seinen eigenen Schild, dazu Thorgrims und dessen Helm. Er reichte beides an seinen Vater weiter. Zuletzt kam auch Ornolf ans Ufer und drängte sich an allen Übrigen vorbei, bis er bei Thorgrim war.

»Wer bei Odins fettem Arsch ist das denn?«, brüllte er. »Warum haben die mich aus dem Schlaf gerissen? Bei den Göttern, sie sollen froh sein, dass sie mich nicht beim Stelldichein mit irgendeiner Magd gestört haben. Ich würde ihnen die Eingeweide rausreißen! Wo wollen die hin?«

Kaum hatte Ornolf die Frage ausgesprochen, da wusste Thorgrim die Antwort. »Die Schiffe. Sie wollen die Schiffe anzünden«, sagte er. Das Boot an der Spitze hatte sich nach Backbord gewandt und hielt auf einen Punkt am Ufer zweihundert Fuß stromaufwärts zu. »Mir nach!« Er schob sich an Ornolf vorbei und rannte dorthin, wo das nächste Schiff gleich vor dem grasigen Ufer lag. Es waren nicht ihre Schiffe, natürlich, aber das spielte keine Rolle. Dass Iren hier waren, um Schiffe der Nordmänner zu verbrennen, durften sie nicht zulassen.

Die Curraghs schwärmten aus wie Funken, die in jede Richtung stoben. Sie verteilten sich so, dass sie alle vier Schiffe zugleich angreifen konnten. Thorgrim hielt an der Stelle des Ufers inne, die dem Bug des ersten Schiffes am nächsten war. Es war Grimarrs *Adlerschwinge*. Draußen auf dem Fluss erreichte das erste Curragh das Heck des Langschiffs, und die Iren kletterten an Bord. Die Fackel warf ein unruhiges Licht über das Deck und beschien das grinsende, kreischende Adlerhaupt an der Spitze des geschwungenen Stevens.

»Ihr, Männer!« Thorgrim wies auf eine Schar zu seiner Linken. »Ihr kümmert auch um die zwei letzten Schiffe! Haltet diese Bastarde davon ab, sie anzustecken. Jagt sie fort! Ihr …« Er zeigte auf einen weiteren Trupp. »… das mittlere Schiff. Der Rest bleibt bei mir!«

Die *Weitfahrer* hatte weniger als sechzig Mann Besatzung, es kamen also nicht einmal fünfzehn Nordmänner auf jedes Schiff, gegen wer weiß wie viele irische Krieger. Aber auch wenn die Dänen noch nicht wach und unter Waffen waren, so würden sie es bald sein, und dann konnten sich die Iren nicht lange halten. Sie konnten unmöglich genug Kämpfer zusammenbringen, um seine Leute und Grimarrs und Bersis und alle übrigen aufzuwiegen, davon war Thorgrim überzeugt. Und selbst wenn die Iren den Wikingern zahlenmäßig überlegen sein sollten, dann gewiss nicht an Kampfkraft.

Die Weitfahrer …, dachte Thorgrim, als er in den Fluss watete. Das Wasser schlug ihm in die Schuhe und durchnässte seine Beinlinge bis zu den Knien. Er musste auch das eigene Schiff im Auge behalten. Er hatte keine Iren in diese Richtung fahren sehen, aber wenn die *Weitfahrer* in Gefahr geriet, würde er die Schiffe der Dänen sofort aufgeben und seine Männer mitnehmen. Grimarrs Schiffe standen für ihn weit abgeschlagen an zweiter Stelle.

Thorgrim warf seinen Schild über die Reling der *Adlerschwinge*, griff mit beiden Händen zu und zog sich selbst darüber. Er landete auf dem Deck, wirbelte herum und wandte sich dem Heck zu. In derselben Bewegung riss er *Eisenzahn* heraus und bereitete sich auf einen Angriff vor. Doch es kam keiner. Die Iren waren achtern und immer noch damit beschäftigt, selbst an Bord zu kommen. Sie hatten ihn nicht einmal bemerkt. Thorgrim erkannte, dass die Fackeln, die sie bei sich trugen, ihre Nachtsicht entscheidend behinderten.

Ein weiterer von Thorgrims Leuten sprang über die Bordwand, dann noch einer und noch einer. Thorgrim hob den Schild auf, und erst jetzt wurden die Iren aufmerksam. Er hörte, wie ihre Stimmen plötzlich anschwollen, sie riefen in ihrer merkwürdigen Sprache, und im Licht der Fackel sah Thorgrim, wie sich die Männer dem Bug zuwandten und mit Armen und Waffen in seine Richtung wiesen. Sie hielten Schilde und Äxte und Schwerter in den Händen. Thorgrim war beeindruckt.

Wer immer das geplant hatte, er hatte es sorgfältig durchdacht. Obwohl die Schiffe aus Holz waren, war es nicht leicht, sie zu verbrennen, sie so vollständig in Brand zu stecken, dass man sie nicht mehr retten konnte. Dummköpfe oder Feiglinge hätten einfach Fackeln auf das Deck geworfen und das Weite gesucht, womit sie gar nichts erreicht hätten. Selbst wenn kein Mensch an Bord gewesen wäre, um die Flammen zu ersticken, wären die Fackeln vermutlich heruntergebrannt, bevor die dicken Holzbalken Feuer fingen.

Aber diese Männer waren in beachtlicher Stärke angerückt, und sie waren schwer bewaffnet. Das verriet Thorgrim, dass sie an Bord bleiben und kämpfen würden, bis sie davon überzeugt waren, dass nur Asche und schwelende Trümmer von den Schiffen zurückblieben. Allerdings hatten sie wahrscheinlich darauf gehofft, ein wenig mehr Zeit zu haben, ehe sie entdeckt wurden.

Thorgrim schob seine Männer beiseite, die nun alle an Bord waren, und stürmte zum Heck. Dort standen inzwischen wenigstens zwanzig irische Krieger, wenn nicht mehr. Das bedeutete, dass es mehr Curraghs gab, als er Fackeln gesehen hatte. Als Thorgrim herankam, schlossen die Iren sich querschiffs zu einer Art Schildwall zusammen und bereiteten sich auf den Angriff vor. Sie waren im Vorteil und würden die Nordmänner einfach kommen lassen. Sie mussten nur Thorgrim und seine Leute lang genug aufhalten, um das Schiff in Brand stecken zu können, richtig in Brand stecken, und dann konnten sie sich zurückziehen.

Thorgrim und seine Männer erreichten gerade den Mast, als einer der irischen Fackelträger das tat, was Thorgrim erwartet hatte, was er selbst an seiner Stelle auch getan hätte: Er hob die Fackel und hielt die züngelnde Flamme an das Segel, das an die Rah gebunden und längs zum Schiff festgemacht war.

Zunächst zierte sich das Segel, als müsse es sich erst entscheiden, ob es das Feuer annehmen sollte oder nicht. Dann ging es plötzlich in Flammen auf, das Feuer raste an dem geölten Wolltuch entlang und zog eine gleißende, strahlende Linie gleich über ihre Köpfe. Thorgrims Männer sprangen instinktiv unter den Flammen hervor, während sie achtern liefen.

Mit lautem Gebrüll stieß Thorgrim auf den Schildwall, *Eisenzahn* hoch erhoben. Das Deck war nun hell erleuchtet, und er las den Ausdruck auf den Gesichtern der Iren: Furcht, Entschlossenheit und einen Zorn, der dem seinen gleichkam. Er ließ die Klinge abwärts sausen und traf einen erhobenen Schild. Er zog die Waffe zurück und versuchte, unter den Schild zu kommen, doch ein anderer wehrte den Angriff ab. Aus dem Augenwinkel sah er ein Schwert auf sich zukommen, und er hob den eigenen Schild gegen den Schlag.

Fetzen brennenden Tuchs sanken auf sie herab wie ein feuriger Schneesturm. Thorgrim verfolgte, wie eines davon auf der ungeschützten Hand eines Iren landete und der Mann sie zurückriss. Thorgrim stach zu und spürte, wie *Eisenzahns* Spitze etwas traf, auch wenn er nicht wusste, was er getroffen hatte.

Es wurde immer heller, als das Feuer mehr und mehr von dem Segel erfasste und auch auf die Rah übergriff. Es knisterte und knackte über ihren Köpfen. Thorgrim wollte sich umdrehen und sehen, wie weit sich die Flammen schon ausgebreitet hatten, doch die unnachgiebige Schildwand hielt seine Aufmerksamkeit gefangen. Er und seine Männer hackten und parierten, wehrten Hiebe ab. Er konnte dem Kampf nicht für einen Augenblick den Rücken kehren, denn er würde dabei den Tod finden.

Hinter dem Schildwall, noch achtern der Ruderpinne, stapelten die Iren zusätzliches Brennmaterial. Strohbündel, wie es aussah. Ein weiteres Anzeichen für Voraussicht und eine sorgfältige Planung. Wenn sie das Stroh ansteckten, wenn es genug Zeit bekam, um richtig Feuer zu fangen, mochte es ausreichen, um das ganze Heck wegzubrennen.

Wieder brüllte Thorgrim und hackte mit verstärktem Eifer auf den Schildwall ein. Aber die Iren hielten stand, sie griffen nicht an, hielten einfach nur mit erhobenen Schilden ihre Stellung und parierten die Angriffe mit ihren Schwertern. Thorgrims Männer drangen auf sie ein, doch auf dem schmalen Schiff konnten sie wenig ausrichten.

Zu seiner Rechten hackte Godi mit seinem großen Beil in den Schildwall. Das Blatt hob und senkte sich, und Schilde splitterten unter seinen Hieben. Schwerter schossen aus dem Wall hervor, und Godi sprang zurück. Er schwang die Axt in einem Bogen und stieß die Klingen zur Seite. Aber immer noch hielten die Iren stand.

Thorgrim vernahm ein Krachen hinter sich, und das Feuer brauste, als wäre es frisch geschürt worden. Das Licht, das auf den Schildwall fiel, strahlte heller auf, und er wusste, dass die Rah durchgebrannt und aufs Deck gefallen war; jetzt bestand ernsthafte Gefahr, dass sie den Rest des Schiffs entzündete. Aber sie konnten nicht gegen das Feuer und die Iren zugleich kämpfen.

Da hörte Thorgrim von der Stelle, wo die Rah heruntergekommen war, Agnarr rufen: »Zur Seite! Tretet zur Seite!« Thorgrim hieb ein letztes Mal nach dem Mann, der vor ihm im Schildwall stand, und in dem Moment, wo der Ire den Schild hob, um den Schlag abzuwehren, sprang Thorgrim beiseite. Außer Reichweite der feindlichen Klingen, blickte er über die Schulter in Richtung Bug.

Die Rah war in der Mitte durchgebrannt und heruntergestürzt, auch wenn die Enden noch immer auf ihren Stützen lagen, sodass die lange Spiere in einem großen, lodernden Winkel mit der Spitze nach unten auf das Deck des Schiffs wies. Die Flammen krochen inzwischen den Mast hinauf; Thorgrim musste an einen Waldbrand denken, den er einmal in Ost-Agder erlebt hatte. Die Wanten und das vordere Halteseil brannten ebenfalls und zeichneten hellflackernde Linien vor den Nachthimmel.

Die brennende Rah hatte auch die Ruder in Brand gesetzt, die daneben auf ihren Stützen lagen, und Agnarr und ein paar Männer in seiner Begleitung hatten diejenigen davon aufgehoben, die noch nicht ganz in Flammen standen. Sie hielten sie nun mit den feurigen Enden in die Höhe wie die Fackeln eines Riesen.

»Platz da!«, schrie Agnarr wieder, und Thorgrim erkannte, was er vorhatte. Er sprang beiseite, stieß einen seiner Kameraden aus dem Weg und zog einen weiteren am Ärmel mit sich. Agnarr und die anderen stürmten zum Heck und ließen die Ruder hinabsausen, als wollten sie Holz damit spalten. Die lodernden Schäfte fuhren mit der Wucht von zwanzig Pfund Kiefernholz, geschwungen in einem Bogen von fünfzehn Fuß, in den Schildwall hinein. Die Iren hoben ihre Schilde, aber es war aussichtslos. Wen eines der Ruder traf, der wurde regelrecht aufs Deck gehämmert, und von den Stangen, die zerbrachen, flogen brennende Holzstücke in alle Richtungen. Die Ruder, die erhalten blieben, wurden erneut angehoben und wieder gegen die Iren geschwungen.

Der Schildwall, der einen Augenblick zuvor noch eine undurchdringliche Verteidigungslinie von Steuerbord bis Backbord gebildet hatte, war nun aufgebrochen und löchrig wie eine eingestürzte Festungsmauer. Thorgrim und seine Begleiter stürmten mit einem Schlachtruf wieder voran. Das Feuer an Mast und Takelage beleuchtete die angeschlagenen, verzweifelt kämpfenden Iren. Ein paar von ihnen wichen zurück, die Schilde hoch erhoben, andere versuchten, wieder auf die Füße zu kommen. *Eisenzahn* schwang auf und ab und streckte die Männer nieder, die wieder in Stellung gehen wollten. Zu seiner Rechten sah Thorgrim, wie Godi sich mit der Axt einen Weg bahnte wie ein Bauer, der mit der Sense Weizen mähte.

Die Iren waren erledigt, und sie wussten es. Thorgrim duckte sich und wich einem irischen Schild aus, der nach ihm geworfen wurde, als der Eigentümer über den Bootsrand sprang und vermutlich in ein längsseits festgemachtes *Curragh* fiel. Der Rest, der noch auf den Beinen war, folgte seinem Beispiel. Sie warfen die Waffen zur Seite und verschwanden mit einem Satz über das Dollbord. Die Nordmänner setzten ihnen im Blutrausch nach. *Eisenzahn* sauste durch die leere Luft, wo sich einen Augenblick zuvor der letzte der Iren über dem Rand geschwungen hatte. Die Schneide, von Starri dem Unsterblichen zu äußerster Schärfe geschliffen, grub sich tief in den eichenen Plankengang, und Thorgrim hatte Mühe, sie wieder freizukriegen.

Einen Moment lang stand er da, den Schild an der Seite, *Eisenzahn* mit der Spitze auf das Deck gestützt. Tief atmete er die kühle Nachtluft ein. Die Szene war so hell erleuchtet, als stünde er neben einem Begräbnisfeuer, und genau das tat er auch – ein Begräbnisfeuer für das Schiff, wenn sie nicht schnell etwas taten.

»Werft alles über Bord, was brennt!«, befahl er, und die gleichfalls atemlosen Männer setzten sich wieder in Bewegung. Sie sammelten die Splitter der Ruder ein, hoben brennendes Tauwerk mit Axt und Schwert an, fanden Stellen, wo sie die feurige Rah ergreifen konnten, ohne sich die Hände zu versengen. Thorgrim schaufelte brennendes Stroh mit dem Schild über Bord. Er stieß *Eisenzahn* in ein Stück der Rah, das einem Holzscheit im Kamin glich, und schleuderte es vom Schiff. Mit lautem Zischen landete alles im Wasser.

Eine Bewegung am Bug erregte seine Aufmerksamkeit. Er fuhr herum und glaubte zuerst, dass die Iren zurückgekehrt waren, dass sie sich zum Vorderende des Schiffes durchgearbeitet hatten und hofften, die Nordmänner überrumpeln zu können. Aber es waren keine Iren. Es waren Dänen. Thorgrim erkannte Bersi, der seine Männer über die Reling führte. Sie waren zum Kampf bereit, und Thorgrim las die Verwirrung auf ihren Gesichtern, als sie das Geschehen überblickten und herauszufinden versuchten, was los war.

»Du hast den Spaß verpasst, Bersi, bist zu spät zum Fest gekommen«, rief Thorgrim. »Wir haben euch Dänen nichts übrig gelassen, außer das Herdfeuer auszumachen und zu Bett zu gehen!«

»Ihr verdammten Norweger behaltet immer alles für euch selbst«, antwortete Bersi und wandte sich dann seinen Leuten zu: »Also los! Lasst uns dieses Feuer auskriegen, sonst muss Grimarr der Riese zurück nach Haithabu laufen!«

Bersis Männer kamen achtern und halfen Thorgrim, die immer noch brennenden Stücke von Segel, Rah, Rudern und Wanten über Bord zu werfen. Mit einem Anflug von Entsetzen erinnerte Thorgrim sich an die *Weitfahrer*. Rasch blickte er in Richtung des Liegeplatzes, sah aber nichts als Dunkelheit. Seine Angst legte sich. Wenn die Iren auch die *Weitfahrer* in Brand gesteckt hätten, wären die Flammen nicht zu übersehen gewesen. Dunkelheit bedeutete, dass sein Langschiff unversehrt war.

Und dann musterte er seine Männer. Er konnte nur Schatten unterscheiden, dunkle Umrisse, die sich durch die Nacht bewegten, nachdem die letzten Flammen erloschen waren. Doch zu seiner Überraschung erkannte er, dass Starri nicht bei ihm war. Genauso wenig wie Harald.

12. Kapitel

Mit unheilvollem Klang der Spieß
auf des Schwertes Klinge stieß,
so wie der giftig' Biss vom Pfeile
des Kriegers Fleisch und Knochen teile.

EGILS SAGA

Harald Thorgrimson hatte mit Starri neben der *Weitfahrer* gestanden, als sein Vater die Männer in Gruppen aufteilte, sodass alle Schiffe geschützt wurden. Er fand sich in jener Schar wieder, die dem am weitesten stromauf gelegenen zugewiesen war.

Er wollte nicht dorthin. Er wollte bei seinem Vater bleiben, weil er glaubte, dass Thorgrim seinen Schutz brauchen konnte. Sein Vater war noch geschwächt von der Wunde, die er bei Tara davongetragen hatte, und er war längst nicht mehr so jung, wie er einmal gewesen war. Harald hätte das niemals so ausgesprochen, und tatsächlich hätte er auch nie hingenommen, dass ein anderer das Können des Nachtwolfs infrage stellte. Er war sich dieser Gedanken nicht einmal selbst ganz bewusst. Harald war kein Mann, der allzu sehr über seine Motive nachgrübelte. Er wusste einfach nur, dass er seinen Vater nicht verlassen wollte, wenn ein Kampf anstand.

Starri wollte Thorgrim ebenfalls nicht von der Seite weichen, wenn auch aus einem vollkommen anderen Grund: Die Götter schienen stets irgendwelche Hindernisse in Thorgrims Pfad zu legen, und somit war das genau der Weg, auf dem Starri am liebsten reiste. Er trug immer noch eine eiserne Pfeilspitze um den Hals, die Thorgrims Schwertklinge kurz vor einem Gefecht hatte. Der hatte das als eine dieser Merkwürdigkeiten abgetan, die sich oft in der Schlacht ergaben, aber Starri glaubte es nicht. Er erkannte darin ein deutliches Zeichen, dass Thorgrim von den Göttern gesegnet war. Warum sonst würden sie ihn derart auf die Probe stellen, wenn sie nicht sehen wollten, wie er sich bewährte? Starris größte Furcht war es, friedlich im Bett zu sterben, und an Thorgrims Seite erwartete er nicht, dass sich diese Furcht bewahrheiten könnte.

Keiner von beiden wollte Thorgrim also verlassen, doch genauso wenig wollten sie mit ihm diskutieren oder sich seiner Anweisung widersetzen. Darum liefen sie auf das am weitesten entfernte Schiff zu, gemeinsam mit den anderen fünfzehn Männern, die Thorgrim dorthin geschickt hatte.

Wie immer wollte Harald der Erste am Kampfplatz sein, und wie üblich war er der Zweite. Starri der Unsterbliche, mit seinen langen Beinen und angetrieben von blinder Raserei, war stets der Schnellste. Monatelang hatten sie in Dubh-Linn festgesessen und auf Thorgrims Genesung gewartet, und außer einer gelegentlichen trunkenen Rauferei in der Festhalle hatte Starri in all dieser Zeit nicht ein einziges Mal kämpfen können. Jetzt stürzte er sich in die Schlacht wie ein Mann, der von einer langen Seereise heimkommt und an die Seite seiner Geliebten eilt.

Harald keuchte, als er die Stelle am Ufer erreichte, vor der das Schiff angebunden lag. Dennoch wurde er nicht langsamer, während er durch das kalte, rasch dahinströmende Wasser pflügte. Starri war bereits an Bord und verschwand gerade hinter der Bordwand, als Harald nach dem Dollbord griff und sich darüberzog. In so einer Situation wäre es am schlausten gewesen, erst einmal alle Männer zu versammeln und dann gemeinsam anzugreifen. Natürlich tat Starri nichts dergleichen.

Harald ließ sich aufs Deck plumpsen und zog dabei sein Schwert *Vergeltung*. Er verharrte in gehockter Stellung, mit dem Schild in der anderen Hand. Backbord und Steuerbord kletterten weitere Wikinger über den Bootsrand, aber Starri war schon halb das Deck entlanggelaufen, die Streitaxt hoch erhoben und mit diesem schauerlichen Schrei auf den Lippen, den Harald, so sehr er es auch versuchte, einfach nicht nachzuahmen vermochte.

Die Iren standen achtern. Das an der Rah eingerollte Segel war bereits in Brand gesetzt, und im Flammenschein sah Harald die entsetzten und furchtsamen Gesichter der Iren, die vor Schreck erstarrt dastanden wie hölzerne Figuren.

Starri rammte kopflos auf sie zu, und die Iren hatten keine Ahnung, was geschehen würde. Harald schon. Er hatte es zu oft erlebt in dem einen Jahr, da er an Starris Seite kämpfte. Der Berserker tat einen Satz und landete auf der letzten Ruderbank, holte dort aber nur Schwung und stieß sich gleich wieder ab. Er flog auf die Männer zu, die sich auf dem Achterdeck drängten, und ließ seine Axt dabei kreisen.

Ein paar der irischen Krieger hoben geistesgegenwärtig die Schilde, als Starri sprang. Der Berserker warf sich mit der Schulter dagegen, seine Axt wirbelte, und dann gingen sie alle – Starri, die Iren, die Schilde – in einem großen, wogenden Haufen zu Boden.

»Kommt! Kommt! Auf sie!«, schrie Harald. Er schwang *Vergeltung* und rannte zum Heck. Er besaß keine Befehlsgewalt über die Männer, aber es war auch niemand da, der mehr Autorität gehabt hätte. Also hörten sie auf ihn, denn er sprach wie ein Mann, auf den man hörte, und er war Thorgrims Sohn.

Es war ein kopfloser Ansturm unter dem Schein des brennenden Segels. Die Flammen rasten auf den Bug zu, während Harald und die anderen achtern liefen. Harald sah das Blut auf Starris Streitaxt glitzern, als die Waffe sich aus dem Getümmel hob und niederfiel. Ihr Besitzer blieb in dem Durcheinander begraben und unsichtbar.

Harald traf auf den ersten der irischen Krieger. Ihre Schwerter klirrten aufeinander, ein Laut wie von einer gesprungenen Glocke. Einen Moment standen sie da, reglos, die Waffen gegeneinandergepresst. Dann schob Harald mit purer Muskelkraft die Klinge des Mannes nach hinten. Der Ire stieß hart mit dem Schild zu, um wieder die Oberhand zu gewinnen. Aber Harald wich dem Stoß einfach aus und trat zurück. Der Ire hatte Widerstand erwartet und stolperte nach vorn. Harald sah den erschreckten Ausdruck auf seinem Gesicht, die kurze Erkenntnis, dass er einen Fehler gemacht hatte, den letzten in seinem Leben. Dann fuhr *Vergeltung* auf seinen Hals herab.

Starri war auf den Beinen. Er hatte es geschafft, sich aus dem Gewirr zu befreien und mit seiner fast übernatürlichen Beweglichkeit wieder aufzuspringen. Er schwang die Axt in weitem Bogen. Die Iren wichen vor ihm zurück, doch das nach hinten spitz zulaufende Heck engte sie ein. Sie saßen in einer Falle, wie Wild, das zum Schlachten in ein Gatter getrieben worden war. Hätten sie Speere gehabt, oder Bögen, dann hätten sie Starri vielleicht erwischen können, bevor er an sie herankam. Aber Harald nahm an, dass sie diese unhandlichen Waffen nicht vom Boot zum Schiff und zurück hatten schleppen wollen.

So furchterregend Starri auch wirkte, die Iren waren noch nicht bereit, schon aufzugeben oder einfach zu sterben. Diejenigen, die nicht in Reichweite von Starris Beil waren, lösten sich aus dem Getümmel und versuchten, ihn zu umgehen. Sie hofften wohl, an den Rasenden heranzukommen, wenn er gerade in eine andere Richtung schaute. Aber Starri war nur eines ihrer Probleme. Harald und seine Begleiter drangen mit erhobenem Schwert und Schild immer weiter zum Heck vor. Über dem Deck brannte das Ende der Rah durch und stürzte als feuriger Haufen aus Holz und Tuch zwischen die Iren. Diese sprangen davor zurück, eben als Harald und seine Mannen auf ihre kaum geschlossene Reihe prallten.

Schilde stießen klappernd aneinander, Eisen traf auf Eisen. Die Iren überschütteten die Nordmänner mit Hohn und Beleidigungen, auch wenn das ziemlich sinnlos war, da außer Harald keiner der Wikinger die Worte verstand.

Tote und Verwundete lagen um Starri verstreut, und er kletterte nun auf die Leiber, um von der erhöhten Position aus weiter nach achtern vordringen zu können. Aber für die Iren – eingeklemmt zwischen Starri und dem von Harald angeführten Vorstoß – war der Kampf vorbei. Sie hatten erreicht, wofür sie gekommen waren; Segel, Rah und Mast brannten lichterloh. Kämpfend wichen sie zurück und stiegen oder sprangen über das Dollbord in die Dunkelheit darunter. Durch das Knistern der Flammen und das Gebrüll der Kämpfer hörte Harald, wie ihre Füße dumpf auf dem Boden der Curraghs aufkamen, die offenbar längsseits festgemacht waren.

»Haltet ihn! Haltet ihn fest!«, schrie Harald und wies auf Starri den Unsterblichen, der sich gerade über den Bootsrand hinter dem Feind herschwingen wollte. Ein halbes Dutzend Männer packte Starri widerstrebend an Armen und Beinen und zerrte ihn zurück. Starri kreischte und heulte und trat um sich, stürzte ein weiteres Mal in tiefe Verzweiflung, weil er sich am Ende eines Kampfes noch am Leben fand. Seine Bordkameraden drückten ihn zu Boden, was nicht einfach war, doch sie wussten aus Erfahrung, dass der Anfall bald vorüber sein würde. Die übrigen Nordmänner warfen brennende Holzstücke und Segelfetzen über Bord.

Harald beobachtete, wie die lodernden Trümmerteile Sternschnuppen gleich durch die Luft flogen und verloschen, sobald sie die Oberfläche des Flusses trafen. Aber seine Gedanken waren schon ganz woanders.

Das alles muss mit diesem Schatz aus Fearna zu tun haben, dachte er. *Die Iren, dieser Lorcan. Er ist genauso begierig dahinterher wie Grimarr.*

So musste es sein. Wenn Lorcan das Land beherrschte, konnte Grimarr den Schatz nur über das Meer erreichen. Und wenn er nicht mehr über das Meer zu dem Schatz gelangen konnte, weil seine Schiffe verbrannt waren, dann würde er ihn gar nicht kriegen.

Aber Lorcan weiß nicht, wo der Schatz sich befindet, noch weniger als Grimarr, dachte Harald. *Conandil allein weiß, wo er verborgen liegt. Ohne Conandil werden sie das Silber niemals finden.*

Bei diesem Gedanken durchfuhr ihn ein Schrecken, und er fühlte eine flaue Leere im Magen. Er rannte zu Starri, der immer noch auf dem Deck festgehalten wurde. Er schlug schon viel schwächlicher um sich und wehrte sich allenfalls halbherzig.

»Starri!«, schrie Harald. »Du musst mit mir kommen! Der Kampf ist nicht vorbei, wenn ich richtigliege! Ihr müsst alle mit mir kommen!«

Er wartete nicht auf eine Antwort, und richtete sich gleich wieder auf, lief zum Bug und schwang sich über die Reling. Zolltief sank er in den Schlamm, befreite die Füße wieder und rannte zum Ufer. Er dachte daran, seinen Vater zu suchen, die ganze Besatzung der *Weitfahrer* zu versammeln. Aber er glaubte nicht, dass ihm genug Zeit dafür blieb. Also eilte er stattdessen über die grasbewachsene Fläche entlang des Flusses, die ihm inzwischen so vertraut geworden war, dass er selbst bei schwachem Licht leicht seinen Weg darauf fand. Durch die Sohlen seiner Schuhe spürte er, wie der Boden sich veränderte, Bretter statt Wiese: der Anfang des Bohlenwegs! Harald raste weiter bergauf, den Hügel empor und auf Grimarrs große Halle zu.

Hinter sich hörte er die anderen, und ein Blick über die Schulter zeigte ihm, das Starri gleich bei ihm war. Sein Gesicht war dunkel vor Blut, die Streitaxt hielt er in der Hand. Dieses Mal konnte er nicht vor Harald laufen, weil er nicht wusste, wohin sie unterwegs waren.

Einhundert Fuß vom Fluss entfernt führte der Bohlenweg über eine kleine Anhöhe, die ihnen die Aussicht auf die Stadt dahinter blockierte. Aber Harald hörte, dass ihnen jemand entgegenkam. Dänen, vermutlich. Harald wurde langsamer und hielt an, hob den Arm, damit auch die anderen anhielten. Sie durften jetzt nicht in einen Kampf mit den Falschen geraten.

Die Dänen stürmten über die Anhöhe, Waffen in der Hand, Schilde an den Armen, und Harald konnte sehen, wie überrascht sie waren, als ihnen auf ihrem eigenen Bohlenweg Bewaffnete entgegenkamen. Stolpernd kamen sie zum Stehen, hoben die Waffen und Harald rief: »Nein! Halt! Wir sind es, die *Weitfahrer*, die Norweger! Die Iren greifen eure Schiffe an, aber ich glaube, dass sie es auch auf Grimarrs Haus abgesehen haben! Kommt mit mir!«

Einer der Dänen trat vor, ein älterer Bursche mit einer hässlichen Narbe auf der Wange. Harald erkannte ihn, hatte aber bis jetzt nie mit dem Mann geredet, der ihn jetzt aus zusammengekniffenen Augen musterte, bis er ihn ebenfalls erkannte.

»Wir sehen das Feuer auf den Schiffen«, sagte er. »Wir hören den Kampf dort. Und wo wollt ihr hin?«

»Zu Grimarrs Haus. Da wird es auch einen Kampf geben.«

»Ihr kommt mit uns«, widersprach der Mann. »Wir lassen

euch Hurensöhne bestimmt nicht bewaffnet in der Stadt rumlaufen. Oder weißt du etwa ganz genau, dass der Kampf am Fluss stattfindet, und rennst darum in die entgegengesetzte Richtung?«

Einen langen Augenblick über starrten er und Harald einander an. Normalerweise hätte Harald es keinesfalls durchgehen lassen, dass jemand seinen Mut derart infrage stellte, aber jetzt wollte er den Kerl einfach nur loswerden. So antwortete er: »Euch Dänen gebührt die Ehre, als Erste in die Schlacht zu ziehen. Führt uns an.«

Das Narbengesicht grinste und verzog triumphierend die Lippen, nur eine kleine, kaum merkliche Geste. Dann machte der Mann kehrt und trabte weiter die Straße hinab, die übrigen Dänen hinterher. Sobald sie vorüber und alle in der Dunkelheit verschwunden waren, drehte Harald sich wieder um und rannte den Bohlenweg hinauf. Seine Männer folgten ihm.

Dämlicher Bastard …, dachte er.

Sie rückten weiter vor. Die Nacht wurde stiller, als der Kampf am Fluss hinter ihnen zurückblieb. Grimarrs Haus ragte vor ihnen auf, und schon aus dieser Entfernung konnte Harald erkennen, dass der Eingang teilweise offen stand. Er lief schneller und umfasste den Schwertgriff fester.

Sie erreichten die Schwelle, aber aus Grimarrs Halle drangen keine Kampfgeräusche. Mit *Vergeltungs* Spitze schob Harald die Tür ganz auf. Das Herdfeuer war beinahe runtergebrannt, doch in dem schwachen Licht konnte er die massigen Umrisse von Grimarrs Körper sehen, der auf dem Boden ausgestreckt lag, zwei weitere Männer neben ihm – Dänen. Sie waren eindeutig in einem heftigen Kampf gefallen, einer ganz in der Nähe der Tür, in einer sich ausbreitenden Blutlache, die im Flammenschein glänzte.

»Conandil?«, rief Harald. »Conandil, hier ist Harald, bist du da?« Er sprach Irisch, aber es kam keine Antwort. Harald hatte das auch nicht erwartet.

Er trat zurück nach draußen, wo die anderen auf ihn warteten, und sah sich um. Hatte man sie zum Fluss gebracht? Er würde sich wie ein Dummkopf vorkommen, wenn er seine Leute jetzt zurückführen musste, nachdem er sie den ganzen Weg vom Leitrim bis zu Grimarrs Haus hatte laufen lassen.

Und dann bemerkte er etwas, was er noch nie hier erlebt hatte: Die großen Tore aus Eichenholz, die durch den Erdwall des Longphorts ins irische Hinterland führten, standen offen. Gerade weit genug, dass ein Mann sich hindurchzwängen konnte. Aber seitdem Harald dieses Tor zum ersten Mal gesehen hatte, war es stets geschlossen gewesen.

»Kommt, da entlang«, rief er und rannte zum Tor. Er zog es ein Stück weiter auf und stürmte hinaus in das unbekannte Gelände dahinter. Harald wurde bewusst, dass die Iren längst fort sein mussten, wenn sie beritten waren. Andererseits wäre es ihnen schwergefallen, zu Pferd ungesehen an den Wall heranzukommen.

Die Landschaft rings um den Longphort war in Dunkelheit getaucht, und Harald sah keine Spur menschlicher Besiedlung dort draußen. Der Mond war über die Bäume gestiegen, und die Vík-ló umgebenden Hügel sowie die Straße, die weiter ins Landesinnere lief, waren gerade eben zu erkennen. Harald blieb stehen und wartete, bis sich mehr und mehr Einzelheiten aus der Finsternis schälten – einzelne Baumgruppen, eine Rinderherde der Dänen, die auf der Wiese lag. Und dann, endlich, eine kleine Schar Menschen, die sich rasch den Weg entlang entfernte.

Starri entdeckte sie einen Augenblick früher als Harald. »Dort!«, schrie er und sprang davon wie ein Kaninchen, das von einem Hund aufgeschreckt worden war. Aus dem Stand erreichte der Berserker in zwei Schritten seine volle Geschwindigkeit.

»Pass auf das Mädchen auf!«, rief Harald und jagte hinter Starri her. »Pass auf das Mädchen auf!« Vor seinem geistigen Auge sah er Starri im Berserkerrausch, wie er Conandil zusammen mit dem Rest der Iren in Stücke hackte.

Es war schwer, im Mondlicht etwas auszumachen, und noch schwerer war es, während man lief. Aber Harald glaubte zu erkennen, dass die Gruppe vor ihnen sie bemerkt hatte und sich auf den Angriff vorbereitete. Die Masse der dunklen Gestalten schien innezuhalten und auseinanderzufächern. Harald nahm an, dass sie kehrtmachten und eine Linie gegen die Angreifer bildeten. Die Iren waren gut hundert Schritte entfernt, und sie hatten den Vorteil, dass Harald und seine Männer jetzt schon außer Atem waren und noch viel atemloser wären, wenn sie den Rest der Strecke zurückgelegt hatten. Doch daran ließ sich nichts ändern.

Los geht's, los geht's, dachte Harald. *Wir stürzen uns in die Schlacht.* In wenigen Augenblicken würden sie ein weiteres Mal mit Schwertern und Beilen aufeinander eindreschen. Die Furcht, die er jetzt noch empfand, würde einer merkwürdigen Ruhe weichen, die er bereits in zahlreichen Kämpfen erlebt hatte. Ein Bild erschien in seinem Kopf, und er kannte es gut. Es war immer dasselbe Bild, blutig und erschreckend, das jedes Mal kurz vor einem Gefecht in ihm aufstieg: eine Streitaxt, wie sie tief in seinen Körper drang, genau da, wo Hals und Schulter aufeinandertrafen, wie das Blatt Schlüsselbein und Wirbelsäule spaltete.

Harald konnte diese Vorstellung und das ganz besondere Entsetzen, das damit einherging, nicht abschütteln. Er wusste selbst nicht, warum das so war. Ein Axthieb gegen den Kopf, ein Schwert in den Bauch – auch das waren beängstigende

Möglichkeiten, und eine durchaus reale Gefahr. Doch aus irgendeinem Grund erschütterte ihn der Gedanke an eine Axt, die ihn von der Schulter abwärts teilte, ungleich mehr als jeder andere denkbare tödliche Treffer. Kurz vor einem Kampf stieg das Bild stets ohne sein Zutun ins Bewusstsein auf.

Die Männer von der *Weitfahrer* hatten die Hälfte des Weges zurückgelegt, als Harald die Waffen in den Händen der Feinde ausmachen konnte. Einige hielten Schilde, aber die meisten nicht. Und es waren auch nicht viele Gegner, vielleicht zehn. Weniger als sie waren, auch wenn die Iren längst nicht so schwer um Atem rangen wie Harald.

Los geht's … Los geht's …

Starri griff als Erster an. Er sprang hoch in die Luft, mit wirbelnder Axt, und im nächsten Augenblick waren er und seine Gegner nur eine wogende Masse in der Dunkelheit. Haralds Aufmerksamkeit wandte sich der Gestalt im Zentrum der feindlichen Linie zu, einem Mann, der einen Kopf höher aufragte als alle anderen. Das Mondlicht schimmerte auf dem Blatt seiner riesigen Streitaxt. Das war eine Wikingerwaffe und nichts, was bei den Iren sonderlich verbreitet wäre. Die Art, wie er sie hielt, legte indes nahe, dass er damit umzugehen verstand.

Lorcan …, dachte Harald. Das musste Lorcan selbst sein! Harald kannte die Geschichten, und dieser Krieger, der wie ein Bär auf den Hinterbeinen vor ihm aufragte, passte dazu. Und obwohl der Anblick der Axt Haralds Grauen wieder heraufbeschwor, lenkte er seine Schritte genau auf Lorcan zu. Er dachte nicht darüber nach und traf auch keine bewusste Entscheidung, dem Hünen persönlich entgegentreten zu wollen. Er bewegte sich einfach in seine Richtung, weil das seinem Wesen entsprach.

Zwanzig Fuß vor dem Ziel spürte Harald zwar die Erschöpfung, aber auch den Schwung seines langen Ansturms und eine Woge frischer Kraft, die ihm stets vor einem Kampf durch den Leib fuhr. Lorcan stand direkt vor ihm, mit ausgebreiteten Armen, als wolle er Harald zur Begrüßung umarmen. Doch der Anblick der großen Streitaxt in seiner Rechten strafte die Geste Lügen. Im schwachen Licht erkannte Harald Einzelheiten: blasse Haut und dunkle Augen kennzeichneten jene Teile von Lorcans Gesicht, die nicht von dem ungeheuren Bart verdeckt waren.

Harald wusste nun, wie er angreifen würde, obwohl er vorher keinen Gedanken daran verwendet hatte. Sein Körper reagierte einfach so, wie er es eingeübt hatte, Stunde um Stunde, Woche um Woche, seit Jahren. Als zweiter Sohn, erfüllt von der Sorge, dass er im Kampf versagen könnte, hatte er viel von seinem kurzen Leben damit zugebracht, allein mit Schwert, Schild und Beil zu üben, sowohl auf die Art, die sein Vater ihn gelehrt hatte, wie auch mit eigenen Methoden.

Und das hier war eine davon: Im Sturmangriff, vier Fuß von Lorcan entfernt, stieß Harald sich vom Boden ab. Sein massiger Leib flog auf den Gegner zu, genau wie Starri. Aber im Gegensatz zu Starri, der sich mit der Brust voran auf den Feind warf und damit einen Tod einlud, der einfach nicht zu ihm kommen wollte, hob Harald beide Füße und ließ sie gegen Lorcans Brust krachen. Eine Masse von fast zwei Zentnern raste mit unaufhaltsamer Wucht auf ihr Ziel zu.

Im Mondlicht sah Harald den Schreck auf Lorcans Gesicht. Dass sie so unerwartet kam, war die größte Stärke dieser Bewegung. Lorcans Beil schwang heran, als der riesenhafte Kerl versuchte, den Angreifer noch zu erwischen. Aber es war bereits zu spät, und Harald wusste es. Seine Füße trafen Lorcan hart. Der taumelte zurück und ruderte dabei mit der Axt.

Als er jünger war, hatte Harald diesen Angriff an den mächtigen Tannen auf dem Hof seines Vaters erprobt, bis er erkannt hatte, dass er sich selbst viel seltener verletzte, wenn er mit Heubündeln übte. Als er jetzt gegen Lorcan stieß, fühlte er sich wieder an die Bäume erinnert. Der Ire wirkte fast ebenso unnachgiebig, und als Harald zu Boden ging, fragte er sich, ob er bei dem Mann überhaupt etwas ausgerichtet hatte.

Hatte er. So viel konnte er erkennen. Er hatte Lorcan glatt umgestoßen. Ein Nachteil dieses Manövers bestand darin, dass Harald ebenfalls hinfiel. Doch er wusste, was er zu erwarten hatte, und kam darum schneller wieder auf die Beine als sein völlig überraschter Gegner.

Wie der Blitz war Harald aufgesprungen und stürzte sich auf den weiterhin auf dem Rücken liegenden Lorcan. Den Schild in der Linken, griff er geradewegs mit *Vergeltung* an und versuchte, die Spitze des Schwertes in Lorcans massigen Leib zu stoßen. Aber der war jetzt darauf vorbereitet, so verblüfft er auch gewesen sein mochte. Das Beil schwang heran und hätte Harald in zwei Teile geteilt, hätte es sich vorher nicht in den Schild gegraben.

Harald wankte, doch *Vergeltung* stieß weiter vor. Da riss Lorcan das rechte Bein nach oben und trat Harald das Schwert aus der Hand. In einer fließenden Bewegung nutzte Lorcan den Schwung seines Tritts, rollte herum und kam auf die Füße. Seine Axt löste sich aus Haralds Schild, wobei das Holz splitterte.

Harald sprang rückwärts, als die Axt wieder auf ihn zusauste. Er hörte das Blatt durch die Luft zischen und wich noch ein Stück zurück. *Vergeltung* lag irgendwo zu seiner Rechten auf dem Boden, aber er konnte den Blick nicht lang genug von Lorcan abwenden, um danach zu suchen. Die kleinste Unaufmerksamkeit, und Lorcan würde seinen Kopf spalten wie Klafterholz.

»Verdammter Hundesohn!«, brüllte Lorcan zornentbrannt. Mit einem Satz nach vorne schlug er zu, schneller, als Harald es bei einem Mann dieser Größe für möglich gehalten hätte. Harald riss die Reste des Schilds in die Höhe, und die Axt verkeilte sich im Holz, wie Harald gehofft hatte. Er verdrehte den Schild, um Lorcan das Beil aus der Hand zu reißen.

Zumindest war das seine Absicht. Stattdessen stellte er fest, dass er den Schild überhaupt nicht bewegen konnte; es fühlte sich an, als wäre er am Mast eines Schiffs festgenagelt. Lorcan war stärker als jeder Mann, dem Harald je begegnet war. Harald stutzte noch verblüfft, da riss Lorcan schon die Axt zurück und zog Haralds Schild gleich mit. Harald, abgelenkt von diesem Tauziehen, sah die linke Hand des Hünen nicht rechtzeitig kommen. Die Faust traf seinen Kopf und ließ ihn zurücktaumeln. Der Schild entglitt endgültig seinem Griff. Lorcan und die Männer um sich herum nahm er nur verschwommen wahr.

Eine Stimme in seinem Inneren schrie eine Warnung. Er war nur einen Augenblick vom Tod entfernt! Aber er war viel zu benommen, um zu handeln, und hatte Mühe, überhaupt auf den Beinen zu bleiben. Da liefen Männer zu beiden Seiten an ihm vorüber, und Lorcan, von dem er den tödlichen Schlag erwartet hatte, trat zurück und hob die Axt, um sich zu verteidigen.

Haralds Blick klärte sich wieder, und er blinzelte die Tränen aus seinen Augen. Er sah zwei Kameraden von der *Weitfahrer*, die Lorcan in die Zange nahmen. Der riesige Ire schwang die Axt und hielt sie auf Abstand, während sie ihn umkreisten wie Hunde einen Bären und versuchten, mit ihren Schwertern eine Lücke zu finden.

Harald schüttelte den Kopf. Er sah sich um. Die Nordmänner kämpften überall um ihn, und mit Erfolg. Die Iren wichen zurück und wehrten sich so unentschlossen, als stünden sie kurz vor der Flucht. Harald hatte es oft erlebt und erkannte die Anzeichen.

Dann erblickte er Conandil. Sie stand abseits, war an der Stelle geblieben, wo Lorcans Krieger sie eben noch umringt hatten. Aber diese Männer kämpften jetzt um ihre eigenen Leben und konnten sich nicht mehr mit ihr abgeben. Tatsächlich schien niemand auch nur einen Gedanken an das Mädchen zu verschwenden. Harald stürmte vor, schlug einen Bogen um die Iren, die ohne Erfolg versuchten, Starri den Unsterblichen mit ihren Klingen zu erwischen. Er sprang über einen leblosen Körper, fasste Conandil am Arm, und sie schaute überrascht zu ihm auf.

»Es ist in Ordnung, alles ist in Ordnung.« Harald erinnerte sich erst im letzten Augenblick daran, Irisch zu sprechen. »Wir retten dich, wir retten dich.«

Und dann wurden diese Worte wie durch Zauberei wahr, noch während er sie sprach. Wie ein Mann fuhren die Iren herum und flohen, rannten hinaus in die Dunkelheit. Nur Lorcan bemerkte nicht, dass der Kampf vorüber war, oder er wollte es nicht erkennen. Er brüllte und schwang die Axt, als die Nordmänner immer zahlreicher auf ihn eindrangen. Schließlich blickte er sich um. Er suchte seine Krieger und erkannte, dass niemand mehr da war.

Endlich schien auch er zu begreifen, dass es vorbei war. Es gab Zeiten, da musste ein Mann standhalten und bis zum Tod kämpfen, aber dieser nächtliche Überfall gegen eine erdrückende Übermacht war keine solche Gelegenheit.

Mit einem letzten Brüllen und einem ausholenden Schwung der Axt wich Lorcan zurück, dann ein Stück weiter, und die Nordmänner folgten ihm nicht. Schließlich war der Abstand zwischen dem Iren und den Norwegern groß genug, und Lorcan kehrte seinen Feinden den Rücken zu und rannte los.

Harald hielt Conandil immer noch am Arm. Jetzt nahm er ihren anderen Arm und schaute ihr in die Augen. »Alles ist gut«, sagte er leise. »Ich habe dich. Du bist in Sicherheit.«

Und zu Haralds Überraschung glitten ihre Mundwinkel herab, ihre Augenbrauen schoben sich zusammen. Schon wollte Harald sie fragen, ob sie verletzt worden war, da fuhr ihre rechte Hand heran und traf ihn hart auf die Wange.

13. Kapitel

Mit all ihren dröhnenden Schlägen
brachen sie nicht meinen Schild,
gut beschirmte er den Dichter.
GISLI SURSSONS SAGA

Grimarr der Riese war nicht tot. Das überraschte Thorgrim.

Sobald die Iren vertrieben waren, die Dänen eintrafen und Thorgrim es ihnen überlassen konnte, die Schiffe vor den Flammen zu retten, hatte er sich auf die Suche nach Harald begeben. Er nahm ein Dutzend Männer mit, weil er immer noch nicht sicher war, wie die Dinge in Vík-ló standen. Sie folgten dem Bohlenweg und stiegen die flache Anhöhe zu Grimarrs Halle empor. Thorgrim kannte seinen Sohn und ging davon aus, dass dieser losgezogen war, um Conandil zu beschützen.

Sie fanden den Eingang von Grimarrs Haus offen vor. Im Innern war es still, dennoch rückten sie vorsichtig vor: Sie wussten nicht, was sie erwartete. Thorgrim trat als Erster ein, *Eisenzahn* in der Hand. Es hatte einen Kampf gegeben, so viel war klar, und wie es schien, hatten die Dänen den Kürzeren gezogen. Ein Mann lag tot in einer Blutlache gleich hinter der Tür. Im schwindenden Schein des Herdfeuers erblickte Thorgrim zwei weitere. Einer davon war Grimarr der Riese, wie Thorgrim anhand der Größe des daliegenden Leibes annahm. Der andere mochte Sandarr sein, Grimarrs Sohn, aber

Thorgrim war nicht sicher. Das Licht reichte allerdings aus, um schon anhand der Kleidung zu erkennen, dass es sich bei keinem von beiden um Harald handelte, und das war das Einzige, was Thorgrim wirklich interessierte.

Agnarr trat an Thorgrim vorbei und nahm eine erloschene Fackel aus ihrer Halterung an einem Balken. Er stieß das Ende in die schwache Glut des Herdfeuers. Es zischte und knisterte, dann sprangen die Flammen über, und Agnarr schritt durch den Raum. Thorgrim und der Rest der Schar folgten ihm.

Das Licht der Fackel fiel auf Grimarrs unnatürlich bleiches Gesicht. Der riesige Mann lag mit offenem Mund auf der Seite. Eine Platzwunde zog sich von seiner Schläfe bis zur Wange. Zwei Fuß von ihm entfernt lag ein Bratspieß auf dem mit Stroh bedeckten Boden aus gestampftem Lehm; eine drei Fuß lange und fast einen Zoll dicke Eisenstange, die als Waffe durchaus ausreichte, um sogar Grimarr zu fällen.

Thorgrim stieß den Dänen mit dem Zeh gegen die Schulter und rollte ihn auf den Rücken, und zu jedermanns Überraschung stöhnte er. Thorgrim zuckte zusammen und wäre beinahe zurückgesprungen. Er spürte, wie er rot wurde vor Verlegenheit, aber zum Glück schnappte hinter ihm jemand hörbar nach Luft, was noch peinlicher war und Thorgrim im Vergleich nicht mehr ganz so beschämt dastehen ließ.

Er kniete neben Grimarr nieder. »Agnarr, bring die Fackel her«, sagte er. Thorgrim leuchtete Grimarr ins Gesicht, dann löste er die Brosche, die den schweren Mantel hielt, und schlug das Kleidungsstück zur Seite. Der Fackelschein fiel auf Grimarrs Leib, und Thorgrim erwartete, die Tunika des Mannes blutdurchtränkt zu finden. Aber da war nichts.

Grimarr stöhnte wieder und bewegte langsam den Kopf. Thorgrim stand auf. Grimarrs Augenlider flatterten und öffneten sich. Thorgrim beugte sich über ihn. »Grimarr …«, sagte er. »Hier ist Thorgrim, aus Vik. Wer auch immer hierfür verantwortlich ist, er ist fort.«

»Helft mir auf. Los, helft mir auf.« Grimarrs Stimme war halb ein Knurren, halb ein Stöhnen. Thorgrim fasste nach einem Arm, und vier weitere traten hinzu, und mit vereinten Kräften gelang es ihnen, Grimarr auf die Füße zu ziehen und zur Bank zu geleiten, wo er niedersank und sich erschöpft auf den Tisch stützte.

Sie füllten eine Schale mit Ale, und Grimarr nahm sie und stürzte sie herunter. Zwei Rinnsale liefen durch seinen Bart. Als er fertig war, ließ er das Gefäß auf den Boden fallen und starrte in die Dunkelheit. Sein Kopf sank halb auf die Brust herab. Schließlich hob er ihn wieder ein Stück an und fragte: »Das Mädchen?«

Thorgrim sah sich in der Halle um. Die anderen blickten auch umher. Godi antwortete: »Wir haben in alle Zimmer geschaut, und sonst ist hier niemand. Das Mädchen ist nicht da.«

Grimarr nickte langsam bei diesen Worten, aber der Ausdruck auf seinem Gesicht änderte sich nicht. »Lorcan, verdammt sei seine schwarze Seele«, sagte er. Seine Stimme war kaum mehr als ein Murmeln, und er klang zutiefst entmutigt.

»Lorcan?«, fragte Thorgrim. »Lorcan hat das getan?«

Grimarr nickte. »Wir haben gekämpft. Die Schiffe … das war nur eine Ablenkung …«, brachte er hervor. Es war deutlich zu sehen, wie verwirrt und benommen er noch war. Und das war kein Wunder. Er musste einen schweren Hieb gegen den Kopf bekommen haben. Wahrscheinlich war dieser Schlag so hart ausgefallen, dass die Iren ihn für tot hielten, wie es jeder normale Mann auch gewesen wäre. Und so hatte der Däne keine Stichwunden davongetragen.

»Was ist mit Sandarr, deinem Sohn?«, fragte Thorgrim. Sie

hatten den zweiten Toten herumgedreht; es war nicht Grimarrs Sohn.

Grimarr blickte auf und sah sich verwirrt um. »Er hat gekämpft …«, sagte Grimarr. »Ist aus seinem Zimmer gekommen und hat gegen Lorcan gekämpft …« Es schien ihn zu verwirren, dass Sandarr nicht da war. Er schaute Thorgrim an. »Ich weiß nicht, was aus ihm geworden ist«, sagte er, dann verdrehte er die Augen und sackte über dem Tisch zusammen.

Thorgrim legte ihm die Hand auf den Hals und war erneut überrascht, als er einen Puls dort spürte. Er wusste nicht genau, ob sie versuchen sollten, ihn wieder aufzuwecken, oder ob er besser bewusstlos blieb. Thorgrim hatte genug Erfahrungen mit gebrochenen Gliedern, mit Stichwunden und Schnittverletzungen gemacht, aber darüber hinaus verstand er wenig von Heilkunde.

Er überlegte immer noch, was sie als Nächstes tun sollten, da hörte er, wie das große Tor im Erdwall knarrend aufschwang und Schritte auf das Gebäude zukamen. Thorgrims Begleiter wandten sich um und schwärmten in der Halle aus, damit sie genug Platz zum Kämpfen hatten, aber das war mehr Reflex als eine bewusste Vorbereitung. Ihre Hände fuhren zum Schwertgriff, doch niemand zog die Waffe. Die Geräusche hatten nichts Bedrohliches an sich, sie klangen eher nach den Schritten erschöpfter Männer. Die Dänen, die von ihren Schiffen zurückkehrten, nahm Thorgrim an.

Aber es waren nicht die Dänen. Als Erster trat Sutare Thorvaldsson durch die Tür, ein Schwede, der sich in Dubh-Linn der Besatzung der *Weitfahrer* angeschlossen hatte. Thorgrim spürte, wie die Anspannung in der Halle nachließ, als mehr und mehr ihrer Kameraden hereinkamen. Sie waren blutig und schweißüberströmt und sahen aus wie Männer, die einen harten Kampf hinter sich hatten. Starri traf ziemlich am Ende der Reihe ein und bewegte sich auf eine merkwürdige, ruckartige Art, wie er es stets tat, wenn die Berserkerwut gerade erst von ihm wich. Harald kam als Letzter. Er trug etwas über der Schulter, was Thorgrim zuerst für einen gut gefüllten Sack hielt, dann aber schnell als ein Mädchen erkannte.

Harald blieb stehen und setzte das Mädchen auf den Füßen ab. Es war Conandil, und sie sah nicht glücklich aus. Ihr Blick flog im Raum umher wie ein gefangenes Kaninchen, das einen Fluchtweg suchte. Als sie keinen fand – sie war auf allen Seiten von Männern umgeben –, schob sie sich zwischen den Anwesenden hindurch und zog sich in einen dunklen Winkel der Halle zurück.

»Harald!« Thorgrim trat vor und umarmte seinen Sohn. Er löste sich von ihm und war unsicher, was er als Nächstes sagen sollte. Diese Männer, die Anzeichen eines Kampfes, das Mädchen … Harald hatte eindeutig eine Menge zu erzählen. »Rede mit mir«, war alles, was er hervorbrachte.

In einem der angrenzenden Zimmer fand sich ein Fass Met, und da Grimarr nicht in der Verfassung war, irgendwelche Einwände zu erheben, wurde es angebrochen und kräftig ausgeschenkt, während Harald sprach. Er brachte seine Geschichte so bescheiden vor, wie Thorgrim es von seinem Jungen erwartet hätte, dennoch hörte er genug heraus, um zu erkennen, was für eine bemerkenswerte Angelegenheit es gewesen war.

»So haben wir Conandil befreit, bevor die Iren sie fortschleppen konnten«, berichtete Harald abschließend. »Aber ich muss zugeben, sie wirkte nicht sehr erfreut darüber.«

»Das will ich annehmen«, sagte Thorgrim. »Du erinnerst dich? Sie ist selbst Irin. Wahrscheinlich hat sie Lorcan als ihren Retter angesehen, und nicht dich.«

Mitunter konnte Harald durchaus scharfsinnig sein, wie beispielsweise in dem Augenblick, wo er geschlossen hatte, dass

Conandil das eigentliche Ziel des Überfalls sein musste. Doch bisweilen zeigte er sich erstaunlich begriffsstutzig.

Harald nickte, als ihm dämmerte, wie recht Thorgrim hatte. Er nahm einen Schluck, und ein ratloser Ausdruck trat auf sein Gesicht. Ein besorgter Ausdruck. Thorgrim ging davon aus, dass Harald diesem Gedanken bis zu seinem Ende gefolgt war – nämlich bis zu der Schlussfolgerung, dass er Conandil gerade eben wieder auf die Straße zurückgesetzt hatte, die direkt auf den Sklavenmarkt in Haithabu führte.

Seine Überlegungen, und die von Harald und die Unterhaltung der Männer wurde von einem Stöhnen unterbrochen, das immer lauter wurde, bis es fast zu einem Brüllen anschwoll. Grimarr richtete sich an der Stelle des Tisches auf, wo er zusammengesunken war. »Was soll das?«, verlangte er zu wissen. »Was soll das hier bedeuten?«

Thorgrim sah, dass Grimarr unsicher auf den Füßen stand und schwankte. Er hatte sich längst noch nicht von dem Schlag auf den Kopf erholt.

»Wir feiern, Grimarr!«, verkündete Thorgrim und hob sein Trinkhorn in die Höhe.

»Feiern?«, knurrte Grimarr, und sein Zorn schwoll immer mehr an. »In meiner Halle? Mit meinem Met? In so einer Nacht?«

»Wir feiern, dass mein Sohn Harald dein irisches Mädchen zurückgebracht hat, Conandil!«, rief Thorgrim.

»Conandil?«, fragte Grimarr. Seine Gedanken bewegten sich nur langsam. Thorgrim glaubte nicht, dass er den Namen wirklich erkannte, obwohl Harald ihn oft genug erwähnt hatte. »Das irische Mädchen? Fastis Sklavin? Sie ist zurück? Hier?«

»Das ist sie!«, bestätigte Thorgrim. »Und mein Sohn Harald ist derjenige, der sie zurückgeholt hat. Aus den Händen von Lorcan persönlich!«

Grimarr schaute sich verwirrt um. Sein Blick fiel auf Harald, und allmählich drang die Bedeutung von Thorgrims Worten in seinen benebelten Geist. Dann tat Grimarr etwas, was kein Mann in diesem Raum ihn je hatte tun sehen. Er lächelte.

Während all der Zeit, die sie in Vík-ló verbracht hatten, waren Thorgrim und seine Besatzung stets die Einzigen gewesen, die man am Flussufer hatte arbeiten hören – das einzige Sägen, der einzige Hammerschlag, das einzige Klingen von Eisen auf Eisen war von ihnen ausgegangen. Sonst war da niemand gewesen, der über eine Aufgabe diskutiert oder geflucht oder stolz gelächelt hatte, wenn etwas vollbracht war.

Jetzt nicht mehr.

Obwohl Thorgrim und seine Männer zum Glück vor Ort gewesen waren und rechtzeitig eingegriffen hatten, waren die dänischen Langschiffe nicht ohne Schäden davongekommen. Die Masten waren bis zur Fischung heruntergebrannt, und selbst die Mastspuren waren versengt. Plankengänge waren verkohlt und manche sogar ganz durchgebrannt. Von Segel, Rah und Takelage waren entweder nur verbrannte Überreste geblieben, oder sie waren ganz verschwunden.

Das zweite der vier Schiffe, die *Winddrache*, hatte am meisten abgekriegt. Wie das Unglück es wollte, waren auf ihr drei kleine Fässer mit Holzteer gleich vor dem Achtersteven gelagert worden. Die Iren hatten sie entdeckt, aufgeschlagen und den Inhalt über das Deck laufen lassen, bevor sie es in Brand setzten. Der Teer und die Flammen hatten sich am trockenen Eichenholz festsetzen können. Thorgrims Männer hatten sich ernsthaft bemüht, das Feuer zu löschen; sie hatten fast so hart gekämpft, wie sie es bei ihrem eigenen Schiff getan hätten. Als die Dänen mit mehr Männern und noch größerem Eifer zu ihnen stießen, war es bereits zu spät. Ein großer Teil des

Hecks war ganz weggebrannt, und es würde Monate dauern, den Schaden zu reparieren, wenn sich die Reparatur überhaupt lohnte.

Die anderen drei Schiffe waren nicht annähernd so schwer beschädigt, und gleich am nächsten Morgen, als von dem geschwärzten Holz noch immer Rauch aufstieg, machten sich die dänischen Schiffszimmerleute an die Arbeit. In den Tagen zuvor waren die Dänen stets höflich genug gewesen, wenn sie zufällig mit den Norwegern zusammentrafen. Thorgrim erwartete, dass sie in Zukunft noch herzlicher grüßen würden, vielleicht sogar regelrecht überschwänglich nach allem, was seine Leute für sie getan hatten. Aber das geschah nicht. Sie begegneten den Männern von der *Weitfahrer* mit demselben Nicken, demselben halbherzigen Winken wie zuvor, wenn sie mit Werkzeugen in der Hand oder Latten aus Eichenholz über den Schultern vorüberkamen.

»Verdammt undankbarer Haufen«, sagte Thorgrim zu Starri und Ornolf, als sie einen Trupp Dänen vorbeimarschieren sahen wie Krieger auf dem Weg in die Schlacht. Sie hatten auch nichts mehr von Grimarr gehört, seit sie das Fässchen mit Met geleert und seine Halle verlassen hatten. »Benehmen sich, als hätten wir ihre Frauen geraubt, anstatt ihre Schiffe zu retten.«

»Verdammte Dänen!«, bestätigte Ornolf. »Was erwartest du von solchen Hurensöhnen?« Er achtete darauf, gerade laut genug zu sprechen, dass die Vorübergehenden ihn hören konnten. »Ich habe persönlich sechs dieser irischen Hunde erschlagen, als ich *ihre* Schiffe gerettet habe!«

»Ah, ›gerettet‹ ist das entscheidende Wort dabei«, sagte Starri. »Kein Mann wird gerne von einem anderen gerettet. Frauen lassen sich retten. Ein Mann, der gerettet werden muss, hasst seinen Retter nur.«

Thorgrim nickte. Starri hatte recht. Aber Thorgrim brauchte

auch keine Dankbarkeit, solange er nur weiterhin die Hilfe erhielt, die er benötigte, um bald in See zu stechen. Und was das anging, hielt Grimarr sein Versprechen. So war die *Weitfahrer* beinahe wieder seetüchtig, und sie standen kurz davor, ihre Vorräte und Ausrüstung, Kriegsbeute und Handelsgüter zurück an Bord zu schaffen, die langen Ruder zu bemannen und das Schiff hinaus in den Ostwind zu bringen.

Nicht jeder aus der Besatzung war begierig darauf, nach Norwegen zurückzukehren, obwohl Thorgrim von Anfang an deutlich gemacht hatte, dass dies ihr alleiniges Ziel war. Auch wenn die meisten eine Überfahrt nach Hause suchten, war Thorgrim doch überzeugt davon, dass mancher durchaus auf eine günstige Gelegenheit hoffte, um unterwegs mehr Beute zu machen. So war einfach die Art der Männer, die zur See fuhren.

Starri war dabei, weil er sich an Thorgrim gebunden hatte, und zwar aus Gründen, die dieser noch immer nicht ganz verstand. Und Harald ... nachdem sie in Dubh-Linn eine Auseinandersetzung erlebt hatten und er feststellen musste, dass der alte Mann am Ende möglicherweise doch recht hatte, schien er sich wieder der Aufgabe verschrieben zu haben, stets an Thorgrims Seite zu bleiben. Manchmal hatte Thorgrim den Eindruck, dass der Junge sich als Beschützer seines Vaters sah, eine Vorstellung, die Thorgrim über alle Maßen ärgerte.

All das wusste Thorgrim, aber es interessierte ihn nicht, zumindest, was seine Besatzung anging. Er hatte sie nicht angelogen, er hatte sie nie mit irgendwelchen falschen Vorspiegelungen an seine Seite gelockt. Sein Ziel war es, nach Vik zurückzukehren, sonst nichts, und das hatte er zu jeder Zeit unmissverständlich deutlich gemacht. Und ungeachtet all der geflüsterten Mutmaßungen über die Beute aus Fearna, die er mit anhörte (denn die Kunde darüber hatte sich längst verbreitet, wie man es unter den seefahrenden Wikingern nicht anders erwarten konnte), der Gespräche, die stets verstummten, sobald er in Hörweite kam, hatte Thorgrim nicht die geringste Absicht, an seinen Plänen irgendetwas zu ändern.

Die beschädigten Planken waren allesamt ersetzt worden, und ein halbes Dutzend von Thorgrims Männern trug eine frische Schicht Pech und Firnis auf den Flanken auf. Die neuen Teile der Hülle fügten sich nahtlos zwischen die alten und verschwanden ganz unter dem schwarzen, klebrigen Anstrich. Was die Qualität der Reparatur anging, hatte Thorgrim keine Sorgen. Er wusste, wie stabil alles war. Er vertraute den Stücken, die er selbst eingesetzt hatte, sogar mehr als dem Rest des Schiffs. Diese Planken hatte er persönlich angebracht und wusste genau, mit welcher Sorgfalt sie bearbeitet und befestigt worden waren.

Ein Teil von Thorgrims Aufmerksamkeit, als er die Arbeit verfolgte, war von der Bewunderung für sein Schiff eingenommen, und ein weiterer Teil von der Frage, ob sie auch noch den Mastfuß verstärken sollten. So war kein Teil übrig, um Bersi Jorundarson herankommen zu sehen. Der Däne stand drei Fuß von ihm entfernt, bevor Thorgrim überhaupt merkte, dass er da war.

»Dein Schiff sieht aus, als wäre es gerade erst vom Stapel gelaufen«, sagte Bersi und nickte in Richtung der *Weitfahrer*. »Du und deine Männer, ihr habt gute Arbeit geleistet.«

»Danke. Wir lassen sie zu Wasser, sobald das Pech trocken ist. Morgen, wenn es nicht regnet. Obwohl ich in diesem götterverlassenen Land vermutlich nicht darauf hoffen darf, dass es zwei Tage in Folge keinen Regen gibt.«

Bersi lachte. Dann wurde er wieder ernst, und Thorgrim nahm an, dass er jetzt zum Grund für den Besuch kommen wollte. »Ist Harald in der Nähe?«, fragte er. »Ein Ire ist eben vor dem Tor erschienen. Lorcan hat ihn geschickt, nehmen wir jedenfalls an. Wir brauchen Harald zum Übersetzen.«

»Gewiss«, sagte Thorgrim. Harald war gerade mit einigen anderen damit beschäftigt, das Tauwerk der *Weitfahrer* auszubessern, und Thorgrim rief ihn herbei. Er erzählte ihm, warum Bersi gekommen war, und dann gingen er und Thorgrim und Bersi den Bohlenweg hinauf. Ihnen schloss sich auch Ornolf an, der zwar keine Funktion bei dieser Angelegenheit hatte, jedoch der Meinung war, dass er bei allen wichtigen Dingen dabei sein sollte.

Als sie Grimarrs Halle erreichten, hatte man Lorcans Mann bereits durch das Tor geführt und ihn auf einer Bank am Tisch Platz nehmen lassen. Ein Ring von Bewaffneten stand in einem losen Kreis um ihn herum, was Thorgrim als arg übertriebene Vorsicht erschien. Aber Lorcan und seine Krieger hatten bei den Dänen anscheinend einen beeindruckenden Ruf erworben.

Grimarr empfing Thorgrim und die Übrigen an der Tür und hieß sie überschwänglich willkommen. Obwohl er Thorgrim nie förmlich für die Hilfe gedankt oder auch nur ein Wort darüber verloren hatte, benahm er sich nun wie jemand, der von Herzen dankbar war. Das ließ Thorgrim schon wieder misstrauisch werden.

»Kommt herein, kommt herein«, rief Grimarr und brüllte dann durch die Halle: »Met, Met für meine Freunde hier!«

Ihnen wurden Trinkhörner gereicht, und Grimarr pflügte durch die Männer, die den Iren umringten. Er und Harald und Thorgrim traten auf den Boten zu. Der Ire blickte zu ihnen auf. Er war ein zäh wirkender Bursche, ohne Zweifel ein Krieger, mit kurzem Bart und unbewaffnet bis auf ein Messer am Gürtel. Er wirkte wachsam, vielleicht ein wenig ängstlich, aber das wusste er gut zu verbergen.

Grimarr wandte sich Harald zu. »Frag ihn, wer er ist und was er will.«

Harald nickte und kleidete die Frage in Worte, die der Mann verstehen konnte. Der Ire blickte überrascht auf, als hätte er diesem Jungen mit seinem langen blonden Haar und dem bartlosen Gesicht als Letztem zugetraut, dass er seine Sprache beherrschte. Doch er nickte und lauschte und antwortete dann, und Harald wandte sich wieder Grimarr zu.

»Er sagt, dass sein Name Senchan mac Ronan ist, und er ist hier auf Befehl von Lorcan mac Fáeláin.«

»Ich weiß, dass er von Lorcan kommt, und ich gebe einen Scheißdreck auf seinen Namen«, gab Grimarr zurück und entsprach damit mehr dem Bild, das Thorgrim von ihm hatte. »Frag ihn, was er will, und sag ihm, dass ich ihm die Kehle durchschneide, wenn er nicht gleich mit der Wahrheit rausrückt.«

Harald drehte sich zu Senchan um und übersetzte, obwohl Thorgrim den Verdacht hatte, dass er das nicht vollkommen wortgetreu tat. Senchan sprach, und Harald kniff die Augen zusammen, dann sagte Harald wieder etwas, und der Ire antwortete. Harald richtete sich auf und sah Grimarr an, und es war deutlich zu sehen, dass er Senchans Botschaft nicht gerade gern übermittelte.

»Er kommt wegen deines Sohnes, Sandarr«, sagte Harald. Thorgrim hatte Grimarrs Sohn ganz vergessen, aber er nahm an, dass das nicht auf Grimarr zutraf. Möglicherweise täuschte er sich da aber auch.

»Er sagt, dass sie ihn haben. Sie haben ihn während des Überfalls aus deiner Halle hier verschleppt«, fuhr Harald fort.

»Und nun fordern sie ein Lösegeld für ihn?«, fragte Grimarr.

»Ja«, antwortete Harald. »Sozusagen. Sie wollen tauschen. Sandarr gegen Conandil.«

Grimarr richtete sich auf, und sein Gesicht lief rot an. Man konnte sehen, wie die Wut in ihm aufstieg. Senchan sprach jetzt wieder, schnell.

»Senchan sagt, dass Lorcan ihn bei Sonnenuntergang erwartet, und wenn er bis dahin nicht zurückkehrt, ist Sandarr tot«, sagte Harald. »Und er sagt, dass Sandarr auch stirbt, wenn Conandil ihn nicht begleitet.«

14. Kapitel

Acht Männer kenn ich,
von Gier nach Gold verblendet.
Wenig gilt das Recht
diesen Göttern des Reichtums,
Worte haben keinen Wert.

DIE SAGA VON DEN BUNDESGENOSSEN

Grimarrs Wut brach hervor wie ein Fisch, der am Haken durch eine ruhige Wasseroberfläche gerissen wird. Von völliger Reglosigkeit fiel er unversehens in wilde Raserei. Er stieß Harald beiseite und riss das Schwert aus der Scheide. Mit unverständlichem Gebrüll stürzte er sich auf Senchan, der gerade noch zur Seite sprang. Drei Wachen ergriffen Grimarrs Arm und hatten Mühe, ihn zurückzuhalten.

»Grimarr, Herr!«, rief Bersi eindringlich. »Wenn Ihr ihn erschlagt, ist Sandarr ein toter Mann! Sie werden Euren Sohn töten!«

Grimarr wehrte sich nicht länger gegen seine Gefolgsleute, hielt aber sein Schwert weiter zum Schlag erhoben. Jeder in der Halle stand still da, wie unter einem Zauber. Dann ließ Grimarr die Spitze der Klinge herabsinken und schüttelte die Hände ab, die ihn hielten. Senchan richtete sich auf. Thorgrim hörte die Männer aufatmen. Grimarr wandte dem Iren den Rücken zu und bahnte sich seinen Weg durch den Raum.

»Bersi, Thorgrim, Ornolf, bitte begleitet mich«, sagte er. »Und du, Harald. Wie es scheint, hast du was für diese Iren übrig.« Alle fünf gingen zum anderen Ende der Halle und standen dort dicht beieinander.

»Was meint ihr?«, fragte Grimarr. »Sollte ich diesem Bastard glauben, den Lorcan mir geschickt hat?

Es folgte ein kurzer Moment der Stille, dann sprach Thorgrim: »Sandarr ist wirklich fort, nicht wahr?«

»Ja«, räumte Grimarr ein. »Das ist er wohl. Ich habe ihn seit Lorcans feigem Überfall nicht mehr gesehen.«

Thorgrim nickte, antwortete aber nichts darauf. Ihm fiel allerdings auf, dass Grimarr wenig interessiert wirkte, was den Verbleib seines Sohnes anging. Auch hätte er den kühnen Angriff der Iren nicht als feige bezeichnet. Stattdessen sagte er: »Ich glaube nicht, dass es eine Täuschung ist. Lorcan muss Sandarr haben. Wie sonst könnte er sicher sein, dass Sandarr verschwunden ist? Sicher genug, um diesen Austausch zu fordern.«

Grimarr sah sich um. Die anderen nickten. Grimarr runzelte die Stirn und dachte nach. »Also gut, Lorcan hat ihn«, befand er. »Doch das heißt nicht, dass Sandarr noch am Leben ist. Nach allem, was ich weiß, könnten sie ihn getötet und seine Leiche fortgeschleppt haben, nachdem sie sich an mich rangeschlichen und mir auf den Kopf geschlagen haben. Wenn Lorcan glaubt, dass ich die irische Schlampe gegen einen Leichnam eintausche, ist er ein größerer Dummkopf, als ich dachte.«

Damit schien Grimarr seine Entscheidung getroffen zu haben. Er kehrte der spontan einberufenen Ratsversammlung den Rücken und schritt zurück durch den Raum auf Senchan zu, der seine beherrschte Haltung inzwischen wiedergewonnen hatte.

»Hör zu!« Grimarr richtete seinen kräftigen Finger auf den Mann. »Du wirst Lorcan ausrichten, dass er niemanden zu mir schickt und Forderungen stellen lässt. Ich weiß nicht einmal, ob Sandarr lebt oder längst tot ist.«

Er verstummte und kniff die Brauen zusammen, während Harald übersetzte und daraufhin auch Senchans Antwort weitergab.

»Sandarr lebt«, sagte Harald. »Senchan gibt dir sein Ehrenwort.«

»Das Wort eines Iren? Da hätte ich ja zu einem Schwein mehr Vertrauen!«, gab Grimarr zurück. »Sag ihm, das reicht mir nicht. Ich schicke einen meiner Leute mit ihm zurück, um mich selbst davon zu überzeugen, dass Sandarr lebt. Und wenn das zutrifft, dann können wir darüber reden, ihn auszutauschen. Aber nicht, bevor ich das Wort eines Mannes habe, dem ich vertraue.«

Harald übersetzte. Senchan zögerte und ließ die Worte erst einmal sinken. Dann sprach er.

»Senchan sagt nein«, übersetzte Harald. »Er sagt, Lorcan muss das Mädchen bis Sonnenuntergang haben, oder Sandarr stirbt.«

»Verdammt soll er sein!«, brüllte Grimarr und zog wieder sein Schwert. Aber inzwischen hatte Senchan ein Gespür für Grimarrs Posen entwickelt und bewegte sich nicht. »Bevor ich irgendeinem Handel zustimme, muss ich wissen, dass ich nicht betrogen werde! Wenn Lorcan meinem Sohn etwas antut, werde ich ihm das Herz aus dem Leib reißen, und ich behalte das irische Mädchen und den Schatz aus Fearna noch dazu! Sollte Lorcan meinen Sohn töten, bekommt er gar nichts! Sag ihm das!«

Harald übersetzte wieder, und erneut hatte Thorgrim das Gefühl, dass er die Worte ein wenig abmilderte. Aber bei all seiner Großspurigkeit hatte Grimarr in einer Hinsicht recht, jedenfalls nach Thorgrims Ansicht: Lorcan konnte kaum erwarten, dass Grimarr das Mädchen und den Schatz aufgab, ohne mehr in der Hand zu haben als die Zusicherung eines Feindes, dass Sandarr unverletzt zurückgebracht würde. Auf der anderen Seite setzte Grimarr das Leben seines Sohnes aufs Spiel. Thorgrim war froh, dass er so eine Entscheidung nicht treffen musste, auch wenn Grimarr nicht lange mit ihr gerungen zu haben schien.

Senchan fiel es schwerer, zu einer Entscheidung zu gelangen. Endlich, nachdem er und Grimarr sich fast eine Minute in stiller Wut angestarrt hatten, nickte der Ire. Grimarr wandte den Blick nicht von dem Mann ab und blaffte: »Hrafn!«

Einer der Bewaffneten in der Halle trat vor.

»Du begleitest ihn«, befahl Grimarr und wies mit dem Kopf in Senchans Richtung. »Vergewissere dich, dass mein Sohn noch lebt, und lass es mich wissen. Wenn du mit dieser Zusicherung zurückkehrst, und nur dann, werde ich darüber nachdenken, ob wir die irische Schlampe gegen ihn austauschen.«

»Ja, Grimarr«, sagte Hrafn.

Grimarr wandte sich Harald zu. »Und du erklärst diesem Hurensohn, was ich meinem Mann aufgetragen habe. Sorg dafür, dass er alles versteht.«

Harald nickte und übersetzte. Senchan hörte zu und bestätigte widerwillig. Er stand auf, und Grimarrs Wache geleitete ihn und Hrafn aus der Halle. Es wurde ruhig in dem Raum.

»Ich werde zu den Göttern beten, dass dein Sohn sicher nach Hause kommt«, sagte Thorgrim schließlich. »Harald und ich müssen jetzt auf unser Schiff zurück. Wir wollen es morgen wieder zu Wasser lassen.«

»Bitte«, antwortete Grimarr. »Wenn ich um einen Augenblick deiner Zeit bitten dürfte. Lass mich erst mit Bersi reden, und dann möchte ich noch mal mit dir sprechen.«

Thorgrim nickte, und Grimarr nahm Bersi am Arm und

führte ihn auf die andere Seite der Halle, wo sie leise miteinander sprachen, zu leise, als dass irgendjemand zuhören konnte. Ornolf beugte sich zu Thorgrim und flüsterte ebenfalls. »Dieser Grimarr ist ein eiskalter Bastard, nicht wahr?«, sagte der alte Mann. »Die Beute aus Fearna für das Leben seines Sohnes, und scheint sich nicht entscheiden zu können, was er lieber hätte.«

»Er ist eiskalt«, stimmte Thorgrim zu. »Und habgierig. Aber er befürchtet mit Recht, dass dies alles nur ein Trick von Lorcan sein könnte. Es ist nicht dumm von ihm, wenn er sich vergewissern will, dass sein Sohn noch lebt.«

»Ist es ein Trick?«, fragte Harald. »Was denkst du? Wird er Conandil den Iren überlassen?«

Thorgrim hatte keine Ahnung, ob Harald sich das erhoffte oder nicht. Vermutlich wusste der Junge selber nicht, was er sich wünschen sollte.

»Lorcan wäre ein Narr, so ein Angebot zu unterbreiten, wenn er Sandarr nicht übergeben kann«, befand Thorgrim. »Und ein Mann, der so einen Überfall geplant hat, ist kein Narr. Aber Grimarr scheint wenig Lust zu haben, auf den Handel einzugehen. Ich habe fast den Eindruck, dass er nur eine Entschuldigung sucht, um das Mädchen behalten zu können.«

Und dann kehrte Grimarr zu ihnen zurück und bedeutete den Norwegern, sich mit ihm an den Tisch zu setzen. Was er auch mit Bersi zu bereden gehabt hatte, es war anscheinend geklärt. Er rief nach Getränken und Speisen. Alle vier nahmen auf den Bänken Platz, und Grimarr, der vor wenigen Minuten noch getobt hatte wie ein wütender Bär, wirkte nun so liebenswürdig, wie sie ihn selten erlebt hatten.

»Das ist eine verdammte Sache, eine verdammte Sache, dass die feigen Iren meinen Sohn auf diese Weise entführt haben …« Grimarr nahm einen tiefen Schluck, als müsse er seinen Mund nach diesen Worten reinigen. Thorgrim nickte, obwohl Grimarrs Ton nicht annähernd so niedergeschlagen geklungen hatte, wie die Worte es nahelegten.

»Die Sache ist also die«, fuhr Grimarr fort. »Lorcan will die Beute aus Fearna in seine Finger kriegen, und wenn er das schafft, erkauft er sich die Treue jedes Kleinkönigs im Umkreis. Und als Erstes werden sie dann den Longphort überrennen und uns Nordmänner allesamt ins Meer treiben.«

»Du willst den Schatz also zuerst holen?«, fragte Thorgrim.

»Natürlich!«, sagte Grimarr. »Oh, ich weiß genau, was du denkst: ›Grimarr tut nur so, als würde ihn der Longphort interessieren, in Wahrheit will er die Beute nur für sich!‹ Nun, richtig, ich will diese Beute. Aber nicht nur für mich, sondern für alle Nordmänner hier. Es ist *unsere* Beute, wir haben dafür gekämpft. Und, ja, ich will Lorcan daran hindern, uns aus unserem Zuhause zu vertreiben.«

»Lorcan hat dich in eine Zwickmühle gebracht«, wandte Ornolf ein. »Du hast die Wahl zwischen deinem Sohn oder dem Schatz.«

»Lorcan *denkt*, er hätte mich in einer Zwickmühle.« Grimarr beugte sich näher zu ihnen. »Ich würde nie das Leben meines Sohns gegen bloßes Gold oder Silber eintauschen. Aber ich weiß auch, dass Lorcan für einen Toten nichts bekommen kann. Wenn er Sandarr umbringt, hat er gar nichts. Darum wird er zulassen, dass ich ihn am Nasenring durch die Gegend führe, und er wird meine Forderungen erfüllen, solange er nur glaubt, dass sie ernsthaft sind. Ihm bleibt keine Wahl. Sollte Sandarr den Tod finden, wird es mir das Herz brechen. Das würde Lorcan gewiss gefallen. Doch es wird ihm bei Weitem nicht genug sein.«

»Also ist es ein Patt«, sagte Thorgrim.

»Nein!«, widersprach Grimarr und senkte die Stimme weiter. »Das ist es nicht. Lorcan ist derjenige, der feststeckt. Wir haben das Mädchen. Wir haben die Schiffe. Wir schlagen jetzt zu, während Lorcan noch hinter der Karotte herjagt, die ich an einem Stock vor seiner Nase tanzen lasse!«

»Jetzt zuschlagen?«, fragte Harald.

»Wir nehmen unsere Schiffe«, sagte Grimarr. »Wir segeln nach Süden die Küste hinab. Wir nehmen das Mädchen mit, diese …«

»Conandil«, sprang Harald ein.

»Conandil. Sie wird den Ort wiedererkennen, sobald sie ihn sieht, oder zumindest behauptet sie das. Bei Odins Auge, wahrscheinlich erkennt sie die Stelle ohnehin *nur* vom Meer aus und wäre gar nicht in der Lage, den Platz vom Land aus zu finden, selbst wenn sie es wollte. Lorcan hätte gar nichts von ihr, selbst wenn er sie in die Finger kriegen könnte. Wir folgen also der Küste, schnappen uns den Schatz, und wenn die Götter auch nur irgendwas für uns übrighaben, sind wir mit dem Silber wieder zurück, während Lorcan immer noch glaubt, dass wir mit ihm verhandeln! Und dann werde ich die kleine irische Schlampe mit Vergnügen an ihn ausliefern!«

Grimarr lehnte sich zurück. Er lächelte jetzt, erfreut über die eigenen Pläne. Die Gefahr für Sandarr spielte anscheinend keine Rolle mehr. Thorgrim, Ornolf und Harald wechselten einen Blick, doch Thorgrim wusste, dass die beiden anderen ihm das Wort überließen.

»Das klingt nach einem vernünftigen Vorgehen«, sagte er. Tatsächlich konnte er sich nicht vorstellen, dass Grimarr Lorcan lang genug hinhalten konnte, um den Schatz zu bergen. Er war überzeugt davon, dass der Ire Vík-ló im Auge behielt und seine Späher ihm sofort Bescheid geben würden, sobald ein Langschiff den Hafen verließ. Aber er brachte diese Einwände nicht zur Sprache. Er sah keinen Sinn darin. Dieser Kampf ging ihn nichts an.

Und dann erkannte er, dass das doch der Fall war. Oder dass Grimarr das zumindest erreichen wollte.

»Du brauchst Harald«, stellte Thorgrim fest. »Du brauchst ihn an deiner Seite, damit er für Conandil übersetzt.«

»Genauso ist es, ja«, gab Grimarr zu. »Aber nicht nur das. Ich habe gesehen, wozu ihr imstande seid, wie ihr kämpft. Ihr versteht es verdammt gut, Schwert und Axt zu führen. Ihr kämpft wie die Dänen, und ein höheres Lob kann ich euch nicht aussprechen!«

»Ha!«, rief Ornolf. »Kämpfen wie die Dänen! Das ist ja mal ein echtes Kompliment!«

»Danke«, sagte Thorgrim. Er ignorierte den Einwand seines Schwiegervaters und rüstete sich für das, was als Nächstes kommen würde. »Doch was für eine Rolle spielt unsere Kampffertigkeit in deinem Plan?« Als ob er es nicht erraten könnte! Thorgrim glaubte nicht, dass eine so unverblümte Schmeichelei um ihrer selbst willen ausgesprochen wurde oder weil Grimarr tatsächlich so begeistert war von der Kampfkraft der norwegischen Krieger.

»Ich will ehrlich sein«, fuhr Grimarr fort. »Lorcans Überfall hat eines unserer Schiffe zerstört, die *Winddrache*, wie ihr wisst. Und das Gemetzel an Fasti und seinen Männern war ein Verlust für uns. Diese irischen Schweine haben ein paar unserer besten Krieger getötet! Sie überrascht und überwältigt. Anders wäre ihnen das nie gelungen. Wie ich euch sagte, hoffe ich, die Beute aus Fearna in die Hände zu kriegen, ehe Lorcan überhaupt Wind davon bekommt, dass wir losgesegelt sind. Aber die Dinge entwickeln sich nicht immer so, wie man es sich erhofft. Ihr seid erfahrene Männer, ihr wisst das. Und wenn wir um den Schatz kämpfen müssen, weiß ich nicht, wie viele von diesen Hurensöhnen Lorcan gegen uns aufbieten kann. Wir könnten eure Schwerter und Schilde gut gebrauchen. Wir würden die Beute gleichmäßig aufteilen. Ich und meine Leute erhalten dann dasselbe, was wir bekommen hätten, wenn Fasti und seine Männer noch lebten; es wäre also kein Verlust für uns, mit euch zu teilen. Aber du und deine Besatzung, ihr wärt deutlich reicher, als ihr es jetzt seid.«

Grimarr lehnte sich zurück. Er hatte seine Rede gehalten. Die fleischigen Arme vor der Brust verschränkt, wartete er auf eine Antwort. Thorgrim holte tief Luft und schaute erneut Harald und Ornolf an. Dann wandte er sich wieder an Grimarr.

»Dein Angebot schmeichelt uns, und es ist sehr großzügig, dass du die Beute mit uns teilen willst. Aber sobald die *Weitfahrer* im Wasser liegt, müssen wir aufbrechen. Das Jahr ist bereits weit fortgeschritten, und uns bleibt kaum noch Zeit für die Heimreise nach Vik.«

Grimarr nickte, sein Blick war voller Verständnis. Er sah Ornolf an. »Was sagst du, Ornolf? Du blickst auf die Weisheit vieler Jahre zurück. Es wird keine lange Verzögerung sein. Gerade die Küste hinunter, den Schatz einsammeln, und schon sind wir wieder hier. Ich könnte mir vorstellen, dass deine Männer sich so eine Gelegenheit nicht entgehen lassen wollen.«

»Es sind Thorgrims Männer, nicht die meinen«, entgegnete Ornolf. »Du hast recht, viele von ihnen würden so eine Möglichkeit ungern ausschlagen. Aber sie haben Thorgrim einen Eid geleistet, dass sie für die Dauer dieser Reise seinen Wünschen Folge leisten. Und Thorgrim wünscht, nach Hause zurückzukehren.«

»Bevor ihr aufbrecht«, warf Thorgrim ein, »kann Harald Conandil sämtliche Anweisungen übermitteln, die sie haben muss. Sie kann euch führen, ohne dass Harald dabei ist und jedes einzelne Wort von ihr übersetzt.«

Eine lange Zeit blieb Grimarr still und dachte über alles nach. »Ich verstehe«, sagte er schließlich und legte die Hände flach vor sich auf den Tisch. »Ich respektiere eure Entscheidung. Ich möchte nur darum bitten, dass du mein Angebot auch deinen Männern vorträgst und ihnen die Gelegenheit gibst, mit mir zusammen Reichtümer zu erwerben. Selbst wenn du abreisen musst, sind vielleicht ein paar von ihnen dazu bereit, hier zu bleiben und an meiner Seite zu kämpfen. Es werden sicher nicht so viele sein, dass du nicht mehr in See stechen kannst.«

»Also gut.« Thorgrim erhob sich, und Harald und Ornolf standen ebenfalls auf. »Ich erzähle meiner Besatzung von deinem Angebot. Und ich danke dir dafür. Und für deine Hilfe.«

Grimarr winkte ab, und Thorgrim nickte, und dann hielten er und Harald und Ornolf auf die Tür zu und folgten dem Bohlenweg hinab zum Flussufer.

»Ich fürchte, dass einige deiner Männer versucht sein werden, mit Grimarr zu gehen«, sagte Ornolf, während sie einherschritten. Ein leichter Dunst fiel um sie, und das andere Ufer des Flusses verschwand im Nebel. »Wirst du ihnen von dem Angebot berichten?«

»Grimarr soll mich am Arsch lecken, bevor ich irgendwem davon erzähle«, erwiderte Thorgrim. Er war in übler Stimmung, weil er sich nun noch mit so etwas herumschlagen musste, und das gerade mal einen Tag, ehe er mit einem wieder bestens für die lange Fahrt gerüsteten Schiff in See stechen konnte. Sie gingen ein Stück weiter, bis Thorgrim erneut das Wort ergriff. »Ich weiß, was du denkst: dass ich Grimarr mein Wort gegeben habe, den Männern sein Angebot zu unterbreiten.«

»Ich?«, protestierte Ornolf. »Denken? Wann hätte ich das je getan?«

»Ja«, fuhr Thorgrim fort. »Ich werde ihnen die Wahrheit sagen, nämlich, dass es närrisches Unterfangen ist, fast ohne Aussicht auf Erfolg. Ein irisches Mädchen, das sich in ihrem Leben vermutlich nie auch nur eine Wegstunde von der Hütte wegbewegt hat, in der sie aufgewachsen ist, wird niemals eine bestimmte Stelle an dieser Küste wiederfinden. Selbst für mich sieht jeder verdammte Fels hier gleich aus!«

Sie schritten den Hügel hinab, und bald kam die *Weitfahrer* in Sicht, was Thorgrim unter anderen Umständen froh gestimmt hätte. Jetzt jedoch sah er eine Menge Männer um das Schiff versammelt; seine Männer, nahm er an, und ihn überkam ein Gefühl drohenden Unheils. Er konnte nicht erkennen, was sie trieben. Aber es war gewiss nichts, was er ihnen befohlen hätte. Etwas Ungewöhnliches ging dort vor, und nach seiner Erfahrung bedeutete das meist etwas Schlechtes.

Als sie näherkamen, sah Thorgrim, dass seine Besatzung sich um eine Person versammelt hatte, die in der Mitte des Kreises stand und zu ihnen sprach. Als sie näher kamen, sah er, dass diese Person Bersi war, und sein Unbehagen nahm zu.

Bersi bemerkte Thorgrim fast im selben Augenblick wie Thorgrim ihn. Er hob den Arm und rief: »Thorgrim! Da bist du ja!« Er lächelte, und das machte Thorgrim umso wütender. Seine Leute traten zur Seite und ließen ihn und Harald und Ornolf durch. Thorgrim erkannte Verlegenheit auf den Gesichtern, blickte in trotzige Mienen und bemerkte das unverkennbare Funkeln von Gier in ihren Augen.

Neben Bersi blieb er stehen, und Bersi sprach weiter. Seine Stimme war laut genug, dass jeder Umstehende sie hören konnte. »Thorgrim! Gerade habe ich deinen Männern gesagt, was für eine großartige Gelegenheit Grimarr ihnen angeboten hat! Ein voller Anteil an der Beute aus Fearna, und wir müssen nur die Küste entlangsegeln und ihn abholen!«

Bersi lächelte. Thorgrim spürte die Zustimmung und die Begeisterung, die durch die versammelte Menge lief, und er dachte bei sich: *Grimarr, du gerissener Hundesohn. Da hast du mich ja geschickt ausmanövriert!*

15. Kapitel

Fearna und Corcach wurden von den Heiden niedergebrannt.

DIE ANNALEN VON ULSTER, 839

Lorcan mac Fáeláin stand auf dem Ringwall von Ráth Naoi und spähte durch den leichten Regen. Er richtete den Pelzmantel auf seinen Schultern und kroch tiefer in das Kleidungsstück. Zwei Reiter näherten sich. Sie waren noch zu weit entfernt, um sie genau zu erkennen, doch er war ziemlich sicher, dass er zumindest einen von ihnen kannte.

Niall mac Faelan stand neben ihm und stützte sich auf eine Krücke, wenn auch nicht so schwer wie noch ein paar Tage zuvor. Niall war bei dem Kampf auf dem Wikingerschiff verwundet worden, und Lorcan war davon überzeugt gewesen, dass er sterben würde. Inzwischen schien er jedoch außer Gefahr zu sein und wurde von Tag zu Tag kräftiger. Als Lorcan das erfahren hatte, hatte er nur geschnaubt und eine Bemerkung darüber gemacht, wie er ihnen die Mühe ersparte, ein Grab zu schaufeln. Doch in Wahrheit schätzte er Nialls Rat, und er würde ihn auch weiterhin gut gebrauchen können.

»Also, was hältst du davon?«, fragte er jetzt, während sie die beiden Reiter beobachteten. Sie waren noch fast eine Meile entfernt, und man konnte kaum mehr als Umrisse ausmachen, die sich durch die eintönige grüne Landschaft bewegten.

»Einer von ihnen ist Senchan mac Ronan, wette ich«, sagte Niall. »Ich kenne die Art, wie er auf einem Pferd sitzt. Der andere? Ich weiß nicht.«

»Das Mädchen?«

Niall schwieg einen kurzen Augenblick. »Ich weiß nicht«, wiederholte er. »Aber ich glaube nicht. Für mich sieht das nach einem Mann aus.«

Lorcan nickte und ballte die Fäuste. Er wollte nicht fluchen oder losbrüllen vor Enttäuschung, weil das als Schwäche ausgelegt werden konnte oder als Eingeständnis, dass Grimarr dieses Scharmützel gewonnen hatte. Also gab er Befehle aus. »Du behältst alles im Auge, und sobald du mit Gewissheit sagen kannst, wer das ist, kommst du runter und lässt es mich wissen. Ich bin in der Halle. Mit unserem Gast.«

Er kletterte die grobgezimmerte Leiter hinab und trat auf den weichen, niedergetrampelten Boden im Inneren des Raths, eine beachtliche Fläche, die fast zweihundert Fuß durchmaß. Er eilte zu seiner Halle, deren Dachfirst in vierzig Fuß Höhe jedes andere Bauwerk überragte, auch den Kirchturm und selbst das Kreuz darauf. Und das war kein Zufall. Eine einladende Rauchfahne stieg aus dem offenen Giebel am gegenüberliegenden Ende des Daches, aber Lorcan war viel zu gereizt, um sich durch den Gedanken an einen warmen Unterschlupf besänftigen zu lassen.

Zwei Wachen warteten zu beiden Seiten der Tür. Sie nickten kaum merklich, als Lorcan zwischen ihnen hindurch in das Gebäude trat. In der Herdstelle war ein Feuer angefacht, die Flammen schlugen hoch und verbreiteten ein oranges Licht in dem Raum, das bis zu den Sparren ganz oben reichte und tiefe Schatten warf. Sandarr stand am Tisch, einige von Lorcans Hauptleute um ihn herum. Eine Landkarte lag vor ihnen ausgebreitet. Ronnat, die irische *Cumal* – das, was die Nordmänner eine Leibeigene nannten – mit dem dichten roten Haargestrüpp, verharrte unauffällig ein Stück abseits.

»Senchan kehrt aus Cill Mhantáin zurück … aus Vík-ló«,

verkündete Lorcan und gebrauchte die Bezeichnung der Nordmänner. Das Mädchen wusste ohne Zweifel, dass Cill Mhantáin der irische Name – der richtige Name – für Vík-ló war, aber Sandarr wusste es möglicherweise nicht. »Er kommt nicht allein.«

Die Sklavin übersetzte, und ihr weicher, irischer Tonfall ließ die hässliche Sprache der Nordmänner in Lorcans Ohren noch seltsamer klingen als sonst. Sandarr nickte und antwortete, ein kurzer Ausbruch von Wörtern.

»Ist das Mädchen bei ihm?«, übersetzte Ronnat. Sie war mit Sandarr aus Vík-ló gekommen. Es hatte keine andere Möglichkeit gegeben.

»Ich weiß nicht«, erwiderte Lorcan. »Niall wird uns Bescheid geben. Ich glaube nicht.«

Einer von Lorcans Haussklaven nahm ihm den Mantel ab, ein weiterer das Schwert und den Gürtel. Der erste kehrte mit einer Schale Ale zurück, und Lorcan hatte gerade ausgetrunken, als Niall die Tür öffnete. Eine Woge kalter Luft ließ die Flammen tanzen.

»Die Reiter sind nahe«, rief Niall in den Raum. »Einer ist ganz bestimmt Senchan. Wer der andere ist, weiß ich nicht. Gewiss nicht das Mädchen.«

Das war keine gute Nachricht. Es bedeutete, dass die Dinge nicht so liefen, wie Lorcan es wünschte. Aber er war ein Mann, der nicht lange mit der Wirklichkeit haderte. Andernfalls wäre er nicht so weit gekommen. Er hatte nie ernsthaft damit gerechnet, dass alles so problemlos funktionierte wie geplant.

Ronnat übersetzte leise. Als Nächstes wollte Lorcan sie fragen lassen, ob Sandarr wusste, wer der zweite Mann war. Doch da ergriff Sandarr schon selbst das Wort.

»Mein Herr Sandarr sagt, dass dieser andere Mann einer der getreuen Krieger seines Vaters sein wird«, erklärte Ronnat. »Er sagt, dass Grimarr das Mädchen nicht aufgeben wird, solange er nicht genau weiß, dass sein Sohn lebt.«

Sie hielt inne, während Sandarr etwas hinzufügte. »Mein Herr sagt, dass er nicht glaubt, dass Grimarr das Mädchen selbst dann hergeben würde. Er würde den Schatz von Fearna niemals eintauschen, nicht einmal gegen das Leben seines Sohnes.« Sandarr fügte noch mehr hinzu, und dieses Mal zögerte Ronnat, als wollte sie die Worte nicht übersetzen. Als sie es doch tat, geschah es mit deutlichem Widerstreben: »Mein Herr sagt, dass er Euch das vorher schon mitgeteilt hat, dass er Euch vorausgesagt hat, dass dies der Fall sein würde.«

Lorcan erwiderte nichts darauf. Er musterte die Gesichter der anderen, aber keiner von ihnen wagte es, zu diesem Thema etwas anzumerken. *Feiglinge*, dachte Lorcan. *Dummköpfe und Feiglinge.*

»Also gut«, sagte Lorcan. »Lass deinen ›Herrn‹ Sandarr wissen, dass ich selbst den Dubh Gall … den Dänen … ein wenig mehr Ehrgefühl zugetraut hätte. Und sag ihm, er soll sich hinsetzen und die Rolle des Gefangenen zumindest glaubwürdig spielen.« Schon hörten sie die gedämpften Tritte der Pferde und die Männer – Reiter wie Wachen – vor der Tür. Sandarr nahm Platz, lose umringt von Lorcans Bewaffneten. Es klopfte an der Tür, und Lorcan rief: »Kommt rein!«

Einer der Posten vom Außentor des Raths stieß die Tür auf, und Senchan trat ein. Der stundenlange Ritt durch Dunst und Nieselregen hatte ihn bis auf die Haut durchnässt. Er verbeugte sich knapp, grüßte, »Lorcan, mein König«, richtete sich wieder auf und legte den Mantel ab. Hinter ihm stand eine weitere Gestalt, ein Nordmann, ein Krieger, flankiert von zweien von Lorcans Wachen.

»Herr«, fuhr Senchan fort, eine Unsicherheit in der Stimme, die an Furcht grenzte. »Grimarr wollte das Mädchen nicht schicken. Er will es uns nicht überlassen ohne einen Beweis, dass sein Sohn unser Gefangener und am Leben ist. Er hat diesen Mann geschickt …« Senchan nickte über die Schulter zurück in Richtung des Nordmanns.

Der stand in der Höhle der Löwen, aber seine Haltung ließ keinerlei Furcht erkennen. Er trat vor, an Senchan vorbei, blickte geradewegs auf Sandarr und sagte etwas.

»Schweig!«, brüllte Lorcan. Er riss sein langes Messer aus der Scheide und hielt es einen Zoll von der Kehle des Nordmanns entfernt. Der Nordmann verstummte, zeigte darüber hinaus aber keine Regung.

»Was hat er gesagt?«, wollte Lorcan von Ronnat wissen.

»Er fragt meinen Herrn Sandarr, ob er unverletzt ist«, erklärte Ronnat.

»Sag Sandarr, er soll antworten. Und sag diesem dänischen Bastard, dass ich hier die Fragen stelle, nicht er.«

Die Worte wurden übermittelt, und dann wandte sich Lorcan an Grimarrs Mann. »Ich habe Grimarr übermitteln lassen, dass ich seinen Sohn gegen das Mädchen eintausche, und er schickt *dich* stattdessen? Was für eine Botschaft sollst du mir überbringen?«

Über Ronnat gab der Mann Antwort: »Grimarr hat mich geschickt, um sicherzustellen, dass sein Sohn unversehrt ist. Er wird das Mädchen nicht gegen einen Toten austauschen. Ich kann sehen, dass Sandarr lebt, und er ist nicht verletzt. Ich werde Grimarr das ausrichten, und dann wird er entscheiden, was als Nächstes zu tun ist.«

»Er wird …«, stammelte Lorcan, zu aufgebracht, um noch klar reden zu können. »Er wird … Du wirst diesem Hurensohn bestellen … Du sagst ihm, dass seine Zeit abgelaufen ist! Ich werde zwei meiner Männer mit dir zurückschicken. Die werden darauf achtgeben, dass du unterwegs nicht erschlagen wirst, und dann kehren sie mit dem Mädchen zurück. Verstehst du? Sie kommen mit dem Mädchen zurück, und zwar bis morgen Abend.«

»Morgen?«, erwiderte der Nordmann, sobald ihm die Worte übersetzt worden waren. »Grimarr wird nicht in der Lage sein, bis morgen alles vorzubereiten. Am Tag danach. Übermorgen Abend.«

Lorcan konnte die Spannung im Raum fühlen. Jeder Mann wartete darauf, dass er reagierte wie ein Bär, dem man einen Speer in die Flanke stößt, dass er sich aufbäumte, wütete, um sich schlug und brüllte. Einen Augenblick lang schwebte sein Gemüt zwischen Ruhe und Raserei, und es war nicht sicher, in welche Richtung es sich wenden würde. Dann entschied er sich für die Ruhe, weil das die Reaktion war, die seine Männer am wenigsten erwarteten. Lorcan wollte nicht, dass sie glaubten, sie verstünden jederzeit ihn einzuschätzen.

»Übermorgen am Abend«, stimmte er zu. »Das Mädchen kommt mit meinen Männern zurück. Wenn meine Männer ohne das Mädchen eintreffen, oder wenn sie gar nicht zurückkehren, schicken wir Sandarrs Kopf nach Vík-ló, und den Rest von ihm überlassen wir hier den Raben und wilden Schweinen. Ist das klar?«

Es war klar. Grimarrs Gefolgsmann nickte und verschwand. Lorcan wählte zwei seiner Krieger aus, um ihn zu begleiten. Nicht seine besten Krieger. Als sie auf die Tür zuhielten, überlegte er beiläufig, ob Grimarr sie wohl töten würde. Wenn der Däne nicht vorhatte, das Mädchen zurückzuschicken, wäre das die naheliegende Entscheidung. Er konnte damit sogar versuchen, weiter auf Zeit zu spielen und zu behaupten, dass Lorcans Männer mit dem Mädchen davongelaufen seien, um selbst nach dem Schatz zu suchen.

Grimarr, du Bastard …, dachte Lorcan. Er scherte sich

eindeutig einen Dreck um das Leben seines Sohnes, und der Sohn hatte sogar noch weniger für den Vater übrig. Aber das spielte keine Rolle. Weder er noch Sandarr hatten je ernsthaft daran geglaubt, dass aus diesem Tauschgeschäft etwas werden könnte. Grimarr war einfach zu gierig dafür, und bei Weitem zu herzlos. Lorcan wusste nicht, wie er so geworden war, und er wollte es auch gar nicht wissen. Für ihn bedeutete das nur, dass Grimarr verschwinden musste, und zwar bevorzugt auf dieselbe Weise wie Fasti.

Die Tür fiel zu, und Lorcan wandte sich Sandarr zu. »Grimarr lebt also noch«, sagte er.

Sandarr nickte langsam. »Grimarr lebt«, stimmte er zu. »Ich habe noch nie so hart zugeschlagen wie mit diesem Bratspieß, und dennoch hat mein Vater den Schlag auf den Kopf überlebt. Wenn man diesem Kerl glauben darf.«

»Kann man ihm glauben? Was meinst du?«, fragte Lorcan. Ronnat übersetzte die Antwort.

»Ja.«

Jetzt war es Lorcan, der nickte. Er hatte sich das selbst zuzuschreiben. Als Grimarr zu Boden ging, hatte alles in Lorcan, Verstand und Gefühl gleichermaßen, danach geschrien, dem Dänen ein Schwert durch das Herz zu stoßen. Doch er hatte es nicht getan. Etwas hatte ihn zurückgehalten. Er war davon überzeugt gewesen, dass der Schlag auf den Kopf Grimarr getötet haben musste, jedenfalls hatte er sich das eingeredet. Dann hatten sie es so eilig gehabt, wieder fortzukommen, dass er einfach nicht die Zeit aufbringen wollte, um sicherzugehen. Aber er wusste, dass die wahren Gründe tiefer reichten. Hätte er es als feige empfunden, einen Mann zu töten, der schon reglos am Boden lag? Hatte er zu viel Respekt vor Grimarr, um ihn auf diese Weise aus dem Weg zu räumen?

Lorcan schob diese Gedanken beiseite, weil derartige Grübeleien zu nichts führten, außer Schwäche und Unentschlossenheit Vorschub zu leisten. Nun musste er mit Sandarr zurechtkommen. Sandarr, sein Verbündeter. Lorcan empfand nichts als Abscheu für einen Mann, der den eigenen Vater verriet, auch wenn er von heidnischen Schweinen wie den Dubh Gall nichts Besseres erwartet hätte. Über diese Ironie nachzudenken lag Lorcan genauso wenig wie jedes andere Räsonieren.

Ihre Pläne, seine und Sandarrs, entwickelten sich bereits seit Monaten. Lorcan musste sich darauf konzentrieren, Ruarc mac Brain zu vernichten, und zu diesem Zweck benötigte er ein Bündnis oder zumindest einen Waffenstillstand mit Vík-ló. Wenn also Grimarr nicht mit ihm zusammenarbeiten wollte, würde Lorcan eben dafür sorgen, dass Sandarr in dem Longphort an die Macht kam. Und dann, sobald Ruarc mac Brain erst einmal aus dem Weg geräumt war und Lorcan seine Stelle eingenommen hatte, würde er sich um die Dubh Gall kümmern und sie endgültig aus Vík-ló vertreiben.

Das alles lag vor seinem geistigen Auge wie eine gut bereiste Straße. Doch die Sache mit dem Schatz aus Fearna und dem Mädchen hatte alles durcheinandergebracht. Und Lorcan mochte kein Durcheinander, weil das etwas war, was er nicht kontrollieren konnte.

Er machte kehrt und ging zu dem Tisch mit den Landkarten. Er winkte Sandarr zu sich. Sandarr stand auf und eilte hastig durch den Raum.

»Du sagst, Grimarr wird nach dem Schatz suchen?«, fragte Lorcan, und Ronnat übersetzte.

»Ja«, antwortete Sandarr. »Er versucht, dich hinzuhalten, während er mit dem Mädchen lossegelt. Er hat noch Schiffe. Wir wissen nicht, wie viel Schaden der Überfall angerichtet hat, aber wir müssen davon ausgehen, dass seetüchtige Schiffe übrig sind.«

»Dann lass uns schauen, wo an der Küste der Schatz liegen könnte.«

Lorcan blickte auf die Landkarte herab, und Sandarr trat näher. Der Däne fuhr mit dem Finger die Küstenlinie entlang. Es war eine gute Sache, befand Lorcan, dass alles, was er zu Sandarr sagte, durch Ronnat gefiltert wurde. Er zweifelte nicht daran, dass die irische Sklavin so manches abmilderte und Lorcans Abscheu so weniger offensichtlich wurde. Er verachtete den Mann vielleicht, aber er brauchte ihn. Selbst wenn er ihn nicht gegen das Mädchen eintauschen konnte, so kannte Sandarr seinen Vater doch genau, und er verstand die Dubh Gall. Besser als jeder andere eignete er sich dazu, ihre nächsten Schritte vorauszuahnen.

Mehr noch, Sandarr war der Schlüssel zu einer von Lorcans sehnlichsten Wünschen. Sandarr war Däne. Er wusste, wie man ein Langschiff segelte.

Die Herrschaft über den Ozean gewährte auch Macht über jeden Ort, der eine Verbindung zum Meer besaß, und das galt für fast alle Orte in Irland. Und diese Macht wollte Lorcan haben. Er wünschte sich das mehr als alles andere in seinem Leben.

16. Kapitel

Du Meister des Schlachtgetümmels
unklug bist du, mir mein Gold zu verwehren;
Getäuscht hast du einen,
der die Klinge rötet.

DIE SAGA VON GUNNLAUG SCHLANGENZUNGE

Grimarr war der geborene Anführer. Diese Gabe war ihm zugefallen wie anderen ihre Haarfarbe. Und weil das so war, wusste er auch, dass unterschiedliche Männer auf verschiedene Weise geführt werden mussten.

Manche konnte man antreiben, herumkommandieren, treten, stoßen und anbrüllen, und je mehr man sie unterdrückte, umso folgsamer und nützlicher wurden sie.

Aber er führte Wikinger, kühne, unabhängige Krieger, die sich nicht auf diese Art behandeln ließen. Bei Nordmännern musste man geschickter zuwege gehen – mit Stock und Karotte, mit Stärke und Schmeichelei. Und das traf auf niemanden mehr zu als auf Thorgrim Nachtwolf, der Grimarr keine Treue schuldete und zudem Norweger war, weshalb man sich nicht einmal auf die gemeinsame dänische Herkunft berufen konnte. Jede Schuld, die Grimarr vielleicht hätte einfordern können – für die Hilfe bei der Ausbesserung des Schiffs –, war längst beglichen, mehrfach sogar, seitdem die Norweger gegen die Iren gekämpft und Conandil nach Vík-ló zurückgebracht hatten. In Wahrheit schuldete Grimarr inzwischen Thorgrim etwas.

Aber Grimarr brauchte Thorgrim. Er brauchte Thorgrim viel dringender als dieser ihn, und Thorgrims Gefolgschaft zu gewinnen erwies sich als harte Nuss. Die Aussicht auf einen Anteil an der Beute aus Fearna, die Grimarr ihm bot, stellte offenbar keine besondere Verlockung dar. Thorgrim hatte genug Reichtümer an Bord seines Schiffes, und wenn Grimarr es richtig verstanden hatte, wartete noch mehr daheim in Vik auf ihn. Thorgrim wollte nichts anderes, als zurück nach Hause zu segeln.

Nachdem Bersi Grimarrs Auftrag erfüllt hatte – nämlich Thorgrims Männer mit Geschichten über leicht erworbenen Wohlstand in Versuchung zu führen –, versicherte er Grimarr, dass zumindest die Besatzung der *Weitfahrer* nun bereit war, sich ihnen anzuschließen. Sie hatten sich sogar sehr empfänglich gezeigt, erzählte Bersi, nachdem er die Norweger für ihre weiteren Beratungen alleingelassen hatte. Und damit hatte er Thorgrim in die Klemme gebracht, so gründlich, als hätte er ihn an den Mast der *Weitfahrer* gefesselt.

Eine Stunde später ließ die Wache an Grimarrs Tür einen von Thorgrims Männern ein. Der Mann war einer seiner treuesten Gefolgsleute, wie Grimarr wusste, ein Bursche namens Agnarr.

»Also?«, fragte Grimarr, und er versuchte, seine Stimme freundlich klingen zu lassen. »Wie habt ihr entschieden?«

»Wir werden euch begleiten, und wir werden einen Anteil an der Beute nehmen, die wir bergen«, sagte Agnarr. »Aber wir geben euch nicht mehr als zwei Wochen, dann müssen wir spätestens in See stechen.«

Grimarr nickte. Er konnte sich die Diskussion unter den Norwegern so gut vorstellen, als wäre er selbst dabei gewesen. Thorgrim hatte mit all dem gar nichts zu tun haben wollen. Ornolf, Harald und Starri hatten ihn bestimmt unterstützt, und sei es nur aus Treue. Agnarr womöglich auch. Doch die Besatzung, der Rest der Männer … sie hatten sich gewiss von der Gier packen lassen. Sie würden mit Thorgrim gehen, um nach dem Schatz zu suchen, oder ohne ihn. Darum war es zu einem Kompromiss gekommen. Zwei Wochen. Grimarr ging davon aus, dass dies eine Woche mehr war, als er brauchte.

Den übrigen Tag und bis weit in den folgenden Vormittag hinein wartete Grimarr darauf, dass Thorgrim in seiner Halle vorsprach. Er rechnete mit einem verärgerten Auftritt; mit Drohungen und Beschimpfungen. Er stellte sich vor, wie Thorgrim ihn beschuldigen würde, dass er dessen Männer gegen ihn aufgehetzt hatte. Diese Vorwürfe wären nur allzu berechtigt, denn genau das hatte er getan. Aber Thorgrim kam nicht, und das beunruhigte Grimarr noch mehr. Im besten Falle war Thorgrim wütend, befand Grimarr. Im schlimmsten Falle war er außer sich vor Zorn, und das konnte in offene Feindschaft umschlagen, was die Dinge nur komplizierter machen würde, wenn sie gemeinsam den Schatz holten.

Es war wahrscheinlich besser, dass Grimarr jetzt auf Thorgrim zuging. Es war Zeit für die Karotten.

»Bersi!«, rief er. »Hilder!«

Die beiden Männer saßen am anderen Ende der Halle beieinander und sprangen hastig auf, als er auf sie zuschritt.

»Hilder, du warst heute Morgen unten am Fluss. Wie stehen die Dinge bei unseren norwegischen Freunden?«

»Ich weiß nicht genau, Grimarr«, antwortete Hilder. »Sie waren an der Arbeit und haben Rundhölzer ausgelegt, um ihr Schiff zu Wasser zu lassen. Die Flut steigt und erreicht am Nachmittag den höchsten Stand. Sie waren recht schweigsam. Ich fand, sie wirkten nicht so glücklich miteinander.«

»Hmmm«, sagte Grimarr. Unter normalen Umständen wäre es ihm scheißegal gewesen, ob die Norweger sich gegenseitig an die Kehle gingen oder nicht. Aber in der nächsten Woche war es besser für ihn, wenn sie untereinander einig waren und am besten auch eine gewisse Begeisterung für die bevorstehende Aufgabe entwickelten.

Die Reparaturen an den dänischen Schiffen waren so gut wie abgeschlossen, und sie hatten die Schäden durch den von den Iren gelegten Brand so gut wie möglich ausgebessert. Am folgenden Tag wollten sie die Schiffe beladen und seefertig machen, um übermorgen in der Morgendämmerung aufzubrechen. Die Norweger, so hatte Grimarr erfahren, waren dann ebenfalls bereit. Die Vorbereitungen waren getroffen, doch der Erfolg war wahrscheinlicher, wenn es keine schwelenden Feindseligkeiten unter den Männern gab.

Er erhob sich. »Kommt, besuchen wir unsere Freunde und schauen wir nach, ob sie noch etwas von uns brauchen, bevor wir segeln.« Er griff nach seinem Schwertgurt und zögerte. Er verließ die Halle sonst nie ohne Waffe, aber dieses Mal beschloss er, sie zurückzulassen: eine Geste der Freundschaft und des Vertrauens, die Thorgrim gewiss bemerken würde.

Grimarr, Bersi und Hilder traten nach draußen, und er ging ihnen als Anführer voran und den Bohlenweg hinab. Tagelang hatte es beständig leicht geregnet, und alles war nass und dunkel. Doch heute brachen die dünnen Wolken über ihnen endlich auf, und die Sonne zerstreute sie wie Spinnweben. Dunstfäden stiegen von den Häusern empor, von den Werkstätten, den Zäunen und Höfen und Gärten Vík-lós. Das Meer im Osten war blau und glitzerte sogar im zunehmenden Sonnenlicht, ein seltener, erhebender Anblick. Grimarr erkannte, dass er sich seit Fastis Tod und dem Verlust der Beute aus Fearna in seiner dunklen, stickigen Halle verkrochen hatte, während ganz Irland sich in graue Nässe hüllte wie in Trauer um einen gefallenen Krieger.

Nun aber kehrte die Sonne endlich zurück, und Grimarr hatte Männer und Schiffe, und er hatte das Mädchen, das ihn zu den Reichtümern führen konnte, die er und Fasti erbeutet hatten. Er fühlte sich, wenn schon nicht glücklich, so doch zumindest weniger elend als je zuvor seit jenem Augenblick vor so vielen Monaten, als er zum ersten Mal vom Tod seiner Söhne Sweyn und Svein gehört hatte.

Die Norweger wimmelten um ihr Schiff herum. Bei der Arbeit in der ungewöhnlichen Wärme hatten sie sich bis auf die Tuniken ausgezogen und in manchen Fällen alles bis auf die Beinlinge abgestreift. Ein großer Flaschenzug war an einer Spiere festgemacht, die im Mastfuß steckte und als Hebel diente, um den Rumpf wieder gerade zu richten. Männer trugen gerundete Holzbohlen und legten sie in gleichmäßigen Abständen hinter dem Schiff aus, bis sie wie eine Straße zur Wasserlinie reichten. Wenn die Flut am höchsten stand, würden sie das Schiff zurück Richtung Fluss hieven, es Fuß um Fuß in sein natürliches Element schieben, bis es wieder schwamm und die vielen Tonnen Gewicht sich von einer Handvoll Männern bewegen ließen, die an ein paar Tauen am Ufer zogen.

Thorgrim stand ein wenig abseits mit Aghen, dem Schiffsbaumeister – Grimarr hatte gehört, dass er den Norwegern eine große Hilfe gewesen sei. Ursprünglich hatte Grimarr dem alten Mann befohlen, seinen Beistand anzubieten, und es war ihm nur darum gegangen, die Norweger so schnell wie möglich loszuwerden. Nun aber erkannte er, dass die Götter ihm diese Eingebung geschenkt hatten und dass ein größerer Plan dahintersteckte. Mit Aghens Unterstützung war das norwegische Langschiff jetzt bereit zu segeln, genau in dem Moment, wo Grimarr es brauchte, um mit ihm in den Süden zu fahren.

Derzeit allerdings waren die beiden Männer nicht mit Thorgrims Schiff beschäftigt. Stattdessen musterten sie eines der irischen Boote, das nach dem Überfall im Longphort zurückgeblieben war. Lang und schwarz und niedrig lag es auf dem Strand, und Thorgrim und Aghen stocherten daran herum und untersuchten es aus verschiedenen Winkeln.

»Thorgrim! Thorgrim Nachtwolf!«, rief Grimarr, und der heitere Tonfall klang selbst in seinen Ohren merkwürdig. Thorgrim blickte in seine Richtung, machte aber keine Anstalten, ihm entgegenzugehen oder ihn gar zu grüßen, als Grimarr auf ihn zutrat. Grimarr sah, wie Thorgrim ihn kurz musterte, und er hatte keinen Zweifel daran, dass ihm das Fehlen von Waffen auffiel.

Grimarr hielt inne und wies mit ausladender Geste auf das Schiff. »Es sieht ja alles gut aus. Sie wird heute mit der Flut wieder zu Wasser gelassen, habe ich gehört?« Er wandte sich erneut Thorgrim zu, und ihre Blicke kreuzten sich. Eine ausgedehnte, unbehagliche Stille folgte.

Er ist wütend, verdammt wütend, dachte Grimarr. *Also gut …*

Er trat näher und schloss sich den beiden anderen Männern bei dem merkwürdigen Wasserfahrzeug an, als wäre er eingeladen. »Einer dieser verdammten irischen Kähne?«, fragte er und nickte in Richtung des Curraghs. Das Boot war mehr als zwanzig Fuß lang, mit einem ausgeklügelten Gerüst aus dünnen Spanten und Planken als Grundgerüst, vernagelt und zusammengebunden und mit Rinderhäuten überzogen, mit Eichenrinde gegerbt und großzügig geteert an den Nähten.

»Ja, Lord Grimarr«, erwiderte Aghen. »Ein bemerkenswertes Gefährt. Thorgrim und ich haben uns gerade angesehen, wie es gebaut ist. Es ist leicht, aber trotzdem kräftig und durchaus seetüchtig.«

Grimarr schnaubte. Er war wenig beeindruckt, und das galt für irische Boote wie für alles andere, was von den Iren kam.

Außerdem hatte das nichts mit seinem gegenwärtigen Anliegen zu tun. Er trat einen Schritt näher und sagte: »Schau, Thorgrim, ich muss mich mit dir unterhalten.«

Aghen nickte und zog sich zurück. Bersi und Hilder blieben auf Abstand und ließen die Männer allein. Grimarr senkte die Stimme: »Es tut mir leid, wie die Dinge gelaufen sind. Bersi Jorundarson, der Dummkopf, weiß nie, wann man besser die Klappe hält. Ich wollte es dir überlassen, deinen Leuten von der Beute aus Fearna zu erzählen, genau, wie wir es abgesprochen hatten. Ich war wütend auf Bersi, und das lass ich ihn auch spüren, glaub mir das.«

»Trotzdem steht er hier«, sagte Thorgrim und nickte kurz in Bersis Richtung. »An deiner Seite.«

»Bersi ist ein guter Mann, bei all seinen Schwächen, und nachdem wir Fasti Magnisson und seine Leute verloren haben, brauche ich jeden, der übrig ist. Aber wenn du denkst, dass dir durch Bersi Unrecht widerfahren ist, werde ich es gutmachen. Sag's mir. Willst du mit ihm kämpfen? Ich mische mich nicht ein. Ihn gleich erschlagen? Gib mir ein Schwert, und ich töte ihn für dich. Ich stehe in deiner Schuld, Thorgrim, und ich will nicht, dass du dich ungerecht behandelt fühlst.«

Wieder folgte eine Stille, und schließlich sagte Thorgrim: »Es hat keinen Sinn, Bersi zu töten. Er hat mir nichts getan.«

»Und wenn ich dir ein Unrecht zugefügt habe, dann nur durch meine eigene Dummheit, und nicht aus bösem Willen«, fügte Grimarr hinzu. »Ich will nur deine Freundschaft, und ich möchte, dass du und deine Männer sich mir anschließen und einen Anteil an den Reichtümern erhalten, die wir bei Fearna erbeutet haben. Das war keine leichte Zeit für mich, Nachtwolf. Fasti war mein ältester Freund. Sein Verlust trifft mich tief.«

In Wahrheit bedeutete Fastis Verlust gar nichts, wenn man

ihn gegen den Verlust seiner beiden Söhne aufwog. Fast hätte Grimarr das ausgesprochen, seine Jungen erwähnt, den größten Verlust von allen. Aber er tat es nicht. Der Tod von Sweyn und Svein war eine andauernde Qual, so rein wie Feuer, und Grimarr würde ihn nicht als Mittel missbrauchen, mit dem er irgendeinen Fremden manipulierte und nach seiner Pfeife tanzen ließ.

Thorgrim schnaubte. »Es tut mir leid mit Fasti. Der Rest spielt keine Rolle. Was die Götter bestimmt haben, haben sie nun einmal so bestimmt.«

Grimarr fiel auf, wie Thorgrim zwei silberne Amulette zwischen Daumen und Zeigefinger rieb, Thors Hammer und ein kleines silbernes Kreuz, eine eigentümliche Mischung, über die Grimarr sich bereits gewundert hatte.

»Ich weiß, dass es vor allem deine Männer waren, die sich mir anschließen wollten, Thorgrim, und nicht du«, sagte Grimarr. »Sie gierten nach dem Silber, wo sie doch auf deine Befehle hätten warten sollen. Und tatsächlich fühle ich mich zum Teil dafür verantwortlich.« Sein Ton war schuldbewusst, heiterte sich aber auf, als er weitersprach: »Allerdings werden wir kaum länger als eine Woche unterwegs sein. Einmal die Küste entlang und zurück. Weniger als eine Woche, möchte ich annehmen. Diese Irin sollte uns leicht zeigen können, wo Fasti den Schatz versteckt hat. Wir holen ihn und sind wieder hier, bevor die verfluchten Iren auch nur bemerkt haben, dass wir fort sind. Unsere Langschiffe werden uns viel schneller tragen, als irgendeiner von Lorcans Männern reiten kann, selbst wenn sie versuchen, uns an Land zu folgen. Wir werden nicht einmal kämpfen müssen. Alles Blutvergießen haben Fasti und ich schon bei Fearna erledigt, und du und deine Männer, ihr müsst jetzt nur die Beute einsammeln.«

Thorgrim nickte, aber der Ausdruck auf seinem Gesicht

verriet, dass er keinesfalls überzeugt war, sondern einfach nur keine Lust zum Diskutieren hatte. Grimarr erwartete auch gar nicht, dass er Thorgrim jemals überzeugen könnte. Dafür war der Mann zu schlau. Zum Beispiel würde ihm völlig klar sein, dass Grimarr die Norweger nie hinzugezogen hätte, wenn er die Aufgabe wirklich für so leicht hielte. Die Tatsache, dass Grimarr bereit war, einen großen Teil des Schatzes herzugeben, verriet Thorgrim gewiss deutlich genug, dass ein blutiger Kampf sehr wahrscheinlich war.

Was Thorgrim nicht erkannte – oder zumindest hoffte Grimarr, dass dem so war –, war der Umstand, dass die Norweger nicht viel von dem Schatz erhalten sollten. Grimarr hatte vor, sie bei jedem Gefecht in die erste Reihe zu stellen und ihre Zahl auf diese Weise erheblich zu reduzieren, lange bevor die Beute aufgeteilt wurde.

»Du stehst also an unserer Seite?«, fragte Grimarr und streckte die Hand aus. »Sind wir Brüder bei diesem Unterfangen?«

Thorgrim zögerte, nur einen Herzschlag, gerade lange genug, um Grimarr wissen zu lassen, dass seine Unterstützung ihre Grenzen hatte und dass er sich dem Zug nicht aus persönlicher Überzeugung anschloss, sondern nur, um seine Leute zufriedenzustellen. Dann ergriff er Grimarrs Hand mit festem Griff und schüttelte sie auf eine Weise, die dem Dänen verriet, dass Thorgrim zu seinem Wort stehen würde und sein Beistand verlässlich war, so verärgert er auch sein mochte, weil man ihn derart am Nasenring führte.

»Danke, Thorgrim«, sagte Grimarr. Er empfand erneut eine Woge der Zuversicht, ein Gefühl, das er während der letzten Monate vermisst hatte. Damit wandte er sich um und blickte auf den Fluss hinaus, auf die dort liegenden Schiffe, das Meer dahinter. Thorgrims Schiff stand nun aufrecht, und seine Männer platzierten einen Schlitten darunter, der es in dieser Position halten würde, wenn es über die Rollen auf das ansteigende Wasser zugeschoben wurde.

Grimarr wurde bewusst, dass er Thorgrims Schiff noch nie zuvor gesehen hatte. *Weitfahrer*, dachte er. *So nennt er sie.* Er ließ den Blick über den Rumpf wandern, vom Bug bis zum Heck, mit derselben Bewunderung, mit der er eine schöne Frau von Kopf bis Fuß mustern mochte.

Ein elegantes Schiff, befand er. Ihm gefielen die Linien, die Breite des Rumpfs im Vergleich zur Länge, die Krümmung von Bug und Achtersteven. Was für Schnitzereien auch immer sonst auf den Steven steckten, derzeit waren sie fort. Es brachte nichts, sie sichtbar anzubringen, wenn man nicht gerade jemanden damit erschrecken wollte und stattdessen Gefahr lief, die freundlichen Geister des Landes gegen sich aufzubringen. Das war eine Sache, die kein Nordmann gern riskierte, und Thorgrim bildete da keine Ausnahme.

Das Schiff war mit einer schwarzen Mischung aus Pech und Firnis überzogen, eine ungewöhnliche Versiegelung und nicht das Verfahren, das Grimarr gewählt hätte. Aber es hatte gewiss seine Vorzüge. Das Schiff hatte eine anständige Größe und bot auf jeder Seite Öffnungen für ein Dutzend Ruder. Es sah schnell aus und schien gut am Wind segeln zu können.

»Ein ansehnliches Schiff«, sagte Grimarr und wusste genau, dass es nichts Besseres gab, um sich bei einem Mann einzuschmeicheln, als sein Schiff zu loben, außer vielleicht, wenn man Bewunderung für seine Frau oder seinen Sohn ausdrückte.

»Danke«, gab Thorgrim zurück. Es klang weder dankbar noch erfreut.

»Darf ich mich ein wenig darauf umsehen?«, fragte Grimarr.

Thorgrim nickte. »Sicher, wenn du es wünschst. Es wird mindestens noch eine Stunde dauern, bevor wir es bewegen.

Dann bist du herzlich eingeladen, gemeinsam mit uns allen anzupacken.«

Grimarr überquerte den flachen Grasstreifen, auf dem das Schiff lag. Er trat auf die Planke, die als Steg vom Boden bis zum Steuerbordrand führte. Grimarr spürte, wie das Brett sich unter seinem Gewicht bog. Seine Bewunderung für das Schiff, so erkannte er, rührte zum Teil von einem vagen Gefühl der Vertrautheit her. Er nahm nicht an, dass er die *Weitfahrer* früher schon mal gesehen hatte. Vermutlich kannte er einfach Schiffe, die ihr sehr ähnlich waren. Er fragte sich, ob sie von Norwegern gebaut worden oder den Händen dänischer Zimmerleute entsprungen war. Er wusste nichts über die Vorgeschichte der *Weitfahrer*, aber wenn Thorgrim sie irgendwelchen Dänen abgekauft hatte, würde das die vertraute Form erklären.

Es gab keine Ruderbänke, auf die man treten konnte, wie Grimarr es gewöhnt war. Also sprang er das kurze Stück vom Ende des Stegs zum Deck hinab und landete mit einer Wucht, die den Boden erbeben ließ. Thorgrims Männer mussten ihre Seekisten als Ruderbänke benutzen, erkannte er. Keine schlechte Methode. Es sparte Platz, sorgte jedoch auch dafür, dass das Hab und Gut eines jeden vor den Elementen geschützt blieb.

Das Schiff war wenig mehr als eine leere Hülle. Es war alles an Land gebracht worden, was sich entfernen ließ – Bänke, Ruder, Mast, Rah und Takelage, Beitass, Vorräte, Wasser, Fracht. So war der Rumpf leicht genug, um ihn über den festen Erdboden zu bewegen. Grimarr hielt inne und sah sich um. Das Gefühl, dass er dieses Schiff kannte, verringerte sich nicht. Es verstärkte sich vielmehr noch. Langsam wanderte er zum Heck. Die Form, die Ausmaße, all das kam ihm völlig vertraut vor, obwohl er immer noch den Eindruck hatte, dass er das Schiff selbst nie zuvor betreten hatte.

Dänische Konstruktion, es muss von Dänen gebaut worden sein, dachte er. Das war die einzige Erklärung, die ihm für seine merkwürdige Empfindung einfiel. *Ich muss Thorgrim danach fragen*. Er war neugierig geworden.

Er schritt weiter nach achtern und hielt bei der Mastspur inne, einem massiven Block aus Eichenholz, gerundet wie der Rücken eines Wals, der durch die Oberfläche des Meeres brach. Das Loch, in dem das untere Ende des Masts ruhen solle, klaffte leer zu seinen Füßen wie ein übergroßes Atemloch im Kopf des Wals. Der Mast selbst lag an Land und wartete darauf, dass die *Weitfahrer* wieder auf dem Wasser schwamm. Zwei frisch geschnittene Verstärkungen fügten sich perfekt über die Mastspur und ergänzten die Streben, die bereits vorher da gewesen waren. Das Holz war mit Leinsamenöl behandelt worden, aber immer noch heller als die älteren Stützen.

Interessant …, dachte Grimarr. Er erinnerte sich daran, wie sein mittlerer Sohn, Sweyn – der kühnste und beste Seefahrer der drei, schon mit einundzwanzig Befehlshaber seines eigenen Schiffes! – darüber geklagt hatte, dass der Mastfuß bei hartem Seegang zu viel Spiel zeigte. *Genau das hatte er selbst vorgehabt, zusätzliche Verstärkungen anzubringen …*

Und dann sah er noch etwas. Eine Kerbe in der Mastspur, eine Stelle, die so aussah, als wäre das Holz von einer Axt getroffen worden. Grimarr hockte sich auf die Fersen und sah genauer hin. Überrascht schüttelte er den Kopf. Sweyns Schiff hatte eine fast identische Furche gehabt, dort, wo Sweyns jüngerer Bruder Svein eine Schot durchgehauen hatte, die nach einem Windstoß den Mast umzureißen drohte.

Wie eigenartig …, grübelte Grimarr. *Von diesem seltsamen Zufall muss ich Thorgrim erzählen.*

Und dann kam ihm eine andere Möglichkeit in den Sinn, und er erstarrte. Der hünenhafte Däne verharrte reglos, als hätte er gerade festgestellt, dass ein wildes Tier sich an ihn anpirschte. Er spürte, wie sein Magen sich zusammenballte. Seine Augen wurden schmal, und er richtete sich wieder auf. Langsam, als hätte er Angst, dabei entdeckt zu werden. Als fürchte er, den Bann zu brechen, den diese neue, diese furchtbare Erkenntnis über ihn gelegt hatte.

Er musterte das Schiff von vorn bis hinten, genau wie zuvor, als er an Bord gekommen war. Jetzt aber sah er es mit neuen Augen und bemerkte Dinge, die er bei der ersten Musterung übersehen hatte: eine eigentümliche, jedoch vertraute Verwachsung im Holz einer Planke an der Backbordwand, die an das Gesicht eines Mannes erinnerte; ein helleres Stück an einem Spant, wo frisches Holz eingefügt worden war, nicht von Thorgrim, sondern von anderen Händen zu einem früheren Zeitpunkt. Von dänischen Händen. Eine abgewetzte Stelle, wo – wie er genau wusste! – eine Brasse nach innen über das Dollbord lief.

Grimarr sah alles verschwommen, als hätte er unter Wasser die Augen geöffnet. Seine Gedanken waren vernebelt und sprunghaft, genau wie sie es gewesen waren, nachdem Lorcan ihm den Bratspieß auf den Kopf geschlagen hatte. Er konnte zwar sehen, doch um ihn her schien sich alles zu drehen, und er verstand kaum noch, was er da sah. Erst war da seine vertraute Welt gewesen, und nun war da plötzlich eine andere mögliche Welt. Eine Welt, die sich um ihn her zeigte und die grauenerregend, verwirrend und unwirklich war.

Er stolperte zum Heck. Jede Krümmung des Rumpfs, jeder Schwung der Planken war ihm ganz geläufig, als gäbe es eine ausgehöhlte Form in seinem Geist, wo dieses Schiff perfekt hineinpasste. Unmittelbar vor dem erhöhten Achterdeck hielt er an und fiel auf die Knie, und einen Moment lang blieb er einfach so und starrte auf die Decksplanke hinab. Er war starr vor

Entsetzen. Er zweifelte nicht mehr daran, was er dort finden würde, und doch fürchtete er sich davor, es zu tun. Wenn er diese Planke anhob, würde er damit eine schreckliche Wunde wieder aufreißen, die beinahe geheilt war. Die Welt, die er sich während der letzten Wochen aufgebaut hatte, würde zerstört werden, so sicher, als hätten Wölfe sie zerrissen.

Aber er musste nachsehen! Er griff hinab, seine Hände zitterten, sodass er Mühe hatte, die Finger unter den Rand des Bretts zu schieben. Dann schaffte er es, er hob die kurze Planke an, genau wie sein Sohn es an einem trägen Nachmittag vor mehr als einem Jahr getan hatte, ein Junge, der ein scharfes Messer hatte und nichts Besseres zu tun.

Grimarr drehte das flache Brett um. Die Runen waren inzwischen schlechter zu erkennen, doch sie waren immer noch da, unverkennbar. Worte, tief ins Holz geschnitten.

Svein Grimarrson schnitzte dies.

17. Kapitel

Niemand soll hier einem anderen schaden,
Böses tun oder Tod erstreben,
mit scharfem Schwerte Wunden schlagen,
und fänd er des Bruders Mörder hier gebunden.

GROTTASONGR

Grimarr starrte eine halbe Minute auf die Runen, nicht länger. Dann drehte er die Decksplanke wieder um und fügte sie so sorgfältig an ihrem Platz ein, als würde er vor einer Bestattung ein Schwert neben den Leib seines Sohns legen. Er erhob sich und fühlte, wie sein Geist klarer wurde, nur ein wenig, als wäre der Schlamm vom Grund eines Tümpels aufgewühlt worden und setzte sich allmählich.

Die Sonne war herausgekommen und der Himmel fast wolkenlos, doch das verstärkte nur die Unwirklichkeit der Szene. Dort war Thorgrim Nachtwolf und unterhielt sich mit Bersi und Hilder. Die drei standen beisammen, als hätte sich nichts geändert, als wäre nicht gerade die ganze Welt auf den Kopf gestellt worden.

»Thorgrim …«, sagte Grimarr. Er sprach leise, für sich, artikulierte den Namen wie einen Fluch, als könne er damit den furchtbarsten Zauber heraufbeschwören. »Thorgrim …«

Vor einem halben Jahr war ein Ire nach Vík-ló gekommen, ein junger Mann, der Silber verteilte und dazu das Versprechen, dass er mehr davon bringen würde. Er suchte Männer, die nach Dubh-Linn segelten und eine junge Frau entführten, die dort im Haus eines Schmieds wohnte. Er nannte keinen Grund dafür, doch die Menge an Silber, die er zu zahlen bereit war, war Hinweis genug, dass dieses Mädchen keine Sklavin oder einfache Bäuerin war.

Sandarr hatte das für ein närrisches Unterfangen gehalten, und Grimarr war skeptisch gewesen. Aber Sweyn und Svein hatten die Herausforderung ohne Zögern angenommen. Sie waren immer auf der Suche nach einer günstigen Gelegenheit und begierig darauf, eigenen Ruhm zu erlangen, nicht nur an der Seite ihres Vaters. Genau das hatte Grimarr an seinen beiden Jungen geliebt, und so gab er ihnen trotz seiner Bedenken den Segen, sich aufzumachen. Sweyn und Svein sammelten eine Mannschaft, nahmen das Schiff, das vor dessen Verwundung unter Sandarrs Befehl gestanden hatte, und segelten nach Dubh-Linn.

Sechsundzwanzig Männer waren mit seinen Söhnen aufgebrochen. Zwei kehrten zurück. Sie kamen zu Fuß, nachdem sie nach der Niederlage in den Nebenstraßen von Dubh-Linn hatten untertauchen können. Sie hatten sich aus dem Longphort herausgeschlichen und reisten drei Wochen über Land, um wieder heimzukommen.

Sie berichteten von dem Kampf auf dem Bohlenweg. Sie waren nicht bei Sweyn und Svein gewesen, als die beiden die junge Frau geholt hatten. Doch sie erzählten, wie sie auf der Straße gekämpft hatten, wie sie beinahe die Verteidiger des Mädchens überwunden hatten und wie dann auf einmal ein zweiter Trupp Männer aus der Dunkelheit herangekommen war und sie niedergemacht hatte. Sie hatten mitangesehen, wie Sweyn und Svein mit der Waffe in der Hand fielen. Das zumindest war ein Trost für Grimarr, ein wenig Wärme in den eisigen Tiefen seines Kummers.

Und jetzt segelte Thorgrim Nachtwolf ihr Schiff.

Grimarrs Hand fuhr zum Griff seines Schwertes, wie ein christlicher Priester nach seinem Kruzifix tasten mochte. Doch wo für gewöhnlich seine Waffe hing, fand er nur leere Luft. Auch das war etwas, was so nicht sein sollte, etwas, das nicht in seine Welt passte, weil sein Schwert immer dort war und auf den Griff seiner Hand wartete.

Dann erinnerte er sich. *Eine Geste der Freundschaft* …

Wut stieg in ihm empor, eine weißglühende Flamme, die jede Verwirrung aus seinem Geist brannte. Er blickte sich um, suchte irgendetwas, irgendeine Waffe, ein Ruder, eine Ruderpinne, irgendwas, womit er Thorgrim erschlagen konnte.

Da sah er, wie Thorgrims Sohn Harald über das offene Gelände schritt, auf Thorgrim zu, flink und sorglos, als müsse er nichts auf der Welt fürchten. Und Grimarr wusste, dass Harald derjenige war, der sterben musste. Er musste vor Thorgrims Augen sterben, Thorgrim musste es miterleben, bevor er selbst den Tod fand, und das auf eine derart schändliche Weise, dass er nie das Innere von Odins Halle zu sehen bekam.

Grimarr wirbelte herum, immer noch auf der Suche nach einer Waffe. Doch schon flackerte ein Funke der Vernunft in seinem Geist auf, wie eine Kerzenflamme in der Finsternis seiner Wut. Bersi begleitete ihn, und er würde an seiner Seite kämpfen, wie Hilder auch. Thorgrim hingegen hatte seine ganze Mannschaft an seiner Seite, alle seine Männer. Ob mit Waffe oder ohne, Grimarr könnte sich glücklich schätzen, wenn er entweder Harald oder Thorgrim zu Boden strecken konnte, bevor er selbst getötet wurde. Und das nutzte ihm wenig.

Grimarr fürchtete den Tod nicht, aber er wollte sein Leben nicht wegwerfen, ehe er den Mord an seinen Söhnen gerächt hatte.

Deswegen hörte er auf, nach einer Waffe zu suchen, und er unterdrückte sein Verlangen, Thorgrim und Harald gleich an

Ort und Stelle zu töten, obwohl er sich der genauen Gründe dafür erst sehr viel später bewusstwerden sollte. Dort, auf dem Achterdeck des Schiffes seiner Söhne, dachte er längst nicht so klar. Dort waren seine Pläne nicht sauber vor ihm ausgelegt wie mit Runen in einen Stein geschnitten. Es war mehr wie ein Traum; lebhaft, aber formlos und unwirklich. Er wusste nicht genau, was er tun sollte, in diesem Moment, an diesem Ort. Er wusste nur, dass er Thorgrim und Harald töten musste und dennoch die Beute aus Fearna erlangen. Um all das zu erreichen, musste er erst einmal nachdenken.

Er stolperte wieder zum Bug, fand den Steg und schaffte es, dem schmalen Brett zurück zum Boden zu folgen. Er konnte nur an eine Sache denken, nur an ein einziges Ziel, und das war die Rückkehr in seine Halle. Er wollte diesem Sonnenschein entkommen, der ihn verhöhnte, wollte in seinen düsteren Unterschlupf fliehen und sich im trüben Licht und dem vertrauten, dumpfen Qualmgeruch jenes Ortes verkriechen.

Was geschah mit ihren Überresten?, fragte sich Grimarr. Dieser Gedanke quälte ihn von allen am meisten. Gewiss hatten sie keinen solchen Abschied wie die Männer der *Wogenreiter* erhalten. Grimarr hoffte, er betete zu den Göttern, dass sie zumindest auf anständige Weise begraben worden waren, mit den Waffen an der Seite. In seinen finstersten Augenblicken, wenn er die trüben Gedanken nicht länger zurückhalten konnte, sah er es vor sich: seine stattlichen Söhne entkleidet, nackt auf irgendeinen Misthaufen geworfen! Manchmal träumte er des Nachts davon, düstere und hässliche Träume.

Seine Füße trugen ihn rasch den Bohlenweg hinauf. Er hielt den Blick gesenkt, die Lippen aufeinandergepresst. Er hörte Bersi seinen Namen rufen, wie aus großer Ferne, doch er achtete nicht darauf und lief weiter. Sein Verlangen, wieder im eigenen Haus zu sitzen, wuchs mit jedem Schritt den Hügel hinauf noch mehr. Seine Gedanken wirbelten durcheinander und fügten sich allmählich zu vernünftigen und planvollen Mustern. *Weiß Thorgrim, dass die Jünglinge, die er tötete, Sweyn und Svein, meine Söhne waren? Spottet Thorgrim meiner? Ist er nach Vík-ló gekommen, um mich zu verhöhnen? Oder ist das alles nur ein großer Zufall?*

Nein, kein Zufall, davon war Grimarr überzeugt. Allerdings war Thorgrim gewiss nicht nach Vík-ló gereist, um sich absichtlich über ihn lustig zu machen. Es sei denn, er wollte sterben, und Grimarr glaubte nicht, dass dies der Fall war. Also wusste Thorgrim entweder Bescheid und wollte es verborgen halten, oder er wusste gar nichts, und die Götter hatten ihn hierhergeschickt, damit er, Grimarr, die ihm zustehende Rache üben konnte. Je mehr er darüber nachdachte, umso sicherer war er, dass Letzteres der Fall sein musste.

Mit ausgreifenden Schritten durchmaß er die Strecke vom Fluss bis zu seiner Halle, und auf diesem Weg fügte sich alles für Grimarr zusammen: Thorgrim hatte seine Jungen umgebracht; irgendwie hatte er es geschafft, sie zu überwältigen und ihr Schiff zu rauben. Er hatte das Schiff getarnt und versuchte, aus Irland zu fliehen, doch die Götter ließen es nicht zu und sorgten stattdessen dafür, dass er angeschlagen nach Vík-ló segeln musste. Daraufhin enthüllten sie Grimarr, wen sie da in seine Reichweite gebracht hatten.

Grimarrs Verstand klärte sich zunehmend, und er erkannte, dass dies ein Geschenk war, das er weder missachten noch vergeuden durfte. Er musste schlau sein. Er musste seine Rache in einer Weise planen, die den Göttern zeigte, wie sehr er zu schätzen wusste, was sie für ihn getan hatten. Das war nicht der rechte Augenblick für ein hirnloses Gemetzel. Nun war die Zeit für Klugheit. Die Zeit nachzudenken.

Gerade, als er zu dieser Erkenntnis gelangt war, erreichte er auch die schwere Eichentür seiner Halle. Das war gut so, denn er brauchte die Dunkelheit und die vertraute Umgebung, um seine nächsten Schritte zu planen. Er stieß die Tür auf. Etwas Sonnenlicht drang durch die wenigen Fenster, deren Läden bei der ungewöhnlichen Wärme geöffnet waren, dennoch lag der Raum zum größten Teil im Schatten. Grimarr trat ein, und dabei erkannte er, dass Männer hier waren, Männer, die er nicht erwartet hatte.

Seine Augen gewöhnten sich an das Dämmerlicht, und die Männer schienen vor ihm Gestalt anzunehmen, als würden sie sich aus dem bloßen Rauch manifestieren. Einer von ihnen war Hrafn, derjenige, den er mit Lorcans Boten mitgeschickt hatte, um sich davon zu überzeugen, dass Sandarr tatsächlich noch lebte. Davor saßen zwei Fremde, die nach irischer Art gekleidet waren und wie Krieger aussahen. Sie waren unbewaffnet, im Gegensatz zu Hrafn und dem Dutzend von Grimarrs Männern, die in losem Halbkreis hinter ihnen standen.

Grimarr hielt inne und wusste im ersten Augenblick nicht, was man von ihm erwartete. Er war so vollständig in Gedanken versunken gewesen, Gedanken an Thorgrim, seine toten Söhne und die Rache, die er nehmen würde, dass es ihm nun schwerfiel, seine Aufmerksamkeit auf etwas anderes zu richten.

»Grimarr, Herr?«, bemerkte Hrafn in fragendem Tonfall und holte Grimarr zurück in die Gegenwart. »Ich bin aus Lorcans Rath zurück.«

Grimarr schaute Hrafn an, blickte dann zu den Iren und wieder zu Hrafn. Er zwang sich dazu, seine Gedanken auf dieses neue Problem zu lenken und das andere beiseitezuschieben. »Was hat du erfahren?«, wollte er wissen und trat tiefer in den Raum, näher auf Hrafn und die beiden Iren zu. »Was ist mit Sandarr?«

»Sandarr lebt, Herr«, sagte Hrafn. »Ich habe mit ihm gesprochen. Er ist unverletzt. Diese Leibeigene, Ronnat, seine rothaarige Sklavin, ist bei ihm.«

Grimarrs Kopf fuhr in die Höhe, und er musterte ihn scharf. »Seine Sklavin ist bei ihm?«

»Ja, Herr.«

Grimarr wandte sich ab und starrte in die Dunkelheit am anderen Ende der Halle. *Dieser Bastard, dieser verräterische, ungetreue, von den Göttern verfluchte Bastard …*

Sandarr war sein Erstgeborener, sein ältester Sohn, trotzdem hatte Grimarr nie viel für ihn übriggehabt. Da war etwas Verdorbenes an dem Jungen, als ob er deutlich gerissener war, als ihm guttat. Stets hatte er versucht, sich mit Worten oder Ränkespielen einen Vorteil zu verschaffen. Er war die Art Mann, die lieber hinter dem Rücken eines anderen etwas ausheckte, als seinem Gegner mit dem Schwert in der Hand entgegenzutreten. Seine Brüder, Sweyn und Svein, waren nicht so gewesen. Ganz und gar nicht! Junge Männer, auf deren Wort Verlass war. Unbesonnen, eigensinnig – gewiss! Doch so sollten Jünglinge sein. Und sie waren niemals hinterlistig gewesen.

Doch jetzt waren sie tot. Und Sandarr, Grimarrs einziger verbliebener Sohn, hatte ihn hintergangen.

»Herr, Lorcan hält Sandarr gefangen«, sprach Hrafn in die Stille hinein.

Dummkopf, dachte Grimarr. Er fuhr herum und trat zwei Schritte auf Hrafn und die Iren zu. »Ein Mann, der vom Feind ergriffen wird, nimmt nicht erst noch seine Dienerin mit«, sagte er. Seine Stimme zitterte vor unterdrückter Wut. »Sandarr hat mich verraten.«

»Herr«, sprach Hrafn weiter, wenn auch weniger überzeugt als zuvor. »Lorcan sagt, dass diese Männer das Mädchen zu ihm bringen sollen, andernfalls würde er Euch als Nächstes den Kopf Eures Sohnes schicken.«

Grimarr lachte, ein abgehacktes, hässliches Lachen. »Sandarr ist vollkommen in Sicherheit. Jedenfalls so lange Lorcan ihn für nützlich hält. Und Lorcan wird ihn so lange für nützlich halten, bis der Schatz von Fearna in seinen Händen ist. Oder in meinen. Soll Sandarr selbst auf seinen Kopf aufpassen.«

Die Tür ging auf. Bersi und Hilder traten ein. Sie schienen außer Atem zu sein, als wären sie gerannt, um Grimarr einzuholen. Ihr Blick fiel auf die beiden Iren. Bersi fragte: »Grimarr, wollt Ihr mit diesen Iren reden? Soll ich nach dem norwegischen Jungen schicken, Harald?«

»Nein!«, fuhr Grimarr ihn an, lauter und wütender, als er es beabsichtigt hatte. Er sah, wie Bersi bei dem Ausbruch zusammenzuckte. Die Erinnerung an Harald hatte Grimarrs Zorn erneut aufflammen lassen, und er spürte, wie die Wut ihn zu verschlingen drohte. »Nein!«, brüllte er wieder und versuchte nicht einmal mehr, sich zurückzuhalten. »Nein, ich will diesen Hurensohn hier nicht sehen!« Er packte die Kante des schweren Eichentisches, hob sie an und drückte zu, drehte das Möbelstück herum wie die Seite eines Buches. Trinkschalen und Krüge und Teller und Speisen flogen über den Lehmboden.

Er sah sich um und sah in die erschrockenen Gesichter der Männer, die ihn beobachteten, und er hasste sie alle. Er blickte auf die beiden Iren herunter, die ihn mit ängstlichen, weit aufgerissenen Augen anstarrten und nicht verstehen konnten, was gerade vorging. Lorcans Krieger. Von dem Mann geschickt, der Fasti getötet hatte, der den Schatz von Fearna für sich haben und Grimarr ins Meer jagen wollte.

Ein Knurren stieg in seiner Kehle auf, ein tiefer, tierhafter Laut. Es schwoll an zu einem wütenden Schrei. Grimarrs Schwertgurt und die Waffe hingen an einem Balken an der Wand. Er packte das Heft, riss das Schwert heraus und wirbelte auf den Fersen herum, alles in einer flüssigen Bewegung.

Perfekt schätzte er die Länge seines Arms, die Länge der Klinge und den Abstand zu dem ihm nächsten der beiden Iren und schoss wie ein Wirbelwind auf den Mann zu.

Die makellos geschliffene Klinge von Grimarrs Schwert traf den Hals des Mannes und glitt hindurch, ohne merklich langsamer zu werden. Der Kopf flog in hohem Bogen davon, der Körper sackte vornüber. Blut spritzte hervor, schwarz wie Teer im trüben Licht der Halle, und die Männer, die dahinter standen, wandten sich ab und stolperten rückwärts, die Arme hochgerissen, um den blutigen Sprühnebel abzuwehren.

Der andere Ire war auf den Beinen, noch bevor der Kopf seines Begleiters mit dumpfem Laut auf den Boden schlug. Er wich zurück und hob abwehrend die Hände, auch wenn seine Gesichtszüge bewundernswert gefasst blieben. Grimarr verharrte vornübergebeugt, das große Schwert wirkte in seiner Hand schwerelos, als wäre es ein Schilfhalm. Er atmete heftig und fixierte den zweiten Iren durch die Haarsträhnen, die ihm ins Gesicht gefallen waren. Es war still geworden in der Halle, vollkommen still, bis auf Grimarrs schwere Atemzüge.

Dann wies Grimarr auf Lorcans noch lebenden Gesandten. »Bindet ihn auf sein Pferd«, befahl er mit leiser, aber klarer Stimme. »Bindet den Kopf des anderen um seinen Hals, und dann schickt sie fort. Wir werden sehen, ob das Pferd zurück zu Lorcans Rath findet, bevor die Wölfe diesen erbärmlichen Scheißhaufen holen.«

Er machte kehrt und ging rasch zum gegenüberliegenden Ende der Halle und den Schlafräume dahinter. Die Männer in seinem Weg sprangen auseinander. Grimarr öffnete die Tür zu seinem persönlichen Zimmer. Ein erhöhtes und mit Fellen bedecktes Lager stand an einer Wand, ein Tisch und ein Hocker an der anderen. Seine Dienerin hatte die Läden vor dem einzigen Fenster aufgestoßen. Ein breiter Streifen Sonnenlicht drang herein, und der allgegenwärtige Staub ließ die Lichtsäule beinahe körperlich erscheinen.

Fünf Minuten zuvor hätte das Licht ihn noch rasend gemacht, aber das Blutvergießen hatte ihn ruhiger werden lassen. Der Tod des Iren war ein Opfer für die Götter gewesen, und im Gegenzug hatten die Götter ihm Klarheit geschenkt. Er konnte wieder nachdenken.

Er würde an Thorgrim und Harald Vergeltung üben, das war das Allerwichtigste. Doch was half ihm die Rache, wenn sie ihm selbst schadete oder wenn er gar bei der Ausübung starb? Gar nichts. Es wäre nichts wert, wie zwei Krieger, die blindwütig aufeinander zustürmen und am Ende beide tot liegen bleiben. Sinnlos. Echte Rache erforderte, dass nicht nur Thorgrim und Harald tot zurückblieben, sondern dass Grimarr auch auf Kosten der Norweger den eigenen Wohlstand und die eigene Macht mehren konnte.

Er war von Anfang an auf der richtigen Spur gewesen, erkannte er. Als er Thorgrim und seine Begleiter benutzen wollte, um an die Beute aus Fearna zu gelangen, indem er dafür sorgen wollte, dass sie bei allen Kämpfen in der vordersten Reihe standen. Ihre Leben zu opfern, ehe er die Leben seiner eigenen Männer aufs Spiel setzte. Dieser Plan war der richtige. Das war der Kurs, auf dem er bleiben musste.

Und jetzt?

Thorgrim muss sterben …, dachte Grimarr. *Er muss sterben, bevor wir segeln.*

Grimarr würde ganz wie geplant diese Norweger benutzen, um die Iren abzuwehren. Eine solche Lösung war einfach zu elegant, um davon abzulassen. Doch Thorgrim durfte nicht dabei sein, denn es gab hunderte von Möglichkeiten, wie er sich Grimarrs Zugriff entziehen konnte, wenn sie erst mal auf See waren.

Nein, Thorgrim Nachtwolf musste zuerst sterben, und Harald mit auf die Suche kommen, damit jemand mit dieser Irin sprechen konnte. Sobald der Schatz von Fearna in Vík-ló war, konnte Grimarr sich dann die Zeit nehmen, um Harald zu töten.

Thorgrim wird dann nicht mehr leben, um zuzusehen, wie sein Sohn stirbt, erkannte Grimarr. Das war bedauerlich. Er hätte zu gerne Thorgrim nur einen Bruchteil all der Qualen zugefügt, die er selbst durch den Tod seiner Söhne erlitten hatte. Aber so sollte es nicht sein. Die Götter waren über alle Maßen großzügig gewesen, indem sie Thorgrim an seine Schwelle gespült hatten. Mehr durfte er nicht erhoffen.

18. Kapitel

Wohl reichte mein Mut,
doch ihre Übermacht
brachte mich zu Fall;
der Lärm der Schwerter
umhüllte mich laut.

GISLI SURSSONS SAGA

Sandarr hatte genug vom Warten.

Es sollte mindestens noch einen weiteren Tag dauern, bis die Männer, die Lorcan mit Hrafn nach Vík-ló geschickt hatte, zurückkehrten. Sie sollten das Mädchen mitbringen, das angeblich den Schatz von Fearna finden konnte, aber Sandarr wusste genau, dass das nicht geschehen würde. Wenn die Männer überhaupt zurückkamen. Und er war es leid, in diesem elenden Rath herumzusitzen, dieser armseligen Hütte, die bei den Iren als Halle durchging, ihr schwaches Ale zu trinken und die Torfstücke zu essen, die sie Brot nannten.

»Ronnat!«, rief er, und die Sklavin sprang von ihrem Hocker in der Ecke auf und näherte sich. Sandarr saß an der Seite eines Tisches, der durch den halben Raum reichte; Lorcan und einige seiner getreuesten Gefolgsleute saßen auf der anderen. Die Überreste eines nachlässig verzehrten Abendessens waren überall auf der Tischplatte verstreut, und inmitten der Überbleibsel standen verschiedene Trinkgefäße, oder sie lagen umgekippt da wie Betrunkene, die auf dem Boden ihren Rausch ausschliefen.

»Ronnat, sag Lorcan, dass wir hier unsere Zeit verschwenden, wenn wir auf Grimarrs Antwort warten. Wahrscheinlich tötet er die Boten, und selbst wenn nicht, wird er das Mädchen trotzdem behalten.«

Ronnat nickte und drehte sich um, doch Sandarr unterbrach sie noch einmal. »Und übersetze es ihm so, wie ich es dir gesagt habe. Mildere meine Worte nicht ab.«

Ronnat nickte wieder, wandte sich Lorcan zu und ließ einen Stoß irischen Geplappers los. So klang es jedenfalls in Sandarrs Ohren. Er hatte es Lorcan schon einmal gesagt, dass sie Dummköpfe waren, wenn die Iren glaubten, dass Grimarr einen Handel mit ihnen schließen würde – ihn gegen das Mädchen. Sandarr gab sich keinen Illusionen hin, was die Gefühle seines Vaters betraf: Ihm war bewusst, dass Grimarr nicht einmal eine Seite Speck für ihn geben würde. Wären es Sweyn oder Svein gewesen, die hier gefangen saßen, sähe es anders aus. Aber als Gegenleistung für das Leben seines ältesten Sohnes würde Grimarr sicher nicht auf den Schatz verzichten.

Sein Vater spielte auf Zeit und traf in diesem Augenblick alle Vorbereitungen, um die Beute aus Fearna zu bergen. Jeder Moment, den Lorcan auf eine Antwort wartete, war ein Moment mehr, in dem Grimarr Kräfte sammeln und seine Vorkehrungen abschließen konnte.

Lorcan zeigte keine Reaktion, während er Ronnats Worten lauschte. Er sah Sandarr an, als er dem Mädchen antwortete. Ronnat übersetzte.

»Lorcan sagt, dass er weiß, dass man Grimarr nicht trauen darf«, erklärte sie. »Aber er sagt, dass wir auf die Antwort warten müssen. Morgen bis Sonnenuntergang.«

Sandarr schüttelte den Kopf. Er hatte in Lorcans Rede den Begriff Dubh Gall aufgefangen, was nahelegte, dass Lorcan eine abschätzige Bemerkung über die Dänen gemacht hatte, die Ronnat nicht weitergegeben hatte. Er ließ es durchgehen.

»Sag Lorcan, dass er genau das tut, was Grimarr von ihm wünscht«, erwiderte er. »Lass ihn wissen, dass wir bei Tagesanbruch zur Küste ziehen müssen. Morgen.«

Ronnat übersetzte, und einen Moment lang starrte Lorcan Sandarr einfach nur an. Sandarr starrte zurück. Dieser Ire war in Sandarrs Augen ein bulliger, ahnungsloser Raufbold, die hiesige Ausgabe seines eigenen Vaters. Die beiden Männer hätten die besten Freunde sein können, hätte das Schicksal sie nicht zu erbitterten Feinden gemacht.

Aber für Sandarr traf sich das gut. Sollten Lorcan und Grimarr sich ruhig gegenseitig umbringen. Sandarrs Plänen käme ein solches Ergebnis nur gelegen. Er musste nur sicherstellen, dass er selbst, wenn es so weit kam, der Letzte war, der übrigblieb.

In den langen, langweiligen Stunden, in denen sie darauf warteten, dass Grimarr seinen Zug machte, hatten er und Lorcan schon genau ausgearbeitet, was sie tun wollten. Es gab nur eine begrenzte Anzahl von Plätzen entlang der Küste, wo der Schatz versteckt sein konnte. Lorcan brauchte eine Streitmacht, die zwar schnell zuschlagen können musste, sich aber weit genug landeinwärts hielt, dass sie vom Wasser aus nicht gesehen wurde. Berittene Krieger, die außer Sichtweite abwarteten, bis Grimarr den Hort ausgegraben hatte, woraufhin sie blitzschnell über ihn herfielen.

Während der letzten Tage hatten sie jedes Pferd, das diese Bezeichnung verdiente, organisiert und etwa siebzig Tiere zusammengetrieben, die nun auf den Wiesen hinter Lorcans Rath untergebracht waren. Die Berittenen würden sich als Erste in den Kampf stürzen, die Fußsoldaten sollten ihnen folgen. Doch wenn Grimarr zu schnell vorankam und die Reiter ihn nicht mehr erreichten, war alles verloren.

Lorcan unterhielt sich halblaut mit den Männern zu beiden Seiten, aber schließlich wandte er sich wieder an Sandarr. »Wenn wir unsere Krieger zur Küste bewegen, lassen wir Ráth Naoi unverteidigt zurück. Das können wir nicht tun, solange nicht sicher ist, dass Grimarr auf die Suche nach dem Schatz geht.«

»Warum nicht?«, fragte Sandarr über Ronnat. »Sind deine Feinde so zahlreich, dass sie über Ráth Naoi herfallen werden, sobald du fort bist?«

Das wurde übersetzt, und Lorcans Antwort ebenfalls: »Niemand in Cill Mhantáin oder darüber hinaus würde es wagen, gegen dieses Rath zu ziehen, ob meine Krieger nun anwesend sind oder nicht«, sagte er. »Aber woher weiß ich, dass die Dubh Gall in Vík-ló nicht auf so eine Gelegenheit warten, um mir hier einen Schlag zu versetzen?«

Sandarr hätte bei diesen Worten fast laut aufgelacht. »Grimarr hat kein Interesse an diesem erbärmlich stinkenden, mit Scheiße gefüllten Schweinekoben von einem Rath«, erklärte er und ließ seinen wahren Gefühlen freien Lauf. Er wusste, dass Ronnat seine Antwort ein wenig freundlicher formulieren würde. »Er will nur das Silber aus Fearna haben, und diesem Schatz wird er sich zuwenden, sobald er dazu in der Lage ist. Dich lässt er einfach hier herumtanzen, solange er dich nur daran hindern kann, zur Küste zu ziehen, wo du ihn aufhalten könntest.«

Lorcans Andeutung, dass Grimarr das Rath angreifen könnte, war natürlich abwegig, doch es steckte mehr dahinter. Zwischen den Worten konnte Sandarr selbst in der Übersetzung des Mädchens den Hinweis herauslesen, dass Lorcan ihm nicht vollständig vertraute. Der Ire – und das wusste Sandarr genau! – befürchtete nach wie vor, dass Sandarr für seine eigenen Landsleute arbeiten könnte.

Doch das war lächerlich. Sandarr hatte keine Landsleute. Er

war, seinem eigenen Empfinden nach, ein Land für sich. Dänen, Iren, Norweger – er hasste sie alle, und er fühlte sich niemandem verpflichtet außer sich selbst. Er und Lorcan schmiedeten schon seit Monaten ihre Pläne. Nur wegen Sandarrs Informationen hatte Lorcan seinen Angriff auf die Langschiffe durchführen können, als diese aus Fearna zurückkehrten. Dass Fasti die Beute verstecken würde, hatte Sandarr nicht voraussehen können, aber er hatte das Gefühl, dass Lorcan ihm das nicht ganz glaubte.

Allerdings spielte es kaum eine Rolle für ihn, ob Lorcan ihm glaubte oder nicht. Sandarr hielt niemandem die Treue, vertraute keinem und erwartete auch nicht, dass ein anderer Mensch ihm Loyalität oder Vertrauen entgegenbrachte. Wenn alles vorbei war, wollte er der Herr von Vík-ló sein, und dann würde er auch jede Bedrohung aus dem irischen Hinterland ausgelöscht haben. Wie genau er das erreichen sollte, wusste er selbst noch nicht. Gegenwärtig fehlten ihm die Mittel, um seinen Wunsch zu erfüllen. Aber er wusste, dass er dazu Lorcan und Grimarr zusammenbringen musste, damit sie gegenseitig ihre Streitkräfte dezimierten und einander mit etwas Glück vielleicht sogar aus dem Weg räumten.

Er musste Lorcan dazu bringen, weiterhin der Idee zu folgen, seine Krieger auf Grimarr zu hetzen, damit sowohl Iren wie auch Dänen entscheidend geschwächt wurden. Dazu war es nötig, dass Lorcan unwissentlich Sandarrs Intrigen folgte. Da dieser Mann von Natur aus ein einfältiges Geschöpf war, bestand aller Grund zur Hoffnung, dass das auch klappte. Was die Durchführung seiner Pläne anging, zweifelte Sandarr jedoch allmählich daran, dass man den Iren überhaupt mit Vernunft erreichen konnte.

»Schau, Lorcan, du dicker, dämlicher Ochse«, sprach Sandarr ihn im Gefallen daran an, dass Ronnat ohnehin alles aufhübschte, was er sagte. »Ich will dir mal was erklären, was du anscheinend nicht verstehst: Diese Ziegen, die bei euch Iren als Pferde herhalten, kommen vielleicht schneller voran als ein Fußgänger, aber sie sind nicht schneller als ein Langschiff. Wenn wir nicht schon am richtigen Platz bereitstehen und Grimarr erwarten, werden wir ihn niemals abfangen können. Der Wind bläst heute aus dem Nordosten und hat das bereits eine Woche lang getan. Falls das so weitergeht, weht er Grimarrs Schiffe geradewegs die Küste hinunter, schneller, als dein schnellstes Pferd laufen kann. Schiffe benötigen auch keine Ruhepausen. Grimarr muss nirgendwo anhalten, um Wasser oder Nahrung aufzunehmen.«

Sandarr lehnte sich zurück. Er erwartete, dass Lorcan seine Einwände einfach zur Seite wischte, und rechnete allenfalls mit einer höhnischen Bemerkung, die Lorcan nur für seine Männer zum Besten gab und die Ronnat nicht übersetzen würde. Aber nichts von dem geschah. Die Erwähnung der Langschiffe schien einen wunden Punkt zu treffen, und als Lorcan sich seinen Hauptleuten zuwandte und sprach, klang seine Stimme ruhig, und der Tonfall war nicht der, den Sandarr erwartet hatte.

Dann sah Lorcan wieder Sandarr an und sagte etwas, und Ronnat übersetzte, und die Worte überraschten Sandarr: »Lorcan sagt, ›Gut, wir brechen morgen früh auf. Alle Reiter und das ganze Fußvolk. Wir postieren sie dort, wo wir es abgesprochen haben, und warten auf die Meldung von Grimarrs Aufbruch‹.« Ronnat hielt inne, als Lorcan noch etwas ergänzte. Dann sagte sie: »Und Lorcan meint, dass Ihr beten solltet, dass Ihr richtigliegt.«

Allen Vorbereitungen zum Trotz war es nicht leicht, die *Weitfahrer* ins Wasser zu bringen. Die Regentage hatten den Boden aufgeweicht, die Rollen rollten nicht, und das Schiff auf seinem Schlitten zu schieben erwies sich als schwieriger als erwartet. Erst nachdem Aghen Eimer mit Talg besorgt hatte und die Kufen und Rundhölzer gut geschmiert worden waren, setzte das Schiff sich überhaupt in Bewegung.

Als der Fluss Leitrim auf seinen Höchststand zuging, drückten Thorgrims Männer gegen den Schiffskörper und zerrten an den Tauen, die vom Bug her nach hinten liefen. Das Wasser wich bereits merklich wieder zurück, als die *Weitfahrer* endlich schwamm. In dem einen Moment steckte sie noch fest, ein schier unbewegliches Objekt, und im nächsten trieb das Heck ab, und der Rumpf drehte sich ein wenig in der Strömung. Nach einer letzten Anstrengung erwachte das Schiff wieder zum Leben, war kein totes Gewicht mehr, das auf dem Trockenen lag, sondern ganz das anmutige Geschöpf, das es sein sollte. Der leichteste Zug auf den zum Ufer verlaufenden Leinen reichte aus, um es in Bewegung zu setzen.

Selbst das, diese wunderbare Verwandlung, ein Augenblick der Freude für jeden Seefahrer, vermochte Thorgrim Nachtwolf nicht aus seiner düsteren Stimmung zu reißen.

Den Tag über war es ihm gut genug gegangen, trotz des unwillkommenen Besuchs von Grimarr dem Riesen, der sich am Flussufer sehen ließ und einen Versuch unternahm, Thorgrim zu besänftigen und zumindest für die nächste Woche seine Gefolgschaft zu gewinnen. Grimarr nahm anscheinend an, dass er Thorgrim eine große Ehre erwies, indem er selbst die lange Wanderung zum Wasser antrat, statt wie üblich Bersi oder Hilder zu schicken und Thorgrim in seine Halle zu bestellen. Thorgrim erkannte das sehr wohl und fühlte sich trotzdem alles andere als geehrt. Und am Ende rauschte Grimarr auch noch davon, obwohl er mit Thorgrim kaum ein Wort gewechselt hatte.

Der störrische Widerstand der *Weitfahrer* gegen alle Bemühungen, sie wieder zu Wasser zu lassen, trug zusätzlich zu Thorgrims Ärger bei. Dabei war es nicht mehr als das übliche Maß an Schwierigkeiten, das man im Umgang mit Schiffen erwarten konnte. Irgendetwas kam immer in den Weg. Dennoch fiel es Thorgrim schwer, bei diesem speziellen Problem ruhig zu bleiben. Es gefiel ihm nicht, dass sein Schiff nur so widerwillig ins Meer zurückkehrte. Das erschien ihm wie ein schlechtes Omen.

Und so, selbst nachdem die *Weitfahrer* wieder frei auf dem Wasser schwamm und mit Stricken aus Walrosshaut am Ufer festgemacht war, wurde Thorgrim von seiner düsteren Stimmung überwältigt, von jener hässlichen, mitunter gewalttätigen Gemütslage, die gelegentlich bei Sonnenuntergang von ihm Besitz ergriff. Es war ein Zustand, für den er bekannt und gefürchtet war und der ihm seinen Spitznamen »Nachtwolf« eingebracht hatte. Diejenigen, die ihn kannten, wussten Bescheid und hielten sich deshalb von ihm fern, wann immer der Wolfsgeist über ihn kam, und sie flüsterten jenen, die nicht davon gehört hatten, eine Warnung zu. Es gab Gerüchte, dass Thorgrim ein Gestaltwandler war und dass in der Dunkelheit nicht nur seine Stimmung der eines Wolfes glich.

Jetzt, als die Sonne rasch auf die Hügel im Westen zusank, stand Thorgrim ungefähr fünfzig Schritte vom Wasser entfernt. Er verschränkte die Arme und hatte den Mantel um die Schultern gelegt, als wolle er sich darunter verkriechen. Die *Weitfahrer* war so dicht ans Ufer herangezogen worden, wie sie es nur bewerkstelligen konnten, und am Winkel des bereits aufgestellten Mastes erkannte Thorgrim, dass der Kiel sich mit der zurückweichenden Flut schon wieder im Schlamm festgesetzt hatte. Er selbst fühlte sich genauso: im Morast versunken, feststeckend.

Seine Mannschaft bildete eine Reihe vom Land bis zum Bug des Schiffes, wie Ameisen, die über einen Tropfen Honig am Boden herfielen. Sie reichten Vorräte und Waffen und Ausrüstung vom grasigen Ufer bis zu den Männern an Bord, die sich über die Reling herablehnten. Als sie fertig waren, lag immer noch ein beachtlicher Haufen an der Küste. Aber sie würden nur das mitnehmen, was für ein oder zwei Wochen Fahrt erforderlich war: Essen, Wasser und alles, was sie zum Segeln und Kämpfen brauchten. Den Rest würden sie an Bord nehmen, sobald sie nach Vík-ló zurückkehrten – um ihren Anteil an der Beute aus Fearna reicher und bereit, die Reise nach Vik fortzusetzen.

Starri der Unsterbliche schlenderte in Thorgrims Richtung. In all den Jahren war Starri der Einzige, der sich ihm je hatte nähern können, wenn Thorgrim in düsterer Stimmung war. Das beunruhigte Thorgrim in seinen klareren Momenten, weil es darauf hindeutete, dass er möglicherweise kaum mehr bei Verstand war als der Berserker.

Als er Thorgrim erreichte, blieb Starri stehen und drehte sich um. Gemeinsam blickten die beiden auf die *Weitfahrer*. Starris Gegenwart hatte etwas seltsam Beruhigendes an sich. Das lag teilweise daran, dass Starri den Nachtwolf nicht fürchtete. Er tänzelte nicht auf Zehenspitzen um Thorgrim herum, wenn die Düsternis ihn umfangen hielt. Ein weiterer Punkt war, dass Thorgrim bei Starri sicher war, dass dieser nichts Dummes sagen würde. Irgendwie fand Starri immer die richtigen Worte, die mit Thorgrims Gemütslage im Einklang waren.

»Sie schwimmt«, stellte Starri schließlich fest.

»Sie schwimmt«, bestätigte Thorgrim.

Sie verstummten wieder und schwiegen eine ganze Weile. Dann wandte sich Starri Thorgrim zu, streckte die Hand aus und drückte seinen Arm, bevor er sich entfernte.

Oft, wenn Thorgrim so düster vor sich hinbrütete, suchte Starri sich einen Platz in der Nähe, blieb dort die gesamte Nacht sitzen und hielt stumme Wacht über ihn. Jetzt, vielleicht weil sie nicht auf einem Schlachtfeld waren, sondern innerhalb der Wälle von Vík-ló und in Sicherheit, tat er das nicht. Stattdessen schlug er den Weg in Richtung des zeitweiligen Dorfes der Norweger ein, nach West-Agder. Das auffälligste Bauwerk dieses Lagers, die aus dem Segel der *Weitfahrer* errichtete Festhalle, war mittlerweile verschwunden, da das Segel und die Ruder, die als Pfosten verwendet worden waren, wieder an Bord benötigt wurden. Aber die Zelte und Tische standen immer noch, und dort wurde fröhlich getafelt. Die Männer von West-Agder hatten eine Menge zu feiern.

Thorgrim schloss sich ihnen nicht an, und niemand lud ihn ein. Er verharrte auf seinem Platz und schaute auf den Fluss, bis die Dunkelheit sich herabsenkte und der Lärm und der Feuerschein vom Lager mit dem schwindenden Licht anschwollen. Dann entfernte sich Thorgrim und ging das Flussufer hinab, trat näher an das Meer heran, bis die Geräusche aus dem Lager nur gedämpft und aus der Ferne zu ihm drangen. Er setzte sich hin, zog die Beine an, bis die Knie an der Brust lagen, so dicht, wie seine alternden Gelenke sich noch beugen ließen. So starrte er in die Finsternis hinaus.

Je älter er wurde, umso seltener war die finstere Stimmung über ihn gekommen, und er hatte manchmal sogar gehofft, dass er sie endgültig überwunden hätte. Nun aber hatten seine Wut und die Verzweiflung, weil er Irland einfach nicht hinter sich lassen konnte, sowie der Ärger darüber, wie Grimarr ihn übertölpelt hatte, ihn vom Kurs gestoßen wie eine Winterböe. Die Widrigkeiten hatten ihn hin und her geworfen, und er wusste, dass diese schrecklichen Heimsuchungen noch nicht vorüber waren, noch nicht. Womöglich würde er die düstere

Stimmung niemals endgültig abschütteln, bevor er in Odins großer Halle stand.

Alles, was um ihn herum geschah, verblasste allmählich, während er im Aufruhr seiner Gefühle versank. Er wusste aus Erfahrung, dass er nichts dagegen tun konnte. Er konnte nicht dagegen ankämpfen, konnte nur bleiben, wo er war, und abwarten, bis es vorüberging. Was auch immer er tat, sobald diese Stimmung ihn überwältigte, er wusste, dass er sich nicht daran erinnern würde und nur hoffen konnte, dass es nicht allzu schlimm war.

Er zog den Mantel enger um sich und starrte auf die See hinaus. Die Zeit verging, doch er bekam es kaum mit. Er hörte den Klang der Wellen am Ufer, roch die salzige Luft, und er spürte den Ruf des Meeres.

Und dann, plötzlich, wurde er sich einer anderen Gegenwart bewusst. Jemand war hinter ihm. Der traumhafte Zustand fiel von ihm ab, und er fühlte sich in die Welt der Menschen zurückgerissen. Er drehte den Kopf und sah im fernen Flammenschein etwas aufschimmern, etwas, das rasch durch die Luft auf ihn zusauste. Ihm blieb ein Moment, um die Härte des Objekts zu spüren, die feuchte Kühle von Eisen, als es die Seite seines Kopfes traf.

Und dann versank wieder alles in der Schwärze.

19. Kapitel

Ich spürte, wie mein Blut
verrann an beiden Seiten.
Tapfer musste ich's erdulden.
GISLI SURSSONS SAGA

Das Erste, was Thorgrim bemerkte, als er wieder zu Bewusstsein kam, war die Tatsache, dass er begraben war. Er war vollkommen bedeckt, und das Gewicht dessen, was über ihm lag, drückte ihn von Kopf bis Fuß nach unten. Er empfand einen Anflug von Panik, als er daran dachte, dass er möglicherweise begraben war, lebendig begraben. Er versuchte, herauszufinden, ob *Eisenzahn* bei ihm war; auf diese Weise zu sterben war furchtbar genug, aber ohne ein Schwert in der Hand zu sterben wäre noch schlimmer. Zu sterben, ohne auch nur eine Waffe zu besitzen, war undenkbar.

Erst da erkannte er, dass seine Hände und Füße gefesselt waren, fest umwickelt mit dünnen Schnüren, die tief in sein Fleisch schnitten. Er spürte das warme, feuchte Blut an den Stellen, wo die Fesseln sich in seine Haut gruben. Und dann, als sein Geist allmählich klarer wurde, merkte er, wie schwankend und holprig sich der Untergrund bewegte, auf dem er lag. Er war nicht unter der Erde, und das Gewicht, das auf ihm lastete, war kein Erdboden. Es ging ein vertrauter Geruch davon aus, ein angenehmer Duft sogar. Heu!

Ein Wagen …, dachte Thorgrim. *Ich liege auf der Ladefläche eines Wagens …* Er neigte den Kopf, erst in eine Richtung, dann in die andere, und versuchte zu lauschen. Doch das Heu dämpfte alles außer dem Quietschen der Räder und der Achse, das vom Holz des Wagens selbst übertragen wurde.

Sonst hörte er nichts, sah nichts und roch nichts außer dem Heu. Er hatte keine Ahnung, wo er sich befand oder wie lange er bewusstlos gewesen sein mochte. Thorgrim wollte sich anders hinlegen, doch der Schmerz in seinem Kopf flammte auf wie ein Scheiterhaufen. Unwillkürlich stöhnte er. Er spannte seine Handgelenke gegen die Schnüre, aber die Qualen waren unerträglich, und die Fesseln gaben nicht nach.

Endlich hörte die Bewegung auf. Der Wagen schwankte, als er zum Stillstand kam, das Quietschen und Holpern verebbte, und er vernahm gedämpfte Stimmen durch das Heu. Er konnte keine Wörter ausmachen, und er hatte das Gefühl, dass die Männer um ihn herum absichtlich leise sprachen. Er hörte ein Klopfen, dann wieder gesenkte Stimmen. Und schließlich eine andere Stimme, laut und gebieterisch, die erst gar nicht versuchte zu flüstern.

»Ist er hier?«

»Ja, Herr. Unter dem Heu.«

Eine kurze Stille. Dann: »Warum in Odins Namen liegt er unter dem Heu?«

»Damit seine Männer ihn nicht finden. Falls sie auf uns gestoßen wären.«

Diese Erklärung wurde mit einem Schnauben aufgenommen, das ausdrückte, wie überflüssig so eine Vorsichtsmaßnahme war. Daraufhin fragte die laute Stimme: »Er lebt noch?«

»Ja, Herr»

»Bastard!« Das Heu konnte den scharfen Klang von Grimarrs Stimme nicht mildern. »Bastard!«, wiederholte er. »Schafft ihn rein.«

Thorgrim fühlte, wie das Gewicht des Heus sich verringerte.

Hände gruben nach ihm. Ein Messer blitzte auf und durchtrennte die Schnüre um seine Knöchel. Er wurde an Armen und Beinen gepackt, vom Wagen gezerrt und auf die Füße gestellt. In seinem Kopf drehte sich alles. Lichtblitze zuckten vor den Augen, Tränen liefen ihm die Wangen hinab. Der erdrückende Schmerz im Schädel machte es schwer, einen klaren Gedanken zu fassen. Unter allem anderen spürte er weiterhin seine düstere Stimmung, den Nachtwolfstraum, der noch nicht vorüber war und weiterhin dort in seinem Geist lauerte.

Noch mehr Hände drückten Thorgrim voran, halb schleiften sie ihn durch die Tür und in Grimarrs Halle. Der riesige Däne saß in seinem großen Stuhl, bei dem Thorgrim immer schon vermutet hatte, dass er einen Thron darstellen sollte. So gewaltig dieser Sitz auch war, Grimarr füllte ihn vollständig aus. Seine Beine waren vor ihm ausgestreckt, der Leib bis an die Lehne zurückgesunken. Er hatte den Kopf schräg gelegt. Grimarr sah müde aus. Vor allem aber wirkte er wütend!

Thorgrim taumelte auf ihn zu, auf Beinen, die sein Gewicht kaum trugen. Hätten die Männer an seiner Seite ihn nicht gestützt, wäre er einfach zusammengebrochen. Grimarrs Gefolgsleute schoben ihn voran, bis er Grimarr gegenüberstand. Dann ließen sie ihn los. Thorgrims Beine knickten unter ihm weg, und als er in die Knie gebrochen war, fassten die Wachen wieder zu, sodass er in dieser Haltung vor Grimarrs Füßen blieb.

Bersi stand rechts hinter Grimarr. Zu seiner Linken wartete Hilder und hielt etwas in der Hand, was Thorgrim als den Eisenspieß erkannte, mit dem Grimarr während des irischen Überfalls niedergestreckt worden war.

»Thorgrim Nachtwolf«, sagte Grimarr. Er betonte den Namen langsam und kostete jede Silbe aus. »Vor Kurzem aus Dubh-Linn gekommen.«

Thorgrim blickte ihm in die Augen, auch wenn er in Wahrheit kaum etwas sehen konnte. Seine Sicht war getrübt, und der Kopfschmerz trieb ihm die Tränen in die Augen. Aber selbst wenn er hätte reden können, hätte er dazu nichts zu sagen gehabt.

Grimarr fuhr fort. »Vielleicht weiß du, warum du hier bist. Vielleicht auch nicht. Es spielt keine Rolle. Die Götter wissen es, und ich weiß es.«

Wieder schwieg Thorgrim. Allein der Versuch zu sprechen wäre auf so viele Weisen sinnlos gewesen …

»Bevor du stirbst, Thorgrim Nachtwolf, will ich, dass du das eine weißt.« Grimarr setzte sich auf und beugte sich zu ihm, als wäre er plötzlich daran interessiert, eine Antwort zu hören. Er kam Thorgrim so nahe, dass ihre Gesichter nur noch wenige Zoll voneinander entfernt waren. Er redete leise, seine Stimme klang tief und hatte etwas Tierhaftes an sich.

»Viele deiner Männer werden sterben, während sie mir dabei helfen, den Schatz aus Fearna zu kriegen«, fuhr Grimarr fort. »Alle, wenn ich das einrichten kann. Alle, außer deinem Sohn. Den bringe ich nach Vík-ló zurück und töte ihn hier. Ich werde mir viel Zeit dafür nehmen und ihn so schmählich verrecken lassen, wie es mir nur möglich ist. Er wird kreischen wie ein Mädchen, und wenn er endlich stirbt, wird er dir in Hels kalter Einöde Gesellschaft leisten. Und ich werde nur eines daran bedauern, nämlich dass du deinen Sohn nicht selber sterben siehst. Darum sollst du wenigstens wissen, dass er nicht mit dem Schwert in der Hand fallen wird und dass sein Körper den Krähen und Schweinen überlassen bleibt.«

Eine ganze Weile über starrten die beiden Männer einander an, während ihre Gesichter sich beinahe berührten. Thorgrims Verstand wurde allmählich klarer, dennoch hatte er weiterhin keine Ahnung, warum das alles geschah, warum Grimarrs Verhalten unvermittelt auf diese Weise umgeschlagen war. Er erinnerte sich vage daran, wie Grimarr früher am Tag versucht hatte, sich einzuschmeicheln, aber das erschien ihm jetzt kaum mehr als ein Traum. Wenn er sich die Szene ins Gedächtnis rufen wollte, fühlte es sich an, als müsse er durch dicken Nebel spähen.

Plötzlich stieg der Hass in ihm empor, Hass auf Grimarr; Thorgrim war von einem so bitteren Groll erfüllt, dass er ihn auf der Zunge schmecken konnte. Er spürte ihn wie ein scharfes Messer in den Eingeweiden; das Gefühl fegte über ihn hinweg und verschlang ihn vollständig, und bevor er selbst wusste, was er vorhatte, sprang er mit einem Mal vor, mit gefletschten Zähnen und einem Heulen in der Kehle. Er schnappte nach Grimarrs Wange und grub die Schneidezähne in das Fleisch. Er biss zu, hart. Thorgrim hörte Grimarr schreien, er fühlte, wie der andere zurückzuckte, wie das Fleisch zwischen seinen Zähnen herausgerissen wurde, und er schmeckte Blut im Mund.

Grimarr schob sich ganz in seinen Stuhl zurück, die Augen aufgerissen, die Hände erhoben. Blut lief ihm das Gesicht herab. Und Thorgrim stieß sich weiter nach vorne, presste die Zehen in den Boden und sprang gerade ab, da versetzte der Mann, der unbemerkt zu seiner Rechten gestanden hatte, ihm einen kräftigen Tritt, der ihn schwerfällig zur Seite kippen ließ.

Es dauerte kaum mehr als einen Herzschlag, bis Grimarr sich von seinem Schreck erholte. Mit einem Satz kam er auf die Füße und wischte sich die blutige Wange mit dem Ärmel ab. Weitere Hände packten Thorgrim bei den Armen und hoben ihn wieder hoch. Er knurrte und schnappte nach ihnen, aber Grimarrs Männer achteten sorgsam darauf, außer Reichweite der Zähne zu bleiben. Sie hielten ihn aufrecht, und Grimarr zog sein Schwert und trat einen Schritt näher.

Thorgrim sagte immer noch nichts. Er hatte keine Worte mehr und schien die Fähigkeit zu sprechen überhaupt verloren zu haben. Dennoch war sein Verstand klar genug, um zu erkennen, dass der Wolfstraum ihn weiterhin zum Teil in der Gewalt hatte.

»Werft ihm seinen Mantel über den Kopf«, befahl Grimarr, und Thorgrim spürte, wie das Kleidungsstück hinter ihm angehoben wurde und über sein Gesicht fiel, über die Vorderseite seiner Tunika. Er sah nichts mehr als Schwärze, roch nur noch die feuchte Wolle. Er vernahm den vertrauten Laut, mit dem eine Klinge durch die Luft zischte, er fühlte den feurigen Schmerz, mit dem sie ihm in die Brust schnitt, eine heiße Flamme, die eine glühende Linie durch sein Fleisch zog, dann die Nässe des Bluts und die erste Woge der Qual.

Er versuchte, sich nach vorn zu krümmen, aber die Hände, die seine Arme umfassten, hielten ihn aufrecht. Da hörte er die Klinge wieder heranzischen, und dieses Mal schnitt sie ihn von der anderen Richtung, sodass die zwei Wunden ein X formten, wie eine Rune, die ihm in die Haut gekerbt wurde.

Thorgrim gab einen kehligen Laut von sich, zum Teil ein Knurren, zum Teil ein Ausdruck der Anstrengung, mit der er den furchtbaren, anschwellenden Schmerz zu unterdrücken versuchte. Er ballte die gefesselten Hände hinter dem Rücken, und die Knie wurden ihm weich. Erneut spürte er, wie Grimarr sich bewegte, und irgendwo in seinem Geist bildete sich die Gewissheit aus, dass dies der Todesstoß war, dass Grimarr nun zu einem Streich ausholte, der ihm glatt den Kopf von den Schultern trennen würde. Dann zogen die Männer, die Thorgrim hielten, ihn zurück, und eine Stimme – Bersis Stimme – rief: »Nein, Herr! Nicht hier! Das Blut … Ihr habt, was Ihr braucht!«

Es wurde still. Thorgrims Leib war von Schmerzen gepeinigt, sein Kopf hämmerte, die Agonie der blutenden Wunden drohte ihn zu überwältigen. Er hörte die Männer um sich her angestrengt atmen. Daraufhin riss eine Hand seinen Mantel herunter, und im trüben Licht machte er Grimarr vor sich aus, das Schwert zu Boden gerichtet. Blut, sein Blut, tropfte von der Spitze.

Es war Grimarr, der den Mantel hielt. Er atmete heftig, und Strähnen seines langen, wilden Haars fielen ihm über das Gesicht. Schweiß perlte auf seiner Stirn. Einen Moment kreuzten sich ihre Blicke. Dann hob Grimarr den Mantel in die Höhe und musterte ihn. Die Fibel war verbogen, steckte aber immer noch an ihrem Platz. Zwei breite Schlitze zeigten an, wo das Schwert durch den Stoff gedrungen war, und von den Rissen abwärts war das Kleidungsstück dunkel, von Blut durchtränkt.

Grimarr schien so wenig zum Sprechen in der Lage zu sein wie Thorgrim. Sein Mund stand halb offen, und er atmete laut. Jeder Mann in der Halle wartete darauf, was der Herr von Vík-ló als Nächstes zu sagen hatte.

Aber Grimarr fehlten die Worte. Er nickte langsam, als hätte er endlich etwas verstanden, worüber er schon lange gegrübelt hatte. Hilder trat vor und reichte Grimarr einen Gürtel und ein Schwert, und Thorgrim erkannte, dass es seine eigenen Sachen waren, *Eisenzahn* in seiner Scheide. Grimarr nickte wieder, nahm die Waffe und wies dann gebieterisch mit seinem massigen Haupt Richtung Tür.

Die Männer, die Thorgrim hielten, drehten ihn herum und versuchten, ihn in die Richtung laufen zu lassen, die Grimarr ihnen gewiesen hatte. Doch diese Anstrengung lag inzwischen jenseits seiner Möglichkeiten. Er tat einen Schritt, und seine Knie gaben erneut nach. Er merkte noch, wie er kippte, dann wurde alles wieder schwarz um ihn.

Thorgrim fand sich ein weiteres Mal unter Heu begraben, als der Wolfstraum ihn überwältigte. Er konnte nichts sehen, und er war nicht einmal sicher, ob seine Augen offen oder geschlossen waren. Der Schmerz wütete in seinem Körper, aber er fühlte sich seltsam an, wie ein Traum-Schmerz, weil Thorgrim selbst sich nicht länger in der wachen Welt aufhielt. Ganz schwach war er sich bewusst, dass er in die eigene Unterwelt eingetaucht war und sich nun in seiner Traumwelt bewegte.

Er nahm das Heu wahr, und nun roch er auch noch viel mehr. Er witterte Blut und wusste, dass es sein eigenes war. Er roch die Männer um den Wagen herum und konnte sie sogar allein am Geruch unterscheiden. Es waren fünf. Zwei zogen das Gefährt, einer ging nebenher, zwei folgten dahinter. Die Straße, über die sie rollten, war uneben, zerfurcht und holprig. Er atmete den Duft von feuchter Erde und Gras.

Seine Ohren stöberten Lauten in der Dunkelheit nach und fanden sie, eine Vielzahl von Geräuschen jenseits des beständigen Quietschens des Karrens. Da waren der angestrengte Atem von Männern, die sich rasch bewegen und der dumpfe Klang ihrer Schritte in weichen Lederschuhen. Ferne Insekten. Eine Eule, die einmal rief und dann verstummte.

Thorgrim lag ganz unbeweglich da und spürte, wie sein Körper Stärke sammelte, sie aufsparte und anhäufte wie eine Frau, die die Reste auf einem geernteten Feld aufliest. Da war nicht mehr viel zu sammeln. Sein Verstand war zu keinem bewussten Gedanken fähig, sein Leib schien jedoch zu verstehen, dass eine einzige, große Anstrengung vonnöten war. Nur ein ungeheurer Ausbruch von Kraft, und dann konnte er ausruhen. Dann konnte er endlich ausruhen …

Er hatte kein Gefühl für die Zeit, als er so im Traumzustand dalag, und die einzige Bewegung, die er wahrnahm, war das Schwanken von Seite zu Seite oder das Ruckeln über irgendeine Unebenheit. Er wusste, dass sie sich nach vorn bewegten, aber er hatte keine Möglichkeit herauszufinden, wo sie waren oder wo sie hinwollten. Es interessierte ihn nicht einmal.

Der Wagen hielt an, und Thorgrims Leib spannte sich, war bereit für den einen Ausbruch, für den er seine Kräfte aufgespart hatte. Er erinnerte sich vage, dass seine Gliedmaßen gefesselt gewesen waren, doch nun schienen sie frei zu sein. Thorgrim vernahm Stimmen, menschliche Stimmen, die sich leise unterhielten, aber er verstand die Wörter nicht. Er hörte, wie sie näherkamen, er konnte sie riechen, und ein Geruch überlappte sich mit dem anderen. Eine Klinge glitt aus der Scheide, dann eine weitere. Thorgrim schmeckte Blut in seinem Mund.

Es raschelte im Heu, und eine unsichtbare Hand schob die Büschel beiseite. Damit löste sich auch die vollständige Dunkelheit auf, und das Licht von Mond und Sternen fand seinen Weg hindurch. Die Hand räumte noch mehr Heu fort, und die reine Nachtluft erreichte Thorgrim. Der Geruch der Männer wurde stärker. Sie waren nervös, so viel konnte er wittern.

Ein weiteres Paar Hände griff in das Heu, fasste einen Arm voll und warf es zur Seite. Thorgrim spannte sich, die Muskeln fest wie Taue. Ein leises Knurren drang unwillkürlich aus seiner Kehle. Er hörte, wie jemand nach Luft schnappte, wie der Mann über ihm zurücksprang und rief: »Was bei den Göttern …« Dann war Thorgrim über ihm.

Der Nachtwolf sprang von der Rückseite des Wagens, zwischen den Resten des Heus hervor, und stürzte sich auf den vordersten Gegner. Er sah ein Schwert, in einer kraftlosen Abwehr erhoben, aber die Bewegung kam zu spät, und der Mann war viel zu erschrocken, um zu kämpfen. Thorgrim fiel über ihn her, und seine Schreie klangen laut in Thorgrims Ohren.

Er nahm einen weiteren Angreifer hinter sich wahr und wirbelte herum, als ein Schwert auf ihn hinabsauste. Thorgrim fuhr ruckartig zur Seite und die Klinge traf den ersten Mann. Der schrie erneut. Thorgrim sprang indes den Schwertschwinger an und riss ihn blitzartig zu Boden.

Nur ein schmaler Streifen des Mondes drang durch die Dunkelheit, doch das war genug. Thorgrim erfasste alles in vollkommener Klarheit. Drei Gegner noch. Zwei mit gezogenen Schwertern, einer mit einem Beil. Aber sie griffen nicht an. Sie standen wie erstarrt, wenn auch zumindest einer mit kleinen, unschlüssigen Schritten zurückwich. Thorgrim konnte die Angst riechen. Einer von ihnen hatte sich eingenässt.

Thorgrim machte eine Bewegung, auf den rechten Krieger zu, und als der wild sein Schwert schwang, änderte Thorgrim abrupt die Richtung und sprang den Linken an, den das Manöver völlig überraschte. Der Mann fiel, und der Geruch des Blutes hing so schwer in der Luft, dass er Thorgrims andere Sinne zu überwältigen drohte. Er hörte die Axt auf sich zukommen, ein ungeschickter, in Panik geführter Hieb. Thorgrim wich mit Leichtigkeit aus. Das Blatt der Streitaxt grub sich neben ihm in den Boden, und er wandte sich gegen den Mann, der das Beil geschwungen hatte. Thorgrim tötete ihn, bevor er auch nur die Zeit fand, sich wieder aufzurichten.

Der fünfte Gegner versuchte nicht einmal zu kämpfen. Noch während der Axtschwinger seinen letzten Schrei ausstieß, machte sein Begleiter bereits kehrt und rannte in die Nacht hinaus, zurück in die Richtung, aus der sie gekommen waren. Thorgrim löste sich von dem Toten und lief hinterher. Schon spürte er, wie seine Stärke schwand. Wenn er die Jagd nicht in der ersten Minute entschied, würde er seinen Gegner gar nicht mehr einholen.

Doch er erwischte ihn!

In seiner Panik stolperte der Mann, mit dem Schwert in der Hand, als er beim Laufen über die Schulter zurückblickte. Drei, vier, fünf Sätze, und Thorgrim war über ihm. Im letzten Moment drehte der Mann sich um und schlug mit dem Schwert zu, aber Thorgrim sprang über die Klinge hinweg und stürzte sich auf die halb kauernde Gestalt. Sie gingen zusammen zu Boden. Der Kampf dauerte nicht lange.

Dann wurde es still. Thorgrim blieb reglos liegen, und die Nacht umhüllte ihn. Eine leichte Brise fuhr durch die nahe stehenden Bäume, und allmählich ließen die Insekten wieder ihr Lied erklingen. Die Ziegenmelker stimmten ein, und schließlich erklang von Ferne der Ruf einer Eule. Der Geruch von Blut und Kot hing in der Luft und löschte alles andere aus, was der Wind mit herantragen mochte. Thorgrim sah Schatten, die sich in der Dunkelheit bewegten: Fledermäuse und Füchse und ihre winzige Beute.

Plötzlich schlug der Schmerz wieder über ihm zusammen, und er fühlte sich zu Tode erschöpft. Diesmal kam es ihm so vor, als wäre er tatsächlich in schwerem Lehmboden vergraben, viele Faden tief. Sich überhaupt zu bewegen schien weit jenseits seiner Kräfte zu liegen, und ihm war danach, einfach zu bleiben, wo er war, sich hinzulegen, reglos, bis er entweder heilte oder starb.

Doch das konnte er nicht tun, so viel war klar. Er konnte dort nicht bleiben, ungeschützt, denn irgendwo in seinem Geist hing eine halbfertige Ahnung, dass er immer noch etwas zu tun hatte, dass etwas Wichtiges unerledigt geblieben war.

Er stand auf und torkelte, schwankte und stolperte in Richtung des Wagens. Die toten Männer lagen umher wie Haufen von angespültem Seetang, aber Thorgrim beachtete sie nicht. Schmerz schoss ihm durch die Brust, durch den Kopf und durch die Gliedmaßen, als er mühsam auf den Karren kroch. Er griff nach den verbliebenen Heubüscheln und zog das getrocknete Gras über sich, bis er an dem Druck, der auf seinem Leib lastete, erkennen konnte, dass er wieder gut bedeckt war.

Und dann lag er still, um zu schlafen, um zu heilen oder zu sterben.

20. Kapitel

Bereit bin ich, auf den Holm zu treten,
wo die Männer sich im Kampfe messen
– Gott schenke dem Dichter den Sieg! –,
das gezückte Schwert in der Hand.

DIE SAGA VON GUNNLAUG SCHLANGENZUNGE

Nebel lag gleich einem übelwollenden Geist über der Mündung des Leitrim, an dessen Ufer sich fast zweihundert Männer in einem losen Halbkreis versammelt hatten. Starri der Unsterbliche stand mitten unter ihnen und war nicht froh darüber. In den meisten Fällen, besonders aber, wenn viele Menschen beisammen waren, hielt Starri sich lieber irgendwo in der Höhe auf und spähte wie ein Falke im Baum auf die Dinge hinab. Hätte er die Wahl gehabt, säße er jetzt vermutlich auf der Mastspitze der *Weitfahrer*, um dem Geschehen zuzusehen, statt all diese Leute im Rücken zu haben.

Doch irgendetwas ging hier vor, und Starri hatte ein zutiefst schlechtes Gefühl bei der Sache und wollte darum ganz vorne dabei sein.

Er brauchte kein Zeichen von den Göttern, um zu wissen, dass etwas nicht stimmte. Als er Thorgrim zuletzt gesehen hatte, war dieser gerade in seiner düsteren Stimmung versunken, und jetzt war er nirgendwo mehr zu finden. Das war nie zuvor geschehen.

Wann immer Starri bei solchen Gelegenheiten an Thorgrims Seite blieb, saßen sie am Morgen noch genau dort, wo sie sich bei Einbruch der Dunkelheit niedergelassen hatten. Niemand wusste, was Thorgrim während der Nachtstunden trieb, wenn der Wolfsgeist über ihn kam. Aber bei Sonnenaufgang befand er sich stets an derselben Stelle wie am Anfang der Nacht, und alles war ganz so, als hätte er sich nie bewegt.

An diesem Tag waren alle früh an die Arbeit gegangen. Am Abend zuvor hatten sie lange gefeiert, so zügellos, wie Nordmänner sich oft auf den Beginn einer Reise einstimmten. Dennoch erhoben die Ersten sich bereits vor der Morgendämmerung, schürten das Feuer, brachten das Wasser für den Haferbrei zum Kochen und rollten das Bettzeug auf, um es an Bord der *Weitfahrer* zu bringen. Die Flut würde wenige Stunden nach Sonnenaufgang ihren höchsten Stand erreichen, und dann sollten die Langschiffe in See stechen.

Die *Weitfahrer* waren nicht allein. Grimarrs Leute, die Besatzung der *Adlerschwinge*, erschienen ebenfalls am Ufer, eine Geisterarmee, die sich aus dem Dunst schälte. Wie Thorgrims Männer hatten sie am Tag vorher schon ihr Schiff seefertig gemacht. Hinzu kamen die Mannschaften der beiden anderen Schiffe, die sie vor dem irischen Überfall gerettet hatten: Bersi Jorundarsons *Meereshengst* mit fünfzig Mann Besatzung und mit fast sechzig Fuß Länge beinahe so groß wie die *Adlerschwinge,* sowie Hilders kleinerer *Fuchs* mit fünfunddreißig Kriegern an Bord.

Starri, der auf der *Weitfahrer* geschlafen hatte, erwachte mit den ersten Männern und trat in den Nebel, um nach Thorgrim zu suchen. Schon da empfand er Unbehagen und tadelte sich dafür, weil er die Nacht nicht an Thorgrims Seite verbracht hatte, wie es seine Gewohnheit war.

Du verweichlichst, Starri. Dieses Leben an Land … keine Kämpfe mehr … das alles lässt dich weich werden, dachte er. Dann erreichte er endlich den Ort, wo er Thorgrim am Abend zuvor zurückgelassen hatte, aber der Nachtwolf war nicht dort. Im schwachen Licht der Morgendämmerung und in dem über der Landschaft hängenden Nebel konnte er keine hundert Fuß weit sehen; der Fluss war im Dunst verschwunden, und die Männer im Lager zeichneten sich nur als schattenhafte Gestalten ab. Er ging in diese Richtung und hielt nach Thorgrim Ausschau, erkundigte sich bei den Zelten nach ihm. Niemand hatte ihn an diesem Morgen gesehen.

Starri war auch nicht der Einzige, der ihn suchte. Thorgrim war der Herr des Schiffs, derjenige, dem die Mannschaft Treue geschworen hatte, wenigstens für diese Reise, und es gab Entscheidungen zu treffen. Agnarr fragte nach, ob Thorgrim das Curragh in Schlepp nehmen wollte. Godi brauchte die Erlaubnis, zwei Dutzend Speere anzunehmen, die ihnen von der *Fuchs* angeboten wurden. Und Ornolf wollte wissen, wie Thorgrim auf den Gedanken kam, dass fünf Fässer Met volle zwei Wochen lang reichen würden.

Thorgrim jedoch war nirgendwo aufzutreiben.

Mit wachsender Sorge ging Starri dorthin zurück, wo er Thorgrim zuletzt gesehen hatte. Er suchte den Umkreis ab. Er war kein guter Fährtenleser, dennoch glaubte er zu erkennen, wo Thorgrim den Fluss hinunter fortgeschlendert war. Er entdeckte eine Stelle, wo anscheinend ein Wagen durch das hohe Gras gezogen worden war – an manchen Stellen, wo der Boden weich war, hatten sich die Räder eingedrückt. Aber das bedeutete nichts. Er fand keine Anzeichen für einen Kampf, da war keinerlei Blut zu sehen.

Also lief er zurück Richtung Lager und tadelte sich nicht länger. Stattdessen verfluchte er seine Dummheit. Er hätte es besser wissen müssen, als Thorgrim in einer solchen Stimmung allein zu lassen. Die Tatsache, dass der Mann schon vier Jahrzehnte ohne Starris Hilfe überlebt hatte, kam ihm dabei gar nicht erst in den Sinn. Er war nun ein Gefährte des Nachtwolfs, des Mannes, den die Götter begünstigten, und es war Starris selbst auferlegte Pflicht, auf ihn aufzupassen.

Er rieb die gespaltene Pfeilspitze zwischen den Finger, während er ging. *Vielleicht ist der Nachtwolf fort, um mit Grimarr oder den übrigen Schiffsführern zu reden*, dachte er, doch die warnende Stimme in seinem Kopf tönte lauter und lauter. Dann, als er wieder zum Lager ankam, fand er Bersi Jorundarson dort, der mit Neuigkeiten aus Grimarrs Halle gekommen war und leise zu Ornolf sprach.

Bersi kam zum Ende dessen, was immer er zu sagen gehabt hatte, klopfte Ornolf auf die Schulter und ging. Ornolf rief Starri und Agnarr und Godi und einige andere zu sich. »Versammelt die Männer«, befahl er, »und lasst uns am Fluss zusammenkommen. Bersi wird die Männer von den restlichen Schiffen holen. Grimarr ist unterwegs, und er möchte zu allen sprechen.« In der Stimme des alten Jarls lag keine Spur der sonst üblichen Großtuerei und Leichtfertigkeit.

»Was ist los? Was ist passiert?«, fragte Starri.

»Ich weiß es nicht«, sagte Ornolf. »Ich weiß es wirklich nicht.« Er hielt einen Augenblick inne und fügte hinzu: »Aber ich rechne mit nichts Gutem.«

Also half Starri dabei, die Übrigen zusammenzubringen, stand dann bei ihnen und trat stumm von einem Fuß auf den anderen, während sie zusahen, wie Grimarr hundert Schritt entfernt aus dem Nebel auftauchte und langsam auf sie zuschritt. Er humpelte, und das verlangsamte seine Bewegung derart, dass Starri vor Ungeduld hätte schreien können. Aber Grimarr trug einen entschlossenen Ausdruck auf dem Gesicht. Sein Mund war zusammengekniffen, als litte er starke Schmerzen. Er kämpfte sich regelrecht auf die wartenden Männer zu.

Zehn Schritte entfernt blieb er stehen und ließ den Blick von einem Ende der Menge zum anderen schweifen. Starri sah eine hässliche Wunde auf Grimarrs Wange, und sein Gesicht war mit Blut verschmiert, das er aus irgendeinem Grund nicht abgewaschen hatte. Unter dem Arm hielt er ein Bündel, und in der Linken ein Schwert. Starri war noch unbehaglicher zumute.

Ein Murmeln lief durch die Reihe wie eine Welle, die sich am Strand brach. Dann hob Grimarr den Arm, und die Nordmänner wurden still. Grimarr schwieg auch einen Moment, und als er endlich sprach, gab seine Stimme nichts von dem Schmerz oder der Erschöpfung preis, die sein humpelnder Gang vermuten ließ.

»Gestern Abend«, sagte er, und die Worte schnitten klar durch die feuchte Luft, »haben Lorcan und seine verfluchten Iren uns erneut angegriffen!« Er hielt noch einmal inne, während aufgeregtes Gemurmel unter den Männern anschwoll und wieder verebbte. Dann fuhr er fort: »Sie wollten das Mädchen, das irische Mädchen, das uns zum Schatz aus Fearna bringen kann. Aber sie haben es nicht bekommen. Sie werden es nicht bekommen!«

»Erzählt uns, was passiert ist, Herr!«, rief ein Mann von der *Adlerschwinge*, und viele weitere fielen in die Forderung ein. Grimarr nickte und hob wieder den Arm.

»Ich habe gestern Abend noch mit Hilder, Bersi und Thorgrim von der *Weitfahrer* gesprochen«, sagte Grimarr. »Wir redeten über unsere Pläne, den Hort zu bergen, als die Iren über eine unbewachte Stelle des Walls kamen. Unbemerkt. Es waren nicht viele, zwanzig vielleicht, aber wir waren auch nur wenige in meiner Halle. Als sie hereinstürzten, bei Thors Hammer, da haben wir ihnen einen härteren Kampf geliefert, als sie erwartet hatten!«

Grimarr hielt wieder inne, als müsse er sich erst einmal sammeln. »Wir traten ihnen mit dem Schwert entgegen, ich und Hilder, Bersi und Thorgrim und die wenigen Krieger, die bei uns in der Halle waren. Insgesamt ein Dutzend. Es war ein blutiger Kampf, so erbittert wie nur irgendeiner, den ich je erlebt habe. Ich wurde im Gesicht verletzt, wie ihr sehen könnt, und am Bein. Die meisten anderen wurden auch verwundet, drei sind gefallen.«

Erneut verstummte Grimarr, als müsse er sich für die nächsten Worte wappnen. »Es war dunkel, überall im Raum wurde gekämpft. Wir konnten sie vertreiben, bevor sie das Mädchen in die Finger bekamen. Aber als wir uns wieder versammelten, da waren Thorgrim und Hilder verschwunden.«

Ein Murmeln lief durch die Versammlung, bestürzte Laute von Thorgrims Männern und der Mannschaft des *Fuchses*. Jemand rief: »Was ist mit ihnen geschehen?«

»Wir haben sie natürlich verfolgt, sobald wir gemerkt hatten, was passiert ist«, erklärte Grimarr. »Zugegeben, nicht allzu lange, weil uns klar wurde, dass mehr von ihnen im Hinterhalt liegen könnten. Doch sie waren fort. Womöglich hatten sie Pferde. Wir haben das hier gefunden … « Er nahm das Bündel in seine Hand, fasste eine Kante und schüttelte es aus. Es war ein Mantel. Die Männer von der *Weitfahrer* erkannten ihn sofort. Thorgrims Mantel. Er war an mehreren Stellen zerrissen, und im zunehmenden Tageslicht sahen sie, dass er von Blut durchtränkt war.

Starri starrte mit weit aufgerissenen Augen darauf, und er konnte Harald murmeln hören, »Nein, nein, nein, nein …«, wie in einer Art Beschwörung.

»Und wir haben das gefunden!« Grimarr hob *Eisenzahn* in die Höhe. Die Waffe steckte noch in ihrer Scheide.

»Nein!«, brüllte Ornolf. »Bastarde!« Niemand war sicher,

was er damit meinte, bis er schrie: »Irische Bastarde! Söhne von Hunden und Huren!«

»Ja!«, rief Grimarr, genauso laut und wütend wie Ornolf. »Ja! Diese irischen Hunde, sie haben das getan! Thorgrim getötet, Hilder getötet und andere. Sie haben versucht, unser Silber zu stehlen! Aber wir lassen das nicht zu! Das werden wir nicht! Lasst uns zu den Schiffen gehen, lasst uns die Küste dieses von den Göttern verlassenen Landes entlangsegeln, und lasst uns den Schatz aus Fearna holen. Lasst uns so viele Iren erschlagen, wie wir vor unser Schwert bekommen, und den Tod dieser guten Männer rächen!«

Die Antwort, die Grimarr erhielt, war wahrscheinlich nicht die, auf die er gehofft hatte. Die Männer der *Adlerschwinge* jubelten, genau wie jene vom *Meereshengst*, wenn auch nicht mit derselben Begeisterung. Die Besatzung der *Fuchs* jubelte ebenfalls, auch wenn der Verlust ihres Kapitäns den Eifer schon spürbar dämpfte. Die Norweger von der *Weitfahrer* aber waren entsetzt. Es schien, als hätte man ihnen mit dem großen Bratspieß auf den Kopf gehauen. Die meisten waren still. Manche gaben schmerzerfüllte Laute von sich. Keiner jubelte.

Harald hörte auf, »Nein« zu murmeln. Er drehte sich langsam an, bis er Starri gegenüberstand. Seine Augen waren aufgerissen und die sonst rosigen Wangen bleich. Sein Mund stand offen.

Ornolf trat zu seinem Enkel und legte ihm den massigen Arm um die Schultern. »Dein Vater fiel im Kampf«, sagte er leise. »Er starb mit dem Schwert in der Hand. Die Walküren haben ihn zu Odins Halle gebracht, wo ein solcher Mann hingehört.«

Harald antwortete nicht und schüttelte nur langsam den Kopf. Die Männer der *Weitfahrer* gingen allmählich auseinander, manche in Richtung des Lagers, andere zum Schiff. Sie würden in See stechen. Sie würden Thorgrim rächen. Aber im Augenblick konnte nicht einer von ihnen eine irgendwie geartete Begeisterung aufbringen.

Jetzt war es Starri, der den Kopf schüttelte. »Nein, nein, das ist nicht richtig, nicht richtig«, sagte er, als er schließlich seine Stimme wiederfand. »Nicht richtig.«

Ornolf und Harald sahen ihn an, dann bestätigte Ornolf: »Nein, das ist es nicht. Es ist nicht richtig, dass ein Mann wie Thorgrim bei irgendeinem dummen Überfall sterben soll. Sterben, ohne dass wir an seiner Seite stehen.«

»Nein, ich meine das wirklich so. Es ist nicht richtig!«, widersprach Starri. »Der Nachtwolf ist nicht tot. Er kann nicht tot sein.« Harald blickte bei diesen Worten verwirrt drein, Ornolf wirkte ungehalten.

»Schau, Starri«, sagte Ornolf. »Du hast den Mantel gesehen, und *Eisenzahn*. Jetzt bring den Jungen nicht …«

»Der Mantel, der Mantel …«, rief Starri. Etwas stimmte nicht an dem Mantel, und das kitzelte Starris Geist wie ein Grashalm. Und dann begriff er es. »Der Mantel! Der Mantel ist blutig und zerfetzt, aber wo trägt man einen Mantel? Auf dem Rücken! Hätte Thorgrim Nachtwolf seinem Feind den Rücken gekehrt? Ist er etwa davongelaufen? Natürlich nicht! Da ist etwas anderes passiert.«

Ornolf tat das mit einer Handbewegung ab. »Diese Risse, sie bedeuten gar nichts. Er kann gegen den einen gekämpft haben, und ein Zweiter hat sich von hinten an ihn herangeschlichen. So muss es gewesen sein. Wie sonst hätte Thorgrim Ulfsson je in einem Kampf getötet werden können, außer von einem Mann, der sich hinterhältig an ihn heranpirscht?«

Starri schüttelte immer noch den Kopf. »Gestern Abend geriet Thorgrim in seine düstere Stimmung. Dort drüben war es …« Starri zeigte zu der Stelle, wo er Thorgrim zuletzt gesehen hatte. »In so einem Zustand wäre er nicht losgezogen, um mit Grimarr zu reden, um über die Reise zu beraten. Er hätte jedem den Kopf abgerissen, der auch nur versucht hätte, ihn anzusprechen. Du weißt das.«

»Ich weiß nicht …«, fing Ornolf an, aber da kam Grimarr der Riese auf sie zugehumpelt, das Gesicht vor Gram zerfurcht. Er streckte Harald Thorgrims Mantel und *Eisenzahn* entgegen, und Harald nahm beides an, immer noch stumm und mit aufgerissenen Augen.

»Es tut mir leid«, sagte Grimarr. »Und ich bin stolz darauf, dass dein Vater und ich Seite an Seite kämpften, bis zum letzten Augenblick. Ich wäre auch stolz gewesen, in der Gesellschaft eines solchen Mannes zu fallen.«

Harald nickte schweigend.

»Jetzt, Harald, möchte ich dich bitten, mit mir zu kommen. Ich brauche dich an Bord der *Adlerschwinge*. Du musst mit dem irischen Mädchen sprechen und dir auf unserem Weg entlang der Küste erklären lassen, wo wir nach Fastis Versteck Ausschau halten sollen.«

Harald nickte. Er reichte Eisenzahn und den blutdurchtränkten Mantel an Ornolf weiter. Grimarr legte den Arm um seine Schultern und führte ihn fort.

Eine ganze Weile standen Ornolf und Starri wortlos da, bis Starri verkündete: »Thorgrim Nachtwolf ist nicht tot.«

Ornolf öffnete den Mund und zögerte dann, als wüsste er nicht, was er dazu sagen sollte. Schließlich seufzte er. »Lass uns zum Schiff gehen«, sagte er in einem Tonfall, der ausdrückte, dass er keine Lust hatte, länger zu diskutieren. »Lass uns gehen.«

Die beiden Männer schauten einander an. Ein Dutzend Gedanken wirbelten gleichzeitig in Starris Kopf umher und drängten derart durcheinander, dass er nicht in der Lage war, auch nur einen von ihnen auszusprechen. So kam es, als Ornolf kehrtmachte und auf die *Weitfahrer* zuhielt, dass Starri ihm einfach folgte wie ein Hündchen.

Die Flut hatte inzwischen fast ihren Höchststand erreicht, und die *Weitfahrer* trieb frei in der Strömung, nur gehalten von einem einzigen Seil, das zum Ufer führte. Sie drehte sich und zog an der Leine, als erwarte sie begierig den Aufbruch. Hätten nicht Zweifel, Wut und Unglauben wie ein Nebel über der Besatzung gelegen, sie hätte dasselbe empfunden.

Ornolf und Starri waren die Letzten, die an Bord gingen, und sie wateten bis fast zu den Knien im Wasser, bevor sie zu der Planke gelangten, die vom Bootsrand in den schlammigen Grund am Flussufer reichte.

Ornolf schritt zum erhöhten Achterdeck, bis an die Ruderpinne. Starri holte die Planke ein und verstaute sie, dann stellte er sich gleich hinter den hohen, geschwungenen Bug.

»Bringt die Ruder aus!«, schrie Ornolf, und die Männer hoben die langen Riemen von den Gestellen und reichten sie weiter. Niemand zweifelte Ornolfs Befehlsgewalt in Thorgrims Abwesenheit an. Keiner dachte auch nur daran, sie infrage zu stellen.

Starri blickte über das Wasser hinweg. Die *Adlerschwinge* war schon unterwegs und bewegte sich rückwärts in den Fluss hinaus, indem die Ruderer nicht an den Riemen zogen, sondern sie drückten. Harald stand achtern, zusammen mit Grimarr und dem irischen Mädchen, das Starri seit der Rettung vor Lorcans Kriegern nicht mehr gesehen hatte – die am wenigsten willkommene Befreiung, die Starri je erlebt hatte. Sie war in eine Decke gehüllt, und Starri konnte nur ihr Gesicht ausmachen, klein und blass.

»Ruder zurück! Ruder zurück!«, rief Ornolf, sobald die Riemen durch die Pforten geschoben und die Männer bereit waren. Die Ruderer legten sich nach hinten, senkten die Blätter ins Wasser und stießen die Schäfte voran. Es war die entgegengesetzte Bewegung, mit der sie das Schiff sonst vorwärtstrieben, aber auf diese Weise schoben sie die *Weitfahrer* vom Ufer fort mit dem Heck voraus in den Strom hinaus.

»Ruder zurück!«, wiederholte Ornolf. Seine Hand lag auf der Ruderpinne, und sein Blick flog stromauf und stromab, zu den anderen Schiffen, die sich vom Land lösten, zu den Ruderern und zur Windseite. Er behielt alles im Auge, und Starri konnte erkennen, dass Ornolf trotz seiner Jahre und all ihrer Ausschweifungen immer noch ein Seemann war, dass seine Instinkte, von Tausenden von Seemeilen geschärft, wieder ganz von ihm Besitz ergriffen, sobald er mit dem Steuerruder in der Hand auf dem Achterdeck stand.

Starri spähte über den Bootsrand in die wirbelnden, schlammigen Fluten, während das Schiff sich langsam vom Ufer entfernte. Die Ruder senkten sich erneut, die Ruderer lehnten sich zurück, und gemeinsam stießen sie die Riemen ein weiteres Mal von ihrer Brust nach vorn. Und während die *Weitfahrer* sich immer schneller rückwärts bewegte, glitt Starri über den Rand und still ins Wasser hinein, jeder Laut, den er dabei machte, überdeckt vom Knarren der Ruder in den Riemenpforten, dem Plätschern der Ruderblätter und Gurgeln des Schiffsrumpfs.

Der Fluss reichte ihm bis an die Brust, und Starri stemmte sich gegen seine Strömung, als er sich auf das Land zuschob. Er hielt sich unterhalb des Bugs, wo er vom Deck aus nicht gesehen werden konnte. Seine Schuhe gruben sich in den weichen Grund unter seinen Füßen. Tropfnass trat er schließlich aus dem Leitrim hervor, drehte sich um und sah zu, wie die *Weitfahrer* immer weiter hinaustrieb, inzwischen schon eine gute Schiffslänge vom Ufer entfernt. Niemand hatte bemerkt, wie er über Bord gegangen war, und es würde eine ganze Weile dauern, bis seine Abwesenheit auffiel. In Begleitung anderer blieb er meist unaufdringlich und unbemerkt, und so vermisste man ihn selten, wenn er mal fort war.

Aber er wusste, dass er auf dem Meer nichts verloren hatte, nicht jetzt. Thorgrim Nachtwolf lebte noch irgendwo. Starri zweifelte so wenig daran wie an seiner eigenen Existenz. Er hatte einen schrecklichen Fehler begangen, als er Thorgrim in der letzten Nacht alleine ließ. Diesen Fehler würde er nicht noch einmal begehen.

21. Kapitel

Stets schätzte er am höchsten
seines Vaters Wort
und wenn die ganze Welt
auch anderes sagte.
EGILS SAGA

Der Wind wehte schwach und wechselhaft, also saßen die Männer an Bord der vier Langschiffe – der *Weitfahrer*, der *Adlerschwinge*, der *Meereshengst* und der *Fuchs* – an den Rudern und pullten auf der einen Seite normal, während sie auf der anderen die Riemen rückwärts drückten, bis der Bug auf den Ozean wies. Auf einen Ozean, der ihnen verborgen blieb, denn Nebel hing über der Mündung des Leitrim und verschleierte das offene Wasser.

Die Männer wussten allerdings, dass sie etwa nordostwärts fuhren, solange sie den Flussufern folgten. Das war nicht die Richtung, in die sie wollten, aber im Süden ragte eine große und gefährliche Landzunge ins Meer hinaus; ein Stück Küste mit mörderischen Klippen, das sie weiträumig umfahren mussten. Darum wollten sie sich zunächst östlich halten, auf die See hinausfahren und sich erst dann wieder in die Nähe des Landes wagen, wenn der Dunst sich hob und sie die Landspitze im Süden sehen konnten.

Unter allen Bedingungen auf See zählte Nebel zu den schlimmsten. Die Nacht war übel, aber ihr konnte man aus dem Weg gehen. Dunkelheit zog auch nicht überraschend heran wie der Nebel. Außerdem versteckten sich Dinge im Dunst: Riffe, Küsten, Felsen, Inseln. Und nicht alles, was hinter diesen Schleiern lag, war von dieser Welt, und das war das Beunruhigendste überhaupt.

An jedem anderen Tag hätte Harald Thorgrimson unter diesen Umständen Ausschau gehalten, hätte hinaus in die weißen Schwaden gespäht und mit seinen scharfen Augen nach Umrissen gesucht, die unvermittelt vor dem Bug auftauchen mochten. Er hätte angespannt gelauscht, ob sein Gehör ihm womöglich eine Bedrohung verriet, bevor sie in seinem eingeschränkten Blickfeld erschien. Aber nicht heute. Nicht jetzt, da sein Geist vollständig angefüllt war von einem Verlust, so schmerzlich, dass Harald ihn nicht einmal ansatzweise zu begreifen vermochte.

Er saß auf dem Achterdeck, an Backbord, gegen die Bordwand gelehnt. Sein ganzer Körper fühlte sich taub an, so abgestumpft, dass nur die extremsten Sinneseindrücke ihn noch erreichten. Sein Verstand glich dem Nebel: dumpf, grau, von wirbelnden Schwaden erfüllt, in denen einzelne verschwommene Eindrücke hier und dort vage hervortraten. Niemand redete mit ihm, oder wenn es geschah, bemerkte er es nicht.

Conandil saß neben ihm. Sie schmiegte sich tatsächlich an ihn, und ihre Gegenwart spendete ihm ein wenig Trost. In Vík-ló hatte er so viel Zeit mit ihr verbracht, wie er nur erübrigen konnte. Das war nicht viel gewesen, dennoch sah er sie nicht mehr als Fremde an, wie die Besatzung der *Adlerschwinge*, die er allenfalls flüchtig kannte oder gar nicht.

Er wünschte sich so sehr, dass er an Bord der *Weitfahrer* wäre, mit Ornolf und Starri und den Menschen, die seinen Vater gekannt und geschätzt hatten und die ihm gefolgt waren. Er wollte jetzt in der Gesellschaft von Leuten sein, die ebenso trauerten wie er selbst. Doch er hatte ein ausgeprägtes Pflichtbewusstsein, und das verdankte er dem Mann, um den er trauerte. Dieses Pflichtgefühl gebot ihm, sich wie ein Krieger zu verhalten, und er hatte Grimarr dem Riesen und dem Rest der Flotte Gefolgschaft geschworen. Sein Vater hatte ihm gezeigt, dass ein Krieger nicht um jene trauerte, die im Kampf gefallen waren. Er zog selbst in die Schlacht und übte Vergeltung.

Harald glaubte jedes Wort einer jeden Lektion, die sein Vater ihm jemals gegeben hatte. Dennoch konnte nichts davon seinen Kummer mildern.

Conandil legte ihre kleine Hand auf seinen Arm und drückte ihn. Sie redete leise mit ihm in jenem trällernden Irisch, einer Sprache, die, wie Harald sehr wohl wusste, die meisten Nordmänner als grob und abstoßend empfanden. Er selbst aber fand allmählich Gefallen daran.

»Der Nebel löst sich auf.«

Harald blickte auf, schaute über den Schiffsrand hinweg, zum ersten Mal, seit sie die Mündung des Leitrim verlassen hatten. Der unheimliche graue Dunst hatte sich in jeder Richtung zurückgezogen, und obwohl der Himmel über ihnen und der Horizont in der Ferne sich immer noch in weißer Unbestimmtheit verloren, konnte Harald doch die Oberfläche des Meeres und im Süden die große Landspitze erkennen, die den Rest der Küste verdeckte. Er bemerkte, wie sich die Anspannung an Bord löste, als die wahre Natur der nahen Gefahr nicht länger eine vage Vermutung war, sondern eine deutlich sichtbare Gestalt annahm.

Harald nickte nur und starrte auf die Landzunge. Er machte sich nicht die Mühe, Conandil nach dem Schatz zu fragen. Er wusste bereits, dass die Stelle weit hinter diesem Abschnitt des Ufers im Süden lag, mit größter Wahrscheinlichkeit mehr als einen Segeltag entfernt. Noch länger, wenn der Wind nicht blasen wollte und die Langschiffe unter Rudern dahinkriechen mussten.

Grimarr murmelte hinter ihnen dem Steuermann etwas zu und wies auf einen Punkt jenseits des Schiffes. Der Steuermann drückte die Ruderpinne zur Seite, und die *Adlerschwinge* drehte in weitem Bogen nach Süden. Die Landspitze wanderte von einer Position schräg achtern des Schiffes bis gleich Steuerbord vor dem Bug. Die übrigen Schiffe bewegten sich hinter ihnen. Harald konnte sie von seinem Platz aus nicht sehen, doch er zweifelte nicht daran, dass sie Grimarr auch auf diesem neuen Kurs folgten.

Die Besatzung der *Adlerschwinge* ruderte in den nächsten Stunden weiter, und weil es mehr als doppelt so viele Männer wie Ruder gab, wechselten sie sich ab, damit niemand so sehr ermüdete, dass seine Kampfkraft erlahmte. An jedem anderen Tag wäre Harald der Erste auf der Ruderbank gewesen, und wenn die Zeit zum Wechseln kam, hätte er gemurrt und darauf beharrt, dass er nicht ausgewechselt werden musste. Doch heute fühlte er sich nicht einmal stark genug, seinen Arm zu heben.

Die Sonne überschritt ihren Zenit, der zu dieser späten Jahreszeit nicht allzu hoch lag, und an Bord wurde eine Mahlzeit aus getrocknetem Fisch, Brot und Ale verteilt. Harald hatte keinen Appetit, was für ihn eine ganz neue Erfahrung darstellte, aber Conandil bestand darauf, dass er etwas aß. Also würgte er mühsam ein wenig Essen die ausgetrocknete Kehle hinab. Schließlich kam eine Brise auf, eine günstige Brise aus Nordost, und die Männer waren froh, die Riemen einziehen zu können und das große, rotweiß-karierte Segel zu setzen.

Der Wind war nicht allzu kräftig, und er trieb die *Adlerschwinge* kaum schneller voran, als sie unter Rudern gelaufen war, aber immerhin ersparte ihnen das die Plackerei. Das Langschiff krängte leicht nach Steuerbord, das Wasser gluckerte melodisch am Rumpf entlang, und der Wind blies sie südwestwärts. Angesichts der starken Strömung und des auflandigen Windes umfuhr Grimarr die Landspitze in großzügigem Abstand, sodass sie erst später am Nachmittag weit genug gekommen waren, um wieder nach Süden zu schwenken und kurz darauf nach Südwesten, auf einem Kurs, der dichter am Land entlangführte.

Irgendwann stand Harald auf. Seine Muskeln protestierten, nachdem er so lange zusammengekauert an der Bordwand verharrt hatte. Achteraus konnte er die *Weitfahrer* erkennen, die unter Segel gute Fahrt machte. Das Meer schäumte weiß vor ihrem schwarzen Bug. Es war ein schöner Anblick, und Harald sehnte sich umso mehr danach, dort an Bord zu sein, bei seinen eigenen Leuten.

Was ich jetzt fühle, ist dasselbe, was mein Vater empfand, als er so sehr zurück zu seinem Bauernhof in Ost-Agder fahren wollte, dachte Harald, und wieder versank er in Traurigkeit.

Sie hielten weiterhin auf die Küste zu, und sobald sie nah genug waren, um Einzelheiten auszumachen, trat Grimarr auf sie zu und sprach Harald an, zum ersten Mal, seit sie aufgebrochen waren.

»Frag dieses irische … Mädchen, ob wir irgendwo in der Nähe des Verstecks sind. Frag es, ob es weiß, wo wir sind.« Das stumme Mitgefühl, das vor der Abfahrt in Grimarrs Stimme mitgeschwungen hatte, war verschwunden, und er klang sogar noch unfreundlicher, als Harald ihn aus Vík-ló kannte, was eine beachtliche Leistung war.

Die Veränderung war durchaus beunruhigend, aber Haralds Welt auch derart auf den Kopf gestellt, dass Grimarrs Auftreten nur als weitere befremdliche und unerklärliche Einzelheit erschien. Er legte die Hand auf Conandils Arm. »Kennst du diesen Ort? Sind wir in der Nähe der Stelle, wo Fasti den Schatz versteckt hat?«

Conandil nahm sich eine ganze Weile Zeit, um die Küstenlinie zu studieren, deren nächster Punkt eine halbe Meile entfernt lang. Endlich sagte sie: »Ich kenne diese Stelle. Ich erkenne sie wieder. Aber hier sind wir erst einen Tag, nachdem wir den Schatz verborgen hatten, vorbeigekommen. Das ist nicht der richtige Ort, der liegt noch weit im Süden.«

Harald übersetzte die Worte, und Grimarr sagte nichts dazu. Er murmelte nur etwas vor sich hin, was wie ein Fluch klang. Er kehrte Harald und Conandil den Rücken und befahl dem Steuermann, das Schiff zu einem flachen Kiesstrand zu lenken, der ein paar Meilen im Süden lag. Als die *Adlerschwinge* auf den neuen Kurs einschwenkte, folgte der Rest der Flotte in ihrem Kielwasser, und eine Stunde später liefen alle mit den Bugen sanft auf die kieselbedeckte Küste. Mit dem Anker am Heck und einer einzelnen zum Ufer führenden Bugleine blieben die Boote im Wasser und waren bereit, bei jeder Gefahr rasch wieder abzulegen. Die Männer bereiteten sich auf eine wachsame Nacht an Bord vor.

Grimarr ging zum Bug und watete an den Strand, wo er sich mit den anderen Schiffsführern traf. Harald sah zu, wie sein Großvater schwerfällig die Planke hinunterschritt, die seine Leute für ihn ausgebracht hatten, und dann auf Grimarr und die Übrigen zuhielt, die sich vor der *Weitfahrer* versammelten. Harald sehnte sich danach, zu ihm zu gehen, doch seine Pflichten lagen hier an Bord, also blieb er.

Die Nacht verstrich ereignislos, und die Morgendämmerung brachte eine ablandige Brise, die der Flotte den Aufbruch erleichterte. Die Schiffe zogen an den Haltetauen, als könnten sie es kaum erwarten, wieder in See zu stechen. Noch vor dem Frühstück wurden die Anker eingeholt, Segel gesetzt und die

Leinen gelöst, dann verließen alle vier Langschiffe eins nach dem anderen in elegantem Bogen die Küste und fuhren zurück aufs Meer.

Als das Frühstück endlich verteilt wurde, bestand es aus getrocknetem Fisch, Brot und Ale, ziemlich genau das Gleiche, wie das Mittag- und das Abendessen am Tag zuvor. Aber die Männer hatten Hunger und klagten nicht. Harald schaute sehnsüchtig zur *Weitfahrer*, die erneut in ihrem Kielwasser schwamm, und wünschte sich mehr denn je dorthin und weit fort von hier.

Die Küste Irlands glitt weiterhin an der Steuerbordseite vorüber. Grimarr hielt die Schiffe so nah am Ufer, wie er es nur wagte. Er sagte nichts, warf nur immer wieder böse und anklagende Blicke auf seinen Passagier, was dieser nicht verstand, ging Harald doch davon aus, dass er Grimarr half. Der Däne, so befand er, musste ungeduldig sein, endlich den Schatz zu finden, und möglicherweise glaubte er ja, dass Conandil ihn in die Irre führte.

Vielleicht denkt er sogar, dass wir beide ihn in die Irre führen, dachte Harald. Also befragte er Conandil weiterhin über die Küstenlinie, aber Conandil bestand darauf, dass sie noch nicht an der Stelle waren, wo Fasti die Beute vergraben hatte.

Nur eine Stunde nach ihrem Aufbruch erhob sich Conandil einmal mehr und blickte über die Steuerbordseite, aber diesmal setzte sie sich nicht nach einem flüchtigen Blick gleich wieder hin. Nun überquerte sie das schmale Deck und spähte Richtung Westen, auf einen langen, flachen Strand und die hohen Felsen dahinter, die weiten grünen Wiesen darauf und die Wälder im Landesinneren. Eine ganze Weile verharrte sie so, ließ den Blick nach Norden und Süden wandern und betrachtete dann wieder den Strand.

Harald stand auf, ging zu ihr hinüber und stellte sich neben sie. Er bemerkte, dass Grimarr unruhig herumzappelte, da auch ihm aufgefallen war, wie viel Interesse das Mädchen an diesem Stück Küste zeigte. Harald lehnte sich gegen die Reling, folgte ihrem Blick. »Ist das die Stelle, Conandil?«

Zunächst antwortete sie nicht, als wolle sie erst ganz sicher sein, dann sagte sie: »Ja. Ja, ich bin überzeugt davon. Siehst du diesen Stein?« Sie wies auf das Ufer. »Der da, der so seltsam hervorsticht?«

Harald schaute in die angegebene Richtung und hörte, wie Grimarr hinter sie trat. »Ja«, erwiderte er. Der Stein war hoch und schmal wie eine ungleichmäßig bearbeitete Säule, die aus dem Meer ragte. Die Wellen brachen sich an seinem Fuß.

»Ich erinnere mich an diesen Felsen. Ich erinnere mich, wie Fasti auf ihn zeigte, als wollte er, dass ich ihn nicht vergesse. Auf diesem Weg sind wir zum Strand gekommen.« Conandil wies auf ein Stück Küste nördlich der steinernen Markierung. »Fasti ließ das Schiff dort an Land ziehen und seine Männer den Schatz vergraben.«

Harald nickte, während er das Ufer betrachtete. Es unterschied sich nicht sonderlich vom Rest der irischen Ostküste; Steilhänge und Kiesstrände, Hügel und ein paar verstreute Klippen gleich vor dem Ufer. Trostlos und trügerisch. Aber der eigentümlich geformte Fels war tatsächlich auffällig.

»Und?«, wollte Grimarr wissen. Das Wort kam wie ein Grunzer heraus. »Was sagt sie? Ist es das?« Er blickte nach wie vor finster, die großen buschigen Augenbrauen stießen in dem mürrisch verzogenen Gesicht aneinander, die herabgezogenen Mundwinkel waren durch den struppigen Bart gerade noch auszumachen. Er hatte die Wunde auf seiner Wange ausgewaschen. Das Blut war verschwunden, aber die hässliche, ausgefranste Verletzung noch deutlich zu sehen. Harald fragte sich, was für eine Waffe wohl so eine Wunde schlug.

»Ja«, bestätigte Harald schließlich. »Sie meint, das ist die Stelle. Fasti ist unmittelbar nördlich von diesem hohen Felsen dort an Land gegangen.«

Grimarr drehte sich herum, um in die von Harald gewiesene Richtung zu schauen. Er betrachtete die Küste und stieß einen weiteren Grunzlaut aus, als hätte er erwartet, dass der Schatz gleich am Strand herumlag, und nun darüber verärgert war, dass er ihn nicht sehen konnte.

»Also gut, wir gehen hier an Land«, sagte er, trat an Harald vorüber und rief Kommandos nach vorn über das Deck. Er ließ das Segel einholen und die Ruder ausbringen. Sofort lief die Besatzung zu den Brassen, zum Fall und zur Gording. Das Segel wurde hochgezogen, während die Rah herabsank und längs zum Schiff auf den Auflagen gesichert wurde. Die Männer, die nicht mit dem Segel beschäftigt waren, hoben die Ruder aus den Halterungen und verteilten sie.

Grimarr schritt nach hinten und trat auf die Backbordreling. Mit einer Hand auf dem hohen Achtersteven hielt er das Gleichgewicht. Mit der anderen formte er einen Trichter vor seinem Mund und schrie zu den übrigen Booten: »Hier! Hier ist die Stelle! Folgt uns und bereitet euch auf einen Kampf vor!«

Er trat herunter und ging wieder nach vorne zur Schwelle des Achterdecks. Dort betrachtete er das hektische Treiben auf dem ganzen Schiff. Harald sprach ihn an.

»Auf einen Kampf vorbereiten?«, fragte er. »Gegen wen?«

Grimarr starrte ihn an, als wäre die Frage eine Beleidigung. Ohne ein Wort zu sagen, wandte er sich ab. Dann aber schien er seine Meinung zu ändern und erklärte: »Diese armseligen irischen Bastarde. Sie könnten uns die Küste entlang gefolgt sein. Sollte Lorcan den Mumm dazu haben, wird er uns angreifen, sobald wir an Land gehen. Oder auch nicht. Wir werden jedenfalls bereit sein.« Er sah Harald nicht an, sondern blickte unverwandt nach vorne, während er sprach.

»Wenn gekämpft wird«, sagte Harald, »will ich bei meinen Leuten sein. Bei Ornolf und den Männern von der *Weitfahrer.*«

Grimarrs Gesichtsausdruck ließ vermuten, dass er seine Wut kaum noch beherrschen konnte. Es fiel ihm sichtlich schwer, seine Worte im Zaum zu halten und eine Antwort zu formulieren, die gerade eben noch als höflich durchgehen mochte: »Nein«, stieß er hervor, »du bleibst bei mir und dem Mädchen. Du übersetzt. Sonst nichts.« Damit stapfte er schweigend Richtung Bug davon.

Harald sah ihm nach. Mitunter verstand er nicht, was in Männern vorging. Was sie dazu brachte, das eine oder das andere zu tun, war ihm oft ein Rätsel, und das wusste er auch. Sein Vater hatte eine Gabe dafür, die Menschen zu durchschauen, aber Harald ganz und gar nicht. Das war eine harte Lektion gewesen, die er unter Schmerzen hatte lernen müssen, durch viele Fehleinschätzungen und Missverständnisse, die zu beträchtlichen Schwierigkeiten geführt hatten. Jetzt erkannte er, dass er gerade wieder in so einer Situation steckte. Etwas ging hier vor, und er verstand nicht, was es war.

Und dann trat plötzlich Conandil zu ihm, drückte sich so eng an ihn, als suche sie Haralds Wärme. Sie standen allein an der Vorderkante des Achterdecks, zehn Fuß von dem Mann an der Ruderpinne entfernt – der einzigen anderen Person, die sich mit ihnen im hinteren Teil des Schiffes aufhielt. Conandil schmiegte sich an ihn, und er vernahm ihre leise Stimme, sogar noch leiser, als sie sonst zu sprechen pflegte.

»Er will dich töten«, sagte sie.

Harald runzelte die Stirn und war sich nicht sicher, ob er sie richtig verstanden hatte. »Was hast du gesagt?«, fragte er. Er war geistesgegenwärtig genug, genauso leise zu reden wie sie, und unter dem Lärm der durch die Riemenpforten polternden Ruder sowie der gegeneinanderklirrenden Waffen, als sie aus den gewachsten Tüchern genommen wurden, war er überzeugt davon, dass niemand sie hören konnte.

»Grimarr wird dich töten«, wiederholte sie. »Wenn er hier fertig ist. Er hat deinen Vater getötet, und er will dich töten.«

Harald wollte sie anschauen, doch er hielt sich zurück. Er wollte nicht, dass irgendjemand – und ganz besonders nicht Grimarr! – darauf aufmerksam wurde, dass sie miteinander sprachen. »Warum? Warum sollte er mich töten wollen?« Conandils wenige Wörter erweckten so viele Fragen in ihm, und er hätte sie am liebsten alle zugleich gestellt. »Er hat meinen Vater getötet? Warum?« Gerade erst hatte Harald das Gefühl gehabt, aus dem unwirklichen Albtraum emporzutauchen, in den er am gestrigen Tag gestoßen worden war. Jetzt stürzte er geradewegs wieder dorthin zurück.

»Er glaubt, dass dein Vater seine Söhne umgebracht hat. Dein Schiff ... es war ihr Schiff. Ich weiß nicht, wie ihr darangekommen seid, und Grimarr weiß es genauso wenig. Aber er weiß, dass ihr das Schiff seiner Söhne segelt, und darum will er dich töten. Sobald er dich nicht mehr braucht.«

Harald schwieg einen Augenblick und hielt nach dem Ufer Ausschau, das mit jedem kraftvollen Zug an den Rudern der *Adlerschwinge* näherkam. Grimarr stand auf der Reling am Bug, genau wie er es am Heck getan hatte, und musterte den Strand und die Felsen dahinter.

»Woher weißt du das alles?«, fragte Harald.

»Weil ich die Sprache der Dubh Gall beherrsche«, sagte Conandil in der Zunge der Nordmänner. Sie hatte einen eigentümlichen Akzent, und die Wörter waren nicht ganz richtig, doch es war ohne Zweifel die nordische Sprache.

Die Fragen drohten Haralds Verstand zu überfluten. Aber

bevor er eine davon aussprechen konnte, fuhr Conandil auf Irisch fort: »Mein Vater war ein Kaufmann, und er machte Geschäfte mit den Dubh Gall, sodass er ihre Sprache lernte, und ich tat es ebenfalls. Darum wählte Fasti mich aus und ließ mich wissen, wo er den Schatz versteckt. Nicht weil ich unter die Planken des Schiffs passte, auch wenn das hilfreich war. Er stellte fest, dass ich seine Sprache spreche, also teilte er sein Geheimnis mit mir für den Fall, dass er den Tod findet.«

»Aber warum …«, setzte Harald an und hielt inne. Er hatte sie fragen wollen, warum sie das vor Grimarr verborgen hatte, doch dann fiel ihm auf, wie dumm diese Frage war. Genau wie es töricht von ihm gewesen war, zu denken, dass sie aus Lorcans Händen gerettet und nach Vík-ló zurückgebracht werden wollte. Sie war von den Dänen entführt worden, um wegen des Gewinns als Sklavin verkauft zu werden. Sie hatte keinerlei Bedürfnis, Grimarr oder seinem Volk in irgendeiner Weise zu helfen.

»Ich habe zugehört«, fuhr Conandil fort. »Grimarr und seine Männer unterhalten sich bedenkenlos, wenn ich dabei bin, weil sie glauben, dass ich nichts verstehe.«

»Warum erzählst du mir das?«, fragte Harald. »Warum kümmert es dich überhaupt? Du musst uns alle hassen.«

»Ja«, sagte Conandil, »ich hasse euch alle. Aber dich hasse ich weniger als Grimarr.«

Siebzig Fuß vor ihnen wandte Grimarr sich um, sprang von der Reling herab und brüllte. »Bastard! Dieser Bastard einer irischen Hure! Rudert, ihr armseligen Scheißer!«

Er stapfte zum Heck, und Conandil trat von Harald fort. Harald blickte zum Rand der hohen Klippen, die über dem Strand vor ihnen aufragten. Sie waren nun nah genug dran, dass er deutlich die beiden Reiter sehen konnte, die sich vor dem grauen Himmel abzeichneten. Und gerade, als er erkannte, was er da sah und was es zu bedeuten hatte, da ließen die Reiter die Pferde herumwirbeln und verschwanden hinter der Kante der Anhöhe.

Harald wandte sich Grimarr zu und sah, dass dieser ihn anstarrte.

»Zieh deine Rüstung an, hol dein Schwert«, knurrte Grimarr. »Wir gehen an Land. Es ist an der Zeit, Rache zu nehmen. Das willst du doch, nicht wahr?«

»Ja«, sagte Harald, »oh ja, das will ich.«

22. Kapitel

Ich spürte, da ich schlief, dass über mir
eine Frau mit silbernem Reif hielt Wacht.
Feucht waren ihre Brauen,
voll Tränen die Augen.
GISLI SURSSONS SAGA

Als Thorgrim Nachtwolf erwachte, litt er starke Schmerzen. Sein Leib war so steif, dass er sich kaum aufrichten konnte. Doch zugleich fühlte er sich eigentümlich erholt. Es tat weh, aber er hatte nicht den Eindruck, dass er irgendwie eingeschränkt war. Tatsächlich überwog das Gefühl, dass er noch irgendwas zu tun hatte, und dass er nun auch stark genug dafür war.

Ein Geräusch hatte ihn aus dem Schlaf gerissen, ein vertrauter und aufstachelnder Laut. Er wusste nicht, wo er war, obwohl er ziemlich sicher sagen konnte, dass er unter Stroh begraben lag. Mitten in einem Feld? Nein, er lag auf groben Holzbrettern. Seine Arme und Beine waren so steif, dass er sich bestimmt seit einer ganzen Weile nicht mehr bewegt hatte. Er hatte keine Ahnung, wie lange es gewesen sein mochte.

Erneut vernahm er dieses Geräusch, das ihn geweckt hatte, und er erkannte das Klirren von Stahl auf Stahl, von Waffe auf Waffe – der Klang eines Kampfes! Er hob die Hand und schob behutsam die Strohdecke beiseite. Er wusste weder, wo er sich wiederfinden würde, wenn er sein Versteck verließ, noch was ihn dort erwartete. Licht sickerte ein, und er räumte weiteres

Stroh weg, bis er den grauen Himmel über sich sah. Es war ein trüber Tag, und die Sonne stand bereits hoch. Das Stroh war nass von kürzlichem Regen, also war er mit ziemlicher Sicherheit noch in Irland.

Männer atmeten schwer um ihn herum, Füße scharrten über den Boden. Wieder hörte er Klingen aufeinanderschlagen, mehr als zwei Bewaffnete, die miteinander fochten. Er drückte sich auf die Ellbogen und hob den Kopf aus dem Stroh. Ein brennender, juckender Schmerz lief in zwei langen Linien quer über seine Brust. Die Haut dort spannte – das vertraute Gefühl einer halb verheilten, tiefen Wunde. Er ignorierte es und sah sich um.

Er befand sich auf einem Wagen, und hinter dem Wagen sah er Tote auf der Erde liegen. Vier weitere Männer kämpften über den Leichen oder, besser gesagt, hielten gerade in ihrem Kampf inne. Sie starrten einander an, kamen wieder zu Atem, und ihre Stellung verriet ihm, dass dort drei gegen einen standen.

Thorgrim hatte immer noch Mühe, den tiefen Schlaf abzuschütteln, aus dem er eben erwacht war. Dennoch konnte er deutlich ausmachen, dass die drei Verbündeten Iren waren, nach der Art jener Leute gekleidet, die bei diesem Volk *Fuidir* hießen: kleinere Bauern, die als Pächter den *Air Forgill* untergeordnet waren, die ihrerseits den *Rí Túaithe* Gefolgschaft schuldeten. Sie waren keine Krieger. Das sah man schon daran, wie zaghaft sie ihre Schwerter umklammerten.

Ihr Gegner war ein Nordmann, der mit der üblichen Tunika und Beinlingen bekleidet war und eine Streitaxt führte. Er trug weder Helm noch Rüstung, und in seinem benommenen Zustand brauchte Thorgrim einen Moment, um zu erkennen, dass es Starri der Unsterbliche war.

Starri hielt die Axt mit der Rechten. Das Blatt hing tief an seiner Seite, und er winkte die drei Männer mit der anderen Hand zu sich. Starri der Unsterbliche grinste. Das war offensichtlich kein Kampf, den der Berserker allzu ernst nahm. Er schien ihm mehr als eine Art der Zerstreuung zu dienen.

Wie auf ein Zeichen hin griffen in dem Moment alle drei Iren gleichzeitig an, jeder von ihnen stach ungeschickt irgendwie mit seinem Schwert zu. Starris Axt zog einen weiten Kreis durch die Luft und wischte damit sämtliche Klingen beiseite, die erste schlug er dem Angreifer sogar glatt aus der Hand. Dann stieß Starri vor und trat dem mittleren Gegner hart in den Leib. Der Ire krümmte sich, Starri schwang die Axt gegen den Mann zu seiner Linken. Der Ire schrie auf und sprang zurück, doch er war geistesgegenwärtig genug, um zumindest schwächlich sein Schwert in Starris Richtung zu stoßen.

Der Mann in der Mitte, der den Tritt abbekommen hatte, richtete sich wieder auf. Starri hätte ihn ganz leicht mit einem einzigen Schlag seiner Streitaxt töten können, stattdessen entschied er sich für einen weiteren Tritt, der den Iren rücklings in die Wiese fliegen ließ. Starri fuhr herum und wandte sich dem Gegner zu, dem er das Schwert aus der Hand geschlagen hatte. Das war zu viel für diesen Mann, wie auch für seine beiden Begleiter. Der eine, der immer noch eine Waffe hielt, bewarf Starri damit. Dann machte er kehrt und floh, sein Gefährte schloss sich ihm an, und der dritte Ire im Gras rappelte sich wieder auf und rannte hinterher.

Starri hob den Waffenarm, um sich vor dem fliegenden Schwert zu schützen. Es prallte von der Axt ab und fiel vor seine Füße. Starri lief drei Schritte hinter den Iren her und schrie: »Feiglinge! Kommt zurück und kämpft, ihr elenden Feiglinge!« Aber er klang selbst nicht sonderlich überzeugt, als hätte er das Interesse an dem Handgemenge längst verloren.

»Starri!«, versuchte Thorgrim ihn zu rufen, aber seine Stimme war kaum mehr als ein Krächzen. »Starri!«

Starri löste den Blick von den fliehenden Männern und sah in Thorgrims Richtung, erschrocken, als er so plötzlich seinen Namen hörte. »Nachtwolf!«, rief er, und sein Gesicht hellte sich auf, als er Thorgrim erkannte. »Da bist du!«

Thorgrim stieß das restliche Stroh von sich herunter und kletterte unbeholfen von der Ladefläche. Er nahm die Hand, die Starri ihm anbot. Behutsam richtete er sich auf und gab acht, dass er nichts wieder aufriss, während er seine verkrampften Gliedmaßen lockerte.

»Bei Thor und Odin, Nachtwolf …«, sagte Starri.

Thorgrim sah seinen Freund an und bemerkte die Unsicherheit auf dessen Gesicht. Starri streckte einen Finger aus und stupste Thorgrim an die Brust.

»Was soll das?«, fragte Thorgrim.

»Du bist … bist du sicher … du lebst noch, oder? Du bist nicht von Hel zurückgekehrt, oder von einem ähnlichen Ort?«

»Natürlich lebe ich noch, Starri. Bist du verrückt?«, gab Thorgrim zurück und dachte im selben Augenblick: *Was für eine dumme Frage.*

Er blickte an sich hinunter. Die Tunika klaffte vorne auf, zwei große Risse verliefen quer über seine Brust. Der Stoff war steif von getrocknetem Blut, die Haut darunter gleichfalls blutverkrustet, und wo sie nicht von Blut bedeckt war, da war sie leichenblass. Auch die Hände sahen aus wie in Blut getaucht. Überall an ihm klebte Stroh. Wie sein Gesicht, sein Bart, sein Haar aussah, konnte er sich allenfalls vorzustellen versuchen.

»Oh«, sagte Thorgrim. »Ich verstehe. Nein, keine Angst, ich bin noch ganz und gar von dieser Welt.«

Starri entspannte sich sichtlich.

Thorgrim schaute sich um. Vier Leichen lagen bei dem Wagen. »Hast du diese Männer getötet?«, fragte er.

»Nein«, antwortete Starri. »Die sind schon eine ganze Weile tot, mindestens seit gestern. Du musst sie getötet haben. Die Raben haben mich hergeführt. Ich dachte mir, wo Tote liegen, da ist Thorgrim Nachtwolf vermutlich nicht weit.«

Thorgrim blickte auf den Körper hinab, der ihm am nächsten lag. Er war wirklich seit einem Tag tot, vielleicht sogar länger. Die Raben hatten sich bereits an ihm zu schaffen gemacht. Der aufgedunsene, schwarze und verstümmelte Leib bot keinen schönen Anblick. Thorgrim ging umher und betrachtete die übrigen. Ein gutes Stück entfernt lag noch ein Fünfter.

»Schau, Starri!« Thorgrim zeigte auf das nach oben gewandte Gesicht des Leichnams vor ihm, oder zumindest auf das, was davon übrig war. »Ist das nicht Grimarrs Mann? Hilder?«

Starri kam heran und schaute auf den Toten hinab, dann zuckte er die Achseln. »Ich bin mir nicht sicher. Vielleicht. Ich kann mir Gesichter nicht gut merken, nicht einmal, wenn sie noch vollständig sind.«

Allmählich erinnerte sich Thorgrim. Einzelne Bilder kehrten in sein Gedächtnis zurück. Sie blitzten kurz auf, glichen aber so sehr einem Traum, dass Thorgrim sich fragte, ob es nicht doch genau das gewesen war. Hatte er diese Männer getötet? Er wusste es nicht.

Grimarr. Aus irgendeinem Grund wollte er sich an Grimarr rächen.

»Diese Männer, gegen die du gekämpft hast, könnten die das getan haben?«, fragte Thorgrim.

»Nein«, gab Starri mit Bestimmtheit zurück, »die sind den Raben gefolgt. Genau wie ich, diese Hunde. Sie wollten die Leichen plündern. Aber ich habe sie zuerst gesehen. Die Beute steht mir zu.«

Thorgrim nickte, als ob die Worte irgendeinen Sinn ergaben. »Wo sind wir? Und warum sind wir hier?«

Starri holte tief Luft. »Also, das ist eine Geschichte, Thorgrim, so viel kann ich dir sagen! Und ich weiß nur die Hälfte davon. Grimarr kam runter zum Fluss, kurz bevor die Schiffe losgesegelt sind. Er erzählte uns, dass du während eines Überfalls von Iren getötet wurdest. Aber ich habe ihm nicht geglaubt. Darum bin ich über Bord gesprungen, als wir gerade vom Ufer ablegten, und habe dich gesucht.«

»Grimarr ...«, murmelte Thorgrim. Er schaute zu Starri auf. »Was soll das heißen, ›bevor die Schiffe losgesegelt sind‹?«

»Die Schiffe. Sie sind losgesegelt«, sagte Starri und erkannte dann offenbar, dass Thorgrim eine genauere Erklärung brauchte. »Die *Weitfahrer*, Grimarrs Schiff und die beiden übrigen. Sie sind in See gestochen, um die Beute aus Fearna zu suchen, die dieser andere Däne versteckt hat.«

»Wie lange sind sie fort?«, fragte Thorgrim.

»Seit heute Morgen erst, gleich bei Sonnenaufgang«, erklärte Starri. »Grimarr kam runter zum Fluss, bevor sie aufbrachen, und sprach zu den Männern. Er hat uns deinen Mantel gezeigt, der aufgeschnitten und blutig war, und er hatte dein Schwert dabei. Er hat allen erzählt, dass du tot bist und dass sie dich rächen müssen, indem sie so viele Iren erschlagen wie möglich.«

Bilder zogen durch Thorgrims Geist. Grimarr und sein Schwert. Schmerz, als hätte man ihm ein glühendes Stück Eisen gegen die Brust gedrückt. Blut in seinem Mund. Die Eindrücke ergaben einfach keinen Sinn.

»Die anderen glaubten, ich sei tot? Harald? Ornolf?«

Starri nickte. »Sie hatten keinen Grund, etwas anderes zu glauben. Sie haben den Mantel gesehen.«

Thorgrim machte sich nicht die Mühe, Starri zu fragen, warum er als Einziger nicht daran geglaubt hatte. Starri lauschte auf Stimmen, die sonst niemand vernahm. »Und dann sind sie in See gestochen?«, fragte er stattdessen.

Starri nickte.

»Wir müssen zurück nach Vík-ló. Kennst du den Weg?«, fragte Thorgrim.

»Äh …« Starri drehte sich um, als hätte er nie an den Rückweg gedacht. Thorgrim schaute in die Richtung, aus der der Wagen gekommen war. Er erinnerte sich an so gut wie nichts von dem, was in der letzten Nacht geschehen war. Aber es sprach wohl einiges dafür, dass der Karren aus dem Longphort hierher gerollt war.

»Da lang, nehme ich an!« Thorgrim wies die schlammige und zerfurchte Straße entlang.

Starri nickte. »Ich glaube, du hast recht, Nachtwolf.«

Sie nahmen sich einen Augenblick Zeit und erleichterten die Toten um ihre Waffen und Geldbeutel, dann wanderten sie zusammen nach Osten, auf Vík-ló zu. Jedenfalls hofften sie, dass Vík-ló in dieser Richtung lag.

Wie sich herausstellte, war der Longphort sogar näher, als Thorgrim zu hoffen gewagt hatte. Sobald sie die nächste Anhöhe überquerten, sahen sie ihn in der Ferne, eine hässliche braune und graue Narbe in der grünen Landschaft, eng an den Fluss Leitrim geschmiegt. Thorgrim war es ein Rätsel, wie Starri nicht hatte wissen können, wo die Stadt lag, aber er wusste, dass Dinge wie Orientierungssinn nicht zu Starris Stärken zählten.

Ein halbes Dutzend dünner Rauchsäulen stieg aus den Häusern derer auf, die nicht mit der Flotte gesegelt waren. Darüber hinaus konnten sie aus dieser Entfernung keine größere Betriebsamkeit feststellen. Vík-ló sah wie leer gefegt aus.

»Grimarr ist weg?«, fragte Thorgrim. »Und Bersi?«

»Sie alle«, erwiderte Starri. »Fast jeder Krieger hat Vík-ló verlassen. Das war jedenfalls mein Eindruck.«

Sie gingen weiter, und allmählich, als Thorgrims steife Gelenke sich lockerten, tat das Laufen nicht mehr so weh. Weit und breit war niemand zu sehen, außer einem gelegentlichen Rind. Aber das war kaum überraschend. Kein Ire wagte sich so nah an einen dänischen Longphort heran, und kein Däne ließ sich gern außerhalb der Wälle blicken.

Die Sonne stand schon im Westen und sank dem Horizont entgegen, eine helle weiße Scheibe hinter der lückenlosen grauen Wolkendecke wie der Schild eines Gottes. Es war spät am Nachmittag, erkannte Thorgrim. Ihnen blieben vielleicht noch vier Stunden Tageslicht. Ein wachsendes Gefühl der Dringlichkeit stieg in ihm auf, auch wenn er nach wie vor keine Ahnung hatte, was er anfangen sollte.

Sie brauchten eine gute Stunde, um Vík-ló zu erreichen. Sie folgten der ausgetretenen Straße, die bis zu den großen Toren aus Eichenholz führte. Eigentlich hatten sie erwartet, dass man sie zur Rede stellen würde, als sie sich den zehn Fuß hohen und von einer Palisade gekrönten Böschungen näherten. Aber niemand schenkte ihnen die geringste Beachtung.

Thorgrim drückte gegen das Tor, doch es bewegte sich nicht. Also kletterte Starri hinüber und öffnete den Zugang von innen. Vík-ló hatte nie sonderlich belebt gewirkt, jedenfalls nicht im Vergleich zu Dubh-Linn. Nun jedoch war es regelrecht verlassen. Weit unten auf dem Bohlenweg rollte langsam ein Karren entlang, von einem müden Pferd gezogen und geführt von jemandem, den Thorgrim nicht kannte. Der Schmied arbeitete in der Werkstatt bei seinem Haus, ein paar hundert Fuß entfernt, aber sonst sah Thorgrim niemanden draußen.

Er schritt durch das Tor, und Starri schloss und verriegelte es wieder. Zu ihrer Linken stand Grimarrs Halle, und Thorgrim ging darauf zu, von einer Kraft angezogen, die er selbst nicht verstand. Er bewegte sich vorsichtig und hatte keine Ahnung, was ihn dort erwarten würde. An der Tür hielt er inne und lauschte. Nichts. Er drückte, die Tür schwang auf, und er trat in das Zwielicht des verdunkelten Raumes.

Alles war so, wie er es in Erinnerung hatte, auch wenn Grimarrs Schwert und das Schild verschwunden waren und die Herdstelle, in der immer ein Feuer gebrannt hatte, nun kalt und erloschen dalag. Er blickte sich um. Seine Augen gewöhnten sich an das Halbdunkel, und ein merkwürdiges Gefühl regte sich in seinem Bauch. Wirre Gedanken stiegen in seinem Geist empor. Keine Erinnerungen, eher Empfindungen, die Geister von Empfindungen. Schmerz und Wut und Furcht. Keine Furcht um sich selbst, erkannte er, er fürchtete um jemand anderen. Um Harald.

Was ist hier passiert?, fragte sich Thorgrim. Die Schnittwunden auf seiner Brust pochten, und auch in seinem Kopf hämmerte es. Er hob die Hand und berührte die Schläfe. Dort fand er eine Beule, die ihm vorher nicht aufgefallen war.

Wolfstraum …, dachte er. Das ist geschehen. Er hatte geträumt und erinnerte sich nicht. Wie so oft hatte er das Gefühl, dass er in diesen Stunden mehr getan hatte, als einfach nur zu träumen. Ganz eindeutig traf das in diesem Fall zu.

»Harald ist in Gefahr«, sagte Thorgrim laut. »Sie sind alle in Gefahr.«

Er wandte sich Starri zu, und Starri nickte.

»Weißt du mehr darüber?«, fragte Thorgrim.

»Nein«, sagte Starri. »Grimarr nahm Harald mit an Bord der *Adlerschwinge*. Um mit der Irin zu sprechen. Er hat niemanden bedroht, und Ornolf, und der Rest deiner Männer sind auf unser Schiff gegangen. Ornolf hat das Kommando. Aber wenn du sagst, sie sind in Gefahr, dann glaube ich das auch.«

»Wir müssen zu Harald gelangen. Und zu den anderen«, beharrte Thorgrim.

»Wir dürfen keine Zeit verlieren«, stimmte Starri ihm zu. »Doch erst mal musst du dich um dich selbst kümmern.« Mit einer Geste wies er auf Thorgrims zerrissene Tunika, seine blutverkrustete Haut, und Thorgrim wusste, dass er recht hatte.

Er zog das ruinierte Kleidungsstück aus, zupfte sich mühsam den blutverklebten Stoff vom Leib und legte gleichfalls Schuhe und Beinlinge ab. In der gegenüberliegenden Ecke der Halle gab es eine Zisterne, und Thorgrim fand noch ein Stück an seiner Tunika, das nicht ganz von Blut durchtränkt war. Er riss es ab und wusch sich damit. Er tupfte Wasser auf das getrocknete Blut über den scheußlichen Verletzungen auf seiner Brust und zuckte zusammen, als die Wunden mit stechendem Schmerz reagierten. Er hatte Sorge, dass die Wunden sich wieder öffnen könnten, doch das geschah nicht. Er kam zu dem Schluss, dass sie nicht sonderlich tief sein konnten, so hässlich und lang sie auch aussehen mochten.

Er säuberte die Schnitte und untersuchte sie, so gut er es vermochte. Sie wirkten erschreckend, doch sie heilten bereits, und er wusste, dass er nichts tun konnte, um das zu beschleunigen. Nichts außer auszuruhen, aber das hatte er nicht vor.

Seine Kleidung ließ sich nicht mehr retten. Alles, was Grimarr an Gewändern zurückgelassen hatte, wirkte lächerlich groß an Thorgrims Leib. So lief Starri über die Straße zu Fastis verlassenem Haus, wo er eine Tunika und Beinlinge fand, die Thorgrim besser passten, dazu noch ein Schwert, einen Schild, Kettenhemd und Helm.

Sobald er sich gewaschen hatte, kämmte Thorgrim sich das Haar und riss an jedem Knoten, auf den er stieß. Seine Unruhe wuchs. All das hatte keine halbe Stunde gedauert, dennoch hatte er plötzlich das Gefühl, dass er keinen Augenblick länger hier verschwenden durfte.

»Komm«, sagte er zu Starri. »Wir müssen los.«

Er gürtete Fastis Schwert um die Taille, dann traten die beiden aus Grimarrs Halle und eilten den Bohlenweg in Richtung Fluss hinunter. Nach wie vor hielt niemand sie auf oder beachtete sie auch nur.

Thorgrim hatte keine Ahnung, wie sie den Langschiffen folgen sollten. Er wusste nur, dass sie es tun mussten, und wie immer gab es nur zwei Möglichkeiten dafür: zu Land oder zur See. Aber an Land waren sie langsam, selbst mit Pferden, und die Gefahr war groß. Übers Meer war die einzige realistische Möglichkeit, doch sie hatten weder Schiff noch Mannschaft.

Endlich gelangten sie auf das offene Gelände, das sich bis zum Flussufer zog, ein Streifen Land, mit dem Thorgrim inzwischen sehr vertraut geworden war, obwohl jetzt, ohne die Schiffe, alles ganz anders aussah. Er war daran gewöhnt, die *Weitfahrer* auf den Rollen am Ufer zu sehen, die *Adlerschwinge* und die übrigen Boote festgemacht draußen auf dem Wasser oder zur Seite geneigt im Schlamm liegend. Mittlerweile lag dort nur noch das eine teilweise verbrannte Langschiff, das zu schwer beschädigt war, um hinaus aufs Meer zu fahren.

Die beiden Männer hielten an und starrten auf das leere Ufer. »Nun, bis hierhin sind wir gekommen«, stellte Starri fest. »Aber ich bin mir nicht sicher, ob wir es viel weiter schaffen werden.«

»Ich weiß auch nicht, wie wir das schaffen sollen«, sagte Thorgrim, während er den Blick am Ufersaum entlangwandern ließ. Der große Haufen mit der Ladung der *Weitfahrer* lag immer noch dort und wartete auf die Rückkehr des Schiffs und die Wiederaufnahme der Heimreise. Ein Stapel Holz erinnerte an die Reparaturarbeiten, die sie hier erledigt hatten.

Ein weiterer Stapel mit Schutt bestand hauptsächlich aus den verkohlten Holzstücken, die man aus den beschädigten Schiffen herausgeholt hatte.

Und dann lag da noch das Curragh, das die irischen Plünderer bei ihrer panischen Flucht zurückgelassen hatten.

23. Kapitel

Gib, als ob jede Weide in Irlands Bergen dir gehörte.
SANKT AIDAN

Sandarr und Lorcan ritten vom Klippenrand fort, bis der Strand und das Meer in der Nähe der Küste nicht mehr zu erkennen waren. Sie hatten zugesehen, wie die Langschiffe die Segel einholten, die Ruder ausgebracht wurden und sie wie ein Schwarm Gänse in Formation auf das Ufer zuhielten. Jetzt war es an der Zeit, sich auf das Zusammentreffen vorzubereiten.

Sandarr hatte nicht den mindesten Zweifel daran, dass man sie gesehen hatte, deutlich abgezeichnet vor dem grauen Himmel. Er kannte die Gewohnheiten der Dänen und wusste genau, dass niemand und am allerwenigsten sein Vater sich dem Land näherte, ohne gründlich nach allen Anzeichen von Gefahr Ausschau zu halten. Dennoch, vom Deck des Schiffs aus hatte man nicht mehr als zwei Reiter wahrnehmen können, zwei Reiter, die beim Anblick der heranrückenden Streitmacht die Flucht ergriffen. Sie hatten gar kein Interesse daran gehabt, allzu kühn oder zuversichtlich zu wirken. Sie wollten Grimarr im Ungewissen lassen.

Die beiden Männer zogen sich etwa einhundert Schritte von der Felskante zurück, dann hielten sie an und saßen ab. Wartende Diener übernahmen die Zügel der Pferde. Ronnat war auch dabei. Noch einmal hundert Schritte entfernt hatten sich die bis vor Kurzem berittenen Krieger versammelt. Sie hatten ihre Tiere verausgaben müssen, um rechtzeitig hierher zu gelangen. Im Augenblick bezogen sie zu Fuß Position und machten ihre Waffen für den Kampf bereit. Die Pferde – fast siebzig Stück, die sie für diesen Vorstoß versammelt hatten – standen eine Viertelmeile landeinwärts und grasten, an langen Leinen festgemacht.

Faelan und Senchan mac Ronan waren in der Nähe und kamen heran, als Sandarr und Lorcan abstiegen. Dann machten alle vier Männer kehrt und gingen zusammen mit Ronnat zur Klippe zurück. Sie duckten sich tief, als die Mastspitzen sichtbar wurden, und rückten in dieser unbequemen Haltung weiter vor, bis sie die Kante der vierzig Fuß über den Strand aufragenden Steilwand erreichten. Sie legten sich auf den Bauch, teilten das hohe Gras und spähten hindurch. Lorcan ächzte.

»Sind das alle?«, fragte er. Ronnat übersetzte.

»Das sind alle«, antwortete Sandarr. »Die *Adlerschwinge*, das Schiff meines Vaters, führt sie an. Die *Winddrache* ist nicht darunter, aber die wurde bei dem Überfall auch am stärksten beschädigt. Die Norweger begleiten sie. Dort im Norden, das ist ihr Schiff.« *Das Schiff mit dem rot und weiß gestreiften Segel*, wollte er noch hinzufügen, doch das Segel war inzwischen eingeholt, und Sandarr bezweifelte, dass Lorcan so aufmerksam hingeschaut hatte, dass er sich an das Muster erinnerte. Ein Seemann hätte es wahrgenommen, ohne darüber nachzudenken. Lorcan jedoch war kein Seemann.

Lorcan knurrte irgendeinen Fluch. Ronnat machte sich nicht die Mühe, ihn zu übersetzen, aber Sandarr hatte mittlerweile genug Zeit mit den Iren verbracht und wusste, dass die Wörter so viel wie »Bastarde … verdammte Hurensöhne« bedeuteten.

Sandarr war sich nicht sicher, wen Lorcan damit meinte. Es mochten die Männer mit den Curraghs sein, die es nicht geschafft hatten, diese Schiffe zu verbrennen, was es den Nordmännern nun erlaubte, in voller Macht vor der Küste aufzulaufen. Oder er meinte die Nordmänner selbst, die ein solches Hindernis auf seinem Weg zur Herrschaft über Leinster darstellten. Vielleicht sprach er auch ganz im Allgemeinen und verfluchte einfach jeden lebenden Menschen auf der Erde außer sich selbst. Nach allem, was er inzwischen über Lorcans Weltsicht wusste, erachtete Sandarr diese letzte Möglichkeit sogar als die wahrscheinlichste.

Die Langschiffe waren noch eine halbe Meile fort, ein gutes Stück vom kiesbedeckten Strand entfernt und durch einen Streifen blaues Wasser von ihm getrennt. Es war erhebend, dabei zuzusehen, wie sie ihn durchquerten. Die vier Schiffe hielten gleichmäßigen Abstand voneinander, angetrieben von den Rudern, die sich in perfektem Rhythmus hoben und senkten. Ein schöner Anblick, der einen beinahe vergessen ließ, dass diese Langschiffe Gewalt und blutigen Tod mit sich brachten.

Sie beobachteten noch eine Minute länger, wie die schnittigen Schiffe rasch aufs Ufer zukamen, von der Kraft der Ruder vorangetrieben. Endlich, als sie absolut sicher waren, dass die Nordmänner an dieser Stelle an Land gehen wollten, direkt unterhalb des Steilhangs, wandte Lorcan sich um und deckte Faelan und Senchan mac Ronan in abgehackten Worten mit Anweisungen ein.

»Er weist Faelan und Senchan an, ihre Männer bereit zu machen«, ließ Ronnat Sandarr wissen. »Faelans Männer sollen über den südlichen Pfad hinabsteigen, Senchan soll den im Norden nehmen. Sie sollen warten, bis Lorcan seinen Befehl erteilt.«

Sandarr nickte. In mancherlei Hinsicht waren die Klippen, die über dem Strand aufragten, ideal für einen Angriff von der Art, wie er Grimarr und seine Leute treffen sollte. Die hohe, zerklüftete Felswand verbarg das Hinterland vor den Blicken vom Strand. Alle Streitmächte Irlands hätten aufmarschieren können und wären für jene dort unten dennoch unsichtbar geblieben.

Grimarr hatte zwei Reiter gesehen; er konnte nur raten, wie viele mehr hier oben auf ihn warteten. Gewiss rechnete er nicht mit siebzig Männern, die zu Pferde so schnell herangerückt waren, gefolgt von weiteren hundert Kriegern, die bald aufgeschlossen haben würden, da sie jetzt weniger als zwanzig Minuten entfernt waren. Grimarr ahnte nicht, was für einer starken Streitmacht er gegenüberstand, und würde es erst erfahren, wenn sie wie ein Rudel Wölfe über ihn herfielen.

Vielleicht zählt Klugheit ja doch etwas, dachte Sandarr.

Auf der anderen Seite mussten die Iren für jeglichen Angriff schmale Pfade hinabsteigen, die von der Felskante bis zum Ufer führten; die eine große Schwäche ihrer Position. Sie würden nicht nebeneinander angreifen können, und sie konnten keinen Schildwall bilden. Stattdessen mussten sie nacheinander den Weg entlang absteigen, sich anschließend formieren und darauf hoffen, dass sie auch die Zeit dafür fanden, bevor die Nordmänner sie alle niedermetzelten.

Es gab zwei Pfade die Steilwand hinab. Der eine, der zum nördlichen Ende des Strands führte, war bei Weitem der offensichtlichere. Sie rechneten damit, dass Grimarr seine Männer gegen einen Angriff aus dieser Richtung aufstellen würde. Darum wurden die meisten der irischen Krieger auch über den Pfad geschickt, der am Südende herauskam, ein Weg, der in dem dichten Unterholz kaum auszumachen war.

Faelan und Senchan bestätigten ihre Befehle und wichen von der Felskante zurück. Lorcan und Sandarr wandten die Aufmerksamkeit wieder dem Ufer zu. Noch drei kräftige Ruderschläge, dann schwangen die Riemen nach oben, und der Bug der *Adlerschwinge* lief mit einem Knirschen auf den

Strand, das die beiden Männer bis hinauf in ihr Versteck hören konnten. Dahinter folgte die *Meereshengst*, darauf die *Fuchs* und schließlich das Schiff der Norweger, dessen Namen Sandarr nicht kannte.

Nordmänner sprangen vom Bug an Land und fingen die Taue auf, die ihnen von Bord zugeworfen wurden. Andere schwärmten mit Schwert und Schild am Ufer aus und musterten die Anhöhe. Überraschen ließen diese Krieger sich nicht. Grimarr war kein solcher Dummkopf, dass er glaubte, sie wären auf dem Weg entlang der Küste unbeobachtet geblieben und niemand würde sich ihrer Landung widersetzen.

Aber er erwartete gewiss nicht, dass die irische Streitmacht an diesem Strand so stark war. Grimarr ging vermutlich davon aus, dass er seine Gegner mit der Landung überrumpeln konnte, und dass sie den Schatz von Fearna ausgraben und wieder verschwinden könnten, bevor sich eine hinreichend große Truppe hier gegen sie versammelte. Er konnte nicht damit rechnen, dass die Iren so viele Reiter aufbieten würden, Männer, die fast so schnell vorankamen wie ein Langschiff bei schwachem Wind.

Lorcan stieß Sandarr gegen den Arm und zeigte mit dem Finger. Sandarr blickte in die gewiesene Richtung. Grimarr sprang über die Seitenwand der *Adlerschwinge*. Er war eine gute Viertelmeile entfernt, dennoch schloss seine Gestalt jede Verwechslung aus. Er wandte sich um und hob jemanden vom Schiff – es sah so aus, als ob er ein Kind ans Ufer trüge. Aber Sandarr erkannte, dass es das Mädchen war, Conandil. Grimarr stellte sie auf dem Boden ab, und hinter ihnen kam ein weiterer Mann an Land. Sandarr war überzeugt davon, dass dies der junge Norweger namens Harald sein musste.

Mehr und mehr Nordmänner überwanden die niedrige Bordwand der Schiffe und bildeten eine Verteidigungsreihe am

Strand. Grimarr schien sie gar nicht zu beachten. Er, das Mädchen und Harald schritten langsam das Ufer hinauf und näher an die Steilwand heran. Instinktiv krochen Sandarr und Lorcan ein paar Zoll rückwärts, auch wenn kaum Gefahr bestand, dass man sie durch das hohe Gras hindurch sehen konnte. Sie beobachteten, wie das Mädchen stehen blieb und unschlüssig den Kopf hin- und herwandte. Sandarr nahm an, dass sie sich zu erinnern versuchte, wo der Schatz in jener Nacht vergraben worden war, als Fasti an diesem trostlosen Ort landete.

Er hörte, wie die irischen Krieger sich hinter ihm bereitmachten, aber selbst er bekam davon kaum etwas mit, weil sie sich große Mühe gaben, still zu sein. Sandarr war sicher, dass die Nordmänner am Strand neben dem Klang der sich auf dem Kies brechenden Wellen und dem Rauschen des Windes über dem Wasser nichts vernahmen.

Der zeitliche Ablauf war entscheidend. Darauf hatte Sandarr gegenüber Lorcan wieder und wieder hingewiesen, bis er überzeugt war, dass der Ire es verstanden hatte. Sandarr hatte nicht allzu viel Vertrauen in Lorcans Intelligenz, trotzdem glaubte er, dass er in dieser Hinsicht zu ihm durchgedrungen war. Sie mussten warten, bis der Schatz ausgegraben war. Wenn sie zu früh angriffen, würden Grimarr und die anderen auf die Schiffe fliehen und verschwinden, und Lorcan konnte sein ganzes Leben damit verbringen, den Strand umzugraben. Er würde das Silber nie finden, solange er nicht wusste, wo es lag.

Warteten sie hingegen zu lange, bestand die Möglichkeit, dass die Nordmänner das Silber an Bord brachten und damit davonsegelten, bevor man sie aufhalten konnte, und dann wären all ihre Mühen vergebens. Sollte das geschehen, würde sich auch der zweite Teil von Lorcans Plänen in Rauch auflösen, jener Teil, der – wenn Sandarr es richtig verstanden hatte – für den Iren mindestens ebenso bedeutsam war wie der Schatz.

Er und Lorcan hatten diesen Punkt immer wieder erörtert, und jetzt endlich entwickelten sich ihre Pläne so, wie sie es sich vorgestellt hatten: Die Nordmänner hatten sich über den ganzen Strand verteilt, das Mädchen war dabei, den Schatz ausfindig zu machen, und die Iren warteten unbemerkt und in großer Zahl auf den Befehl zum Angriff.

Conandil ging weiter, trat ein Stück nach rechts und musterte den Boden, suchte die richtige Stelle. Andere hatten sich ihr, Grimarr und Harald zugesellt, Männer mit Spitzhacken und Schaufeln, geschützt von einem Ring bewaffneter Krieger. Das Mädchen bewegte sich langsam, suchend, nach Norden, und die Übrigen folgten.

Von seiner hohen Warte über dem Strand konnte Sandarr keinen Hinweis darauf ausmachen, wo der Schatz vergraben lag. Er sah keine Stelle, wo der Kies kürzlich aufgewühlt wirkte, keinen Stein, der ungewöhnlich dalag und den Platz markierte.

Wie bei allen Göttern hat Fasti diesen Ort gefunden?, fragte sich Sandarr. Nachdem Fasti und Grimarr von Fearna fortgesegelt waren, hatten Lorcans Männer sie von der Küste aus beobachtet. Auf jeder Meile, die sie auf dem Weg nach Norden zurücklegten, hatten sie sein Schiff im Blick gehabt, genauso, wie die Iren jetzt Grimarrs Vorankommen verfolgt hatten. Das war nicht sehr schwierig gewesen. Nordmänner segelten nicht außer Sichtweite des Landes, wenn sie es vermeiden konnten.

Sandarr betrachtete das Meer hinter dem Strand. Ein merkwürdig geformter Fels ragte dort aus dem Wasser, die Brandung brach sich an seinem Sockel, ein paar halb überspülte Felsplatten lagen gleich vor dem Ufer.

Ein übler Ort, dachte Sandarr. *Ich würde hier kein Schiff nachts hindurchbringen wollen.* Sandarr war Seemann genug, um die große Gefahr zu erkennen, die so ein Stück Küste barg, gerade für jene, die nicht mit den Örtlichkeiten vertraut waren und auch noch im Dunkeln segeln mussten.

Dennoch war Fasti hier, und das unbemerkt …

Wieder spähte er zum Strand hinunter. Das Mädchen wies auf eine Stelle. Es trat zurück, und die Männer mit den Schaufeln rückten vor und rammten sie dort in den Kies, wo es hingezeigt hatte.

Da stimmt etwas nicht …, dachte Sandarr und beobachtete, wie die Männer mit den Schaufeln das Loch im steinigen Boden verbreiterten. Und dann schnitt der erste irische Schlachtruf durch die Stille des Nachmittags.

Als Conandil auf den Boden zeigte und die erste Schaufel sich knirschend in den Kies grub, war Harald Thorgrimson – Harald Starkarm – überrascht. Nichts deutete darauf hin, dass an dieser Stelle etwas vergraben lag. Da war kein Stein, der den Ort markierte, kein Landschaftsmerkmal, an dem Conandil sich hatte orientieren können. Der Kies an diesem Punkt des Strands sah ganz genauso aus wie überall darum herum. Harald sah keinerlei Anzeichen dafür, dass hier vor wenigen Wochen gegraben worden war; die Steine wirkten, als lägen sie seit Jahren unberührt dort.

Das alles ging Harald durch den Kopf, aber es waren nicht seine vorherrschenden Gedanken. Sie blieben vielmehr vage, kaum ausgeformte Ideen, die sich irgendwo in der Wirrnis seines Geistes verloren. Viel mehr dachte er an die Dinge, die Conandil ihm gesagt hatte und die nun wie eine wilde und verrückte Schlacht durch seinen Verstand tobten. Ihre Worte hatten einen gewaltigen Sturm in ihm heraufbeschworen; eine Mischung aus der Wut über den Mord an seinem Vater, der unbestimmten Sorge, dass Conandil etwas missverstanden hatte oder ihn einfach anlog, sowie der schwierigen Frage, wie er Thorgrim rächen sollte, solange er von zwei Dutzend von Grimarrs Kriegern umringt war.

Zieh dein Schwert, dachte er, zieh dein Schwert und stich den Mistkerl ab …

Doch er bezweifelte, dass ihm dies gelang. Nicht aus Zimperlichkeit oder weil es ihm an Entschlossenheit fehlte. Er war ziemlich überzeugt davon, dass Conandil die Wahrheit sprach, und die tiefgreifende Veränderung in Grimarrs Verhalten an Bord des Schiffes bewies ihre Worte beinahe schon. Er hätte Grimarr töten können, ohne je an seiner Entscheidung zu zweifeln. Aber er fürchtete, dass er nicht an Grimarr herankam, bevor dessen Männer ihn erwischten. Selbst wenn er es schaffte, sich an den Herrn von Vík-ló heranzuschleichen, musste er immer noch Vergeltung aus der Scheide ziehen, während Grimarrs Leute ihre Waffen schon in der Hand hielten. Sie mussten nicht einmal besonders schnell sein, um ihn zu töten, ehe er seine Klinge freibekam. Genau genommen konnte Grimarr das sogar mit bloßen Händen erledigen.

Geduld, dachte Harald. Geduld … Warte auf die richtige Gelegenheit. Ein tapferer Versuch war nicht genug, er musste Erfolg haben. Auch das war eine Lehre seines Vaters.

Meines verstorbenen Vaters, dachte er und drehte damit die schmerzhafte Klinge noch einmal herum.

Er wandte den Blick von den grabenden Männern ab. Bersi kümmerte sich um die Verteidigung. Er postierte die Krieger in einem Bogen entlang der freien Fläche. Da war ein Pfad, den sie einsehen konnten, und der führte am nördlichen Ende des Strands die Klippen hinauf. Harald runzelte die Stirn, als er sah, wie die Leute aufgestellt wurden. Es sah doch sehr danach aus, als würde die Besatzung seines Vaters – Ornolfs Männer – dort platziert, wo sie die Hauptlast des Angriffs zu tragen hatten. Harald würde nie vor der Stelle zurückschrecken, wo der

Kampf am härtesten tobte, und seine Schiffskameraden sahen das sicher genauso. Dennoch gefiel ihm nicht, wie sie in dieser Schlachtordnung preisgegeben wurden.

Sie wissen nicht, dass Grimarr unser Feind ist, dachte er. Darum bemerken sie gar nicht, dass sie als Schwertfutter dienen sollen.

Ornolf stand bei den Übrigen. In der einen Hand hielt er sein Ulfberht, eine gute fränkische Klinge, die er Eichenspalter nannte, in der anderen Hand seinen Schild. Seine Kettenrüstung war poliert und schimmerte schwach im gedämpften Sonnenlicht. Er schien nicht zu bemerken, wie sie aufgestellt wurden, oder es interessierte ihn nicht.

Was hält Starri davon?

Während es Ornolf gleichgültig war, ob er die volle Wucht eines Angriffs zu tragen hatte, würde Starri entzückt darüber sein. Haralds Blick schweifte über die Männer, die sich zu einem losen Wall zusammenfügten. Es rechnete damit, Starris drahtige Gestalt darunter zu finden, wie er mit ausgestreckten Armen um die eigene Achse wirbelte, wie so oft, wenn ein Kampf bevorstand. Aber der Berserker war nirgendwo zu sehen. Seltsam. Noch eine unbeantwortete Frage für seinen ohnehin schon überforderten Verstand.

Hinter ihm kratzten die Schaufeln weiterhin zwischen den Steinen des Strandes. Gelegentlich vernahm man ein Ächzen, wenn jemand den schweren Aushub beiseitewarf, gefolgt von dem Klang von Kieseln, die wie Hagel gegeneinanderklickten.

Dann hörte er Grimarrs schwere Schritte von hinten auf sich zukommen. Harald drehte sich um, immer noch mit den Gedanken an Gewalt im Kopf. Unwillkürlich fuhr seine Hand zum Schwertgriff. Er hielt sich gerade eben zurück, als er erkannte, dass Grimarrs Schwert in der Scheide steckte und sie nach wie vor von Grimarrs Kriegern umgeben waren. Nichts hatte sich verändert.

»Frag diese irische Schlampe, ob sie sicher ist, dass wir an der richtigen Stelle sind«, forderte Grimarr ihn auf.

Harald sah zu dem Loch hinüber, das die Männer gegraben hatten. Es maß jetzt etwa zehn Fuß im Durchmesser und war schon mehrere Fuß tief, und trotzdem hatten sie bis jetzt nichts als Dreck gefunden. Er sah Conandil an. Sie kaute auf einer herabhängenden Strähne ihres Haars und wirkte unsicher und besorgt.

»Conandil«, setzte Harald an, und dann wurde seine Frage von einem an- und abschwellenden Schrei unterbrochen, lang und durchdringend. Ein Schlachtruf, ohne Zweifel. Jeder Mann am Strand schreckte hoch und wandte sich in die Richtung des Lautes. Ornolf brüllte etwas Unverständliches.

Harald hatte Vergeltung halb aus der Scheide gezogen und wollte schon zu Ornolfs Reihe loslaufen, da spürte er, wie eine Hand in sein Kettenhemd griff und ihn zurückriss wie einen Hund an der Leine. Er wirbelte herum und sah Grimarr, der finster auf ihn hinabsah. So gern sich Harald auch als erwachsenen Mann betrachtete, kam er sich nun doch plötzlich wie ein kleiner Junge vor, als er in Grimarrs grimmiges Gesicht aufblickte.

»Du bleibst hier. Bei mir«, knurrte Grimarr. Er hatte sichtlich Mühe, seine Wut im Zaum zu halten.

»Zu Hel sollst du fahren!«, brauste Harald auf, und seine eigene Wut stand der des Riesen in nichts nach. »Ich kämpfe mit meinen Leuten.«

»Du bleibst hier und erklärst mir, was das irische Miststück da vorhat«, sagte Grimarr.

Harald trat zurück und zog Vergeltung, so unvermittelt und schnell wie eine zustoßende Schlange. Er sah Grimarr an, der nicht die Spur von Furcht zeigte. »Ich kämpfe mit meinen Leuten«, wiederholte Harald.

Er war so erfüllt von Zorn und dermaßen auf Grimarr konzentriert, dass er gar nichts anderes wahrnahm. Nicht Conandil, nicht den Strand oder die Felswand, auch nicht Grimarrs Männer in seinem Rücken. Er hob sein Schwert und spürte im selben Augenblick einen Schlag von hinten gegen seine Beine, direkt in die Kniekehlen. Wie ein Sack Korn sackte er zusammen. Vergeltung fiel klappernd aus seiner Hand, und er sah Grimarrs Faust auf sich zukommen, fühlte, wie sie seine Schläfe traf, und dann stürzte er seitwärts auf den Kies.

Harald blieb reglos liegen. Seine Augen waren geöffnet, und er sah ein verschwommenes Abbild der Welt um sich her, jedoch von der Seite, als stünde die Erde in einem eigentümlichen Winkel geneigt. Er war verwirrt. Harald vernahm Rufe und konnte damit genauso wenig anfangen. Er wollte die Augen schließen, aber irgendetwas in seinem Inneren riet ihm ab. Also hielt er sie offen, und er sah, wie Beine sich in ihrem merkwürdigen Winkel um ihn bewegten. Das Geschrei wurde lauter, es glich näher kommendem Donner. Harald versuchte zu verstehen, was das alles bedeutete, doch sosehr er es auch versuchte, er fand nichts als Lärm und Verwirrung darin.

24. Kapitel

Ich fühlte, wie die Klinge
den Helm mir durchdrang.
Göttin des Zwirns, die Waffen
dräuten über dem Haupte mir.

GISLI SURSSONS SAGA

Harald Starkarm kam es vor, als ob er schon sehr, sehr lange reglos an dieser Stelle lag.

Stück um Stück klärte sich sein Sehvermögen, als würde ihm jemand Wasser aus den Augen wischen. Die Kampfgeräusche, die er zunächst nur als gedämpftes und wirres Brausen wahrgenommen hatte, traten allmählich als scharf voneinander abgegrenzte Klänge hervor: das Klingen von Stahl auf Stahl, schreiende Männer, Schilde, die aufeinanderkrachten.

Harald blinzelte mühsam, dann riss er die Augen auf und nahm die Welt wieder deutlich wahr. Ihm war zumute, als wäre er gerade durch die Wasseroberfläche gebrochen, wie daheim beim Schwimmen in den Fjorden, wenn er sich den Weg zurück aus der Tiefe erkämpft hatte.

Er stützte sich auf einen Ellbogen und blickte sich um. Seine Wahrnehmung war klar, doch sein Geist immer noch verwirrt. Er war überzeugt davon, dass er wenigstens eine Stunde im Kies gelegen hatte, aber in dieser Zeit schien sich nur wenig geändert zu haben, ganz so, als wäre er in Wirklichkeit höchstens eine Minute oder zwei benommen gewesen.

Grimarr stand nur ein paar Fuß entfernt und wandte Harald

den Rücken zu. Er verfolgte das Gefecht entlang des Strandes und brüllte Befehle in Richtung seiner Krieger. Die Männer mit den Schaufeln gruben weiterhin, obwohl ihr Eifer merklich nachgelassen hatte. Niemand schien auf ihn zu achten.

Mühsam kämpfte Harald sich hoch. Er spürte Hände an seinem Arm, und als er aufblickte, sah er Conandil, die ihm hochhelfen wollte. Aber sie lagen in Größe und Gewicht so weit auseinander, dass ihre Unterstützung mehr eine Ermutigung als eine tatsächliche Hilfe darstellte. Er ächzte, schob die Füße unter den Leib und stand, und jetzt bemerkte er, dass Conandils Griff ihm wirklich dabei half, das Gleichgewicht zu halten, während sein Kopf sich nur langsam neu orientierte.

Als er endlich glaubte, dass er aus eigener Kraft stehen konnte, griff er nach unten und hob *Vergeltung* auf. Grimarr brüllte weiterhin wie ein Wahnsinniger herum und war noch nicht auf ihn aufmerksam geworden. Harald dachte daran, ihn zu durchbohren, aber er bezweifelte, dass er bereits wieder stark genug war, um die Klinge durch das Kettenhemd zu stoßen. Außerdem konnte er einen Feind nicht von hinten erstechen. Dann blieb da noch das Problem mit Grimarrs Gefolgsleuten. Harald wollte seine Rache schon etwas länger genießen als die wenigen Augenblicke, die es dauern würde, bis sie ihn niedermachten.

Er äugte nach Norden. Ornolfs Männer bildeten einen Schildwall und hielten einer Lawine von Iren stand, die über den Pfad von der Felswand auf sie niederging. Harald hatte noch nie einen Schildwall von hinten gesehen – er hatte bei jedem Kampf immer versucht, ganz vorne mitzumischen. Mit einer Mischung aus Missmut, Ärger und Hilflosigkeit beobachtete er, wie die Krieger ihre Waffen schwangen und auf Gegner einhackten, die er hinter der Reihe der überlappenden Schilde nicht sehen konnte.

Er umklammerte den Schwertgriff fester und ging wieder los, um sich seinem Großvater und den Schiffskameraden anzuschließen, und erneut kam er nur ein paar Fuß weit, ehe er aufgehalten wurde. Nicht von Grimarrs riesiger Hand, dieses Mal, sondern von einem von Grimarrs Männern, der rasch in seinen Weg trat und einen Speer auf ihn richtete. Die mörderische Spitze kam gerade einen Zoll vor seinem Leib zum Stehen. Harald hielt inne, bevor er sich selbst aufspießte, und dann schwenkte ein zweiter Speer auf ihn zu, und noch einer, bis er auf drei Seiten von Kriegern umringt war. Er stellte fest, dass er doch nicht so ignoriert worden war, wie er gedacht hatte.

»Ah, du Hurensohn!« Grimarr schob einen Speerträger beiseite, packte Haralds Arm und zerrte ihn wie ein ungehorsames Kind zurück zu dem Loch im Kies. So grob hatte Harald schon seit Jahren niemand mehr behandelt!

»Hör zu …« Grimarr beugte sich ganz nahe zu Haralds Gesicht. »Diese irischen Schweine werden uns alle niedermachen, und deine Schiffskameraden zuerst, wenn wir nicht von diesem Strand runterkommen! Aber ich gehe nicht, bevor ich den Schatz habe. Also frag diese irische Schlampe, und frag sie mit Nachdruck, ob das Silber hier vergraben ist. Weil ich verdammt noch mal nichts davon sehe!«

Harald biss die Zähne aufeinander und erwiderte Grimarrs Starren. Doch so entschlossen er sich auch gab, er wusste nicht, was er jetzt tun sollte. Grimarr hatte nicht gelogen mit dem Hinweis, dass sie niedergemetzelt würden. Die Iren strömten die Anhöhe im Westen herunter, und ihre Reihen schienen kein Ende zu nehmen. Ornolfs Männer bekamen das Schlimmste ab, was gewiss kein Zufall war. Harald hatte nicht das mindeste Interesse, Grimarr in irgendeiner Form zu helfen, außer ins freudlose Jenseits nach Hel. Doch den Schatz zu finden mochte tatsächlich das Leben seiner Kameraden retten.

Da wirbelte Grimarr herum und griff mit der Linken nach Conandil. Mit seiner Rechten zog er den Dolch aus der Scheide an seinem Gürtel. Er riss Conandil am Arm in die Höhe – es sah so aus, als hätten ihre Füße keinen Kontakt mehr zum Boden – und hielt ihr das Messer an den Hals.

»Wenn sie mir nicht erzählt, wo dieser Hort ist, dann ist sie nutzlos für mich«, sagte Grimarr. »Ich gebe ihr also diese allerletzte Gelegenheit, und wenn wir nicht in den nächsten Augenblicken auf Silber stoßen, schlitze ich ihr die verdammte irische Kehle auf. Sag ihr das.«

Haralds Hände zitterten vor unterdrückter Wut und dem mühsam gebändigten Drang, den Mann zu schlagen. Er ließ Grimarr keinen Moment aus den Augen, aber langsam und deutlich setzte er an: »Conandil, du musst …«

Weiter kam er nicht. Wieder schnitt der schrille Schlachtruf der Iren ihm das Wort im Mund ab. Diesmal jedoch erklang der Schrei von woanders her, aus dem Süden und nicht vom nördlichen Ende des Strands, wo bisher gekämpft wurde. Grimarr wandte sich halb in diese Richtung, und an ihm vorbei konnte Harald erkennen, dass weitere irische Krieger einen steilen Pfad herabstürmten, von dem die Nordmänner bislang nicht einmal gewusst hatten.

Ornolfs Männer kämpften gegen eine Übermacht, das hatte Harald jedenfalls geglaubt. Nun aber stellte er fest, dass das nur der geringere Teil der Truppen war, die die Iren hier gegen sie aufboten. Der erste Angriff, der aus dem Norden, war nur ein Ablenkungsmanöver gewesen, damit die Nordmänner ihre Verteidigung zu diesem Ende des Strandes ausrichteten, während die Hauptmacht der Iren unbemerkt von Süden kam.

Und es hatte funktioniert. Grimarr hatte Ornolfs Männer in die vorderste Linie gesteckt und seine eigenen Leute zurückgehalten, um die Reste abzuräumen. Er hatte nicht erwartet, dass der Feind von hinten kommen könnte. Jetzt stürmten siebzig oder mehr Iren, mit Schwertern, Schilden, Streitäxten und Kettenhemden ausgerüstet – echte Krieger also! – aus einer Richtung heran, die Grimarr gänzlich unbeachtet gelassen hatte.

Wie hat Lorcan so schnell so viele Männer hierher bekommen?, fragte sich Harald.

Die meisten der Wikinger am Südende des Strands gehörten zur *Meereshengst*, Bersi Jorundarsons Schiff. Sie hatten sich weitab von der Stelle positioniert, wo Grimarr den Kampf erwartet hatte. Grimarrs eigene Leute, die Mannschaft der *Adlerschwinge*, gruben entweder an dem Loch – verbreiterten es oder hoben es weiter aus im verzweifelten Bemühen, an den Schatz zu gelangen, bevor sie unter den irischen Klingen fielen –, oder sie formten einen schützenden Kreis um die Grabenden. Die fünfunddreißig Männer der *Fuchs*, nun unter der Führung eines gewissen Kveldulf, bildeten eine Linie an Ornolfs rechter Flanke und sorgten dafür, dass die Iren den Schildwall nicht umgehen konnten.

»Ihr Hunde!« Grimarr stieß Conandil in Haralds Richtung, als wäre sie Abfall, den es fortzuwerfen galt. Sie prallte schwer gegen Harald, und beide taumelten zurück, während Grimarr sein großes Schwert zog und auf Bersis Männer zustürmte, die durch den heimtückischen Angriff in ein heilloses Durcheinander geraten waren.

»Eine Reihe! Bildet eine Reihe, ihr armseligen, erbärmlichen Hurensöhne!«, brüllte Grimarr und stapfte den angreifenden Iren entgegen. Bersis Krieger hörten ihn, und sie gehorchten. Sie formierten sich, als reichte allein die Gewalt von Grimarrs Stimme aus, sie in die richtige Position zu schütteln.

Sie waren immer noch mit der Aufstellung beschäftigt, als die vordersten Iren gegen sie prallten. Zum Glück für Bersis

Leute sorgte der schmale Pfad durch die Klippen dafür, dass die Feinde nur einzeln hintereinander zum Strand gelangten, und anscheinend waren sie so begierig auf den Kampf, dass sie vorher nicht innehielten und die eigenen Reihen formierten. Zumindest nicht diejenigen von ihnen, die als Erste unten ankamen. Mit wildem Heulen stürmten sie auf Grimarrs überhastet aufgerichteten Schildwall zu und wurden von den Nordmännern niedergemetzelt.

Das ließ die anderen Angreifer stutzen. Einige machten mitten im Ansturm Halt und zogen sich zu ihren Gefährten zurück, während der Rest zunächst abwartete. Doch immer mehr Iren rannten den Pfad herab. Sie schwärmten am Strand aus, bildeten eine Reihe, hoben die Schilde und rückten schließlich gemeinsam vor.

»Es ist vorbei«, sagte Harald zu Conandil, und als sie ihn verwirrt anschaute, fügte er hinzu: »Diese Iren, es sind zu viele für uns. Sie werden uns töten, wenn wir nicht vorher auf die Schiffe zurückkehren können. Warte auf eine günstige Gelegenheit, dann lauf zu ihnen.«

Conandil nickte. Harald wandte sich Ornolfs Schildwall zu. Er wollte bei ihnen sein, das wünschte er sich mehr als je etwas anderes in seinem Leben. Grimarrs Männer behielten ihn jedoch weiterhin im Auge und hielten die Speere stoßbereit.

Ornolf und seine Begleiter wurden Fuß um Fuß zurückgedrängt. Harald glaubte nicht, dass sie nachgeben würden, aber wenn sie es nicht taten, wenn sie nicht kehrtmachten und rannten, würden sie der Reihe nach fallen, bis der Schildwall schließlich nachgab und sie abgeschlachtet wurden. Schon sah er Männer, die sich auf dem Kies wanden oder reglos dalagen; Iren wie Nordmänner gleichermaßen.

»Ornolf!«, schrie Harald und hoffte, dass seine Stimme die zwanzig Schritte weit trug, die zwischen ihnen lagen, über den

Lärm und das Durcheinander des Kampfes hinweg. »Ornolf, der Feind steht in deinem Rücken! Kehrt zum Schiff zurück! Es ist vorbei.«

Befriedigt erkannte er, wie Ornolf sich umdrehte, in seine Richtung blickte und dabei die weite Welle von irischen Kriegern entdeckte, die aus dem Süden vordrangen. Wenn Bersis Männer sie nicht aufhielten, wäre Ornolf zwischen den Iren vor und hinter ihm eingeschlossen.

Ein Speerschaft fuhr herum und traf Harald hart am Kopf – längst nicht so hart, wie Grimarr ihn geschlagen hatte, aber kräftig genug, um ihn ins Wanken zu bringen. Grimarrs Mann schrie: »Lass das! Du hältst die Klappe!«

Und Harald gehorchte, denn Ornolf hatte ihn bereits verstanden. Schon führte er seine Leute zurück, Schritt für Schritt und kämpfend. Er wich langsam; sie konnten den Iren nicht einfach den Rücken zuwenden, sondern mussten sie in Schach halten, während sie sich den Strand entlang auf ihr Schiff zubewegten. Zu ihrer Rechten hatten sich die Männer von der *Fuchs* ebenfalls in Bewegung gesetzt und blieben an Ornolfs Flanke. Ohne Zweifel waren sie froh, dass sie nun auf das Ufer zuhielten, in Richtung der bereitliegenden Schiffe und des Schutzes, den sie boten.

Harald blickte in die andere Richtung, zu Grimarr und Bersi und deren Kriegern. Wie Ornolf wichen auch Bersis Männer zurück, aber sie bewegten sich rasch und wurden mit jedem Schritt schneller. Harald wandte sich Conandil zu. »Gleich geht hier alles vor die Hunde«, sagte er laut auf Irisch, sodass die Wachen ihn nicht verstanden. »Grimarrs Männer werden jeden Augenblick die Flucht ergreifen, und wenn sie das tun, rennst du in die andere Richtung, auf die Iren zu, verstehst du?«

Conandil nickte. Und dann fiel alles auseinander, genau wie

von Harald vorhergesagt, nur noch schneller, als er gedacht hatte.

Plötzlich ertönten neue Schreie vom Ufer, ein dritter Angriff, der scheinbar aus dem Nichts kam. Wo Meer und Land aufeinandertrafen, direkt unter dem Bug von Bersis *Meereshengst*, kämpften Männer in der Brandung, und es war kein ausgeglichener Kampf. Auf der einen Seite stand die Handvoll Schiffswachen, die zurückgeblieben waren und nun von sechzig oder siebzig Kriegern überwältigt wurden. Iren! Harald hatte keine Ahnung, wo die nun wieder hergekommen waren. Vielleicht über noch einen Pfad weiter im Norden, oder sie hatten sich einen Weg um die Landspitze herum gesucht, die den Strand nach Norden hin abschloss.

»Diese Iren haben uns zum Narren gehalten«, sagte Harald.

»Das ist Lorcan«, rief Conandil. Sie stand an seiner Seite und schmiegte sich eng an ihn. Er hörte die Furcht in ihrer Stimme.

»Wo?«

»Da, der große Mann in der Mitte des Kampfes.«

Sie hatte recht. Harald hatte Lorcan nur einmal gesehen, während ihres kurzen Scharmützels in der Finsternis, aber das reichte aus, um ihn jetzt zu erkennen – die riesige, vierschrötige Gestalt, so groß wie Grimarr, der üppige Bart. Er schwang eine Streitaxt und bahnte sich damit seinen Weg. Die Schiffswachen fielen unter seinen Hieben, kämpften vergebens gegen Lorcans Begleiter oder rannten und starben im seichten Wasser.

Einer von Grimarrs Männern schrie hinter ihnen auf, so laut und dringlich, dass er sich über den Kampfeslärm Gehör verschaffte. »Sie sind bei den Schiffen! Sie sind bei den Schiffen!«

Mit diesem Ruf fuhr eine Welle der Verwirrung und des Durcheinanders durch die Reihen: Geschrei, Flüche, ein Anflug von Panik. Die Schiffe waren ihr einziger Weg vom Strand fort; wenn sie die Schiffe verloren, waren sie zwischen den irischen Kriegern und dem Meer gefangen. Überall in Grimarrs Schildwall gaben die Nordmänner ihre Posten auf, wandten sich um und rannten auf das Wasser zu. Aber die Stärke eines Schildwalls lag in seiner Geschlossenheit. Sobald eine Lücke darin klaffte, konnte der Feind hindurchstoßen und die verbliebenen Krieger trennen und einschließen.

Und so erging es den Nordmännern. Einzelne Kämpfer verließen den Wall, die Iren stießen in die Öffnungen vor, und noch mehr Männer suchten das Weite. Im Nu löste sich die Schlachtreihe auf, aus dem geordneten Rückzug wurde eine wilde Flucht, als die Wikinger aus Vík-ló losliefen, um ihre Schiffe und den einzigen Fluchtweg zu verteidigen.

Grimarr fuchtelte mit dem Schwert. »Bleibt stehen und kämpft, ihr feigen Bastarde!«, brüllte er, klang aber selbst nicht allzu überzeugt dabei. Grimarr wusste so wenig wie seine Leute, was nun zu tun war, und einen Augenblick später gab auch er nicht länger vor, die Stellung halten zu wollen.

Allerdings rannte Grimarr nicht zu den Schiffen. Er lief zu der Stelle, wo seine Gefolgsleute gruben, oder besser gegraben hatten, und wo sie nach wie vor Wache standen. »Kommt, kommt, zu den Schiffen! Mir nach!«, rief er, und seine Männer, die zur Verteidigung in einem Halbkreis ausgeschwärmt waren, schoben sich dichter zusammen. Die Iren schienen es nicht eilig zu haben, nachdem sie den Feind in die Flucht geschlagen hatten. Sie rückten weiterhin mit mehr oder minder geschlossenem Schildwall vor, aber langsam, planvoller.

Von hinten brandete neuer Lärm auf, Rufe, die immer lauter wurden. Harald wandte sich um und sah, dass Bersis Männer ihr Schiff erreicht hatten und schon in See stachen. Die *Meereshengst* schwamm bereits fünfzehn Fuß vom Ufer entfernt auf dem Wasser, und die Ruderer schoben ungeschickt die Riemen durch die Öffnungen. Harald verstand nicht, wie sie in so kurzer Zeit auf das Schiff gelangt waren.

»Sie stehlen das Schiff, sie stehlen das verdammte Schiff!«, hörte er jemanden schreien, und bei diesen Worten erkannte Harald, dass nicht Bersis Männer dort an Bord waren. Es war Lorcan mit seinen Gefolgsleuten! Lorcan hatte die *Meereshengst* gekapert und war schon außer Reichweite der Nordmänner. Irische Ruderer waren an diese Arbeit nicht gewohnt, so viel war klar. Aber so ungeschickt sie sich auch anstellten, sie entfernten sich doch immer weiter vom Strand, und der Streifen Wasser zwischen ihnen und dem Kies wurde stetig breiter.

»Lorcan! Du Bastard! Du Hurensohn!« Grimarr tobte.

Ornolfs Männer hatten wie alle anderen den Kampf aufgegeben und rannten mit aller Kraft das Ufer entlang Richtung *Weitfahrer*. Grimarrs Leute, die Mannschaft der *Adlerschwinge*, waren die letzten Nordmänner, die noch oben auf dem Strand ausharrten, und die Iren kamen ihnen bedrohlich nahe.

Harald fasste Conandil am Arm. »Jetzt! Los!«, rief er, und sie nickte und schoss auf eine Lücke in Grimarrs Reihen zu, während Harald herumfuhr und auf das Wasser und sein Schiff zuhielt.

Keiner von ihnen kam weit. Harald sah kurz einen Speerschaft auf seine Beine zuwirbeln, er spürte, wie das Holz sein Schienbein traf und wusste, dass er stürzen würde. Er hörte Conandil hinter sich aufschreien, streckte die Arme aus und schlug hart zwischen den Kieseln auf. Knie drückten sich in seinen Rücken, das Gewicht mehrerer Männer presste ihn zu Boden. Hände griffen nach seinen Armen und bogen sie zurück. Er wehrte sich, doch sobald seine Arme erst einmal auf dem Rücken waren, fehlte ihm die Hebelkraft, um sich weiter zu widersetzen. Ein Lederriemen zog sich straff um seine

Handgelenke. Er war gefesselt und konnte sich nicht länger bewegen.

Die Männer, die auf ihm gekniet hatten, erhoben sich, und Harald schnappte keuchend nach Luft. Grimarrs Leute fassten ihn bei den Armen, zerrten ihn auf die Füße und stießen ihn weiter. Grimarr ging voran. Der Rest der Männer von der *Adlerschwinge* folgte ihrem Anführer Richtung Ufer. Sie bewegten sich schnell, rannten beinahe; manche blickten zurück und behielten argwöhnisch die Iren im Auge. Die rückten immer noch langsam nach. Weitere Kämpfe würden mehr Leben auf ihrer Seite fordern, und angesichts der Tatsache, dass sie den Feind bereits vertrieben hatten, schienen die Iren keinen Grund zu sehen, sich in die Schlacht zu stürzen.

Harald stolperte den Strand entlang, halb von Grimarrs Männern mitgeschleift. Es fiel ihm schwer, mit auf den Rücken gebundenen Händen zu laufen. Ein Däne hatte sich Conandil über die Schulter geworfen, und er hatte ohne Zweifel schon Stücke von Feuerholz getragen, die mehr wogen als das Mädchen. So gelangten sie zum Wasser. Die kalte Brandung rann in Haralds Schuhe, als er neben dem Rumpf der *Adlerschwinge* hinauswatete. Alles geschah so schnell, und er hatte dermaßen viele Schläge auf den Kopf bekommen, dass er sich kaum konzentrieren konnte.

Er spähte an der *Adlerschwinge* vorbei aufs Meer hinaus. Die *Weitfahrer* war bereits unterwegs, ihre Ruder bewegten sich im wohlgeübten Takt. Das Schiff kämpfte sich von der Küste fort. Verzweiflung stieg in Harald auf, ein Gefühl der Leere sickerte in sein Inneres wie das Wasser in seine Schuhe; Ornolf war ohne ihn gefahren, er hatte ihn hilflos dem Schicksal ausgeliefert, das Grimarr für ihn im Sinn hatte – wie auch immer das aussehen mochte. Sein Großvater, seine Schiffskameraden; sie sorgten sich mehr darum, ihre eigene Haut zu retten. Doch er war nicht wütend, und das überraschte ihn. Trotzdem, er war allein.

Die Hände, die ihn vorangetrieben hatten, griffen jetzt wieder zu, packten seine Arme und Beine und hoben ihn an Bord. Auf der ganzen Länge des Rumpfs sprang die Mannschaft über das Dollbord. Sie holten die langen Ruder heraus, während andere noch bis zur Hüfte im Wasser standen und den Bug vom Kies schoben, damit sie ablegen konnten.

Harald plumpste auf das Deck. Außen an der Bordwand, bis zu den Oberschenkeln im Meer, hing einer von Grimarrs Männern an der Kante, schrie auf und kippte zur Seite. Ein Speer ragte aus seinem Rücken. Ein weiterer Speer flog heran und landete spritzend in den Wellen. Die Iren waren ihnen ans Ufer gefolgt und versuchten nun, dem fliehenden Feind noch so viel Schaden wie möglich zuzufügen.

Der Däne mit Conandil auf dem Rücken erreichte das Schiff und ließ das Mädchen über die Bordwand auf Deck fallen. Sie erhob sich, ungefesselt. Anscheinend wirkte sie nicht bedrohlich genug, dass jemand sich die Mühe machte. Sie streckte die Hand aus und griff nach Haralds Arm. Ächzend half sie ihm auf die Füße, dann stolperten beide nach vorne, fort von den Männern, die verzweifelt versuchten, das Schiff flottzumachen. Sie stießen und drängten sich durch die Menge, und Harald fragte sich, warum das Schiff so überfüllt war. Schließlich fiel ihm ein, dass Bersis Besatzung zum größten Teil jetzt auch bei ihnen an Bord war, nachdem sie ihr eigenes Schiff an die Iren verloren hatten.

Harald sank wieder auf das Deck und lehnte sich an die Schiffswand, gleich hinter dem hohen geschwungenen Bug. Er fühlte, wie sich die Bewegung des Schiffs veränderte, als der Bug von den Kieseln herunterglitt und sich mit der schwachen Brandung bewegte, die vom Meer her gegen die Küste schlug.

Die wenigen Männer, die noch im Wasser standen, zogen sich über die Reling. Irische Speere fuhren mit dumpfem Laut in die Planken oder flogen über das Dollbord hinweg. Ein paar der Ruderer mussten sich ducken, aber niemand wurde getroffen.

Grimarr kam als Letzter. Er sprang nicht so leichtfüßig und elegant über den Bootsrand wie manch einer der jüngeren, geschmeidigeren Wikinger, dennoch bewegte er sich mit einer Behändigkeit, die man einem Mann seiner Größe schwerlich zugetraut hätte. Er kam an Deck und schritt zum Heck. Befehle gab er nicht, seine Besatzung tat schon alles, was getan werden konnte – sie führten die Ruder und ließen die *Adlerschwinge* rückwärts vom Ufer fortgleiten.

Harald bekam von all dem kaum etwas mit, so versunken war er in seinem Schmerz: Seine Freunde, sein eigener Großvater hatten ihn zurückgelassen, in den Händen eines Mannes, der ihn ohne ehrbaren Kampf ermorden wollte!

Dann kniete Conandil neben ihm. »Harald!«, flüsterte sie und blickte sich achtern nach Grimarr um. Harald folgte ihrem Blick. Grimarr achtete nicht auf sie, er schaute aufs Wasser hinaus in Richtung der anderen Schiffe seiner Flotte, dann auf die geraubte *Meereshengst*, die sich rasch von ihnen entfernte. Er brüllte den Ruderern an Backbord einen Befehl zu, dass sie wieder normal rudern sollten, während die Männer auf der Steuerbordseite die Riemen weiterhin in die Gegenrichtung führten, sodass die *Adlerschwinge* sich allmählich in voller Länge drehte.

»Kannst du schwimmen?«, fragte Conandil.

»Ja«, antwortete Harald.

»Du musst schwimmen. Grimarr wird dich töten.«

»Mein Großvater, meine Schiffskameraden, sie haben mich alle verlassen«, platzte es aus Harald heraus. Die Worte trugen nichts zur Lage bei, waren irrelevant. Doch er hatte das Gefühl, dass er zersprang, wenn er sie nicht aussprach.

»Dich verlassen?«, fragte Conandil.

»Sie haben nicht einmal versucht, mich aus Grimarrs Händen zu befreien. Sie haben mich zurückgelassen. Ornolf hat mich zurückgelassen.« Harald neigte sonst nicht zu Selbstmitleid, aber das war zu viel für ihn.

Conandil schüttelte den Kopf und wirkte verwirrt. »Ornolf weiß nicht, dass Grimarr dich töten will oder dass er deinen Vater umgebracht hat. Du weißt es nur, weil ich es dir gesagt habe.«

Harald runzelte die Stirn, doch etwas in ihm hellte sich wieder auf. *Natürlich, Ornolf weiß gar nicht Bescheid!*

»Vielleicht ahnt er es aber inzwischen«, fügte Conandil hinzu. »Sein Boot bewegt sich nicht wie die übrigen.« Sie nickte über das Dollbord hinweg, und Harald wandte sich unbeholfen um und sah in diese Richtung. Gerade, als die *Adlerschwinge* auf ihren neuen Kurs einschwenkte, beschrieb die *Weitfahrer* ein paar hundert Schritt vor ihnen einen engen Bogen und schob sich in den Weg von Grimarrs Schiff. Einen kurzen Augenblick hielt sie inne, als die Ruderer die Drehbewegung stoppten, und dann wurden die Riemen an Backbord und Steuerbord im Einklang durchgezogen, und das Langschiff schoss in schrägem Winkel auf die *Adlerschwinge* zu.

Grimarr schien es nicht zu bemerken. Vom Bug her sah es so aus, als ruhte sein Blick starr auf der *Meereshengst*, während diese hart nach Norden ruderte und immer mehr Abstand zu den übrigen Schiffen gewann. »Rudert, ihr Hurensöhne, rudert!«, brüllte er. Der Däne schaffte es einfach nicht, weiterhin still zu bleiben. »Ich will diesen irischen Bastard, Lorcan! Ich will ihm das Herz herausreißen! Rudert und lasst ihn nicht davonkommen!«

Die Männer zogen kräftig an den Riemen, und die meisten Plätze waren doppelt bemannt, zumal nun auch Bersis Mannschaft hinzukam. Bersi selbst war nicht dabei, er war entweder tot oder an Bord der *Fuchs*. Harald wusste es nicht.

»Du musst fort, du musst nun schwimmen!«, flüsterte Conandil eindringlich. Sie fasste in den Ärmel ihres Gewands und zückte einen Dolch. Harald erkannte ihn; er hatte im Gürtel jenes Nordmanns gesteckt, der Conandil zum Schiff getragen hatte. Sie warf einen Blick auf die Ruderer und nahebei auf Grimarr am Heck, aber niemand achtete auf sie.

Harald schob seine gebundenen Handgelenke zur Seite, und mit einer flinken, verstohlenen Bewegung durchschnitt Conandil den Lederriemen und ließ den Griff des Messers in Haralds Finger gleiten. Der fühlte sich von einer Woge der Erleichterung erfasst – der Schmerz in seinen Gelenken war fort, und er hielt eine Waffe in der Hand! Mit der Erleichterung stieg frische Zuversicht in ihm auf, und die Bereitschaft zu handeln.

Aber er beließ seine Hände, wo sie waren. Grimarr und dessen Leute durften nicht wissen, dass er frei und handlungsfähig war. Er reckte den Hals und spähte über den Bootsrand. Die *Weitfahrer* kam näher. Ornolf hatte offenbar gut abgeschätzt, wo sein Schiff und die *Adlerschwinge* sich bei dem anliegenden Kurs und dieser Geschwindigkeit treffen würden.

»Spring, jetzt!«, flüsterte Conandil wieder. »Bald sind wir zu weit von der Küste weg!«

Harald schüttelte den Kopf. »Ich will nicht zum Ufer«, widersprach er. Erneut blickte er über das Dollbord. Noch drei oder vier Minuten, vermutete er. Er glaubte nicht, dass Ornolf verhandeln wollte, und wenn es zu einem Gefecht kam, würden er und seine Männer niedergemetzelt werden, weil sie gegen Grimarrs und Bersis Krieger gleichzeitig kämpfen mussten. Und gegen die Besatzung der *Fuchs*, sollte die es auch noch schaffen, in den Kampf einzugreifen.

»Noch zwei Minuten«, flüsterte Harald, und da wurde Grimarr auf Ornolf und die *Weitfahrer* aufmerksam, die immer näher kam.

»Was hat dieser dämliche Bastard da vor?«, fragte Grimarr. Niemand antwortete ihm, aber Grimarr sah auch nicht so aus, als würde er eine Antwort erwarten. Er sprang vom niedrigen Achterdeck herunter und stapfte mitten auf dem Deck, zwischen den Ruderbänken hindurch, nach vorne. Kurz vor dem Bug hielt er inne und blickte auf Harald hinab. »Scheint, als hätten deine Leute dich doch nicht vergessen, Junge«, sagte er. »Warten wir also, bis sie nah genug sind, damit sie dich sterben sehen können.«

Er beugte sich vor und griff nach dem Kragen von Haralds Kettenhemd. Harald ließ den Dolch vorschnellen und stieß ihn in Grimarrs Hand. Grimarr fuhr zurück und riss die Augen auf, seine unversehrte Hand umklammerte die verletzte. Harald hatte den Dolch bis zum Heft hindurchgetrieben, die Klinge kam an der Handfläche wieder heraus. Helles Blut strömte zwischen dem spitz zulaufenden Stahl und Grimarrs dicken Fingern hindurch.

All das nahm Harald wahr, in dem einen Augenblick, den er brauchte, um sich zu bewegen. Er sprang auf die Füße und beugte sich nach vorn, so schwungvoll, dass er das Kettenhemd abschüttelte. Klimpernd landete es an Deck. Grimarr brüllte vor Schmerz und Wut, aber die meisten Krieger der *Adlerschwinge* saßen hinter ihren Rudern und konnten nicht einfach aufstehen. Jene, die frei auf dem Deck standen, waren zu erschrocken, um zu reagieren.

»Los jetzt! Spring!«, schrie Conandil. Ein Ausdruck der Verzweiflung lag auf ihrem Gesicht, ein Ausdruck des Entsetzens.

Und dann, innerhalb eines Herzschlags, schlug dieser in Verwirrung und Grauen um, als Harald sich zu ihr beugte, sie um die Hüfte fasste und über seine Schulter legte. Mit drei Schritten war er bei der nächsten Ruderbank, er stieg mit dem linken Fuß darauf, setzte den rechten auf die Bordwand und sprang geradewegs hinüber, Conandil immer noch auf der Schulter.

25. Kapitel

Dieser großzügige Geber des Goldes,
er bot mir heute eine breite Klinge
aus ungehärtetem Stahl und einen Schleifstein dabei,
zu gering, um es als Ausgleich anzunehmen.

DIE SAGA VON REF DEM LISTIGEN

Als die Sonne an diesem Morgen aufging, verwandelte sie die undurchdringliche Schwärze in ein stumpfes Grau. Das matte Licht enthüllte mehrere Quadratmeilen Ozean, und die Küste von Irland war noch immer in Sichtweite. Thorgrim hatte während der letzten Nachtstunden an dem Steuerruder gesessen, das sie am Heck des Curraghs angebracht hatten, und freute sich über den Anblick.

Starri kauerte auf der dem Wind zugewandten Seite und drückte sich elend an die Bordwand. Er war gar nicht gern nachts auf dem Wasser; in einem winzigen Boot, den Phantomen der Dunkelheit und des Meeres hilflos ausgeliefert. Das waren Gefahren, denen er nicht mit einer Axt oder dem Schwert entgegentreten konnte. Er begrüßte den Sonnenaufgang mit sichtbarer Erleichterung.

»Nachtwolf!«, stellte er erleichtert fest, als die Küste sich langsam aus dem Nebel schälte und sich steuerbords von Nord nach Süd erstreckte, eine dunkle, flache Linie in einer mattgrauen Welt. »Ich war schon überzeugt davon, dass du mit uns geradenwegs zu Hel segelst. Aber wie ich sehe, hast du das nicht getan!« Er hatte sich gegen die Kälte in eine Decke gehüllt und spähte darunter hervor wie ein kleines Tier, das misstrauisch aus seinem Bau herausschaute.

»Ich glaube, das dort ist immer noch Irland«, erwiderte Thorgrim. »Könnte aber genauso gut Hels Reich sein. Und das mag durchaus ein und dasselbe sein, nach allem, was ich darüber gelernt habe.«

Sie waren seit dem späten Nachmittag des Vortages unterwegs. Zwei Stunden, nachdem Thorgrims Blick in Vík-ló auf das an Land gezogene Curragh gefallen war, waren sie aufgebrochen. Die meisten Nordmänner hätten das Ding abgetan, es als ein Kinderspielzeug angesehen, nicht als seetüchtiges Fahrzeug. Aber Thorgrim konnte besser einschätzen, was man mit dem Boot machen konnte. Es war leicht, jedoch gut gebaut, hatte einen Zuschnitt, mit dem es sich bei der richtigen Führung auch auf bewegter See behaupten würde.

Wichtiger aber war: Ihnen blieb gar keine Wahl. Das einzige andere Schiff weit und breit war die *Winddrache*, die sie allein nicht hätten segeln können, selbst wenn sie nicht halb von den irischen Plünderern verbrannt worden wäre.

Sie hatten sich also gleich an die Arbeit gemacht. Aus den verschiedenen Stapeln mit Tauwerk und Ausrüstung am Ufer hatten sie zwei lange Ruder herausgesucht und sie mit Beilen zurechtgehauen, bis sie die richtige Größe für einen Mast und eine kurze Rah hatten. Sie fanden Seile für ein einfaches Fall und Wanten und Haltetaue. Es war keine sehr ausgefeilte Takelage – Thorgrim glaubte nicht, dass der leichte Rumpf mit dem Ballast durch zwei Besatzungsmitglieder und den spärlichen Vorräten, die sie beschaffen konnten, allzu viel Druck über der Deckslinie vertrug.

Das Segel plünderten sie aus dem Stapel mit Fracht und Ausrüstung, der von der *Weitfahrer* zurückgeblieben war. Tatsächlich war es genau die Plane, die ihr Schiff vor all den

Wochen gerettet hatte, nachdem Starri sie über den Rumpf gespannt und so das Wasser aufgehalten hatte, das durch die eingedrückten Planken schoss. Auf der Suche nach brauchbarer Ausstattung gruben sie sich durch den Haufen Fässer, die für die Rückfahrt mit Wasser gefüllt werden sollten, durch Dörrfleisch und Decken und Werkzeuge und Eimer mit Pech, durch Seilrollen, Ersatzruder und all die anderen Dinge, die für den kurzen Abstecher entlang der Küste nicht verladen worden waren.

Und tief vergraben in der Mitte des Stapels lag ein Großteil der Reichtümer, die Thorgrims Mannschaft bei den vorangegangenen Raubzügen zusammengetragen hatte, vor allem bei ihrem kühnen Vorstoß nach Tara im Frühling. Ein Teil dieser Beute, die hauptsächlich aus Silber und einer Handvoll Gold und Juwelen bestand, war unter den Männern aufgeteilt worden und lag jetzt in deren Seekisten an Bord. Vieles jedoch lag noch hier, in kleinen Kisten verschlossen, und wartete auf die Auszahlung.

Sie hatten es zurückgelassen, weil Vík-ló ihnen sicherer erschienen war als ein Schiff auf hoher See. Mittlerweile war Thorgrim nicht mehr so überzeugt davon. Vík-ló erschien ihm nicht länger als sicherer Hafen. Aber daran ließ sich nichts ändern. Sie konnten die Beute gewiss nicht an Bord des Curragh unterbringen. Thorgrim konnte nur darauf hoffen, dass sie noch einmal zurückkehren und alles aufsammeln konnten, bevor sie die Heimfahrt antraten. Doch inzwischen hatte er seine Zweifel, ob sie dazu Gelegenheit haben würden. Er hatte keine Ahnung, was gerade hinter dem südlichen Horizont geschah, und diese Ungewissheit und Sorge trieb ihn an.

Thorgrim zog die Plane heraus, schnitt sie zurecht und befestigte sie an der Rah. Das Ergebnis war nichts, was er stolz herumgezeigt hätte, aber die wachsende Furcht um seinen

Sohn und seine Männer ließ ihn schnell zum Ende kommen. Er ging davon aus, dass dieser Notbehelf für die hoffentlich kurze Fahrt nach Süden ausreichte.

Sie luden einen Sack Dörrfleisch, Brot und ein winziges Fässchen Wasser an Bord. Dann schoben sie das Curragh in die Strömung des rasch dahinfließenden Flusses hinaus. Die Sonne näherte sich eben dem westlichen Horizont, als sie die Ruder ergriffen und aufs offene Wasser hinausfuhren. Sobald sie die Küste hinter sich gelassen hatten, setzten sie das kleine viereckige Segel, die Rah beinahe längs gestellt, und ließen sich auf den Ruderbänken nieder; auf der Windseite, um die Krängung des Bootes auszugleichen, während der Nordostwind es vorantrieb.

Die Brise war ihnen die ganze Nacht treu geblieben und blies mal mäßig, manchmal schon bedrohlich stark. Im letzten Tageslicht schlug Starri behutsam vor, dass sie möglicherweise daran denken könnten, den zerbrechlichen Nachen aus Holz und Leder ans Ufer zu bringen und an Land zu schlafen. Thorgrim wollte davon nichts wissen, und Starri beharrte nicht darauf. Bald gab es ohnehin keine Möglichkeit mehr anzulanden. In der Dunkelheit war es viel zu gefährlich, sich den Weg durch das von Klippen durchsetzte Wasser vor der Küste zu suchen und zu hoffen, ein Stück Strand zu finden, das außerhalb der Brandung lag. Also segelten sie weiter.

Der Himmel war bedeckt, und kein Stern ließ sich blicken. Thorgrim hatte keine Möglichkeit, den Kurs zu bestimmen. Er wusste nur, dass der Wind und die See von backbord achteraus kamen, seitdem sie den Leitrim hinter sich gelassen hatten; darum hielt er es weiterhin so und hoffte, dass die Verhältnisse sich während der Nacht nicht dramatisch veränderten. Er richtete den Bug ein wenig stärker nach Osten aus, damit sie sich eher von der Küste fort statt darauf zubewegten, und um die

Drift landwärts auszugleichen, der ihr Boot möglicherweise ausgesetzt war. Mehr konnte er nicht tun, außer so gut wie möglich Kurs zu halten und auf den Tagesanbruch zu warten, während er auf den Klang der Wellen achtete, die sich an den mörderischen Klippen brachen.

Nun, mit der Morgendämmerung, erkannte er, dass die Götter wie so oft denjenigen belohnt hatten, der den kühneren Weg wählt.

»Hier, Starri, lass uns die Rah ein Stück herumbringen.« Thorgrim nickte in Richtung des Segels. Während der Nacht waren sie etwas weiter von der Küste abgekommen, als Thorgrim beabsichtigt hatte, und jetzt wollte er den Kurs ändern, mehr gen Westen und aufs Land zu.

»Ja, Thorgrim, sicher. Aber erst muss ich mich darum kümmern …«, erklärte Starri. Er schälte sich aus der Decke, trat leichtfüßig zur Leeseite und von dort auf den Bootsrand. Mit einer Hand auf der Want hielt er das Gleichgewicht, fingerte an seiner Tunika und den Beinlingen herum und erleichterte sich mit hörbarem Seufzen ins Meer. Thorgrim fragte sich, wie lange Starri sich wohl zurückgehalten hatte, weil er sich nicht über das dunkle Wasser hinauslehnen oder – schlimmer noch! – seine Mannbarkeit entblößen wollte vor all den Schrecken, die unter der Oberfläche lauern mochten.

Als er fertig war, sprang Starri zurück ins Boot und richtete die Rah aus, als Thorgrim den Bug nach Westen wandte. Dann löste er Thorgrim an der Ruderpinne ab, sodass nun Thorgrim an die Leeseite treten konnte. Als das getan war, verteilte er ein Frühstück aus getrocknetem Fleisch, Brot und Wasser.

Die aufgehende Sonne brachte Wärme, und obwohl die wärmsten Tage des Sommers längst hinter ihnen lagen, war die Luft nicht unangenehm, als sie fast gerade vor dem Wind dahinsegelten. Sie näherten sich der irischen Küste in einem schrägen Winkel und auf einem Kurs, der nach Süden und ein wenig nach Westen führte. Bald traten die Einzelheiten des Ufers deutlicher hervor, die zerklüfteten Felsen und die Brandungswellen, die langen schmalen Strände und die Hügel, die sanften Wogen gleich weiter im Landesinneren lagen. Die graue Wolkendecke am Himmel wurde dünner, als die Sonne emporstieg, der Tag noch wärmer und die Sicht immer besser.

»Weißt du, Nachtwolf«, sagte Starri, »dieses kleine Boot hat einiges für sich.« Er stand an der Windseite auf dem Bootsrand, hielt sich an der Wante fest und lehnte sich weit zurück. Er erfühlte die Bewegung des Rumpfes mit den Beinen, ging mit und ließ die Brise durch sein Haar fahren. Dann und wann trieb das Zusammenspiel von Wind und Wellen eine Fontäne aus Salzwasser empor und durchnässte ihn, und er jauchzte vor Begeisterung. Wäre es jemand anderer als Starri der Unsterbliche gewesen, so hätte dieses Verhalten Thorgrim bis zum Äußersten gereizt. Aber Starri war, wie er war, und Thorgrim wusste, dass es keinen Sinn hatte, sich über ihn zu ärgern. Außerdem balancierte seine Stellung auf dem Dollbord das Boot aus, und das ließ sie umso schneller vorankommen.

Trotzdem konnte Thorgrim sich den Hinweis nicht verkneifen, dass sie nicht zum Vergnügen unterwegs waren. »Wir wissen nicht, was uns erwartet, wenn wir die Flotte finden«, strich er heraus. »Unsere Leute könnten in großer Gefahr sein.« Er sprach nicht ausdrücklich von Harald, und auch nicht von seiner Sorge, dass sie alle schon tot waren. Er wagte es selbst kaum, in diese Richtung zu denken.

Aber Starri lächelte nur. »Sie könnten in großer Gefahr sein«, stimmte er zu. »Es könnte einen blutigen Kampf geben.« Für Starri war das wie ein frisches warmes Brot mit Honig. Er schaute zum Himmel auf, und ein weiterer Schwall Wasser traf ihn. Thorgrim war dankbar, dass Starris Leib ihm einen gewissen Schutz bot. Dann blickte Starri nach vorn und rief: »Langschiff!«

Es dauerte einen Augenblick, bis Thorgrim realisiert hatte, was Starri sagte, so tief war er in sorgenvollen Gedanken versunken. »Was? Wo?«, fuhr er auf, als die Bedeutung des Wortes ihm dämmerte.

»Da!« Starri zeigte auf eine Stelle unmittelbar vor der Backbordseite des Bugs. Thorgrim beugte sich zur Seite und blickte an Starris Beinen vorbei. Ein Langschiff bog soeben um eine Landspitze herum, vielleicht vier Meilen südlich von ihnen. Es segelte hart am Wind und entfernte sich von der Küste, auf einem Kurs, der fast gerade nach Osten führte.

Im trüben Licht des wolkenverhangenen Tages konnte Thorgrim keine Einzelheiten ausmachen, nur einen verschwommenen Umriss auf dem Wasser. Aber es war eindeutig ein Schiff unter Segel. »Starri, kannst du mehr erkennen? Könnte das die *Weitfahrer* sein?«

Starri antwortete nicht sofort. Er starrte in die Ferne und bemühte sich aufrichtig, zu erspähen, was für ein Schiff sich hinter der unbestimmten Silhouette verbarg. Doch trotz seines Sehvermögens, das für gewöhnlich zu den schärfsten an Bord jedes Schiffes zählte, war er nicht in der Lage, es zu sagen. Er schüttelte den Kopf. »Tut mir leid, Nachtwolf. Es könnte die *Weitfahrer* sein. Oder auch nicht.«

Thorgrim runzelte die Stirn. Er musste eine Entscheidung treffen und hatte nicht annähernd genug Informationen dafür. Wenn er den Kurs änderte, um das Schiff abzufangen, und dieses sich dann als Grimarrs *Adlerschwinge* erwies, könnten sie ihr nicht mehr entkommen. Er und Starri würden sterben. Thorgrim war so müde, dass der Gedanke, im Kampf zu fallen, gar nicht so übel für ihn klang. Und wenn er Grimarr dabei mit sich nehmen konnte, würde er den Tod sogar begrüßen. Starri wünschte sich natürlich nichts sehnlicher. Aber Thorgrim wollte sein Leben auch nicht fortwerfen, solange die Möglichkeit bestand, dass Harald ihn noch brauchte und er seine Hilfe nötig hatte. Er durfte diese Welt nicht verlassen, solange Haralds Leben auf dem Spiel stand.

Andererseits, wenn er auf das Ufer zuhielt und das Schiff tatsächlich die *Weitfahrer* war, wenn diese ihren gegenwärtigen Kurs beibehielt und aufs Meer hinausfuhr, würde er sie niemals einholen. Wenn sie nach England übersetzten und hinter dem Horizont verschwanden, ihn in Irland zurückließen, weil sie ihn für tot hielten, dann mochte es Jahre dauern, bis er sie wiederfand. Wenn überhaupt je.

Er starrte immer noch auf das ferne Schiff und grübelte über all das nach, als er bemerkte, wie dessen Umriss sich änderte. Es sah ganz so aus, als würde das breite Segel zusammengedrückt, aber Thorgrim hatte genug Schiffe auf See manövrieren sehen, um zu wissen, dass dieses hier beidrehte, den Wind auf die Steuerbordseite nahm. Es fuhr auf die Küste zu, nicht nach England, und das entschied die Sache für ihn.

»Zieh die Rah an, Starri. Wir gehen näher ans Land«, sagte Thorgrim.

Ohne ein Wort zu sagen, löste Starri die Luvbrasse und zupfte leicht an der Leeseite – bei ihrem winzigen Segel war kein großer Zug erforderlich. Thorgrim stieß derweil das Steuerruder ein Stück von sich fort, und das Curragh wandte sich nach Westen und hielt fast gerade aufs Ufer zu.

Das Langschiff in der Ferne segelte inzwischen mit dem Wind von Steuerbord auf einem Kurs, der es zum irischen Festland führte. Auch das Curragh bewegte sich Richtung Land, aber Thorgrim bezweifelte, dass ihre Wege sich kreuzen würden, solange er es nicht wollte. Das Langschiff würde kaum wagen, so dicht an der Küste zu manövrieren, wie er es mit diesem leichten, flachen Boot konnte. Das größere Schiff würde erneut wenden und wieder abdrehen müssen, ehe es den Klippen gefährlich nahekam. Genau genommen fragte Thorgrim sich, warum sie überhaupt zu diesem Zeitpunkt Richtung Land eingeschwenkt waren. Wäre es sein Schiff gewesen und hätte er versucht, am Ufer entlang nach Norden zu segeln, wäre er erst einmal meilenweit hinaus aufs Meer gefahren, bevor er gewendet und sich wieder dem Land zugewandt hätte.

Vielleicht haben sie ja einen guten Grund, so zu kreuzen, dachte Thorgrim. *Einen Grund, den ich nicht kenne.*

Was auch immer der Grund war, für Thorgrim war es von Vorteil. Auf der im Wind liegenden Seite des Langschiffs konnten er und Starri zwischen den Felsen Schutz suchen, und wenn sich herausstellte, dass es die *Weitfahrer* war, konnten sie zu ihr aufschließen, während sie gegen den Wind ankämpfte. Doch er war mehr und mehr davon überzeugt, dass er hier nicht auf sein eigenes Schiff blickte. Ornolf hätte das Kommando übernommen, oder vielleicht Agnarr, aber in jedem Fall hätten sie genau wie Thorgrim einen größeren Abstand von der Küste gehalten.

Fast eine Stunde lang blieben Schiff und Boot auf einem Kurs, der sie näher zueinanderführte, trotzdem wusste Thorgrim nicht mit Gewissheit, ob es die *Weitfahrer* war. Und dann, ohne ersichtlichen Grund, wendete das Langschiff erneut, hielt wieder aufs Meer hinaus und ließ Küste und Curragh hinter sich zurück. Dabei wirkte das Manöver eigentümlich zaghaft und unbeholfen.

»Wenn das die *Weitfahrer* ist«, merkte Starri an, »und Ornolf noch das Kommando hat, muss er betrunken sein. Oder er hat einen kräftigen Schlag auf den Kopf bekommen.«

Thorgrim nickte. Er wusste, welche der beiden Möglichkeiten die wahrscheinlichere war, obwohl er nicht überzeugt war, dass die eine oder die andere Ornolfs Fähigkeit, ein Schiff zu führen, derart in Mitleidenschaft ziehen konnte. Er selbst hielt seinen Kurs, und bald hörten sie das Rauschen der Brandung an der Küste. Sie sahen, wie die Wellen in langen weißen Streifen über verborgene Untiefen strudelten oder sich an jenen Felsen brachen, die durch die Wasseroberfläche stießen.

Das Langschiff segelte derweil mit dem Wind von Backbord und entfernte sich immer weiter vom Land. Wenn die da drüben das Curragh überhaupt bemerkt hatten, schenkten sie ihm keine Aufmerksamkeit. Um das Boot einzuholen, hätten sie ihr Segel herabgelassen und zu den Rudern greifen müssen. Sie wären direkt in den Wind gefahren, anstatt zu kreuzen – ein langsamer und mühevoller Vorgang.

»Das ist nicht die *Weitfahrer*«, entschied Thorgrim schließlich. Sie waren nun dicht am Ufer, und das Curragh tanzte auf der Brandung. Thorgrim und Starri hatten das Segel eingerollt und die Ruder zur Hand genommen, doch nun stützten sie sich die meiste Zeit darauf und zogen sie nur gelegentlich durchs Wasser, um das Boot mit dem Heck Richtung Ozean zu halten, damit sie das ferne Schiff leichter beobachten konnten.

»Ich denke, du hast recht, Nachtwolf«, sagte Starri. Nun, wo das Langschiff wieder hinaus auf das Meer fuhr, war es immer noch zu weit entfernt, als dass sie Einzelheiten erkennen konnten. Aber Thorgrim war sich inzwischen sowieso ziemlich sicher, dass sie hier nicht auf das rot und weiß karierte Segel der *Weitfahrer* schauten, und auch die Deckskante und der Schwung von Bug und Heck passten nicht zu ihrem Schiff.

»Ich glaube, das ist Bersi Jorundarsons Schiff. Das, welches sie *Meereshengst* nennen«, befand Thorgrim.

»Wenn es das ist«, erwiderte Starri, »werden wir keine Freunde an Bord finden.«

»Nein«, sagte Thorgrim.

Sie trieben weiter und blickten dem Schiff hinterher, und Starri sagte: »Schau, Thorgrim! Da ist was im Wasser!« Er zeigte nach Süden über den Backbordrand des Boots, der Seite, auf der er saß. »Ein Baumstamm, vielleicht. Du hast nicht viel Glück in letzter Zeit, was Baumstämme angeht.«

Thorgrim schaute in die Richtung, die Starri ihm wies. Etwas schwamm dort im Wasser, braun und glänzend, etwa fünfzig Fuß entfernt. Es sah eigentümlich aus; wenn es kein Baumstamm war, dann gewiss etwas anderes aus Holz. Doch selbst aus dieser Entfernung wirkte es nicht wie ein natürlich gewachsenes Ding.

»Lass uns einen Blick drauf werfen«, schlug Thorgrim vor. Er wollte in jedem Fall weiter nach Süden. Wenn dieses Schiff nicht die *Weitfahrer* war, befand diese sich wahrscheinlich auf der abgewandten Seite der Landspitze, um die es gekommen war.

Thorgrim zog sein Ruder, Starri hielt seines im Wasser und das Curragh drehte auf der Stelle. Gemeinsam nahmen sie dann einen Takt auf. Es dauerte weniger als eine Minute, bis sie den Gegenstand erreichten, und je näher sie kamen, umso deutlicher wurde es, dass dieses Ding, was immer es war, nicht einfach zufällig aus der Erde gewachsen war. Es war glatt und geschwungen, so regelmäßig, wie kein Stamm oder Treibholz je sein konnte.

»Sieht aus wie eine Schnitzerei«, stellte Starri fest, als sie es im Wellengang wippen sahen. Sie zogen noch einmal die Ruder durch, dann waren sie längsseits und erkannten vor sich tatsächlich die Bugzier eines Langschiffs: ein gestreckter Hals, der in einer elegant geschnitzten Windung auslief, spiralförmig ineinandergedreht wie ein Strudel.

Das ganze Ding war womöglich fünf Fuß lang und vollkommen unversehrt, bis hin zu dem Zapfen, mit dem es einst an einem Bugsteven befestigt gewesen war.

»Von einem gesunkenen Schiff, vielleicht?«, fragte Starri.

»Vielleicht«, sagte Thorgrim.

Es schaukelte in den herankommenden Wogen, doch es bewegte sich nicht vom Fleck. Die Wellen drückten es auch nicht auf den Strand zu, und Thorgrim stellte fest, dass in der Mitte ein Seil angebracht war. Das andere Ende verschwand im Wasser. »Aber schau dir das an, es scheint verankert zu sein!«

Starri nickte. Er blickte über das Wasser ringsum. »Siehst du das?«, fragte er und deutete auf eine Stelle, die nur etwa zwanzig Fuß in Richtung Küste entfernt lag. »Das sieht wie eine hässliche Felskante aus. Vielleicht wurde das hier als Markierung festgemacht.«

Thorgrim sah sich ebenfalls um. Tatsächlich verlief dort ein gefährlicher Grat gleich unterhalb der Wasseroberfläche, doch die einlaufenden Wellen brachen sich nicht darüber, sodass keine Spur von dem weiß strudelnden Wasser zu sehen war, das Seefahrer normalerweise vor tückischen Gewässern warnte.

Thorgrim runzelte die Stirn. »Vielleicht«, sagte er. Es kam ihm nicht sehr wahrscheinlich vor, aber andererseits, wenn jemand regelmäßig in diesen Gewässern verkehrte, war so eine Markierung möglicherweise nützlich für ihn. Es war ein Rätsel, und Thorgrim hatte ihm schon mehr Aufmerksamkeit gewidmet, als er erübrigen wollte.

»Nun … womöglich werden wir es nie erfahren«, verkündete er. Er nahm sein Ruder auf, und Starri griff nach seinem, und ohne ein weiteres Wort ruderten sie weiter. Das Curragh gewann an Fahrt und bewegte sich südwärts die Küste entlang, auf der Suche nach der *Weitfahrer,* auf der Suche nach ihren Freunden, auf der Suche nach Harald Thorgrimson.

26. Kapitel

Ich grüße die scharf geschliffene Klinge,
die mein Fleisch durchschneidet
und weiß, dass mein Vater
diesen Mut seinem Sohne gab.

GISLI SURSSONS SAGA

Harald hatte es immer schon seltsam gefunden, ins Meer zu springen.

Dieser unvermittelte Wechsel von trocken zu nass, von warm zu kalt, von stehen zu schwimmen kam ihm jedes Mal so unwirklich vor. Und diesmal war es noch merkwürdiger. Für einen Moment schwebten er und Conandil in der Luft, stürzten auf das graugrüne Wasser zu, und er befand sich ganz in der Welt der Oberfläche – umgeben von den wütenden, überraschten Rufen von Grimarrs Horde, dem zornigen Gebrüll des riesigen Dänen selbst und den langen Rudern unter ihm, die er auf dem Weg nach unten so gerade eben verfehlen würde. Oder auch nicht.

Dann schlug er im Wasser auf. Es war so kühl wie erwartet, aber kaltes Wasser war nichts Neues für ihn. Er hatte seine Kindheit damit zugebracht, in Norwegens Fjorden zu schwimmen. Das Meer verschluckte Harald, und er tauchte unter. Es fühlte sich fremd und vertraut zugleich an. Alle Geräusche waren ausgelöscht, die Sonne zerfloss im Zwielicht des Oberflächenwassers.

Er sank herab. Aus langer Erfahrung wusste er, dass er erst

einmal den Schwung abbauen musste, bevor er sich zurück nach oben strampelte. Er spürte, wie Conandil sich von seiner Schulter hob, als seine größere Masse und der fast senkrechte Winkel seines Aufpralls im Meer ihn tiefer sinken ließen als sie.

Ob sie wohl schwimmen kann?, fragte er sich. Seine Abwärtsbewegung kam zum Erliegen. Er blickte hoch. Der graue Himmel warf ein schwaches Licht auf die Oberfläche, und Harald konnte die Umrisse der *Adlerschwinge* ausmachen. Reglos hing der massige Schiffsrumpf über ihnen. Er sah Conandil unter Wasser zappeln wie einen harpunierten Fisch.

Harald trat einmal mit den Füßen, zog die Arme durch und stieß sich wieder nach oben. Er kam unter Conandil hoch, fasste sie bei der Taille und hielt auf die Oberfläche zu, abseits der Ruder. Ihre hilflos schlagenden Arme und Beine verrieten ihm, dass sie nicht schwimmen konnte, aber als sie beide die Wasseroberfläche durchstießen und zurück ins Tageslicht gelangten, da merkte er, dass es weitaus schlimmer war. Sie war außer sich vor Angst. Sie schrie, ein armseliger Versuch, weil sie kaum noch Luft bekam vor Wasser. Sie hustete, prustete, spuckte, schrie wieder. Sie krallte sich an Haralds Kopf und Hals fest und versuchte in kopfloser Panik, auf ihn hinaufzuklettern, um aus dem Wasser herauszukommen.

»Nicht in Panik geraten! Bleib ruhig!«, rief Harald. »Ich …«

Weiter kam er nicht. Conandil stützte ihr Knie auf seine Schulter und wollte aufstehen, eine Bewegung, die Harald unter Wasser drückte und ihr plötzlich jeden Halt raubte. Das ließ ihre Hysterie in neue Höhen steigen.

Harald behielt die Nerven. Er schwamm seitwärts und kam nicht wieder unter Conandil hoch, sondern neben ihr, außer Reichweite ihrer Arme. Das Verhalten angsterfüllter Menschen im Wasser war ihm nicht fremd. Er hatte schon früher Nichtschwimmer in Sicherheit gezogen.

»Hör mir zu, Conandil …«, rief er, doch sie war schneller und beweglicher als die meisten anderen, die Harald gerettet hatte – das waren alles Männer gewesen. Conandil schlug und trat und schaffte es, seine Tunika zu packen, ehe er ausweichen konnte, und erneut stieg sie an ihm empor. Sie fand Halt, indem sie ihre Fingernägel in sein Gesicht und die Kopfhaut grub und eine Faust in sein Haar krallte.

Harald ging wieder unter, aber dieses Mal absichtlich und nicht, weil Conandil ihn hinabdrückte. Er rechnete damit, dass sie losließ, bevor die Wellen über ihr zusammenschlugen, und er behielt recht; sie löste ihren Klammergriff und strampelte, und Harald beobachtete sie von seinem sicheren Platz in der Tiefe aus.

Erneut schwamm er zur Seite und achtete dieses Mal darauf, dass er hinter ihr auftauchte. Sie wandte den Kopf in seine Richtung. Ihr Mund war aufgerissen, die Augen geweitet, runde, winzige Schilde mit den Pupillen als Knauf in der Mitte. Sie plantschte wie ein spielendes Kind, nur dass nichts Spielerisches daran war, wie sie in blinder Angst nach Harald krallte.

Mit einem Schwung der Beine war Harald bei ihr, er umschloss ihren kleinen Leib mit seinem kräftigen Arm und zog sie dicht an sich. Er drückte sie gegen seine Brust, und so sehr sie auch zappelte und um sich schlug, er hielt sie mühelos. So gesichert, mit dem Rücken zu ihm, konnte sie ihn weder mit den Armen noch mit den Beinen erreichen.

»Ich habe dich, ich habe dich. Es wird alles gut«, sagte Harald. Er war geistesgegenwärtig genug, Irisch zu sprechen, und er spürte, wie ihre Panik nachließ, wenn auch nur ein klein wenig, wie ein Seil unter Spannung, das ein bisschen nachgibt. Sie strampelte und wand sich nicht mehr ganz so wild.

Harald spuckte Wasser und sah sich um. Es fühlte sich

an, als hätte er eine Ewigkeit gegen Conandil gekämpft, aber er wusste, dass es nicht länger als eine Minute gewesen sein konnte, wahrscheinlich viel kürzer. Sie befanden sich gleich backbord vom Bug der *Adlerschwinge*, das Langschiff ragte über ihnen auf, der Schiffsrand besetzt von Männern, die nach unten starrten. Die Ruder hingen reglos herab. Alles schien in der Schwebe zu hängen, da hob einer von Grimarrs Leuten, der dicht am Bug stand, einen Speer. Er streckte die Linke in Haralds Richtung und holte mit der Rechten zum Wurf aus.

»Nein! Nein!« Grimarrs Stimme schnitt durch die erschrockene Stille. Er packte den Speerträger bei der Schulter und zerrte ihn zur Seite. Harald sah, dass Grimarrs Linke voller Blut war. »Du bringst das Mädchen um, Idiot!«, brüllte Grimarr. »Jemand muss ins Meer und sie rausholen!«

Harald, der vom Wasser her aufblickte, spürte das unbehagliche Gemurmel regelrecht, das bei diesen Worten durch die Reihen der Männer lief. Keiner bewegte sich, niemand schien begierig darauf, hinter Harald her ins Meer zu springen. Nicht jeder von ihnen konnte schwimmen, tatsächlich konnten das nur die wenigsten, und jene, die es konnten, würden sich auch nur ungern in den Ozean stürzen, um dort gegen einen Krieger zu kämpfen, der sich in diesem Element bewiesen hatte – zusätzlich zu all den Gefahren, die in der Tiefe noch lauern mochten!

»Oh, ihr Feiglinge, ihr verdammten Feiglinge!«, schrie Grimarr, obwohl er selbst keine Anstalten machte, über Bord zu springen. »Steuerbordruder, zieht!«

Harald verdrehte sich, um nach hinten zu blicken. Das ging nun einfacher, denn Conandil wehrte sich nicht länger. Sie war entweder erschöpft oder ohnmächtig geworden vor Angst. Die *Weitfahrer* war nur noch ein paar hundert Schritt entfernt und hielt auf sie zu. Ob man ihn dort drüben hatte springen sehen, konnte Harald nicht sagen, aber sie kamen auf die *Adlerschwinge* zu, und dafür gab es nur einen möglichen Grund: Sie wollten ihn holen. Diese Erkenntnis machte ihm Hoffnung und verlieh ihm frische Kraft.

Und dann geriet die *Weitfahrer* außer Sicht, als die *Adlerschwinge* vorandrängte und dabei nach Backbord schwang. *Steuerbordruder, zieht*, war Grimarrs Befehl gewesen. Jetzt verstand Harald den Sinn des Manövers. Auch Grimarr hatte die *Weitfahrer* bemerkt, und er brachte das eigene Schiff zwischen sie und die entflohenen Gefangenen.

Die Götter sollen ihn verdammen …, dachte Harald. Mit dem freien Arm pflügte er durchs Wasser und trat mit den Beinen. Conandil zog er mit sich. Er spuckte Wasser und versuchte verzweifelt, um den Bug des Schiffes herum zu kommen, bevor er von der *Weitfahrer* abgeschnitten war. Er prallte mit der Schulter gegen die Planken, stieß sich ab und strampelte heftiger.

Die *Adlerschwinge* drehte sich, aber sie machte nicht viel Fahrt, und nur darum erreichte Harald den Steven. Er streckte den Arm aus und griff nach dem geschwungenen Stück Eichenholz, das den Bug ausmachte. Das Fahrzeug, massig, unaufhaltsam, schob ihn seitwärts durch das Wasser, während es herumschwang. Harald zog und schlug mit den Beinen, und plötzlich waren er und Conandil um den Bug herum, und er sah die Steuerbordseite und die sich aus dem Meer erhebenden Ruder, wie sie im Gleichklang nach vorne schwangen, wieder herunterkamen und zurückgezogen wurden.

Der Bug glitt vollends an ihnen vorbei, und die *Weitfahrer* war noch näher gekommen. Harald hörte Grimarr rufen: »Steuerbordruder, halt! Backbordruder, zieht!«

Die Ruder auf der Steuerbordseite sanken herab und blieben reglos im Wasser, die Backbordruder pullten. Die *Adlerschwinge* drehte sich schwerfällig in die andere Richtung. Grimarr versuchte erneut, Harald von seinen Leuten abzuschneiden.

Eine gut geübte Mannschaft, dachte der unwillkürlich.

Er nahm eine Bewegung über sich wahr. Mit den Füßen stieß er sich vom Schiff ab und blickte auf. Das Blatt einer Axt sauste an seinem Kopf vorbei, der Mann, der sie führte, hing weit über dem Bootsrand nach unten und klammerte sich mit der linken Hand an einem Seil fest. Harald trat Wasser und vergrößerte den Abstand, doch da schwang der Bug der *Adlerschwinge* wieder in seine Richtung.

Er strampelte und paddelte, einarmig, brachte mehr Wasser zwischen sich und das Langschiff. Doch er wusste, dass er diese Verfolgungsjagd nicht ewig fortsetzen konnte, dass sie ihn erwischen würden, bevor die *Weitfahrer* zu ihm gelangte. Schon ermüdete er unter den Nachwirkungen des Kampfes am Ufer und den vielen Schlägen gegen den Kopf. Er spürte die Kälte der See, die ihm die letzte Kraft aus den Gliedern zog nach dem Gerangel mit Conandil und der Anstrengung, sie und sich selbst durchs Wasser ziehen zu müssen. Wenn er erschöpft war und den Abstand vom Schiff nicht länger halten konnte, würde irgendjemand von Grimarrs Mannschaft seinen Mut finden, zu ihm ins Meer steigen und Conandil fortzerren. So viel war klar.

Der Bug der *Adlerschwinge* glitt an ihm vorbei, und wieder sah Harald die Backbordseite und die Ruder, die sich im Gleichtakt bewegten. Er stieß sich von der Schiffswand ab, aber seine Kräfte schwanden weiter. Als er zehn Fuß von der *Adlerschwinge* entfernt war, hörte er Grimarr rufen: »Backbord, halt!«

Die Ruder auf der Backbordseite sanken herab, und die Fahrt verlangsamte sich unter dem Widerstand der Ruderblätter im Wasser.

Harald legte sich auf die Seite und schwamm auf das vorderste Ruder zu. Er dachte nicht darüber nach, was er tat, er sah nur etwas Festes vor sich, woran er sich halten konnte, etwas, das in seiner Reichweite lag, aber außerhalb Grimarrs Reichweite. Das Ruder verharrte unbeweglich im Wasser, während die Ruderer das Schiff zum Stehen brachten. Harald streckte die Hand aus und umklammerte das glatte Holz eines Schafts, etwa drei Fuß oberhalb des Ruderblatts. Seine Muskeln entspannten sich, als wären sie dankbar, dass sie nicht länger ihn und Conandil über Wasser halten mussten.

»Wo bei den Göttern steckt der kleine Scheißkerl?«, rief Grimarr. Harald sah ihn am Bug vorbeispähen, erst auf der Backbordseite, dann an Steuerbord. Schließlich brüllte er: »Rudert, alle! Rudert!«

Die Ruder an Backbord hoben sich gemeinsam, und Harald spürte, wie der Schaft unter seinem Arm ruckte, als der Mann am Riemen ihn anheben wollte und feststellte, dass er es nicht schaffte. Er vernahm einen überraschten Ausruf vom Schiff und sah daraufhin, wie der Rest der Ruder auf ihn zuschwang, als die Ruderer ausholten.

Das nächste Ruder weiter hinten landete auf dem, das Harald festhielt. Mit einem dumpfen Laut prallte Holz auf Holz, und Harald hob den Arm und packte das zweite Ruder auch noch. Er hielt beide mit dem rechten Arm umschlungen und Conandil mit dem linken. Vom Deck der *Adlerschwinge* drangen Rufe herunter, und er sah die Männer an der Reling stehen, viele Männer. Das erinnerte Harald daran, dass die Besatzung der *Meereshengst* ja ebenfalls mit an Bord war.

Wenn Ornolf dieses Schiff zu entern versucht, werden all meine Schiffskameraden sterben, begriff Harald. Es war der erste klare Gedanke, den er seit einiger Zeit zustande brachte. Die Ruderschäfte erbebten unter seinem Arm, als die Ruderer ihn abschütteln wollten. Der geordnete Schlag der Riemen hatte sich inzwischen in einem haltlosen Durcheinander aufgelöst.

»Harald! Harald!«, schrie Conandil. »Harald, was tust du?«

»Ich habe keine Ahnung.« Harald versuchte vergebens, seine Stimme ruhig klingen zu lassen. Er blickte zur *Adlerschwinge* auf. Zwei Männer kletterten über die Reling und schoben sich jene Ruder entlang, die Harald umklammert hielt. Sie bewegten sich langsam, bedächtig, die Augen auf den Jungen gerichtet, die kurzen Schwerter noch an den Gürteln. Harald spürte, wie sich ihm der Magen herumdrehte. Eine Vision blitzte in seinem Geist auf, wie diese Klingen auf die Stelle einhackten, wo sein Hals in die Schulter überging, und ihm wurde klar, dass er wenig dagegen tun konnte – unbewaffnet, wie er war, und mit Conandil im Arm. Er musste die Ruder loslassen und schwimmen, aber er war nicht sicher, ob er noch die Kraft dazu besaß.

»Harald!«, schrie Conandil wieder, und Harald dachte, dass sie ihn vor den Männern warnen wollte. Stattdessen rief sie: »Da kommt noch ein Schiff!«

Das Entsetzen in ihrer Stimme war ansteckend. Harald fuhr herum, löste den Blick von den kletternden Männern und sah das Schiff. Es hielt auf sie zu und war kaum mehr als fünfzig Schritt entfernt. Die *Weitfahrer!*

Harald ließ die Ruder los. Er hörte Rufe und ein Platschen, als die zwei Männer ins Wasser stürzten, doch er achtete nicht darauf. Er trat mit den Beinen und schwang den rechten Arm. Er setzte seine letzte Kraft ein, kämpfte sich verzweifelt von dem einen Schiff los und auf die Rettung zu, die er bei dem anderen zu finden hoffte.

Er atmete schwer und spuckte. Conandil hatte sich so weit erholt, dass sie wieder schrie und um sich schlug und strampelte. Harald blinzelte Wasser aus den Augen und versuchte, das Schiff vor sich auszumachen, sah jedoch alles nur verschwommen durch das Salzwasser vor seinem Gesicht. Licht und Schatten. Er hörte etwas, das Grimarrs Stimme sein musste, aber was er rief, das verstand Harald nicht.

Weniger als fünfzig Fuß zwischen den Schiffen, wobei die *Adlerschwinge* Fahrt aufnahm und die *Weitfahrer* auf sie zustieß. Harald erinnerte sich an die dicht gedrängte Masse von Kriegern an Bord der *Schwinge*. Er wollte eine Warnung schreien, doch mehr als ein erstickter Laut drang nicht aus seinem Mund, dann schwappte das Meerwasser hinein und Harald würgte und spuckte und kämpfte sich weiter.

Etwas schlug vor ihm ins Wasser, etwas Großes. Er hielt an und trat auf der Stelle, wischte sich das Salzwasser aus den Augen. Jemand war ins Meer gesprungen, von der *Weitfahrer*, und als Harald wieder klar sehen konnte, erkannte er Agnarr. Harald schwamm auf ihn zu. Auf der *Weitfahrer* hatten sie aufgehört zu rudern, und Ornolf – unverkennbar in seiner Leibesfülle! – stand auf der Reling und schaute zu ihnen hinab.

Agnarr platschte durch das Wasser auf die beiden zu. Einen Fuß von der Stelle entfernt, wo Harald darum kämpfte, an der Oberfläche zu bleiben, hielt er inne. Harald sah, dass Agnarr ein Seil in der Hand hatte, das am Ende zu einer Schlinge gebunden war. Agnarr legte die Schlinge um Haralds Leib und zog sie fest. Er nahm Conandil aus Haralds Arm und ertrug gleichmütig den heftigen Schlag, der dabei sein Gesicht traf. Er drehte sie herum, umklammerte sie genauso, wie Harald es getan hatte, und griff nach dem Seil. Harald spürte, wie der Strick um seinen Leib ruckte, dann wurden er, Agnarr und Conandil durch das Wasser gezogen, so schnell, dass das Meer über ihnen zusammenschlug und sie untertauchten und nach Luft schnappten. Harald machte das nichts aus. Seine Schiffskameraden zogen ihn an Bord. Selbst wenn er es nicht schaffen sollte, so konnte er nun in dem Bewusstsein sterben, dass sie seinetwegen zurückgekehrt waren.

Aus den Augenwinkeln sah er, wie die Ruder der *Weitfahrer* hochschwangen. Er selbst wurde angehoben und spürte einen Moment lang einen heftigen Schmerz an der Körpermitte, als er frei an dem Seil baumelte. Dann war er auf einer Höhe mit dem Bootsrand, und zahlreiche Hände griffen nach ihm und hievten ihn an Bord. Er sah Ornolf hinter den anderen stehen, mit einem Ausdruck tiefster Sorge auf dem Gesicht.

Die Männer, die Harald an Bord gezogen hatten, ließen ihn nun auf das Deck nieder und Conandil direkt daneben. Sie schnappte nach Luft, die Augen noch immer weit aufgerissen lag sie halb in einer Pfütze Wasser, das von ihr herunterlief. So dünn und winzig wie es aussah, erinnerte das Mädchen Harald an eine nasse Katze mit ihrem am Körper klebenden Fell.

»Die Männer ...«, stieß Harald keuchend hervor.

Ornolf schob sich durch die Menge und kniete an Haralds Seite. »Was ist damit?«, fragte er.

»Die Männer ... *Meereshengst* ...«, war alles, was er herausbekam. Rufe von der *Weitfahrer* und von außerhalb des Schiffes drangen an sein Ohr. Er zog sich auf die Füße. Die *Adlerschwinge* war dreißig Fuß voraus, und beide Boote hielten rasch aufeinander zu, gleich schon würden sie Backbord an Backbord liegen. Dicht gedrängt standen die Krieger auf Grimarrs Schiff, die Schilde bereit, Schwerter, Speere und Beile in der Hand. Es waren so viele!

Da wandte Ornolf sich um und schrie über das Deck: »Backbordseite, Ruder einziehen!«

Für Harald kam der Befehl überraschend, aber anscheinend nicht für die Ruderer. Blitzschnell brachten sie die Riemen ein, unterstützt von jenen, die nichts anderes zu tun hatten. Auf der Steuerbordseite zogen die Männer ein letztes Mal kräftig durch und hoben die Ruder aus dem Wasser. Die *Weitfahrer* schoss dahin, nur noch vom eigenen Schwung vorangetragen.

Und dann war ihr Bug auf einer Höhe mit der *Adlerschwinge*. Nicht mehr als zehn Fuß trennten die beiden Schiffe, als sie einander passierten. Harald bereitete sich auf den Augenblick vor, da der Steuermann der *Weitfahrer* die Ruderpinne herumziehen würde, um nach Backbord beizudrehen und der *Adlerschwinge* in die Flanke zu krachen. Beide Schiffe würden sich ineinander verhaken, worauf die Männer über die Reling strömen und das Gemetzel seinen Anfang nehmen würde.

Und Harald wurde bewusst, dass er keine Waffe hatte.

»Großvater!«, rief er, aber Ornolf stand bereits auf dem erhöhten Vorderdeck, mit einer Hand am hohen, geschwungenen Steven. Aber er sah nicht so aus, als würde er sich für einen Kampf bereithalten. Die *Adlerschwinge* zog vorüber, und dann hörte Harald das Geräusch berstenden Holzes. Er spähte über den Rand. Der Däne hatte die Backbordruder noch ausgefahren, und nun glitt die *Weitfahrer* darüber hinweg und knickte auf ihrem Weg die Ruderschäfte an den Riemenpforten ab.

Harald vernahm empörte Rufe von der *Adlerschwinge*, als deren Mannschaft ebenfalls bemerkte, wie ihre Ruder eins nach dem anderen sauber durchtrennt wurden. Einige der Ruderer versuchten noch, ihre langen Riemen aus dem Weg zu schwenken, aber dabei behinderten sie sich nur gegenseitig, Blätter und Schäfte verhedderten sich, und die *Weitfahrer* erwischte sie alle.

Wäre die *Adlerschwinge* auf ein Gefecht vorbereitet gewesen, so hätte die Besatzung Haken bereitgehalten, um die *Weitfahrer* aufzuhalten und die Schiffe aneinander zu fesseln. Doch daran hatte offenbar niemand gedacht, und die Wurfhaken lagen irgendwo sicher verstaut. Speere flogen über den schmalen Abstand hinweg, als Grimarrs Männer erkannten, dass sie die

Weitfahrer nicht in einen Nahkampf verwickeln konnten. Ein paar der Waffen blieben in der Bordwand stecken, eine bohrte sich ins Deck, und eine weitere grub sich gar in den Mast des Schiffs. Aber keine traf auf Fleisch oder Knochen.

Und dann waren sie vorbei. Die *Adlerschwinge* drehte nach Backbord ab, jetzt, da ihre Ruder auf dieser Seite fort waren, während die Ruder an Steuerbord weiterhin pullten. Auf ihrem Deck herrschte wildes Durcheinander; Männer rannten umher, schrien, zogen zerbrochene Ruderschäfte aus den Öffnungen. Und über dem Getümmel sah Harald Grimarr aufragen. Rasend vor Wut brüllte der Gigant, die linke Hand und der Ärmel so rot, als hätte er ihn in einen Eimer Farbe getaucht.

»Großvater!«, rief Harald. Er wandte sich Ornolf zu und sah sich einem Anblick gegenüber, auf den er gut sein ganzes Leben hätte verzichten können: Ornolf stand mit dem Rücken zur *Adlerschwinge*. Er hatte die Tunika hochgezogen und die Beinlinge heruntergestreift, beugte sich weit nach vorn und zeigte Grimarr das üppige, fleckige, haarige Hinterteil.

27. Kapitel

Die dunklen Heiden kamen nach Áth Cliath, sie verübten ein großes Gemetzel an den blonden Fremden und plünderten das befestigte Schiffslager, sowohl an Leuten wie auch an Gütern.

DIE ANNALEN VON ULSTER

Lorcan mac Fáeláin entwickelte sich allmählich zu einem echten Seemann, jedenfalls schien es so, als glaubte er das. Und Sandarr Grimarrson war gar nicht erfreut darüber.

Furchtsamkeit und ein Mangel an Selbstvertrauen sorgten immer wieder für Probleme: Sie konnten einen Mann vor Unentschlossenheit lähmen, ihn wie ein angsterfülltes Kaninchen erstarren lassen. Sandarr hatte so etwas bereits erlebt. Doch wer furchtsam war, tat zumindest nichts Dummes oder Leichtsinniges.

Lorcan fehlte es nicht an Selbstvertrauen, und furchtsam war er auch nicht. Er war so ziemlich das Gegenteil. In seiner vertrauten Umgebung verschaffte ihm das einen großen Vorteil. Aber hier war Lorcan nicht in seinem Element. Er war an Bord eines Schiffes, auf dem Meer, dort, wo Sandarr zuhause war. Und das schien Lorcan allmählich aus den Augen zu verlieren.

Der Überfall am Strand war so gut gelaufen, wie sie nur hatten hoffen können, vor allem in Anbetracht der Tatsache, dass der Angriff zu früh losgegangen war. Faelan und Senchan hatten klare Befehle erhalten: Sie sollten warten, bis Grimarr den Schatz ausgegraben hatte, bevor sie ihre Männer angreifen ließen. Das war der Plan, auf den Sandarr und Lorcan sich geeinigt hatten: erst die Nordmänner das Silber finden lassen, ehe man selbst zuschlug und es ihnen wieder abnahm.

Aber Faelan, der den Angriff aus dem Norden führte, hatte nicht gewartet. Niemand wusste warum, aber solche Dinge passierten in einem Kampf. Und sobald er zugeschlagen hatte, blieb Senchan im Süden keine Wahl, als gleichfalls vorzurücken.

Beide waren nun tot, Faelan und Senchan, durch die Schwerter der Wikinger im Schildwall gefallen. Und das war wahrscheinlich gut so. Ein ehrbarer Tod in der Schlacht war besser, als sich im Nachhinein Lorcans Zorn stellen zu müssen. Und sie *hatten* einen ehrenvollen Tod gefunden, mit der Waffe in der Hand. Ein Nordmann, der auf diese Weise starb, fiel in der Gewissheit, dass er bis zu den Tagen von Ragnarök in Odins großer Halle kämpfen und schmausen würde. Sandarr wusste nicht, ob der christliche Gott einem guten Tod genauso wohlgesonnen gegenüberstand, dennoch hoffte er es um Faelans und Senchans Seelen willen.

Diese beiden waren also tot, genau wie viele andere Iren, und wie viele der Nordmänner, Sandarrs frühere Kameraden. Der Schatz hingegen war nicht ausgegraben worden. Lorcan hatte deswegen getobt. Sandarr behielt seine Meinung für sich, doch er nahm inzwischen an, dass der Hort nie an diesem Ort gewesen war und das Mädchen Grimarr an die falsche Stelle geführt hatte.

Ob Conandil das versehentlich oder mit Absicht getan hatte, wusste er nicht. Sie hatten sie damals in Vík-ló ausgefragt, wo sie schweigsam und missmutig aufgetreten war. Ihre Antworten waren nur auf dem Umweg über den jungen Norweger zu ihnen gelangt, sodass Sandarr kein Gefühl dafür hatte, ob sie nun verschlagen war oder einfach nur dumm.

Der Schatz aus Fearna machte jedoch nur einen Teil von Lorcans Plänen aus, und das waren Pläne, die mit jedem kleinen Sieg großartiger wurden. Er wollte auch ein Schiff besitzen; sein Verlangen nach einem Schiff war dabei mindestens so hervorstechend wie sein Bart. Und obwohl der Angriff am Strand nicht ganz so verlaufen war, wie Lorcan gehofft hatte, so hatte sich der Angriff auf das Schiff jedenfalls genau nach Plan entwickelt und nicht zu dem Debakel, das Sandarr befürchtet hatte.

Sobald Faelans und Senchans Leute sämtliche Nordmänner in das Gefecht verwickelt hatten, waren Lorcan und Sandarr mit siebzig ausgewählten Kriegern über das höher gelegene Gelände im Norden unbemerkt zum entferntesten Ende des Strandes gelangt. Sie waren entlang des Flutsaums vorgestoßen, mit Lorcan und Sandarr an der Spitze, denn Sandarr humpelte nicht mehr – er brauchte nicht länger einen Vorwand, um sich all den dämlichen Plänen zu entziehen, die sein Vater aushecken mochte, und darüber war er froh. Die *Meereshengst* war das erste Schiff, auf das sie gestoßen waren, also hatten sie es als Ziel gewählt, obwohl Sandarr liebend gern die *Adlerschwinge* genommen hätte.

Sie hatten das Schiff in die schwache Brandung hinausgedrückt und sich über den Rand gezogen, und das war der Zeitpunkt, ab dem die Dinge nicht mehr ganz so gut gelaufen waren.

Sandarr eilte zum Heck und nahm die Ruderpinne. Er blickte nach vorn und erwartete zu sehen, wie dreißig Männer dreißig Ruder durch die Riemenpforten schoben. Was er hingegen sah, waren siebzig Männer, die herumstanden, ratlos in alle Richtungen schauten und offensichtlich keine Ahnung hatten, was sie anfangen sollten. Sandarr hatte angenommen, dass Lorcans Iren zumindest ansatzweise wussten, was zu tun war. Doch er hatte sich getäuscht.

»Ronnat!«, schrie er, und das Mädchen lief zu ihm. »Sag Lorcan, er soll seinen Männern befehlen, die Ruder von den Halterungen zu nehmen, sie durch die Löcher in der Seite des Schiffs zu schieben und zu rudern!«

Das Schiff trieb mit dem Heck voran ins Meer hinaus, noch angetrieben von dem Schwung, mit dem sie es vom Strand geschoben hatten. Aber dieser Schwung verlor sich bereits, und die schwachen Wellen, die gegen das Ufer schlugen, begannen, den Rumpf zur Seite zu drehen und würden ihn bald zurück an Land gedrückt haben.

Ronnat erkannte die Dringlichkeit in Sandarrs Stimme und sprach mit Lorcan, laut, schnell und eindringlich. Lorcan starrte sie an, wandte sich dann nach vorne und schrie seinen Leuten Befehle zu. Die Iren setzten sich in Bewegung, hoben die Ruder herunter und verteilten sie, und das alles mit erstaunlicher Unbedarftheit.

»Es sind Ruder, bei den Göttern!«, entfuhr es Sandarr. »Haben diese Dummköpfe noch nie ein Ruder gesehen?« Ronnat war schlau genug, das nicht zu übersetzen.

Eins nach dem anderen wurden die Ruder durch die Riemenpforten geschoben, und ein paar der Männer versuchten sogar, sie zu benutzen. Sie stießen mit den Blättern an die Ruder davor und dahinter. Es war klar, dass ihre Kenntnis von Booten nicht über die ihrer Curraghs hinausging, und die langen, schweren Riemen eines Wikingerschiffs waren ihnen so fremd wie die nordische Zunge.

Sandarr blickte über den Bug hinaus und sah die Nordmänner am Ufer auf das Wasser zuhalten. Sie hatten bemerkt, dass ihnen die *Meereshengst* unter der Nase weggestohlen worden war, und jetzt hatten sie es eilig, zu ihren Schiffen zu kommen. Einige von ihnen kämpften, während sie sich zurückzogen, da sie ihren Feinden nicht den Rücken zukehren wollten. Andere waren bereits aus der Reihe geschert und rannten. Es war ein Durcheinander, und das allein mochte ihm und Lorcan vielleicht die nötige Zeit verschaffen, die *Meereshengst* in Bewegung zu setzen.

Er wandte den Blick wieder ihrem eigenen Schiff zu. Die meisten Ruder waren nun zu Wasser gelassen, und die Mehrzahl der Männer saß auf den Ruderbänken, wenn auch größtenteils verkehrt herum. Das ging für den Augenblick in Ordnung, denn sie mussten erst mal nur ein paar hundert Fuß vom Ufer wegkommen und genug Abstand zwischen sich und die Männer am Strand bringen. Dann konnten sie sich immer noch um die Feinheiten kümmern.

»Ronnat!«, schrie Sandarr wieder. »Lass Lorcan ihnen Folgendes erklären: ›Beugt euch vor, dann senkt die Ruder ins Wasser, dann lehnt euch zurück und zieht die Ruder dabei mit!‹ Sag Lorcan, er soll einen Rhythmus laut zählen!« Das war verdammt, verdammt umständlich so, aber Sandarr glaubte nicht, dass Ronnats Stimme so kräftig war, dass sie die Anweisungen direkt weiterleiten konnte. Genauso wenig glaubte er, dass Lorcan es zuließe, dass die Männer auf eine Sklavin hörten.

Lorcan gab die Befehle, und die meisten Männer taten, was Sandarr von ihnen erwartete. Die Übrigen taten es nicht, und einige von ihnen schafften es sogar, jene Ruderer zu stören, die alles richtigmachten. Doch insgesamt reichte es aus. Die *Meereshengst* nahm Schwung und Tempo auf und entfernte sich rückwärts vom Strand.

Ein Teil von Grimarrs Männern platschte durch die Brandung und stürzte sich an Bord ihrer Schiffe. Andere versuchten immer noch, sich aus dem Kampf zu lösen, und Bersis Männer irrten umher, da sie ihr Schiff verloren hatten und nicht wussten, wohin sie gehen sollten. Es würde Grimarr wertvolle

Zeit kosten, das alles zu ordnen, zumal die Iren an Land ihn weiterhin angriffen.

Lorcans Stimme hallte über das Deck der *Meereshengst*, eine unverständliche Reihung von Wörtern in gleichmäßigen Abständen. Sandarr nahm an, dass er zählte, wie von ihm verlangt, und damit einen Takt vorgab, sodass die Ruderer sich im Gleichklang bewegten. Und es funktionierte, in gewisser Weise jedenfalls. Der Ruderschlag wurde regelmäßiger, die Riemen stießen nicht mehr so häufig gegeneinander, und die Lücke zwischen Schiff und Ufer wurde stetig größer.

Das war alles gut und schön, aber sie fuhren immer noch rückwärts. Sandarr hielt das Ruder gerade und ließ sie ein wenig länger mit dem Heck voran fahren, bis sie seiner Meinung nach weit genug vom Land entfernt waren, um etwas Ausgefalleneres zu probieren – ausgefallen jedenfalls nach den Maßstäben irischer Bauern.

»Ronnat«, rief Sandarr, und die Leibeigene trat näher. »Sag Lorcan, wir müssen wenden.«

Über Ronnat leitete Sandarr die nötigen Anweisungen an Lorcan weiter und der an seine Leute. Das war eine lächerliche Befehlskette, aber auf ihre schwerfällige, langwierige Art erfüllte sie den Zweck. Die Ruder wurden eingeholt, die Männer setzten sich um – dieses Mal alle mit dem Gesicht zum Heck – und dann wurden die Ruder wieder ausgebracht. Die Krieger auf der Steuerbordseite hielten die Ruderblätter still im Wasser, die an Backbord ruderten, und dreihundert Schritt vom Strand entfernt drehte die *Meereshengst* auf der Stelle und wandte sich vom Land ab, wo Nordmänner und Iren noch immer in der Brandung miteinander kämpften.

»Gut, gut«, meinte Sandarr, erleichtert, dass sie das hinter sich hatten. »Jetzt müssen die Männer nur weiterrudern, alle gemeinsam. Und schon können wir in See stechen.« Die irischen Krieger mühten sich unbeholfen damit ab, ein Gespür für die unvertraute Tätigkeit zu gewinnen. Aber bald hatten sie es raus, und die Ruder bewegten sich vergleichsweise regelmäßig – hoch, nach vorne und wieder zurück.

Die *Meereshengst* stieg und fiel beim Ritt durch die niedrigen Wellen, die von Nordosten heranrollten, und schwankte von einer Seite zur anderen, wenn die Wogen den Bug in schrägem Winkel trafen. Sandarr genoss das Gefühl des lebenden Schiffes unter seinen Füßen.

Er blickte über die Schulter. Die *Adlerschwinge* war jetzt auch unterwegs, genau wie das norwegische Schiff. Auch die *Fuchs* löste sich gerade vom Strand. Doch noch etwas anderes ging dort vor. Sandarr hatte erwartet, dass alle Schiffe gleich die Verfolgung aufnahmen, aber das geschah nicht. Das norwegische Schiff hatte kehrtgemacht und hielt auf die *Adlerschwinge* zu. Es schien fast, als wollten sie Grimarr angreifen. Sandarr fragte sich, was geschehen war, ob hier Verrat offenkundig wurde oder was für ein interner Konflikt gerade ausbrechen mochte.

Doch so neugierig er auch war, er hatte keine Zeit, um lange darüber zu grübeln. Irgendwann würde Grimarr seine Angelegenheiten mit den Norwegern geklärt haben, und dann würde er sich der *Meereshengst* an die Fersen heften. Und wenn er das tat, würde er sein Schiff mit erheblich mehr Geschick führen als die Iren das ihre. Sandarr war klar: Wenn er nicht ausgeweidet an einem Pfahl in Vík-ló enden wollte, sollte er lieber einen größeren Abstand zwischen das Schiff seines Vaters und das eigene bringen.

Lorcans Schiff, genau genommen.

»Ronnat!«, rief Sandarr. »Sag Lorcan, wir müssen Segel setzen.« Ronnat übersetzte. Lorcan sah nicht sehr erfreut aus bei diesen Worten und antwortete etwas.

»Lorcan meint: ›Wir kommen gut voran. Wozu brauchen wir das Segel?‹«, erklärte Ronnat.

»Sag ihm, Grimarr und seine Flotte werden Segel setzen und uns einholen, wenn wir versuchen, vor ihnen davonzurudern.« Ronnat gab das weiter. Lorcan verzog verdrießlich das Gesicht. Die Welt der Seefahrt war neu und fremd für ihn, und seine Unwissenheit bedeutete, dass er ein Stück der Kontrolle an Sandarr abgeben musste. Sandarr nahm an, dass dem Iren das gar nicht gefiel. Rudern war zumindest etwas, das Lorcan verstehen konnte, sobald erst das Segel gesetzt war, verstand Lorcan von dem ganzen Vorgang nicht mehr, als wenn sie sich Flügel wachsen ließen und wie eine Möwe vom Wasser abhöben.

Eine halbe Minute lang sagte Lorcan nichts und schwankte unentschlossen. Dann sagte Sandarr: »Lass Lorcan wissen, dass ich ihn hier brauche. Ich brauche ihn, damit er das Ruder übernimmt.« Ronnat übersetzte. Lorcan wirkte unschlüssig, aber Sandarr trat zur Seite und wies auf den Griff aus Eichenholz, mit dem man das Steuerruder bewegte. Lorcan legte die Hände darauf, genau so, wie er es bei Sandarr gesehen hatte.

»Sag ihm, er soll das Ruder ruhig halten, während ich mich um das Segel kümmere«, erklärte Sandarr. In Wahrheit brauchte er Lorcan nicht, um die Ruderpinne zu halten. Jeder könnte sie halten. Er hätte sie auch einfach festbinden können. Doch auf diese Weise war Lorcan beschäftigt, aus dem Weg, und außerdem vermittelte es ihm das Gefühl, dass er die Dinge unter Kontrolle hatte. Sandarr nickte dem hünenhaften Iren zu, bevor er mit Ronnat nach vorne ging.

Sie hatten Besatzung genug an Bord, sodass Sandarr die Ruderer nicht unterbrechen musste, um das Segel zu setzen. Mit Ronnats Hilfe rief er diejenigen Männer zusammen, die nicht an den Rudern saßen, und ließ die Bänder lösen, die das gerollte Segel an der Rah hielten. Dann hieß er sie, am Fall das

Segel zu hissen. Weitere Männer wurden an die Brassen geschickt, wo Sandarr ihnen die Taue buchstäblich in die Hände legte. Die Rah wurde annähernd längs gestellt, bis das Schiff mit dem Wind von Backbord kreuzte. Schließlich brachte Sandarr den Beitass aus, um die vordere Kante des Segels, das Vorliek, optimal in den Wind zu stellen.

»Die Ruderer sollen die Ruder einziehen«, sagte Sandarr. Ronnat wiederholte die Anweisung, aber ihre Stimme war kaum zu hören über dem Rauschen des Windes und dem Gurgeln des Wassers an der Schiffswand. Sandarr ahmte ihre Worte nach, so gut er konnte, und so mangelhaft seine Aussprache auch sein mochte, wurde er doch verstanden. Die langen Ruder wurden an Bord geholt, und Sandarr zeigte auf das hohe Gestell vor dem Mast. Die Ruderer erhoben sich, bewegten sich ungeschickt in dieser für sie neuen Lage des Schiffes, in der ihre ganze Welt nach Lee gekippt schien, und sie legten die Ruder auf dem Ständer ab und sicherten sie.

Sandarr hörte das Segel flattern und blickte zum Vorliek hoch. Es begann zu killen, das Schiff geriet zu weit in den Wind hinein. Sandarr verschwendete nur wenige Augenblicke darauf, sich zu fragten, wie er Lorcan erklären sollte, was zu tun war. Dann wurde ihm klar, dass das nicht möglich war. Er fuhr herum, rannte nach hinten und nahm die Ruderpinne aus Lorcans Händen. Er zog sie zurück, die *Meereshengst* drehte sich nach Lee und das flappende Segel füllte sich, als der Wind wieder von hinten kam.

Er blickte Lorcan an. Der sah nicht glücklich aus.

Auch die übrigen Männer sahen nicht glücklich aus, doch deren Unbehagen hatte andere Gründe. Die *Meereshengst* krängte nun kräftig, die Reling auf der Steuerbordseite tauchte tief ins Wasser, Segel und Takelage spannten sich in der auffrischenden Brise. Für einen Seefahrer wie Sandarr war das ein wundervoller Anblick. Das Schiff war zum Leben erwacht. Für diese Iren jedoch, alle miteinander Bauern, Krieger und sonstige Landratten, war es furchteinflößend: ein Schiff beinahe außer Kontrolle, das durch ein Element stürmte, in dem sie nicht überleben konnten.

Sandarr las die Sorgen auf ihren Gesichtern. Und es wurde noch schlimmer, als sich hier und da Männer auf Deck übergaben. Er wollte Ronnat auffordern, ihnen zu sagen, dass sie gefälligst auf der windabgewandten Seite über den Bootsrand kotzen sollten, aber vermutlich wären sie ohnehin nicht bereit, den Kopf über das Meer zu halten. Außerdem sah Ronnat auch nicht allzu gut aus.

Wieder schaute Sandarr zurück. Eine halbe Meile trennte die *Meereshengst* von den anderen, und nach wie vor folgte ihnen niemand. Stattdessen schienen die drei Schiffe sich in irgendeinem kunstvollen Tanz zu bewegen, und drehten sich in einem seltsamen, stummen Ritual umeinander. Er hatte keine Ahnung, was die da trieben, und es war ihm egal. Er glaubte nicht, dass sie jetzt noch eine Chance hatten, die *Meereshengst* einzuholen.

Er wandte den Blick zur Windseite. Die Bewölkung hatte sich ein wenig aufgeklart, und er konnte mehrere Meilen weit sehen. Was er da erblickte, gefiel ihm, denn er sah nichts: einen leeren Ozean, eine Reihe kleiner Wellen, nichts, was ihm irgendwelche Sorgen bereitete. Er atmete tief durch. Er fühlte sich zufriedener, als er seit langer Zeit gewesen war. Das Land war voller Durcheinander, Verrat und Schmerz. Das Meer war nur das Meer. Rein. Gefährlich, aber unkompliziert.

Die *Meereshengst* setzte ihre Fahrt für die nächste Stunde fort. Sandarr versank in seinen Gedanken, hielt das Schiff hart am Wind und mit fünf oder sechs Knoten auf einem Kurs, der sie immer weiter vom Ufer wegführte. Ihr Plan sah vor, dass sie die Küste entlang nach Norden segelten und das Schiff in einen Fluss lenkten, der sie bis in die Nähe von Ráth Naoi bringen würde, Lorcans Rath, wo sie die nächsten Schritte planen wollten.

Sandarr hatte vor, erst einmal ein gutes Stück aufs Meer hinauszufahren und dann zu wenden. Bei dem herrschenden Wind würden sie weit die Küste hinaufkommen, bevor sie erneut die Richtung ändern mussten, und wenn sie lange Schläge machten, würden sie nur ein paar Wenden brauchen, bis sie die Flussmündung erreichten. Da niemand sonst an Bord genug von der Seefahrt verstand, dass er diese Überlegungen hätte nachvollziehen können, diskutierten sie nicht darüber, und Sandarr rechnete auch nicht damit, dass seine Begleiter sich in die Schiffsführung würden einmischen wollen.

Aber er hatte sich erneut getäuscht.

Lorcans Stimme riss Sandarr aus seinen Gedanken. Die Worte klangen für ihn wie das Grunzen eines Tieres.

»Lorcan meint, wir entfernen uns zu weit vom Land«, informierte ihn Ronnat.

Sandarr schaute Lorcan an, dann ließ er den Blick zu den Männern schweifen, die sich an Deck zusammenkauerten. Er sah die Sorge auf ihren Gesichtern; eine Sorge, die an Furcht grenzte. Manche streckten den Hals und blickten zu dem grauen Buckel zurück, der von der irischen Küste nur noch zu sehen war und schnell achteraus zurückblieb. Keiner von ihnen schien ihre Lage so zu genießen, wie Sandarr es tat.

»Sag Lorcan, dass wir aufs Meer hinaus müssen, um später wieder Richtung Land zu fahren. Nur so können wir nach Norden segeln.«

Ronnat übersetzte. Sie sah nicht glücklicher aus als die anderen Iren, und Sandarr gefiel der Ton nicht, den er aus ihrer Stimme heraushörte.

Lorcan hörte zu und dachte eine halbe Minute darüber nach. Schließlich antwortete er, und Ronnat erklärte: »Lorcan sagt, du sollst das Schiff sofort wenden.« Ihre Stimme ließ keinen Zweifel an diesen Worten aufkommen, und der Ausdruck auf Lorcans Gesicht ebenso wenig.

»Frag Lorcan, was bei allen Göttern er von dem hier zu verstehen glaubt«, sagte Sandarr. »Sag ihm, wenn er Angst hat, soll er sich zu den anderen setzen, und ich rufe ihn, wenn ich ihn brauche.«

Ronnat übersetzte nicht. Sie starrte Sandarr nur wütend an. Und dann wiederholte sie, und dieses Mal langsamer: »Lorcan sagt, du sollst das Schiff wenden … sofort.«

Sandarr schaute von ihrem Gesicht zu Lorcan und zurück zu ihr. Sie hatten einfach Angst, so weit aufs Meer hinauszufahren. Schlimmer noch, je weiter sie von der Küste fortsegelten, umso abhängiger waren sie von ihm und seinem Wissen. Und er war ein Nordmann, dessen Vertrauenswürdigkeit von vornherein zweifelhaft war. Draußen auf hoher See, angetrieben von diesem geheimnisvollen Segel, war Lorcan nicht Herr der Lage, und das missfiel ihm. Selbst Ronnat, die Sandarr immer als Verbündete angesehen hatte, stand nicht mehr zu ihm.

Das ließ ihm nur geringen Raum zum Manövrieren.

»Also gut«, sagte er. »Wir erreichen den Fluss nie vor Einbruch der Dunkelheit, wenn ihr nicht auf mich hört, aber ich scheine hier nicht das Sagen zu haben. Lorcan, übernimm du die Pinne und bring uns herum, sobald ich Bescheid gebe.«

Er trat zur Seite, während Ronnat die Anweisung weitergab. Ihm war klar, dass sie kaum wusste, wie sie die Worte übersetzen sollte, und selbst wenn sie es schaffte, konnte Lorcan nicht viel damit anfangen. Das war Sandarr nur recht. Wenn er Lorcan auf diese Weise demütigte, erinnerte das diesen irischen

Riesenochsen vielleicht daran, wie wenig er von Schiffen und dem Meer verstand.

Lorcan kam zu ihm und übernahm die Ruderpinne. Sandarr sah, dass der Ire darum kämpfte, seine Unsicherheit nicht zu zeigen. Ohne ein weiteres Wort ging er nach vorn, zeigte auf ein halbes Dutzend Männer an Backbord und schickte sie an die Backbordbrasse. Ein paar mehr sandte er zu der Brasse an Steuerbord. Einige andere beorderte er mittels Gesten zur Leeschot, und er selbst begab sich persönlich bugwärts, wo der Rahsegelhals durch den Beitass lief und an einer Klampe befestigt war.

»Los, Ronnat! Sag Lorcan, Pinne nach Lee!«, rief Sandarr über das Deck.

Ronnat stand nur stumm da. Sie hatte keine Ahnung, was das bedeuten sollte, und noch weniger wusste sie, wie man es auf Irisch ausdrückte. Lorcan war genauso verwirrt.

»Pinne nach Lee! In den Wind, Wende!«, schrie Sandarr. Er gestaltete seine Erklärungen bewusst nicht hilfreich. Weiterhin reagierte niemand auf seine Anweisung. Mit übertriebener Verzweiflung stapfte Sandarr zum Heck, riss die Ruderpinne aus Lorcans Hand und drückte sie nach vorn. Die *Meereshengst* drehte sich in den Wind und nutzte flink den beträchtlichen Schwung, den sie inzwischen hatte. Das viereckige Segel flatterte, als es mit der Kante in den Wind kam, und bauschte sich dann nach hinten, als der Wind es von der falschen Seite erfasste.

Das Schiff drehte sich nun schneller und krängte leewärts. Sandarr richtete das Ruder wieder gerade und machte seine Ungeduld deutlich, als er Lorcan mit hektischem Winken zurück an die Ruderpinne rief. Lorcan nahm seinen Platz wieder ein, hielt das Ruder stabil, während Sandarr nach vorne stapfte, die Steuerbordbrasse löste und den Männern an der

Backbordbrasse winkte, um ihnen zu bedeuten, dass sie diese anziehen sollten. Daraufhin löste er auch den Segelhals.

Das Ganze lief wirr und chaotisch ab, das merkte selbst die größte Landratte an Bord. Langsam schwang die Rah herum, der Wind auf der falschen Seite des Segels erschwerte das Einholen. Wieder schlug das Segel wild, als das Tuch durch den Wind ging, und dann füllte es sich von der Steuerbordseite und beruhigte sich. Sandarr bedeutete den Männern, die Schoten festzumachen und ihm zu helfen, den Beitass auf die Steuerbordseite zu versetzen.

Alles in allem war es ein unschönes, unkoordiniertes und wenig seemännisches Manöver, und Sandarr hoffte, dass es jedem – laut und deutlich! – gezeigt hatte, dass sie das Schiff nicht ohne ihn segeln konnten. Er blieb mittschiffs und zeigte den Iren, wie sie alles in Ordnung brachten, die Taue wickelten, die Brassen, Schoten und Halsen nachjustierten, und so verstärkte er seine Botschaft, dass, wenn es um den Umgang mit dem Schiff ging, er allein die dazu notwendige Magie kannte; dass er unentbehrlich für sie war.

Zwanzig Minuten nach ihrer Wende blickte Sandarr wieder zum Heck. Lorcan stand immer noch an der Ruderpinne, und er drückte ein ganz klein wenig dagegen, nur um auszuprobieren, wie das Schiff darauf reagierte, und dann zog er aus demselben Grund daran. Er veränderte ihren Kurs dabei nur um eine Winzigkeit, aber Sandarr konnte an seinem Gesicht und an der Körperhaltung ablesen, dass er dem Geheimnis dieses Dings, dieses Ruders, dieses Schiffes, allmählich auf die Spur kam.

Der Ire blickte zum Segel auf, und zur Luvseite hinaus, und Sandarr dachte bei sich: *Oh nein, du riesiger Hornochse. Fang bloß nicht an zu glauben, dass du auch nur den Hauch einer Ahnung davon hast, wie man das Schiff allein steuern kann.*

Sandarr wandte sich um und schaute zu dem jetzt fernen Strand zurück, von dem sie aufgebrochen waren. Eins der anderen Schiffe hatte sich endlich in Bewegung gesetzt, das der Norweger. Sie hatten ihr Segel hochgezogen und hielten Kurs auf die Landspitze. Ohne Zweifel wollten sie weiter nach Norden fahren, zurück nach Vík-ló. Sie zeigten kein Interesse an der *Meereshengst*, und Sandarr konnte sich auch nicht vorstellen, dass sich das ändern würde. Die Norweger hatten mit dieser Auseinandersetzung nichts zu tun.

Die übrigen Schiffe, die *Adlerschwinge* seines Vaters und die *Fuchs,* verweilten in Ufernähe, als wüssten sie nicht recht, welchen Kurs sie einschlagen sollten. Sandarr rechnete fest damit, dass sie die *Meereshengst* erbarmungslos jagen würden. Bersi würde sich gewiss am eifrigsten dafür einsetzen, sollte er noch leben. Doch wie es aussah, unternahmen sie nichts dergleichen.

Als Nächstes spähte Sandarr voran, am Bug der *Meereshengst* vorbei. Etwas Kleines und Helles bewegte sich vor dem dunklen Hintergrund der Küste. Zuerst glaubte Sandarr, dass es ein Seevogel sei, aber dann erkannte er, dass sich das Ding viel zu langsam bewegte. Er ließ den Blick darauf verweilen und fragte sich, worum es sich dabei handeln mochte. Schließlich wurde ihm klar, dass das Helle ein Segel war, ein kleines. Vermutlich eines dieser irischen Boote, dieser Curraghs, das mit einem Mast und einem Segel ausgestattet war. Das war ungewöhnlich; die Iren ruderten normalerweise lieber, anstatt zu segeln. Andererseits war es auch nicht so ungewöhnlich, dass man sich länger damit beschäftigen musste.

Sandarr verschwendete keinen weiteren Gedanken an die Norweger oder das Curragh. Er hatte größere Sorgen. Lorcan entwickelte sich allmählich zu einem echten Seemann, oder glaubte das zumindest, was in der Praxis auf dasselbe hinauslief. Mit jeder Fadenlänge, die sie auf die Küste zufuhren, schien das Selbstvertrauen des Iren zu wachsen, während seine Furcht vor Schiff und Ozean in gleichem Maße abnahm.

Und das warf eine Frage auf, eine, über die Sandarr zunehmend ins Grübeln geriet: *Wenn Lorcan meint, dass er dieses Schiff selbst segeln kann, was für einen Nutzen sieht er dann noch in mir?*

Dieser unangenehme Gedanke ging ihm gerade durch den Kopf, als Ronnat an seine Seite trat. »Lorcan will mit Euch reden«, sagte sie, machte kehrt und lief zum Heck zurück, ohne auf eine Antwort zu warten. Anscheinend war sie überzeugt davon, dass Sandarr ihr folgen würde.

Und das tat er auch, weil er keinen Vorteil darin erkennen konnte, es nicht zu tun. Also schritt er zum Achterdeck. Lorcan hielt die Ruderpinne, sein Blick wanderte vom Segel zum Horizont auf der Windseite und weiter zum Ufer, das sich entlang der Backbordseite erstreckte. Seine riesigen Arme bewegten sich und korrigierten fast zärtlich die Ruderstellung. Er ergriff das Wort.

»Was ist das für ein Schiff?«, übersetzte Ronnat. Sie zeigte auf das einsame Langschiff, das vor der Landspitze sichtbar war. Es war mehrere Meilen entfernt, aber eindeutig zu erkennen, selbst jetzt, wo die Sonne bereits dem westlichen Horizont entgegensank.

»Das ist das norwegische Schiff«, erklärte Sandarr.

»Warum segelt es allein davon?«, fragte Lorcan, und Ronnat übersetzte.

»Ich weiß nicht«, antwortete Sandarr. »Allerdings gehört es nicht zur Flotte meines Vaters.«

Mit einer Bewegung des Kopfes wies Lorcans langer Bart auf die anderen Schiffe, die nun schon sehr weit entfernt waren und sich immer noch vor dem Strand herumzutreiben.

»Und weshalb bleiben die dort? Was haben sie da vor?«, fragte er.

Hält dieser Trottel mich für eine Art Druide oder Gedankenleser?, dachte Sandarr, aber laut erwiderte er nur: »Ich weiß es nicht.«

Lorcan lauschte Ronnats kurzer Übersetzung und starrte Sandarr dabei an. Sein Misstrauen war greifbar. Eine Weile schwieg er, spähte erneut zum fernen Horizont und zu den Norwegern und den übrigen Schiffen. Dann sprach er.

»Wir werden das norwegische Schiff erobern«, sagte Ronnat.

Sandarr runzelte die Stirn. Er hatte so viele Einwände, dass er gar nicht wusste, wo er anfangen sollte. »Warum sollten wir das tun?«, fragte er schließlich. »Wir haben jetzt ein Schiff, und schon das können wir kaum segeln.«

»Lorcan meint, zwei Schiffe sind besser«, gab Ronnat Lorcans Antwort weiter. »Die Männer auf dem Schiff dort haben eine Schlacht hinter sich, sie werden geschwächt sein. Wir sind frisch. Und viele.«

Sandarr blickte zu dem norwegischen Schiff, dann hinauf zur Sonne und wieder zu den Norwegern. Was Lorcan wollte, ob ein Schiff oder tausend, das interessierte ihn keinen Scheißdreck. Er dachte allein darüber nach, was für ihn, für Sandarr, am besten wäre, was für ein Vorgehen am Ende dazu führte, dass er zum Herrn von Vík-ló wurde. Das war von Anfang an der einzige Grund gewesen, warum er überhaupt mit Lorcan zusammenarbeitete. Weiterer Widerstand, das Vereiteln von Lorcans Plänen, half ihm jedenfalls nicht dabei. So viel konnte er erkennen. Er nickte.

»Es wird knapp«, sagte Sandarr. »Wir müssen das Schiff vor Sonnenuntergang einholen. Wir werden dafür erneut wenden müssen. Bring das Schiff herum, wie wir es schon mal getan haben.«

Lorcan runzelte die Stirn. »Warum müssen wir wenden?«, übersetzte Ronnat seine Worte. »Dann fahren wir wieder aufs Meer hinaus. Warum segeln wir nicht gerade auf sie zu?«

Sandarr seufzte. Langsam, geduldig, in Begriffen, die Ronnat verstehen konnte, erklärte er das Konzept von Abdrift und der Kurse zum Wind, und wieso es unmöglich war, auf geradem Weg ihr Ziel anzuvisieren. Er machte deutlich, dass die *Meereshengst* das norwegische Schiff nie rechtzeitig einholen würde, wenn Letzteres zu weit auf die Windseite gelangte.

Lorcan hörte zu. Er nickte. Und dann lächelte er.

28. Kapitel

Als wir uns trennten, Göttin des Flachses,
da klangen mir die Ohren
von einem Laut aus den Hallen meines Herzens.
GISLI SURSSONS SAGA

Das«, stellte Thorgrim Nachtwolf voller Überzeugung fest, »ist die *Weitfahrer.*«

Thorgrim und Starri hatten das Curragh zwanzig Minuten lang gerudert, bis sie den unvorhersehbaren Böen in Landnähe entkommen waren. Dann hatten sie die Ruder zur Seite gelegt und das Segel gesetzt und überließen es Njord, dem Gott des Windes, sie weiter nach Süden zu bringen.

Thorgrim war froh, dass das mühsame Rudern ein Ende hatte. Allmählich machte sich die durchwachte Nacht bemerkbar, und die Wunden auf seiner Brust pochten. Eine, davon war er überzeugt, hatte sich wieder geöffnet, jedenfalls ein wenig. Er spürte das warme, feuchte Blut auf der Haut. Aber jetzt hielt er das Steuerruder anstatt eines gewöhnlichen Ruders und hatte noch immer keine Hand frei für seine Verletzung.

»Du hast recht, Thorgrim«, sagte Starri, nachdem er eine Weile das ferne Schiff betrachtet hatte, das gerade erst hinter der Landspitze im Süden hervorgekommen war. »Ich bin froh, dass deine Sehkraft nicht so schnell nachlässt wie der Rest deiner Kräfte.«

»Meine Sehkraft wurde nicht erstochen, aufgeschlitzt und als tot zurückgelassen so wie der Rest von mir«, erwiderte

Thorgrim. »Würdest du jetzt das Steuerruder übernehmen, damit ich mich mal wieder zusammenflicken kann?«

Starri schlurfte nach hinten, Thorgrim reichte ihm die Ruderpinne und setzte sich an seiner Stelle auf die Windseite des Bootes. Er löste den Gürtel, zog die Tunika hoch und sah, wo das Blut an der rechten Seite des Brustkorbs hinabrann. Er zog ein Messer aus der Scheide, schnitt einen Streifen vom Saum der Tunika ab und verband die Wunde, so gut er konnte.

Starri schüttelte den Kopf. »Sieht nicht gut aus, Nachtwolf, nicht gut.«

»Hm«, schnaubte Thorgrim. »Wenn ich von dir einen Rat zu meiner Gesundheit hören will, *dann* weiß ich, dass es wirklich schlecht für mich aussieht.«

Sie segelten in einem spitzen Winkel von der Küste fort, die Wellen schlugen von schräg hinten gegen die Backbordseite. Das ließ das Curragh trudeln und erzeugte die Art von Schaukeln, bei der sie rasch über der Reling gehangen hätten, wären sie in dieser Hinsicht empfindlich gewesen. Das war aber nicht der Fall. Zum Glück war das Segel gut gefüllt, und das dämpfte die Bewegung ein wenig und trieb sie schnell voran.

Thorgrim konnte kaum seine Sorge unterdrücken und hätte am liebsten gleich wieder das Steuerruder übernommen. Aber wenn er ehrlich war, musste er zugeben, dass Starri den Kurs hielt und das Boot genauso gut durch die Wogen führte, wie er selbst es getan hätte. Zumindest fast so gut.

Ruh dich aus, ermahnte er sich. *Ruh dich aus. Bald wirst du genug zu tun bekommen.* Eine anständige Rast war so gut wie eine anständige Mahlzeit, das wusste Thorgrim; es war etwas, was man nahm, sobald man es kriegen konnte, eine notwendige Voraussetzung, um für Taten bereit zu sein. Also trat er nicht wieder ans Ruder, sondern lehnte sich zurück gegen die Reling und schloss die Augen.

»Das ist seltsam«, sagte Starri eine halbe Minute später. Thorgrim öffnete die Augen wieder. »Die Art, wie diese beiden Schiffe segeln, eines hinter dem anderen, sieht sehr merkwürdig aus«, erklärte Starri genauer. »Sollte man nicht annehmen, dass sie gemeinsam unterwegs sind?«

Thorgrim spähte über den Bootsrand und schätzte die Position der fernen Schiffe zueinander ein. »Das würde ich annehmen«, stimmte er Starri zu. »Und ich würde auch annehmen, dass Ornolf – oder wer immer auf der *Weitfahrer* jetzt das Kommando hat – weiter rausfahren und der Küste nicht so nahe kommen möchte.«

Sie schwiegen einige Augenblicke und beobachteten die beiden Schiffe. Die *Weitfahrer* war vielleicht anderthalb Meilen entfernt. Die *Meereshengst*, die gerade eine unbeholfene Wende abgeschlossen hatte und wieder aufs Meer hinaussegelte, war noch ein wenig weiter weg. Die Schiffe schienen einander zu ignorieren, als wäre jedes auf seinem ganz eigenen Kurs unterwegs.

»Da … das andere, die *Meereshengst*. Sie wendet erneut«, bemerkte Starri. Von seiner Position am Heck war es leichter, beide Schiffe zugleich im Auge zu behalten.

Thorgrim verdrehte sich und spürte, wie die Wunden auf der Brust spannten. Genau wie Starri gesagt hatte, änderte die *Meereshengst* ihren Kurs und nahm den Wind von der Backbord- auf die Steuerbordseite, was das Schiff wieder aufs Land zuführte.

»Das ist eine Verfolgungsjagd!« Thorgrim verstand plötzlich, was er da vor sich sah. »Die *Meereshengst* hat ausgeholt, um mehr Raum zu gewinnen, und jetzt versucht sie, die *Weitfahrer* abzufangen. Die verfolgen unser Schiff.«

Thorgrim sah zu Starri, und Starri nickte langsam. »Du hast recht, Thorgrim«, sagte er. »Die beiden wären zusammengeblieben, wenn sie zusammen segeln wollten. Sie hätten sich gemeinsam von der Küste entfernt und dann auch gemeinsam wieder gewendet.«

Thorgrim wandte seine Aufmerksamkeit erneut den beiden Langschiffen zu. Die *Meereshengst* war nicht Grimarrs Schiff, aber sie hätte es genauso gut sein können, da Bersi Grimarrs Gefolgsmann war. Er schüttelte den Kopf. Was auch immer Grimarr dazu bewogen hatte, ihn, Thorgrim, töten zu lassen, brachte ihn nun dazu, die *Weitfahrer* aufzubringen. Nach wie vor hatte Thorgrim keine Ahnung, was der Grund dafür war.

»Wir müssen zur *Weitfahrer«,* sagte er. »Schnell.«

»Schnell«, bestätigte Starri.

Zu Thorgrims Ärger jedoch bewegten sie sich schon so rasch durch das Wasser, wie es nur ging. Er fummelte ein wenig am Segel, und Starri korrigierte den Kurs, aber beides hatte kaum eine Auswirkung auf ihre Geschwindigkeit. Doch das Curragh und das Langschiff waren auf Kollisionskurs und kamen einander immer näher, und das war gut so. Wer auch auf der *Weitfahrer* das Kommando hatte, er steuerte weiterhin Richtung Ufer. Er nutzte die Tatsache, dass das Land sich nach Westen entfernte – wenngleich nur eine Winzigkeit! – und hielt sich dicht an den tückischen Felsen. So machte er es für die *Meereshengst* immer gefährlicher, noch näher heranzukommen. Thorgrim nahm an, dass Agnarr mit seiner mühsam erworbenen Kenntnis der irischen Küste zumindest teilweise für den Kurs verantwortlich war.

Das Curragh schaukelte weiter voran. Thorgrim berücksichtigte die vier beweglichen Objekte, die bei dieser Jagd eine Rolle spielten. Die *Meereshengst*, die *Weitfahrer* und ihr Boot liefen alle auf einen Punkt im Ozean zu, wo ihre Kurse sich kreuzen würden, während das vierte Objekt, die Sonne, stetig in Richtung des Horizonts sank. Wer zuerst an seinem jeweiligen Ziel ankommen würde, wusste er noch nicht, aber der Ausgang dieses Rennens, das sich in der nächsten Stunde entscheiden würde, veränderte alles.

Drei Boote hielten auf dem graugrünen Meer aufeinander zu, und die Schatten ihrer Segel auf dem Wasser wurden immer länger. Und irgendwo, vermutlich südlich der Landspitze, die Thorgrims Aussicht auf die Küste dahinter blockierte, gab es zwei weitere Schiffe, den Rest von Grimarrs Flotte. Wenn die sich plötzlich zeigten, würde alles noch einmal in Frage gestellt werden.

»Wir erreichen die *Weitfahrer* zuerst«, stellte Thorgrim fest.

Er wünschte sich das nicht nur, sondern es war so. Er konnte es nun sehen. Er konnte die Entfernung zwischen dem Curragh und seinem Langschiff abschätzen, ebenso die Strecke zwischen der *Weitfahrer* und der *Meereshengst* und ihre Kurse gegenüber dem Wind.

»Ich bin mir nicht so sicher, Nachtwolf«, sagte Starri. Er rieb mit Daumen und Zeigefinger die gespaltene Pfeilspitze, die er um den Hals trug.

»Ich schon«, erwiderte Thorgrim.

Und er behielt recht. Die *Meereshengst* war immer noch eine halbe Meile weit weg und ein gutes Stück leewärts, als das Curragh in Rufweite der *Weitfahrer* gelangte. Niemand schien ihre Annäherung zu bemerken oder, wenn doch, so erregte das jedenfalls nicht genug Aufmerksamkeit, um auch nur einen Ruf seitens der Besatzung zu provozieren. Nur zwei Männer in einem offenen Boot … Sie waren bloß fünfzig Fuß entfernt, und die *Weitfahrer* stürmte auf sie zu, als wolle sie einfach über sie hinwegfahren.

Erst da konnte Thorgrim überhaupt sicher sein, dass man sie gesehen hatte, denn jemand stand beim Bug der *Weitfahrer* und wies auf ihr Boot. Thorgrim erkannte jedoch nicht, wer es war. Er sah eine Person nach achtern laufen. Ein blonder Haarschopf am Heck. *Harald* …, dachte er. Und daneben die unverkennbare Leibesfülle von Ornolf dem Rastlosen.

Thorgrim erhob sich und winkte mit beiden Händen über dem Kopf. Er sah Harald auf sie zeigen, sah ihn an die Seitenwand des Schiffes eilen, dort innehalten und dann auf den Bug zu rennen. Thorgrim hörte ihn rufen, zu ihm oder zu den Männern der *Weitfahrer*, das wusste er nicht. Die Worte gingen unter im Wind und im Rauschen der Wellen.

»Fahr an die Leeseite ran, und ich werfe ein Seil«, wies Thorgrim Starri an. Der saß immer noch am Steuerruder und nickte jetzt. Fünfundzwanzig Fuß, und die *Weitfahrer* ragte über ihnen auf. Sie sah viel größer aus, als Thorgrim sie in Erinnerung hatte. Das Wasser schäumte weiß an ihrem Rumpf, als sie mit ihrem Vordersteven aus gutem Eichenholz die Wogen teilte.

Thorgrim sah, wie die Männer über das Deck eilten, die Schoten und Halsen des geblähten Segels aufnahmen und sich darauf vorbereiteten, das Schiff zum Stehen zu bringen. Aber er würde ihnen diese Mühe ersparen. Als der elegant geschwungene Bug an ihnen vorüberrauschte, stieß Starri das Ruder herum. Das Boot drehte in den Wind, und Thorgrim, der nun auf dem Steuerbordrand des Curragh stand, schleuderte in hohem Bogen ein Tau durch die Luft. Es landete hinter der Reling der *Weitfahrer* und wurde sofort von eifrigen Händen aufgenommen.

Das Curragh wirbelte um die eigene Achse und prallte hart gegen den Rumpf des Langschiffs, es bäumte sich im Kielwasser auf und wurde wie ein Kinderspielzeug mitgezogen. Thorgrim hörte, wie sein Name gerufen wurde, und der von Starri. Sie beide bekamen die Bordkante der *Weitfahrer* zu fassen, und hilfreiche Hände griffen in ihre Kleidung und ihre Gürtel und zogen sie an Bord, legten sie kurzerhand auf dem Deck ab und halfen ihnen dann auf die Füße.

Das Erste, was Thorgrim erblickte, war Haralds breites, offenes Gesicht, sein Lächeln, die blauen, strahlenden Augen. Thorgrim breitete die Arme aus und umarmte seinen Sohn. Er drückte ihn so kräftig, als könne er all den Schmerz der vergangenen Tage aus ihnen beiden herausquetschen. Ornolf war auch dabei, und er umarmte Thorgrim und Starri ebenfalls, und die umstehenden Männer klopften ihnen auf den Rücken.

»Ich wusste, dass du nicht tot sein kannst, Vater. Ich wusste, dass diese Hurensöhne dich nicht kleinkriegen!«, rief Harald.

»Ha!«, brüllte Ornolf. »Vielleicht bist du derjenige, den wir in Zukunft den ›Unsterblichen‹ nennen sollten. Du hast den Tod schon so oft betrogen. Starri heißen wir dann einfach ›den Verrückten‹!«

Die Männer begleiteten Thorgrim und Starri zum Heck, holten Decken, Essen und Ale für sie. Agnarr stand am Ruder und lächelte, und er schüttelte Thorgrim und Starri die Hand. Thorgrim sah, dass das irische Mädchen, Conandil, auch da war.

So viele Geschichten zu erzählen, so viel Wasser ist unter dem Kiel hindurchgeflossen.

Doch jetzt war nicht die Zeit für Geschichten. Es gab wichtigere Dinge, die zu bedenken waren, dringlichere Sorgen.

»Ornolf … Thorgrim …«, sagte Agnarr, der nicht sicher war, wer das Kommando hatte. »Wir kommen verdammt nah ans Land heran. Ich weiß wenig über die Felsen und Untiefen in dieser Gegend, aber ich weiß, dass es eine gefährliche Küste ist.«

Thorgrim schaute nach Westen. Strände und Klippen verschwanden im Schatten, als die Sonne immer tiefer sank. Er sah nach hinten. Die *Meereshengst* lag ein gutes Stück leewärts und würde bald wieder wenden müssen, bevor sie an der irischen Küste zerschellte. Das bedeutete, dass sie die *Weitfahrer* niemals einholen würde, nicht in der Stunde Tageslicht, die ihnen noch blieb.

»Dann wenden wir mal besser«, entschied Thorgrim, und bei diesen Worten rannten die Männer zu den Leinen, und Agnarr zog die Ruderpinne zu sich. Die *Weitfahrer* drehte sich und wandte die Backbordseite in den Wind, sodass sie sich nun von den felsigen Küstengewässern entfernte.

Thorgrim blickte zurück. Auch die *Meereshengst* änderte nun ihre Richtung und segelte wie die *Weitfahrer* aufs Meer hinaus. Allerdings machten die Verfolger ein Riesendurcheinander aus dem Manöver. Ihr Segel flatterte und schlug plötzlich nach hinten, bis die Besatzung sich gezwungen sah, an der Backbordseite ein paar Ruder auszubringen und die Drehung damit zu unterstützen.

»Ha!«, schrie Ornolf. »Verdammte Iren. Sie sollten lieber bei ihren Schafen bleiben. Die haben doch keine Ahnung, wie man ein Langschiff segelt!«

»Iren?«, fragte Thorgrim. »Iren segeln die *Meereshengst?*«

So viele Geschichten zu erzählen …

Als der neue Kurs der *Weitfahrer* sicher anlag, sah Thorgrim sich gründlich um, zum ersten Mal, seitdem er an Bord gekommen war. Dabei fielen ihm zwei Dinge auf. Das Erste war, dass die Mannschaft kleiner geworden war. Es gab längst nicht mehr so viele Männer an Bord wie bei ihrer Ankunft in Vík-ló. Das Zweite war, dass viele der verbliebenen Besatzungsmitglieder verletzt waren, und diejenigen, die unversehrt waren, sahen aus, als würden sie gleich vor Erschöpfung umkippen.

»Ihr habt heute gekämpft?«, fragte Thorgrim.

»Heute Morgen«, bestätigte Ornolf. »Und es war eine blutige Sache.«

»Das Schiff muss für die Nacht an Land«, stellte Thorgrim fest. »Die Männer brauchen Ruhe. Und wir müssen uns um die Verwundeten kümmern.«

Er und Ornolf gingen zum Heck und berieten sich mit Agnarr, der das Ruder an Godi übergab. »Es gibt einen kleinen Strand nördlich von hier«, sagte Agnarr. »Wenn wir noch eine Meile weiter aufs Meer hinausfahren, sollten wir den mit der nächsten Wende erreichen können. Ich würde ihn ungern im Dunkeln finden müssen, aber ich werde es versuchen, wenn nötig.«

Thorgrim blickte zur Sonne, zur *Meereshengst,* die im schwindenden Licht rasch außer Sicht geriet, schließlich Richtung Küste backbord achteraus. Drei bewegte Objekte. Es würde knapp werden.

Am Ende schafften sie es nicht bis zum Strand, bevor das Licht verschwunden war. Aber sie waren nah genug dran, dass Agnarr nicht allzu besorgt wirkte, als er das Schiff über die letzte halbe Meile Wasser hereinbrachte. Dann spürten sie, wie ihr Bug über das steinige Ufer schabte.

Es war tatsächlich das bestmögliche Ergebnis. Als sie sich wieder der Küste zugewendet hatten, war es bereits so dunkel gewesen, dass ihre Verfolger an Bord der *Meereshengst* den Kurswechsel unmöglich beobachten konnten. Sie würden nicht wissen, dass die *Weitfahrer* für die Nacht angelandet war; ganz im Gegenteil mussten sie annehmen, dass ihre Beute weiterhin auf See blieb. Thorgrim hoffte, dass die Männer auf der *Meereshengst* weiter nach Norden segelten und glaubten, dass sie die Jagd dadurch fortsetzten.

Sobald die *Weitfahrer* gesichert war, stiegen einige von denen, die noch beweglich genug dafür waren, über die Bordwand und gingen an Land. Andere kümmerten sich um die Verletzten und deren Wunden.

Die Männer am Ufer machten ein kleines Feuer, durch den Rumpf der *Weitfahrer* vom Meer abgeschirmt. Sie brieten Fleisch, tranken Ale und Met, und sie berichteten einander, wo sie gewesen waren und was sie getan hatten: das Gefecht am Strand, Grimarrs Verrat, Haralds Flucht, der nur knapp gescheiterte Mord an Thorgrim, die Fahrt in dem Curragh. Nordmänner erzählten gerne Geschichten, und hier gab es Geschichten zu erzählen.

Conandil saß dicht bei Harald, und Thorgrim rief sie zu sich, damit sie einmal mehr berichtete, wie Fasti den Schatz an dem Strand im Süden vergraben hatte. Es war nicht länger ein Geheimnis, dass sie die Sprache der Nordmänner beherrschte. Also erklärte sie ohne Übersetzer, dass sie überzeugt war, sich richtig erinnert zu haben, und dass sie nicht verstehen konnte, warum der Hort nicht gefunden worden war. Aber sie räumte auch ein, dass sie die irische Küste niemals vom Meer aus gesehen hatte, bevor man sie aus Fearna verschleppt hatte, und dass eine Menge davon für sie gleich aussah.

Ornolf war ziemlich betrunken, doch er war in gefühlsduseliger Stimmung und nicht so lärmend und überschwänglich, wie man ihn sonst kannte. Er klopfte Thorgrim aufs Knie, allerdings nicht so kräftig, dass es schmerzte, was ebenfalls ungewöhnlich war. »Ich muss mich bei dir entschuldigen, Sohn. Ich habe Grimarrs Worten vertraut. Ich habe gedacht, du bist tot. Wir alle haben das. Schau, das hat er uns gebracht.«

Er reichte Thorgrim ein langes Bündel Stoff. An dem Gewicht erkannte Thorgrim, dass ein Schwert darin steckte, aber er wagte nicht mehr zu hoffen. Langsam schlug er das Tuch auseinander. An manchen Stellen war es hart, von getrocknetem Blut, wie Thorgrim vermutete. Dann wurde ihm bewusst, dass dies der Mantel war, den er getragen hatte, als er Grimarr gegenüberstand. Er wickelte den Umhang weiter auf, bis das

Schwert sichtbar wurde, und der Gürtel, mit dem zusammen es eingewickelt war.

»Eisenzahn«, sagte er, und das Wort klang wie ein Gebet.

»Und wir dachten uns, wie sonst hätte Grimarr daran gelangen können, wenn du nicht tot wärest? Wir alle haben das gedacht. Außer Starri dem Unsterblichen. Er war der Einzige, der an dich geglaubt hat. Der Einzige, der zurückblieb, um nach dir zu suchen.«

Thorgrim war peinlich berührt und winkte ab. »Du hattest keinen Grund, etwas anderes anzunehmen«, sagte er. »Grimarr hatte dir einen Beweis geliefert. Oder zumindest etwas, das so aussah. Du brauchst dich nicht zu entschuldigen.«

»Und selbst als der junge Harald hier zu uns zurückkehrte«, fuhr Ornolf fort, »und uns berichtet hat, was das irische Frauenzimmer ihm erzählte, da waren wir immer noch nicht ganz überzeugt.«

»Jeder Mann stirbt einmal«, sagte Thorgrim. »Es ist keine Schande für mich, wenn du geglaubt hast, dass mein Tag gekommen war. Hauptsache, du hast nie daran gezweifelt, dass mein Tod ehrenhaft gewesen ist.«

»Hmpf.« Ornolf nahm einen tiefen Schluck Met, ließ die Flüssigkeit die Mundwinkel hinabrinnen. Sie nahm ihren Weg durch seinen dichten grauroten Bart, bis sie dunkle Flecken auf der Tunika hinterließ. »Auf jeden Fall mache ich diesen Fehler kein zweites Mal«, verkündete er. »Ich werde dich nie wieder für tot halten, bevor ich nicht mit dir zusammen in Odins Halle trinke.«

»Ich hoffe nur, dass ich vor dir an diesem Ort bin«, gab Thorgrim zurück.

»Warum sagst du so was?«, fragte Ornolf. »Vielleicht bist du nicht der Jüngling, der du einst warst. Aber ich bin immer noch viel älter als du und sollte eigentlich vor dir gehen.«

»Wohl wahr«, sagte Thorgrim. »Ich fürchte nur, wenn du erst eine Woche da warst, ist nichts mehr zu trinken übrig für die, die später eintreffen.«

29. Kapitel

Da weckte mich des Nähens Göttin
auf aus meinem Traum.
GISLI SURSSONS SAGA

Harald Starkarm hatte sich schon oft bis zur Erschöpfung verausgabt, doch die Müdigkeit, die er empfand, als die Gespräche und das Feuer erstarben, übertrafen alles, was er je erlebt hatte. Der Kampf, das Schwimmen, die Furcht, die Schläge auf den Kopf – all das forderte seinen Preis. Und törichterweise hatte er zum Schluss auch beim Trinken vor den älteren Männern gut dastehen wollen. Er hatte darauf geachtet, was Ornolf zu sich nahm, und mitzuhalten versucht. Wenn er mit seinem Großvater Schritt halten konnte, so hatte er es sich ausgemalt, würde er sich für seine Trinkfestigkeit bald denselben Ruf erwerben, wie er es im Kampf allmählich tat.

Er fiel jedoch rasch zurück, und klugerweise gab er den Wettkampf schnell auf. Aber da hatte sich die Wirkung des Alkohols schon zu all den anderen Dingen gesellt, die ihn schläfrig machten.

Hätte ich nicht so viele Schläge auf den Kopf bekommen, oder hätte ich nicht schwimmen müssen, während Conandil mir das Gesicht zerkratzt, dann hätte ich mit dem altem Ornolf Schritt gehalten, redete Harald sich ein und wusste ganz genau, dass das nicht stimmte.

Das Feuer war bis auf die Glut und ein gelegentliches Flackern heruntergebrannt, und nach und nach zogen die Männer von der *Weitfahrer* sich zurück. Ein paar von ihnen kletterten an Bord und holten Felle und Decken heraus, andere schliefen ein, wo sie gerade lagen. Wieder andere, wie Harald, brachten noch die Kraft auf, ihr Bettzeug zum Strand zu tragen, in gutem Abstand zu dem Stöhnen der Verletzten. Draußen in der Dunkelheit, jenseits des Feuerscheins, starrte ein Kreis von Wachen in die Nacht hinaus und achtete auf alle Gefahren, die aus dem wilden irischen Hinterland drohen mochten.

Harald warf ein Bärenfell auf den Kiesstrand, legte sich darauf und zog eine Wolldecke über sich. Er spürte, wie die Anspannung aus seinem Körper wich und zerschmolz wie die Butter in der Pfanne über dem Feuer. Seine Gedanken zerfaserten, sein Geist schien davonzutreiben. Er fühlte, wie der Schlaf ihn warm und behaglich einhüllte.

Und dann schüttelte ihn etwas. Zuerst dachte er an ein kleines Tier, ein herumstöberndes Eichhörnchen oder Kaninchen. Er stieß ein paar Laute aus, von denen er hoffte, dass es Wörter waren. Aber anscheinend waren sie das nicht, jedenfalls nicht die richtigen, um das Ding, das ihn störte, zu vertreiben. Das Stupsen hörte nicht auf. Und irgendwann drang es durch seine dichte Hülle aus Schläfrigkeit, und Harald öffnete halb die Augen. Conandil kniete neben ihm.

Verwirrt blickte er zu ihr auf und sagte nichts. Das Haar umrahmte ihr Gesicht, und der Schein des ersterbenden Feuers erhellte sanft ihre blasse Haut. Einen Moment lang schauten sie einander an, schließlich sagte Conandil: »Harald?« Es kam als Frage raus, als wollte sie wissen, ob es wirklich er war oder ob er tatsächlich da war, körperlich wie geistig.

»Ja?«, gab Harald zurück und schüttelte allmählich die Trägheit ab.

Sie blieb einen Augenblick still, als wüsste sie nicht, was sie als Nächstes sagen sollte. »Ich fürchte mich«, brachte sie endlich stockend hervor. »Ich habe Angst zu schlafen, mit all diesen Männern um mich herum.«

Harald stützte sich auf den Ellbogen und blickte umher. Schlafende Gestalten zeichneten sich überall am Strand als kleine Hügel ab. »Kein Grund, dich zu fürchten«, stellte er fest. »Das sind meine Leute, keine Dänen oder Iren.«

»Bitte …«, sagte Conandil. »Kann ich bitte in deiner Nähe schlafen …?«

»Natürlich«, erwiderte Harald. Er stand immer noch mit einem Fuß in der Welt der Träume und hatte es eilig, wieder dorthin zurückzukommen. »Leg dich einfach hierhin«, schlug er vor.

»Nein«, sagte Conandil. »Nicht hier. Weiter weg. Weg von den anderen.«

Harald seufzte. Ihr Vorschlag lief darauf hinaus, dass er aus seinem warmen Nachtlager klettern, sein Fell und die Decke einsammeln und mühsam in die Dunkelheit stapfen sollte, und ihm war nach nichts davon zumute.

»Bitte …«, wiederholte Conandil. Der Schimmer der Glut spiegelte sich in ihren großen, braunen Augen. Ihr Gesicht und ihr Hals und ihre Schultern wirkten winzig, verwundbar. Harald seufzte wieder.

»Also gut«, sagte er. Er stand auf, sammelte sein Bettzeug ein und folgte Conandil hinaus in die Dunkelheit und den Strand empor in Richtung des dunklen Landes dahinter. Sie kamen an einem Wachposten vorbei, der auf einem Stück Treibholz saß und beim Klang ihrer Schritte so erschrocken zusammenzuckte, dass Harald sich fragte, ob der Mann gerade eingenickt war.

»Ach, Harald, du bist es«, sagte der Posten. Er erhob sich und beugte sich nach vorne, um in dem schwachen Licht Haralds Gesicht zu sehen, und Harald erkannte Vani Unnarrson, einen von Ornolfs Männern, der mit ihnen aus Vik gekommen war. »Was hast du vor?«

»Ich suche nur eine Stelle, um mich hinzulegen«, erklärte Harald und nickte in Richtung der Dunkelheit.

»Oh«, sagte Vani. Er sah kurz zu Conandil. »Oh«, sagte er nochmals. Er nickte und zeigte die Andeutung eines Lächelns. »Dann ist es ja gut. Sehr gut.«

Harald und Conandil gingen weiter, und Harald dachte kurz über Vanis Reaktion nach, die er sehr merkwürdig fand. Dann tat er sie mit einem Achselzucken ab. Er gelangte an eine Stelle, wo der Strand ganz in Finsternis gehüllt war. Dort breitete er das Bärenfell aus und legte sich darauf, und Conandil streckte sich neben ihm aus, und er zog die Decke über sie beide. Er schloss die Augen und wollte sich wieder entspannen, doch Conandil wand sich an seiner Seite und stieß ihn mit den Ellbogen. Er hatte keine Ahnung, was sie da trieb.

Er versuchte, sich von ihr wegzurollen, aber da legte sie den Arm auf seine Brust, und er spürte, wie ihr Gesicht über seinen Nacken strich, ihre Lippen seine Haut berührten, und plötzlich ergaben die Wörter und der Tonfall der Wache einen Sinn für ihn.

Vielleicht geht es ihr nicht nur ums Ausruhen …, dachte er.

Er hörte auf, von ihr wegzurollen, und drehte sich stattdessen zu ihr hin. Er fuhr mit der Hand über ihre Schulter und ihren Rücken und stellte erschrocken fest, dass sie nackt war. Sie hatte ihr Gewand und ihr Halstuch abgelegt und trug nun gar nichts mehr. Die Müdigkeit fiel von ihm ab, und an deren Stelle trat eine andere und sehr machtvolle Begierde.

Er schob eine Hand unter Conandils Leib, bis er beide Arme um sie gelegt hatte. Er küsste sie auf Stirn und Haar und sie sah zu ihm auf, und ihre Lippen trafen sich. Sie küssten einander, tief und leidenschaftlich. So blieben sie einige Minuten und küssten sich nur. Dann griff Conandil hinab und zog am Saum von Haralds Tunika. Harald, der oft etwas schwer von Begriff war, verstand diese Geste sofort. Mit einem Zug und einer Drehung hatte er das Gewand über den Kopf gestreift und warf es zur Seite.

Conandil duckte sich unter die dicke Wolldecke wie ein kleines Tier, das in seinen Bau zurückwich. Harald fühlte ihre Lippen seinen Brustkorb hinunterwandern, und über seinen Bauch. Ihre winzigen Finger lösten die Schnüre seiner Beinlinge, und als er spürte, wie die sich lockerten, da wand er sich und trat und hatte bald auch diese Kleidungsstücke abgelegt.

Sie kam nicht wieder unter der Decke hervor, sondern blieb, wo sie war. Harald fühlte ihre Hände und ihre Lippen auf seinem Leib, ihn streicheln, liebkosen, ihn umfassen. Er schloss die Augen und bog den Rücken, und tief aus seiner Kehle drang ein leises Stöhnen. Er ließ sich von der Lust mitreißen, und gerade, als er befürchtete, dass sie ihn zu weit tragen würde, da arbeitete Conandil sich wieder über seinen Bauch nach oben, über seine Brust, bis sie wieder unter der Decke auftauchte, wo ihre Lippen erneut zueinanderfanden.

Conandil lag halb auf ihm, und Harald fuhr mit seinen großen Händen über ihren Rücken, ihren Po, durch ihr Haar. Er war bislang nur mit einer anderen Frau zusammen gewesen, und das war Prinzessin Brigit, die ihm wesentlich stattlicher erschien als Conandil: größer, gerundeter, kräftiger nach einem Leben, in dem sie viel besser gegessen hatte als ein irisches Mädchen, das nicht als Tochter eines Königs aufgewachsen war.

Im Vergleich wirkte Conandil so zart und zerbrechlich wie ein Vogel. Harald gab Acht, als er mit den Händen über ihren Leib strich und sie sanft streichelte. Er berührte kaum ihre Haut, und obwohl er es einfach vermeiden wollte, ihr weh zu tun, zeigte ihre Reaktion, dass sein Vorgehen mehr bewirkte. Sie schob sich weiter auf ihn und kraulte sein Haar und küsste ihn heftig. Dabei gab sie einen Laut von sich, der irgendwo zwischen einem Schnurren und einem Stöhnen lag.

Harald wollte sie haben. Er glaubte, dass er gleich bersten würde, wenn er sie nicht nahm, doch er wusste nicht genau, wie er sich auf sie legen konnte, ohne sie unter seinem schweren Leib zu zerdrücken. Und während er noch versuchte, gegen den Nebel der rasenden Begierde anzudenken und eine Antwort zu finden, da schlang Conandil die Beine um ihn, saß rittlings auf ihm, und im nächsten Augenblick war er plötzlich in ihr, und sie bewegte sich gegen ihn. Sie stemmte zu beiden Seiten seines Körpers die Füße in das Bärenfell und drückte sich mit ihren starken, sehnigen Beinen ab.

Ihre Hände lagen auf seiner Brust, halb saß sie, halb lag sie auf ihm. Er konnte gerade noch die Strähnen ihres Haars ausmachen, die über ihr Gesicht fielen, den Umriss ihres offenen Mundes. Ihre Atmung ging kurz und abgehackt, und sie bewegte sich immer schneller.

Harald fasste sie an der Taille, und es fühlte sich an, als könnten seine Hände sie vollständig umschließen. Er schwang die Hüfte nach oben, als wollte er sie abwerfen, und zugleich hielt er sie mit seinem kraftvollen Griff an Ort und Stelle. Er keuchte und schrie auf, als hätte er vergessen, dass die Wache nur ein paar Dutzend Fuß entfernt stand; und das hatte er auch.

Dann war es vorbei, und sie lagen still beieinander, Conandils Leib über dem seinen. Ihrer beider Atem beruhigte sich, und sie waren trotz der kühlen Nachtluft schweißnass. Conandils Gewicht war kaum zu spüren; sie fühlte sich nicht schwerer an als eine dicke Decke. Wieder wurde Harald vom Schlaf überwältigt, und er ließ es geschehen. Er bekam noch mit, wie

Conandil von seinem Brustkorb herunterrobbte und sich an seine Seite schmiegte, dann war er weg.

Gerade eben warf die frühe Morgendämmerung ihr graues Licht über den Strand, die Klippen und auf die *Weitfahrer*, die ein Stück östlich auf dem Kies lag, da wurde Harald durch leichte Tritte geweckt. Er öffnete die Augen und sah auf. Sutare Thorvaldsson stand über ihm, den Speer in der Hand, und stupste ihn mit dem Fuß.

»Oh, Harald, du bist es«, sagte Sutare, und Harald erkannte, dass Sutare irgendwann in der Nacht Vani abgelöst haben musste.

»Ja«, erwiderte Harald und blickte zu seiner Rechten. Conandil lag unter der Decke begraben, so klein, dass es schien, als wäre sie gar nicht vorhanden. Er streckte den Arm aus, konnte sie aber nicht fühlen. Er warf die Decke beiseite und sah nichts außer dem Bärenfell darunter. Denn Conandil war fort.

30. Kapitel

So viele Winter bleiben ungelebt
für jenen, der den Schild
ins Schlachtgetümmel trägt.
Besseres erwartet dich bald.

GISLI SURSSONS SAGA

Thorgrim war schon seit einiger Zeit wach, als Harald auf die Feuerstelle vor dem Bug der *Weitfahrer* zugestolpert kam und dabei ebenso schläfrig wie verlegen aussah. Nebel hing über der Küste, wie so oft in diesem Land am frühen Morgen, trotzdem war die Sichtweite nicht so schlecht, wie sie hätte sein können. Die Steilhänge, die ein paar hundert Schritt entfernt hinter dem Strand aufragten, waren fast in voller Höhe zu sehen, ehe ihre oberste Kante sich im grauen Dunst verlor.

Harald schlurfte langsam heran, ein Bärenfell und eine Wolldecke über der Schulter. Sein Blick flog hin und her, als würde er nach jemandem Ausschau halten. Am Ufer waren viele Männer versammelt; sie kochten, wuschen sich, kämmten sich das Haar, wechselten Verbände, aber keiner von ihnen schien der zu sein, den Harald suchte.

Das sieht nach einer interessanten Geschichte aus, dachte Thorgrim, als Harald die Suche schließlich aufgab, herankam und das Bettzeug auf den Kies fallen ließ.

»Guten Morgen, Harald«, sagte Thorgrim. »Gut geschlafen?« Er saß auf einem Baumstamm, der wie der Oberschenkelknochen eines Ungeheuers aussah: Das Holz war fast weiß geworden unter dem Einfluss von See und Sonne und glatt vom wiederholten Rollen über die Steine.

Starri saß neben ihm und rührte Haferbrei in einem großen Eisentopf über dem Feuer. Ein Dutzend Fuß entfernt schlief Ornolf der Rastlose unter einem riesigen Haufen von Fellen, sein Schnarchen wogte so feucht und gleichmäßig wie die Brandung an der felsigen Küste.

»Guten Morgen, Vater«, sagte Harald. »Ja, ich habe gut geschlafen, danke. Und du? Tun deine Wunden weh?«

»Nicht allzu sehr.« Er bewegte die Schultern und streckte die Arme aus, um zu prüfen, ob das auch stimmte. Das Fleisch an den heilenden Schnitten spannte, und ein scharfer Schmerz durchfuhr ihn, als er sich ein wenig zu weit dehnte. Doch im Großen und Ganzen war seine Einschätzung richtig gewesen – es schmerzte nicht zu sehr.

»Die Götter lassen ihn rasch zusammenwachsen«, bemerkte Starri, ohne von seinem Topf aufzublicken. Er lächelte. »Sie möchten ihn schnell wieder auf den Beinen sehen, damit sie ihn erneut umwerfen können. So wie ein Kind es mit einem Spielzeug tut.«

»Danke, Starri, für diese tröstlichen Worte«, sagte Thorgrim. »Sagst du nicht immer, ich sei von den Göttern begünstigt?«

»Du bist einer ihrer Lieblinge«, antwortete Starri, führte es aber nicht weiter aus.

»Vater …«, fing Harald wieder an. »Hast … du Conandil gesehen? Heute Morgen?«

Thorgrim setzte sich aufrechter hin. Wie er erwartet hatte, wurde das Gespräch schon interessanter. »Nein«, sagte er. »Aber ich bin überrascht, dass du sie nicht gesehen hast. Sie schien ja regelrecht an dir dranzuhängen, wie ein …« Er suchte nach dem richtigen Ausdruck.

»Ein Segel an der Rah?«, schlug Starri vor.

»Ja, wie ein Segel an der Rah. Aber das ist nicht ganz das, was ich dachte.«

»Oder vielleicht eher wie zwei Langschiffe, die längsseits mit Haken aneinander festgemacht haben«, führte Starri aus. »Von denen eines das andere entern will?«

»Das trifft es schon besser«, stimmte Thorgrim ihm zu.

»Wie wäre es mit einem Schwert und einer Scheide?«, redete Starri weiter.

»Lass den Jungen seine Geschichte erzählen, Starri«, sagte Thorgrim.

»Nun …«, fuhr Harald stockend fort, ohne ihre dichterischen Bemühungen zu würdigen. »Also … verzeih mir, Vater, aber sie ist weg. Ich habe auf sie aufgepasst, und jetzt ist sie weg.«

Auf sie aufgepasst … Ich kann's mir vorstellen …, dachte Thorgrim. »Was ist passiert?«, fragte er laut.

»Sie kam gestern Abend zu mir … Sie meinte, sie hätte Angst, mit so vielen Männern um sich herum zu schlafen. Ich sagte ihr, sie habe nichts zu befürchten. Doch das wollte sie nicht glauben. Also gingen wir ein Stück fort. Um zu schlafen. Ich war völlig erschöpft, wie alle anderen. Irgendwann in der Nacht … muss sie davongelaufen sein. Wenn jemand sie fortgeschleppt hätte, wäre ich aufgewacht, davon bin ich überzeugt.«

Schlaues Mädchen …, dachte Thorgrim. *Sie hätte kaum besser an den Wachen vorbeikommen können, als in Harald Thorgrimsons Gesellschaft.* Aber er sprach es nicht aus, weil er Harald nicht weiter beschämen wollte. Später, unter vier Augen, würde er Harald erklären, wie er hereingelegt worden war, und Harald würde daraus lernen.

Für den Augenblick sagte er nur: »Nun ja, sie ist Irin. Natürlich hat sie auf eine günstige Gelegenheit gewartet, um zu ihren Leuten zurückzukehren.«

»Aber …«, wandte Harald ein und wollte sich nicht so einfach vom Haken lassen. »Sie wusste als Einzige, wo die Beute aus Fearna vergraben wurde. Jetzt werden wir sie nie finden.«

Thorgrim winkte ab. »Ich bin mir gar nicht so sicher, dass sie es wirklich weiß. Und wenn sie es weiß – glaubst du, dass sie es einem … Wie nennen sie uns noch?«

»Fin Gall«, warf Harald ein. »Sie haben auch andere Bezeichnungen für uns, aber meistens sind wir die Fin Gall.«

»… dass sie es einem Fin Gall verraten würde? Ich denke nicht, dass sie diesen Schatz in unsere Hände fallen lassen wollte. Oder in Grimarrs. Sie hat vermutlich keinen großen Unterschied zwischen uns gesehen.«

»Tatsächlich nennen sie die Dänen Dubh Gall«, erklärte Harald.

»Jedenfalls«, fuhr Thorgrim fort, »haben wir Reichtümer genug. Wir müssen nur nach Vík-ló zurück und sie in die Finger kriegen.«

»Wir müssen schnell nach Vík-ló zurück«, warf Agnarr ein. Er war mitten im Gespräch mit einer Schale in der Hand an ihr Feuer gekommen. »Ich weiß nicht, warum Grimarr uns gestern nicht gefolgt ist, aber vielleicht ist er während der Nacht nordwärts gesegelt. Lorcan könnte ebenfalls nach Vík-ló unterwegs sein, was das angeht. Wenn wir irgendeine Aussicht haben wollen, unser Vermögen und unsere Vorräte zurückzuholen, dann müssen wir als Erste dort ankommen.«

Thorgrim stand auf. »Du hast recht, Agnarr«, sagte er. »Kannst du uns durch diesen Nebel bis zum Meer lotsen?« Wie die Steilküste hinter dem Strand war auch das Wasser auf eine Länge von ein paar Hundert Fuß zu überblicken, bevor es mit dem grauen Himmel verschmolz.

»Ja, das dürfte kein Problem sein«, antwortete Agnarr. »Die Steine und die Brecher bereiten mir keine Sorgen. Ich mache mir mehr Gedanken um das, was sonst noch draußen im Nebel lauern könnte.«

»Drachen?«, fragte Starri. »Wassergeister?«

»Dänen«, gab Agnarr zurück. »Iren. Und zwar in großer Zahl.«

»Aufgepasst, Männer«, rief Thorgrim der am Strand versammelten Besatzung zu, laut genug, um einen Steinwurf weit vom Feuer gehört zu werden, aber kein Stück darüber hinaus. »Wir müssen rasch von hier los. Esst, und was ihr nicht esst, das nehmt für später mit. Dann lasst uns hier verschwinden.«

Thorgrims Worte brachten die Nordmänner in Bewegung. Hastig bereiteten sie ihre Mahlzeiten, aßen, warfen ihr Bettzeug an Bord, befestigten die Seetruhen wieder an ihren Plätzen. Es dauerte nicht lange, bis sie zum Aufbruch bereit waren, weil sie auch kein großartiges Lager an Land aufgeschlagen hatten.

Während der Nacht waren zwei der Verletzten gestorben. Ihre Leichen wurden fest eingewickelt und vor dem Mast verstaut, bis sich die Gelegenheit für eine angemessene Bestattung bot. Thorgrim wollte sie nicht auf irgendeinem trostlosen, windgepeitschten, erbärmlichen Streifen der irischen Küste verscharren. So ein Begräbnis hätte die Moral der Überlebenden nicht gestärkt.

Bald hatte jeder den Strand verlassen, außer jenen, die die *Weitfahrer* ins Wasser zurückschieben sollten. Sie lag nicht weit auf dem Ufer; der Bug berührte gerade eben den Kies, sodass sie schnell wieder freikommen konnte, wenn es sich als nötig erwies. Da es an dem flachen Küstenstreifen nichts gab, woran man das Schiff hätte festmachen können, war ein Anker in den Sand gesteckt worden, und eine lange Leine führte davon zu einer Klampe am Bug der *Weitfahrer*. Jetzt hoben sie den Anker zurück an Bord, rollten das Seil auf und verstauten es.

Thorgrim stand am Heck des Schiffes, gemeinsam mit Agnarr und Ornolf, der sein morgendliches Ale trank. Godi hielt die Ruderpinne.

»Abstoßen!«, rief Thorgrim, und das halbe Dutzend Männer an Land drückte die Schultern gegen die Bordwand und schob. Scharrend glitt die *Weitfahrer* über die Steine. Thorgrim spürte, wie der Bug absackte und wieder nach oben wippte, als der Boden unter dem Steven verschwand und das Schiff ganz im Wasser lag. Die Männer am Ufer zogen sich über die Reling, die Ruderer auf den Seekisten hatten die Riemen bereits ein Stück durch die Öffnungen geschoben und senkten sie nun vollständig ins Wasser. Auf Thorgrims Befehl hin setzten sie das Boot zurück, wendeten es flink und ruderten dann dem tieferen Wasser entgegen.

»Agnarr«, fragte Thorgrim, »sind wir richtig auf diesem Kurs?«

»Ja«, antwortete Agnarr. »Lass uns noch eine halbe Meile oder so gerade weiterrudern, bevor wir uns nordwärts wenden. Es gibt einige hässliche Riffe gleich an der Backbordseite, aber die sollten wir bald hinter uns lassen.«

Thorgrim nickte. »An der Wasseroberfläche sehe ich keine Spur von Riffen«, stellte er fest.

»Der Seegang ist schwach heute. Wenn die Wellen höher gingen, würdest du sehen, wie das Wasser sich über den Felsen bricht.«

Thorgrim nickte wieder. »Übrigens, Agnarr: Weißt du, ob die Iren jemals irgendwelche Zeichen setzen, um Untiefen zu markieren?«

Agnarr dachte über die Frage nach. »Manchmal habe ich Markierungen an den Flussmündungen gesehen, und an Stellen, die oft von Schiffen angelaufen werden. Besonders dort, wo die größeren Schiffe fahren, die fränkischen Kaufleute und so. Aber nicht häufig. Die Iren schenken dem Meer längst nicht so viel Aufmerksamkeit, wie wir es tun.«

Thorgrim nickte, dann schauten alle nach vorn, in den Nebel hinaus. Agnarr war nicht der Einzige, der besorgt war wegen dem, was darin lauern mochte.

Die Männer an den Rudern fielen in einen lockeren Takt, das Schiff glitt mit jedem kraftvollen Schlag schneller voran, und das Rudern ging leichter, als ihre Geschwindigkeit zunahm. Irgendwo jenseits des formlosen grauen Dunstes stieg die Sonne am Himmel empor. Der Nebel wurde lichter und schien sich aufzulösen, obwohl sich schwer sagen ließ, ob das wirklich der Fall war, nachdem das Land hinter ihnen zurückgefallen war und kein Bezugspunkt blieb als das ständig bewegte Meer.

»He, an Deck!«, schrie Starri. Er war wie ein Eichhörnchen hinauf auf den Mast geklettert und hockte nahe der Spitze, das Bein als Stütze ins Hisstau verhakt. »Ich dachte, ich hätte etwas gesehen …«

»Welche Richtung?«, rief Thorgrim.

»Ein Stück Backbord vom Bug. Nur ein flüchtiger Blick. Vielleicht nur ein Schemen.«

Der Nebel konnte einem Streiche spielen, das wussten sie alle.

Sie wandten die Köpfe und starrten in dem Versuch, die wogenden Schwaden zu durchdringen, auf einen Punkt gleich neben dem Bug. Die Sicht war nun eindeutig besser, als sie es kurz zuvor gewesen war. Zumindest war Thorgrim überzeugt davon.

»Da, ich habe auch etwas gesehen!« Agnarr zeigte die Richtung, doch noch während er sprach, klang er weniger sicher, und am Ende erstarb seine Stimme, als hätte er schon angefangen, an seinen Augen zu zweifeln, bevor die Worte seinen Mund verließen.

Aber Thorgrim hatte es ebenfalls wahrgenommen. Nur ein flüchtiger Blick, ein dunkler Umriss in einer grauen Welt, die Ahnung von etwas, das sich im Nebel verbarg. »Ruder halt!«, rief er, und die Ruderer hielten mitten im Schlag inne, mit den Blättern im Wasser. Die *Weitfahrer* verlor rasch an Fahrt, und das Gefühl ihrer Bewegung unter den Füßen veränderte sich, als das Schiff seinen Schwung einbüßte.

»Hast du was gesehen?«, fragte Agnarr mit gesenkter Stimme. Er klang immer noch unsicher dabei.

»Ich glaube schon«, erwiderte Thorgrim. Sie spähten weiter in das Grau hinaus. Und dann war es da, teilte den Nebel und trat hervor wie ein Geist, der mit einem Mal eine körperliche Gestalt annahm. Es war mindestens eine Meile entfernt, aber unverkennbar. Ein Langschiff.

»*Meereshengst*«, sagte Agnarr. Und es lag keine Unsicherheit mehr in seiner Stimme.

Lorcan sah, dass der Nebel sich lichtete und der Ozean um sein Schiff immer weiter wurde. Das stärkte sein Selbstvertrauen, ein Vertrauen, das mit jeder Stunde gewachsen war, die er auf See verbrachte. Was bisher ungefähr zwanzig gewesen waren. Bald würde ein voller Tag daraus werden.

Der Dubh Gall Sandarr, derjenige, der sich angeblich in solchen Dingen auskannte, hatte ihn dazu gedrängt, für die Nacht an Land zu gehen, oder, wenn er das nicht wollte, zumindest Richtung Vík-ló zu segeln. Sandarr hatte gesagt, dass das Schiff, hinter dem sie her waren, wahrscheinlich auch eines dieser beiden Dinge getan hatte. Lorcan würde also, wenn er weiter nach Norden fuhr, seine Beute gewiss fangen, sie jedoch verlieren, sollte er weiterhin vor diesem Teil der Küste lauern.

Lorcan lehnte die Vorschläge ab. Sandarr, so erkannte er, interessierte sich nicht im Mindesten dafür, das andere Schiff aufzubringen. Er wollte nur Vík-ló erreichen und den Longphort einnehmen, bevor Grimarr zurückkehrte. Aber Lorcan hatte längst nicht so viel Angst vor Grimarr wie Sandarr. Außerdem waren Lorcan und seine Krieger die Jäger, nicht die Gejagten. Sie würden ihre Beute nicht fangen, indem sie an Land Schutz suchten oder nach Norden davoneilten. Sie würden sie erwischen, indem sie sich auf die Lauer legten.

Der Rest der Mannschaft, die Iren, die an den Rudern saßen oder sich um das Segel kümmerten, waren nicht sehr glücklich, als sie hörten, dass sie die Nacht auf See verbringen sollten. Das Schiff, das Meer und vor allem die beständige Bewegung darauf gefiel ihnen nicht. So wenig, wie der Gedanke daran, was unter dem dunklen Wasser auf sie warten mochte.

Aber es gab Essen und Ale und Met an Bord, und das beruhigte sie etwas. Außerdem wollte keiner in Lorcans Gegenwart zu laut aufbegehren. Da Lorcan innerhalb der engen Grenzen des Schiffs nun einmal stets gegenwärtig war, erhob niemand irgendwelche Einwände, jedenfalls nicht in Worten. Jede andere Art des Missfallens beachtete Lorcan ohnehin nicht. Und so sehr sich die Männer vor dem Meer auch fürchten mochten – die Angst vor ihrem Anführer übertraf das bei Weitem.

Lorcan streifte auf dem Deck herum und genoss insgeheim das Gefühl unter seinen Füßen, das Rollen und Stampfen, das Plätschern des Wassers an der Bordwand. Das Schiff war Bewegung und Kraft und Geschwindigkeit. Er verstand nun, warum die Dubh Gall ihre Boote so liebten. Sie bewegten damit Krieger, Vorräte, sogar ihre Pferde schnell entlang der Küste. Sie transportierten ihr Kriegsmaterial auf diesen unermüdlichen Fahrzeugen und konnten aus dem Nebel heraus zuschlagen. Aber jetzt konnte er das auch, und bald würde sich seine Fähigkeit dazu noch verdoppeln.

»Da!« Die Stimme hallte vom Bug zu ihm. Dort stand einer der jüngeren Männer mit gutem Sehvermögen und umklammerte den langen, gebogenen, hoch aufragenden Holzbalken, der im geschnitzten Abbild eines grimmigen Pferdehaupts auslief. Lorcan, der ziellos in den Nebel hinausgestarrt hatte, richtete sich auf und blickte nach vorn.

»Da! Gleich vor uns, aber ein ganzes Stück entfernt«, rief der junge Ausguck erneut. Lorcan runzelte die Stirn und kniff die Augen zusammen. Sandarr trat neben ihn und starrte gleichfalls in den Nebel.

Und dann sah Lorcan es. Ein dunkler Schemen, eine Vision, der niedrige Rumpf eines Langschiffs, dessen Ruder aus dieser Entfernung wie Libellenflügel wirkten. Er hätte sich am liebsten umgedreht und Sandarr ins Gesicht gelacht, aber er wusste, dass der dämliche Bastard sich noch mehr ärgerte, wenn er den Tadel unausgesprochen ließ.

»Da«, sagte Lorcan. »Da sind deine verdammten Fin Gall.« Ronnat übersetzte. Sandarr antwortete nicht.

Einer von Lorcans Männern, Ultan genannt, jünger als Lorcan, allerdings nicht viel jünger, trat nach hinten. Ultan war ein schlauer Bursche und fähig. Lorcan hatte ihn in der Erwartung an Bord gebracht, dass er als zeitweiliger Unterführer einspringen konnte, und das tat er auch.

»Lorcan, mein König, sollen wir das Segel setzen?«, fragte Ultan.

Lorcan blickte zur Wetterseite. Er spürte den Wind auf seinem Gesicht. Es war nur eine leichte Brise, zu schwach, um das Schiff schneller anzutreiben als die Ruder. Und was sie jetzt brauchten, war Geschwindigkeit.

»Nein«, sagte Lorcan. »Wir halten uns an die Ruder. Damit sind wir schneller.«

Er wusste das, weil er aufgepasst hatte. Ihm war klar, dass Sandarr ihn für einen großen, dummen Grobian hielt, der gar nicht dazu in der Lage war, etwas so Kompliziertes wie ein Langschiff zu verstehen. Das war dieselbe arrogante Ansicht, die alle Nordmänner von den Iren hatten. Nun, im Allgemeinen war das zu ihrem Schaden, und oft genug führte es zu ihrem Tod.

Denn Lorcan war nicht nur irgendein dummes Tier. Und er hatte aufgepasst.

Als sie das Segel gesetzt, es eingestellt und wieder angepasst hatten, als sie die Richtung änderten, in der das Schiff segelte, da hatte Lorcan jeweils genau aufgepasst. Er beobachtete, was Sandarr tat, sah zu, wie er dieses oder jenes Tau anzog oder nachgab, nahm zur Kenntnis, wenn er den Holzbalken versetzte, den er den Beitass nannte, und erkannte, wie das Segel am besten eingesetzt wurde und was dessen vorteilhaftester Winkel gegenüber dem Wind war. Seine Männer mochten unwissend sein, und sie scherten sich möglicherweise einen Dreck um Schiffe oder die Kunst der Seefahrt. Aber man konnte sie dazu bringen zu lernen und auch dazu, sich zu interessieren. Und jetzt empfand Lorcan die Zuversicht, dass er es ihnen beibringen konnte.

Er ließ das Schiff der Fin Gall keinen Moment aus den Augen. Genau genommen betrachtete er es bereits als sein Schiff, das zweite Schiff seiner Flotte. Zunächst war es fast geradewegs von rechts auf die *Meereshengst* zugekommen. Doch nun schwenkte es südwärts ab, der Umriss wurde länger, als es ihnen die Seite zuwandte.

»Sie suchen das Weite, die feigen Hunde«, stellte Lorcan fest. »Wir bringen sie zur Strecke und töten alle. Ultan, sieh zu, dass zwei Männer an jedem Ruder sitzen. Wir holen sie ein. Sobald wir nahe genug sind, werden wir uns bewaffnen und auf die Schlacht vorbereiten. Wir müssen schnell rudern, damit wir sie im Nebel nicht verlieren.«

»Ja, mein König.« Ultan wandte sich ab und ging zum Bug. Unterwegs rief er Befehle. Jetzt sprach Sandarr, und Lorcan musste nicht auf die Übersetzung warten, um zu wissen, dass er irgendwelche Einwände erhob. Denn das war alles, was er tat, dieser verfluchte Dubh Gall. Einwände erheben.

»Sandarr sagt, dass es sinnlos ist, hinter diesem Schiff herzujagen«, erklärte Ronnat. Lorcan war nicht überrascht, dass dies Sandarrs Meinung war, aber er sagte nichts. Ronnat fuhr fort: »Er sagt, Ihr habt das Schiff, das Ihr wolltet. Er sagt, dass Grimarr im Nebel nordwärts nach Vík-ló entkommt, und dass es dann schwer wird, ihn da wieder rauszuholen.«

»Sag Sandarr, er kann glauben, was er will«, erwiderte Lorcan. »Wir werden uns dieses Fin-Gall-Schiff holen.« Noch vor einem Tag wäre der Ire Sandarr gegenüber diplomatischer aufgetreten, weil er am Tag zuvor noch geglaubt hatte, dass er ihn brauchte. Das Gefühl hatte er jetzt nicht mehr.

Dann seufzte Lorcan und beschloss, dass er Sandarr ein wenig entgegenkommen würde. Er wusste selbst nicht, warum. Es lag vermutlich daran, dass er von Natur aus großzügig war.

»Ronnat, sag Sandarr, dass ich glaube, dass wir diese Fin Gall schnell erwischen werden. Die Krieger, die ich an Land zurückgelassen habe, müssten in der Nähe sein. Sie sollten uns folgen. Wir bemannen das zweite Schiff mit ihnen, und er wird dort das Kommando führen. Dann bekämpfen wir Grimarr auf See. Wir bekämpfen ihn, solange er geschwächt ist. Seine Männer sind noch müde und verletzt vom Gefecht am Strand. Nachdem wir sie auf See geschlagen haben, liegt Vík-ló offen vor uns. Dann wird er der Herr von Vík-ló sein.«

Ronnat übersetzte. Sandarr schnaubte und sagte nichts mehr.

Der Herr von Vík-ló, dachte Lorcan. *Das ist natürlich ein Scherz, nichts weiter.* Sobald er, Lorcan, erst einmal das Schiff der Fin Gall, und Grimarrs Schiffe in seiner Gewalt hatte, gab es nur noch einen Herrn in diesem Land, nur einen Herrn in ganz Leinster. Und das würde nicht Sandarr sein, und auch nicht Ruarc mac Brain. Lorcan, würde der Name des Herrn von Leinster lauten! *Lorcan mac Fáeláin und meine Erben,* über *die Zeitalter hinweg.*

Und es begann jetzt.

31. Kapitel

Getöse herrscht, wo ich
den langen Seetang griff,
seit ich mein Leben aufgab.

DIE GESCHICHTE VOM SARKASTISCHEN HALLI

Das Schiff der Fin Gall fuhr nach Süden und war fast schon vom Nebel verschluckt, ehe Lorcans Besatzung die Ruderbänke doppelt besetzt hatte und sich erneut in die Riemen legte. Die Männer stolperten erst einmal kopflos übereinander, als Ultan den Befehl weitergab. Für die irischen Krieger war das alles immer noch sehr neu. Männer, die schnell und mühelos einen Schildwall formten und jedem Nordmann im Zweikampf mit Schwert und Beil gewachsen waren, irrten nun auf dem überfüllten und unvertrauten Deck herum, als hätte jeder von ihnen einen Pferdetritt gegen den Kopf erhalten.

Ultan wies die Positionen an und stieß die Leute an ihren Platz. Sie setzten sich neben jene, die schon an den Rudern saßen, fassten nach den Griffen und starrten sie an, als wären sie gerade vom Himmel gefallen. Lorcan wollte sie am liebsten anbrüllen und mit der flachen Seite der Streitaxt auf die Männer einprügeln, doch er beherrschte sich. Er wusste, dass er damit das Durcheinander nicht verringern würde.

Sandarr sagte nichts, aber Lorcan konnte den unausgesprochenen Vorwurf sehr wohl hören, genau wie Sandarr vorher den seinen mitbekommen hatte. Lorcan glaubte nicht, dass ihr Bündnis noch lange hielt. Zum Glück musste es das nicht. Er war sich ziemlich sicher, dass einer von ihnen schon bald tot sein würde, aber dass nicht er derjenige wäre.

Sobald die Ruder bemannt waren, befahl Ultan, dass alle gemeinsam ziehen sollten. Lorcan wusste, dass auch sein neuer Unterführer genau beobachtet hatte, wie Sandarr das Schiff führte, und sich gemerkt hatte, was er über die Funktionsweise dieses Wasserfahrzeugs nur hatte mitbekommen können. Jetzt konnte er die Männer bei ihren Bemühungen anleiten. Langsam, Schlag um Schlag, fanden sie ihren Takt: nach vorne beugen, Ruder senken, zurückziehen. Nun aber saßen zwei Männer an jedem Riemen, und die Paare mussten lernen, zusammenzuarbeiten.

Lorcan blickte über den Bug hinaus. Das Schiff der Fin Gall war im Nebel verschwunden. Er verspürte einen Anflug von Panik. Er stand unbewegt da, nur sein Blick flog über die schwer bestimmbare Grenze, hinter der alles im Dunst versank. Und da war es, weniger ein Schiff als vielmehr ein dunkler Schatten vor einem nicht ganz so dunklen Hintergrund, wie ein Geist, der mit dem grauen Horizont verschwamm.

»Rudert, ihr Bastarde! Zieht, oder ich zieh euch bei lebendigem Leibe die Haut ab!« Lorcan konnte sich nicht länger zurückhalten. Der Gedanke daran, die Beute doch noch zu verlieren, nachdem er richtig erraten hatte, wo sie auf der Lauer liegen mussten, war einfach unerträglich. Wenn er Sandarrs grinsendes Gesicht dabei sehen musste, würde er den Kopf des Dubh Gall spalten wie Feuerholz.

Die *Meereshengst* wurde schneller, ihre Geschwindigkeit änderte sich von vollkommenem Stillstand über langsames Kriechen und zu einer deutlicheren Bewegung, ein mit Muskelkraft erzielter Fortschritt, als die doppelt bemannten Ruder sich tief ins Wasser gruben und das lange, schmale Schiff vorantrieben. Und wie durch Zauberei trat das ferne Schiff der Fin

Gall, ihre Beute, wieder klarer hervor und wandelte sich von einem Schemen zu einem tatsächlichen Schiff, von einem geisterhaften Abbild zu einem greifbaren Gegenstand. Der Nebel hob sich, die *Meereshengst* kam ihrem Ziel immer näher. Die Fin Gall konnten nicht ewig fliehen.

Während der Nacht, als sie nur ziellos dahintrieben und es nicht so viel zu steuern gegeben hatte, hatte Lorcan einen seiner Männer an die Ruderpinne gesetzt. Nun jedoch schob er ihn beiseite und übernahm selbst das Ruder. Der Schaft aus Eichenholz fühlte sich bereits vertraut in seiner Hand an. Am vergangenen Tag hatte er genug gesteuert, um zu wissen, wie das Schiff auf seine Berührung reagierte, sowohl unter Segel wie auch beim Rudern. Er wusste, wie viel – oder, wichtiger: wie wenig! – man die Ruderpinne in die eine oder die andere Richtung drücken musste, damit das große Schiff seinem an der rechten Bordwand hängenden Ruder folgte.

Jetzt stieß er die Pinne nur ein winziges Stück von sich fort und behielt den Bug im Auge, um zu sehen, wann die *Meereshengst* sich drehte. Dann zog er das Steuerruder zurück, und das Schiff blieb auf dem neuen Kurs. Der Bug wies nun genau auf das Heck des Fin-Gall-Bootes. Auch das war eine Sache, die er schätzen gelernt hatte: wie exakt dieses riesige Fahrzeug auf seine kleinste Berührung reagierte! Hier stand er nun, auf dem größten von Menschenhand gefertigten Gegenstand, den er je gesehen hatte, und doch konnte er dessen Fahrtrichtung leichter beeinflussen als den Weg eines Ochsenkarrens. Unglaublich.

Die Männer auf den Ruderbänken hatten den Takt jetzt verinnerlicht, schwangen die Riemen und pullten. Es waren große Männer, starke Männer, Lorcans ausgewählte Krieger, und das Rudern bereitete ihnen keine besondere Mühe. Lorcan spürte, wie das Schiff unter ihm Fahrt aufnahm. Es war, als könne er Kraft aufspeichern, wie eine Bogensehne, die so weit zurückgezogen wurde, wie sie es nur aushielt, und dann angefüllt war von tödlichen Möglichkeiten. Und diese Kraft gehörte nun ihm!

Er schob die Ruderpinne noch ein Stück weiter, als das Schiff der Fin Gall am Bug der *Meereshengst* vorbeizog. Im selben Augenblick bemerkte er, dass er einen Fehler gemacht hatte. Wäre er an Land gewesen und hätte einen Reiter verfolgt, dem er sich wie diesem Schiff von der Seite annäherte, er hätte sich gar nicht erst hinter ihn gesetzt. Er hätte einen Punkt vor dem Gegner angesteuert, um ihn abzufangen, um ihm den Weg abzuschneiden.

Mit Schiffen auf dem Meer war es nicht anders. Das erkannte er nun.

»Verdammt«, stieß er hervor und schob die Ruderpinne weiter, brachte sein Schiff auf einen Kurs, der beinahe parallel zu dem der Fin Gall lag, anstatt auf deren Heck zu zielen. Seine Dummheit hatte den Fin Gall zusätzliche Zeit und mehr Abstand verschafft, doch am Ende würde ihnen das nicht helfen. Es brachte ihnen allenfalls einige Minuten mehr, in denen sie über ihren bevorstehenden Tod nachdenken konnten.

Der Himmel wurde heller, der graue Nebel wirkte fast weiß und wurde mit jedem Augenblick dünner. Lorcan schaute nach Westen und bemerkte erschrocken, dass das Festland gerade eben durch den Dunst sichtbar wurde, die hohen Klippen und die Hügel dahinter, die vom Wasser her aufstiegen; feste Umrisse, die aus der nassen, dunstigen Welt hervorstachen. Es überraschte Lorcan vor allem, wie dicht an der Küste sie waren. Er war davon ausgegangen, dass sie viele Meilen weit draußen auf See seien, sicher vor Felsen und Brandungswellen. Doch da war es, das Ufer, gleich in Windrichtung und weniger als eine Meile entfernt.

Egal, dachte Lorcan, *wir können das Land jetzt sehen*. Dennoch war er immer noch erschüttert von der Erkenntnis, wie nah sie der Küste und dem Tod gekommen waren.

Sie fuhren nach Süden, das Schiff der Fin Gall und die *Meereshengst* dahinter, auf fast parallel verlaufenden Kursen. Die *Meereshengst* mit ihrer größeren Mannschaft, der ausgeruhteren Mannschaft, den doppelt bemannten Rudern, bewegte sich schneller als die Fin Gall, aber nicht viel schneller. Der Abstand verringerte sich, das war klar, doch diese Annäherung vollzog sich so allmählich, dass Lorcans Geduld langsam zur Neige ging und seine Reizbarkeit wuchs.

Wann immer er es nicht mehr aushalten konnte, brüllte er seine Männer an, dass sie schneller rudern sollten, und einige Minuten lang taten sie es und die *Meereshengst* wurde spürbar schneller. Aber dann ermüdeten sie, ihre Schlagzahl sank, und bald bewegten sie sich wieder in demselben Takt, den sie den größten Teil des Morgens durchgehalten hatten.

Sandarr war an die Seite getreten und lehnte an der Reling. Er verfolgte die Jagd und hielt den Mund geschlossen. Lorcan dachte daran, was er gesagt hatte; *Grimarr entkommt nordwärts durch den Nebel* … Er hatte Sandarrs Worte abgetan, hauptsächlich, weil er diesem Mann nicht die Befriedigung gönnen wollte, ihn ernst zu nehmen. Dennoch war die Warnung hängen geblieben und nagte nun an Lorcan.

Grimarr, du Hurensohn, wo bist du?, fragte er sich. Unwillkürlich wandte er sich um und schaute nach Osten. Dort war nichts zu sehen außer den flachen, grauen Wellen, die sich in einiger Entfernung im Nebel verloren. Wie weit entfernt? Das war unmöglich zu sagen. Einige Meilen vielleicht. Dahinter hätte eine Flotte von tausend Schiffen segeln können, ohne dass es jemand mitbekam.

Lorcan presste die Lippen aufeinander und konzentrierte

sich auf die Fin Gall vor ihm, aber der Gedanke an Grimarr vergrößerte seine Sorgen nun. Er hatte keine Ahnung, wo der Bastard sich herumtrieb. Er wusste, dass Grimarr am Tag zuvor nicht vom Strand her nach Norden gekommen war, jedenfalls hatte er die Landzunge nicht bei Tageslicht umrundet. Dieses Stück Wasser hatten sie die ganze Zeit im Auge gehabt. Lorcan war überzeugt davon, dass Grimarr nicht bei Nacht segeln würde, allerdings beruhte diese Annahme einzig auf einem Gefühl, und er vertraute seinem Gespür auf See längst nicht so sehr wie an Land.

Sandarr hatte nicht unrecht, wenn er zu bedenken gab, dass Grimarr nur schwer wieder zu vertreiben wäre, wenn er sich erst erneut in Vík-ló festgesetzt hatte. Der Wall um den Longphort war nicht sonderlich beeindruckend, doch es war ein Wall, und er musste überwunden werden, bevor sie den Ort einnehmen konnten. Viele Iren würden dabei den Tod finden. Und wenn Vík-ló dann in die Hände der Iren zu fallen drohte, konnte Grimarr sich immer noch auf seine Schiffe zurückziehen und in See stechen. In dem Fall würde Lorcan für all seine Bemühungen nur einen dreckigen, erbärmlichen und verlassenen Longphort in Händen halten.

Nein, Grimarr sollte er unbedingt auf dem Wasser erwischen. Und das bedeutete, dass er diese Fin Gall jetzt schnell erledigen musste.

»Legt euch ordentlich rein, ihr elenden Bastarde!«, rief Lorcan über das Deck. Er konnte nicht anders.

Der Abstand zwischen den Schiffen schrumpfte von einer Meile auf eine Dreiviertelmeile, dann zu einer halben, und das Schiff der Fin Gall war immer deutlicher zu sehen, als sie näherkamen und der Nebel zugleich dünner wurde. Lorcan konnte die Schilde an der Bordwand ausmachen, und die Lücken, wo Schilde fehlten, ohne Zweifel bei dem Kampf am

Strand verloren gegangen und womöglich mit den Leichen ihrer Besitzer zurückgeblieben. Er sah das stete Heben und Senken der Ruder; die Rah, die mit fest daran verzurrtem Segel der Länge nach auf ihren Halterungen ruhte, genau wie bei der *Meereshengst* auch.

Lorcan zog die Ruderpinne zu sich, nur eine winzige Korrektur, die den Bug der *Meereshengst* ein Stück nach Westen brachte, ihn wieder exakter auf die Fin Gall zeigen ließ. Es war an der Zeit, zu ihnen aufzuschließen, die Lücke zwischen den Schiffen zu überwinden und sich mit Beil und Schwert auf sie zu stürzen. Es war an der Zeit, das Spielchen mit diesen verfluchten, feige fliehenden Hundesöhnen zu beenden, ihr Schiff einzunehmen und sich dem eigentlichen Ziel zuzuwenden: Grimarr dem Riesen, dem selbsternannten Herrn von Vík-ló.

Unvermittelt drehte sich das Schiff der Fin Gall, wirbelte herum wie ein Blatt in einem Strom, bis der Bug nach Norden wies. Einen Moment lang starrte Lorcan es einfach nur an und wusste nicht, was er davon halten sollte. Dieser plötzliche Kurswechsel nach mehr als einer Stunde, in der das Schiff stur seine Richtung beibehalten hatte, überraschte ihn.

»Was für erbärmliche Bastarde«, rief Lorcan. »Schlagen Haken wie die Kaninchen vor dem Hund!« Er konnte nur raten, dass sie darauf hofften, durch das unerwartete Manöver ein wenig mehr Abstand zu gewinnen, aber das hatte nicht funktioniert, nicht im Geringsten. Tatsächlich hatte es ihre Lage nur schlimmer gemacht. Lorcan zog entschiedener an der Ruderpinne, und die *Meereshengst* wandte sich noch weiter nach Westen. Anstatt sich wie bisher in einem Winkel zu nähern, hielten sie jetzt direkt auf ihre Beute zu.

Drei weitere Ruderschläge, die *Meereshengst* flog förmlich über das Meer, und Lorcan bemerkte, dass das Schiff der Fin

Gall angehalten hatte. Sie flohen nicht länger, sondern warteten einfach ab, mit eingezogenen Rudern und ohne jede Bewegung außer dem sanften Schaukeln des Rumpfs im Wellengang.

Sandarr, der immer noch an der Reling lehnte, richtete sich auf. Er kam zu Lorcan herüber, ohne seinen Blick dabei von dem feindlichen Schiff abzuwenden. Zwei weitere Ruderschläge, und Lorcan rief: »Ruder halt!«

Die Männer hielten inne. Manche hoben die Ruder aus dem Wasser, andere nicht. Die *Meereshengst* drehte sich träge herum, mit der Längsseite in die Dünung, und rollte dann von einer Seite auf die andere.

»Ruder einziehen!«, befahl Lorcan als Nächstes, und unbeholfen holten die Männer ihre Ruder an Bord und legten sie über die Ruderbänke.

Lorcan wandte sich Sandarr zu. »Sie sind stehen geblieben, wie du siehst. Offensichtlich stellen sie sich zum Kampf.« Ronnat, die Sandarr übers Deck gefolgt war, übersetzte.

Sandarr nickte langsam, als er die Worte vernahm, doch Lorcan war überzeugt davon, dass er sich nie damit begnügen würde, ihm einfach zuzustimmen, und er behielt recht.

»Vielleicht«, sagte Sandarr. »Oder sie haben irgendeinen Trick vor. Sie sind nicht in der Position, um gegen uns zu kämpfen. Sie sind zu schwach und uns zahlenmäßig unterlegen.«

Aber vielleicht nicht ganz so feige wie du, dachte Lorcan, sprach es allerdings nicht aus. Stattdessen sagte er: »Sie haben keine Wahl. Wir haben sie eingeholt. Sie hätten ohnehin bald gegen uns kämpfen müssen. Jetzt haben sie eben den Ort gewählt, an dem sie sich uns stellen wollen.«

»Ja«, erwiderte Sandarr. »Und genau das beunruhigt mich.«

Lorcan beunruhigte es nicht, so wenig wie Ultan oder irgendeinen anderen der Krieger. Tatsächlich durchlief eine spürbare Erleichterung ihre Reihen, als Lorcan ihnen befahl, sich auf das Gefecht vorzubereiten. Das war etwas, mit dem sie sich auskannten. Das war es, wofür sie lebten, ihr täglich Fleisch und Brot.

Und jeder Einzelne von ihnen, davon war Lorcan überzeugt, erwartete, durch den Sieg im bevorstehenden Kampf von diesem verfluchten Schiff herunterzukommen. Er verzichtete darauf, sie eines Besseren zu belehren, obwohl das genaue Gegenteil der Fall war. Lorcan hoffte, dass dies nur die Erste einer langen Reihe von Seeschlachten war.

Überall auf dem Deck erhoben sich die Männer. Sie dehnten die verkrampften Muskeln, und diejenigen, die welche besaßen, streiften die Kettenhemden über, andere suchten ihre Helme und Schwerter und Schilde zusammen und legten sie auf den Ruderbänken bereit.

Lorcan fand sein Kettenhemd und seine Axt. Er trieb die Axt neben seinen Füßen ins Deck, zog sich das Kettenhemd über den Kopf und richtete es auf den Schultern. Dann schaute er nach vorn. Seine Krieger standen bereit, einige blickten voraus in Richtung der Fin Gall, andere sahen erwartungsvoll zu ihm nach hinten. Manche hielten ihre Schwerter in der Hand. Lorcan war fassungslos.

»Ihr dämlichen Bastarde, wir müssen natürlich erst zu ihnen rudern!«, schrie er. »Ich will einen Mann an jedem Ruder, und die übrigen machen sich fertig und springen auf das Schiff der Fin Gall, sobald wir neben ihnen liegen!«

Es war keine große Überraschung, dass jeder zu denen gehören wollte, die sich in den Kampf stürzten, während niemand an den Rudern sitzen wollte. Ultan löste mit Rufen und Schlägen das Durcheinander auf, und noch einmal wurden die Ruder bemannt und zu Wasser gelassen. Langsam nahm die

Meereshengst Fahrt auf und bewegte sich auf das Schiff zu, dem sie nun schon seit Morgengrauen folgten.

Lorcan hielt die Ruderpinne und zielte genau auf die Mitte des Fin-Gall-Schiffes. Er hätte seine Ruderer am liebsten angetrieben, aber er sagte nichts. Selbst ohne seine ausdrückliche Anweisung legten sie sich hart in die Riemen, und die *Meereshengst* glitt über die Wellen. Lorcans Sorge war es, dass die Fin Gall doch noch einmal versuchen würden zu entschlüpfen, und seine Männer schienen dasselbe zu befürchten. Jeder an Bord war begierig darauf, sie ins Gefecht zu verwickeln, bevor sie es auch nur probieren konnten.

Und dann ergriff Sandarr das Wort, und Ronnat übersetzte: »Sandarr meint, wir sollten nicht so schnell auf sie zuhalten, falls sie trotz allem eine List im Sinn haben.«

»Was für eine List?«, fragte Lorcan. »Da liegen sie und sind bereit zu kämpfen. Schau!« Er wies auf das andere Schiff, das mit jedem Schlag näher rückte. Es lag fast unbeweglich. Die Ruder waren eingezogen, die Schilde von der Bordwand abgenommen worden und in den Händen der Krieger, die in einem losen Schildwall an der Steuerbordseite warteten. Sie waren nah genug, dass Lorcan die Helme und Rüstungen im trüben Sonnenlicht schimmern sah.

»Sandarr sagt, er weiß nicht, was für Tricks sie auf Lager haben«, sagte Ronnat. »Er hält es jedoch für besonnen, sich langsam zu nähern.«

Lorcan lachte, kurz und kalt. »Sag Sandarr, dass nur Feiglinge langsam in die Schlacht kriechen, wie Kinder, die ihre Zehen ins Wasser stecken. Das mag die Art der Dubh Gall sein, doch es ist nicht die Art, wie ein irischer Krieger kämpft.« Er war mit Sandarr fertig. Was auch immer er noch von diesem feigen Narren über das Segeln lernen konnte, es war den Ärger nicht wert, sich sein Gewimmer anzuhören.

Aber Sandarr war anscheinend nicht fertig, und sobald Ronnat Lorcans Worte übersetzt hatte, trat er auf ihn zu, so nahe, dass sie fast Brust an Brust standen. Er schob den Kopf nach vorne. Sandarr war nicht klein, und sein Gesicht lag nur wenig unterhalb dem von Lorcan. Er sprach abgehackt, und Speichel flog von seinen Lippen.

Ronnat übersetzte, als ob diese Wörter noch einer Übersetzung bedurften. »Sandarr sagt, dass ihn niemand einen Feigling nennt. Er sagt, Ihr seid ein Dummkopf und ein Ochse und …«

Weiter kam sie nicht, denn Lorcan hatte genug. Genug von Sandarrs Einwänden, genug von dessen Hochnäsigkeit, genug von den Beleidigungen, die er nie von einem anderen Mann erduldet hätte. Sandarr hatte seinen Vater und sein Volk verraten, und was immer er für Gründe hatte, wie sehr es Lorcan genutzt hatte, er konnte so einen Mann nicht ertragen. Das hatte er nie. Und nun, da dieser Dubh Gall nicht mehr von Nutzen für ihn war, musste er auch nicht länger so tun.

Lorcan stieß seine riesige Hand nach vorn und nach unten. Er griff Sandarr in den Schritt und drückte zu. Sandarr riss die Augen auf, sein Mund öffnete sich, und ein Schrei stieg in seiner Kehle auf, doch nur ein erstickter Laut kam heraus. Er trommelte gegen Lorcans Arm, aber genauso gut hätte er eine Eiche schlagen können.

Bevor der Schrei Substanz gewann, packte Lorcan mit der Linken Sandarrs Schulter, bekam eine Faustvoll der Tunika zu fassen und hob den Dubh Gall in einer flüssigen Bewegung über den Kopf. Es war nicht einfach, den großen Mann so in der Höhe zu halten, vor allem nicht, weil er sich wehrte und zappelte und um sich schlug. Aber Lorcan war stark, und er musste ihn nicht lange tragen. Mit zwei stolpernden Schritten nach links erreichte er die Bordwand, stieß hart dagegen und ließ sich von diesem abrupten Stopp dabei helfen, Sandarr über die Reling ins Meer zu werfen.

Er sah, wie der Däne aufkam, in einer Fontäne von Wasser und Gischt. Er ruderte mit den Armen bei dem Versuch, im Wasser Halt zu finden. Lorcan erhaschte einen Blick auf seine entsetzt aufgerissenen Augen, dann ging Sandarr unter. Die *Meereshengst* schoss voran, wurde mit jedem Schlag schneller, und die Stelle, wo Sandarr aufgekommen war, geriet außer Sicht. Wilder Jubel brandete von den Ruderbänken und den Männern auf, die zum Kampf bereitstanden. Lorcan ließ sie schreien. Das würde ihren Kampfgeist stärken und die Fin Gall erschrecken, die als Nächste sterben sollten.

Ultan kam nach hinten, und Lorcan rief ihn zu sich. »Nimm das Ruder«, sagte er. »Ziel auf die Mitte des Fin-Gall-Schiffes. Im letzten Augenblick zieh hart nach rechts. Wir werden unsere linke Seite gegen ihre rechte legen, und so kommen wir zu ihnen an Bord.« Ultan nickte. Wenn er enttäuscht war, weil er nicht zur ersten Angriffswelle gehörte – wovon Lorcan ausging –, dann verbarg er das gut.

Lorcan riss seine Axt aus den Decksplanken und stapfte nach vorn. Seine Leute machten ihm Platz. »Wir legen mit dem linken Bootsrand bei den Fin Gall an«, rief er mit einer Stimme, die leicht das ganze Deck ausfüllte. »Passt auf, dass ihr die Ruderer nicht stört. Aber seid bereit, auf dieser Seite anzugreifen. Fallt über sie her, sobald ihr die Gelegenheit habt. Sie sind schwach und in der Minderzahl, und wir töten sie alle. Lasst keinen am Leben. Genau wie bei Fasti Magnissons Männern.«

Er sah seine Leute grinsen und mit den Köpfen nicken. Ihr Blutdurst war geweckt, und sie waren begierig auf den Kampf.

Lorcan ging weiter, geradewegs bis zum Bug. Dort wartete immer noch der Ausguck, doch der trat ein paar Schritte zurück und gab den Platz frei. Lorcan legte die Hand auf die aufragende, geschnitzte Bugzier und schaute nach vorn. Sie waren jetzt ganz nahe, keine dreihundert Fuß mehr, und die *Meereshengst* stürmte in die Schlacht. Lorcan konnte die Muster auf den Schilden der Fin Gall unterscheiden, sah die bereitgehaltenen Beile und Schwerter. Er musste davon ausgehen, dass in diesem Schildwall jeder Mann stand, den sie an Bord hatten – und das bedeutete, dass es noch weniger Gegner waren als erwartet.

Hundertfünfzig Fuß. *Das wird schnell vorbei sein …*

Fünfundsiebzig Fuß. Da trieb etwas im Wasser, zwischen der *Meereshengst* und dem Schiff der Fin Gall. Lorcan blickte genauer hin. Es sah wie ein Baumstamm aus, ohne Rinde und schwach schimmernd im gedämpften Licht des Tages.

Nein, kein Stamm …

Es bestand aus Holz, doch es war bearbeitet. Es sah aus wie Schnitzwerk. Lorcan sah es im Wellengang schaukeln, also schwamm es und war keine Klippe, kein Hindernis. Das hieß, dass es für ihn ohne Bedeutung war.

»Macht euch bereit!«, schrie er über die Schulter zu den Männern hinter ihm. Er sah nun die Gesichter seiner Feinde. Er glaubte den Bastard zu erkennen, gegen den er draußen auf der Straße vor Vík-ló gekämpft hatte, den jungen, glattrasierten Wikinger. Lorcan fixierte ihn, kniff die Augenbrauen zusammen und dachte: *Dich töte ich zuerst, du Fin-Gall-Schwein!*

Keine dreißig Schritte mehr trennten ihn vom Schiff der Fin Gall, da ruckte dieses plötzlich nach vorne, schoss voran, als wäre es von hinten geschoben worden. Lorcan riss überrascht die Augen auf, ihm fiel die Kinnlade herab. Ein tropfendes Seil hob sich vor dem Schiff aus dem Meer, an dem ein Dutzend Männer an Deck zerrte. Sie zogen das gegnerische Schiff aus der Bahn der *Meereshengst*.

»Beidrehen!«, schrie Lorcan. »Ultan, bring das Schiff herum, jetzt! Zieht die verdammten Ruder ein! Los, Männer, fertig zum Angriff!«

Diese Fülle von Anweisungen kam plötzlich, unerwartet, und führte zu vollkommener Verwirrung an Deck. Die Ruder wurden hereingeholt, und die fünfzehn Fuß langen Schäfte behinderten jene Krieger, die das feindliche Schiff entern sollten. Die Angriffstruppen wiederum stolperten zwischen die Ruderbänke und störten die Ruderer bei dem Versuch, die Riemen an Bord zu holen. Die Fin Gall schossen voran; schon blickte Lorcan nur noch auf ihr Heck, während sie davonzogen, und die *Meereshengst* wendete scharf in ihrem Kielwasser.

»Verdammt sollt ihr ein!«, brüllte Lorcan den Fin Gall hinterher, und gerade, als er die Worte sprach, kam sein Schiff abrupt zum Stillstand. Das Deck hob sich unter seinen Füßen, und der Schwung schleuderte ihn nach vorne. Er krachte gegen den hohen Bug und schlang beide Arme darum, damit er nicht geradewegs über Bord geschleudert wurde.

Lorcan schob sich zurück und blickte sich um. Der junge Ausguck lag vor seinen Füßen. Dahinter waren die Männer auf dem ganzen Deck übereinandergefallen, nachdem die Wucht des Aufpralls sie umgestoßen hatte. Die *Meereshengst* bog sich in einem unnatürlichen Winkel, das Geräusch krachenden und berstenden Holzes hing in der Luft.

Lorcan schaute nach unten. Zehn Fuß hinter dem Bug war das Schiff geknickt, das vordere Ende stand in einem hässlichen Winkel nach oben, das hintere Ende bewegte und verdrehte sich unabhängig vom Rest des Rumpfs. Lorcan sah, wie die Planken an der Seite und an Deck sich spannten, sich bogen und auseinanderrissen. Dabei enthüllten sie den felsigen Grat, auf den sie mit all der Gewalt, die die *Meereshengst* nur aufzubringen vermochte, aufgelaufen waren.

»Nein, nein!«, schrie Lorcan. Der vordere Teil des Schiffs, auf dem er stand, verdrehte sich und rutschte zur Seite, der Riss zehn Fuß achtern klaffte weiter auf. Wasser drang ein und schoss Richtung Heck. Der Ausguck kreischte jetzt vor Entsetzen. Er war aufgesprungen, kämpfte sich mit Händen und Füßen nach vorn und griff nach dem Steven, nach Lorcan, nach irgendwas, das in dieser so aus den Fugen geratenen Welt irgendwelchen Halt versprach.

»Ruhe!«, brüllte Lorcan. Er konnte nicht nachdenken mit diesem Geschrei in seinem Ohr. Aber der Ausguck hörte nicht auf; nichts deutete darauf hin, dass er Lorcan auch nur gehört hatte.

Lorcan packte den Mann an der Kehle und drückte zu. Die Schreie erstickten in einem Röcheln. Lorcan hob den Jüngling hoch und schleuderte ihn seitwärts ins Meer.

Die Krieger im hinteren Teil des Schiffes, die auf das Deck geschleudert worden waren, kamen auf die Füße und wichen vor den ansteigenden Fluten zurück. Sie bewegten sich Richtung Heck, schneller und schneller und von immer größerer Panik angetrieben, als der Ozean sie zu verschlingen drohte. Schließlich drehten sie sich um und rannten, stießen und rissen aneinander bei ihrer verzweifelten Flucht. Sie kamen vierzig Fuß weit, dann gab es keinen Ort mehr, an den sie sich noch wenden konnten.

»Nein!«, schrie Lorcan erneut. Er musste Befehle erteilen, das Kommando wieder an sich reißen und seine Leute retten. Aber er hatte absolut keine Ahnung, was er tun sollte. Und so blieb er allein am Bug, umklammerte den Eichensteven und starrte mit fassungslos geweitetem Blick in Richtung des Hecks, als die *Meereshengst* in zwei Teile zerfiel. Mit einem grässlichen reißenden Laut gaben die letzten Plankengänge und schließlich der Kiel selbst nach, und der hintere Teil des

Schiffes tauchte ab unter dem Gewicht von siebzig Männern, die sich alle am Heck aneinanderdrängten. Der geborstene, ausgefranste Rumpf hob sich in die Höhe und der Bugteil, auf dem Lorcan stand, fiel an einer Seite herunter, während der Rest auf die andere kippte.

Die Männer am Heck schrien. Grauenhafte, schrille Schreie, entsetzte Schreie, wie Lorcan sie bei seinen Kriegern nie für möglich gehalten hätte. Doch hier erwartete sie ein Tod, auf den sie nicht vorbereitet waren. Das Heck des Schiffs kippte nach Backbord, und die Männer kletterten übereinander, um oben zu bleiben.

Und dann drehte der Schiffsrumpf sich schneller, die Bruchkante hob sich noch höher aus den Fluten, und schließlich rollte der Rumpf einfach herum und kenterte. Der Boden der *Meereshengst* ragte aus dem Wasser wie der Panzer einer Schildkröte, aber glatt und grün vor Algen. Die Schreie verstummten.

32. Kapitel

Die Spinnerin des Schicksals ist hart zu mir …

EGILS SAGA

Seine Söhne besuchten Grimarr den Riesen im Schlaf. Der Traum war so lebendig wie alles, was ihm je in wachem Zustand widerfahren war. Seine Jungen standen am Ufer des Flusses bei Vík-ló. Sie hielten zerbrochene Schwerter in den Händen und waren mit Blut bedeckt. Sweyn und Svein, seine geliebten Söhne. Sie sagten nichts. Das war nicht nötig.

Er schlug die Augen auf und blickte zum schwarzen Himmel empor und sagte: »Danke.« Er sprach so leise, dass niemand sonst ihn hörte. Aber jetzt wusste er, was er zu tun hatte. Zum ersten Mal seit dem Kampf am Strand lag sein Kurs klar vor ihm, war sein Geist ungetrübt.

Grimarr streckte seine steifen und schmerzenden Beine. Er stützte sich mit der Linken auf das Deck und zog die Hand rasch zurück, als der Schmerz der Stichwunde seinen Arm hinaufschoss. Stattdessen drückte er sich mit der Rechten hoch und kam auf die Füße. Er stand am Heck der *Adlerschwinge*, und zu seinen Füßen schliefen zwei Drittel der Männer, die ihm noch verblieben waren, überall auf dem Schiff verteilt.

Auf der Backbordseite, kaum zu sehen im schwachen Licht vor der Morgendämmerung, lag die *Fuchs* genau wie die *Adlerschwinge* mit dem Bug im Sand, gleichfalls mit der schlafenden Besatzung an Bord. Am Strand, in einem Halbkreis vor den Schiffen, behielten die Wachen das Inland im Auge. Ihre

Aufgabe war es nicht, einen Angriff der Iren abzuwehren. Sie sollten nur Alarm schlagen, wenn die Iren kamen, zum Ufer laufen, die Boote zurück ins Wasser drücken und, wenn sie ein wenig Glück hatten, an Bord gelangen, ehe sie getötet wurden.

Aber die Iren waren nicht gekommen, und Grimarr rechnete nicht mehr damit, dass sie es taten. Lorcan hatte jetzt ein Schiff, die *Meereshengst*. Das zu bekommen war gewiss ein entscheidender Teil seines Plans gewesen, so viel hatte Grimarr inzwischen erkannt. Es mochte durchaus sein, dass die Iren weiter hinter dem Schatz von Fearna her waren. Doch womöglich wussten sie schon ganz genau, was Grimarr gerade erst zu vermuten begann: dass der Schatz überhaupt nicht an diesem Strand lag. Wie auch immer, die Iren nahmen den Kampf derzeit jedenfalls nicht wieder auf, und Grimarr bezweifelte, dass sie es noch tun würden. Jedenfalls nicht hier.

Gestern, nach dem Gefecht, war Grimarr so außer sich gewesen vor Ärger, dass er seinen Männern keinen verständlichen Befehl mehr hatte geben können. Er hatte getobt wie ein wütender Stier, der von allen Seiten von Hunden gereizt wurde, war so voller Wut gewesen, dass er nicht einmal wusste, in welche Richtung er sich wenden sollte. Lorcan hatte sie überrascht. Nicht vollständig überrumpelt, aber doch richtig überrascht. Grimarr war so schlau gewesen, die Norweger ganz vorne aufzustellen, trotzdem hatte er viele seiner eigenen Leute verloren. Zu viele. Die Iren waren auf einem Pfad herabgekommen, den die Nordmänner gar nicht bemerkt hatten, und so waren sie ihnen in den Rücken gefallen.

Und dann hatten sie auch noch eins der Schiffe seiner Flotte erbeutet. Das war eine Schmach. Dennoch war Grimarr da die Befriedigung geblieben, dass er immer noch den Jungen hatte, Harald, und dass die Rache für seine Söhne nach wie vor in Reichweite war. Und er hatte das Mädchen, dem er die

Wahrheit über den Schatz schon entreißen konnte, auf die eine Weise oder die andere.

Und dann waren auch diese beiden ihm durch die Finger geschlüpft. Und bei ihrer Rettung hatte der fette Bastard, der das norwegische Schiff führte, auch noch die *Adlerschwinge* lahmgelegt und die Hälfte ihrer Ruder glatt entzweigebrochen. Natürlich hatten sie Ersatzruder, aber nur ein paar – nicht genug, um die sechzehn zu ersetzen, die auf der Backbordseite nur noch Kleinholz waren.

Die Wut hatte Grimarr den Verstand geraubt. Doch er hatte nicht geschrien, hatte nichts kaputt gehauen, hatte niemanden getötet. Er hatte Bersi angewiesen, wieder am Strand zu graben und den Schatz zu finden, und dann hatte er sich auf eine der Ruderbänke gesetzt und gar nichts mehr gesagt. Vage spürte er die Furcht, die von jedem Mann ausging, der in seine Nähe kam. Aber darüber dachte er nicht nach. In Wahrheit dachte er überhaupt nicht, jedenfalls nicht in irgendeiner geordneten Weise. Sein Geist war angefüllt von wirren Gefühlen und Eindrücken; Wut, Hass, Ohnmacht …

Sie fanden keine Spur von der Beute aus Fearna. Unter Bersis Befehl grub sich die Besatzung von dem Punkt aus nach außen, den das Mädchen ihnen zuerst vorgegeben hatte. Sie gingen drei Fuß in die Tiefe und dreißig in jede Richtung. Andere durchkämmten den Strand nach Anzeichen dafür, dass der Kies aufgewühlt worden war. Sie arbeiteten den ganzen Tag und mit vielen Männern, und sie fanden nichts.

Natürlich waren nicht alle mit Graben oder Suchen beschäftigt. Eine Menge waren in der Schlacht verwundet worden, einige davon sehr schwer. Sie wurden von jenen versorgt, die sich darauf verstanden, Verletzte wieder zusammenzuflicken. Weitere Krieger hielten Wache und stiegen zur Oberseite der Klippe empor, von der die Iren gekommen waren. Sie spähten vorsichtig über die Kante des Steilhangs ins Hinterland und sahen nur Gras und eine niedergetrampelte Fläche, wo eine Menge Pferde gestanden hatten. Die Iren waren fort. Von ihrer Warte hoch über dem Strand konnten Grimarrs Wachen meilenweit in jede Richtung blicken. Einen zweiten Überraschungsangriff würde es nicht geben.

Als die Sonne untergegangen war und sie genug gegraben hatten, entfachten sie die Scheiterhaufen. Mehr als ein Dutzend Nordmänner waren gefallen, gute Leute, Männer, die schwer zu ersetzen waren. Diejenigen, die noch arbeiten konnten – auch wenn sie beinahe zusammenbrachen nach einem Tag des anstrengenden Wühlens im unerbittlichen Kies –, schleppten große Stücke Treibholz zu einer Stelle des Strandes. Die Leichen wurden oben auf den Stapel gelegt, und mit einiger Mühe wurde das Holz entzündet, und bald loderten die Flammen hoch in den Nachthimmel empor. Dann brachen die verbliebenen Nordmänner auf dem Kiesstrand zusammen, so nahe beim Feuer, wie sie nur herankamen. Sie sahen zu, wie die Körper der Toten von der Glut verschlungen wurden, die irdischen Überreste von Kriegern, die längst in Odins Halle schmausten. Die Überlebenden beneideten sie.

Grimarr blieb an Bord der *Adlerschwinge* und zog von der Ruderbank ganz an das Heck des Schiffs um, wo er nicht gestört werden würde – obwohl er davon ausging, dass ihn ohnehin niemand stören würde, egal wo er lag. Ihm war nicht nach schlafen zumute, und er versuchte es gar nicht erst. Aber schließlich brachten die Götter ihm den Schlaf doch, damit seine Jungen ihn in dieser Welt besuchen konnten.

Nach dem Aufwachen stand er einen Augenblick auf dem Achterdeck, dann stolperte er nach vorn und stieß links und rechts mit dem Fuß die Männer an, bis er Bersi Jorundarson fand. Bersi murrte und blickte finster, bis er erkannte, wer ihn da gestört hatte. Als er das tat, setzte er sich hastig auf. Grimarr konnte ihn kaum ausmachen; nur der Umriss eines Mannes in der Dunkelheit. Aber er saß aufrecht, und er wirkte aufmerksam.

»Bersi?«, fragte Grimarr.

»Ja … Grimarr?«, gab Bersi zurück.

Grimarr hörte die Unsicherheit in seiner Stimme.

»Wir müssen beim ersten Tageslicht aufbrechen. Schaffen wir das?«

Grimarr glaubte zu erkennen, wie Bersi sich umblickte. Es gab eine Pause, dann sagte Bersi: »Ja, Herr. Die Schiffe sind bereit. Wir müssen nur die Wachen zurückrufen.«

»Gut. Dann brechen wir auf.«

»Lord Grimarr …«, setzte Bersi an. Er sprach nun weniger zurückhaltend, anscheinend ermutigt von Grimarrs ruhigem und sachlichem Tonfall.

»Ja, Bersi?«

»Herr, was ist mit dem Schatz? Ihr wisst, dass wir keine Spur davon gefunden haben.«

»Es gibt hier keinen Schatz«, sagte Grimarr, und seine Stimme ließ nicht den mindesten Zweifel daran. »Diese irische Schlampe hat uns angelogen. Sie will den Hort für Lorcan bewahren. Oder für sich selbst.«

»Ja, Herr«, sagte Bersi.

»Du erinnerst dich an diesen Norweger? Thorgrim?«, fragte Grimarr.

»Ja, Herr«, erwiderte Bersi. »Ihr habt ihn getötet.«

Grimarr blinzelte, und ein warmes Gefühl durchströmte ihn wie der erste Schluck eines starken Getränks, wenn es die Kehle herabrinnt. Er hatte Thorgrim getötet. Nach allem, was seither passiert war, hatte er das beinahe vergessen, aber jetzt hatte Bersi ihn wieder daran erinnert. Mit der Erinnerung stieg ein Glücksgefühl in ihm auf, das noch zu der Klarheit und Zufriedenheit hinzutrat, die der Traum ihm gebracht hatte.

»Ja, das ist richtig. Ich habe ihn getötet. Weißt du warum?«

»Nein, Herr«, sagte Bersi, und Grimarr hörte, wie die Unsicherheit erneut in seine Stimme kroch. Tatsächlich hatte er niemals vorgehabt, Bersi irgendetwas davon zu erzählen. Doch der Traum, dann der Gedanke an Thorgrims Tod und schließlich die Dunkelheit legten einen Hauch der Entrücktheit über ihr Gespräch, und es fühlte sich irgendwie richtig an, jetzt darüber zu reden. Bersi war ihm immer treu gewesen.

»Ich habe ihn getötet, weil er meine Söhne umgebracht hat. Sweyn und Svein. Er hat sie in Dubh-Linn erschlagen.«

Bersi nahm die Erklärung schweigend auf und blieb eine Weile still. Dann fragte er: »Seid Ihr sicher, Herr? Woher wollt Ihr das wissen?« Bersis Stimme stockte bei den letzten Wörtern, als würde ihm bewusst, dass er mit dieser Frage zu weit gegangen war. Und das war er. Grimarr spürte einen Anflug von Ärger über Bersis Unverschämtheit, doch er schluckte, und das Gefühl zog vorüber.

»Ich weiß es«, sagte Grimarr in überzeugtem Ton. »Darum habe ich ihn getötet. Aber das ist nicht genug. Ich muss auch Thorgrims Sohn töten. Harald. Meine Söhne kamen heute Nacht in einem Traum zu mir und haben mich an meine Pflicht erinnert.«

»Ja, Herr«, antwortete Bersi und ließ klugerweise keine Spur von Zweifel erkennen. »Doch wie sollen wir ihn finden?«

»Wenn sie aufs Meer hinausfahren, könnte ich den Rest meiner Tage damit verbringen, ihnen nachzujagen. Aber ich weiß, wo sie sein werden. Meine Söhne haben es mir verraten.«

»Ja, Herr«, erwiderte Bersi, und nach einer kurzen Stille fügte er hinzu: »Und wo wäre das, wenn ich fragen darf, Herr?«

»Sie werden sich nach Vík-ló wenden. Ihre Vorräte sind

dort, und ihre Beute. Sie können nicht in See stechen, ohne vorher nach Vík-ló zu segeln. Dort werden wir sie finden. Und dort werden wir sie töten.«

Die Ruder auf der Steuerbordseite der *Weitfahrer* waren im Wasser geblieben, als die *Meereshengst* auf sie zuhielt. Die Riemen mittschiffs berührten sogar das unter der Oberfläche verborgene Riff und verhinderten so, dass das Schiff von den einlaufenden Wellen auf den Fels geschoben wurde. Ein Viertel ihrer Mannschaft saß an diesen Rudern. Ein weiteres Viertel kauerte in der Mitte des Schiffes und hielt sich bereit, die Backbordruder auszubringen. Noch ein Viertel stand zugbereit an dem Tau, das zum Anker führte, der hundert Fuß vor dem Bug festgemacht war; und das letzte Viertel bildete einen Schildwall, um all diese Vorbereitungen außer Sicht zu halten.

Alles war genau so verlaufen, wie Thorgrim es sich vorgestellt hatte. Besser sogar! Thorgrim hatte darauf gehofft, dass die *Meereshengst* beschädigt würde, vielleicht sogar lang genug auf dem Riff festhing, um der *Weitfahrer* die Flucht zu ermöglichen. Dass ihre Feinde gänzlich daran zerschellten, war mehr, als man hätte erbitten können. Doch mitunter machten die Götter einem Mann auch mal ein Geschenk.

Aber nie war es ein echtes Geschenk, ein Geschenk, für das keine Gegenleistung erwartet wurde. Thorgrim wusste, dass er für die Gabe, die die Götter ihm an diesem Morgen hatten zukommen lassen, irgendwann und auf irgendeine Weise würde bezahlen müssen. Und bis der Zeitpunkt gekommen war, würde er niemals wissen, wann dieser Preis fällig wurde.

Die *Meereshengst* war direkt auf sie zugekommen, und zu Thorgrims Überraschung – und zu der jedes anderen an Bord! – hatten die Ruderer sich dabei mit aller Macht ins Zeug gelegt. Thorgrim nahm an, dass dort niemand war, der irgendetwas von Seefahrt verstand. Jedenfalls hätte kein Seemann, der diese Bezeichnung verdiente, in einem derart tückischen und unbekannten Gewässer so prahlerisch die volle Geschwindigkeit zur Schau gestellt, zu der sein Schiff fähig war.

Thorgrim hatte gewartet, bis die Iren fast bei ihnen waren. Dann befahl er den Männern, am Ankertau zu ziehen, kräftig mit den Steuerbordrudern zu schlagen und die Ruder an Backbord auszubringen. Innerhalb eines Herzschlags verwandelte sich die *Weitfahrer* von einem trägen Konstrukt aus Holz, Eisen, Seil und Tuch zu einem lebenden Wesen, das vor dem anstürmenden Feind davonsprang.

Sie sahen, wie die *Meereshengst* hinter ihrem Heck vorbeiglitt und dazu ansetzte, in ihr Kielwasser einzuschwenken. Doch sie hielten nicht inne, um zuzusehen, wie sie auf dem Riff ihr Ende fand. Die Schreie der Iren, als das Wasser sich über ihnen schloss, waren furchtbar anzuhören. Die Besatzung der *Weitfahrer* war mit dem Sterben vertraut, und sie hatte schon oft ihren Gegnern den Tod gebracht. Aber das hier war anders. Hier starben keine Männer mit der Waffe in der Hand auf dem Schlachtfeld, sie wurden von der See verschlungen. Das war ein Schicksal, das jeder Seefahrer fürchtete. Darin lag nichts von der Ehre, die ein Tod im Kampf mit sich brachte, und doch war es etwas, das jedem von ihnen nur allzu leicht widerfahren konnte.

Also warfen sie das Ankertau über Bord und versuchten nicht einmal, die Vorrichtung aus Holz und Stein am anderen Ende zurückzuholen, und sie legten sich in die Riemen, um möglichst rasch von dem Grauen fortzukommen, das sich hinter ihrem Heck abspielte. Ein so vollständiger Sieg hätte die Nordmänner normalerweise rufen und jubeln lassen, aber jetzt blieben sie still und wünschten sich nur, dass auch die Schreie der Iren aufhörten.

Und dann, ganz plötzlich, verstummten sie. Und das war noch schlimmer.

Mindestens eine Stunde lang sprach niemand. Die Ruderer pullten gleichmäßig. Die Männer, die nicht an den Rudern saßen, kümmerten sich um die Verwundeten, besserten ihre Ausrüstung aus oder schärften die Waffen. Thorgrim steuerte das Schiff. Starri bezog seinen Posten hoch oben auf dem Mast und behielt den ständig weiter werdenden Horizont im Auge. Ornolf trank Met.

Thorgrim steuerte in spitzem Winkel von der Küste fort und achtete auf den Wind, der ihm ins Gesicht blies. Der frischte ein wenig auf und drehte sich nach Osten, und das war gut. Schließlich brach Thorgrim das Schweigen.

»Lass uns das Segel setzen. Ich denke, wir können jetzt auf Vík-ló zuhalten.«

Die Männer, die nicht ruderten, lösten das Segel und schwangen die Rah querschiffs. Sie takelten Schoten und Halsen auf und spannten das Fall. Kurz darauf bauschte sich das große, rot-weiß gestreifte Segel im Wind. Die Ruder wurden eingeholt, die *Weitfahrer* krängte nach Lee, und Thorgrim lenkte sie nordwärts, Vík-ló entgegen.

»Starri!«, rief Thorgrim nach oben.

»Ja, Nachtwolf? »

»Was siehst du im Süden? Irgendetwas?«

Starri schwieg einen Moment und suchte noch einmal gründlich den Horizont ab. »Wasser. Klippen. Nebel«, berichtete er.

»Keine Schiffe?«

»Keine Schiffe.«

Thorgrim nickte. »Keine Schiffe im Norden?«, rief er.

»Keine Schiffe im Norden.«

Grimarr, du Mistkerl, wo steckst du?, fragte sich Thorgrim. Es gab eigentlich nur zwei Möglichkeiten. Entweder war er immer noch im Süden und lauerte in der Gegend, wo er gegen die Iren gekämpft hatte. Womöglich suchte er weiterhin den Schatz von Fearna. Oder er kämpfte nach wie vor mit Lorcan oder wer sonst sie dort angegriffen hatte.

Wenn das der Fall war, dann hatte die *Weitfahrer* zumindest fast einen Tag Vorsprung vor ihm, mehr als genug Zeit, um bei Vík-ló zu landen, die Vorräte und die Beute einzuladen und wieder zu verschwinden. Das aber schien viel mehr zu sein, als sie sich erhoffen durften, und so hoffte Thorgrim auch gar nicht erst darauf. Die Götter waren großzügig gewesen, als sie die *Meereshengst* zerstört hatten. Er glaubte nicht, dass sie sich noch einmal so großzügig zeigen würden.

Es blieb also die andere Möglichkeit, die wahrscheinlichere, dass Grimarrs verbliebene Schiffe sie in der Nacht oder im Nebel überholt hatten und sich irgendwo nördlich von ihnen befanden, vielleicht bereits in Vík-ló angelandet waren. Thorgrim schätzte, dass die Sichtweite inzwischen ungefähr drei oder vier Meilen betrug, und sie wurde besser, als der Tag voranschritt und der Dunst sich lichtete. Drei oder vier Meilen, und Grimarrs Schiffe waren nirgendwo zu sehen.

Ah, du Mistkerl, wo steckst du?

Agnarr trat ans Heck und bot an, das Ruder zu übernehmen, und Thorgrim überließ es ihm gerne. »Wie weit noch bis Vík-ló?«, fragte er.

Agnarr schaute gen Westen zur Küste. »Zwanzig Meilen etwa«, sagte er. »Aber die Landspitze südlich des Longphorts sollten wir weiträumig umfahren.«

Thorgrim nickte. Er sah zur Sonne auf, eine blasse Scheibe hinter den Wolken, die allmählich dem Westen entgegensank. Sie hätten Vík-ló an diesem Tag erreichen können, hätten sie sich nicht mit der *Meereshengst* auseinandersetzen müssen.

»Kannst du uns im Dunkeln nach Vík-ló hereinbringen?«, fragte Thorgrim.

»Oh …« Auch Agnarr blickte zur Sonne, zurück in Richtung der Küste und dann nordwärts auf die ferne Landspitze, die weit ins Meer hinausragte. »Das könnte ich … wenn ich genug Mondlicht habe.«

»Das es heute Abend nicht geben wird«, ergänzte Thorgrim.

»Das wird es nicht«, bestätigte Agnarr.

Sie fanden einen Sandstrand, der sich meilenweit nach Norden und Süden zu erstrecken schien, und setzten die *Weitfahrer* mit dem Bug darauf. Sie waren nur ungefähr zehn Meilen von ihrem Ziel entfernt, aber der Wind war mit dem herandämmernden Abend zum Erliegen gekommen. Als das Schiff endlich das Land erreichte, hatten die Männer bereits zwei Stunden an den Rudern gesessen, und niemand klagte über die Rast. Sie machten ein Feuer am Strand, und Ornolf trank weiterhin im Übermaß.

»Es ist gut, dass du wieder da bist, Thorgrim«, sagte er und hob den Becher. »Ich bin zu alt für all die Denkerei, die mit dem Kommando einhergeht. Es ist besser, wenn jüngere Kerle wie du sich über diese Dinge den Kopf zerbrechen. Obwohl, ich glaube in Wahrheit, dass du tatsächlich schneller auseinanderfällst als ich!«

»Ich verstehe«, erwiderte Thorgrim. Starri und einige andere hatten einen großen Kessel mit Eintopf aus getrocknetem Fleisch und zerkleinertem Brot gemacht, und Thorgrim schaufelte ihn mit seinem Messer aus einer hölzernen Schüssel. »Du freust dich also weniger, dass ich zurück bin, als vielmehr darüber, dass du nicht länger die Last des Befehlshabers tragen musst. Wenn ein abgerichteter Bär die *Weitfahrer* befehligen könnte, hättest du dich genauso gefreut, ihn an Bord zu holen?«

»Du drehst mir die Worte im Mund herum, Nachtwolf«, sagte Ornolf. Er wirkte verdrossen, aber Thorgrim kannte den alten Mann gut genug und wusste es besser. »Ich freue mich, dich zurückzuhaben.«

»Und ich freue mich, wieder zurück zu sein. Und morgen um diese Zeit sind wir hoffentlich schon unterwegs nach England und nach Hause. Dann freue ich mich noch viel mehr.«

»Ha!«, rief Ornolf und nahm einen tiefen Schluck. »Es gibt nichts, was die Götter lieber hören, als wenn ein Mann über seine Pläne für morgen spricht. Das bringt sie zum Lachen, bis ihnen die Seiten wehtun. Du bist ein Narr, Thorgrim, dass du solche Reden schwingst.«

Thorgrim wusste, dass Ornolf recht hatte. *Aber welchen Unterschied macht es?*, dachte er. *Die Götter wissen ohnehin, was ich im Herzen trage.* Dass er seine Gedanken laut aussprach, konnte keinen Unterschied machen, befand er. Die Götter würden sowieso tun, was ihnen beliebte. Er bemerkte, dass er wieder sein Amulett von Mjöllnir, dem Hammer des Thor, und das silberne Kreuz zwischen den Fingern rieb. Er hörte nicht damit auf.

33. Kapitel

Frey und Njord, lasst den Tyrannen
von seinem Lande fliehn; möge Thor,
der Gott des Landes, hassen diesen Feind,
den Schänder seiner heiligen Stätte.

EGILS SAGA

Kevin mac Lugaed beobachtete, wie das Wikingerboot an den Steinen zerschellte. Er saß auf einem Pferd am Klippenrand hoch über dem Meer. Hinter dem Strand und der unruhigen Brandung konnte er einen Haufen Felsen erkennen. Sie lagen vor der Küste verstreut, als hätte Gott sie ausgeworfen wie die Bauersfrau das Korn für die Hühner.

Das Wasser brach sich weiß über den Graten, aber nicht dort, wo das Langschiff aufgelaufen war. Kevin stellte sich die Hand Gottes vor, die vom Himmel herabgriff, das Schiff der Dubh Gall wie einen trockenen Zweig zerknickte und die Heiden seine Vergeltung spüren ließ.

Und Recht tut er daran, bei diesen heidnischen Bastarden, dachte Kevin.

Kevin mac Lugaed war der Zweite im Rang unter den irischen Kriegern, die Senchan mac Ronan folgten. Als Senchan am Strand im Kampf gegen die Nordmänner gefallen war, hatte Kevin den Befehl übernommen, und den führte er immer noch. Eine seiner ersten Entscheidungen als Anführer war es gewesen, seine Leute von diesem gottesverlassenen Streifen Kies fortzubringen.

Der Angriff verlief im Großen und Ganzen wie geplant. Lorcan hatte das Schiff erbeutet, und jetzt fuhr er damit davon, während der Zangenangriff die Nordmänner in Verwirrung stürzte. Sobald Lorcan auf dem Wasser war und sich weit genug entfernt hatte, dass er den Kampf an Land nicht länger verfolgen konnte, zog Kevin die Krieger zurück. An diesem Ort gab es nichts mehr für sie zu tun. Sie hatten ihren Teil an Dubh Gall getötet. Er würde nur weitere Männer verlieren, wenn sie weiterkämpften. Und das war die Mühe nicht wert. Kevin glaubte nicht daran, dass irgendwo im Umkreis von vielen Meilen irgendwelche Beute vergraben lag.

Seine Leute kletterten den steilen Pfad hinauf bis zur Kante des Steilhangs, und keiner der Dubh Gall folgte ihnen. Anscheinend hatten sie erst mal die Nase voll vom Kämpfen. Es war immer noch eine beträchtliche irische Streitmacht übrig, mehr als hundert von Lorcans Männern, und zumindest die Hälfte davon war beritten. Eine solche Truppe war stark genug, um die Nordmänner bei Cill Mhantáin, das diese Vík-ló nannten, zurück ins Meer zu jagen.

Nachdem die irischen Kämpfer auf dem freien Gelände über dem Strand wieder angetreten und neu formiert waren, stellte Kevin überrascht fest, dass er nicht nur den Befehl über Senchan mac Ronans Krieger hatte, sondern auch über alle anderen. Kevin zählte nicht zu den *Rí Túaithe*, den Kleinkönigen, doch er war einer der *Aire Forgill*, der Herren von gutem Ansehen, die in Irlands komplexer Hierarchie gleich unterhalb der *Rí Túaithe* standen. Und unter denen, die noch lebten und nicht mit Lorcan auf dem Schiff davongefahren waren, gab es niemanden mehr von höherem Rang. Kevin schrieb dieses Glück seiner Fähigkeit zu, in der Schlacht den Eindruck zu erwecken, dass er mitfocht, obwohl er im Großen und Ganzen jeder Gefahr aus dem Weg ging.

Nun hatte er vor allem zwei unmittelbare Anliegen. Das erste war, einen Weg zu finden, um den eigenen Wohlstand und seine Macht zu vergrößern. Das zweite bestand darin, nichts zu tun, was den Zorn von Lorcan mac Fáeláin erwecken konnte. Zu diesem Zwecke musste er dafür sorgen, dass die Männer unter seinem Kommando in einer Weise handelten, die zumindest den Anschein erweckte, als würde sie Lorcans Zielen dienen.

Die Krieger bildeten ganz von selbst vier verschiedene Abteilungen, je nachdem, unter welchem von Lorcans vier Hauptleuten sie bisher gedient hatten. Kevin behielt diese Einteilung bei und ließ jeden Trupp einen eigenen Unterführer wählen, um den gefallenen Hauptmann zu ersetzen. Eine Einheit entsandte er nach Ráth Naoi, um Lorcans Zuhause zu schützen, eine Geste, die sein Herr gewiss zu schätzen wüsste. Eine weitere Schar schickte er an Land hinter dem Schiff der Dubh Gall her, das gerade davonsegelte. Die dritte sollte diejenigen Nordmänner im Auge behalten, die mit zwei Booten in der Nähe des Strands zurückblieben. Und er, Kevin, wollte Lorcans Schiff nacheilen, um zur Stelle zu sein, wenn er Unterstützung brauchte.

Er hatte keine Ahnung, ob die anderen seinen Anweisungen gefolgt waren. Er selbst hatte es jedenfalls nicht sonderlich gut hinbekommen.

Zuerst war es nicht schwer gewesen, Lorcans Schiff zu folgen, während es nordwärts die Küste entlangfuhr. Das geraubte Schiff segelte vom Land fort und dann wieder darauf zu und wieder weg, sodass es in Bezug auf die Küstenlinie nur sehr langsam vorankam. Kevin und seine Männer konnten mühelos Schritt halten, indem sie gelassen über die Hügel schlenderten. Kevin schien das eine recht unsinnige Art zu sein, ein Schiff zu führen, andererseits hätte er auch als Erster zugegeben, dass er von solchen Dingen nichts verstand.

Schließlich brach die Nacht herein. Kevin hatte angenommen, dass Lorcan an Land gehen würde, aber er blieb auf See, und Kevin stellte fest, dass er keine Möglichkeit hatte, herauszufinden, wohin das Schiff fuhr. Er wusste, dass es sinnlos war, im Dunkeln die Küste auf und ab zu reiten. Also plünderte er mit seinen Männern einen reichen Bauernhof, auf den sie zufällig stießen, und übernachteten dort.

Vor der Morgendämmerung standen sie wieder auf und kehrten zur Küste zurück, nur um festzustellen, dass bei Sonnenaufgang der Nebel wie Rauch über dem Wasser hing und sie in jede Richtung höchstens eine Meile weit sehen konnten. Kevin schickte Reiter beide Seiten des Ufers entlang, und als die Sonne allmählich den Dunst verzehrte, kam einer von ihnen zurück und vermeldete, dass sie ein Langschiff in der Nähe des Landes im Norden entdeckt hatten. Kevin sammelte seine Männer und brach auf, um ihren Meeresgeist zu jagen.

Eine Stunde später fanden sie das Schiff, das mittlerweile nach Süden unterwegs war. Kevin stellte rasch fest, dass er inzwischen ein weiteres Problem hatte: Sie konnten die Wikingerboote nicht auseinanderhalten. Dies hier mochte Lorcans Schiff sein oder eines der anderen, was bedeutete, dass wer immer es hätte im Auge behalten sollen bereits mit seiner Aufgabe gescheitert war. Oder es war ein vollkommen anderes Schiff.

Sie ritten langsam weiter und folgten dem Schiff, und kurz darauf rief einer der Männer, dass er ein zweites Schiff in der Ferne sähe. Sie hielten inne, rückten dichter an die Küste heran und beobachteten. Tatsächlich tauchte das nächste Schiff bald aus dem Nebel auf, noch weiter draußen auf dem Meer, aber ganz klar dabei, zu dem ersten Schiff aufzuschließen.

»Das könnte interessant werden«, sagte Kevin, und diejenigen seiner Begleiter, die nahe genug waren, um die Bemerkung zu hören, stimmten ihm zu.

Es war ein langsamer, lautloser Tanz: die beiden Schiffe, die sich unter ihnen bewegten und auf einen Punkt zuliefen, an dem sie aufeinandertreffen und, wie Kevin vermutete, miteinander kämpfen würden. Wenn sie ihre Kräfte vereinen wollten, hätten sie das längst getan. Aber das Schiff, das dichter am Ufer fuhr, schien mit aller Macht entkommen zu wollen. Und dann drehte es in einem scharfen Halbkreis bei und blieb stehen.

Das verwirrte die Iren auf dem Hügel ein wenig, doch sie verharrten in gespannter Vorfreude, als das zweite Schiff zu dem ersten aufschloss, ganz so, wie man bei einem Hundekampf darauf warten mochte, dass der zweite Hund in den Ring gelassen wurde. Kevin und seine Männer standen mehrere hundert Schritt oberhalb und westlich des Geschehens, aber nahe genug, um eine unterhaltsame Darbietung zu genießen, wenn die beiden Besatzungen der Dubh Gall erst Schwert gegen Schwert und Schild an Schild aufeinander losgingen.

Was dann geschah, geschah so schnell, dass niemand wirklich verstand, was da vorging. Das erste Schiff glitt plötzlich beiseite. Das zweite schoss an dessen Heck vorüber und schien anzuhalten, brach dabei jedoch unvermittelt in zwei Teile. Sie hörten die Schreie an den Steilhängen widerhallen, so klar wie Kirchenglocken; ein verstörender Laut.

»Ich denke, das zweite Schiff da ist auf einen Felsen gefahren oder so was«, schlug einer der Männer vor, und die übrigen murmelten zustimmend. Was immer der Grund war, es hatte ihnen den Spaß verdorben.

Einige endlose Augenblicke lang sah Kevin auf seinem Pferd schweigend zu. Dann rollte eine Hälfte des Schiffes, die größere Hälfte, herum, und das war das Ende der Besatzung. *Genießt eure ewige Verdammnis, ihr Heidenschweine*, dachte er. Das erste Schiff, das scheinbar davongesprungen war, fuhr bereits nordwärts davon, als wäre gar nichts geschehen, während die unerbittliche Brandung die Wrackteile des zweiten Schiffes auf den Strand zutrieb.

»Herr!« Einer der Männer brach das Schweigen. »Das andere Schiff segelt fort. Sollten wir ihm folgen?«

»Nein«, sagte Kevin. »Die anderen, deren Aufgabe es war, dieses Schiff im Auge zu behalten, die sollen sich darum kümmern. Nicht wir.« In Wahrheit hatte er keine Ahnung, welches Schiff welches war, und es konnte durchaus auch Lorcans Schiff sein, das da unten davonsegelte, das Schiff, dessen Beobachtung ihm zugefallen war.

»Wir haben Wichtigeres zu tun«, fuhr er fort. »Wir müssen dort unten an den Strand gelangen und sehen, ob es irgendwelche Überlebenden gibt.« Womit er natürlich meinte: *Wir müssen dort unten an den Strand gelangen und sehen, ob dort irgendwelche Leichen zum Plündern angespült wurden oder sonst irgendetwas von Wert.* Aber das sagte er nicht, musste er gar nicht. Jeder andere Mann dachte genau dasselbe.

An den Strand zu komme, war nicht so leicht, wie sie zuerst gedacht hatten. Einer von Kevins Leuten, der in dieser Gegend zuhause war und die Küste kannte, erklärte ihnen, dass sie eine halbe Meile nach Norden reiten mussten, bevor es einen Weg gab, über den sie den fast senkrechten Steilhang hinabgelangten. Also wendeten sie ihre Reittiere und trabten los. So begierig Kevin auch darauf aus war, den Strand zu erreichen, so wusste er doch, dass sich umso mehr wertvolles Treibgut dort sammeln würde, je länger sie brauchten.

Endlich erreichten sie den Anfang des Pfades, und der Bursche, der sich auskannte, saß ab. »Reiten können wir auf diesem Weg nicht. Wir müssen zu Fuß gehen«, sagte er.

Kevin runzelte die Stirn, aber er stieg ebenfalls ab, und die anderen folgten seinem Beispiel. Kevin teilte ein Dutzend

Männer ein und ließ sie bei den Pferden zurück, dann forderte er ihren Führer auf, sie zum Strand zu bringen. Sie kamen nur langsam voran, und der Abstieg war trügerisch. Der Pfad war schmal und führte einige Male an Stellen entlang, wo die Felswand hundert Fuß und mehr senkrecht nach unten abfiel. Sie bewegten sich sehr vorsichtig. Die reichste Beute nutzte wenig, wenn man zerschmettert am Fuß eines Steilhangs lag.

Schließlich gelangten sie an den Kiesstrand und marschierten die halbe Meile nach Süden zurück, die sie vorher nordwärts geritten waren. Schon aus der Ferne sahen sie ein großes Wrackteil, das ans Ufer gespült worden war, umgeben von zerschmetterten Planken und allerlei Bruchstücken des zerschlagenen und gekenterten Rumpfes. Hier und dort lagen reglos dunkle Klumpen, bei denen es sich um Seetang handeln mochte oder aber auch um Leichen der ertrunkenen Dubh Gall.

Die Iren verlangsamten ihre Schritte, als sie näherkamen, und obwohl niemand damit rechnete, dass sie ihre Waffen brauchten, hatten die meisten doch die Hände am Griff ihrer Klingen, als sie auf die Trümmer zutraten. Ein paar der Klumpen, die sie gesehen hatten, waren wirklich Seegras, aber die meisten waren Männer. Es gab keine Anzeichen, dass einer von ihnen noch am Leben sein könnte.

Kevin trat auf den Nächsten zu, der mit dem Gesicht nach unten zwischen den Steinen lag, die Beine von der Brandung überspült. Er drehte den Mann mit der Fußspitze um. Tote Augen starrten zum Himmel auf, der Mund stand offen, langes braunes Haar klebte auf weißer Haut. Übelkeit regte sich in Kevins Eingeweiden. Nach der Kleidung, dem Haar, dem allgemeinen Aussehen, war dieser Tote kein Dubh Gall. Er sah wie ein Ire aus.

»Oh, Jesus, Maria und Josef«, murmelte Kevin und bekreuzigte sich. Langsam ging er weiter den Strand entlang, musterte die Handvoll Körper, die an Land gespült worden waren. Seine Männer folgten ihm. Er konnte hören, wie sie die Leichen plünderten, an denen er vorbeigegangen war.

Er bewegte sich auf den Teil des Schiffs zu, der vollständig ans Ufer getrieben war. *Das ist das vordere Ende,* dachte er. Oben von der Klippe aus hatte er gesehen, wie es glatt abgebrochen war, und anscheinend war es frei auf dem Wasser geschwommen, bis die Wellen es halb auf den Strand geschoben hatten. Er lag von ihm fortgeneigt, sodass er nur den Boden des Rumpfs sehen konnte, dunkel und mit Algen bewachsen, sowie den hohen, stolzen Bug, der im geschnitzten Abbild irgendeiner Kreatur auslief. Am anderen Ende des Wrackteiles, das immer noch in der Brandung lag, standen die geborstenen Planken so hässlich hervor wie ein gebrochener Knochen, der sich durch die Haut bohrte.

Kevin näherte sich den Trümmern vorsichtig, obwohl er nicht hätte sagen können, warum. Etwas geheimnisvoll Unwirkliches umgab dieses große Wrackteil, das es auf festes Land verschlagen hatte. Kevins Augen folgten der Kurve des Stevens und der fast grazil geschnitzten Bugzier, die sich über seinem Kopf wölbte. Er trat herum bis an eine Stelle, von der aus er das Deck sehen konnte, das bis dahin seinen Blicken verborgen gewesen war. Er schnappte nach Luft und bekreuzigte sich noch einmal.

Eine Gestalt ruhte auf den Planken, mit dem Rücken zu Kevin, mehr ein riesiger Haufen von Tuch und Haaren als ein Mann. Doch selbst ohne das Gesicht sehen zu können und trotz der durchnässten Kleidung hatte Kevin keinen Zweifel, wer da reglos vor ihm lag.

Er hörte, wie die Männer leise hinter ihm herantraten, vernahm ihre überraschten Laute, als sie ebenfalls das Deck des

Wrackteils erblickten. »Oh, gütiger Gott, ist das Lorcan?«, flüsterte einer der Krieger, aber niemand antwortete ihm.

Kevin mac Lugaed ging näher heran. *Es war nicht meine Schuld, dass dieses Schiff zerschellt ist … ob ich nun zugesehen hätte oder nicht, ich hatte nichts damit zu tun …*, dachte er. Ihm wurde klar, dass er bereits Ausreden einstudierte, weil er das Gefühl hatte, dass man ihm irgendwie die Verantwortung für diese Katastrophe zuschieben würde. Dann durchfuhr ihn eine Woge der Erleichterung, als ihm bewusst wurde, dass es niemanden gab, bei dem er sich entschuldigen musste. Bei diesem Mann auf den Planken, davon war er überzeugt, handelte es sich um Lorcan mac Fáeláin, und Lorcan mac Fáeláin, dessen war er auch sicher, war tot.

Er kam näher und legte eine Hand auf die Reling. Lorcan lag fünf Fuß entfernt ausgestreckt auf dem Deck. Kevin schob ein Knie über die Bordwand und zog sich auf das Wrack hinauf. Er trat dichter an die massige, reglose Gestalt seines verstorbenen Herrn heran und fragte sich, ob Lorcan wohl eine Börse am Gürtel trug. Lorcan war kein armer Mann.

Kevin berührte die Schulter des Riesen und drehte ihn mühsam auf den Rücken. Die Augen des Mannes waren geschlossen, sein Gesicht bleich, totenbleich, und sein durchnässtes Haar schimmerte schwarz wie der Seetang am Flutsaum. Kevin streckte vorsichtig die Hand aus und schob den Mantel beiseite, und da schnappte Lorcan nach Luft. Er spuckte Wasser, keuchte und hustete. Lorcan schlug die Augen auf, und Kevin sprang zurück. Er riss seine Hand fort, als hätte er in eine rote Feuersglut gepackt.

Hinter ihm atmeten die Männer am Strand erschrocken ein, und einer schrie auf, kurz und schrill, bevor er mit einem verlegenen Husten abbrach. Lorcan rollte sich auf die Seite und übergab sich, spie hauptsächlich Seewasser auf die Decksplanken. Dann stützte er sich auf den Ellenbogen und funkelte zu Kevin hinauf. Ein Speichelfaden hing aus seinem Mundwinkel. Einen langen Augenblick über starrten die beiden Männer einander an. Lorcan atmete schwer. Kevin spürte das Herz in seiner Brust schlagen wie eine rasende Trommel.

»Lorcan, mein König!«, sagte er schließlich. »Der Herr sei gepriesen, Ihr lebt!«

»Der Herr sei gepriesen«, murmelte Lorcan. Er stöhnte, als er sich hochdrückte und auf wackeligen Beinen zum Stehen kam, während Kevin darüber grübelte, ob er wohl seine Hilfe anbieten sollte oder besser nicht. Lorcan richtete sich auf, und Kevin wurde einmal mehr daran erinnert, wie groß der Mann war.

»Mein König, wir sind Eurem Schiff zu Lande gefolgt, um Euch zu unterstützen, sobald Ihr ans Ufer kommt. Wir haben Euren Schiffbruch beobachtet und waren untröstlich, Herr, bei dem Gedanken, dass ihr alle umgekommen seid.«

»Ja, kann ich mir vorstellen«, sagte Lorcan. Er betrachtete Kevin erneut, als sähe er ihn zum ersten Mal. »Und wer zur Hölle bist du?«

»Kevin mac Lugaed, Lord. Ich war der Zweite in der Schar von Senchan mac Ronan, doch er verlor am Strand sein Leben. Ich hatte den höchsten Rang unter allen Kriegern, die überlebt haben. Darum habe ich jetzt das Kommando.«

»Nein«, berichtigte Lorcan ihn, »ich habe das Kommando.«

»Selbstverständlich, mein König, verzeiht. Ich meinte nur …« Kevin hielt inne und wechselte dann auf einen anderen und hoffentlich sichereren Pfad. »Da ich keine weiteren Befehle hatte, schickte ich einige Männer zum Ráth Naoi, andere ließ ich den Dubh Gall folgen, und ich selbst übernahm es, für Euch bereitzustehen. Für den Fall, dass Ihr meiner Unterstützung bedürft.«

Lorcan schnaubte und fand anscheinend nichts, was er an

diesen Worten aussetzen konnte. Das beruhigte Kevin ein wenig. Lorcan blickte an Kevins Schulter vorbei auf die Männer, die ihn vom Strand aus anglotzten. Er drehte sich um und sah die anderen, die inzwischen die Leichen plünderten.

»Ihr da, ihr Hundesöhne!«, schrie Kevin. »Nehmt eure Finger von diesen Männern, oder bei Gott, ich schneide sie euch ab!« Die Plünderer traten rasch zurück, überrascht von den heftigen Worten. »Verdammte Tiere«, murmelte Kevin, gerade laut genug, dass Lorcan ihn hören konnte.

»Wie viele Krieger hast du dabei?«, wollte Lorcan von ihm wissen.

»Etwa vierzig, Herr, und wir haben Pferde. Oben auf der Klippe.«

»Wie viele Bewaffnete sind sonst noch übrig?«

»Wir waren etwa einhundertdreißig, nachdem die Schlacht am Strand vorüber war. Ich habe die Männer in vier Gruppen aufgeteilt, Herr, wie ich gesagt habe, und ich …«

»Ja, ja«, fiel Lorcan ihm unwirsch ins Wort. »Verdammt dämlich, so was zu tun. Wir müssen die Truppe sofort wieder versammeln. Meine besten Krieger waren mit mir auf diesem Schiff, und jetzt sind sie fort.«

»Ja, Herr. Ich kann Reiter ausschicken und die Übrigen zusammenrufen lassen.«

»Tu es. Sofort.«

»Ja, mein König. Sollen sie hier zusammenkommen?«

»Hier?«, fragte Lorcan, als hätte er gerade die dümmste Frage der westlichen Welt gehört. »Was zur Hölle ist hier? Sind die gottverdammten Dubh Gall etwa hier? Wir gehen dorthin, wo die Dubh Gall sind. Ich bin diese Dreckskerle in meinem Land leid, ich bin es leid, ihre Gegenwart zu ertragen.«

»Ihr wollt sie alle aus Cill Mhantáin vertreiben, Herr?«, fragte Kevin.

»Nein. Ich will sie alle töten«, knurrte Lorcan, und Kevin konnte sehen, dass er sich in eine rasende Wut hineinsteigerte. »Ich will jeden Bewaffneten auf der Straße sehen, die nach Cill Mhantáin führt, und dann will ich dorthin reiten. Ich will durch die Eingeweide der Dubh Gall waten, bis wir jeden Einzelnen in die Hölle geschickt haben. Ist das klar, Kevin mac Lugaed?«

»Ja, Herr«, sagte Kevin. »Das ist klar.«

Und das war es.

34. Kapitel

Ich habe Ländereien jenseits der Meeresküste.
So sitze ich nun, bleich, zwischen Haufen von Seetang.
DIE GESCHICHTE VOM SARKASTISCHEN HALLI

Die Männer der *Weitfahrer*, erschöpft und inzwischen halb betrunken, schliefen auf dem weichen, einladenden Sand ein, wo sie gerade saßen, und bald waren Strand und Schiff erfüllt vom grunzenden Schnarchen der Nordmänner. Thorgrim schlief auch, doch mitten in der Nacht fuhr er hoch, von einem Augenblick zum nächsten vollständig wach. Das war nicht ungewöhnlich und geschah in jeder Nacht. Diese Gewohnheit hatte ihm schon mehr als einmal das Leben gerettet.

Dieses Mal erwachte er beim überraschenden Anblick der Sterne, die weit über ihm erstrahlten. Der Nebel war verschwunden, und stattdessen war ein klarer Himmel zu sehen, dazu ein Viertelmond, der gerade im Osten aufging. Thorgrim sah eine Weile zu, wie das Nachtgestirn emporstieg und ein langes, gelbes Band aus Licht auf das sich kräuselnde Wasser warf. Dann stand er auf, spürte Widerstand in seinen Gelenken und Muskeln, den dumpfen Schmerz seiner Wunden. Er fand Agnarr, der auf einem Haufen von Fellen schlief und eine Decke über sich gezogen hatte.

»Agnarr«, flüsterte er und schüttelte den Mann leicht an der Schulter. Agnarr schlug die Augen auf. Ganz offensichtlich gehörte er im Gegensatz zu Thorgrim nicht zu den Menschen, die gleich nach dem Aufwachen munter waren.

»Hm?«, fragte Agnarr eine Minute später.

»Der Himmel hat aufgeklart, und der Mond ist erschienen. Reicht das Licht, um uns nach Vík-ló zu bringen?«

Agnarr setzte sich auf und sah sich um, als wäre er in einer fremden neuen Welt erwacht, die er nie zuvor gesehen hatte. Er blickte aufs Meer hinaus. Schließlich sagte er: »Ja, das sollte reichen. Und der Mond wird noch höher stehen, sobald wir die Flussmündung erreichen. Das dürfte uns helfen.«

»Gut«, sagte Thorgrim. »Ich weiß nicht, wie viel Zeit uns bis Sonnenaufgang bleibt. Aber wenn wir vorher nach Vík-ló gelangen, und wenn sie kein aufmerksames Auge aufs Wasser halten, können wir vielleicht unsere Besitztümer zusammenraffen und wieder verschwinden, bevor sie überhaupt wissen, dass wir da sind. Selbst wenn Grimarr vor uns zurückgekehrt ist.«

Agnarr war inzwischen wach genug, und das Mondlicht reichte gerade aus, dass Thorgrim die Zweifel auf seinem Gesicht erkennen konnte. Laut sagte Agnarr nur: »Ja, könnte sein, dass wir das schaffen.«

»Gut«, bestätigte Thorgrim ein weiteres Mal. »Ich wecke die anderen. Wir brechen auf.« Er stand auf und bewegte sich langsam durch das Lager, von einem Mann zum nächsten, und schüttelte jeden Einzelnen. Es gab keinen besonderen Grund für eine solche Verstohlenheit, aber Thorgrim wusste, dass er seine Leute jetzt an ihre Grenzen führte, und das wollte er nicht noch verschlimmern, indem er sie mit lauten und aufdringlichen Kommandos aus dem Schlaf riss.

Zwanzig Minuten vergingen mit Murren, Herumstolpern, Wasserlassen und Fluchen, dann war die *Weitfahrer* erneut auf dem Wasser. Die Ruder bewegten sich in ruhigem, gleichmäßigem Takt, als die Mannschaft das Schiff in der frühmorgendlichen Stille vom Ufer fortbrachte. Wind und Wellengang waren zum Erliegen gekommen, und das Meer lag in fast bleierner Ruhe da. Das erleichterte das Rudern, aber Rudern blieb es doch, und die Männer sehnten sich nach einer Brise, die sie von dieser ermüdenden Arbeit befreite.

Sie ruderten durch die dunklen Stunden vor Sonnenaufgang. Der Mond stieg höher und erhellte die Landspitze südlich von Vík-ló so weit, dass Agnarr sich bei der Bestimmung des Kurses sicher fühlte. Anstatt das Schiff hinaus auf den Ozean zu bringen und größeren Abstand von der Küste zu halten, wie er es ursprünglich beabsichtigt hatte, steuerte er vergleichsweise dicht um die Landzunge herum. Auf dem letzten Stück der Reise ersparte ihnen das gleich mehrere Meilen, ließ Thorgrim jedoch, wenn nicht besorgt, so zumindest wachsamer werden.

Immer noch war keine Spur von der Morgendämmerung zu sehen, und die Ufer lagen weiterhin in tiefer Dunkelheit, als die *Weitfahrer* die Landspitze umrundete und sich nach Nordwesten wandte. Obwohl er sie nicht sehen konnte, versicherte Agnarr Thorgrim, dass die Mündung des Leitrim gerade vor ihrem Bug und etwa drei Meilen entfernt lag. Eine Brise erhob sich von Südosten, die richtige Richtung, aber nicht stark genug, um zu segeln. Also ließ Thorgrim die Männer weiterrudern.

Vorsichtig fuhren sie an die Flussmündung heran. Der Mond schimmerte hoch über ihren Köpfen, und die Küstenlinie trat deutlich vor dem Wasser hervor. Sogar die nördlichen und südlichen Ufer des Flusses waren gut zu erahnen. Agnarr, Thorgrim und Harald standen Schulter an Schulter auf dem Achterdeck. Starri hockte auf der Mastspitze. Wer konnte, spähte Richtung Land, während die Ruderer gezwungenermaßen nach achtern blickten, und hielt Ausschau nach irgendwelchen Anzeichen, die verrieten, was dort vorging.

Es war nichts zu sehen. Der Mond beleuchtete ein paar grob

viereckige Umrisse, vermutlich die Dächer einiger Gebäude im Longphort oder auch etwas ganz anderes. Kein Licht drang aus der Siedlung, nicht ein Wachtfeuer brannte, auch keine Fackeln oder sichtbaren Herdfeuer. Vík-ló lag dunkel da, ein schlafender Ort, vielleicht sogar ein verlassener Ort. Das war genau das, was sie erhofft hatten.

»Wir haben Glück, glaube ich«, sagte Agnarr. Er stand am Steuerruder, wie bereits während der letzten drei Stunden.

»Meinst du, weil Grimarr noch nicht wieder zurück ist?«, fragte Harald.

Das waren auch Thorgrims Gedanken, die er aber nicht laut auszusprechen wagte.

»Nun, vielleicht …«, antwortete Agnarr. »Doch eigentlich meinte ich, dass die Flut anzusteigen scheint. Wir müssen also nicht gegen die Strömung des Flusses ankämpfen. Und hoffentlich wird das Wasser hoch genug stehen, dass wir nicht draußen auf einer Schlammbank auflaufen.«

»Oh«, sagte Harald. »Natürlich. Das ist ein Glück.«

Sie ließen die offene See hinter sich, und an der Bewegung des Schiffes spürten sie die Umarmung durch die Flussufer. Die Landspitzen und die Küstenlinie waren ihnen vertraut, selbst im Mondlicht, und Thorgrim dachte unwillkürlich an all das, was ihnen an diesem Ort widerfahren war, in der kurzen Zeit, die sie hier gewesen waren. Und das, so hoffte er, war jetzt der Schlusspunkt dieser Ereignisse. Ihre Sachen aufsammeln, und wieder hinaus aufs Meer …

Die *Weitfahrer* war schon ein gutes Stück den Fluss hinaufgefahren, und nach wie vor schien niemand an Land ihre Ankunft zu bemerken. Kein Ruf drang aus der dunklen Ansiedlung. Das Schiff drehte sich ein wenig in der Strömung, und Agnarr korrigierte den Kurs. Sie waren nur noch ein paar hundert Schritt von der Landestelle entfernt, und Thorgrim blickte in die Nacht. Als die *Weitfahrer* rasch auf das Ufer zufuhr, von der einlaufenden Flut getragen, nickte er langsam, nur für sich selbst, und gestattete sich ein Gefühl der Erleichterung. Es lagen keine weiteren Schiffe am Strand, außer dem einen Langschiff, das die Iren halb verbrannt zurückgelassen hatten. Es war unwahrscheinlich, dass Grimarr und seine Männer sich in Vík-ló aufhielten, wenn ihre Schiffe nicht da waren.

Die *Weitfahrer* kam im weichen Schlamm zur Ruhe. Keine fünf Fuß trennten ihren Steven vom grasigen Uferstreifen. Thorgrim hörte, wie die Männer über die Bordwand sprangen und durch das seichte Wasser wateten. Kurz darauf waren sie zurück und legten Planken über den Morast, vom Bug bis zum Strand. Sie mussten die Bretter nicht erst suchen; die *Weitfahrer* kannten sich in Vík-ló aus.

Thorgrim, Agnarr und Harald gingen nach vorne, und Starri kletterte Hand über Hand an der Backbordwante herab und gesellte sich zu ihnen. Sie traten über den Bug, auf die danebenliegende Planke und schritten dann weiter auf die grasbewachsene Fläche, wo vor Kurzem noch ihr Schiff gelegen hatte. Dort schlossen sie sich den Männern an, die bereits an Land waren, und für einen langen Moment standen alle schweigend da, spähten auf den dunklen Longphort, lauschten auf jedes Geräusch. Sie hörten das Wasser gegen das Ufer schlagen, hier und da summten Insekten, obwohl das Jahr schon weit vorangeschritten war, Rinder muhten draußen in der Nacht, und irgendwo schnarrten die Ziegenmelker. Sonst nichts.

»Sieht nicht so aus, als hätte uns jemand landen sehen«, stellte Thorgrim leise fest. »Oder jedenfalls scheint sich niemand dafür zu interessieren. Aber ich bin noch nicht überzeugt. Starri, du bewegst dich wie eine Katze durch die Dunkelheit. Schleiche in den Ort und schau nach, was dort los ist. Agnarr, Harald, ihr bringt den Rest der Besatzung an Land.

Die meisten sollen bewaffnet bleiben und sich am Bohlenweg zur Stadt aufstellen. Ein Dutzend von ihnen kann schon mal damit anfangen, unsere Vorräte und die Beute zu verladen. Sobald wir sicher sind, dass keine Gefahr droht, werden alle mit anpacken, und wir legen so schnell wie möglich wieder ab.«

Die Männer nickten. Starri huschte in Richtung der Stadt und verschwand bald in der Dunkelheit. Agnarr und Harald wandten sich der *Weitfahrer* zu und fingen an, die Mannschaft für die unterschiedlichen Aufgaben einzuteilen. Thorgrim ging lautlos über den Uferstreifen auf den großen Haufen Fracht zu, den sie dort zurückgelassen hatten. Soweit er es sagen konnte, war alles unberührt geblieben, seitdem er und Starri es durchwühlt und das Curragh für ihre Bootsreise ausgestattet hatten. Das Ersatzsegel, das teilweise über den Stapel gespannt war, befand sich noch an Ort und Stelle; der Knoten in dem Tauende, der die eine Ecke unten hielt, schien derselbe zu sein, den er selbst ein paar Tage zuvor geknüpft hatte.

Seine Inspektion wurde unterbrochen, als die Männer der *Weitfahrer* eintrafen, auf den Haufen mit Ausrüstung zugingen, die Leinen lösten, die Plane zurückzogen und damit anfingen, die Gegenstände darunter zurück zum Schiff zu tragen. Sie gingen zielstrebig vor, ohne sich abzusprechen – immerhin taten sie das ja nicht zum ersten Mal. Sie bildeten eine Reihe und reichten alles, was sie bewegen konnten – Seilrollen, Eimer, Ersatzruder, Handelswaren – von dem Stapel bis zum Ufer direkt vor dem Bug weiter, von wo es an Bord gehoben und für die Reise gesichert werden würde. Thorgrim stand daneben und sah sich um.

Harald und Ornolf erreichten unterdes mit den Bewaffneten den Anfang des Bohlenwegs – etwa vierzig Krieger mit Schilden und Speeren, Schwertern und Helmen. Sie formten einen lockeren Schildwall, der beim ersten Anzeichen für einen

Angriff innerhalb eines Augenblicks zusammenrücken konnte. Wenn Grimarr in voller Stärke zurückgekehrt war, konnte die Schlachtreihe ihn allenfalls verlangsamen, und das nicht einmal sehr lang. Thorgrims einzige Hoffnung war es dann, die meisten seiner Männer zurück an Bord und aufs Meer hinauszubekommen, bevor sie niedergemacht wurden.

Er hörte leise Schritte hinter sich und wandte sich um. Starri kam aus dem Süden heran. Er hatte sich offenbar unbemerkt zwischen den Wachen hindurchbewegt, die Thorgrim dort aufgestellt hatte. »Hmmm …«, stellte Thorgrim fest. »Es ist gut, dass meine Leute so eifrig Ausschau halten.«

»Die?«, fragte Starri mit einer Handbewegung in Richtung der Bewaffneten, die ihnen den Rücken zukehrten und in die Dunkelheit hinausstarrten. »Die sind halb blind. Ich hätte hundert nackte Sklavenmädchen vor ihnen vorbeiführen können, und sie hätten nichts bemerkt.«

»Wie sieht es in der Stadt aus?«

»Ich habe niemanden draußen gesehen oder überhaupt irgendeine Bewegung bemerkt. Es gibt keinen Hinweis, dass jetzt mehr Leute in der Siedlung sind als bei unserem Aufbruch mit dem irischen Boot. Grimarrs Halle steht leer, und deine blutige Kleidung liegt noch auf dem Boden. Ich glaube nicht, dass jemand von unserer Ankunft weiß.«

Thorgrim nickte. Das waren gute Neuigkeiten, die besten, die man erwarten durfte, und das bereitete ihm immer größeres Unbehagen. Er schaute nach Osten. Die ersten Anzeichen der Morgendämmerung zeigten sich am Horizont, und heute gab es keinen Nebel, in dem sie sich verbergen konnten.

»Also gut«, sagte er und wandte sich wieder Starri zu. »Ich lasse alle Männer, die jetzt hier herumstehen, beim Beladen mit anfassen. So können wir das schnell erledigen. Du gehst ein Stück den Bohlenweg hinauf und passt auf. So musst du nicht arbeiten – ich weiß ja, dass das die eine Sache ist, vor der du dich fürchtest.«

»Ich mag Arbeit, Nachtwolf«, erwiderte Starri. »Aber nur die Arbeit, die ich mag.«

Mit diesen Worten verschwand er wie ein Geist in der Dunkelheit. Nach dem Feind Ausschau halten, das war eine Arbeit, die er mochte. Wenn sie nun noch von einer überwältigenden Übermacht angegriffen wurden, wäre Starri restlos zufrieden.

Thorgrim überquerte die offene Fläche bis zum Schildwall. Dort befahl er den Kriegern, sich um die Ladung zu kümmern. Bald fielen sie alle wie Ameisen über den Stapel her. Die Fracht der *Weitfahrer* strömte zum Schiff zurück, und weitere Männer hoben sie an Bord. Auf Deck sicherte ein dritter Trupp unter Agnarrs Anleitung die Ladung an verschiedenen Stellen, ein jedes Stück so, wie es während der Reise erreichbar sein musste. Ersatzseile, Segeltuch und Ruder, die Ersatzruderpinne und das Ersatzsteuerruder waren mit einem Griff zugänglich, genau wie die Waffen. Schilde wanderten auf die Ständer an der Bordwand, an Backbord und Steuerbord. Fässer mit Essen und Wasser wurden so untergebracht, dass sie nicht im Weg standen. Und zuallerunterst wurde die gesammelte Beute von zwei Jahren des Plünderns an der irischen Küste und des Überfalls auf die Kirche von Tara verstaut.

Die Sonne hatte sich vom Horizont gelöst und stieg am Himmel empor, als sie fertig wurden. Ihr Licht strahlte so grell, dass man kaum nach Osten blicken konnte. Irgendwann während des Aufladens hatte die Flut ihren höchsten Punkt erreicht und war seit etwas über einer Stunde bereits auf dem Rückzug. Aber sie hatten die ganze Zeit sorgfältig darauf geachtet, die *Weitfahrer* immer wieder in den Strom zu schieben, sodass sie jetzt nicht im Schlamm feststeckte. Nun kletterten sie an Bord und schoben das Schiff in den Fluss hinaus. Die

Männer brachten die Ruder aus, der Bug wandte sich flussab, und sie hielten auf das offene Meer zu.

Nach Norden und Süden glitten die Ufer des Leitrim auseinander, und das Schiff befreite sich aus der Umarmung des Landes. Die Morgensonne strahlte in flachem Winkel über die Wasseroberfläche, das Licht tanzte und glitzerte, und in der Ferne verblasste das goldene Leuchten in der tiefblauen See. Sie würden nach Norden und ein wenig nach Osten segeln, direkt in die Sonne hinein. Das würde das Steuern erschweren, bis sie hoch genug gestiegen war und man nicht beständig in ihr Strahlen blicken musste.

Da schien das Licht zu zwinkern, als würde es kurz abgeschirmt, bevor es wieder so hell leuchtete wie zuvor. Thorgrim kniff die Augen zusammen, hielt seine Hand wie ein Schild gegen die Sonne und blickte ostwärts, so gut er konnte. Tränen liefen ihm die Wange hinab, als das Gleißen ihm in die Augen stach. Aber dann sah er es wieder, das Ding, das zwischen sie und die Sonne geraten war. Zwei Objekte. So unmittelbar vor dem grellen Licht waren es nur dunkle Flecken ohne klare Umrisse, dennoch gab es keinen Zweifel, worum es sich handelte: Segel!

Die Segel von zwei Langschiffen. Mit Kurs auf Vík-ló. Geradewegs auf sie zu.

35. Kapitel

Wir kehren dorthin zurück,
wo unsere Landsleute auf uns warten.
Lasst das Ross der Meereswüsten
des Schiffes Kurs erkunden.
DIE SAGA VON ERIK DEM ROTEN

Thorgrim, Agnarr, Harald und Ornolf drängten sich auf dem Achterdeck, drehten die Gesichter halb aus der Sonne, zwinkerten und hielten die Hände in die Höhe, um die blendenden Strahlen abzuschirmen. Sie alle versuchten, über den Bug der *Weitfahrer* hinauszublicken, doch es ging nicht. Unter anderen Umständen wäre das vielleicht erheiternd gewesen, doch im Augenblick fand es niemand lustig.

»Ich kann es nicht sagen«, stellte Agnarr schließlich fest. Er ließ die Hand sinken und wandte sich von der Sonne ab.

»Auf jeden Fall Schiffe«, sagte Harald. »Zwei davon. So viel konnte ich sehen.«

»Eine Meile entfernt?«, schlug Ornolf vor. »Oder weniger?«

Thorgrim nickte. Das entsprach auch seiner Einschätzung, zumindest, soweit er überhaupt etwas wahrgenommen hatte.

»Du denkst, es ist Grimarr?«, fragte Harald.

»Vielleicht nicht«, erwiderte Thorgrim. »Aber es ist wahrscheinlich.« Es war sogar sehr wahrscheinlich, dass es Grimarr war; eigentlich war Thorgrim so gut wie sicher. Wer sonst hätte es auch sein sollen? »Ruder halt!«, rief er nach vorne. Die Ruderer stoppten alle zugleich, und die *Weitfahrer* kam langsam zum Stehen.

Thorgrim drehte das Gesicht aus der Sonne und wischte sich die Tränen von den Wangen. »Wir sind geblendet, aber sie können uns bestens sehen«, wandte er sich an die Übrigen, an seinen Kriegsrat. »Sie sind zu nahe, als dass wir ihnen noch ausweichen könnten. Wenn sie auf einen Kampf aus sind, werden wir kämpfen müssen. Die Frage ist also, wo sollten wir das am besten tun?«

»Es sind mehr als doppelt so viele wie wir«, sagte Agnarr, »und auf zwei Schiffe verteilt. Wenn wir uns ihnen auf See stellen, kommen sie von Backbord und Steuerbord, entern uns von beiden Seiten zugleich. Wir würden in die Zange genommen.« Die anderen nickten.

»Das habe ich auch gedacht«, stimmte Thorgrim ihm zu. »Wir haben eine bessere Chance, wenn wir an Land kämpfen.« Er sagte nicht, wie viel besser genau das wohl war, denn jeder wusste, dass es keinen großen Unterschied machte.

Sie wendeten die *Weitfahrer*, ließen sie mit den Rudern auf der Stelle drehen, bis der Bug zurück auf die Flussmündung und auf Vík-ló zeigte. Dann legten sie sich hart in die Riemen. Das Schiff glitt über das Wasser und lief bald erneut auf dem vertrauten Küstenstreifen auf, dieses Mal allerdings nicht so weit, da die Flut zurückging und sie schwerer beladen waren als beim letzten Mal. Die Männer kletterten über Bord und wateten zum Ufer, das sie eine Stunde zuvor verlassen hatten. Sie befestigten das Schiff mit kräftigen Tauen an Pfählen an Land.

»Was jetzt?«, fragte Ornolf. Alle *Weitfahrer* drehten sich herum und blickten aufs Meer hinaus. Die beiden Schiffe waren weniger als eine halbe Meile entfernt. Sie holten die Segel ein und schoben die Ruder durch die Riemenpforten. Sie würden fünfzehn Minuten brauchen, um neben der *Weitfahrer* anzulanden, nicht länger. Fünf Minuten später würde der Kampf beginnen.

»Wissen wir denn genau, dass diese Bastarde uns was tun wollen?«, erkundigte sich Ornolf. »Ich meine abgesehen davon, dass Grimarr Thorgrim und Harald töten will, aus welchem Grund auch immer, schienen die anderen nie so begierig gewesen zu sein, gegen uns anzutreten. Sie hatten schließlich Gelegenheit genug dazu, bevor wir losgesegelt sind.«

Einen Moment lang waren alle still. Das war eine gute Frage. Conandil hatte Harald gesagt, dass Grimarr ihn und Thorgrim für den Tod seiner Söhne verantwortlich machte, doch wie er darauf kam, konnte Thorgrim sich nicht vorstellen.

»Wenn sie an Land kommen«, kündigte Harald an, »werde ich Grimarr zum Kampf fordern. Mann gegen Mann. Lasst uns die Angelegenheit so regeln. Es gibt keinen Grund, warum irgendjemand anderes sterben sollte für irgendein Unrecht, dass nach Grimarrs Meinung wir ihm angetan haben.«

Thorgrim lächelte beinahe bei diesen Worten. Er war nie stolzer gewesen auf seinen Sohn, doch er sagte nur: »Nein, Harald. Du hast kühn gesprochen, es ist ein tapferes Angebot. Aber wenn jemand zum Zweikampf antritt, werde ich es sein.«

Harald war ein guter Kämpfer, dennoch war er nicht erfahren genug, um es mit einem Kerl wie Grimarr dem Riesen aufzunehmen. Thorgrim war nicht einmal überzeugt davon, dass er den Mann zu schlagen vermochte. Harald setzte zum Widerspruch an. Thorgrim warf ihm einen scharfen Blick zu, und der Junge schloss den Mund.

»Dann wollen wir uns mal bereitmachen, um sie zu Hause willkommen zu heißen«, sagte Thorgrim. Er ließ seine Mannschaft antreten und einen Schildwall bilden. Eine Flanke fand Anlehnung am Flussufer, in einer Linie mit dem Bug der *Weit-*

fahrer, der andere Flügel jedoch blieb im Großen und Ganzen ungeschützt. Es gab wenig, was sie dagegen tun konnten, außer die Schlachtreihe nach hinten zu biegen, wenn Grimarrs Leute sie umgehen wollten, bis die Männer am Ende alle mit dem Rücken zum Wasser standen.

Thorgrim dachte daran, seine Krieger in die Stadt zu führen. Es sah nicht so aus, als wäre dort viel Widerstand zu erwarten. Als die Flotte aufgebrochen war, war nur eine Handvoll Menschen in Vík-ló zurückgeblieben, und die beobachteten jetzt nicht allzu weit entfernt das Geschehen. Es waren hauptsächlich ältere Männer, darunter der Schmied und ein Bursche, den Thorgrim als den Fleischer erkannte. Er glaubte, Aghen den Schiffbaumeister auszumachen, den er mochte. Da waren auch ein paar Frauen und einige Sklaven. Ganz Vík-ló war herausgekommen, um zu sehen, was da vorging, und es war niemand darunter, der für ihn und seine Männer eine Bedrohung darstellte.

Wo stellen wir uns zum Kampf?

Er überlegte, sich in einem der Gebäude zu verschanzen, vielleicht in Grimarrs Halle, verwarf die Idee aber wieder. Wenn Grimarr zu allem bereit war, um ihn und Harald zu töten, dann zögerte er gewiss nicht, sein eigenes Haus niederzubrennen. Das ließe den Männern darin nur die Wahl, in den Flammen zu sterben oder der Reihe nach aus der Tür zu treten und dabei einzeln erschlagen zu werden.

Die *Weitfahrer* war ihr einziger Weg, um fortzukommen; aus Vík-ló, aus Irland. So unwahrscheinlich es auch war, dass sie vor den Feinden an Bord gelangen und ablegen konnten, wollte Thorgrim diese Möglichkeit doch nicht gänzlich aufgeben. Es war besser, im Freien zu bleiben, wo sie Platz zum Kämpfen hatten und das Meer gleich in der Nähe lag.

»Macht euch bereit«, sagte Thorgrim so laut, dass alle ihn

hörten. »Ich werde zuerst mit Grimarr reden.« Er trat fünfzehn Fuß vor den Schildwall, und Ornolf, Harald und Starri begleiteten ihn. Sie hielten an und blickten den herankommenden Schiffen entgegen, die inzwischen den Leitrim erreicht hatten. Die Ruder bewegten sich gleichmäßig, die *Adlerschwinge* vorneweg, die *Fuchs* dahinter.

»Vor einigen Wochen hatte Grimarr fünf Schiffe in seiner Flotte«, stellte Ornolf fest. »Jetzt sind es nur noch zwei. Kein Wunder, dass er so ein elender Mistkerl ist.«

Sie sahen Grimarr am Heck der *Adlerschwinge* stehen. Er trug ein Kettenhemd, der Schild stand gegen sein Bein gelehnt, und selbst aus dieser Entfernung wirkte er nicht wie ein Mann, der reden wollte. Der Rest der Besatzung auf den Schiffen, diejenigen, die nicht auf den Ruderbänken saßen, war ebenso gekleidet.

»Wir sollten gleich zuschlagen, sie angreifen, sobald sie von den Schiffen kommen, und sie gar nicht erst einen Schildwall bilden lassen«, schlug Starri vor. Die Worte klangen abgehackt, und seine Stimme kam stoßweise. Thorgrim sah ihn kurz an. Starri vollführte wieder diese eigentümlichen, ruckartigen Bewegungen, wie immer, wenn ein Kampf bevorstand, und er hatte diesen wilden Blick in den Augen.

»Nur die Ruhe, Starri. Wir werden kämpfen, wenn der richtige Moment gekommen ist«, sagte Thorgrim. Er wollte Starri nicht sagen, dass er hoffte, ganz ohne Blutvergießen aus der Sache herauszukommen oder dass er das zumindest auf ihn und Grimarr beschränken wollte. So einen Plan würde Starri der Unsterbliche gewiss nicht gut aufnehmen. Thorgrim beugte sich dicht an Harald heran und flüsterte: »Mach dich bereit, Starri zu ergreifen und festzuhalten, wenn er irgendeine Bewegung auf Grimarr zu macht, bevor ich es sage.«

Harald nickte kaum merklich.

Die *Adlerschwinge* kam im weichen Schlamm zur Ruhe. Die Krieger standen an der Bordwand und wollten sich schon über die Reling schwingen, aber sie wurden von Grimarrs riesiger Hand zurückgerissen. Er selbst trat an ihnen vorüber und sprang als Erster ans Ufer. Ein großer Schwall Flusswasser spritzte auf, als er landete. Er griff den Schild fester und zog sein Schwert. Dann schritt er durch die sanfte Brandung den Strand hinauf, den Blick starr auf die Handvoll ihn erwartender Norweger gerichtet; Thorgrim und seine Begleiter.

Der Rest seiner Besatzung und die Dänen an Bord der *Fuchs* folgten Grimarr durch das Wasser. Es waren viele. Mehr Krieger, als Thorgrim befehligte. Wesentlich mehr. Tatsächlich war Thorgrim überrascht zu sehen, wie viele Männer auf Grimarrs Schiff Platz gefunden hatten. Das waren dermaßen viele, dass es in dem Gedränge schon schwierig gewesen sein musste, das Schiff zu führen.

Und dann erinnerte er sich. Lorcan hatte die *Meereshengst* gestohlen. Dessen Besatzung musste auf der *Adlerschwinge* und der *Fuchs* untergekommen sein. Zwei Schiffe, aber genug Krieger, um drei zu bemannen.

Thorgrim stand da und wartete. Er sah zu, wie Grimarr einem rasch aufziehenden Unwetter gleich auf ihn zukam. Es schien, als wollte der riesige Mann nicht stehen bleiben, bevor er Thorgrim von Angesicht zu Angesicht und in Reichweite der Schwerter gegenüberstand. Doch dann hielt Grimarr inne, dreißig Fuß entfernt, so abrupt, als wäre er vor eine Wand gelaufen, die niemand sonst sehen konnte. Sein Mund klappte auf, sein Gesicht zeigte einen Ausdruck purer, dümmlicher Verständnislosigkeit. Er sah so aus, als wolle er etwas sagen, tat es dann aber doch nicht.

Ganz recht, du Hurensohn, ich lebe noch, dachte Thorgrim.

Grimarr blieb, wo er war, reglos und schweigend, während

seine Männer das Ufer hinaufschwärmten und sich in einer Reihe hinter ihm sammelten. Auf Grimarrs Wange war eine hässliche Wunde zu sehen, vielleicht eine Woche alt, jedoch unverheilt und blutverkrustet. Eine vage Erinnerung stieg in Thorgrim auf, dass er selbst ihm diese Verletzung zugefügt hatte. Mit den Zähnen? War das möglich? Es erschien ihm wie ein Traum, nur halb gegenwärtig. Um Grimarrs Hand lag eine Bandage, und Thorgrim dachte daran, wie Harald erzählt hatte, dass er einen Dolch hindurchgestoßen hatte.

Dein Umgang mit meiner Familie hat dir bis jetzt wenig Glück gebracht, nicht wahr?, dachte Thorgrim.

Die Morgenluft war erfüllt vom Klirren der Panzerhemden, dem Klappern von Waffen auf Schilden und dem Schlurfen Hunderter Füße, als die Männer sich zum Kampf formierten. Thorgrim musterte ihre Gesichter, etwa zehn Fuß hinter Grimarr dem Riesen, und er las das Erschrecken und die Furcht, als sie erkannten, dass sie Thorgrim gegenüberstanden. Thorgrim Nachtwolf, getötet von den Iren und wieder ins Leben zurückgekehrt.

Ein paar von euch Mistkerlen wissen, wer mich tatsächlich umbringen wollte, ist es nicht so?, dachte Thorgrim. Es musste einige unter ihnen geben, die die Wahrheit kannten – dass es Grimarr gewesen war, der ihm aufgelauert, ihn mit seinem Schwert fast erschlagen und seinen Leuten befohlen hatte, ihn in den Hügeln zu ermorden. Für sie musste sein Wiederauftauchen noch beängstigender wirken. Es würde erklären, warum Hilder und die anderen, die mit ihm fortgesandt wurden, nie zurückgekehrt waren.

Ihr müsst wissen, ich bin nicht so leicht zu töten …

Und dann waren Grimarrs Männer aufgestellt, und alles wurde wieder still.

Einen langen Augenblick blieb es still, abgesehen von der

leise klatschenden Brandung und dem gelegentlichen Geräusch eines der Männer, die hier auf den Kampf warteten. Dazu kamen Starris leise, winselnde Laute. Thorgrim sagte kein Wort, und auch Grimarr sprach nicht. Auch das war Teil ihres Kampfes.

Und diesen Teil verlor Grimarr. »Thorgrim Ulfsson!«, brüllte er, außerstande, sich länger zurückzuhalten, und inzwischen wieder erholt von dem Schock, Thorgrim lebendig vor sich zu sehen. »Du hast mir das schlimmste Unrecht zugefügt, und jetzt werden du und deine Männer alle dafür sterben!«

Thorgrim trat ein paar Schritte vor und brachte ein halbes Dutzend Fuß zwischen sich und Ornolf und die anderen, während er ohne Zögern Grimarr entgegentrat. Die Dänen hinter Grimarr sahen aus, als wären sie zum Kampf bereit, jedoch nicht unbedingt sehr begierig darauf. Sie hatten nichts von dieser Art eines Hundes an der Leine an sich, die man bei Kriegern mitunter beobachten konnte, wenn sie die Qualen des Wartens nicht mehr ertrugen und sich endlich in den Kampf stürzen wollten.

Thorgrim nahm an, dass sie für Grimarr kämpfen würden, weil sie ihm Gefolgschaft geschworen hatten, dass sie aber nicht erpicht darauf waren. Sie wirkten wenig begeistert bei der Aussicht, Verletzungen oder den Tod davonzutragen für eine Sache, die Grimarr so viel und ihnen überhaupt nichts bedeutete. Es war ein Streit, der ihnen wenig einbringen würde, und es ging gegen andere Nordmänner, auch wenn es nur Norweger sein mochten. Während der Wochen in Vík-ló waren Freundschaften geschlossen worden, ehe all dies auseinandergefallen war.

»Du hast schon einmal versucht, mich zu töten, Grimarr Knutson«, rief Thorgrim. Er sprach laut genug, dass Grimarrs Männer mithören konnte. »Und das ging nicht gut für dich aus. Noch schlechter lief es für deine Leute, die jetzt Futter für die Raben sind. Ich weiß von keinem Unrecht, das ich dir jemals angetan hätte. Ich habe dein hässliches Gesicht vor drei Wochen zum ersten Mal gesehen. Bevor ich dich töte, will ich also erst einmal hören, was zu diesem Zerwürfnis geführt hat.«

Grimarr trat ebenfalls ein paar Schritte vor. Sein Gesicht war vor Wut verzerrt. Er schien Mühe zu haben, sich weit genug unter Kontrolle zu bekommen, um sprechen zu können. Und als er redete, da überschlug sich seine Stimme, und die Worte drangen heraus wie eine Glutwolke aus der Werkstatt eines Schmieds. »Du hast meine Söhne getötet, du Bastard! Du hast sie in Dubh-Linn ermordet!«

Das war die Anschuldigung, die Harald zuvor von Conandil gehört hatte, aber der Schmerz und die Wut in Grimarrs Stimme trafen Thorgrim dennoch unvorbereitet. Der Vorwurf war so lächerlich, dass Thorgrim ihn nie wirklich ernst genommen hatte, doch er konnte sehen, dass Grimarr das tat. Grimarr war es todernst.

Thorgrim breitete aufrichtig verwirrt die Arme aus. »Wie hätte ich …«, setzte er an, aber Grimarr fiel ihm ins Wort.

»Du segelst ihr Schiff! Du Scheißkerl! Das ist ihr Schiff!« Grimarr stieß mit dem Schwert in Richtung der *Weitfahrer*. »Du hast es an dich genommen, nachdem du sie getötet hast, und du bist damit geradewegs nach Vík-ló gesegelt, um mich zu verhöhnen, du erbärmlicher Haufen Scheiße!«

Thorgrim fühlte sich, als hätte man ihn geschlagen. Das Schiff. Die beiden Männer, die gekommen waren, um Brigit nic Máel Sechnaill zu entführen. Haralds Frau. Die zu beschützen er versprochen hatte. Die sich dann als verräterische Schlampe erwiesen hatte, doch das tat nichts zur Sache.

Er erinnerte sich nicht an ihre Namen, wusste nicht einmal, ob er sie überhaupt je erfahren hatte. Er erinnerte sich daran, dass es groß gewachsene Männer gewesen waren. Nicht so groß wie Grimarr, aber groß. Junge Männer. Sie waren bei einem Kampf auf der Straße getötet worden, als sie versucht hatten, Brigit davonzuschleppen. Als sie die Frau zu jenem Schiff schleppen wollten, das jetzt *Weitfahrer* hieß.

Grimarrs Söhne? Die Götter müssen wahrlich ihren Spaß haben …

»Das ist eine Sache zwischen dir und mir, Grimarr. Wir müssen die anderen nicht hineinziehen. Du und ich. Wir kämpfen und beenden die Angelegenheit ein für alle Mal.«

»Also gibst du es zu!«, rief Grimarr, und ein Hauch von Triumph mischte sich in seinen Zorn. »Du gibst zu, dass du meine Söhne ermordet hast!«

»Deine Söhne sind gekommen, um die Frau meines Sohns zu rauben. Eine Frau, die zu schützen mir meine Ehre gebot. Wir haben gegen sie gekämpft, und es war ein ehrbarer Kampf. Sie haben verloren. Darin liegt keine Schande.«

»Und ihre Leichen?«, brüllte Grimarr. »Was hast du mit ihren Körpern angestellt? Wurden die auch auf eine ehrbare Weise ins Jenseits geschickt?«

Thorgrim sah es wieder vor sich. Sie hatten die Leiber bei zurückweichender Flut in den Fluss geworfen. Er sagte nichts.

»Ah, du Hundesohn!« Grimarrs Wut barst aus ihm heraus, als wäre ein Damm gebrochen. Er hob den Schild, riss sein Schwert in die Luft und stürzte sich auf Thorgrim, den Fluch noch auf den Lippen.

Thorgrim nahm ebenfalls den Schild hoch. *Eisenzahn* lag in seiner Hand, obwohl er sich gar nicht bewusst war, das Schwert gezogen zu haben. Grimarrs Klinge stieß auf ihn herab wie ein Beil, das Holz hacken sollte und mit all der Kraft, die der gewaltige Arm des Mannes dahinter aufbieten konnte. Instinktiv wusste Thorgrim, dass *Eisenzahn* unter dem Schlag zerspringen würde, so gut geschmiedet die Waffe auch war. Also fing er Grimarrs Schwert in einem Winkel auf, der den Schlag nicht stoppte, sondern ihn ablenkte.

Grimarrs Arm fuhr nach unten, und er stolperte, als sein brutaler, plumper Hieb ihn aus dem Gleichgewicht brachte. Doch er fing sich wieder, bevor Thorgrim einen Vorteil daraus ziehen konnte. Grimarr richtete sich auf und wich Thorgrims Gegenstoß aus.

Hinter Grimarr sah Thorgrim die Reihe der Dänen vorwärtsschlurfen. Sein Blick kreuzte den von Bersi Jorundarson, der an der Spitze ging. Sie rückten vor, aber auf eine Weise, die darauf hindeutete, dass sie nicht recht wussten, ob sie angreifen sollten oder nicht. Thorgrim hatte Grimarr einen Zweikampf angeboten. Grimarr hatte angegriffen. Er hatte seinen Männern keinen Befehl erteilt.

Und jetzt war Grimarr viel zu blind vor Wut, um auch nur an irgendwelche Befehle zu denken. Wieder brüllte er und führte einen ausholenden Schlag gegen Thorgrim, und Thorgrim lenkte die Klinge mit dem Schild ab. Er stach zu, und Grimarr fing die Spitze mit seinem eigenen Schild.

Und dann stürmten die Iren über den Wall.

36. Kapitel

Der Träger des Schildes
vergoss mein Blut mir
über meinen Schultern
mit seinem scharfen Schwert.
GISLI SURSSONS SAGA

Zuerst hörten sie es nicht einmal. Es war weit entfernt, eine Viertelmeile weg am westlichen Ende des Longphorts. Das Klirren von Stahl auf Stahl und der Kampf zwischen Thorgrim und Grimarr zog ihre Aufmerksamkeit auf sich wie ein Magnetstein die Eisenspäne, und so bemerkte niemand, dass Vík-ló angegriffen wurde.

Die Handvoll Menschen, die aus der Stadt gekommen waren, um in sicherem Abstand die Geschehnisse zu verfolgen, erkannten die Gefahr zuerst. Sie waren näher an den Wällen und nicht so gebannt von dem Drama am Ufer, und so waren ihre Rufe die erste Warnung, die zu den Übrigen durchdrang.

Grimarrs Krieger standen in einer Reihe am Fluss, und Thorgrim stellte fest, dass sie nicht länger dem Zweikampf zusahen. Er konnte nur einen flüchtigen Blick auf sie werfen, weil er sich Grimarrs nächstem Angriff widmen musste, aber es war klar, dass irgendetwas vorging, was selbst den Kampf ihres Herrn in den Hintergrund treten ließ. Die Dänen bewegten sich aufgeregt auf der Stelle, sie spähten und zeigten irgendwo in die Ferne.

Wieder drang Grimarr auf Thorgrim ein, brüllte und hackte

mit seinem großen Schwert. Grimarr war es gewohnt, jeden Gegner mit seiner schieren Masse und ungeheuren Kraft zu überwältigen. So viel hatte Thorgrim bereits in den ersten Sekunden erkannt. Dem Mann fehlte jede Spur von Geschick und Raffinesse. Vermutlich benötigte er auch weder Geschick noch Raffinesse, um seine Feinde zu zerstampfen.

Jetzt allerdings raste Grimarr vor Wut, und das machte ihn umso leichtsinniger. Thorgrim wusste, dass ihm das eine Gelegenheit verschaffen würde, solange Grimarr ihn nicht zu fassen bekam und die Klinge in den Leib stieß.

Grimarr führte einen Rückhandschlag mit dem Schild und wischte Thorgrims Schwert beiseite. Er versuchte, ihn aus dem Gleichgewicht zu bringen, bevor er mit dem eigenen Schwert nachstieß. Thorgrim ließ sich von dem Schild zurückstoßen, und als der Däne auf ihn einhackte, war er fast außer Reichweite. Er lenkte Grimarrs Hieb ab, sprang vor, stach zu und spürte, wie *Eisenzahn* über das Kettenhemd schrammte. Es richtete keinen Schaden an, auch wenn der Gegner vor Empörung aufheulte.

Und dann rannte Bersi auf sie zu, von der Reihe seiner Krieger zwanzig Fuß hinter dem Zweikampf. »Herr! Mein Lord Grimarr!«, rief er.

Thorgrim wandte sich keinen Augenblick von Grimarr ab, doch er trat einen Schritt zurück, und noch einen, bis er aus der Reichweite von Grimarrs Schwert war. Was auch immer es für Neuigkeiten gab, er war fest entschlossen, sich nicht ablenken zu lassen.

»Du Bastard! Komm sofort zurück!«, schrie Grimarr Thorgrim an, als hätte er Bersi gar nicht gehört, und da erkannte Thorgrim, dass er das tatsächlich nicht hatte. Grimarr rückte wieder vor, aber Bersi legte eine Hand auf seinen Arm und hielt ihn auf.

Grimarr wirbelte bei dieser Zumutung herum, doch bevor er etwas sagen konnte, zeigte Bersi auf die Stadt und rief: »Herr! Vík-ló wird angegriffen! Seht! Lorcan ist hier! Die Iren überwinden den Wall!« Grimarr drehte sich um und starrte in die Richtung, die Bersi ihm wies. Ein verständnisloser Ausdruck lag auf seinem Gesicht.

»Herr, wir müssen ihnen entgegentreten! Jetzt!«

Grimarr sagte nichts, schien den Blick nicht von der Ansammlung niedriger, strohgedeckter Gebäude abwenden zu können. Hinter ihm bewegten sich seine Krieger und hielten ihre Waffen auf eine Weise gefasst, die zeigte, dass sie es ernst meinten. Thorgrim wich noch einen Schritt zurück, und sobald er überzeugt davon war, dass Grimarr ihn nicht überrumpeln konnte, drehte er sich um.

Die Iren waren wirklich da. Der Erdwall, der den Longphort umgab, war hier und dort zwischen den Häusern sichtbar, und wo Thorgrim ihn sehen konnte, sah er Männer über die Wallkrone kommen und auf der Innenseite herunterstolpern, springen oder rutschen. Ihm fiel ein, wie mühelos Starri über diesen Wall gestiegen war. Diese niedrige Schutzwehr war nutzlos ohne Krieger, die sie verteidigten, und Grimarrs Männer waren allesamt mit ihm am Fluss. Die Iren würden die Tore öffnen, wenn sie es nicht längst getan hatten, und dann lag ganz Vík-ló schutzlos vor ihnen.

Wie Grimarrs Leute blickte auch die Besatzung der *Weitfahrer* in Richtung Stadt. Der Kampf zwischen Thorgrim und Grimarr war bedeutungslos verglichen mit dieser Sache. Die Einzigen, die den irischen Angriff nicht beobachteten, waren die Einwohner von Vík-ló selbst, die eilig auf den Leitrim zurannten, oder besser gesagt von den Angreifern fort.

Mit all den dicht stehenden Häusern dazwischen war die Zahl der Eindringlinge schwer zu schätzen. Doch es waren eine

Menge, eine große Menge Krieger, so viel war klar. Manche trugen Helme, manche Kettenhemden oder einen Lederpanzer, und sie alle hatten Schilde und Waffen, die in der Morgensonne funkelten. Die Iren. Sie waren endlich gekommen, und sie griffen in voller Stärke an.

»Verdammt sollen sie sein!«, schrie Grimarr, und Thorgrim wandte sich ihm wieder zu, gerade rechtzeitig, um zu sehen, wie er Bersi aus dem Weg stieß. »Wir bringen das jetzt zu Ende!« Er sah Thorgrim an und zeigte mit dem Schwert auf ihn. »Dieser norwegische Mistkerl und ich, wir beenden das jetzt!«

Grimarrs Männer bewegten sich unbehaglich. Das war Wahnsinn. Grimarr war eindeutig verrückt geworden. Und Thorgrim witterte seine Gelegenheit.

»Hört mir zu, ihr alle!«, rief er und breitete die Arme aus in einer Geste, die seine Leute und die von Grimarr gleichermaßen umfasste. »Die Iren werden uns abschlachten wie die Schafe, wenn sie uns erwischen, während wir hier rumstehen und unsere Eier schaukeln! Lasst uns Schild an Schild beisammenstehen! Töten wir sie, bevor sie uns töten!«

Und bei diesen Worten brachen Grimarrs Männer in Jubel aus. Sie jubelten tatsächlich! Das war mehr, als Thorgrim je erwartet hatte. Ihr Kampfgeist war geweckt, sie waren bereit zur Schlacht, aber nicht für ein Gemetzel an den Norwegern um Grimarrs persönlicher Rache willen.

Das hier war etwas anderes. Es war ein gerechtfertigter Kampf, ehrbar und notwendig. Die verhassten Iren hatten ihn zu den Nordmännern getragen wie einen Tribut.

»Ihr Männer!«, rief Thorgrim den eigenen Leuten zu, die ebenso begierig waren wie Grimarrs Krieger, diesen Neuankömmlingen entgegenzutreten, und die genauso wenig Lust verspürten, am Fluss stehen zu bleiben und sich überrennen zu lassen. »Mir nach!«

Er stürmte vor und wandte seinem Gegner den Rücken zu. Thorgrim Nachtwolf beachtete Grimarr nicht mehr, was eine größere Beleidigung darstellte als alles, was er hätte sagen können. Er fragte sich, ob der Riese von hinten heranstürmen und ihm ein Schwert in den Rücken stoßen würde. Er glaubte nicht, dass der Däne etwas so Unehrenhaftes tun würde, doch ebenso wenig glaubte er, dass Grimarr überhaupt noch bei klarem Verstand war.

Er blickte zurück und vergewisserte sich, dass seine Mannschaft ihm folgte, und um zu sehen, was Grimarr tat. Die Norweger stürmten voran, aber Grimarr hatte sich nicht vom Fleck gerührt und blieb dort, wo Bersi ihn angehalten und ihm von dem Angriff auf die Wälle berichtet hatte. Mit Schwert und Schild in der Hand, so starr und unbeweglich wie ein Baum, verharrte Grimarr an Ort und Stelle. Sein Mund stand offen, die Augen hatte er weit aufgerissen, als seine Männer an ihm vorüber und in Richtung des neuen Schlachtfelds strömten.

Thorgrims Besatzung führte den Vorstoß an, einfach deshalb, weil sie am nächsten zum Bohlenweg gestanden hatte. Sie rannten beinahe mit aller Kraft los, doch Thorgrim hieß sie, langsamer zu werden. Er hob sein Schwert und verhielt seine Schritte. Sie durften sich nicht kopflos in diese Schlacht stürzen. Das war es, was Grimarr bei seinem Kampf gegen Thorgrim getan hatte, und wenn er und Thorgrim noch fünf Minuten länger mit Schwert und Schild aufeinander hätten losgehen können, hätte solcher Leichtsinn Grimarr das Leben gekostet.

Thorgrim verlangsamte seine Schritte, bis er nur noch ging, und dann blieb er ganz stehen. »Halt«, sagte er, und hinter ihm verstummte der Klang marschierender Füße abrupt. Die meisten von seinen und Bersis Männern waren durch das hohe Gras und das Gelände vor Blicken aus der Stadt verborgen.

Der Feind konnte sie nicht sehen, aber Thorgrim hatte von der Spitze der Kolonne aus den Feind im Blick. Oder zumindest jenen kleinen Teil der feindlichen Streitmacht, der sich sehen ließ. Hier und dort erblickte er Männer, die zwischen den Häusern umherstreiften, doch wenn der Rest der Iren sich zu einem Schildwall formiert oder zu einem konzentrierten Angriff gesammelt hatte, dann war das an irgendeiner geschützten Stelle geschehen, die Thorgrim von seinem Standort aus nicht einsehen konnte.

Er schaute noch einmal zurück. Seine Männer standen hinter ihm, mit grimmigen Gesichtern, aber kampfbereit, die Schilde am Arm. Dahinter warteten Bersis Leute, ebenso aufgestellt, doch spürbar ungeduldiger, weil die Norweger ihnen den Weg verstellten.

»Bersi!«, rief Thorgrim und winkte Bersi zu sich. Er hatte keine Ahnung, wie der Mann darauf reagieren würde, und war ein wenig überrascht, als Bersi eilig durch die Menge zu ihm rannte.

»Hör zu, Bersi. Es bringt nicht viel, wenn wir einfach alle blind da reinlaufen und aufs Beste hoffen«, erklärte Thorgrim und wies mit *Eisenzahn* den Bohlenweg entlang auf die Ansammlung von Gebäuden. »Diese Iren sind uns wahrscheinlich zahlenmäßig überlegen, möglicherweise sogar erheblich.«

Bersi nickte. Er spähte an Thorgrim vorbei in die Stadt und auf die Teile des Walls, die zwischen den Häusern zu erkennen waren. Es kamen keine weiteren Krieger über die Befestigung. Alle Iren befanden sich nun innerhalb von Vík-lós Verteidigungsanlagen.

»Was treiben die da?«, fragte Bersi.

»Ich vermute, dass sie einen Kampf am Wall erwartet haben, und jetzt fragen sie sich, wo wir sind. Es sieht so aus, als würden sie die Häuser durchsuchen.«

»Du glaubst, dass sie in der Überzahl sind«, stellte Bersi fest. »Aber ich sehe nur eine Handvoll.«

»Da sind noch mehr«, versicherte ihm Thorgrim. »Die hätten gar nicht erst angegriffen, wenn sie nicht genug Männer wären, um die Sache zu Ende zu bringen. Sie wissen, wie viele Krieger normalerweise in Vík-ló sind, doch sie wissen nicht, wie viele jetzt hier sind. Vermutlich formieren sie sich für einen Angriff, um durch die Stadt vorzustoßen.«

Bersi nickte wieder, sagte aber nichts weiter. Thorgrim nahm an, dass er zu den Leuten gehörte, die lieber keine Entscheidung trafen. Das war in Ordnung, denn Thorgrim übernahm das gerne.

»Sie werden eine Art Schlachtreihe bilden, oder eine Keilformation, will ich wetten«, fuhr Thorgrim fort. »Dann kommen sie die Straße entlang und halten nach uns Ausschau. Sie werden die direkte Konfrontation suchen, Schildwall gegen Schildwall, weil sie genug Leute haben und davon ausgehen, dass sie uns überrollen können. Und das können sie wahrscheinlich auch. Also müssen wir eine Falle für sie vorbereiten, und die sieht so aus: Du teilst deine Männer in zwei Gruppen und sorgst dafür, dass sie den Feind im Norden und Süden unbemerkt umgehen.«

Thorgrim schwenkte *Eisenzahn* nach links und nach rechts und zeigte auf die ausgetretenen Pfade, die in diese Richtungen führten. Dann wies er wieder auf den Bohlenweg. »Wir bilden hier einen Schildwall auf der Straße, wo sie uns von der Stadt aus sehen können. Mit etwas Glück denken sie, dass alle Krieger des Longphorts an dieser Stelle versammelt sind. Sie greifen uns geradewegs an, und wenn sie das tun, fällst du von hinten und von beiden Seiten über sie her.«

Bersi nickte. »Sehr gut«, sagte er. »Gut.«

Thorgrim hätte beinahe aufgelacht. Bersi fragte nicht, warum Thorgrim die Befehle gab, und er zögerte nicht, ihnen zu folgen. Stattdessen schien er erleichtert zu sein, dass er nicht selbst die Entscheidungen treffen musste. Er drehte sich um und bahnte sich seinen Weg zurück zu seinen Männern.

Thorgrim wandte den Blick von Bersi ab und sah zu seinen eigenen Leuten. »Bildet einen Schildwall, hier!« Er wies auf eine Stelle zwanzig Fuß den Bohlenweg hinauf. Seine Mannschaft rückte vor. Harald und Ornolf stellten sich im Zentrum auf, Agnarr, Godi und der Rest nahmen darum herum ihre Plätze ein. Es war ein guter Platz, mit sumpfigem, von Gestrüpp übersätem Boden an den Flanken, der den Feind davon abhalten würde, dort anzugreifen. Rasch formierte sich der Wall, und die Männer von der *Weitfahrer* behaupteten kühn ihre Stellung. Jeder Schild überlappte mit dem daneben, Schwerter, Streitäxte und Speere lagen kampfbereit in der Hand. Doch sie waren nur eine kleine Schar, und so dicht aufgestellt wirkten sie noch unbedeutender. Sie boten einen Anblick, als könnten Lorcans Männer sie mühelos überrennen.

Nur Starri und Thorgrim reihten sich nicht in die Formation ein. Thorgrim wollte zurückbleiben, um die gesamte Schlachtreihe überblicken zu können und dort einzugreifen, wo er eine Schwäche erkannte, oder um eine Lücke auszufüllen, wenn ein Kämpfer fiel. Starri nahm aus anderen Gründen keinen Platz im Schildwall ein. Einer dieser Gründe war, dass er überhaupt keinen Schild besaß. Er trug niemals einen in der Schlacht, aus demselben Grund, aus dem er auch keinen Helm und keine Rüstung anhatte. Er hatte kein Interesse daran, sich zu schützen.

Zudem legte niemand Wert darauf, dass Starri neben ihm stand. Ein Schildwall hing davon ab, dass jeder Mann seine Position hielt, dass sein Schild den des Nebenmannes überlappte und auf diese Weise eine fast undurchdringliche Verteidigungslinie bildete. Aber von Starri konnte niemand erwarten, dass er auf seinem Platz blieb. Wenn ihn die Berserkerwut überkam, war er unberechenbar. Es war gut möglich, dass er einfach aus der Reihe herausstürmte und sich auf den Feind warf. Doch was für einen Berserker in Ordnung war, galt nun einmal nicht für einen Krieger im Schildwall.

Gerade wirbelte Starri um die eigene Achse wie ein Tänzer. Die Arme ausgestreckt, ein Kampfbeil in jeder Hand, war das genau die Art von fieberhaftem, blindwütigem Bewegungsdrang, den er immer zeigte, sobald die Raserei ihn überkam und irgendwie abgebaut werden musste; sein Tanz, wenn eine Schlacht bevorstand, aber das Blutvergießen noch nicht angefangen hatte.

Thorgrim hingegen stand fast reglos da, nur sein Blick flog hin und her und behielt alles im Auge, obwohl sein Verstand mindestens ebenso wahnwitzig herumwirbelte wie Starris Arme. Er sah, wie Bersis Männer abrückten, ein wenig geduckt, um im hohen Gras und zwischen den flachen Anhöhen verborgen zu bleiben, und fragte sich, ob sie auf ihn hören würden. Er ging ein Risiko ein, ein sehr hohes Risiko.

Thorgrim hätte darauf bestehen können, dass sie blieben und mit ihnen im Schildwall standen, wo es keine Möglichkeit gab, sich vor dem Kampf drücken. Stattdessen hatte er ihnen befohlen, sich davonzuschleichen und erst dann in das Gemetzel einzugreifen, wenn es bereits begonnen hatte. Und er hegte keinen Zweifel daran, dass es ein Gemetzel werden würde. Wenn Bersi alles richtigmachte, würden die Iren Probleme bekommen. Aber Bersi konnte auch zu dem Schluss kommen, dass der richtige Moment zum Eingreifen erst gekommen war, sobald Thorgrims Männer gefallen waren. Die Versuchung war gewiss groß.

Thorgrim trat vor und schob sich zwischen Harald und Ornolf durch den Schildwall, bis ihn nur noch das freie Gelände und der Bohlenweg von den irischen Kriegern trennte, die sich zweihundert Schritt entfernt versammelten. Angewidert schüttelte er den Kopf. Wären die Norweger und die Dänen nicht durch den dummen Streit untereinander so abgelenkt gewesen, hätten sie das kommen sehen müssen. Sie hätten die Hälfte der Iren töten können, ehe diese überhaupt den Wall überwanden. Wegen ihrer eigenen Dummheit und Sorglosigkeit stand ihnen jetzt ein langer und blutiger Kampf bevor.

Die Iren hatten den Schildwall bemerkt, das war nicht zu übersehen. Selbst aus dieser Entfernung konnte Thorgrim zeigende Arme ausmachen, und Köpfe, die sich in ihre Richtung wandten. Krieger strömten hinter den Gebäuden hervor und bezogen Stellung auf der Straße vor Grimarrs Halle. Erst in kleineren Gruppen, dann zu Dutzenden, und schließlich waren es hundert oder mehr, die in einer ungeordneten Menge dort versammelt standen. Die Sonne gleißte auf blitzenden Waffen, Helmen und polierten Schildbuckeln. Licht und Schatten flossen kräuselnd über Kettenhemden.

Thorgrim hörte eine Stimme heraus, die alle anderen übertönte. Obwohl er die Worte nicht unterscheiden konnte und sie auch nicht verstanden hätte, erkannte er den befehlsgewohnten Ton. Die Masse an Kriegern teilte sich wie das Wasser vor dem Bug eines Schiffes, und eine massige Gestalt schob sich aus dem Gedränge. Ein Riese, mehr als ein Kopf größer als die übrigen, mit einem schweren schwarzen Mantel auf den Schultern, einem Schild in der einen Hand, einer Streitaxt in der anderen und einem Kettenhemd über der Brust, das so aussah, als könnte man ein ganzes Feld damit bedecken. Zuerst dachte Thorgrim, der Mann hätte sich ein Tuch vor das Gesicht gebunden, bis er erkannte, dass es ein Bart war, ein dichtes Gestrüpp von einem Bart, das alles unterhalb der Nase verdeckte.

»Das ist Lorcan«, sagte Harald. »Ihr Jarl, der Anführer der Iren in der Gegend.«

Thorgrim nickte. Er hatte Lorcan nie zuvor gesehen, aber er hatte eine Menge über ihn gehört in der kurzen Zeit, die er in Vík-ló verbracht hatte. »Genau so habe ich ihn mir vorgestellt«, stellte er fest.

Die befehlsgewohnte Stimme gehörte Lorcan, und sein Gebrüll wurde nicht leiser, während er gestikulierte, mit den Händen wies und seine Männer auf ihre Posten schob. Und seine Krieger folgten eilig jeder Anweisung.

»Harald, verstehst du diesen Lorcan?«, fragte Thorgrim.

Harald lauschte in Richtung des fernen Iren und war für einen Augenblick ganz still, schüttelte dann aber den Kopf.

»Ich kann ihn hören, Vater. Aber ich kann die Worte nicht unterscheiden.«

Thorgrim schnaubte. »Egal. Ich kann mir denken, was er sagt.«

Was Lorcan dort tat – seine Männer für den Angriff gegen einen gegnerischen Schildwall aufstellen –, hatte Thorgrim in der Vergangenheit oft genug selbst erledigt. Manchmal war es ein starker Gegner gewesen, und seine wichtigste Aufgabe hatte darin bestanden, den Kampfgeist seiner Männer aufzubauen, sie so sehr anzustacheln, dass sie am Ende begierig waren, sich in einen mörderischen Sturm von Äxten, Schilden und Speeren zu stürzen. Und manchmal war er in einer vorteilhafteren Position gewesen und hatte eine überwältigende Übermacht gegen einen viel schwächeren Widersacher führen können, was so ziemlich die Lage war, in der Lorcan sich jetzt befand.

Thorgrim wandte sich um, musterte die Gesichter der eigenen Männer und fand die unterschiedlichsten Ausdrücke darauf: manche ausdruckslos und undeutbar, andere mussten sichtlich ihre Furcht unterdrücken, einige blickten gelangweilt, was aber, wie Thorgrim sehr wohl wusste, nur eine weitere Maske für die Furcht war. Harald wirkte konzentriert, kampfbereit, aber Thorgrim ahnte, dass sein Junge an diesen einen Schwertstreich dachte, der die Stelle traf, wo Hals und Schulter ineinanderliefen, und dass er sich gleichzeitig bemühte, nicht daran zu denken.

»Na, das ist ja eine ganz schöne Menge von Hundesöhnen«, bemerkte Thorgrim, laut genug, dass jeder ihn hören konnte. »Zum Glück keine Norweger oder Dänen. Es sind nur Iren.« Dieser Umstand würde kaum jemanden beruhigen. Die meisten der Männer hatten bereits gegen Iren gekämpft und wussten genau, dass man diesen Feind nicht so einfach abtun durfte.

»Ihr versteht euch auf euer Handwerk und wisst, was ihr heute zu tun habt«, fuhr er fort. »Haltet stand. Weicht nicht zurück. Lasst sie vorrücken und tötet sie. Haltet durch, bis Bersis Männer kommen und den Iren ihre Speere in den Arsch rammen. Dann gehört der Tag uns!«

Die Nordmänner jubelten. Sie hoben ihre Waffen und schlugen damit auf ihre Schilde ein. Sie riefen Beleidigungen und ließen ihren Schlachtruf ertönen.

Und zweihundert Schritte vor ihnen jubelten Lorcans Krieger auch und setzten dann ihren unaufhaltsamen Vormarsch fort.

37. Kapitel

Die Rache des Kriegers
ereilt den König,
Wolf und Adler holen
die Prinzen von königlichem Blut.

EGILS SAGA

Harald und Ornolf öffneten eine Lücke für ihn, und Thorgrim schob sich hindurch zu seinem Platz hinter dem Schildwall seiner Leute. Er stand allein. Starri war weg. Wohin, das wusste Thorgrim nicht, und ihm blieb keine Zeit, sich darüber zu wundern. Lorcans Krieger rückten vor, und sie kamen schnell, wie ein wilder Sturm in ihre Richtung.

»Haltet die Stellung, Männer!«, schrie Thorgrim. Die Iren sammelten Schwung, und Thorgrim vermutete, dass sie den Schildwall in vollem Lauf treffen würden. Sie konnten sehen, wie wenige Nordmänner gegen sie standen. Sie witterten Blut und leichte Beute, und sie waren begierig auf beides.

Lorcan stampfte im Zentrum der Linie auf die Norweger zu. Thorgrim erwartete, dass er den Ansturm verlangsamen würde und seine Krieger wieder unter Kontrolle bringen wollte. Doch er wurde mit jedem Schritt nur schneller, und der Rest folgte ihm, hielt Schritt, und niemand wagte, ihn zu überholen.

Fünfzig Schritte noch, und Thorgrim sah Lorcans wildes Haar hinter ihm herflattern. Sein Mantel war über die Schultern geschlagen und entblößte baumdicke Arme; Schild und Streitaxt sahen in seinen Händen klein wie Spielzeuge aus.

Kein Wunder, dass die Männer ihm folgen, dachte Thorgrim, *er ist ein furchteinflößender Bursche*. Es war lange her, dass Thorgrim sich vor irgendeinem Menschen gefürchtet hatte, aber er verstand sehr gut, dass man einen solchen Mann fürchten konnte.

Auf der ganzen Länge des Schildwalls gingen die Nordmänner in Stellung, sie stemmten die Fersen in den Boden, fassten ihre Waffen fester und bereiteten sich auf den Aufprall vor, auf die Lawine von Feinden, die ihren Wall aus Holz und Eisen, aus Stahl und Fleisch treffen würde. Schilde klapperten dumpf, als sie gegen die der Nebenmänner prallten, begleitet vom vertrauten Klimpern der Kettenhemden.

Zwanzig Fuß trennten Iren und Norweger. Thorgrim machte *Eisenzahn* bereit, und im selben Augenblick schnitt ein unheimliches Kreischen durch die kühle Morgenluft, das Trommeln der Füße, das Klirren der Waffen, durch die Schlachtrufe der anstürmenden Krieger. Alles schien den Atem anzuhalten, als Starri der Unsterbliche wie ein Fasan aus dem hohen Gras rechts des Weges stob. Die Streitäxte in der Hand kreischte er immer noch.

Er hatte die Tunika abgelegt und sein Gesicht und die Brust mit Streifen von schwarzem Schlamm beschmiert. Mit wildem Geheul barst er aus seinem Versteck und stürzte sich mit erhobenen Waffen auf die Iren.

Starri war nur ein Mann, einer gegen mehr als hundert. Jeder der Iren mit Speer oder Schwert in der Hand hätte ihn bei seinem kopflosen Ansturm aufspießen können. Aber sein überraschendes Auftauchen, das furchtbare Kriegsgeheul und das dämonische Aussehen lähmten seine Gegner derart, dass der linke Flügel ihrer Schlachtreihe stolpernd zum Stehen kam. Sie hatten sich allein auf den Schildwall konzentriert, der keine große Bedrohung darstellte. Jetzt stürzte dieser Angriff aus einer ganz unerwarteten Ecke sie völlig in Verwirrung. Sie hielten inne, erschrocken und verunsichert von dieser plötzlichen Wendung.

Und dann war Starri über ihnen. Er sprang durch die Luft und ließ die Äxte wirbeln, genau so, wie er vor dem Kampf die Arme geschwungen hatte. Die irischen Krieger vor ihm fingen gerade an, die Schilde zu heben, als schon die Beile auf ihre Köpfe niedersausten. Ein Mann trug einen Helm, der andere nicht, aber das machte keinen Unterschied. Die Gewalt von Starris Angriff spaltete beide Schädel in einem Schwall von Blut.

Jetzt klaffte eine Lücke in den irischen Reihen, und Starri stürzte sich hinein. Thorgrim sah, wie seine Äxte wieder nach oben stiegen, doch Starri selbst blieb hinter den erschrockenen, zur Seite stolpernden Iren verborgen, und Lorcans Angriffsplan zerbröselte wie morsches Holz. Die Männer am rechten Ende der Linie wussten gar nicht, was links geschah, und sie rannten weiter wie bisher; sie schrien, hoben die Waffen und polterten den Bohlenweg hinab. Und dann schienen alle gleichzeitig zu bemerken, dass der linke Flügel plötzlich zurückgeblieben war und, schlimmer noch, dass sie Lorcan überholten, der gleichfalls bei Starris Ansturm innegehalten hatte.

Einer nach dem anderen wurde langsamer, und Thorgrim sah, wie die Kampfeslust auf ihren Gesichtern in Verwirrung umschlug und jede Ordnung in ihrer Formation auseinanderbrach. Da witterte er seine Gelegenheit.

»Auf sie! Auf sie! Angriff!«, schrie Thorgrim. Es war Wahnsinn, diese sorgfältig aufgestellte Verteidigungslinie aufzugeben und sich auf einen viel stärkeren Feind zu werfen, doch Starris Wahnsinn war zu seinem Wahnsinn geworden, und das Berserkerblut schien nun auch durch seine Adern zu fließen.

»Auf sie!« Die Worte wurden überall im Schildwall aufgenommen, und die Krieger traten vor. Der Befehl hätte Thorgrims Männer durcheinanderbringen können, die gerade noch um festen Stand bemüht gewesen waren und sich auf einen Anprall vorbereitet hatten. Aber sie waren diszipliniert und daran gewöhnt, ohne Zaudern zu gehorchen. Und auch sie erkannten diese Gelegenheit. Sie sahen das Zögern und die Unsicherheit ihrer Feinde und waren bereit, in diese Lücke vorzustoßen und das Blutbad zu beginnen.

»Haltet die Formation! Haltet die Formation!«, rief Thorgrim, während die Besatzung der *Weitfahrer* vorrückte. Er wollte nicht den Fehler Lorcans wiederholen, wollte nicht zulassen, dass der Zusammenhalt des Schildwalls auseinanderbrach. Und das geschah auch nicht. Sie hielten die Linie geschlossen, als sie vorstürmten, und eine fest gefügte Reihe von Schilden und kampfbereit erhobenen Waffen traf auf Lorcans Streitmacht.

Mit einem hörbaren Laut prallten die beiden Schlachtreihen aufeinander, Dutzende Schilde, die auf Dutzende von Schilden krachten, das Klirren von Stahl, das Rufen erzürnter Kämpfer und, Augenblicke darauf, die Schreie Sterbender. Lorcans Männer waren in Unordnung gestürzt, aber als erfahrene Krieger hatten sie sich beinahe schon wieder erholt und waren zum Kampf bereit, als Thorgrims Reihe auf die ihre stieß.

Thorgrim trat nach hinten und überblickte den Schildwall. Männer stemmten sich gegeneinander, ein Bein hinter dem anderen, als würden sie gegen ein unbewegliches Hindernis drücken, was sie ja auch taten: gegen die Linie der irischen Krieger. Schwerter stachen in die Lücken zwischen den Schilden, die langen, tückischen Spitzen von Speeren schwangen vor und zurück. Rechts von Thorgrim taumelte ein Mann namens Gest zurück, der in Dubh-Linn zu ihnen gestoßen war. Sein Mund stand offen, Blut strömte aus dem Gesicht, wo seine Nase und das rechte Auge gewesen waren. Bevor Thorgrim vorstoßen und seinen Platz einnehmen konnte, hatten die Männer zu beiden Seiten die Öffnung schon wieder geschlossen.

Lorcan stand immer noch in der Mitte der Reihe, und im Gegensatz zum Rest der Iren wurde er nicht von der Masse der Kämpfenden verdeckt. Deutlich ragte er über den Schilden und behelmten Köpfen hervor. Der sichtbare Teil seines Gesichts war blutbeschmiert, sein Mund stand offen und er schrie wieder und wieder, auch wenn die Worte für Thorgrim fremdartig und bedeutungslos blieben.

Zwanzig Fuß seitlich von Lorcans wütendem Angriff hielt Harald seine Stellung im Schildwall und führte sein Schwert. *Vergeltung* war fort, auf dem Strand im Süden zurückgeblieben, doch er hatte ein anderes Schwert gefunden, ein anständiges Schwert.

Thorgrim dankte den Göttern, dass sein Sohn nicht Lorcan persönlich gegenüberstand. Harald hätte gewiss als Erster den Kampf mit dieser riesigen irischen Bestie gesucht – hatte es ja tatsächlich schon einmal getan, auch wenn Thorgrim vermutete, dass Harald in jener Nacht dem Tod näher gekommen war, als er es zugab. Eines Tages, das wusste er, würde Harald einem Kämpfer wie Lorcan standhalten können, aber nicht jetzt. Nicht jetzt.

Sutare Thorvaldsson, der Schwede, stand nun Lorcan gegenüber, konnte allerdings wenig ausrichten, außer Lorcans wütende Angriffe abzuwehren. Die Streitaxt schwang auf und nieder, auf und nieder, donnerten auf Sutare und die Männer links und rechts von ihm. Die Verteidiger hoben die Schilde und schlugen mit ihren Waffen zu, richteten jedoch gegen den hünenhaften Iren nichts aus.

Das wird nicht lange halten, dachte Thorgrim, und das tat es nicht. Zwei weitere Hiebe von Lorcans Streitaxt, und der

Mann links von Sutare ließ sein Schwert sinken, als wollte er aufgeben. Aber Thorgrim konnte sehen, dass sein Arm gleich unterhalb der Schulter fast entzweigehauen war. Der Mann taumelte zurück, und die Waffe entglitt seiner Hand. Das Blut lief ihm hell den Arm hinunter, und Lorcan erkannte die Lücke im Schildwall, grinste, schwang sein Beil und stürmte vor.

Und Thorgrim war zur Stelle.

Denn das war genau der Grund, warum er sich dort aufgestellt hatte; sobald der riesenhafte Lorcan hinter den Schildwall gelangte, war alles verloren, der Kampf würde nicht in Minuten, sondern in Sekunden ein Ende finden. Thorgrim trat drei schnelle Schritte vor, und bevor Lorcan überhaupt wusste, dass er da war, stieß er mit *Eisenzahn* zu und stach mit der Spitze nach Lorcans Kehle.

Die Klinge drang durch Lorcans Bart, und der Ire, der nicht einmal gesehen hatte, wie Thorgrim herankam, fuhr überrascht zurück, bog sich nach hinten, sodass die Klinge ihr Ziel verfehlte. Er stieß Thorgrims Schwert mit dem eisernen Schildrand zur Seite und schwang zugleich ungeschickt die Axt mit der Rechten, weniger ein Angriff, als vielmehr eine instinktive Reaktion. Thorgrim wich dem Schlag aus.

»Zurück mit dir, du Hurensohn!«, schrie Thorgrim und wusste genau, dass diese Wörter für Lorcan nichts bedeuteten. Er rammte den Mann mit seinem Schild. Thorgrim hatte nicht erwartet, dass er Lorcan durch die Lücke zurückdrängen konnte, doch er hatte zumindest gedacht, dass er ihn einen Schritt oder so nach hinten stoßen könnte. Tatsächlich tat er nichts dergleichen. Es war, als hätte er den Schild gegen den Stamm einer hundertjährigen Eiche gestoßen.

Sie verharrten dicht beieinander, Thorgrim und Lorcan, die Gesichter nur wenige Zoll auseinander. Lorcan grinste und holte mit der Axt über der Schulter aus. Thorgrim stand so eng bei seinem Gegner, dass er *Eisenzahn* nicht heben konnte. Also stach er stattdessen abwärts. Er spürte, wie die Klinge etwas traf, etwas, das weicher und nachgiebiger war als der Bohlenweg. Lorcan brüllte vor Schmerz. Er stieß Thorgrim mit dem Schild von sich, und der taumelte rückwärts. Lorcan stolperte in die andere Richtung. Thorgrim gestattete sich einen raschen Blick nach unten, nur einen Herzschlag lang. Das reichte aus, um den Riss in Lorcans Lederschuh zu sehen und das helle, rote Schimmern von Blut.

Den werde ich töten müssen, wie ein Rudel Hunde es mit einem Stier macht, dachte Thorgrim, *eine Wunde nach der anderen …*

Lorcan geriet zwischen kämpfende Männer und stieß sie von sich, um mehr Platz zu gewinnen. Er humpelte, als er sich bewegte, doch nur ein wenig. Er hatte eine blutige Verletzung davongetragen, aber das ließ ihn nur wütender werden, was wiederum dafür sorgte, dass er den Schmerz noch weniger spürte.

Thorgrim rückte vor, denn er wollte Lorcan immer noch zurück durch den Schildwall drängen. Lorcan schwang sein Beil, ein weiter, seitwärts geführter Schlag, und Thorgrim begegnete ihm mit dem Schild. Der Aufprall brachte ihn ins Wanken, und er sah das Holz auf der Rückseite splittern, als die Axtschneide sauber hindurchgetrieben wurde.

Er täuschte einen tiefen Angriff mit dem Schwert an, und Lorcan, der schon einmal am Fuß verletzt worden war, riss den Schild herab, um zu verhindern, dass es wieder geschah. Daraufhin führte Thorgrim die Klinge nach oben, über den Schild hinweg, und zielte ein weiteres Mal auf Lorcans Hals. Diesmal traf *Eisenzahn* auf ein Panzerhemd und glitt daran ab, und Lorcan stieß die Klinge erneut mit der Schildkante weg.

Lorcans Beil steckte immer noch tief in Thorgrims Schild. Der Ire riss hart daran, brach das Blatt aus dem Holz heraus, hinterließ dabei einen Riss in dem Schild und brachte Thorgrim aus dem Gleichgewicht. Die Streitaxt fuhr wieder herum und hob den Schild gerade rechtzeitig, dass die angeschlagene Holzoberfläche einen Großteil der Wucht auffing, doch Lorcans Waffe rutschte daran entlang und sauste weiter.

Thorgrim bog sich, und die Axt traf seine Schulter. Er spürte, wie das Blatt seine Kettenrüstung durchtrennte und in das Fleisch darunter drang. Blut lief warm über seine Haut, aber Schild und Kettenhemd hatten das Beil so weit verlangsamt, dass die Wunde oberflächlich blieb.

Schlimmer war, dass Thorgrim durch den Schlag ins Wanken geriet. Lorcan nutzte den Vorteil und sprang nach vorne. Mit einem ausholenden Rückhandschlag stieß er seinen Schild gegen Thorgrims frische Verletzung. Der Aufprall trieb eine Welle des Schmerzes durch Thorgrims Leib und ließ ihn zur Seite taumeln, dabei erhaschte er einen Blick auf Lorcan: grinsend, das große Beil hoch über den Kopf erhoben. Wieder versuchte Thorgrim, sein Gleichgewicht zurückzugewinnen, doch bevor er das schaffte, traf ihn etwas hart von hinten und schleuderte ihn der Länge nach auf den Bohlenweg.

Er hörte einen tiefen tierischen Laut und spürte ein wildes Getümmel neben sich. Er erwartete jeden Augenblick, dass Lorcans Beil in seinen Rücken schlug, noch während er herumrollte und die Überreste seines Schilds schützend emporriss.

Aber Lorcan kämpfte bereits mit einem neuen Gegner und dachte nicht länger daran, Thorgrim niederzustrecken. Grimarr Knutson war hinter dem Schildwall herangekommen. Er hatte sich auf den Anführer der Iren gestürzt. Brüllend vor Wut drang er mit Schwert und Schild auf ihn ein. Lorcan brüllte auch, wehrte Grimarrs Klinge mit dem eigenen Schild ab und drosch mit der breitblättrigen Axt auf ihn ein. Der Kampf dieser beiden war einer aus den alten Legenden: Mehr Riesen als Menschen, brüllten sie ihre Wut heraus und hackten aufeinander ein, mit einer Kraft, die über das Maß Sterblicher hinausging.

Thorgrim kam auf die Füße. Er erkannte, dass Grimarr ihm das Leben gerettet hatte. Gewiss nicht mit Absicht. Vermutlich hatte Grimarr nicht einmal bemerkt, wen er da zur Seite stieß, um sich einen Weg zu Lorcan zu bahnen, dem einen Mann in Irland, den er womöglich ebenso hasste wie Thorgrim.

Nun tauschten sie Hiebe: Grimarrs Schwert gegen Lorcans Schild, Lorcans Axt gegen Grimarrs Schild. Holzsplitter flogen davon, aber Grimarrs Schild bekam das meiste ab. Lorcans Beil drang tiefer ein und riss größere Stücke aus dem eisengerahmten Holz.

Zu seiner Rechten, am Rand seines Sichtfelds, nahm Thorgrim eine Bewegung wahr. Er fuhr herum und sah einen von Lorcans Kriegern mit wild flackerndem Blick durch die Schlachtreihe brechen, das Schwert hoch erhoben, die Lederrüstung zerrissen und blutig. Er griff schnell und unbesonnen an, und Thorgrim wehrte die Klinge mühelos mit den Resten seines Schilds ab und stieß mit *Eisenzahn* zu. Das Leder hielt der gut geschliffenen Klinge nicht stand, und der Ire starb auf Thorgrims Schwertspitze.

Dann erinnerte sich Thorgrim an Bersi. *Der Mistkerl!* Bersi hätte dem Feind längst in die Flanken fallen sollen. Thorgrim sah sich um. Der Schildwall brach beinahe auseinander, das Gefecht löste sich in Dutzende einzelner Kämpfe auf. Männer lagen tot am Boden. Männer schleppten sich von Schlachtfeld. Männer zuckten und wanden sich schreiend in ihrem Blut. Aber keine Spur von Bersi.

Mistkerl!

Lorcan und Grimarr standen fünf Fuß voneinander entfernt, starrten sich an und rangen keuchend nach Atem. Grimarr wandte Thorgrim den Rücken zu, aber der konnte sehen, dass Lorcans Gesicht mit Blut verschmiert war – eine Wunde an der Kopfhaut, wahrscheinlich nicht tief, doch sie blutete wie verrückt. So wie Kopfwunden das nun einmal tun.

Beide Männer verharrten reglos, und der Moment schien endlos inmitten des wahnwitzigen Getümmels. Dann stieg ein Knurren in Lorcans Kehle auf. Mit erhobenem Beil und dem Schild vor der Brust drang er wieder auf Grimarr ein und vergaß jede Raffinesse. Er hackte mit der Axt, und Grimarr fing die Waffe ein weiteres Mal mit den letzten Überresten seines Schildes, der unter der Wucht des Schlages ganz auseinanderfiel.

Jetzt brüllte Grimarr und schlug nach Lorcan, der die Klinge parierte. Und in diesem Augenblick fielen Bersis Männer über Lorcans Flanken her.

Im ersten Moment wusste Thorgrim gar nicht, was geschah. Er spürte nur die Veränderung in der Stimmung des Kampfes, eine Art Panik, die von den Rändern des Getümmels nach innen drang. Dann vernahm er das Geschrei, die Schlachtrufe frischer Krieger, die sich ins Gefecht stürzten. Die Iren stolperten fast übereinander, als sie auf die Reste des Schildwalls zudrängten und fort von diesem neuen, ungestümen Angriff.

Bersi, du Bastard …, dachte Thorgrim, doch in Wahrheit fehlte ihm jedes Gefühl für die Zeit, die vergangen war. Sie mochten schon eine Stunde hier kämpfen, oder eine Minute. Er wusste es nicht. Vielleicht hatte Bersi sich zurückgehalten, vielleicht hatte er einfach nur den perfekten Zeitpunkt abgepasst.

Aber jetzt war er da, und mit verheerender Wirkung auf die Iren. Sie erlebten den Albtraum jedes Kriegers: Der Feind stand in ihrem Rücken! Sie wandten sich um, aber damit gerieten Thorgrims Männer hinter sie, und das war nicht besser. Ihre Rufe klangen mehr wie panische Schreie als nach dem Gebrüll kämpfender Krieger.

Grimarr hatte den zertrümmerten Schild weggeworfen und trat Lorcan nun mit erheblich größerer Vorsicht entgegen. Er blieb gerade außer Reichweite seiner Axt, wich aus, hielt nach einer Lücke Ausschau. Lorcan befand sich im Vorteil, doch er war nicht so dumm, zu glauben, dass Grimarr durch den Verlust seines Schildes weniger gefährlich war. Die beiden Männer standen in fünf Fuß Abstand voreinander, die Gesichter gerötet und schweißnass, der Hass, der sich über Jahre aufgebaut hatte, glühte in ihren Augen.

Dann war irgendwo aus dem Schlachtgetümmel ein Ruf zu hören, und er klang wie ein Befehl. Die Worte waren Irisch; Thorgrim hatte keine Ahnung, was sie bedeuteten. Aber Lorcan schon. Er riss den Kopf in diese Richtung herum und schrie selbst einen Befehl, und in diesem Augenblick der Ablenkung griff Grimarr an.

Lorcan blieb die Zeit, seinen Fehler zu erkennen, Zeit genug, um sich wieder Grimarr zuzuwenden. Aber das half ihm nichts, als die Spitze von Grimarrs großem Schwert traf. Es drang genau dort ein, wo Lorcans Bart über sein Gesicht zu wuchern begann, gleich unterhalb des linken Auges. Grimarr war klar, dass er nur eine solche Gelegenheit erhalten würde. Er legte jede Unze seiner verbliebenen Kraft in den Stoß. Das Schwert stach in Lorcans Antlitz wie in ein Bündel Stroh und fuhr im selben Augenblick am Hinterkopf wieder heraus, brach in einer Wolke von Blut und Knochensplittern durch den Schädel.

Der Ausdruck auf Lorcans Gesicht ließ sich nur als Überraschung deuten. Sein Mund stand offen. Die Augen wurden weit und rollten zurück, als die Wucht von Grimarrs Stoß den

Iren, der zweifellos bereits tot war, geradewegs von den Füßen holte.

Grimarr umklammerte das Schwert und erwartete vermutlich, dass es sich aus Lorcans Schädel lösen würde, als der Mann zu Boden ging. Aber das tat es nicht. Wie in einem letzten Anflug von Trotz blieb die Klinge stecken. Grimarr wurde nach vorn gerissen und stürzte mit einem empörten Ausruf auf die Leiche seines Feindes.

Töte ihn, töte ihn, töte ihn!, hörte Thorgrim eine drängende Stimme in seinem Inneren. Dies hier war eine Gelegenheit für ihn, die so nicht wiederkommen würde. Grimarr lag zu seinen Füßen und wandte ihm den Rücken zu. Nur zwei Schritte, und er konnte *Eisenzahn* durch den Hals des Mannes treiben.

Er blickte auf. Die irischen Krieger in der Nähe hatten Lorcan fallen sehen – etwas, das sie nie für möglich gehalten hätten. Jetzt hatte aller Mut sie verlassen. Diejenigen, die sich aus dem Kampf lösen konnten, flohen, und ihre Flucht war ansteckend. Mehr und mehr Männer suchten das Weite, und manche warfen sogar ihre Waffen weg. Nur hier und dort kämpften einzelne Krieger weiter. Andere versuchten, sich zu ergeben; manche mit Erfolg, andere nicht.

»Ihnen nach, ihnen nach! Treibt sie zum Wall!«, schrie Thorgrim. Er sprang über Grimarrs zappelnde Gestalt hinweg, und mit einem Wink seines Schwertes führte er die Männer voran, und sie jagten den besiegten Feind auf den Erdwall zu, der gebaut worden war, um die Iren draußen zu halten, sie jetzt aber einsperrte wie zum Schlachten in den Pferch getriebene Schafe.

38. Kapitel

Übel ist's für den Mann
das Alter zu erdulden;
raubt es ihm doch
Augenlicht und die Vernunft.

DIE SAGA VON DEN VERBÜNDETEN

Es war eine panische Flucht. Thorgrim hatte so was bereits erlebt, aber nie so vollständig wie heute. Lorcans Tod und der Angriff von Bersis Kriegern fast im selben Augenblick – das setzte dem irischen Überfall ein Ende. Sobald die Ersten in Panik gerieten, breitete die sich aus wie Flammen in einem Strohdach, und bald rannte jeder Ire, der noch dazu imstande war.

Und sie hatten allen Grund zu laufen, denn Thorgrims und Bersis Männer wollten sie nicht einfach davonkommen lassen. Stattdessen stürmten sie hinterdrein, begierig darauf, die fliehenden Feinde niederzuhauen, sie bis auf den letzten Mann zu töten. Die Iren mussten bestraft werden, sie mussten lernen, wie töricht es war, einen Longphort anzugreifen. Und jeder Ire, der heute am Leben blieb, war einer, dem sie womöglich erneut im Kampf gegenüberstehen würden.

All das mochte so sein, und doch dachten nur wenige Nordmänner tatsächlich in diesem Augenblick daran. Die meisten dachten überhaupt nicht. Genau wie die Iren in blinde Panik verfielen, wurden die Männer von Vík-ló von Blutdurst überwältigt.

Thorgrim lief hinterher, aber sein Verstand war noch nicht

gänzlich auf ein paar tierische Triebe reduziert. Er überlegte, seine Leute aufzuhalten, sie auf irgendeine Weise zu formieren, die Ordnung wiederherzustellen. Kaum etwas war so gefährlich, wie sich ungeordnet in eine Schlacht zu stürzen. Wenn Lorcan das bisher nicht gewusst hatte, so hatte er es in den letzten Momenten seines Lebens gelernt.

Aber das war keine Schlacht. Die Iren waren zu keinem geordnetem Widerstand fähig. Panik war wie ein Stein, auf seinem Weg einen Hügel hinab: Sie gewann mehr und mehr Schwung, bis sie unaufhaltsam wurde. Und dasselbe galt für die Gier nach Blut. Thorgrim bezweifelte, dass er seine Männer hätte aufhalten können, selbst wenn er es gewollt hätte.

Er rannte hinter ihnen her über den Bohlenweg. Kurz bevor die irischen Reihen nachgaben, hatte er einen Blick auf Harald erhascht. Der Junge führte Schwert und Schild mit der ruhigen Entschlossenheit des erfahrenen Kriegers – und zu einem solchen entwickelte er sich wirklich rasch. Thorgrim verlor ihn in der Menge aus den Augen, aber das war in Ordnung, weil er wusste, dass der Junge lebte und das Schlimmste vorüber war.

Sie stürmten voran. Thorgrim spürte, wie er zurückfiel. Ihm wurden die Beine schwer, und die halb verheilten Wunden auf seiner Brust pochten. Immer noch rann das Blut aus der Schulterwunde, die Lorcans Axt geschlagen hatte, seinen Arm herunter und tropfte von den Fingerspitzen. Er atmete heftig.

Die zurückweichenden Iren flohen den Bohlenweg hinauf, zwischen den niedrigen, hässlichen Lehmgebäuden links und rechts, aus denen die Stadt von Vík-ló bestand. Davor erstreckten sich Flächen aus Schlamm und festgetrampelter Erde, von Flechtwerkszäunen umgeben, die nunmehr selbst bei der panischen Flucht niedergetrampelt wurden. Hinter den Iren folgten die brüllenden, rasenden Nordmänner und trieben sie voran.

Diese Menge war schon ein gutes Stück vor Thorgrim, als er endlich das Ende des Bohlenwegs und das große Tor aus Eichenholz in dem Erdwall erblickte, flankiert von Grimarrs Halle und der von Fasti Magnisson. Die Iren hatten keinen Fluchtweg mehr. Sie wurden gegen die Innenseite der Befestigung gedrängt, die Vík-ló umgab. Einige wandten sich um und kämpften bis zum letzten Atemzug. Andere schoben sich den Wall hinauf und auf die andere Seite. Die Nordmänner hackten auf sie ein und stachen mit langen Speeren in die dicht gepackte Menge der eingeschlossenen Iren. Die Luft roch nach Blut. Nur die Rufe und Schreie der Kämpfer waren zu hören, und dieser Lärm erfüllte den Longphort, bis Thorgrim es nicht länger ertragen konnte.

Das große Tor von Vík-ló stand immer noch offen, wie die Iren es zurückgelassen hatten. Jetzt versprach ihnen das eine Möglichkeit, ihr Leben zu retten. Lorcans Männer drängten sich in diese Richtung, versuchten, sich ihren Weg an den Nordmännern vorbei zu erkämpfen, um das Tor zu erreichen. Die Schwerter und Beile der Nordmänner hoben und senkten sich, doch nicht mehr mit derselben Begeisterung, derselben blindwütigen Wildheit wie zuvor. Sie waren müde. Ihr Blutdurst war gestillt. Sie hatten gesiegt.

Die Torflügel blieben auf, als die letzten Iren sich durch die Menge kämpften, aus dem Longphort entkamen und auf die Hügel zurannten. Einige Nordmänner folgten ihnen, aber keiner mehr als ein paar Dutzend Schritte. Ihre Kampfeslust ließ nach, und das Land jenseits der Wälle von Vík-ló war fremd und beängstigend. Keiner von ihnen war allzu erpicht darauf, sich weit von dem Tor zu entfernen. Sie hatten zu viel Zeit abgeschieden in ihrem Longphort verbracht, umringt von einem Volk, das ihnen den Tod wünschte, und den unheimlichen Kreaturen dieses merkwürdigen Landes.

Thorgrim blieb stehen und stützte *Eisenzahn* mit der Spitze auf den Boden. Den zerhauenen und nutzlosen Schild hatte er längst fortgeworfen, sein verletzter Schildarm hing an seiner Seite herunter. Er spürte das klebrige Blut auf den Fingern, aber inzwischen tropfte nichts mehr herunter, und das war ein gutes Zeichen.

»Thorgrim!« Er blickte sich um und sah Bersi herankommen. Dessen Gesicht und Hände waren blutverschmiert, der Helm fehlte und in seinem Kettenhemd klaffte ein großer Riss. Er humpelte, aber nur ein wenig. Er sah aus wie ein Mann, der einen Kampf hinter sich hatte.

Bersi streckte ihm die Hand entgegen, und Thorgrim ergriff und schüttelte sie. Dann klopfte er Bersi auf die Schulter. »Gut gemacht, Bersi. Du hast den Zeitpunkt richtig abgepasst.«

Bersi schüttelte den Kopf. »Nein, Nachtwolf, das habe ich nicht«, sagte er. Thorgrim hörte Zorn und Bedauern aus seiner Stimme. »Ich konnte meine Männer nicht dazu bringen, sich in Bewegung zu setzen, nicht sofort. Viele hätten es am liebsten gesehen, wenn Lorcan erst mal euch alle erschlagen hätte, alle Norweger, bevor wir uns einmischen. Es … es war nicht richtig.«

»Dennoch hast du sie überzeugt. Du hast sie in den Kampf geführt.«

Bersi zuckte die Achseln. »Es gab einen, der seinen Kameraden am lautesten zugeredet hat, sich bei der Schlacht zurückzuhalten. Den habe ich getötet. Hab ihn geradewegs mit dem Schwert aufgespießt. Und dann bin ich selbst losgestürmt. Ich hatte keine Ahnung, ob der Rest mir folgt. Aber sie haben es getan.«

»Gut«, erwiderte Thorgrim. Mit dem Saum seiner Tunika wischte er das Blut von *Eisenzahns* Klinge. »Das ist es, was ein Anführer tut. Er geht voran.«

»Ich wusste, dass ich vorangehen kann«, sagte Bersi. »Ich war mir nur nicht so sicher, dass die anderen nachkommen.«

Die beiden Männer betrachteten die hässliche Szenerie ringsum. Leichen stapelten sich vor dem Wall, und die Überlebenden nahmen ihnen gerade die Waffen, Rüstungen, Armreifen, Broschen und überhaupt alles von Wert ab. Ein paar der Verwundeten konnten sich um sich selbst kümmern, der Rest wurde von Kameraden versorgt. Manche schrien laut oder wanden sich in Schmerzen, andere lagen still, während das Leben aus ihnen herauslief.

»Nun, es ist getan«, sagte Bersi. »Der Kampf ist vorbei.«

Thorgrim spürte, wie er innerlich vor diesen Worten zurückwich. Er dachte daran, wie Ornolf darüber gelacht hätte und dass der alte Mann Bersi erinnert hätte, dass die Götter nie aufhörten, mit den Menschen zu spielen.

Und dann hörte er Stahl auf Stahl treffen.

Das Geräusch kam aus Richtung des Flusses, den Bohlenweg hinab, den sie eben hinaufgelaufen waren. Es war der Klang eines Kampfes – eines Zweikampfs, Schwert gegen Schwert und die dumpfen Laute, wenn das Schwert auf einen Schild schlug. Die Geräusche waren unverkennbar, aber von da, wo sie standen, konnten sie nicht sehen, wer da kämpfte.

»Was geht da denn vor?«, fragte Bersi. »Wer kann das sein?«

»Ich weiß nicht«, sagte Thorgrim, was auch richtig war. Doch er hatte eine Ahnung, und plötzlich war ihm übel vor Angst. Er steckte *Eisenzahn* weg und rannte in Richtung des Lärms, zurück zu dem Ort, wo er und seine Männer den Schildwall gegen die Iren gebildet hatten. Er litt Schmerzen an einem Dutzend Stellen seines Körpers, jeder Schritt war eine Qual, und er hinkte. Trotzdem eilte er weiter, und wachsende Furcht trieb ihn noch schneller voran.

Thorgrim war sich bewusst, dass andere mit ihm liefen;

Bersi, ohne Zweifel, aber noch mehr, die von dem Geräusch angelockt wurden. Er wandte nicht den Kopf, um zu sehen, wer es war, weil er viel zu sehr mit dem beschäftigt war, was vor ihm lag. Eine kleine Welle im Bohlenweg verbarg das Wegstück dahinter und den Fluss, doch als Thorgrim die Kuppe erreichte, konnte er die Kämpfer ausmachen, ungefähr fünfzig Schritt entfernt. Sie umkreisten einander, fochten inmitten der Haufen von Toten, die um sie herum verstreut lagen. Grimarr der Riese. Und Harald.

Thorgrim hielt inne, eben lang genug, um zu erkennen, was geschah. Dann rannte er weiter und versuchte dabei, den Kampf im Auge zu behalten. Er wollte rufen, wagte es aber nicht aus Sorge, dass er Harald ablenken könnte, gerade jetzt, wo das Leben seines Sohns davon abhing, dass er sich ganz auf Grimarrs Vorstöße, auf Schwert und Schild konzentrierte. Harald bewegte sich nach rechts, kreiste, und Grimarr folgte ihm. Beide blieben knapp außer Reichweite der gegnerischen Waffen.

Harald war angespannt und hielt sein Schwert schlagbereit. Er stand ein wenig geduckt. Grimarr hielt sich aufrechter, das Schwert locker an der Seite. Er wirkte nicht übermäßig besorgt wegen Harald und schien auch nicht den leisesten Zweifel daran zu hegen, wie der Kampf enden würde.

Thorgrim war zwanzig Schritte entfernt, als Harald angriff. Er trat schnell vor, lenkte Grimarr mit einem Schlag seines Schildes ab und folgte dann mit der Klinge, hoch auf die Kehle gezielt. Grimarr achtete gar nicht auf den Schild, der an ihm vorbeisauste, und schlug Haralds Klinge beiseite. Es war kaum mehr als ein Wischen aus dem Handgelenk, dennoch reichte die Kraft dieser Parade aus, um Harald aus dem Gleichgewicht zu bringen. Harald strauchelte mit ausgestreckten Armen, und da war nichts als Luft zwischen seiner Brust und der Spitze von Grimarrs Schwert.

Aber Grimarr stach nicht zu. Er trat zurück und ließ sein Schwert wieder sinken. Er spielte mit Harald wie die Katze mit der Maus.

Harald fing sich und nahm rasch seine Verteidigungshaltung wieder ein. Thorgrim erkannte die Wut und die Konzentration auf seinem Gesicht, und er wusste, dass das übel war. Harald vertrug es gar nicht, wenn man mit ihm spielte. Er konnte den Gedanken nicht ertragen, dass irgendjemand ihn als Widersacher nicht ernst nahm. So etwas machte ihn rasend, aber Männer, die sich derart reizen ließen, machten Fehler und starben.

Die beiden Kämpfer umkreisten einander weiter, und jetzt wandte Harald Thorgrim den Rücken zu; Thorgrim sah in Grimarrs Gesicht und stellte fest, dass der Mann lächelte. Es war ein Ausdruck des Vergnügens, nicht der Zufriedenheit, aber auch das würde Haralds Wut schüren.

Fünfzehn Schritt entfernt kam Thorgrim zum Stehen. Grimarr blickte auf und entdeckte ihn, und als Grimarr den Blick von Harald zu Thorgrim wandte, griff Harald an. Es war ein guter Angriff, schnell und im richtigen Augenblick. Harald sprang zwei Fuß nach vorn und nutzte den Schwung, um die Spitze seines Schwertes geradewegs in Grimarrs Gesicht zu stoßen. Grimarr löste den Blick keinen Moment von Thorgrim, als er Haralds Klinge mit dem Schild beiseitefegte, einen flinken Hieb gegen Haralds Kopf führte, nachsetzte und den Jungen fast zu Boden trat.

»Thorgrim!«, schrie Grimarr. »Ich habe dir gesagt, dass ich deinen Sohn töten werde, so wie du meine getötet hast! Ich war betrübt, weil ich ihn nicht vor deinen Augen erschlagen konnte, aber die Götter haben mir dieses Geschenk nun doch gewährt. Also sieh zu, wie ich das Blut des kleinen Bastards hier vergieße und ihm dann das Herz aus seiner Brust reiße.«

Als Grimarr seine Rede beendet hatte, hatte auch Harald sein Gleichgewicht zurückgewonnen und hielt Schwert und Schild wieder kampfbereit. Er atmete schwer, und Grimarr hatte ihm eine blutende Wunde am Kopf zugefügt. Hellrote Rinnsale liefen dem Jungen die Stirn hinab und in seine Augen, sodass er sich gezwungen sah, sie immer wieder abzuwischen.

Thorgrim fühlte sich, als wäre er unter Wasser gefangen. Er versuchte, klar zu denken, während ihn gleichzeitig Panik zu überwältigen drohte. Harald war ein guter Krieger – nicht so gut, wie er glaubte, aber besser als die meisten. Trotzdem war er Grimarrs Kraft und Erfahrung nicht gewachsen. Die Wunde, die Grimarr Harald zugefügt hatte und die ihm das Blut in die Augen laufen ließ, war kein Glückstreffer gewesen.

Thorgrim trat einen Schritt vor, und Grimarrs Lächeln wurde breiter. »Komm nur, Thorgrim! Komm und rette deinen Jungen! Kämpfe du diesen Kampf für ihn! Schau, ob du dein Schwert ziehen kannst, bevor ich ihn töte!«

Harald griff wieder an. Er täuschte hoch an und schlug niedrig zu, hoffte, Grimarr eine Wunde am Bein beizubringen, die ihn bewegungsunfähig machte oder ihn zumindest verlangsamen würde. Grimarr stieß den Schild nach unten und hämmerte die Klinge mit dem Rand beiseite. Dann trat er vor und schlug Harald hart mit der Schwerthand gegen den Kopf. Harald trug keinen Helm – das tat er nie, wenn man es ihm nicht ausdrücklich befahl –, und der Schlag holte ihn von den Füßen.

»Komm schon, Thorgrim!«, höhnte Grimarr. »Der Junge ist doch nicht mehr als ein Spielzeug für mich! Glaubst du, dass du dein Schwert ziehen und zu mir gelangen kannst, bevor ich ihn töte? Versuch es, ich bitte dich!«

Harald stand wieder. Er wischte sich das Blut aus den Augen und funkelte Grimarr an. »Das ist mein Kampf, Vater!«, rief er. »Ich töte diesen Bastard allein!«

Grimarr lachte, laut und heiser. Und Thorgrim, der niemals unentschlossen war, wusste nicht, was er tun sollte.

Du Hundesohn, du Hundesohn … Die Wörter schwirrten in seinen Kopf herum, als er mit der Entscheidung rang, während sein Sohn um sein Leben kämpfte. Grimarr beherrschte den Kampf vollständig. So geschickt Harald sein mochte, Thorgrim hegte keinen Zweifel daran, dass der Däne ihn in jedem Moment töten konnte. Harald konnte fallen, bevor *Eisenzahn* auch nur aus der Scheide war.

Aber das war nicht alles. Harald war kein Kind mehr. Wenn Thorgrim nun dazwischentrat und ihn rettete, würde Harald ihm das zutiefst verübeln. Wenn man dem Jungen in diesem Augenblick die Wahl ließe, entweder mit dem Schwert in der Hand zu sterben oder von seinem Vater gerettet zu werden, dann wusste Thorgrim, wie Haralds Entscheidung ausfiele.

Mit einem Schwert in der Hand sterben … Das war die größte Hoffnung eines Wikingers. Starri der Unsterbliche träumte von nichts anderem. Und für Thorgrim, dem die Geschicke von Midgard, dem irdischen Reich, so übel mitgespielt hatten, gab es wenig, das ihm mehr Trost spendete, als der Gedanke an ein Leben in Odins Halle mit Harald an seiner Seite. Gewiss, er hatte nie damit gerechnet, dass Harald ihm zu diesem Ort vorangehen würde. Doch wenn es so kam, was spielte das für eine Rolle?

Und was, wenn Thorgrim sich einmischte und Harald trotzdem getötet wurde? Wie würden die Walküren so einen Tod aufnehmen?

»Also gut, du feiger Hund«, brüllte Grimarr. »Ich töte erst den Jungen, und danach töte ich dich!« Er rückte vor und stach mit dem Schwert nach Harald. Es war kein ernsthafter Angriff, doch er zwang Harald, ihn mit dem Schild abzuwehren und zurückzuweichen. Grimarr rückte nach und trieb Harald weiter nach hinten, und dann noch weiter. Thorgrim ballte die Hände und biss die Zähne aufeinander. In seinem Kopf wirbelte alles.

Dann schrie Harald, ein empörter und wütender Schrei. Er trat auf Grimarr mit einem Ungestüm zu, das den Mann überraschen und auf dem falschen Fuß erwischen sollte, ihm eine Blöße entlocken, so unbedeutend auch immer die sein mochte. Irgendetwas, was Harald ausnutzen konnte. Er ließ das Schwert herabsausen, und Grimarr wich zurück und parierte die Klinge. Harald rückte weiter vor, und ein Anflug von Hoffnung stieg in Thorgrim auf.

Töte ihn, Junge, töte ihn …

Harald trat ein drittes Mal vor, und anstatt erneut zu schlagen, stieß er diesmal zu. Er legte all seine beträchtliche Kraft hinter die Klinge und zielte auf Grimarrs Brust. Grimarr riss das eigene Schwert nach unten, ließ es auf Haralds Waffe krachen und hieb die Klinge entzwei. Harald stolperte nach vorne, und wieder schlug ihm Grimarr die Faust an den Kopf.

Das zerbrochene Schwert flog aus Haralds Hand, der Schild rollte in die andere Richtung. Harald stürzte zu Boden. Grimarr blickte den Nachtwolf an, grinste und trat neben Harald, der immer noch ausgestreckt dalag. Thorgrim erkannte in diesem Moment, dass er seinen Sohn am Leben halten wollte, dass die Zeit noch nicht gekommen war, da er in Odins Halle fahren sollte. Er trat auf Grimarr zu, aber er kam zu spät.

Links hinter ihm stürmte Ornolf aus der zuschauenden Menge hervor. Er brüllte, als er die Männer um sich zur Seite schaufelte, sie umstieß und die zehn Schritte zu Grimarr lief. Er hielt sein angeschlagenes rotes und gelbes Schild in der Linken, *Eichenspalter* in der Rechten, und trotz seiner jahrelangen Ausschweifungen lag etwas Kraftvolles, ja Erschreckendes in seinem Ansturm.

»Du feiger Bastard!«, schrie Ornolf Grimarr entgegen, als er auf ihn zuwalzte. »Gegen einen Jungen kämpfst du? Warum nimmst du es nicht mit einem Mann auf, du Haufen Scheiße!«

Ornolf schwang *Eichenspalter* in einem wilden Rückhandschlag von oben nach unten, und Grimarr hatte kaum die Zeit, den Schild zu heben, um den Hieb abzulenken. Bisher war das ganz und gar Grimarrs Darbietung gewesen, er hatte das Geschehen von Anfang an beherrscht. Nun sah er mit einem Mal überrascht und unsicher aus. Ornolf rückte vor und stieß mit dem Schild zu, drängte Grimarr zurück, dann ließ er einen weiteren kräftigen Schwerthieb folgen, den Grimarr nur soeben ablenken konnte.

Grimarr trat rückwärts und nahm Schwert und Schild entschlossener auf, als er es beim Kampf mit Harald getan hatte. Ornolf war alt und fett, aber er war kein Schwächling, und in all den Jahren seiner Kämpfe und während all der Raubzüge hatte er eine ganze Menge über den Kampf Mann gegen Mann gelernt. Es war gefährlich, ihn zu unterschätzen.

Sie umkreisten einander. Harald war vergessen. »Ornolf, du törichter alter Mann, soll ich deine gesamte Familie töten?«, spottete Grimarr. »Dich, Thorgrim und Harald? Es ist mir ein Vergnügen. Ich werde deiner ganzen verkommenen Blutlinie hier ein Ende setzen.«

»Ich habe viele Enkel«, erwiderte Ornolf. »Aber du nicht, weil zwei deiner Söhne von Thorgrims Händen starben. Sie starben quiekend wie die Schweine, und wir pissten auf ihre Leichen! Und dein anderer Sohn hat dich verraten, du Haufen Scheiße.«

Ornolfs Klinge mochte ihr Ziel verfehlt haben, doch seine Worte trafen umso sicherer. Grimarr schrie etwas Unverständliches und stürzte sich auf Ornolf. Der Alte wich seitwärts aus, schneller, als es ihm jemand zugetraut hätte, und schlug mit

Eichenspalter zu. Das Schwert fuhr in die Kettenrüstung an Grimarrs Arm, und Grimarr zuckte zurück, als hätte er sich verbrannt. Ein Riss klaffte zwischen den Kettengliedern, wo Ornolfs Klinge getroffen hatte.

»Bastard!«, brüllte Grimarr und drang mit dem Schild voran auf ihn ein. Er stieß Ornolf beiseite und schwang das Schwert nach seiner Kehle. *Eichenspalter* parierte die Klinge, und der Stahl klirrte in der Morgenluft. Ornolf wischte Grimarrs Schwert zur Seite und stach zu, doch der Däne fing die Spitze mit dem Schild ab.

Die beiden Männer trennten sich und starrten einander an. Beide rangen nach Luft. Ihre Gesichter waren rot, Schweiß lief ihnen über die Stirn wie das Blut aus Haralds Kopfwunde. Sie blinzelten und standen da, mit offenen Mündern und aufgerissenen Augen.

»Komm schon, Hurensohn«, sagte Ornolf, so außer Atem, dass man die Wörter kaum hören konnte. Er sprang vor, schlug mit dem Schild nach Grimarr. Der wich zurück. Ornolf folgte ihm nicht, stellte sich stattdessen offen vor ihm auf. Die Arme weit auseinander, die Brust ungeschützt forderte er Grimarr zum Angriff heraus.

Und Grimarr griff an.

Er hob den Schild, fasste sein Schwert fester, trat einen Schritt in Ornolfs Richtung und machte einen Satz. Ornolf, immer noch mit ausgebreiteten Armen, ließ ihn kommen. Grimarrs Klinge schoss wie ein Pfeil auf Ornolfs Brustkorb zu. Nur einen Zoll, bevor die Spitze durch das Kettenhemd fuhr, stieß Ornolf sie mit *Eichenspalter* beiseite. Grimarrs Arm flog aus dem Weg, Ornolf trat in die Lücke und rammte das Knie in Grimarrs Magen.

Grimarr schnappte nach Luft und krümmte sich. Der Schild rutschte ihm von Arm. Ornolf rückte vor, *Eichenspalter* hoch erhoben und bereit, wie eine Axt auf Grimarrs Kopf herabzufahren. Da verhakte sich Ornolfs Fuß in dem Schild, den Grimarr verloren hatte. Der alte Mann gab einen erstickten Schrei von sich, stolperte und fiel auf Hände und Knie. Er stieß sich hoch und kniete aufrecht. Thorgrim erblickte einen Ausdruck auf seinem Gesicht, wie er ihn noch nie gesehen hatte. Es waren weder Ärger noch Furcht noch Empörung. Er sah aus wie ein Mann, der wusste, dass es vorbei war, und für den das in Ordnung ging.

Ornolf war immer noch dabei, Schwert und Schild zu heben, als Grimarr zustach, ein gerader, gut gezielter Stoß voll Kraft und Endgültigkeit, mitten in Ornolfs Brust. Die Spitze trat gleich unterhalb des Brustbeins ein und fuhr glatt hindurch, kam unten an Ornolfs Rücken wieder heraus, bis Grimarr die Klinge nicht tiefer hineinstechen konnte.

Stille senkte sich über den Morgen, als hielte ganz Vík-ló den Atem an. Keiner der beiden Männer bewegte sich. Grimarr hielt den Schwertarm ausgestreckt, Ornolf kniete reglos, von Grimarrs Klinge aufgespießt, Schwert und Schild noch in der Hand. Grimarr trat näher, winkelte den Arm an, um seine Waffe herauszuziehen. Doch als er das tat, ließ Ornolf Schwert und Schild fallen und legte seine mächtigen Hände um das Heft von Grimarrs Schwert und die Hand, mit der Grimarr die Waffe hielt.

Grimarr fuhr zurück, aber Ornolf ließ ihn nicht los. Ornolf öffnete den Mund. Blut quoll heraus, und mit erstickter Stimme rief er: »Harald …«

Grimarr zerrte heftiger, und das Blut lief über Ornolfs langen Bart. Trotzdem umklammerte er den Schwertgriff weiter.

Harald kam auf die Füße. Alles, was Ornolf seinem Enkel mitteilen wollte, lag in diesem einen erstickten Wort, und Harald hatte vollkommen verstanden. Er riss *Eichenspalter* vom

Boden hoch, und als er das tat, erkannte Grimarr die Gefahr, in der er schwebte.

Mit einem wilden Ruck brach Grimarr Ornolfs Griff um seine Hand, und Ornolf kippte zur Seite. Das Schwert ragte immer noch aus seiner Brust. Grimarr wich einen Schritt zurück und hob die vom Kettenhemd umhüllten Arme, die einzige Abwehr, die ihm geblieben war. Doch er bekam sie nicht schnell genug in die Höhe, um den ausholenden, seitwärts geführten Schlag abzufangen, den Harald gegen ihn führte.

Eichenspalters Schneide sang, als sie die Luft teilte. Sie traf Grimarrs Hals und wurde nicht langsamer. Die Klinge des fränkischen Schwertes, von Starri dem Unsterblichen rasiermesserscharf geschliffen, durchtrennte Grimarrs Wirbelsäule. Blut spritzte hervor wie eine Brandungswelle, die an einer felsigen Klippe zerschellt. Der Körper des riesenhaften Mannes stürzte zu der einen Seite, sein Kopf auf die andere, und das einzige Geräusch, das im gesamten Longphort zu hören war, schien der dumpfe Laut zu sein, mit dem die beiden Teile des jetzt toten Herrn von Vík-ló fast gleichzeitig auf den Boden schlugen.

Harald hielt nicht inne in seinem Schlag. Er ließ sich vom Schwung ganz herumtragen, zu einem vollen Kreis, und fiel dann neben seinem Großvater auf die Knie. Mit einer flinken Bewegung schwang er *Eichenspalter* herum und drückte den Griff in Ornolfs Hand.

Aus zehn Fuß Entfernung sah Thorgrim, wie sich die Finger Ornolfs des Rastlosen um den lederumwickelten Griff schlossen und anspannten, nur für einen Augenblick. Daraufhin stieß Ornolf einen lauten und langen Seufzer aus, der ganze Leib schien sich zu entspannen, aber das Schwert löste sich nicht aus seiner Hand.

Epilog

Die Göttin des Goldregens,
die große Freude mir schenkt,
voll Stolz soll sie hören
von ihres kühnen Freundes Tapferkeit.

GISLI SURSSONS SAGA

Die folgende Woche war den Festessen und den Bestattungen gewidmet.

Sie stapelten die irischen Toten auf Karren, rollten sie in die Hügel hinaus und ließen sie dort auf der schlammigen Straße zurück. Die Überlebenden von Lorcans Streitmacht kamen heraus und holten sie ab, sobald sie sich überzeugt hatten, dass es keine Falle war. Sie wurden bestattet, wie es bei den Christen üblich war – jedenfalls nahm Thorgrim das an. Er hatte keine Möglichkeit zu erfahren, was tatsächlich mit ihnen geschah, und im Grunde interessierte es ihn auch nicht.

Er widmete seine Gedanken und all seine Zeit ganz und gar den eigenen Toten. Sie sollten auf angemessene Weise verabschiedet werden, vor allem Ornolf Hrafnsson, bekannt als Ornolf der Rástlose. Ornolf hatte ihnen geholfen, einen großen Sieg zu erringen, aber da Ornolfs Tod ein Teil des Preises war, den sie für diesen Sieg hatten zahlen müssen, fanden sie nicht viel Freude daran.

Thorgrim und Harald hatten auf dem Bohlenweg neben Ornolfs lebloser Gestalt gekniet und geschluchzt, bitterlich und ohne Scham. Es kümmerte sie nicht, dass mancher diese

Tränen als Schwäche auslegen mochte. Sie weinten in dem Wissen, dass die Welt einen solchen Mann verloren hatte. Sie weinten für sich selbst, weil sie wussten, dass sie nun in einer Welt ohne Ornolf den Rastlosen weiterleben mussten.

Harald lastete sich Ornolfs Tod an, und diese Last, die er kaum tragen konnte, drückte ihn herunter. Aber Thorgrim machte ihm klar, nachdrücklich klar, dass das nicht angemessen war. Alle Menschen starben, erinnerte Thorgrim seinen Sohn, und für Ornolf konnte es keinen besseren Tod geben, als bei der Verteidigung des einen Menschen zu fallen, den er mehr als jeden anderen auf Erden liebte. Und Haralds letzte Tat für seinen Großvater, ihm das Schwert in die Handfläche zu drücken, war der größte Dienst, den Thorgrim je einen Menschen hatte tun sehen. Das sagte er Harald, und er meinte es, denn so war es.

Haralds Taten stellten sicher, dass die Walküren Ornolf von diesem blutigen Feld erheben und ihn nach Walhalla tragen würden. Ornolf würde in Odins Halle schmausen, und nie hatte ein Mann besser an einen Ort gepasst. Es erweckte in Thorgrim die Frage, warum er eigentlich weinte. Ornolf, sein geliebter Ornolf, war jetzt zufriedener als je zu Lebzeiten. Er aß und trank in der Gesellschaft von Männern, die ihm ähnlich waren, und musste sich nicht länger mit den Mühen und Lästigkeiten der weltlichen Gefilde abgeben.

Ich weine nicht um Ornolf, befand Thorgrim.

Nach dem Ende aller Kämpfe fanden sie Starri den Unsterblichen. Er lag dahingestreckt auf dem Bohlenweg, reglos und bedeckt von Blut, das aus einer ganzen Anzahl übler Wunden hätte fließen können, die an seinem Leib zu sehen waren. Thorgrims erster Gedanke war es, dass Starri endlich seinen sehnlichsten Wunsch erfüllt bekommen hatte, und dass er und Ornolf in diesem Augenblick gemeinsam feierten. Dann aber drehte sich Starri herum, seine Augenlider flatterten und gingen auf. Er setzte sich auf, blickte umher und sah Thorgrim.

»Nachtwolf …«, sagte er und brachte die Worte nur krächzend hervor. »Sind wir …?«

»Wir sind in Vík-ló, Starri«, antwortete Thorgrim so sanft, wie er konnte. »Du bist noch am Leben.«

Er ließ Starri zurück, damit dieser die Nachricht beweinen konnte. Er berichtete ihm nicht von Ornolfs Tod – nicht weil die Kunde ihn hätte betrüben können, sondern da Starri sich nur umso elender fühlen würde, weil er selbst überlebt hatte. Starri würde sicher nicht um Ornolf weinen, er würde sich für ihn freuen und ihn vielleicht ein wenig beneiden.

Sie brauchten den Rest des Tages, um halbwegs alles in Ordnung zu bringen, soweit das nach einem solchen Kampf überhaupt ging. Die Verletzten wurden in Fasti Magnissons Halle gebracht, wo Frauen und Sklaven für sie sorgten. In Grimarrs Halle bereiteten sie ein Fest vor, doch es war die gedämpfteste Feier, an die Thorgrim sich erinnern konnte. Kaum einer hatte nicht zumindest einen Freund zu betrauern, und alle hatten Anführer verloren, die sie bewunderten.

Wenn es noch verbliebene Feindseligkeiten zwischen Dänen und Norwegern gab, so merkte Thorgrim jedenfalls nichts davon. Grimarrs Hass war seine persönliche Heimsuchung gewesen, die von seinen Leuten nicht geteilt wurde. Die Hitze der Schlacht hatte sämtliche Wunden ausgebrannt, die noch offen gewesen sein mochten. Der Tod von Grimarr und Ornolf reichte aus, um jeden Drang nach Vergeltung zu stillen, den der ein oder andere vielleicht verspürt hatte. So aßen und tranken Dänen und Norweger zusammen, sie erzählten einander Geschichten von der Schlacht und ihren eigenen wie den gemeinsamen Heldentaten, und dann stolperten sie hinaus in die Dunkelheit und schliefen ein, wo sie gerade waren.

Zwei weitere Tage vergingen, bis sie alles für die angemessene Verabschiedung der Toten vorbereitet hatten. Bersi Jorundarson berichtete Thorgrim, wie sie schon sämtliche Möglichkeiten erwogen hatten, als es um Fastis Bestattung ging und der Beschluss gefallen war, dass dieser und seine Männer an Bord seines Schiffes eingeäschert werden sollten. Bersi, der Thorgrim als den maßgeblichen Anführer in Vík-ló zu betrachten schien, schlug vor, dass sie diesem Beispiel folgen sollten. Thorgrim stimmte ihm zu.

Grimarr hatte Ornolf getötet, und Harald beinahe. Trotzdem konnte Thorgrim ihm das nicht nachtragen. Thorgrim verstand die Gefühle anderer Menschen, und mitunter konnte er sie sogar nachfühlen, was für einen Wikinger eine eher ungewöhnliche Fähigkeit war. Er konnte verstehen, was Grimarr angetrieben hatte, und er hegte wenig Zweifel daran, dass er an Grimarrs Stelle so ziemlich dasselbe getan hätte. Er konnte Grimarr eine anständige Bestattung unmöglich verweigern. Grimarrs Gefolgsleute hätten das auch gar nicht geduldet, und Thorgrim kam es nicht einmal in den Sinn.

So grausam Grimarr mitunter gewesen war, getrieben von Hass – Hass auf Lorcan, Hass auf Thorgrim –, es gab genug Männer in Vík-ló, die ihn als großen Mann und ihren gefallenen Anführer ansahen. Einige Jahre lang war er ihr Herr gewesen, und er hatte sie gut geführt und ihnen beträchtliche Beute verschafft. Er würde die Welt der Sterblichen mit aller Würde verlassen, die einem solchen Krieger zustand. Dennoch konnte Thorgrim nicht das Bild vergessen, wie Grimarr zwei leere Hände erhoben hatte, um Haralds Schwert abzuwehren, und er fragte sich unwillkürlich, welche der Welten jenseits von Midgard den Riesen aufgenommen hatte.

Grimarr und die Dänen, die im Kampf gefallen waren, wurden an Bord der *Weitfahrer* aufgebahrt. Thorgrim erschien es angemessen, Grimarr im Schiff seiner Söhne auf die letzte Reise zu schicken, und er dachte gar nicht daran, Ornolf an Bord dieses unglückseligen Gefährts zu Odins Halle fahren zu lassen.

Ornolf und die Toten der *Weitfahrer* wurden auf Deck der *Adlerschwinge* ausgelegt, die Thorgrim für Harald als Beute des Siegers beanspruchte, ein Anspruch, den niemand in Frage stellen wollte. Ornolf wurde auf einen großen Scheiterhaufen mittschiffs gebettet, die anderen auf kleineren um ihn herum. Grimarrs Sklavin war auf die hergebrachte Weise geopfert worden, um ihren Herrn in die andere Welt zu begleiten, wo sie ihm weiterhin dienen konnte. Eine weitere wurde aufgetrieben, die mit Ornolf gehen sollte. Sie lag an seiner Seite, das blasse Gesicht in den Himmel gerichtet.

Sie sorgten dafür, dass Ornolf für die Reise von Midgard nach Walhalla angemessen gerüstet war. Er trug seinen Helm und sein Kettenhemd, ein Speer und ein Beil lagen neben ihm. In seiner Scheide trug er das beste Schwert, das sie in Vík-ló hatten finden können. *Eichenspalter* aber trug er nicht. *Eichenspalter* hing jetzt an Haralds Gürtel.

Es hing dort, obwohl Harald dem widersprochen hatte, jedenfalls zu Anfang. Er hatte darauf bestanden, dass Ornolf nicht ohne sein eigenes Schwert in Odins Halle erscheinen sollte, nicht ohne dieses wundervolle Schwert. Thorgrim hingegen hatte aus tiefster Überzeugung heraus darauf beharrt, dass es nur eine Sache gab, die Ornolf lieber gewesen wäre, als *Eichenspalter* bis zur Ankunft von Ragnarök an seiner Seite zu tragen: dass sein Enkel diese feine Klinge trug, wenn er in der Welt seinen Weg machte. Schließlich hatte Harald das Schwert akzeptiert. Und er hatte noch einmal geweint.

Der Himmel war grau und dicht mit Wolken verhangen, und der Dunst, der allgegenwärtige Dunst, trieb über das Wasser, als sie die *Weitfahrer* und die *Adlerschwinge* durch die Mündung des Leitrim ins offene Meer hinausschleppten. Ungefähr achtzig Überlebende aus Vík-ló, alle, die auf das Schiff passten, standen an der Reling der *Fuchs*, des letzten verbliebenen Schiffs im Longphort. Der Rest der Männer sah von Vík-lós Wällen aus zu, die hoch genug lagen, dass sie von dort aus über die niedrigen Ufer des Flusses hinwegblicken konnten.

Eine Handvoll Männer diente als lebende Besatzung der Totenschiffe. Als die Schleppleine von der *Fuchs* gelöst wurde, brachten sie die Anker aus, und sobald die Halt fanden und das Signal kam, entzündeten sie die in Pech getränkten Reiser, welche die unterste Schicht des Scheiterhaufens formten. Sie blieben an Bord, bis sie sicher waren, dass die Flammen Fuß gefasst hatten und nicht erlöschen würden, bevor das Meer über ihnen zusammenschlug. Dann hasteten sie in die längsseits liegenden Boote.

Thorgrim, Harald, Agnarr und Starri standen mittschiffs Schulter an Schulter und beobachteten, wie das Begräbnisfeuer zuerst ihre Schiffskameraden verschlang und schließlich Ornolf den Rastlosen. Thorgrims Gedanken trieben davon wie der Qualm über dem Feuer, und er erinnerte sich daran, wie Ornolf ihn zu dem Mann gemacht hatte, der er heute war, im Guten wie im Schlechten, und Harald ebenfalls. Ornolfs Blutlinie lebte in Harald fort, und in seinem Bruder und seinen Schwestern und in den Kindern von Ornolfs übrigen Kindern, und in deren Kindern ebenso. Das Blut von Ornolf dem Rastlosen würde durch die Jahre und durch die Generationen fließen, zu Menschen und zu Orten, die noch unvorstellbar waren. Die Flammen stiegen um Ornolfs großen Leib auf, und sein Geist folgte dem Fluss der Zeitalter.

Nachdem sie Ornolf nach Walhall gesandt hatten, dauerte es fast eine Woche, bis Thorgrim die Kraft fand – körperlich und auch in anderer Hinsicht – wieder in See zu stechen. Es sollte eine kurze Reise werden, höchstens vier Tage lang. Das war gewiss das Äußerste, was Thorgrim in Erwägung zog.

Sie fuhren auf der *Fuchs*, bemannt von den Männern der *Weitfahrer*, deren Anzahl nur noch so gering war, dass das kleine Schiff tatsächlich zur Größe der Besatzung passte. Der Wind blies lebhaft und kalt, ein Vorbote des nahenden Winters, aber er trieb sie die Küste entlang. Nachdem sie die Flussmündung hinter sich gelassen hatten und ein wenig aus dem Windschatten des Landes heraus waren, mussten sie kaum je die Ruder zur Hand nehmen.

Agnarr, der verbundene Schwertwunden an Arm und Bein zur Schau stellen konnte, leitete den Steuermann an, doch inzwischen kannte auch Thorgrim die Gegend gut genug, dass er den Kurs allein hätte bestimmen können. Im Geist zählte er die bekannten Landzungen, Buchten und Strände ab, während sie südwärts segelten.

Die Nacht verbrachten sie an einem Strand, den Agnarr auswählte, derselbe Strand, so erzählte er Thorgrim, auf dem die Flotte bereits unter Grimarrs Kommando auf ihrer ersten Reise südwärts gerastet hatte. Am nächsten Morgen, als die aufgehende Sonne den bewölkten Himmel von Schwarz zu hellgrau färbte, waren sie schon wieder unterwegs.

Einen halben Tag später erreichten sie ihr Ziel. Die Sonne hatte gerade erst ihren Zenit überschritten, obwohl sie recht tief am Südhimmel stand. Sie verstauten das Segel und ruderten vorsichtig das letzte Stück. Die Wellen gingen höher als beim letzten Mal, da sie hier gewesen waren; die Brandung brach weiß über dem Riff, das damals versteckt gelegen hatte, und warnten heute vor seiner Gegenwart. Aber selbst wenn sie nicht gewusst hätten, dass sie da war: Der Anblick der *Meereshengst*, oder zumindest ihrer vorderen Hälfte, die angespült am Strand eine Viertelmeile entfernt lag, hätte die Bedrohung, die in diesem Wasser lauerte, offensichtlich gemacht.

Thorgrim stand am Bug. »Vorsicht jetzt, vorsichtig!«, rief den Ruderern zu. »Gut, Ruder halt!«

Backbord und Steuerbord kamen die Ruder zum Stehen, schleiften durchs Wasser und bremsten die Fahrt, mit der das Schiff auf die Felsen zutrieb. Die Ruderer saßen mit dem Rücken zum Ufer und konnten die Gefahren dort nicht sehen, und Thorgrim konnte sich vorstellen, wie sie das zum Wahnsinn trieb. Doch daran ließ sich nichts ändern.

Die Dünung hob erst das Heck der *Fuchs*, dann setzte sie es wieder ab und hob den Bug, das vertraute Wippen eines Schiffes. Thorgrim erblickte es nun, das seltsame Stück geschnitzten Holzes – Bugzier oder etwas Ähnliches –, das immer noch seine Position auf der Meeresseite des Riffs hielt. In zehn Minuten würde er wie ein Mann von außergewöhnlicher Weisheit oder wie ein völliger Dummkopf dastehen, und er war sich nicht sicher, was davon ihn erwartete.

»Ruder an Steuerbord! Backbord, Ruder rückwärts!«, rief Thorgrim. Die Ruderer auf beiden Seiten ruderten in die entgegengesetzte Richtung, und die Fuchs drehte sich auf der Stelle. Während das Schiff wendete, ging Thorgrim nach hinten, an Agnarr und dem Steuerruder vorbei zu dem Platz, wo die obersten Plankengänge zu einem schmalen »V« zusammenliefen.

»Halt«, schrie er, und die Ruderer stoppten. Sie standen nun mit dem Heck zum Riff, und das weiße Wasser, das sich an dem Felsen brach, war gefährlich nahe.

»Bereit …«, rief Thorgrim. Die Dünung hatte sie in Richtung des treibenden Balkens getragen, und er ging davon aus, dass die nächste Welle sie ganz dorthin bringen würde. Das bedeutete, dass die übernächste Welle sie aufs Riff schieben würde, und in einen grässlichen Tod im bitterkalten Wasser, wenn sie nicht achtgaben. Der Bug hob sich, dann das Heck, und Thorgrim hörte ein Poltern, als die *Fuchs* gegen das Stück Treibholz stieß.

»Ruder an! Langsam!«, rief Thorgrim. Er erhob die Stimme gerade weit genug, um die Männer auf den Ruderbänken wissen zu lassen, dass jetzt nicht der richtige Moment für Fehler oder Unaufmerksamkeiten war. Nun aber blickten die Ruderer in Richtung Küste, auf das Wasser, das sich über dem Riff brach, und auf die Überreste der *Meereshengst* am Strand, also hatten sie sich das wahrscheinlich schon selbst gedacht. Die Ruder schwangen nach hinten und verschafften der *Fuchs*, während die See das Schiff nach achtern drückte, genau den Schwung nach vorne, dass die beiden gegenläufigen Kräfte mehr oder minder im Gleichgewicht blieben.

»Gut, so weitermachen!«, rief Thorgrim. Er beugte sich über den Rand. Der geschnitzte Balken schwamm dort und schlug immer noch gegen die Planken der *Fuchs*. Thorgrim angelte mit dem langen Haken, den er wie einen Speer in der Rechten hielt, und bekam das Seil zu fassen, das an der Bugzier hing. Das andere Ende des Stricks verschwand im dunklen Wasser. Hand über Hand zog er den Haken zurück an Bord, bis er das nasse, schlüpfrige Tau ergreifen konnte.

Ein Dutzend Männer stand hinter ihm und konnte es gar nicht erwarten, die Hände an das Seil zu bekommen und beim Ziehen zu helfen. Godi, der bei jeder schweren Arbeit ein spürbarer Zugewinn war, war der Erste in der Reihe. Er streckte den Arm aus und fasste ein Stück Seil und reichte es nach hinten durch, bis mehr und mehr von den Männern mit anpacken konnten.

Hand über Hand holten sie die Leine ein. Sie schrammte über die Reling, und Seetang und allerhand Meerestiere wurden abgestreift, während sie an Bord glitt. Zuerst ging es einfach, solange sie das überschüssige Seil einzogen. Dann plötzlich lastete ein Gewicht daran, und sie hievten hoch, was immer bis dahin die geschnitzte Bugzier an dieser Stelle im Wasser verankert hatte. Sie ächzten vor Anstrengung, und die ernsthafte Arbeit begann.

Was immer auch am anderen Ende hing, verborgen in der Tiefe, es schien mit jedem Fuß Seil, das sie an Bord holten, schwerer zu werden. Thorgrim spürte, wie die Schnitte in seiner Brust sich spannten und aufzuplatzen drohten, und das beunruhigte ihn. Zugleich jedoch hielt er ihre gegenwärtigen Schwierigkeiten für ein gutes Zeichen. Was sie da hochzogen, hatte zumindest ein gewisses Gewicht. Er hoffte sehr, dass es nicht einfach nur ein Felsbrocken war.

»Jeder, der nicht an einem Ruder sitzt – kommt her und fasst hier mit an!«, rief Thorgrim und schaffte es nicht, die Anstrengung aus seiner Stimme herauszuhalten. Männer eilten zum Heck und nahmen das Tau mit auf, und Thorgrim spürte, wie die Last sich hob, als mehr Arme und Schultern sich in die Arbeit hängten.

Thorgrim ließ das Seil los, das inzwischen recht gut bemannt war, und trat an die Reling. Die Leine kam aus der Tiefe wie eine Verbindung zu einer anderen Welt, und das hatte etwas Beunruhigendes an sich. Und plötzlich war da noch was, ein Umriss, der sich allmählich aus der Dunkelheit schälte. Thorgrim zuckte unwillkürlich zusammen.

Das Ding stieg höher, und Thorgrim konnte erkennen, dass es eine Art Kiste zu sein schien, und auch das war ein gutes Zeichen. »Es kommt!«, rief er. Dann brach es durch die Oberfläche, Wasser lief davon ab, und die Männer zogen es rasch auf

Höhe des Bootsrands. Es war ein Kasten, drei Fuß lang, zwei breit, ein Fuß hoch und in geteertes Tuch gewickelt.

»Einholen!«, rief Thorgrim, und die Besatzung hörte auf zu ziehen. Jene, die Thorgrim am nächsten standen, traten vor und halfen ihm, den Kasten über die Reling zu hieven. Überall auf dem Schiff grinsten die Männer. Niemand wusste, was darin war, aber jeder hatte eine recht gute Vorstellung davon, und das hob ihre Laune. Besser noch, das Seil endete nicht an dieser Stelle. Es lief weiter über den Bootsrand hinweg und ins Wasser hinein, und es hing weiterhin ein beträchtliches Gewicht daran. Diese hier war offenbar nicht die einzige Kiste.

Die Wikinger nahmen das Seil wieder auf und zogen weiter, und bald erschien der nächste Kasten an der Oberfläche, identisch zum ersten. Aber das Seil war immer noch nicht an seinem Ende angelangt. Sie zerrten weiter, und eine dritte Kiste kam aus dem Wasser heraus, und dann noch eine. Schließlich waren es sogar fünf in geteertes Tuch eingewickelte Kästen, die über den Rand gehievt und auf Deck abgestellt wurden, bevor sie endlich auf das ausgefranste Ende des Seils stießen.

»An die Ruder, pullt! Pullt!«, rief Thorgrim. Ihre erste Sorge war nun, von dieser tückischen Küste fortzukommen. Die Ruderer wussten das, und sie legten sich in die Riemen. Die *Fuchs* nahm Fahrt auf, und bald waren sie ein gutes Stück vom Riff und den Felsen entfernt, die hier überall vor dem Ufer verstreut lagen.

Thorgrim zog ein Messer aus dem Gürtel und war sich bewusst, dass jedes Auge, das ihn sehen konnte, erwartungsvoll auf ihm ruhte. In den Blicken lag ein Interesse, das an Begierde grenzte. Er schnitt das Seil ab, durchtrennte das geteerte Tuch und zog es herunter. Eine vollkommen unauffällige Holztruhe kam zu Vorschein. Er entriegelte sie und öffnete behutsam den Deckel. Das trübe Tageslicht schimmerte matt auf Silber:

silberne Kerzenhalter, silberne Kelche, Silbermünzen, Silberteller, silberne Kreuze und dazwischen einzelne Stücke aus Gold – Schmuck, Ketten, Weihrauchgefäße und Ähnliches. Der Schatz von Fearna.

Erst herrschte Stille, ein andächtiges Schweigen. Dann lachte jemand, und der Rest fiel ein, jubelte, brüllte und johlte. Die Männer klopften sich auf den Rücken und umarmten einander. Starri der Unsterbliche blickte auf den Schatz hinab und schüttelte den Kopf.

»Also gut, Nachtwolf«, fragte er, »woher hast du das gewusst?«

Thorgrim atmete tief durch. Natürlich hatte er es nicht gewusst, nur geraten, und ausnahmsweise einmal hatten die Götter mitgespielt.

»Als ich genauer darüber nachdachte, konnte ich mir nicht vorstellen, dass Fasti die Zeit und die Gelegenheit hatte, alles zu vergraben«, erklärte er. »Er hätte es nicht gewagt, im Dunkeln an Land zu gehen, nicht in diesen Gewässern. Und bei Tag haben die Iren ihn beobachtet. Der einzige Grund, warum wir glaubten, dass Fasti den Schatz vergraben hatte, war die Geschichte dieser Gefangenen, Conandil. Aber sie hatte keinen Anlass, irgendeinem von uns die Wahrheit zu sagen.

»Du hast recht«, erwiderte Starri. »Wir Narren haben sie beim Wort genommen, obwohl wir wissen, wie verlogen diese Iren sind.«

»Dann haben wir beide diese Bugzier entdeckt«, fuhr Thorgrim fort. »Im Wasser verankert, aber wozu? Erst einige Zeit später dämmerte es mir, was das zu bedeuten haben könnte.«

Natürlich war da noch mehr gewesen. Bei einer Unterhaltung mit Bersi hatte Thorgrim beiläufig gefragt, wie die Bugzier von Fastis Schiff ausgesehen hatte. Bersi hatte ziemlich genau das geschnitzte Stück Holz beschrieben, das er und Starri gesehen hatten. Und schließlich hatte Bersi hinzugefügt, dass die Figur seltsamerweise gefehlt hatte, als sie das Schiff in Brand steckten.

Thorgrim sagte nichts von diesem Gespräch. Es schadete seiner Stellung nicht, wenn er ein wenig vorausschauender wirkte als gewöhnliche Männer.

Starri schüttelte weiterhin den Kopf. Er griff nach der gespaltenen Pfeilspitze, die um seinen Hals hing, und rieb sie. »Thorgrim Nachtwolf, du bist von den Göttern begünstigt«, erklärte er.

»Ha!«, rief Thorgrim. »Dann will ich nie erleben, wie sie die Menschen behandeln, die sie nicht leiden können.«

Agnarr drückte hinter ihm gegen die Ruderpinne, und die *Fuchs* fuhr ein wenig nördlicher. Der Wind arbeitete nun gegen sie, und den Ruderern standen lange, mühsame Stunden bevor, bis sie in der Nacht wieder an Land gingen. Doch der Anblick des Schatzes von Fearna hatte ihnen frische Kraft verliehen, und alle pullten kräftig.

Die Beute würde ihnen nicht allein gehören. Sie würden sie mit Grimarrs Männern teilen, den Kriegern, die das Silber überhaupt erst aus Fearna befreit hatten. Es war nur gerecht, dass sie so handelten, und alles andere hätte nur zu neuem Streit und ohne Zweifel zu Blutvergießen geführt. Aber der Schatz war groß genug, dass sie alle reich sein würden, Thorgrims Leute ebenso wie die von Grimarr.

Sie fuhren zurück die Küste hinauf, zurück nach Vík-ló. Das Jahr war schon fortgeschritten, zu weit fortgeschritten, um noch die Überfahrt zu wagen, selbst wenn sie ein Schiff besessen hätten, was nicht der Fall war. Thorgrim würde mit Aghen reden, dem Schiffsbaumeister. Sie würden darüber sprechen, was für Eigenschaften ein gutes Schiff haben musste, und während der Wintermonate würden sie es dann bauen: ein völlig neues Schiff, von ihm und seinen Männern ab dem Kiel neu gefertigt. Es würde unbelastet sein von der Vergangenheit und frei von dem schlechten Geschick, welches das Schiff von Grimarrs Söhnen getragen hatte.

Thorgrim würde von den Dänen im Longphort bekommen, was er brauchte; Holz, Seil, Teer, Eisen, Werkzeuge. Weil er nicht länger nur ein Gast dort war, kein Besucher oder ein Fremder.

Nachdem die Toten mit den angemessenen Riten auf die Reise geschickt worden waren und die Wunden des Kampfes zu heilen begannen, trat Bersi Jorundarson auf Thorgrim zu. Er kam aus eigenem Antrieb und im Auftrag von einigen anderen bedeutsamen Persönlichkeiten der Stadt. Da Grimarr Knutson und Fasti Magnisson fort waren, gab es niemanden mehr, der im Longphort das Sagen hatte, niemanden, der die einzelnen Gruppen beisammenhielt und sie daran hinderte, sich in alle Winde zu zerstreuen. Sie hatten keinen Anführer. Und nach dem kühnen Auftreten gegen die Iren und angesichts der Rolle, die Thorgrim dabei gespielt hatte, wussten die Männer von Vík-ló, wen sie an dieser Stelle sehen wollten. Sie würden Thorgrim einen Eid leisten, wenn der ihn annehmen wollte.

Er wollte nicht. Er wollte nicht in diesem schäbigen Longphort in Irland bleiben. Er wollte zurück nach Hause segeln, sich auf seinem Bauernhof niederlassen und nie mehr auf Wikingerfahrt gehen. Doch er konnte nicht nach Hause, weil er kein Schiff hatte, und, selbst wenn die Götter eines vom Himmel fallen ließen, wusste er nicht, ob er genug Männer hätte, um eine neue Mannschaft zu bilden.

Darum war er einverstanden. Er würde ein Schiff bauen, und er würde die Eide der Bewohner dieses Ortes annehmen, und er würde ihr Anführer sein. Wann immer er versucht hatte, Irland den Rücken zu kehren, hatten die Götter ihn zurück an die Küste geschleudert, wieder und wieder. Wenn er beschloss zu bleiben, würden die Götter – launenhaft und unberechenbar, wie sie waren – ihn vielleicht gehen lassen. Also stimmte er zu. Er würde bleiben.

Er war der Herr von Vík-ló.

Glossar

Aegir Der nordische Gott der See. In der nordischen Mythologie spielt er zugleich den Gastgeber bei großen Festmählern der Götter.

Asgard Der Wohnort der nordischen Gottheiten, lässt sich im Großen und Ganzen als Himmel der Nordmänner bezeichnen.

Beitass Eine hölzerne Stange bzw. Spiere, deren hinteres Ende an der Seite eines Schiffes festgemacht wurde, sodass sie seitlich über den Bootskörper hinausragte und die Ecke des Segels an ihrem Ende befestigt werden konnte, um den Wind besser auszunutzen.

Berserker Ein Krieger der Wikinger, der sich zur Schlacht in einen wilden Blutrausch hineinsteigern konnte. Die Berserker waren die grimmigsten der nordischen Krieger und blindwütige Mörder in der Schlacht. Der Begriff stammt vom nordischen Ausdruck für »Bärenhemd«.

Bothach Eine gälische Bezeichnung für einen armen Bauern auf gepachtetem Land oder einen Leibeigenen.

Brasse Leine, mit der sich eine Rah in horizontaler Richtung von einer Seite zur anderen ziehen lässt. Wird benutzt, um den Winkel der Segelstellung an den Einfall des Windes anzupassen.

Brautgeld Geld, das die Familie des Bräutigams der Familie der Braut bezahlt.

Byrdingr Ein kleineres, hochseetaugliches Frachtschiff, das die Nordmänner für den Handel und für Transporte einsetzten. Es war bis zu 12 Meter lang und stellte eine Variante der bekannteren und größeren Knorr dar.

Curragh Ein Bootstyp, wie er nur in Irland gefertigt wurde; aus Tierhäuten, die auf einem Holzrahmen aufgebracht wurden. Die Größe war ganz unterschiedlich, und die größten Boote dieser Art wurden von Segeln angetrieben und waren in der Lage, mehrere Tonnen Gewicht zu tragen. Es war das am weitesten verbreitete hochseetüchtige Gefährt des mittelalterlichen Irland. Der Begriff »Curragh« entwickelte sich aus dem gälischen Wort »Curach«, das zunächst einfach nur »Boot« bedeutete.

Derbfine Nach irischem Recht der Teil einer Familie, der vier Generationen überspannt und außer einem Mann auch dessen Söhne, Enkel und Urenkel umfasst.

Drachenschiff Der größte Schiffstyp der Wikinger, mit einer Länge von bis zu 50 Metern und einer Besatzung von 300 Kriegern. Die Drachenschiffe waren die Flaggschiffe der Flotte, die Fahrzeuge der Könige.

Dubh Gall Eine gälische Bezeichnung für Wikinger dänischer Abkunft. Der Begriff bedeutet wörtlich »Schwarze Fremde« und bezieht sich auf die Farbe der Kettenrüstung, die schwarz war von dem Öl, mit dem die Dänen das Eisen fetteten. Vergleiche auch »Fin Gall«.

Elle Ein Längenmaß, das (im Gegensatz zur meist kürzeren deutschen Elle) hier ein wenig mehr als einen Yard bzw. einen Meter umfasst.

Eyrir Skandinavische Gewichtseinheit, die in etwa einer Unze entspricht.

Fall Ein Seil, mit dem das Segel oder die Rah hochgezogen wurde.

Felag Eine Gemeinschaft von Männern, die einander durch wechselseitige Verpflichtung verbunden sind, wie beispielsweise mehrere Eigentümer desselben Schiffes oder ein Trupp von Kriegern, die sich gegenseitig Treue geschworen haben.

Fin Gall Eine gälische Bezeichnung für Wikinger norwegischer Abkunft. Der Begriff bedeutet wörtlich »Weiße Fremde«. Vergleiche auch »Dubh Gall«.

Flechtwerk (mit Lehm) Eine im Mittelalter verbreitete Bauweise, bei der kleinere Stäbe durch größere Pfosten geflochten und anschließend mit Putz oder Lehm bestrichen wurden, sodass eine Wand entstand.

Freya Die nordische Göttin der Schönheit und der Liebe. Wie so viele nordische Gottheiten wurde auch sie mit den Kriegern in Verbindung gebracht und führte oft die Walküren auf das Schlachtfeld.

(Rah)hanger Befestigung des Mittelteils der Rah am Mast.

Hel In der nordischen Mythologie die Tochter von Loki und die Herrin der Unterwelt, wohin diejenigen Toten kamen, die nicht nach Walhall entrückt wurden. Derselbe Name bezeichnete auch ihren Herrschaftsbereich, die Hölle der Wikinger.

Herse Unterführer eines Kriegstrupps der Wikinger, ein militärischer Rang direkt unterhalb des Jarls.

Hird Ein Elitetrupp nordischer Krieger, der von einem König oder machtvollen Jarl angeworben und unterhalten wurde. Im Gegensatz zu den meisten Wikingertrupps, die bei Bedarf zusammenfanden oder sich wieder auflösten, entsprach die Hird fast einem stehenden Heer und bildete den Kern einer Wikingerarmee.

Hirdman Ein Krieger, der einer Hird angehört.

Huscarl Das Mitglied der Elitegarde eines englischen oder dänischen Königs oder Edelmannes. Diese Truppe glich der nordischen Hird. Der Begriff stammt aus dem späteren Zeitraum der altenglischen Geschichte.

Jarl Der Titel eines Mannes von hohem Stand. Ein Jarl konnte ein unabhängiger Herrscher sein oder einem König untergeordnet. Jarl ist der Ursprung des englischen Wortes »Earl«, was in etwa dem Grafentitel entspricht.

Knorr Ein nordisches Handelsschiff. Es ist kleiner, breiter und robuster als das Langschiff und diente als »Packpferd« des nordischen Handels. Die Knorr brachte Fracht und Siedler an jeden Ort, den die Nordmänner aufsuchten.

Liek Außenkante eines Segels

Loki Der nordische Gott des Feuers und der Unruhestifter. Loki war boshaft, und seine Ränke bereiteten den Göttern viel Ärger, wofür er bestraft wurde.

Longphort In der wörtlichen Bedeutung eine »Schiffs-Festung« – ein kleiner, befestigter Hafen, um Verladevorgänge abzusichern. Er diente als Zentrum des Handels und als Stützpunkt für Raubzüge.

Luchrupán Ein mittelirischer Begriff, von dem sich die moderne Bezeichnung Leprechaun, eine Art Kobold, ableitet.

Luv Die dem Wind zugewandte Seite eines Objekts – das »Luvliek« wäre also die dem Wind zugewandte Außenkante des Segels.

Odin Der oberste der nordischen Götter. Odin war der Gott der Weisheit und des Krieges, der Beschützer der Chieftains und der Dichter.

Plankengang Alle auf einer horizontalen Linie liegenden Planken am Schiffsrumpf. Die Konstruktionsweise der Wikingerboote, bei der jede Planke diejenige darunter überlappt, bezeichnet man als Klinkerbauweise.

Querschiffs In rechtem Winkel zur Längsrichtung des Schiffes.

Ragnarök Die mythische Endschlacht, in der die meisten Menschen und Götter von den Mächten des Bösen getötet werden und die Erde zerstört wird, nur um gereinigt wieder zu erstehen.

Rah Ein langer, sich zu den Enden verjüngender Balken, von dem aus ein Segel herabhing. Wenn ein Wikingerschiff nicht segelte, wurde die Rah längs des Schiffskörpers ausgerichtet und mit dem daran festgemachten Segel bis fast auf das Deck herabgelassen.

Rath Eine in Irland verbreitete Form für ein Gehöft, bei der die Häuser von einem kreisrunden Erdwall und Palisaden umgeben sind.

Rí Ruirech Gälische Bezeichnung für einen unabhängigen oder lokalen Hochkönig, dem die Rí Túaithe Gefolgschaft schulden.

Rí Túaithe Ein gälischer Ausdruck für einen unbedeutenderen Stammeskönig, der einem Hochkönig Gefolgschaft schuldete.

Rute Eine Längeneinheit, die in etwa 5 Metern entspricht.

Schildbuckel Das runde Mittelstück aus Eisen, das auf den hölzernen Schild aufgesetzt war. Der Buckel war wie eine Eisenschale geformt, die vorn aus dem Schild herausragte. An der Rückseite gab es eine Höhlung, durch die der Handgriff lief.

Schildwall Eine defensive Aufstellung von Truppen, bei der die Krieger in einer Reihe standen und die Schilde sich zur Abwehr überlappten.

Skalde Ein Dichter aus der Zeit der Wikinger, der üblicherweise einem königlichen Hof zugeordnet war. Die Skalden verfassten Gedichte in einer ausgeprägten Formensprache, die speziell dem mittelalterlichen Skandinavien eigen war. Die Dichtung war ein bedeutsamer Teil der Wikinger-Kultur, und die Fähigkeit, Verse zu schmieden, war hoch angesehen.

Spiere Ein Begriff für alle Arten von Stangen oder Rundhölzern, die zur Takelage eines Schiffes gehören.

Tánaise Ríg Ein gälischer Ausdruck für den offensichtlichen Erben eines Königs, den Mann, der eindeutig an vorderster Stelle der Thronfolge steht.

Thing Eine Gemeindeversammlung.

Thor Der nordische Gott der Stürme und des Windes, doch zugleich der Beschützer der Menschen und der übrigen Götter. Thors bevorzugte Waffe war ein Hammer. Amulette mit diesem Symbol waren darum unter den Wikingern ähnlich verbreitet wie Kreuze unter den Christen.

Ulfberht Spezieller Name eines in den germanischen Ländern gefertigten Schwertes, dessen Klinge die Inschrift »Ulfberht« oder eine Variante dieses Namens trug. Auch wenn nicht bekannt ist, wer Ulfberht war, galten die Schwerter, die seinen Namen trugen, als hoch geschätzte und ausgezeichnete Klingen.

Walhall Eine große Halle in Asgard, wo die in der Schlacht gefallenen Krieger tafeln, trinken und kämpfen, bis die Zeit von Ragnarök gekommen ist.

Walküren Weibliche Geister der nordischen Mythologie, welche die Seelen der Verstorbenen vom Schlachtfeld auflesen, um sie nach Walhall zu bringen. Sie waren diejenigen, die unter den Toten die Würdigen auswählten, und auch, wenn sie in späterer Zeit romantisierend als Odins Schildmaiden dargestellt wurden, hatten sie ursprünglich einen dämonischeren Charakter, als Geister, die die Leichen der Toten verschlangen.

Wante Schweres Tauwerk, das von der Spitze des Masts zu den Seiten des Schiffes reicht und verhindert, dass der Mast zur Seite kippt.

Vík Eine Gegend in Norwegen, südlich des heutigen Oslos. Der Name ist möglicherweise der Ursprung des Wortes »Wikinger«.

Danksagungen

Wie immer schulde ich vielen Leuten Dank, steckt doch im Schreiben eines Romans mehr Teamarbeit, als die meisten Autoren gerne zugeben. Wieder einmal geht mein Dank an Steve Cromwell für seine weiterhin exzellente Arbeit an den Titelbildern dieser Bücher. Ich bedanke mich bei dem Fotografen Alistair Corbett für die Nutzung seines großartigen, stimmungsvollen Bildes, das perfekt den Ton der Geschichte trifft.

Ich danke Nicole Spiridatis für ihr sorgfältiges und verständnisvolles Lektorat und David Bellows für seine fortgesetzte Unterstützung auf diesem Gebiet. Mein Dank auch an die Mitarbeiter des Maine Coast Book Shop und des Maine Maritime Museum, die meine Bücher den Lesern so engagiert nahebringen.

Ich danke meiner Mutter Selma und meiner Schwester Stephanie für ihre Liebe und ihre Unterstützung, und meinen Kindern Nathaniel, Jonathan und Abbey.

Und, wie immer, auch Lisa, meiner Schildmaid.